国家社科基金
后期资助项目

中国学术期刊中的莎士比亚

外国文学、戏剧和电影期刊莎评研究（1949—2019）

Shakespeare in China's Academic Journals

A Research on Shakespearean Criticism in the Field of
Foreign Literature, Theater and Film (1949—2019)

徐 嘉 著

北京大学出版社
PEKING UNIVERSITY PRESS

图书在版编目 (CIP) 数据

中国学术期刊中的莎士比亚：外国文学、戏剧和电影期刊莎评研究：1949—2019 / 徐嘉著. — 北京：北京大学出版社，2022.9
国家社科基金后期资助项目
ISBN 978–7–301–33339–6

Ⅰ. ①中… Ⅱ. ①徐… Ⅲ. ①莎士比亚（Shakespeare, William 1564–1616)–文学评论 Ⅳ. ①I561.063

中国版本图书馆CIP数据核字(2022)第170088号

书 名	中国学术期刊中的莎士比亚：外国文学、戏剧和电影期刊莎评研究(1949—2019)
	ZHONGGUO XUESHU QIKAN ZHONG DE SHASHIBIYA: WAIGUO WENXUE、XIJU HE DIANYING QIKAN SHAPING YANJIU(1949—2019)
著作责任者	徐 嘉 著
责 任 编 辑	张 冰 吴宇森
标 准 书 号	ISBN 978–7–301–33339–6
出 版 发 行	北京大学出版社
地 址	北京市海淀区成府路 205 号 100871
网 址	http://www.pup.cn 新浪微博：@北京大学出版社
电 子 信 箱	wuyusen@pup.cn
电 话	邮购部 010–62752015 发行部 010–62750672 编辑部 010–62759634
印 刷 者	北京溢漾印刷有限公司
经 销 者	新华书店
	730毫米 ×1020 毫米 16 开本 22.25印张 411千字
	2022 年 9 月第 1 版 2022 年 9 月第 1 次印刷
定 价	89.00 元

国家社科基金后期资助项目
出版说明

后期资助项目是国家社科基金设立的一类重要项目，旨在鼓励广大社科研究者潜心治学，支持基础研究多出优秀成果。它是经过严格评审，从接近完成的科研成果中遴选立项的。为扩大后期资助项目的影响，更好地推动学术发展，促进成果转化，全国哲学社会科学工作办公室按照"统一设计、统一标识、统一版式、形成系列"的总体要求，组织出版国家社科基金后期资助项目成果。

全国哲学社会科学工作办公室

献给　我的祖国

波澜壮阔的七十年

序

程朝翔

 莎士比亚是一位十分独特的作家,他是英国文艺复兴时期的剧作家,但对莎士比亚的关注和研究却成为当代许多国家的重要文化现象。就中国而言,仅莎士比亚全集就有数个中文译本,而且还不断有新的译本推出;莎士比亚作品被改编成话剧和各种传统戏或地方戏,或被改编成为本土化的中国电影,例如《喜玛拉雅王子》;中国的莎评更是蔚为大观,从文化名人、专家学者到莘莘学子,无不对莎剧发表各种见解。了解莎士比亚在中国的接受和传播有助于了解中国文化的当代发展。

 徐嘉老师的专著聚焦中华人民共和国成立后在各种期刊上发表的莎评,是一部具有鲜明特色的专著。期刊是一种重要的文化权力和文化体制,通过编辑方针和实践来影响甚至决定莎评的作者、选题、走向、风格、内容等。本专著解读了各类不同期刊在不同时期所刊载的大量莎评,涵盖了不同的学术领域,生动地展示出新中国成立后的莎评风貌;同时通过观察期刊刊载莎评的具体实践,窥见文化权力和体制与社会的其他权力和体制(包括政治、学术、商业等)之间的互动、制约、影响等关系——难能可贵的是,本专著特别关注到"编者按""编后记""投稿须知"等刊物编者的直接权力话语,寻觅到刊物后台运转的踪迹。本专著对于莎评进行了全面的梳理、细致的解读,对于各种细节有很好的把握,同时又有浓厚的历史意识,对于各个历史时期的不同特点有恰当的归纳和总结;对于纯文学类的、戏剧舞台类的、电影艺术类的、政治社会批评类的、翻译引进类的莎评都进行了十分专业的研读;在进行深入的文本解读的同时,画龙点睛地进行了自己的评论、提出了自己的观点,增加了本专著的分量。本专著有非常扎实的文本细读,同时又有文化研究的大视野和大格局。本专著不仅是一部莎评史,也是一部期刊文化史,同时也是一部中国文化与外国文化的互动和交流史。

 本专著从期刊和莎评的横截面来近距离地观察中国学术文化的某些发

展阶段和某些发展特点,也促使我们思考某些有关今后发展的问题:作为写作者,如何借助期刊这种文化权力和体制,对文化和学术建设做出更大的贡献? 作为编辑者,在社会状况、政治环境、学术氛围的制约下,如何既审慎、谦卑,又大胆、独立地行使自己的文化和学术权力? 在本专著中,我们看到了反映在期刊和莎评中的各种社会、政治、经济、商业、技术、文化、学术等因素的互动——而它们的良性互动,包括看起来最微不足道的外国文学研究因素的参与,会使社会有更加良性的发展。

目　录

第一章 概 论

第一节 缘 起

　　1839年，林则徐派人将英国人休·慕瑞（Hugh Murray）撰写的《世界地理大全》（*The Encyclopedia of Geography*）编译成《四洲志》，该书第28节谈及"沙士比阿（莎士比亚）、弥尔顿、士达萨、特弥顿"等"工诗文，富著述"[①]，这是莎士比亚的名字首次出现在中国。1921年，田汉翻译了《哈姆雷特》，这是最早的莎剧中译本。在田汉译本出版八九年以前，莎剧就已在中国舞台上演。[②] 从此以后，在中国的各个历史阶段，无论在舞台还是在书斋，都不难窥见莎士比亚的影响。无论是新文化运动中作为"中国新文化身份塑造"一部分的莎士比亚[③]，还是在20世纪50年代至60年代政治浪潮中"研究死人、古人、洋人要冒极大风险"的莎士比亚[④]，还是"文革"期间"被打成封资修""归入扫荡之列"以至于"出版社已经打成纸型的《莎士比亚全集》被迫堆积在仓库里，一睡十几年"[⑤]，中国的莎士比亚研究一直被打上了明显的政治烙印。从1977—1978年出版的"文化大革命"后的首批外国译作，到20世纪80年代的"莎士比亚热"，到"中国化"与"莎味"之争，再到莎士比

---

　　① 李伟昉：《接受与流变：莎士比亚在近现代中国》，载《中国社会科学》，2011年第5期，第151页。

　　② 汪义群：《莎剧演出在我国戏剧舞台上的变迁》，《莎士比亚在中国》，上海：上海文艺出版社，1987年，第91页。

　　③ 程朝翔：《中国新文化身份塑造中的莎士比亚》，载《英美文学研究论丛》，2016年第1期，第27页。

　　④ 李伟民：《阶级、阶级斗争与莎学研究：莎士比亚在二十世纪五六十年代的中国》，载《四川戏剧》，2000年第3期，第11页。

　　⑤ 曹树钧：《改革开放30年与中国莎学事业的发展》，载《上海市社会科学界第六届学术年会文集（2008年度）》（哲学·历史·文学学科卷），上海：上海人民出版社，2008年，第124页。

亚研究的学院化、专业化和几乎同时发生的莎士比亚的商业化、符号化,中国的莎士比亚批评作为外国文学研究的重要组成部分,见证了中国的时代发展和政治变迁。

克罗齐认为,"一切历史都是当代史"①。莎士比亚研究同样也是对当代、也属于当代的研究。1978年《莎士比亚全集》的出版和发行影响了整整一代人,也对我国的文学、戏剧、电影和汉语言本身产生了重要影响。作为研究者和亲历者,我们见证并在不同程度上参与了莎士比亚在中国的传播。在对莎士比亚戏剧的教学和研究中,本书作者对中国莎士比亚批评史产生了兴趣。这种兴趣不仅来自对莎士比亚戏剧一如既往的喜爱,而且来自想要了解我们生活的这个时代的愿望,而莎士比亚戏剧就成为一个理想的切入点。中国的莎士比亚研究何以呈现出现在的面貌? 中国的学术期刊所刊载的莎士比亚研究论文的主题、路径、被引、下载量及期刊作者群的分布,如何反映出当代中国莎士比亚研究的主题、方法、范式以及研究者的变化? 中国学术期刊的办刊宗旨、不同时期的审稿旨趣和刊文倾向如何反映出当时的社会意识形态,如何参与到学科构建之中,又会对未来的学术研究产生什么影响? 这些问题在本书作者投稿学术期刊的过程中逐渐产生、生长、渐次清晰,交织成一个纵横捭阖、穿越时空的问题网络。

具体来讲,本书的构思来源于作者在教学和研究中发现并尝试解答的四个问题:

(1)一般认为,"十七年"时期的莎士比亚研究主要以莎士比亚的生平和戏剧内容介绍为主,同时大力引入马克思唯物主义理论和苏联莎学成果,将文学研究作为阶级意识的投射。这一时期的莎士比亚评论是否如一些学者所说,只是追随苏联,把文学研究简化为社会学甚至庸俗社会学研究,属于文学研究史上的"断裂期"?

(2)韦勒克指出,20世纪是批评的时代。② 整个20世纪西方文学批评理论迭出,俄国形式主义、布拉格学派、英美新批评、结构主义、心理分析、马克思主义、存在主义、解构主义、阐释学、后现代主义、女权主义和新历史主义等流派林立,风起云涌。20世纪西方莎学研究的范式转向是否影响了我国的莎士比亚研究,或在多大程度上影响到了我国当代莎士比亚批评范式的建构? 进一步讲,20世纪以来的中国学术研究模式是否只是"全盘西化"

---

① 转引自爱德华·霍列特·卡尔:《历史是什么?》,吴柱存译,北京:商务印书馆,1981年,第17页。

② 雷内·韦勒克:《20世纪文学批评的主要趋势》,《批评的概念》,张金言译,杭州:中国美术学院出版社,1999年,第326页。.

作用下"西体中用"文化价值观的产物？

（3）正如特里·伊格尔顿所注意到的，"过去二十年间所发生的是，人们可能会冒险称之为'纯粹'或'高端'理论的东西不再那么流行了"，而"这种向着日常文化和政治生活的回归显然是应该受到欢迎之事"。[①] 进入 21 世纪，我国的莎士比亚研究又出现了哪些研究范式的新变化？

（4）莎士比亚戏剧的一大显著特征就是不仅可以进行文本研究，而且可以演出实践。中国的莎士比亚改编电影（如由《哈姆雷特》改编的冯小刚导演电影《夜宴》、胡雪桦导演电影《喜玛拉雅王子》等）、话剧（如林兆华导演的《哈姆雷特》《理查三世》和《大将军寇流兰》等）和"莎戏曲"（如昆曲《血手记》和京剧《王子复仇记》等）在学术界的接受状况如何？ 历年来，中国莎剧改编批评的最重要问题和立足点有什么变化？ 到底是要在中国舞台上呈现出一个原汁原味的伊丽莎白一世时期的莎士比亚，还是改造出一个属于当代中国的莎士比亚？ 抑或有何中间路线？

第二节　国内外研究现状、核心观点和意义

近年来，随着"重读经典"的呼声渐高，莎士比亚研究在普通读者和学术研究领域持续兴盛。国内外学术界对莎士比亚在当代中国传播的关注日渐增多，"莎士比亚在中国的接受"俨然成了当前国内莎士比亚研究的热点话题；但是，目前尚无专著讨论中华人民共和国成立七十年以来的莎士比亚研究史，主要研究成果散见于各国家社科基金项目的子课题、专著的部分章节和论文中。新中国成立后，对我国的外国文学研究进行梳理的重要研究项目有两项，即申丹、王邦维和陈建华主持的"新中国外国文学研究 60 年"重大项目和罗芃主持的"十一届三中全会以来外国文学研究 30 年"重点项目，而莎士比亚作品因其经典文学地位和审美价值，成为外国文学学科史脉络梳理中不可或缺的环节。这两项研究成果均涉及莎士比亚研究等，为本课题研究提供了重要参考。此外，孟宪强的《中国莎学简史》（1994）部分章节、李伟民的《中国莎士比亚批评史》（2006）和《莎士比亚戏剧在中国语境中的接受与流变》（2019）部分章节、何斌辉的《新中国外国戏剧的翻译与研究》（2017）部分章节、陈众议主编的《当代中国外国文学研究（1949—2919）》（2019）部分

---

① 　Terry Eagleton, "Preface to the Anniversary Edition," *Literary Theory: An Introduction*, Minneapolis: University of Minnesota Press, 2008, p. iix, p. ix.

章节,郭英剑与杨慧娟的《20世纪80年代以来中国戏剧舞台上的莎士比亚》(2009)、孙会军与郑庆珠的《新时期英美文学在中国大陆的翻译(1976—2008)》(2010)、李伟昉的《接受与流变:莎士比亚在近现代中国》(2011)、孙艳娜的《二十世纪中国政治文化语境里的莎剧文学评论》(2011)、郝田虎的《新世纪国内学者早期英国文学研究述评》(2013)等论文,讨论了新中国成立后莎士比亚作品的文学批评、演出和翻译情况。但总体而言,以上研究一则由于研究重点或篇幅所限,往往只涉及莎士比亚研究的某一侧面,未对七十年来莎士比亚文评、翻译、教学和演出研究的整体面貌加以梳理;二则由于讨论的作家、作品和流派较多,或研究时间跨度较长,往往将重点放在改革开放以后的外国文学研究,少有涉及"十七年"时期和2010年之后莎评的分段梳理。新中国成立业已七十余年,外国文学、教学、戏剧和电影学科的发展日新月异,尤其是随着近年来国家留学基金委对留学和访学项目的持续资助,国内外交流激增,有必要对中国莎士比亚研究的整体状况进行系统总结,以及对21世纪中国莎学的新发展进行补充完善。

相比国内研究,国外学界对中国莎学成果关注不多,其特点可总结为以下三点:第一,研究者多为华裔或曾在中国长期居住的学者,如李如茹(Ruru Li)的 *Shashibiya*:*Staging Shakespeare in China*(2003)、黄承元(Alexa Huang)的 *Chinese Shakespeares*:*Two Centuries of Cultural Exchange*(2009)等;第二,注重演出实践,很少涉及文学批评,这可能是因为演出形式受语言限制较少,容易理解,也可能是因为传统戏曲改编莎剧的视觉效果强烈,容易形成特色、吸引外国人关注,代表作如濑户宏的《莎士比亚在中国:中国人的莎士比亚接受史1616—2016》(2016);第三,国内外莎学互动明显增强,如1994年时任国际莎协主席的波洛克班克(J. Philip Brockbank)发表了《莎士比亚的文艺复兴在中国》("Shakespeare Renaissance in China")一文,认为英国的莎士比亚研究"已近寒冬",而中国的莎士比亚研究"正值春天"。[①] 该论文被一些国外学者批评为对中国戏曲的"东方主义"式解读,却经常被国内学者引用,佐证莎剧"戏曲化"的成功,在一定程度上呈现出我国研究者的身份焦虑。因此,本课题也希望通过整理和比较中、西方学者的观点,观照中国莎学的自身定位和学术特点,同时通过分析西方学者对中国莎士比亚研究的解读和误读(有些还是有意误读),解析全球化语境下的中、西方文化交流和融合。

---

① J. Philip Brockbank,"Shakespeare Renaissance in China," *Shakespeare Quarterly*, Vol. 39, No. 2, 1988, p. 195.

由此,本书以《戏剧报》(现名《中国戏剧》)、《文学评论》《文史哲》《外国文学研究》《外国文学》《国外文学》《外国文学评论》《戏剧》《戏剧艺术》《当代电影》和《电影艺术译丛》(现名《世界电影》)及各大学学报正式刊载的莎士比亚研究论文为研究对象,全面梳理新中国成立七十年以来莎士比亚文学研究、戏剧研究和电影研究的论文刊载状况,并尝试对当代莎士比亚研究的发展路径、作者群体和批评范式进行理论总结。之所以选择以学术期刊作为切入点来讨论当代中国莎士比亚研究的发展,一是因为学术期刊的出版周期比专著短,不仅能及时反映论文撰写之时社会语境的变化,还能及时收到读者反馈,在争鸣中厘清杂志的意识形态、学术思路和办刊宗旨;二是本书所选期刊都是在文学研究、外国文学研究、戏剧研究和电影理论译介领域办刊时间长、学术质量高、对中国的学术发展和学科建设起过重要作用的期刊,其中,《文学评论》和《外国文学评论》还分别是中国社科院文学研究所和外国文学研究所主办的文学类重要期刊,被称为学术期刊中的"国家队",不仅刊载论文的学术价值高,还在一定程度上反映出国家文化政策的导向;三是不可否认,这一选择也与国内学术界"重论文,轻专著"的不良风气相关。学者投稿学术期刊往往尽心尽力,优秀杂志往往会采取严格的审稿制度,数轮评审的结果基本能够公允地体现作者的学术水平。相比之下,目前的学术专著出版则缺乏必要的程序监督,甚至形成了"出专著易、发论文难"的倒挂现象。但这种现象同样是学术史的一部分,值得重视,也必须正视。

本书希望尽可能客观地描述和分析莎士比亚研究在中国当代学术期刊中的理论借鉴、研究模式和话语转变,呈现出中国当代学术研究发展的复杂性和多元性,但难免会出现一些错漏和不恰当的表述。对此,本书始终保持一份审慎与尊重。

本书在撰写中一直坚持两个核心观点:

第一,文学学科史也是文化史和观念史。正如程巍所指出的,文学不是一座孤岛,外国文学也不应仅是"美学沉思"的对象,"文学本身就是一个社会过程,因而文学问题——哪怕是其美学形式问题——必须置于一种历史社会学意义上的复杂关系语境中进行整体思考和探究"①。莎剧作为西方文学经典,也作为中外文化交流和互动的重要标志,见证了 1949 年以后我国文化政策的变化和改革开放政策的逐步深入,并在一定程度上反过来推动了中国的文化变革。从本民族的视角讨论莎士比亚的接受,是全世界莎

---

① 转引自刘白、谢敏敏:《新中国 70 年外国文学研究:回顾与展望——中国外国文学学会第十五届双年会综述》,载《外国文学评论》,2019 年第 4 期,第 236 页。

士比亚研究者共同关注的重要话题。

　　第二，文化在塑造全球政治中起到了重要作用。文化是一种软实力，经典文学作品作为一种文化标志，也以新的方式不断定义和改变着人们的认同。"莎士比亚"成为复数的"莎士比亚们"（Shakespeares）；英国乃至英语世界不再是莎学世界的唯一中心，布莱希特、扬·柯特、黑泽明等非英语母语者也对莎士比亚研究产生了巨大影响。同样，用中国的学术话语体系来总结和讨论中国莎士比亚研究的范式和成果，并非强调特异性、区别性、猎奇性、作为西方文化对照物而存在的"他者"，而是具有主体性的研究，是全世界的"莎士比亚们"之一（one of the Shakespeares）的从容发声。

　　本书的创新之处主要有三点：

　　首先，本书是国内目前唯一以"中国当代学术期刊中的莎士比亚"作为研究主题的专著，弥补了中国莎士比亚批评史的不足。以学术期刊中的莎士比亚为焦点，延伸到文学、外国文学、戏剧、电影等多个领域，并对多部莎剧进行跨学科、多层次的探讨，以小见大，有助于探讨中国文学和文艺研究的总体特征和范式流变，呈现当代中国的外国文学与文化研究的总体态势。

　　其次，在学术观点上，本课题的创新性在于论证如下两点：一是学术期刊作为"文化权力体"，通过筛选论文、栏目设置、编者按、主办研讨会议等，主动引导并实际参与了当代中国莎士比亚研究体系的建构；二是学术期刊与社会意识形态的呼应与妥协、对立和冲突，呈现了不同学科和时期的语境下当代中国莎士比亚研究的问题意识、研究模式和重心所在，从期刊的视角勾勒出一段当代中国莎士比亚研究的学术史。

　　最后，在研究方法上，纵横结合、点面结合，将对某些典型期刊的案例分析与当代中国莎评的整体刊发趋势相对照，同时将数字技术和人文研究相结合，展开对莎士比亚研究的跨学科研究，可以为文学史研究和文化观念研究提供范式参考。必须指出的是，本书通过文献计量学和人工查阅方法收集数据，所统计的数字为本文研究提供了参考依据，但数字始终无法代替人文研究和学术判断，本书并不会将数据作为研究的唯一依据。

　　随着新中国的成立和改革开放四十余年的迅速发展，中国在政治、经济、文化和外交方面都取得了巨大的成就，中国的国际地位快速提升。时至今日，我们同样需要思考学术主权的恢复与建立，打造具有中国特色的学术研究范式。以当代学术期刊中的莎评为例，探讨我国外国文学和文艺研究的特征和流变，总结其范式，对于探索如何在全球化的视域中坚持中国立场、沟通中西文化，亦具有积极意义。从这个角度来讲，本书作为"对文学和文艺批评的批评"，从文学和文艺与时代、社会的互动关系中解读外国经典作品在中国的传播和接受,既是对外国文学史和学科史传统的延续,也是在新时期全球化视域下对外国文学和文艺研究的得失和发展规律所做的一次深入思考。本书呈现出了不同时期外国文学和文艺在我国的研究状况以及在本土批评话语建构中的作用和问题,有助于深入思考外国文学和文艺研究对中国文化主体建构的意义。

本书希望为国内高等院校的文学史和文艺史研究者以及对莎士比亚有兴趣的广大汉语和英语学习者提供参考。同时,通过莎士比亚的个案研究,本书亦希望在全球化所带来的价值冲突之下,探索如何实现文化自觉,做到"洋为中用"、讲好中国故事,为新时期中国的文化建设尽一份绵薄之力。

第三节 内容与结构

在宏观层面上,本书将莎士比亚批评作为个案,考察当代中国莎士比亚批评范式的特征和流变,分阶段地思考莎士比亚戏剧与我国社会、政治和文化发展的关系。在微观层面上,通过深入发掘、整理和解读文学、翻译、戏剧、电影等学术期刊在不同时期所刊载的莎士比亚研究论文,总结中国各个发展阶段不同类型的学术期刊的刊文特征和重心转移;此外,对《文学评论》《外国文学评论》《戏剧艺术》和《电影艺术译丛》(后更名《世界电影》)四本学术期刊所刊载的莎评进行了更加详细的统计、分析和比较;对《威尼斯商人》《罗密欧与朱丽叶》《哈姆雷特》《麦克白》等经典剧目在不同时期、不同学科、不同文类中所呈现出的不同主题、研究模式和价值导向进行了梳理和分析,以点带面、纵横交织,力图全面呈现新中国成立七十年以来莎士比亚的文学、戏剧和电影研究的概况和流变,并尝试对当代莎士比亚研究批评范式的转移做出理论总结。

全书共分六章。

第一章是概论,介绍本书的写作缘起、内容和结构,将对"中国学术期刊中的莎士比亚"的讨论置于文化史和思想史研究的框架下进行。

第二章到第五章是本书的主体部分,对当代学术期刊中的莎评进行了分阶段的梳理和分析,主要关注文学、戏剧、电影学术期刊的莎评刊发情况,重点分析不同时期中国莎士比亚研究主题、方法和视角的转向。

其中,第二章关注新中国成立后的"十七年"时期学术期刊上所刊载的莎评,探讨从新中国成立到"文化大革命"前夕我国莎士比亚研究的研究范式和问题意识。本部分主要关注以《文学评论》为代表的文学类期刊和以

《电影艺术译丛》为代表的电影期刊所刊载的莎士比亚研究论文（也涉及译介）的主题、方法、内容和影响，并结合这一时期学术期刊的整体刊发状况、编者评论和读者反馈，总结"十七年"时期莎士比亚研究的特征与贡献，指出"十七年"时期莎评是我国知识分子在当时的客观历史条件下，以当下中国为中心建构莎评体系的尝试，其意义和贡献不应忽视。本章认为，"十七年"时期莎士比亚的文本批评重视意识形态，同时开辟了一条马克思主义文艺研究的新路，给整个莎士比亚研究界带来了崭新的视角，也给予今天的研究者启发：有中国特色的莎士比亚研究并非借用几个中国符号，也不是在唱词中或舞台布景上添加几个脸谱或汉字，而是一场真正意义上的思想变革，一场扎根中国土壤、以当下的中国为中心的对莎士比亚作品的重新阐释。此外，本章以《电影艺术译丛》等所刊发的莎士比亚影评为研究对象，讨论"十七年"时期对国外莎士比亚影片和电影理论的译介。《电影艺术译丛》对莎评的译介主要围绕选五部（组）作品进行，也是该杂志讨论最多、争鸣最大且具有代表性的莎士比亚作品——苏联舞剧《罗密欧与朱丽叶》影评、苏联电影《奥赛罗》影评、英国导演劳伦斯·奥立弗的莎士比亚电影影评以及《哈姆雷特》影评，并结合相关电影动态报道和电影从业人员特写，讨论《电影艺术译丛》和《世界电影》影评所呈现的时代语境和编辑审稿意向对电影研究热点、主题、视角、风格等的影响。首先，将莎剧搬上银幕，不仅牵涉戏剧和电影的关系问题，也涉及对古典文学和西方文学的态度问题，因而莎士比亚的影评不仅是艺术问题，也是政治和文化问题。其次，莎士比亚的作品既有诗歌，也有戏剧，因而莎士比亚研究从一开始就并不只限于文学领域，而是在电影、戏剧、文学等诸多方面齐头并进。再次，"十七年"时期的莎士比亚电影研究在研究成果数量、研究人员数量和创新性上超越了文学研究，在我国的莎士比亚研究中占有重要地位。之所以出现这种状况，一方面是"十七年"时期的我国文艺强调大众性，而电影作为大众娱乐方式，比文学更接近群众，比戏剧传播方式更省时省力，符合政治和文化宣传需要；另一方面，相对于外国文学研究者的谨慎，莎剧电影研究显得大胆许多，电影理论工作者进行了卓有成效的尝试，尤其是 1953—1958 年中国电影期刊对苏联莎剧电影的译介，使得电影莎评成为我国电影发展史和莎剧研究史的一大亮点。

  第三章讨论了新时期初期（1978—1981 年）我国学术期刊上刊载的莎评。"文革"之后，一大批学术期刊创刊或复刊，中国文化界重焕生机。但是，面对我国文学、戏剧、文化研究百废待兴的状况，我国知识分子需要解决的首要问题就是"拨乱反正、解放思想"，但这一过程并非一帆风顺，而是充满了意识形态上的斗争、反思和重构，导致这一时期的莎评写作呈现出与众不同的写作策略,如"先谈思想、再谈艺术"、注重引据革命导师著作、强调片面事实以塑造莎翁的政治正确形象、补论等,而对人道主义、"莎士比亚化"以及英美莎学成果的再认识也让我国学者在不同程度上解放了思想,我国的文艺发展思路也在不断的讨论与质疑中愈发清晰;尤其是电影和戏剧改编走在了文学评论的前面,中国的莎士比亚喜剧演出充满了对自由和爱情的赞美,如火如荼的莎剧改编不仅引入了西方的戏剧实践和理念,也开拓了中国观众的眼界,促进了莎剧的普及和中国莎士比亚研究的整体发展。

第四章关注 20 世纪八九十年代中国学术期刊上的莎士比亚批评。随着改革开放的不断深入、国际交往的增多以及外国文论的大量涌入,我国八九十年代文学领域的莎评对意识形态的关注迅速减少,在主题上出现了对宗教、人道主义、金钱观的再认识等,在视角上出现了传统批评、现代批评、后现代批评共存的热闹局面,各种理论和术语层出不穷,在形式上出现了从"感悟式"写作到"学术派"写作的转变。莎士比亚译介研究逐步展开,但主要还是服务于翻译实践。莎士比亚的影视研究也有发展,但电影研究仍在"影视文学"的框架下进行,电视研究作为新生事物关注不足。此外,两届莎士比亚戏剧节的成功举办不仅将莎士比亚推到了西方文化偶像的高度,而且大大促进了莎剧演出研究,尤其是"戏曲莎剧"/"莎戏曲"的出现——即将莎剧与中国传统戏曲相结合的戏剧改编模式——引发热议,并成为后来几十年莎剧演出和研究的亮点。

第五章是全书重点,主要梳理 21 世纪以来中国学术期刊刊载的莎士比亚批评的状况与变化,讨论改革开放以来中国莎士比亚研究的整体特征和近二十年来国外莎士比亚研究的范式转换。

第五章第一节梳理了 2000 年以来中国莎士比亚的译介、评论与演出的整体图景。进入 21 世纪,中国的莎士比亚研究丰富多彩、日渐深入,不仅源于研究者的自身兴趣与学术积累,也与改革开放后中国社会历史环境的变化相关,尤其是受到经济大潮和国内外文化、学术交流合作的直接影响,并在一定程度上推动了中国的文化变革。莎学的学院化、专业化和几乎同时发生的莎士比亚的商业化、符号化成为 21 世纪莎士比亚批评的重要特征,莎剧作为西方文学经典,也作为中外文化交流和互动的一个重要标志,见证了改革开放政策的逐步深入,也从一个侧面反映出我国外国文学研究发展的整体发展。

第二节讨论了 21 世纪莎士比亚文本研究的新趋势,尤其是莎士比亚政治研究重回视野,跨学科莎评蓬勃发展,以女性主义为代表的西方文论继续兴盛,以及同时出现的学界对后现代理论和文化研究的反思,并积极评价了学术界对 20 世纪八九十年代"理论热"和"文化研究热"所做的反思。

　　第三节讨论了莎剧电影研究的新发展。后现代改编理论在资本的加持下影响电影改编和电影评论的过程,是这一时期学者关注的焦点;莎剧电影沦为一种"文化商品"成为被激烈讨论的对象,而电影的艺术性不再是讨论热点——这本身就是电影艺术弱化的标志。特别是国内电影批评对 2006 年上映的两部《哈姆雷特》改编电影——《喜玛拉雅王子》和《夜宴》——的影评,明确反映出我国学者对电影产业化过程的理解和对莎士比亚商业价值的关注。事实上,我国学者大都默认了 21 世纪中国电影商业化的必然性,有些论文还高度肯定了电影从业者将莎士比亚符号化和将电影商业化的尝试。

　　第四节以汤显祖和莎士比亚的比较研究为例,呈现出学术话语和公共话语的分歧与合流,体现了 21 世纪中国文化以莎士比亚为媒介"走出去"的路径选择。本节从"中国的莎士比亚"之争、学术话语在公共空间的传播以及中国文化传播的新策略三方面,探讨 21 世纪汤、莎比较研究的趋势和路径,认为汤、莎之所以被后人反复比较,是因为两者都经历了经典化过程,被塑造为两国的文化偶像;汤、莎比较研究在学术界并非新鲜话题,但经由大众媒体的宣传和引导,在公共话语领域演变成了一场"孰优孰劣"的辩论;"中国的莎士比亚"成为借助西方话语宣讲中国故事、实现中国文化"走出去"的传播策略,成为中国文化对外传播的新路径。

　　第五节以《外国文学评论》为案例,讨论了新时期莎评和莎评作者群体的变化,是《文学评论》莎评研究在 20 世纪 90 年代之后的延续和发展。本节加入了对期刊莎评作者群的分析,是因为 2002 年以来,《外国文学评论》在每篇论文之后均附上了较为详细的作者简介,使得对该刊物作者群的研究成为可能。本节结合《外国文学评论》的编后记、栏目更迭、动态、作者简介和投稿须知等,从学术期刊的视角梳理了《外国文学评论》创刊以来莎评的刊发情况和作者群的概况,指出:威廉·莎士比亚是《外国文学评论》研究最多的作家;《外国文学评论》作为一个文化权力体,对莎评篇幅、数量、主题的筛选和引导,不仅构成了一段外国文学研究的学术史,也呈现出一段当代中国的社会史。总体而言,《外国文学评论》认可并强化了国内学术界对莎士比亚经典地位的肯定;莎士比亚的文学地位虽然稳固,莎士比亚研究在英语教学中不可或缺,但在 21 世纪初期现当代文学和西方文学理论大量引入中国之时,莎士比亚研究在中国成了一个相当小众的研究领域;自 1987 年年初至 2019 年年底,在 33 年的发展中,受国家政策、职称和期刊评价体系、编辑审稿意向的影响,《外国文学评论》的莎评逐渐形成了自身特色,即从莎士比亚的译介向文本研究过渡，同时重视政治意识形态的建设、突出文学为社会服务的功能；《外国文学评论》建立起了一个以中青年核心作者为依托的作者梯队，作者与作者、作者与读者的互动较弱。

第六节将《戏剧艺术》2000 年以后刊载的莎评、短评和动态分为三部分：一是莎士比亚文本相关研究，包括文学、翻译和与非戏剧专业莎剧教学研究；二是莎士比亚演出相关研究，包括演出理论、国外莎剧演员介绍、改编评述和演出动态等；三是中国舞台上的莎士比亚研究，其中第三部分因符合杂志"探讨建立具有中国民族形式与民族风格的社会主义戏剧""以实际行动迎接文化建设高潮的早日到来"[①]的办刊宗旨，成为绝对的刊载重点，具体体现为期刊通过刊载论文数量、编者按和举办研讨会的方式，引导研究者将莎士比亚戏剧与中国舞台相结合，促进中国戏剧事业的发展。其特色研究包括：话剧舞台上的莎士比亚，尤其是上海话剧舞台上的莎士比亚话剧、林兆华等导演的莎士比亚话剧以及校园莎剧；戏曲舞台上的莎士比亚，包括京剧、昆曲、婺剧、梆子戏等多个地方剧种的莎士比亚戏剧改编；莎士比亚与中国戏剧家的对比研究，尤其是莎士比亚与汤显祖两位戏剧大师的对比研究。其主要争议点在于：（1）莎士比亚戏曲改编的可能性、利弊和启示，比如：到底是要在中国舞台上呈现出一个原汁原味的伊丽莎白一世时期英国的莎士比亚，还是改造出一个中国化的莎士比亚？（2）"莎戏曲"的可行性问题。这两个热点均指向莎士比亚中国化的定位问题。《戏剧艺术》通过对林兆华莎剧话剧和"莎戏曲"的话题引导，参与了中国先锋戏剧的理论建构和中国戏曲的对外传播，推动了中国戏剧的发展；《戏剧艺术》对汤显祖和莎士比亚的比较研究模式呈现出学术话语和公共话语的分歧与合流，体现了中国文艺以莎士比亚为媒介"走出去"的路径选择；《戏剧艺术》创刊后对后现代导演和后现代戏剧理论的青睐则是中国戏剧从业者寻找主体性的必然结果。

第六章是结论，总结中国当代学术期刊中的莎评热门话题、研究模式和价值导向的"变"与"不变"，探讨学术期刊作为"文化权力体"如何调动学术研究的主动性和主体性，形成具有中国本土性的研究范式和成果。

---

① 《发刊词》，《戏剧艺术》，1978 年第 1 期，第 1 页。

第二章 "十七年"时期中国学术期刊
的莎士比亚研究(1949—1966)

近年来,我国学者对"十七年"时期莎评的一个普遍看法就是:这一时期莎评的意识形态特征超越一切。1959 年,卞之琳等提出,引介外国文学作品的一个重要标准就是"思想性":"我们从今日的高度看这些作品,本着'政治标准第一'的精神,首先分析其中的思想倾向,也就成为我们的特别迫切的课题。"①在"十七年"时期的不同阶段和不同学术领域,"政治标准第一"如何得到贯彻? 在政治意识形态之外,"十七年"时期的莎评又有何具体特色?"十七年"莎评对当今我国的莎士比亚研究乃至全世界的莎士比亚研究有何贡献,对未来的莎士比亚研究又有何启示? 本章主要对"十七年"时期中国学术期刊中的莎士比亚研究论文的主题、研究方法、内容和论文生产方式展开具体而微的研究,并结合这一时期外国文学和文化研究论文的整体刊发状况、编者按语和读者反馈,总结"十七年"时期莎士比亚研究的特征与贡献。

第一节 概 述

搜索"十七年"时期中国学术期刊上的莎士比亚相关研究论文,我们发现以下基本特征:

第一,从数量来讲,莎士比亚研究相关论文所占外国文学研究论文的比例并不高。这一时期共发表莎士比亚研究论文百余篇(其中重要莎评信息

---

① 卞之琳、叶水夫、袁可嘉、陈燊:《十年来的外国文学翻译和研究工作》,载《文学评论》,1959年第 5 期,第 72 页。

见表 2-1,列表见表 2-2)。① 相对于如今莎士比亚研究的体量,这个数字显然不多——这一点并不难理解:苏联文学和批评现实主义文学是这一时期文学研究的主流,而莎士比亚属于"死人、古人、洋人",莎士比亚研究并非当时的文学研究主流。

表 2-1 "十七年"时期重要莎士比亚研究论文的指标分析(来自中国知网)②

文献数	总参考数	总被引数	总下载数	篇均参考数	篇均被引数	篇均下载数	下载被引比
28	0	144	7637	0	5.14	272.75	0.02

第二,根据中国知网的数据库,从发表时间来讲,"十七年"时期的重要莎士比亚研究论文出现了两个发表峰值(见图 2-1),第一个高峰出现在 1956 年,该年发表重要莎评 6 篇,1954—1956 年共发表重要莎评 10 篇;第二

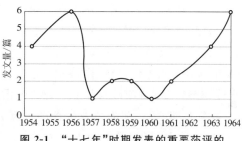

图 2-1 "十七年"时期发表的重要莎评的
总体趋势分析(来自中国知网)③

个高峰出现在 1964 年,该年发表重要莎评 6 篇,1963—1964 年共发表重要莎评 10 篇;这五年所发表的论文占"十七年"时期发表的重要莎评总量的三分之二强。

1954 年,《戏剧报》分三期刊载了苏联莎士比亚研究专家莫洛卓夫的长文《威廉·莎士比亚》,这也是"十七年"时期我国学术期刊中最早的介绍莎剧的论文。此后,我国的莎士比亚研究论文数量明显增多。1955 年,"阿垅(即亦门)也写过三篇莎评文章[,]即《威尼斯商人》《夏洛克》《哈孟雷特》,收入《作家的性格和人物的创作》一书。该书'共印行了一万八千册',这在当

---

① 其中,陈嘉和卞之琳的 3 篇论文未被中国知网收录,即陈嘉:《莎士比亚在"历史剧"中所流露的政治见解》,载《南京大学学报》,1956 年 12 月;卞之琳:《莎士比亚戏剧创作的发展》,载《文学评论》,1964 年第 4 期,第 52—79 页;陈嘉:《论〈罗密欧与朱丽叶〉》,载《江海学刊》,1964 年第 4 期。莫洛卓夫的论文分三期连载,为方便统计,列为三篇,即玛·莫洛卓夫:《威廉·莎士比亚》,陈微明译,《戏剧报》,1954 年第 4 期,第 35—39 页("玛·莫洛卓夫"应为"米·莫洛卓夫",文末译者按有勘误。本书论及莫洛卓夫及其作品时采用正确译法);莫洛卓夫:《威廉·莎士比亚(续)》,陈微明译,《戏剧报》1954 年第 5 期,第 28—32 页;莫洛卓夫:《威廉·莎士比亚(续完)》,陈微明译,《戏剧报》1954 年第 6 期,第 41—45 页。

② 数据截至 2020 年 2 月 29 日。陈嘉和卞之琳的 3 篇论文因未被中国知网收录,故并未包括在知网的统计数据内。陈嘉的《莎士比亚在"历史剧"中所流露的政治见解》"全文 5 万字,正文27000 字左右,注释 205 条,几乎占全文的一半",但并未统计在内。引文转引自孟宪强:《中国莎学简史》,长春:东北师范大学出版社,2014 年,第 201 页。

③ 有论文因未被中国知网收录,故未出现在知网的统计图中。

时已相当可观"①。1956 年 4 月,中共中央政治局扩大会议推出了"百花齐放,百家争鸣"的科学文化工作方针,更进一步推动了新中国文化事业的繁荣,我国的莎士比亚研究也由此经历了一个短暂的蓬勃发展期。但很快,1957 年"反右"运动开始,古代文学和西方文学研究陷入低谷,1958—1960 年的"新民歌运动"与"文学创作大跃进"又将工农兵文学抬上历史舞台,1958 年 2 月周扬的《文艺战线上的一场大辩论》更是用"阶级斗争""路线之争"来讨论文艺问题②,实质上否定了"双百"方针,中国的莎士比亚研究陷入停滞。

　　1963—1964 年,我国的学术期刊再次出现了莎士比亚研究论文的集中刊载,《复旦》《文学评论》等杂志刊发了数篇具有很高研究价值和学术影响力的优秀论文,如吴兴华《〈威尼斯商人〉——冲突和解决》(载《文学评论》1963 年第 6 期)、王佐良《英国诗剧与莎士比亚》(载《文学评论》1964 年第 2 期)、戴镏龄《〈麦克佩斯〉与妖氛》[载《中山大学学报》(哲学社会科学版)1964 年第 2 期]等。莎士比亚批评的再度繁荣,可能有以下几个原因:一、1960 年"八字方针"的提出和 1961—1962 年"新侨会议""广州会议""大连会议"的举办,政治环境和文化氛围相对宽松,外国文学研究有所复苏;二、20 世纪 60 年代初,中国和苏联的关系恶化,50 年代中、苏关系蜜月期时中国文坛对苏联文学政策的一味沿袭受到反思③,中国的文学批评亟待发展自身特色,走出一条属于自己的文艺批评道路;三、1964 年适逢莎士比亚诞辰 400 周年纪念,为莎士比亚研究的快速发展提供了机遇。事实上,除了中国的学术期刊开始集体关注莎士比亚,《莎士比亚全集》的翻译出版工作也在积极推进。时任人民文学出版社外国文学编辑的施咸荣邀请吴兴华、方重、方平、章益、杨周翰等校订、增补了朱生豪译本,并已基本完成了《莎士比亚全集》的出版准备工作。④ 之所以选择莎士比亚作品为切入口,一方面是

---

① 程朝翔:《莎士比亚戏剧研究》,章燕、赵桂莲主编:《新中国 60 年外国文学研究(第一卷上)外国诗歌与戏剧研究》,北京:北京大学出版社,2015 年,第 208 页。因本书只讨论期刊中的莎士比亚研究论文,故未涉及阿垅的这几篇论文。

② 周扬:《文艺战线上的一场大辩论》,《人民日报》,1958 年 2 月 28 日,第 2 版。

③ 季摩菲耶夫的《文学原理》(1955)、毕达可夫的《文艺学引论》(1958)、维诺格拉多夫的《新文学教程》(1952)等对我国 20 世纪 50 年代的文学理论教学产生了重大影响。1957 年,苏联莎士比亚研究专家阿尼克斯特的《莎士比亚的戏剧》由上海新文艺出版社出版;1959 年,他的《英国文学史纲》由人民文学出版社出版。孟宪强指出,20 世纪 50 年代"阿尼克斯特等人著述的汉译本几乎成了外文系、中文系讲授外国文学和莎士比亚戏剧不可缺少的参考书"(孟宪强:《中国莎学简史》,长春:东北师范大学出版社,2014 年,第 29 页)。

④ 见李伟民:《阶级、阶级斗争与莎学研究:莎士比亚在二十世纪五六十年代的中国》,载《四川戏剧》,2000 年第 3 期,第 11 页;又见戈宝权:《莎士比亚的作品在中国(翻译文学史话)》,载《世界文学》,1964 年第 5 期,第 143 页。

因为莎士比亚是世界级的文学巨匠,以文学这一人类共同的遗产和莎士比亚这一世界公认的文学大师为媒介,可以快速找到国际对话平台,形成共识,破除国外敌对势力对新中国文化事业的恶意抹黑,向全世界展示中国人的崭新形象;另一方面,莎士比亚在马克思、恩格斯著作中也是以较为正面的形象出现的,众所周知,马克思主义文艺理论的一个重要观点就是对"莎士比亚化"与"席勒式"的区分。① 由此,在 20 世纪 60 年代初,我国再次出现了莎士比亚研究的短暂繁荣局面。②

第三,根据中国知网数据库,从发表期刊来看,与 20 世纪西方莎学界"重文本、轻表演"的倾向不同,我国"十七年"时期重要莎评在电影、戏剧、文学类期刊上的数量分布较为均衡,包括《世界电影》《电影艺术译丛》③5 篇、《文学评论》4 篇、《复旦》[《复旦学报》(人文科学版)]5 篇、《戏剧报》3 篇、《文史哲》2 篇、《世界文学》2 篇、《北京大学学报》(人文科学)2 篇、《山东大学学报》(语言文学版)1 篇、《上海戏剧》1篇、《教学与研究》1 篇、《现代外国哲学社会科学文摘》1 篇、《中山大学学报》(哲学社会科学版)1 篇;其中文学类期刊 7 篇,电影类 5 篇,戏剧类 4 篇,学报4 篇,其他 8 篇(以上数据源自中国知

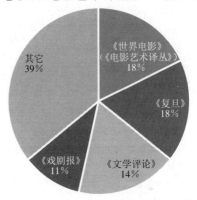

图 2-2 "十七年"时期重要莎评刊载
期刊比例分析(根据中国知网数据库)

---

① 对马克思"莎士比亚化"的讨论不仅论文数量多,而且贯穿了我国七十多年的莎士比亚研究历程,还对 20 世纪八九十年代我国文艺界的"拨乱反正、解放思想"意义重大,是我国莎士比亚研究的一项重要内容。

② 但国内政治形势很快发生了变化,不仅《莎士比亚全集》未能出版,而且莎士比亚研究和外国文学研究也几乎陷入停滞,中国社科院主办的《文学评论》也于 1966 年停刊。直到 1978 年人民文学出版社推出《莎士比亚全集》11 卷,1978 年 3 月朱维之在《天津师范学院学报》发表"文革"之后的首篇莎评《莎士比亚和他的〈威尼斯商人〉》,莎士比亚和西方文学研究才重新进入中国人的视野。也有学者认为,1963—1964 年,我国文艺界的气氛已相当紧张,莎士比亚的纪念活动已不能大张旗鼓地展开,人们只能以简报和批判的方式纪念莎士比亚。参见李伟民:《阶级、阶级斗争与莎学研究——莎士比亚在二十世纪五六十年代的中国》,载《四川戏剧》,2000 年第 3 期,第 7—11 页。

③ "1953 年 2 月,《电影艺术资料丛刊》改名为《电影艺术译丛》(月刊),1958 年 6 月停刊。1958 年7 月至 1959 年 6 月改名为《国际电影》,后停刊。1962 年 3 月恢复出版内部发行的不定期刊《电影艺术译丛》,至 1964 年 6 月再次停刊,一直到 1978 年 10 月再次复刊,至 1980 年底改为《世界电影》之前,共出版了 102 期,发表了近 1600 篇的译文。"(郑雪来:《感慨话当年——祝贺〈世界电影〉创刊 50 周年》,载《世界电影》,2002 年第 6 期,第 10 页。)由于期刊停刊、复刊和更名过程较为复杂,不少研究论文将该期刊统称为《世界电影》。另外,中国知网统计混乱,《世界电影》和《电影艺术译丛》混用。为方便读者阅读和检索,本书将"十七年"时期的该期刊标注为《电影艺术译丛》或《世界电影》《电影艺术译丛》。

网,见图 2-2)。之所以出现"书斋中的莎士比亚研究"与"舞台上的莎士比亚研究"齐头并进的状况,主要是由于"十七年"时期我国的文艺路线注重群众路线,强调到群众中去、为工农兵服务,而戏剧和电影作为大众喜闻乐见的娱乐方式,比文本批评更接近群众,更符合当时的政治和文化宣传需要。

　　第四,从作者来看,这一时期的莎评作者多为中、英文造诣深厚的外国文学学者,其中陈嘉、张健、吴兴华、王佐良、孙大雨、赵澧等各发表论文 2 篇,苏联评论家莫洛卓夫的论文(译文)3 篇,英国舞美设计师 R. 佛尔斯的论文(译文)2 篇,其他作者发表研究论文各 1 篇(见表 2-2),相关短论、简报、通讯、读者来信、编者按近百篇。本章即以"十七年"时期的这些重要莎评为主,结合其刊载期刊和外国文学研究论文的整体发表状况,探讨"十七年"时期中国莎士比亚批评的话语模式。

表 2-2　"十七年"时期的重要莎士比亚研究论文列表

序号	"十七年"时期的重要莎士比亚研究论文
1	米·莫洛卓夫:《威廉·莎士比亚》,陈微明译,载《戏剧报》,1954 年第 4 期,第 35—39 页。
2	莫洛卓夫:《威廉·莎士比亚(续)》,陈微明译,载《戏剧报》,1954 年第 5 期,第 28—32 页。
3	莫洛卓夫:《威廉·莎士比亚(续完)》,陈微明译,载《戏剧报》,1954 年第 6 期,第 41—45 页。
4	张健:《莎士比亚和他的四大悲剧》,载《文史哲》,1954 年第 4 期,第 4—10 页。
5	H. 埃利亚施、C. 伊瓦诺娃:《"罗密欧与朱丽叶"》,冯由礼译,载《电影艺术译丛》,1956 年第 2 期,第 63—70 页。
6	孙大雨:《诗歌底格律》,载《复旦学报》(人文科学版),1956 年第 2 期,第 1—30 页。
7	吴兴华:《莎士比亚的亨利四世》,载《北京大学学报》(人文科学),1956 年第 1 期,第 105—126 页。
8	R. 佛尔斯:《影片"汉姆莱脱"的美工设计》,方也仁译,载《电影艺术译丛》,1956 年第 7 期,第 41—47、113—114 页。
9	R. 佛尔斯:《影片"理查三世"的服装设计》,陈元珍译,载《电影艺术译丛》,1956 年第 7 期,第 47—52 页。
10	李赋宁:《莎士比亚的"皆大欢喜"》,载《北京大学学报》(人文科学),1956 年第 4 期,第 51—66 页。
11	陈嘉:《莎士比亚在"历史剧"中所流露的政治见解》,载《南京大学学报》,1956 年 12 月。
12	孙大雨:《诗歌底格律(续)》,载《复旦学报》(人文科学版),1957 年第 1 期,第 1—28 页。
13	B. 弗罗洛夫:《莎士比亚的悲剧在银幕上》,江韵辉译,载《世界电影》(《电影艺术译丛》),1958 年第 4 期,第 35—47 页。
14	C. 尤特凯维奇:《我对于影片"奥瑟罗"的构思》,何正译(自伊丽莎伯·罗泰尔的法文译本),载《世界电影》(《电影艺术译丛》),1958 年第 4 期,第 28—34 页。
15	方鹏钧:《莎士比亚的悲剧"汉姆雷特"》,载《复旦》,1959 年第 10 期,第 81—88 页。
16	戚叔含:《莎士比亚的悲剧人物个性塑造和他的现实主义》,载《复旦》,1959 年第 10 期,第 68—80 页。
17	沈子文、孙椿海、邹国藩、王沂清:《试谈李耳王性格的发展》,载《复旦》,1960 年第 2 期,第 40—45 页。

续表

序号	"十七年"时期的重要莎士比亚研究论文
18	赵澧、孟伟哉、管珑、吴芝兰:《论莎士比亚的社会政治思想及其发展》,载《教学与研究》,1961年第2期,第20—27页。
19	曹未风:《谈莎士比亚的喜剧作品》,载《上海戏剧》,1961年第10期,第21—24页。
20	赵澧、孟伟哉:《论莎士比亚的伦理道德思想及其发展》,载《文史哲》,1963年第2期,第74—81页。
21	朱虹:《西方关于汉姆雷特典型的一些评论》,载《文学评论》,1963年第4期,第111—124页。
22	吴兴华:《〈威尼斯商人〉——冲突和解决》,载《文学评论》,1963年第6期,第78—113页。
23	张健:《论莎士比亚的〈尤利斯·该撒〉的结构和思想》,载《山东大学学报》(语言文学版),1963年第4期,第1—11页。
24	杨周翰:《谈莎士比亚的诗》,载《文学评论》,1964年第2期,第26—40页。
25	王佐良:《英国诗剧与莎士比亚》,载《文学评论》,1964年第2期,第1—25页。
26	戴镏龄:《〈麦克佩斯〉与妖氛》,载《中山大学学报》(哲学社会科学版),1964年第2期,第26—32、111页。
27	戈宝权:《莎士比亚的作品在中国(翻译文学史话)》,载《世界文学》,1964年第5期,第136—143页。
28	王佐良:《读莎士比亚随想录》,载《世界文学》1964年第5期,第125—135页。
29	海伦·加德勒:《艾略特时代的莎士比亚》,周煦良译,载《现代外国哲学社会科学文摘》,1964年第8期,第18—23页。
30	卞之琳:《莎士比亚戏剧创作的发展》,载《文学评论》,1964年第4期,第52—79页。
31	陈嘉:《论〈罗密欧与朱丽叶〉》,载《江海学刊》,1964年第4期。

第二节 "十七年"时期莎评的"阶级化"范式

由于20世纪五六十年代以革命和阶级斗争为中心的社会形势,研究者对文学审美性的追求受到压制,政治意识得到强化,"政治标准唯一"的原则逐渐取代了"政治标准第一"的文艺批评原则。"十七年"时期的莎评不仅在主题上是阶级性的,而且形成了独特的"阶级化"论文写作策略——这一策略不仅涉及莎剧的阶级属性,也包括对莎士比亚本人政治立场的定性。

1."十七年"时期莎评的"阶级化"写作策略

(1)将"阶级政治"等同于"政治"的全貌

在"十七年"时期的中国社会生活中,"政治"与"阶级"联系紧密,"文学与政治的关系"的命题也被想当然地置换成了"文学和阶级的关系"。"十七年"时期的中国莎士比亚研究不仅强调思想性,而且在具体批评实践中已将阶级斗争意识等同于思想性的全部。

　　赵澧、孟伟哉等的《论莎士比亚的社会政治思想及其发展》(1961)及其姊妹篇《论莎士比亚的伦理道德思想及其发展》(1963)将莎士比亚的社会思想分为两个方面，"一方面是关于社会政治的，一方面是关于伦理道德的。……他的社会政治思想主要体现在历史剧中（包括部分悲剧），而他的伦理道德思想，主要是体现在喜剧和悲喜剧中（也包括部分悲剧）"①。这两篇论文从"思想性"角度切入莎士比亚戏剧，沿用并改造了历史剧、悲剧、喜剧和传奇剧的莎剧传统分类，体现出这一时期我国莎评对"思想性"的高度重视。谈及写作目的，作者明确表示："我们认为，对于这样一个作家及其作品，进行全面深入地研究是必要的；因为，只有努力掌握并应用马克思主义的原则和方法，做到真正科学的估价，才能谈到借鉴和继承，才能在理论上和实际上与资产阶级观点划清界限。"②赵澧于 1950 年获美国西雅图华盛顿大学文学硕士学位，学成归国后一直致力于莎士比亚和美国现代文学研究，先后出版了《莎士比亚传论》等一系列专著、编著和论文，③非常熟悉当时英美流行的莎士比亚批评理论。从《论莎士比亚的社会政治思想及其发展》这篇论文的架构上看，作者基本沿用了历史剧、悲剧、喜剧和传奇剧的划分方法，但将研究的切入点放在莎士比亚的"思想性"上，即莎士比亚"社会政治思想的一个主要内容是拥护君主专制、反对封建割据"④；在与此相关的莎士比亚对待人民群众的态度上，作者提出莎士比亚"具有显明的阶级的和历史的局限性"、莎士比亚的思想是"较少发展，较少变化的，或者毋宁说，他的起点也就是他的终点"⑤，突显了政治意识形态批评，并在此与西方传统莎评分道扬镳。

　　沈子文等的《试谈李耳王性格的发展》(1960)关注的是莎剧《李尔王》的"思想性"，认为李尔的性格发展过程揭示出当时的阶级矛盾，即资产阶级和封建贵族之间的矛盾，以及人民和资产、资本主义与封建主义之间的矛盾，而考狄利娅的形象则代表了"当时人民美好的愿望"和"光明的未来"。⑥ 沈子文看到了《李尔王》中蕴含的阶级矛盾，认为考狄利娅的美好形象透露出莎士

---

①　赵澧、孟伟哉：《论莎士比亚的伦理道德思想及其发展》，载《文史哲》，1963 年第 2 期，第 74 页。

②　赵澧、孟伟哉、管珑、吴芝兰：《论莎士比亚的社会政治思想及其发展》，载《教学与研究》，1961 年第 2 期，第 20 页。

③　李伟民：《马克思主义莎学在中国的传播——论赵澧的莎学研究思想》，载《重庆邮电学院学报》(社会科学版)，2004 年第 3 期，第 89 页。以上书名引自李伟民原文。

④　赵澧、孟伟哉、管珑、吴芝兰：《论莎士比亚的社会政治思想及其发展》，载《教学与研究》，1961 年第 2 期，第 21 页。

⑤　同上篇，第 25 页。

⑥　沈子文、孙椿海、邹国藩、王沂清：《试谈李耳王性格的发展》，载《复旦》，1960 年第 2 期，第 44 页。

比亚的温情和对未来的希望——这种提法在 1960 年或可接受,但在越来越复杂的政治环境下,却将因为对资产阶级的批判不够彻底而遭受攻击。

对阶级斗争的异常关注,成为"十七年"时期文艺批评的重要特征。但必须指出的是,"阶级"只是"政治"的一部分,并非"政治"的全部。如果仅从阶级政治的视角定义政治,那么尽管抓住了政治概念的重要方面,却不可能理解政治的全部内容。如陶东风所说,这种想当然的理解"在中国的特定语境中自有其产生的历史原因,但却长期制约了我们对文艺(以及文艺学)与政治关系的思考"①。区分"政治"与"阶级政治"的内涵与外延,厘清两者的上下义词关系,不仅有助于理解"十七年"时期的文艺政策,也是我国文学和文艺事业积极健康发展的重要保障。

(2)"先表立场、再谈艺术"的论文结构

出于对思想性的强调,"十七年"时期莎评的一大显著特征就是采取"先表立场、再谈艺术"写作模式,有些论文甚至出现了"立场是立场"和"艺术是艺术"的两层皮现象。事实上,纵观这一时期的莎士比亚研究论文,从洋洋洒洒的数万字长文,到百十字的短论和通讯,几乎没有一篇文章只谈莎士比亚的艺术美、不提作者的政治立场。

朱虹的《西方关于汉姆雷特典型的一些评论》(1963)一开篇就表示,"社会主义文学艺术的繁荣与发展要求创造出大量的新时代新社会的典型人物,因而,从理论上进一步探讨典型问题,从而对典型塑造起促进作用,也就成为十分必要的",为全文定下了"为社会主义文学艺术服务"的调子;朱虹还声明,论文对于英国历代资产阶级批评家的评论只为"作一个简单的介绍",希望能够提供"一些点点滴滴的资料",②不仅表明了作者的政治立场——介绍国外莎评绝不等同于赞同资产阶级思想——也将莎士比亚的《哈姆雷特》与国外学界对《哈姆雷特》的评论区别开来,区分了莎士比亚的阶级立场和西方学者的阶级立场。但是,除了论文开头的定调和将 20 世纪莎士比亚研究定性为"资产阶级走向腐朽没落"③之外,该文并未过多纠结于意识形态批评,而是着力于对西方莎士比亚研究的流变做出客观充分、有理有据的讨论,尤其对《哈姆雷特》的素材来源、复仇剧、18 世纪哈姆雷特形象的演变、从舞台形象到书斋研读的转变、19 世纪的浪漫主义莎评、20 世纪莎士比亚研究的新流派等加以评介,笔法流畅,材料扎实,引用的莎学成果也是较新的

① 陶东风:《文学理论的公共性——重建政治批评》,福州:福建教育出版社,2008 年,第 2 页。

② 朱虹:《西方关于汉姆雷特典型的一些评论》,载《文学评论》,1963 年第 4 期,第 111 页。汉姆雷特即哈姆雷特。

③ 同上篇,第 122 页。

西方莎学研究成果，体现出作者敏锐的学术眼光和严谨的学术态度。

吴兴华的《〈威尼斯商人〉——冲突和解决》（1963）采取了同样的写法。在论文开篇，吴兴华就批评某些资产阶级学者"狂妄地声称：莎士比亚的客观存在就为马克思主义文艺理论提供了绝好的反证"，于是作者对《威尼斯商人》的分析及其引用的西方学者的观点也就有了政治的正确性——"有效地驳斥这一派主张"。① 为了驳斥"这一派主张"，那么"深入研究个别剧本只能算是不可少的准备阶段"，而即便在这个准备阶段，"为了使论点站得住，不给反对者以可乘之隙，我们也应该采取谨慎的态度和比较严格的方法"。② 除此以外，这种方法还可以"反其道而行之……初步窥探出莎士比亚在若干社会问题上的立场"，"本篇论文就打算试用上述方法研究《威尼斯商人》"。③ 吴兴华的论证环环相扣，尽可能让论文和论文作者免于"重考据、轻思想"的质疑。但是，这严密的逻辑背后，不仅是作者严谨的学术态度，也出于作者如履薄冰的小心翼翼。

"先表立场、再谈艺术"的论文结构同样也见诸王佐良、卞之琳等众多学者的笔端，成为"十七年"时期文学评论的一种写作范式。出于政治形势的需要，或出于个人思想的改变，评论者大都选择了先谈论文的思想性或先表明自己的政治立场、再进入文学批评的手法，使得"文学性"让位于"思想性"成为"十七年"时期莎士比亚研究的最明显特征。

（3）反复援引革命导师语录

莎士比亚是资产阶级作家，而且莎剧与工农兵群众的日常生活关系不大，因而研究莎士比亚在"十七年"时期显然不合时宜。在这种情况下，引用革命导师语录不仅可以重申莎士比亚戏剧的进步性，还可以表明评论者的政治立场，在一定程度上起到了保护论文的作用。"十七年"时期莎评最常引用的文献就是马克思和恩格斯语录。马克思、恩格斯语录不仅数量可观，而且取代莎士比亚原著，占据了论文的中心位置。

吴兴华的《莎士比亚的亨利四世》（1956）不仅专门讨论了马克思和恩格斯在写给拉隆尔的信里所提到的"莎士比亚化"以及恩格斯提出的"福斯塔夫式的背景"，即"农民和市民的活动所构成的五光十色的背景"，还先后引用了斯大林的《马克思主义和民族问题》、恩格斯的《德国农民战争》、恩格斯的《论封建制度的解体及资产阶级的发展》、恩格斯1895年5月21日写给考茨基论

---

① 吴兴华：《〈威尼斯商人〉——冲突和解决》，载《文学评论》，1963年第6期，第79页。

② 同上。

③ 同上篇，第80页。

他的《近代社会主义的先驱》一书的信、《马克思恩格斯列宁斯大林论文艺》等文献。张健的《论莎士比亚的〈尤利斯·该撒〉[①]的结构和思想》(1963)共有 12 处注释和引用,其中就包含了《列宁全集》、《马克斯恩格斯论艺术》[②]、《鲁迅全集》几处重要引用。赵澧等撰写的两篇论文《论莎士比亚的社会政治思想及其发展》(1961)和《论莎士比亚的伦理道德思想及其发展》(1963)中,除有一处引用涉及 16 世纪英国史、数处涉及朱生豪译莎剧原文,其余所有脚注均来自各个版本的马克思和恩格斯语录,包括莫斯科版《马克思恩格斯文选》、人民文学版《马克思恩格斯论艺术》、《马克思恩格斯全集》、马克思《资本论》和恩格斯《论封建制度的解体及资产阶级的兴起》,论文对革命导师语录的注释数量不仅远超其他文献,而且超过了对莎士比亚原著的引用数量。

李赋宁的《莎士比亚的"皆大欢喜"》是一个例外。这篇写于 1956 年的十六页长文引证丰富,论证扎实,借《皆大欢喜》中的讽刺手法和杰奎斯一角揭露了当时英国社会的现实,有理有据地批判了当时英国社会人与人之间的关系。虽未出现任何对革命导师语录的直接援引,但李赋宁将马克思和恩格斯对社会矛盾、封建制度与资产阶级关系的讨论充分融入了论证之中[③]——从这个角度来讲,这篇论文不仅是"例外证明规则",而且也是对马克思文艺批评理论的一次深入探索。

(4)彻底驳斥西方莎学观点

"十七年"时期莎评的另一个较为普遍的特征就是,注意将莎士比亚的原著与西方莎学观点区别开来,即充分肯定莎士比亚原著的进步意义,同时彻底驳斥西方资产阶级学者的反动观点。在"十七年"时期的莎评中,西方学者往往是作为被批判的对象而引用的,他们无一例外地被定位为资产阶级反动学者,他们的学术观点被批判为蓄意不良而被嗤之以鼻,中国的莎剧研究者和爱好者必须对他们保持警惕,与他们划清界限。否则,如李赋宁所言,"那我们就上了资产阶级批评家的当,因为这样我们就会完全忽视了杰魁斯[④]在'皆大欢喜'中所起的暴露批判资本主义原始积累时期英国社会黑暗罪恶的重要作用"[⑤]——角色不同,剧本不同,此处的"杰魁斯"和《皆大欢喜》可由其他莎剧角色和剧名替换,但所用句式和批判罪名可以维持不变。

---

① 《尤利斯·该撒》即《裘力斯·凯撒》。

② 原书书名如此。

③ 这篇论文也被誉为"这个时期最重要的论述莎士比亚喜剧的论文"。见孟宪强:《中国莎学简史》,长春:东北师范大学出版社,2014 年,第 26 页。

④ 即杰奎斯(Jaques)。

⑤ 李赋宁:《莎士比亚的"皆大欢喜"》,载《北京大学学报》(人文科学),1956 年第 4 期,第 64—65 页。

吴兴华的《莎士比亚的亨利四世》批评"资产阶级文艺批评"是"不可挽救的堕落"，指出资产阶级批评家对历史剧和当时阶级斗争的密切关系"一贯是避而不谈的"，"他们把文学和社会发展的进程割裂开，企图把史剧解释作一种无端自发的'爱国'情绪的产物"，而帝国时代的一些"学者"（吴兴华这里特意将学者二字加上了双引号）"更进而歪曲污蔑莎士比亚的史剧，抽出这些作品深刻的思想内容和强烈的人民性，把莎士比亚涂改成一个封建制度的拥护者或赞扬非正义的侵略战争的沙文主义者"，他们的评论是"丝毫没有事实根据的恶毒的伪造"。① 此外，吴兴华还以对福斯塔夫的阐释为例，将西方莎士比亚研究者归为三个流派：摩干和布拉德雷被认为是"哲学化"派，摩干"不但假设莎士比亚的剧本是处在一个脱离时代历史条件的真空状态里；而且进一步鼓吹应该摆脱作品去作各种想入非非的探索"，②布拉德雷"完全脱离社会发展和时代背景，纯粹从主观来窥探和猜测作者的意图和作品的主题，然后再去到作品中为他既得的结论寻求证据"③；E. E. 斯透尔则被认为是"历史派"批评家，他和他的信徒们"忽视了文艺作品的客观存在和历史发展丰富我们认识的可能，而坚持在莎士比亚的戏剧里没有深度，没有光影，没有曲折；人物是平面的，不必追究；情节是断续的，没有发展"，同样"没有能拔出唯心主义文艺批评的泥沼"；④杜佛•威尔逊和梯里亚德的思想更被严厉批判为具有"现代西方莎士比亚研究当中日益显著的反动政治倾向"，他们"配合着近年来国际情势的发展，在文艺战线上向进步思想进攻"，同时"力图削弱和谋杀文艺复兴这个伟大时期的历史意义"；⑤威尔逊被吴兴华定性为"现代的保皇党"，"以《莎士比亚全集》编注者的身份，对剧本里一切批评当时社会的部分都加以篡改和歪曲"；⑥而梯里亚德"在全世界资本主义趋向灭亡的今天"⑦不敢正视福斯塔夫的形象，尽力维持太平，其学术研究中隐藏的正是反动的政治思想。

吴文不仅对莎士比亚批评传统了如指掌，而且提出了不少新颖的观点，是"独立思考的结晶"。⑧ 但即便做出了如此彻底而激烈的批评，吴兴华也未能幸免于接下来的数次事件。1957 年，吴兴华的译著《亨利四世》由人民

---

① 吴兴华：《莎士比亚的亨利四世》，载《北京大学学报》（人文科学），1956 年第 1 期，第 107 页。
② 同上篇，第 116 页。
③ 同上篇，第 118 页。
④ 同上。
⑤ 同上篇，第 119 页。
⑥ 同上。
⑦ 同上篇，第 120 页。
⑧ 何辉斌：《吴兴华的莎士比亚研究》，载《汉语言文学研究》，2015 年第 1 期，第 59 页。

文学出版社出版,但令人唏嘘的是,同年他也因批评苏联专家的英语教学方法而被错划为"右派"。① 1958 年,吴兴华评戴镏龄译《浮士德博士的悲剧》的书评(载《西方语文》创刊号,1957 年 6 月)被批评为"斤斤从版本及注解上大做文章",他的同行甚至揪住他的"右派分子"身份进行人身攻击,称"吴兴华是右派分子,他这样做是无足为奇的。但他代表的一种崇拜西方考据与版本之学倾向也存在于许多别人身上",②不免有落井下石的意味,明显是对吴兴华本意的歪曲。

(5)补论

与"先表立场、再谈艺术"的论文结构类似,补论也是出于"以阶级斗争为纲"的考虑。出于非常时期的自我保护,也可能出于外界压力,评论者放弃或部分放弃了审美讨论,有意加入阶级语汇,将论文"阶级化",以适应政治形势的需要。但从全文来看,这些政治语汇是作为附加成分存在的,并未侵入论文的主体脉络,即便删除也不会影响论文的完整性,故称"补论"。

例如,张健的《论莎士比亚的〈尤利斯·该撒〉的结构和思想》(1963)先讨论了莎剧《裘力斯·凯撒》的剧本结构,即莎士比亚如何以凯撒遇刺为中心,将三年之中发生的事件集中压缩在五天内完成,称赞该剧情节发展紧凑曲折、人物性格突出细致。但张健笔锋一转,继而提出,更重要的是,"我们谈论剧本的结构和艺术成就,绝不能撇开思想。莎士比亚写戏是有意图的。即使他自己并没有意识到这一点,也必然会反映他的思想。因此结合结构的分析对这出剧的思想内容进行分析是完全必要的,也是十分有意义的"③。这样一来,对剧本结构的分析就不只是讨论"艺术性",而是指向了戏剧的"思想性",继而具有了政治的正确性。如今的读者普遍认为,剧本的形式和内容是相互依存、不可分割的,但这个如今已是共识的观点,在"十七年"时期却需作者反复强调以避免"嫌疑"。

又如,戴镏龄的《〈麦克佩斯〉与妖氛》(1964)讨论了《麦克白》中的三女巫和巫术的作用。在讨论了巫术对推动剧情演进和增强舞台演出效果的意义之后,戴镏龄总结道:

> 妖术虽被利用到戏里,成为出色的部分,终究不是最主要的部分。
> 作者所要暴露鞭挞的毕竟是以麦克佩斯为代表的封建社会统治阶层中

---

① 张春田、周睿琪:《吴兴华年谱简编》,载《文化与诗学》,2019 年第 1 期,第 287—288 页。
② 转引自张春田、周睿琪:《吴兴华年谱简编》,载《文化与诗学》,2019 年第 1 期,第 288 页。
③ 张健:论莎士比亚的〈尤利斯·该撒〉的结构和思想,载《山东大学学报》(语言文学版),1963 年第 4 期,第 5 页。

追求权力地位的残暴野心家。他杰出地塑造了这样一个野心家的形象。给予观众和读者以最深刻印象的因此是麦克佩斯的动人形象，而不是作者用来做点缀的妖氛。①

但作者似乎仍觉得以上评论不足以充分表明自己的政治立场。于是，在结论之后，我们看到了一段更符合当时时代语境的批判辞：

> 假如今天有人重写《麦克佩斯》这个戏，时代不同，观众对象不同，就没有必要像莎士比亚一样在舞台上将关于妖妇的传说大事铺张，不然，就会成为十分荒唐了。今天观众既不同于莎士比亚时代的观众，我们明白莎士比亚何以那样做，也就明白我们何以不应该跟着他那样做了。②

这补来的一笔与全文论证关系不大，而是重在表明态度，让论文的题材——莎剧中的鬼怪精灵——与作者的立场保持了距离：时代不同、创作思路不同、观众不同，"我们"需要在实际的舞台创作中依据具体情况加以取舍；同时，这段补论也避免了宣扬封建迷信的恶意揣测，体现出作者的小心谨慎。

遗憾的是，尽管戴镏龄如此鲜明地表达了自身立场，一年之后，这篇论文依然因为"完全离开了评价文学作品的政治标准，大谈艺术，而对《麦克佩斯》一剧的最大局限性——妖魔鬼怪，对剧中所宣扬的迷信宿命论等却只字不提"③而遭到批判。作者陷入了失语的境地，类似的补论成了作者的自我心理安慰。

正如李伟民所评论的：

> 20 世纪 50—60 年代……莎士比亚研究甚至成了一项危险性极大的工作。那时的逻辑是研究资产阶级作家就等于资产阶级的吹鼓手。如果不能在研究论著中时时提及莎士比亚的新兴资产阶级代言人的身份，并对其思想与创作给予猛烈的批判，任何人的莎研工作都是难以进行下去的。④

---

① 戴镏龄：《〈麦克佩斯〉与妖氛》，载《中山大学学报》（哲学社会科学版），1964 年第 2 期，第 32 页。《麦克佩斯》即《麦克白》。

② 同上。

③ 殷麦良：《我对〈〈麦克佩斯〉与妖氛〉一文的意见》，载《中山大学学报》（哲学社会科学版），1965 年第 3 期，第 103 页。

④ 李伟民：《马克思主义莎学在中国的传播——论赵澧的莎学研究思想》，载《重庆邮电学院学报》（社会科学版），2004 年第 3 期，第 93 页。

考虑到当时的社会语境,我们就不难理解评论者为何要与莎士比亚这位"资产阶级进步作家"保持距离,也不难理解评论者为何要强调阶级意识、运用阶级分析方法来评判莎剧的写作策略——从某种程度上来讲,"批判"是当时"纪念"莎翁的唯一方式。也正是由于这些"阶级化"的写作策略,中国的莎士比亚评论得以在20世纪五六十年代发出了自己的声音,留下了存在的印记;中国的莎士比亚研究仍然孕育出了一批才华横溢的作者和质量上乘的学术佳作,并走出了一条具有中国特色的马克思主义文艺批评道路。老一辈莎士比亚研究者的才华、学养与探索精神令人感动,而如何维护外国文学研究的健康发展,不再重复过去,"十七年"时期莎评的阶级斗争话语也让我们保持警醒。

2. 对莎士比亚阶级立场的定性研究

对思想性的高度重视,几乎成了"十七年"时期莎评最鲜明的标签。莎士比亚是怎样的作家? 他是资产阶级的反动文人,还是反映人民群众生活的现实主义作家? 对莎士比亚本人的定性,也成了这一时期莎士比亚研究的重要内容。

"十七年"时期的莎评普遍认为,莎士比亚是歌颂人类真善美的,但由于自身的阶级局限性,他无法逃脱资产阶级社会固有的世界观,因而他的作品里出现了一些不可解决的矛盾。赵澧等对莎士比亚阶级属性的讨论很具代表性:

> 莎士比亚是资本主义原始积累时期资产阶级人文主义进步派在英国的杰出代表。他歌颂个性解放,反对封建礼教,肯定人权平等的思想,正反映了新兴资产阶级的情绪和要求。他的伦理道德思想的基本内容是个性、自由、平等,他以此为武器对封建的伦理道德进行了揭露和讽刺,同时,也在一定时期在一定方面对新兴资产阶级进行了批判。人性论是莎士比亚思想的核心,这使他在严重的、尖锐的社会冲突面前,往往陷进了道德感化和道德宽恕的荒谬境地,进入了理想的王国而脱离了现实。他的思想是矛盾的,这种矛盾正是现实之矛盾的反映。他的思想经历了前后三个时期的发展变化,这种发展变化正是人文主义这一社会文化思潮的进步意义和局限性的表现。①

---

① 赵澧、孟伟哉:《论莎士比亚的伦理道德思想及其发展》,载《文史哲》,1963年第2期,第81页。

　　首先，"十七年"时期的评论大都肯定了莎士比亚是一位进步作家。如李赋宁的《莎士比亚的"皆大欢喜"》将莎士比亚定位为一位揭露英国社会矛盾、批判资产阶级原始积累时期人与人之间关系的人文主义作家，将《皆大欢喜》放在英国社会矛盾逐渐加深的过程之中解读，而剧中随处可见的讽刺手法被认为体现出了莎士比亚的人文主义世界观的转变，即"从对族长式的牧歌社会抱着幻想进入到对资本主义原始积累时期英国社会关系加以深刻分析和严厉批判"①。这一时期的文学评论尤其注意将莎士比亚与西方莎学批评区分开来。赵沨等指出，西方资产阶级研究学者对莎士比亚的看法主要有两种，一是认为莎士比亚只追求技巧完美，毫不在意作品的思想性；二是持抽象的人性论观点，认为莎士比亚是超越时代的天才，他的作品表达的是普遍人性，脱离了阶级性。②但这两种观点都无视了莎士比亚本人的阶级属性，是对莎士比亚戏剧创作的歪曲，是我国的文艺批评家要坚决反对的。

　　其次，莎士比亚对当时社会的认识是矛盾的，尤其体现在莎士比亚对待人民群众的态度方面。从《亨利四世》和《亨利五世》展现的"福斯塔夫式的背景"，到《裘力斯·凯撒》和《克里奥兰纳斯》对"暴民"的呈现，莎士比亚对人民群众的描写表明，他已经认识到人民群众是一种社会力量，但尚未意识到人民群众的历史决定作用。赵沨等指出，莎士比亚对待人民群众的态度是"彻头彻尾资产阶级的"，出现在莎剧中的人民群众是"群氓"，"散漫、愚昧、盲从，是英雄豪杰创造历史的工具，而不是历史的创造者"③。张健的《论莎士比亚的〈尤利斯·该撒〉的结构和思想》同样指出，莎士比亚对待人民的态度具有阶级局限性。莎士比亚没有写罗马奴隶起义，也没有描写处在被压迫地位的奴隶，是该剧的严重缺陷。但张健也提醒我们，要注意将莎士比亚与后来资产阶级反动文人的"借题发挥"区别开来。他借用鲁迅驳斥杜衡之辞，表明了自己的态度："我就疑心罗马恐怕也曾有过理性，有明确的利害观念，感情并不被几个煽动家所控制，所操纵的群众，但是被驱散，被压制，被杀戮了。莎士比亚似乎没有调查，或者没有想到，但也许是故意抹杀

----

①　李赋宁：《莎士比亚的"皆大欢喜"》，载《北京大学学报》（人文科学），1956 年第 4 期，第 66 页。
②　见赵沨、孟伟哉、管珑、吴芝兰：《论莎士比亚的社会政治思想及其发展》，载《教学与研究》，1961 年第 2 期，第 20 页。
③　赵沨、孟伟哉、管珑、吴芝兰：《论莎士比亚的社会政治思想及其发展》，载《教学与研究》，1961 年第 2 期，第 26 页。

的,他是古时候的人,有这一手并不算什么玩把戏。"①王佐良还关注到,莎士比亚对人民群众的态度有所转变:"起初,当英国民族国家壮大、资本主义关系发展比较顺利的时候,莎士比亚对于人民群众的力量是有所认识的",但是,随着"英国政治与经济情况恶化,莎士比亚本人则是戏班里的大股东和在乡下经营麦芽的老板,有了身家财产,所忧虑的是社会秩序的破坏,因此特别强调各安本位,不得逾越。"②王佐良将莎士比亚对人民群众的态度转变看作一个发展变化的过程,不再将莎剧的局限性简单视为莎士比亚本人的阶级局限。

再次,对莎士比亚不同创作时期的阶级立场作不同解读。赵澧和孟伟哉的《论莎士比亚的伦理道德思想及其发展》将莎士比亚的创作生涯分为三个阶段,认为《威尼斯商人》等早期作品对资产阶级金钱关系的认识较为浅薄,《雅典的泰门》等中期作品显示出深刻的思想性,以至于马克思认为莎士比亚"绝妙地描绘了货币的本质",但却在"莎士比亚思想最深刻、最光辉的时期"——即从《哈姆雷特》开始的悲剧时期——"暴露了他的软弱性。选择的结果,他不是前进,而是后退了",到了莎士比亚创作的最后阶段,"由于在思想上对现实的妥协,他在艺术上的现实主义精神也显然减弱了。……他晚期的四个剧本,基本上重复着同一思想,那就是:以你的道德去感化邪恶吧! 以你的宽恕(这正是他的道德的重要方面)去求得和谐吧! 人的本性是善的啊!"③此外,王佐良提到了莎士比亚的"困惑和矛盾",认为莎剧的变化呈现了莎士比亚本人的思想变化过程:"他有两类互有联系的问题并没有圆满解决。一类是他自己的思想问题。一类是英国诗剧本身发展的问题。"④更进一步来讲,"莎士比亚最后所写的几个剧本代表了他的戏剧艺术的堕落。这是他向流行的贵族趣味妥协所付出的代价",而莎士比亚之所以"妥协",正是因为他的思想里"原来就有不够坚决、含糊了事的地方"。⑤ 王佐良还讨论了《暴风雨》里的"美丽新世界"和少女米兰达高呼:"人类是多么美丽! 呵,灿烂的新世界,里面有这样的人活着!"他并不认为这是一种"乌托邦式的……憧憬",而是认为所谓"新世界","只是一种充满了宽恕与谅解

---

① 张健:《论莎士比亚的〈尤利斯·该撒〉的结构和思想》,载《山东大学学报》(语言文学版),1963 年第 4 期,第 11 页。

② 王佐良:《英国诗剧与莎士比亚》,载《文学评论》,1964 年第 2 期,第 23—24 页。

③ 赵澧、孟伟哉:《论莎士比亚的伦理道德思想及其发展》,载《文史哲》,1963 年第 2 期,第 79—80 页。

④ 王佐良:《英国诗剧与莎士比亚》,载《文学评论》,1964 年第 2 期,第 19 页。

⑤ 同上篇,第 20 页。

的所在而已"。① 王佐良认为，莎士比亚在思想上是反封建的，但对待资本主义时却显得犹疑不决：他有时全力维护，有时又怀疑徘徊，而他所写的悲剧，正是因为他眼见现实却无法改变从而累积的内心忧郁。而莎士比亚后来之所以改写传奇剧，放弃《雅典的泰门》，也被王佐良解读为"资产阶级人道主义的欺骗性"——"在这样的思想情况之下，当他拿起笔来写剧本的时候，他发现完全无法再写坚决谴责社会黑暗的悲剧了，于是来一个妥协，追随时尚而去写传奇剧"。②

最后，将莎士比亚放在整个英国社会和英国诗剧的发展过程中来评价。杨周翰的《读莎士比亚的诗》（1964）指出，我们在读莎士比亚诗歌和戏剧的时候，"必须联系到他的整个世界观和他在十六世纪英国社会斗争中所处的地位"③。杨周翰认为，莎士比亚认为"如果社会上层（比如贵族）某些个别人物能变得好，通过他们使社会秩序得到整顿，人的聪明才智便能获得发展"④。其创作局限性的根源在于，他虽然看到了"在封建、资本主义社会大量的恶存在着"，但看不出恶的社会原因，而是归因于"放纵情欲"。⑤ 王佐良的《英国诗剧与莎士比亚》（1964）则将莎士比亚放到了整个英国诗剧的发展史中评价，笔法大开大合，显示出历史的视角和宏大的气魄。王佐良认为："十六、十七世纪英国诗剧中作家辈出，好戏连台，应该说：即使没有莎士比亚，它也要占英国文学史上光辉的一页。"⑥但是他笔锋一转——"然而毕竟有了莎士比亚。这就使英国诗剧更加灿烂"⑦。王佐良将 16 世纪至 17 世纪的英国戏剧整体抬到了英国和全世界文学的重要位置，而莎士比亚身为其中翘楚，更为闪耀。王佐良认为，莎士比亚的成就主要体现在两个方面：一是戏剧技巧上莎士比亚"是创建者"，"最懂戏"，"善于创造人物"，也是"用心良苦的实验者"；二是思想上的先进性，"通过这些下层人民的口，莎士比亚发表了他的社会评论；也正是这种穿插，增加了剧本的戏剧性，也深化了剧本的思想意义"⑧。与前文提到的几位评论家不同，王佐良并不认为莎士比亚具有很大的阶级局限性，反而认为 20 世纪前半叶的资产阶级学者喜欢探讨莎士比亚及同时代作家作品的双重情节和双重意义，实际上是从"技

---

① 王佐良：《英国诗剧与莎士比亚》，载《文学评论》，1964 年第 2 期，第 23 页。
② 同上篇，第 25 页。
③ 杨周翰：《谈莎士比亚的诗》，载《文学评论》，1964 年第 2 期，第 27 页。
④ 同上篇，第 28 页。
⑤ 同上。
⑥ 王佐良：《英国诗剧与莎士比亚》，载《文学评论》，1964 年第 2 期，第 13 页。
⑦ 同上。
⑧ 同上篇，第 14—15 页。

巧说"出发,有意或无意地用技巧抹杀了莎士比亚的思想意义和进步思考。另外,莎士比亚兼顾了思想与技巧,而这种语言风格的发展"是同他戏剧艺术的成熟和对世界的认识的深化一齐进行的",只是有的时候技巧大过了内容,"只有在以《哈姆雷特》开头的几个大悲剧里,三条线才暂时地合而为一"。① 最后,从历史阶段和文学的发展进程中看莎士比亚,还可以窥见莎剧的二重性——"繁荣中露出衰象"和"一个巨大的危机在逐渐形成了"。② 在1600年以后的戏剧中,莎士比亚使用了大量与病疫、腐烂、尸骨、野兽有关的形象,"像是他在这个时期对某些社会问题感触特深,发奋要在他的悲剧里倾吐出来",而发展到韦伯斯特等人的阶段,"那就不只是某些形象的问题了,而是全部剧本发出腐烂的臭味。也正是这种臭味像吸引蛆虫一样地吸引了以艾略特为首的英美现代主义派文人"。③

福柯曾指出,话语与社会权力之间的关系密切:"在我们这样的社会以及其他社会中,有多样的权力关系渗透到社会的机体中去,构成社会机体的特征,如果没有话语的生产、积累、流通和发挥功能的话,这些权力关系自身就不能建立起来和得到巩固。"④作为一种文学话语方式,"十七年"时期的莎评也承担或部分承担了巩固社会权力关系的作用,突出了阶级矛盾和阶级斗争,打上了鲜明的政治烙印。尽管如此,在当时,莎学研究仍被指责"对当时社会上阶级矛盾和阶级斗争的反映是不够深刻的"⑤,"资产阶级的思想和观点还占据着重要的地盘,还没有得到有力的批判和清除"⑥。甚至有人以学术讨论为名,进行人身攻击,矛头直指当时从事莎士比亚研究和教学的教授:"莎士比亚的介绍和研究工作,长期地受着资产阶级思想的支配。资产阶级莎士比亚研究者的'学说'和观点,通过大学文学教学和一些国内资产阶级文人学士的和盘搬弄贩卖,充斥于国内莎士比亚的介绍和研究工作中。"⑦

进入21世纪,曾有学者回顾"十七年"时期《文学评论》刊载的数篇莎评,分析了这些佳作在当时遭受质疑的原因:

---

① 王佐良:《英国诗剧与莎士比亚》,载《文学评论》,1964年第2期,第19页。

② 同上篇,第5页。

③ 同上篇,第7页。

④ 米歇尔·福柯:《权力的眼睛——福柯访谈录(修订译本)》,严锋译,上海:上海人民出版社,2021年,第192页。

⑤ 转引自李伟民:《马克思主义莎学在中国的传播——论赵澧的莎学研究思想》,载《重庆邮电学院学报》(社会科学版),2004年第3期,第90页。

⑥ 徐述纶:《清除莎士比亚介绍中的资产阶级思想》,载《戏剧报》,1955年第4期,第44页。

⑦ 同上。

王佐良发表的《英国诗剧与莎士比亚》、卞之琳发表的《莎士比亚戏剧创作的发展》、朱虹发表的《西方关于汉姆雷特典型的一些评论》等论文，洋洋洒洒两三万言，从头至尾就是对莎士比亚戏剧自身的内在美学发展、艺术技巧形式、戏剧冲突设置、人物形象解读的历史演变等进行"客观"分析描述，没有"表态"莎士比亚的现实意义以及政治立场、对于现实的揭露等，这些文章很快也受到批评。①

必须指出的是：首先，这些论文并非完全没有"表态"莎士比亚的现实意义和立场等；其次，这些论文之所以能出现在"十七年"时期的学术期刊上，也是编辑部顶住了巨大压力。以《文学评论》为例：在刊物的整体发展思路上，何其芳还是瞩目于文学研究的"基础性、长期性及远景性"，坚持刊发了《论红楼梦》和钱锺书的《通论》等，并"始终潜在地抵制那种'火热地同步地服从社会政治需要'"。② 然而，即便如此，这些力求"客观"的文学批评方法不再适应社会形势的需求。与初创时期相比，《文学评论》的杂志篇幅越来越短，到了1964年第1期，全刊只有92页，③从侧面反映出编辑部承受的巨大压力。同年第4期，《文学评论》发表了《外国文学研究工作需要联系现实斗争》，将外国文学研究分为两种："一种是紧密联系当前的现实斗争，为阶级斗争服务；一种是脱离实际，为研究而研究，为学术而学术"，斥责后者"冗长地复述前人观点，有的烦琐地堆砌资料，有的就问题论问题，与实际毫无关联；这些文章尽管洋洋万言，资料累累，可是在这'无限丰富'的篇章里，到底解决了我们外国文学研究现实中的什么问题？"④有学者指出："这篇文章的针对性一眼即见，就是针对前面王佐良、卞之琳等几位先生的论文，他们的文章都没有把自己的研究对象和当前中国的现实斗争联系起来，被批评为'为学术而学术'。"⑤外国文学研究的风向转变无可避免。卞之琳《莎士比亚戏剧创作的发展》（载《文学评论》1964年第4期）也成为"十七年"时期《文学评论》刊发的最后一篇莎评。

---

　　① 寇鹏程：《"十七年"〈文学评论〉中的"外国文学"研究》，载《社会科学战线》，2015年第4期，第153页。
　　② 任美衡：《文学批评现代化的策略、实践与影响——以〈文学评论〉"中国当代文学研究"栏目为个案的考察》，载《当代文坛》，2014年第5期，第152页。
　　③ 王保生：《〈文学评论〉编年史稿（1957—1966）》，载《山东师范大学学报》（人文社会科学版），2014第2期，第53页。
　　④ 何映：《外国文学研究工作需要联系现实斗争》，载《文学评论》1964年第4期，第119页。
　　⑤ 寇鹏程：《"十七年"〈文学评论〉中的"外国文学"研究》，载《社会科学战线》，2015年第4期，第153页。

第三节 "走向前台"的读者

"十七年"时期的莎评始终高举意识形态的大旗。在观点上,体现为将阶级批判放在首位,严格区分己方观点与资产阶级评论家的观点。在方法论上,体现为用马克思主义理论解读莎剧,并由此产生了一些充满新意的论点,如对社会矛盾的关注、对不同社会经济关系的强调等,是马克思主义莎评的伟大实践。同时,这一时期的莎评也关注了莎士比亚的阶级属性:莎士比亚被认为是反封建的代表,而莎剧的局限性,被认为是受到资产阶级社会性质的影响;赵澧、张健、王佐良等认为莎士比亚在创作后期倒向了人民的反面,王佐良进一步指出莎士比亚的最后几部作品已经走向堕落。在莎士比亚与英国戏剧发展史的关系方面,王佐良尤其关注莎士比亚的思想变化,体现出历史的唯物主义、历史发展观和辩证思维。此外,"十七年"时期的莎评语言生动形象、易于理解、贴近群众,研究和普及并重,最大限度地兼顾了研究的学术性和大众性。

即便如此,"十七年"时期莎评也因为意识形态批评不够彻底而受到激烈批判,评论家个人也因此遭受不公正的对待。1964 年,《文学评论》第 4 期"通信"专栏刊载了读者来信《读〈〈威尼斯商人〉——冲突和解决〉后的几点意见》,批评吴兴华《〈威尼斯商人〉——冲突和解决》对资产阶级的批评不够彻底。来信肯定了吴兴华认为"安东尼奥和夏洛克的矛盾"是"两种不同经济势力的矛盾"的观点;但质疑两点:一是认为剧中有些情节并未体现莎氏想要谴责"金钱对传统社会关系的破坏作用",由此认为吴兴华"不但把剧中的主要矛盾弄模糊了,而且也会影响读者对莎士比亚的思想实质的认识";[①]二是认为莎士比亚从根本上认为资本主义社会是合理的,并不想要创造出"一个根本不同于威尼斯的世界"[②],由此批评吴文把莎士比亚"抬高了"[③]。读者来信进一步提出,吴文抹杀了金钱的利害关系,将莎士比亚的世界变成了一个"没有金钱、没有利害关系、只有纯洁高尚的抽象道德的世界",这种方法"批判得不够明确,有时反而把自己的观点和西方资产阶级学

---

① 赵守垠、龙文佩:《读〈〈威尼斯商人〉——冲突和解决〉后的几点意见》,载《文学评论》,1964 年第 4 期,第 134 页。

② 同上篇,第 135 页。

③ 同上篇,第 136 页。

者的说法隐约交织一起,有些地方语义含混,界限不清",①并举例道:

> 比如对波希雅在剧中的作用,文章这样描写:"她不但自己纯洁高尚,整个贝尔蒙特和所有来到贝尔蒙特的人似乎都受到了同样的净化。这样,就逐步展开明朗的一面,把黑暗步步逼退,直到美和丑、光和影接近于应有的比例和均衡。"②

　　读者来信认为,鲍西娅只是一个懂得金钱作用、通晓资产阶级法律和人情世故的贵族妇女,具有强烈的资产阶级烙印,并不存在"净化"一说。这种提法其实误解了吴兴华对深层含义和表层含义的分析,因为在吴文里,贝尔蒙特很明显是作为一种意象出现的,它象征着一种理想,一种调和一切的和谐的力量,而两位读者并未体会到这一点,或选择性忽略了这一点。

　　不仅如此,来信对"对仗"句式的强调,也表明了两位读者的二分态度和当时意识形态斗争的严峻性:美与丑、光与影是不能调和、无法共存的,美就是美,丑就是丑,贝尔蒙特不能有任何的"净化"作用,而中国学者应与西方资产阶级反动学者泾渭分明、明确切割。虽然两位读者坚称来信意在"为了更好地学习古典文学遗产",但是文学显然已成为社会意识形态的载体,本应"百花齐放、百家争鸣"的文学批评,其文学性反倒没有那么重要了。

　　1965年,卞之琳的《莎士比亚戏剧创作的发展》也遭到激烈批评。一封题为《对于〈莎士比亚戏剧创作的发展〉一文的意见》的读者来信肯定了卞文对莎士比亚创作思想和艺术手法等的探讨,但指出卞文"有些观点和评价有值得商榷之处"③。来信质疑了卞之琳对莎士比亚阶级属性的认识,针锋相对地提出,"莎士比亚笔下的理想人物对当时封建主义和资本主义交替时期社会现实不满,是隐藏着他们自己的资产阶级的企图的"④;不仅如此,来信还批评了卞之琳"人既是个人、又是人类"的观点,认为人的本质是、也只能是"一切社会关系的总和";最后更将莎士比亚的全部创作定性为"彻头彻尾

---

① 赵守垠、龙文佩:《读〈《威尼斯商人》——冲突和解决〉后的几点意见》,载《文学评论》,1964年第4期,第136页。

② 同上。波希雅即鲍西娅,文中着重号为原文作者所加。

③ 张永忠:《对于〈莎士比亚戏剧创作的发展〉一文的意见》,载《文学评论》,1965年第5期,第76页。

④ 同上篇,第77页。

地渗透着莎士比亚资产阶级的人的理想,而不是什么'未定型的资产阶级倾向'",认为莎剧中的帝王将相等"与当时广大人民群众是格格不入的",指责卞之琳"未能紧紧扣住它的阶级内容"。①

与朱虹、吴兴华等的论文对照,不难发现,卞之琳行文更为审慎,且更注意文学性与思想性的平衡。如论及莎士比亚的两部"历史四部曲"时,卞之琳就将哈尔登基前与福斯塔夫等鬼混的日子上升为"和下层社会保持了联系"②。卞之琳还从马克思的"莎士比亚化"文艺理论出发,阐释了戏剧艺术所表现的理想与现实的关系,并将论文的落脚点放在了莎士比亚对中国戏剧创作的意义上,阐述了文学为政治服务的思想。尽管如此,这篇论文还是被冠以"弱化阶级斗争意识"的罪名。这篇读者来信也成为"十七年"期间《文学评论》所刊载的最后一则有关莎士比亚的信息。③

同样在 1965 年,一封署名"外语系学生"的读者来信刊登在《中山大学学报》第 3 期,批判 1964 年第 2 期戴镏龄撰写的《〈麦克佩斯〉与妖氛》"对待文学遗产的态度是错误的"。这位"外语系学生"提笔就言辞激烈地表示:

> 他④完全离开了评价文学作品的政治标准,大谈艺术,而对《麦克佩斯》一剧的最大局限性——妖魔鬼怪,对剧中所宣扬的迷信宿命论等却只字不提。他不是采取批判地继承的态度,不是"以政治标准放在第一位,以艺术标准放在第二位",而是艺术第一;不是弃其糟粕,取其精华,而是全盘肯定,甚至把糟粕当作精华去鼓吹和宣扬,对剧本的"艺术性"赞叹不已。⑤

---

① 张永忠:《对于〈莎士比亚戏剧创作的发展〉一文的意见》,载《文学评论》,1965 年第 5 期,第77—78 页。

② 卞之琳:《莎士比亚戏剧创作的发展》,载《文学评论》,1964 年第 4 期,第 53—54 页。

③ 事实上,"文革"期间,莎士比亚也曾在中国的报刊中出现过,只不过是以完全负面的剥削阶级代言人的形象出现的。如 1969 年 11 月 7 日《人民日报》刊登了辛午的评论《英雄胸中有朝阳——赞光辉的无产阶级英雄典型杨子荣》,兼论及《哈姆雷特》,认为主人公哈姆雷特是一个"浑身渗透着剥削阶级世界观的王子",但"现代修正主义的文艺评论家们却把这个王子吹捧成一个超阶级的'人道主义者''人民的思想感情的代言人'",企图"抹杀对立阶级之间的阶级界限,麻醉和毒害劳动人民的心灵",其实质是"向无产阶级进攻的一种武器和口号"。转引自濑户宏:《莎士比亚在中国:中国的莎士比亚接受史》,陈凌虹译,广州:广东人民出版社,2017 年,第 26—27 页。

④ 指作者戴镏龄。笔者注。

⑤ 殷麦良:《我对〈麦克佩斯〉与妖氛〉一文的意见》,载《中山大学学报》(哲学社会科学版),1965 年第 3 期,第 103 页。

与前两篇评论相比，这篇读者来信的用词更加咄咄逼人，直指作者的"立场"有异。在将艺术探讨上升到作者对待文学遗产的态度之后，读者来信对戴镏龄的一句评论"一开场整个舞台的活动便全被三个妖妇占去了，这里没有一个现实上的人物，这是很别开生面的"①中的"别开生面"四个字集中火力，展开批判：

> 我们要问，为什么"没有一个现实上的人物"就变得如此"别开生面"？是不是在剧本里有了现世上的人物，特别是有了工农兵形象就不那么"别开生面"了呢？当然，我们不可能要求莎士比亚写工农兵；作者也没有直截了当地说我们写了工农兵就不别开生面。可是他这样谈论艺术，如此赞扬和肯定这种"别开生面"，如果不是对我们现代戏要表现工农兵有所影射、有所抵触的话，至少也是公开鼓吹文学脱离现实生活。②

戴镏龄在写作《〈麦克佩斯〉与妖氛》之时，恐怕也未曾料到，一年之后，"别开生面"这个词能够被如此"别开生面"地大加讨论。仔细分析这段话，可以发现读者的批评其实逻辑不清：

首先，戴镏龄讨论的是莎剧《麦克白》的开场演出，读者来信讨论的却是现实主义文学的创作思路问题。众所周知，莎士比亚时期采用的是露天舞台，剧院简陋，票价亲民，观众鱼龙混杂，演出前观众在吃喝聊天，小贩在四处叫卖兜售，场面喧嚣热闹。这就需要在戏剧开场时给观众以刺激，迅速抓住观众的眼球。莎士比亚作为一位有丰富舞台经验的剧作家，使用荒原战场、雷声和"三个母夜叉般的丑怪凶恶的妖妇"开场，令人耳目一新，可以瞬间抓住观众的注意力，这当然是称得上"别开生面，独出心裁"的。③ 但读者来信却将莎士比亚开场设计的"别开生面"理解为"没有一个现实上的人物"，实际上曲解了作者的本意——殊不知，这样的开场设计正是基于现实演出的需要，让剧情生动、活泼起来，正是马克思"莎士比亚化"文艺理论的重要体现。

其次，"现实上的人物"也并不等于"工农兵人物"。读者来信混淆

---

① 着重号为笔者所加。

② 殷麦良：《我对〈麦克佩斯〉与妖氛》一文的意见》，载《中山大学学报》（哲学社会科学版），1965 年第 3 期，第 103 页。

③ 戴镏龄：《〈麦克佩斯〉与妖氛》，载《中山大学学报》（哲学社会科学版），1964 年第 2 期，第 31 页。

概念,将"工农兵形象"理解为"不别开生面",将"没有工农兵形象"理解为"别开生面",在逻辑上是有问题的,在意识形态上也有上纲上线之嫌。

再次,肯定莎剧开场的"别开生面"并不意味着"公开鼓吹文学脱离现实生活",也不意味着"对我们现代戏要表现工农兵有所影射、有所抵触",更不意味着就要宣传封建迷信,从思想上"毒害人民"。[①] 事实上,如本章上一节所述,戴镏龄在《〈麦克佩斯〉与妖氛》的结尾还慎重地加上了一段类似"立场声明"的补论,再次表明自己的态度,重申"时代不同,观众对象不同,就没有必要像莎士比亚一样在舞台上将关于妖妇的传说大事铺张"[②]。但是,山雨欲来风满楼,尽管作者字斟句酌、小心谨慎,但文学批评的主动权已不在作者的手里。读者以一种激进的方式走到前台;学术论文脱离了学术场域,被断章取义、随意裁剪。

值得注意的是,这封读者来信还提出:"人民群众在任何时候都需要用共产主义精神去教育他们,而不是因为他们觉悟水平高了,就可以向他们宣扬旧的、没落的东西,就可以不需要破除封建迷信了。"[③]称人民群众为"他们",意味着在这封读者来信的署名读者"外语系学生"[④]之外,还有一个隐含的读者,即"人民群众"。但是,这封读者来信中的"人民群众"显然不是具有主观能动性的人民群众,而是需要教化、需要提高觉悟水平、文学鉴赏能力明显低于署名读者且容易相信封建迷信的"人民群众"。从这个角度讲,读者来信的作者并非代表自己,也非代表真正的"人民群众",而是主观臆造出了一个隐含读者——即他们想象中的"工农兵读者"。有学者指出:

---

① 殷麦良:《我对〈〈麦克佩斯〉与妖氛〉一文的意见》,载《中山大学学报》(哲学社会科学版),1965 年第 3 期,第 103—104 页。

② 戴镏龄:《〈麦克佩斯〉与妖氛》,载《中山大学学报》(哲学社会科学版),1964 年第 2 期,第 32 页。

③ 殷麦良:《我对〈〈麦克佩斯〉与妖氛〉一文的意见》,载《中山大学学报》(哲学社会科学版),1965 年第 3 期,第 104—105 页。

④ 前文所提两篇读者来信的署名也是如此。尽管通信的结尾都谦虚地表示(也可能是事实),自己只是莎士比亚作品的"初学者"(赵守垠、龙文佩:《读〈威尼斯商人〉——冲突和解决》后的几点意见》,载《文学评论》,1964 年第 4 期,第 136 页;张永忠:《对于〈莎士比亚戏剧创作的发展〉一文的意见》,载《文学评论》,1965 年第 5 期,第 78 页),来信是为了"更好地学习古典文学遗产"(赵守垠、龙文佩:《读〈威尼斯商人〉——冲突和解决》后的几点意见》,载《文学评论》,1964 年第 4 期,第 136 页)或"更好地批判继承外国古典文学遗产"(张永忠:《对于〈莎士比亚戏剧创作的发展〉一文的意见》,载《文学评论》,1965 年第 5 期,第 78 页),但全文强烈的意识形态批判冲淡了原文对莎士比亚写作形式的探讨,吴兴华与卞之琳论文中仅存的对莎士比亚的正面评价和对人性的肯定也被当作阶级批评不彻底的产物。

　　……新中国文学系统构建起了一个整体为"工农兵"服务的"文学秩序",而作为读者的"工农兵"也在文学活动中被赋予权威的地位。在"工农兵方向"的指引下,无论是国家权力机构还是当时的作家,都将特定的工农兵群体作为文学生产、传播和接受过程中的理想读者或隐含读者。①

　　根据读者反应批评理论,作者、作品和读者构成了一个完整的文学创作过程。普通读者能够提供职业批评家所不能提供的阅读体验,代表了一种来自民间和大众的态度。换句话说,普通读者是文学创作过程中数量多大、占比最高的成员。自延安起就确立起来的读者批评制度,肯定了人民群众享有最高的政治权力,当然也享有不容反驳的最高话语权。毛泽东《在延安文艺座谈会上的讲话》更是明确地指出了工农兵读者在新中国文艺活动中的主体地位,即文艺是为以工农兵为主的人民群众服务的。为"工农兵读者"服务的文艺方向,加快了"十七年"时期文学研究政治化的进程,导致这一时期的文学评论整体出现了"创作主体"受制于"接受主体"的独特现象。

　　但必须明确的是,"十七年"时期的读者并不是真正的现实生活中的"工农兵读者",而是作者主观塑造的"理想读者"。由于时代不同、社会环境不同,读者的生活环境、教育背景、审美倾向和感受力也不同,实际读者与理想读者的形象往往有很大落差。与此同时,由于"读者来信"的巨大政治能量,"十七年"时期的文学批评也出现了"伪造"工农兵身份以介入文学批评的现象。但是这种"代言"显然不能体现大多数读者的意愿,甚至有些在主观上也是出于争夺权力的目的:

　　……《初雪》发表后,立刻有读者来信用"几句挑剔的话,不到1000字的'意见'","轻而易举地得出路翎的创作倾向'不健康',巴人的评论'完全是不恰当的'的结论。听这口气,哪里像个普通读者的!"这只能被解释成批评者利用体制力量,将批评活动制度化、程序化的结果。②

---

　　① 王东、李晓磊:《隐形的权威:"十七年"文学中的隐含读者"工农兵"》,载《文艺争鸣》,2020年第6期,第59页。

　　② 章涛:《制度·主体·文本——当代文学史视域下的"知识分子改造"研究》,浙江大学博士学位论文,2016年,第114页。

由于理想的工农兵读者与真实读者之间产生错位,对理想读者的主观臆断(有些臆测甚至是有意为之)不仅限制了"十七年"时期外国文学评论的广度和深度,而且也容易让文学评论沦为恶意构陷和人身攻击的武器,阻碍新中国文艺事业的繁荣健康发展。从某种程度上讲,走向前台的"读者"并非真正的读者,甚至不是"具有独立审美个性和文学知识的'理想读者'"①。

"读者""走向前台"的现象不仅发生在外国文学研究领域。1958年,《文学评论》第2期《动态》栏目连续刊发三篇评论,揭发了北京大学中文系、复旦大学中文系、北京师范大学中国古典文学系教学中的"错误倾向",直指"厚古薄今""资产阶级的重材料、重考证、轻理论分析的治学方法"和"脱离实际、为学术而学术"等错误,其中,批判北大中文系的《中国文学教学中的两条路线的斗争》就提出:

> 自双反运动开展以来,北京大学中文系"厚古薄今"的倾向被揭露出来,它的严重性是耸人听闻的。有个教研室制订了一个培养研究生的条例,其中罗列了大批书目,并规定在几年内念完,可说是严格极了,然而没有只字提到马列主义,道道地地是"白色条例";一位文艺理论教授给研究生开的参考书目中,竟然出现了《圣经》;至于教授们在讲课中的"崇古非今",以欣赏的颂扬的态度对待古典文学中的封建糟粕,则更为普遍。几千几万张大字报惊心动魄地提出了这样一个问题:社会主义大学的中文系究竟要给国家培养出什么样的人才?②

这些如今看来非常荒谬的指责,并非针对文学教育本身,而是突出了阶级关系。艺术标准被置于阶级观点之后,一切马列主义以外的书目都被当作认同和散布资产阶级观点,只有是当下的艺术才是有用的。程朝翔认为:

> "文化大革命"前,少数"精英学者"虽被允许和鼓励进行莎士比亚

---

① 章涛:《制度·主体·文本——当代文学史视域下的"知识分子改造"研究》,浙江大学博士学位论文,2016年,第113页。

② 转引自王保生:《〈文学评论〉编年史稿(1957—1966)》,载《山东师范大学学报》(人文社会科学版),2014第2期,第27页。

研究,而且发表时可以洋洋洒洒数十页,不像今天受到刊物篇幅的限制,但他们不断受到监督、批评、批判。对于他们的批评是简单的、单向的、意识形态的、完全不对等的,虽然有些批评来自同行,但很多批评来自训练不足甚至毫无训练的外行,而且不能有任何反批评。如果没有专家之间的平等交流,没有多元化的研究中的不断提高,莎士比亚研究便只有一项社会功能,就是维护当时的意识形态。①

读者争鸣必须在文学场域内进行,如果要对读者进行类型分析,只能根据文学欣赏水平的高低,而不能依据其他原则。只有对等的读者,在一定审美能力的基础上,才能通过对谈与争鸣,促进莎士比亚研究的深入。同时,必须意识到,读者来信并非个人私下的文学互动,而是一种公开的社会行为,其中必然会出现各种社会力量的介入。当然,现实并非真空,读者争鸣也不可能纯粹基于文学欣赏趣味,但应将文学讨论维持在文学领域,至少不应借文学为名进行人身攻击,这样才能保障我国文化事业的健康发展,真正实现"百花齐放、百家争鸣"。

有研究者指出,"1949—1966 年间的各类读者对文学演进产生了明显的作用,这是无以回避的事实",并引用 1950 年发表于《人民文学》的一篇苏联理论家的论文《作家与人民》,称"作者与读者间的新关系是苏联文学最重要的特征之一",而这种新型关系"最显著的变化,就是知识分子与劳动者之间的区别消除,就是知识分子与工人的兴趣以及眼界见识之间的区别消除"。② 事实上,自 1961 年开始,"争鸣"与"商榷"就占据了《文学评论》的大量篇幅,表明这一时期的意识形态讨论尤其激烈,或已成为这一时期《文学评论》的重要特征。1964 年,《文学评论》第 4 期发表了何映的《外国文学研究工作需要联系现实斗争》,提醒外国文学研究者要为现实斗争服务。③ 同样被批判的还有《红楼梦》等文学遗产,蒋和森的《〈红楼梦〉爱情描写的时代意义及其局限》因为肯定了《红楼梦》虽然"存在着时代的、阶级的局限,但并未从根本上影响这部作品的伟大价值"而受到批判,蒋和森还专门复信并引

---

① 程朝翔:《莎士比亚戏剧研究》,章燕、赵桂莲主编:《新中国 60 年外国文学研究(第一卷上)外国诗歌与戏剧研究》,北京:北京大学出版社,2015 年,第 214 页。

② 李卫国:《互动中的盘旋——"十七年"的读者与文学》,复旦大学博士学位论文,2005 年,第 1 页。

③ 见何映:《外国文学研究工作需要联系现实斗争》,载《文学评论》,1964 年第 4 期,第 118—120 页。

用马克思原著为自己辩护。① 1965 年,《文学评论》第 3 期又刊发了署名单位为南京大学外文系的文章,题目就是论文主题——《文学欣赏不能脱离阶级观点》。② 1965 年 3 月,《文学评论》更是刊发了数篇针对自身问题的争议。1966 年,《文学评论》出至第三期,因为"文化大革命"爆发被迫停刊。

"十七年"时期的文学强调文学是人民的文学,读者来信是这一时期政治思想的明确体现。一方面,读者通信栏目在读者和作者之间,大师与学生、爱好者之间架起了桥梁,表明我国学术交流的渠道是通畅的,学者交流的态度是恳切的,文学批评因而是动态的、及时的和具有社会性的。知识分子参与到了新中国的文化建设中,他们的写作产生了效果,他们的引介有了回声,学术界的发言并不是一场自说自话的表演。另一方面,文学的群众性、通俗性、普及性被不断强化,文学批评走出高校、图书馆和研究室,具有了群众运动的特性,导致文学和文学批评变成了政治斗争的工具,而这几位作者也在接下来的政治斗争中遭受了不公正的对待,有的中断了学术生涯,有的英年早逝。不止作者,就连编辑部也愈发难以"跟上"当时的社会形势。《文学评论》的编辑王保生回忆,"这一期③的《编后记》较长,破了纪录,占了两页,主要用于检讨自己的'错误':在关于'写中间人物'的问题上,'我们由于对社会主义时代的阶级斗争在我国文艺战线'上的反映缺乏应有的认识,缺乏敏感⋯⋯",感叹"汹涌而来的政治风暴,使得这个学术研究刊物更加难以应付了"。④ 从这个意义上讲,"十七年"时期中国学术期刊上的莎评不仅是了解中国莎士比亚研究史的窗口,也见证了中国文化和社会的曲折发展。

第四节 《电影艺术译丛》的苏联话语中心模式

1954 年,我国的戏剧学术期刊《戏剧报》刊登了文艺理论翻译家沙可夫的《哈姆雷特,丹麦王子》剧评。该剧由斯大林奖金获得者、功勋艺术家考仁赤夫执导,人民艺术家肖斯塔科维奇作曲,普希金模范话剧院新排,演员阵容整齐有力。沙可夫引用了《列宁格勒真理报》上发表的一篇短评论,饱含

---

① 张系朗:《怎样看待文化遗产中的消极影响》,载《文学评论》,1964 年第 5 期,第 93 页。蒋和森的回信也附在文后。

② 见杨仁敬:《文学欣赏不能脱离阶级观点》,载《文学评论》,1965 年第 3 期,第 72—74 页。

③ 指《文学评论》1964 年第 5 期。

④ 王保生:《〈文学评论〉编年史稿(1957—1966)》,载《山东师范大学学报》(人文社会科学版),2014 第 2 期,第 55—56 页。

深情地写道:"在汉姆雷特的形象中感动人心的是什么东西?——生活为畸形丑事所包围的,同时却知道他不能改变这个社会的人道主义者的悲剧。热切地向往着人类生存的目的而又看不到这个目的这么一种意识的悲剧。渴望着爱而又不相信有真正爱情的心的悲剧。"[1]

写作本书之时,沙可夫的这篇剧评已经见刊七十余年。七十年之后的我们无法与沙可夫同场观看他当年看过的这出《哈姆雷特》,也无法亲眼判断,沙可夫所引用的"有的评论家"的批评是否公允?"生存还是毁灭"台词是否念得不够有力,不足以表现丹麦王子对周遭丑恶现实的批判?演员的表演是否让这一场戏失去了哈姆雷特思想的悲剧性,让哈姆雷特的斗争失去了哲学基础?哈姆雷特对奥菲利亚的爱情的悲剧是否显得苍白无力?"我曾经爱过你"与"我不曾爱过你"这样两种矛盾感情的内心斗争,以及哈姆雷特对奥菲利亚之死的悲痛,是否都表现得不够强烈?最令人遗憾的是,我们无法亲眼见证观众为玛玛耶娃饰演的奥菲利亚所留下的热泪——"她是那么活泼愉快,温柔美丽的一个女孩子,可是她所遭受的命运是莎士比亚在其所有悲剧中创造的女性典型人物中最为不幸而悲惨的"[2]。但电影技术的出现,将舞台上的瞬间保存了下来。当然,由于拍摄技法不同、导演理念不同,不同演出版本对莎剧的理解和呈现方式也有不同,但这同样是历史记忆的一部分,同样值得探讨。

与其他作家和诗人不同,莎士比亚的作品既有诗歌、也有戏剧,因而莎士比亚研究并不只限于文学领域,而是从一开始就在电影、戏剧、文学批评等诸方面齐头并进。在某些发展阶段,莎士比亚电影批评在成果数量、研究人员数量和创新性上,甚至超越了文学研究,并因其经典性和大众传播特征,在我国的莎士比亚研究中占据重要位置。"十七年"时期的中国电影理论工作者进行了卓有成效的尝试,尤其是1953—1958年中国电影界对苏联的莎士比亚戏剧电影进行了较为全面而具体的译介,使得莎剧电影评论成为我国电影发展史和莎剧研究史的一大亮点,其中具有代表性的就是"十七年"时期《电影艺术译丛》(后更名《世界电影》)对莎士比亚影评的译介。

《电影艺术译丛》创办于1952年,定位是"唯一的、专业的译介外国电影理论及实践经验的刊物,旨在帮助电影爱好者全面提高电影艺术素养、普及

---

[1]　H. 沙可夫:《看"汉姆雷特,丹麦王子"在列宁格勒的演出》,载《戏剧报》,1954年第10期,第25页。

[2]　同上篇,第26页。

电影文化知识"①。由于《电影艺术译丛》杂志的理论性和学术性较强,受众主要是电影艺术和电影理论研究者,因而实质上仍属于电影类的学术期刊。事实上,在《电影艺术译丛》正式创办以前,程继华领导的中央电影局艺术委员会研究室编译组就已着手翻译苏联报刊上的电影创作实践和理论文章,并以"活页材料"的形式编印。1952 年 2 月,《电影艺术资料丛刊》双月刊创刊。1953 年 2 月,《电影艺术资料丛刊》更名《电影艺术译丛》(月刊)。1958年,因刊登"修正主义大毒草"《一个人的遭遇》的影评,《电影艺术译丛》被迫停刊。此后,历经数次短暂复刊、停刊、更名和再复刊,直至"文化大革命"结束,1978 年 10 月,《电影艺术译丛》进入稳定发展阶段,并于 1980 年更名为《世界电影》,而《电影艺术译丛》独特的译介风格也永远地留在了"十七年"时期。有学者将《电影艺术译丛》的创办者程继华归入电影理论研究的"洋务派",认为我国引入的电影理论不是译自西方就是译自苏联,所谓"非资即修"。② 但期刊选择国外电影和电影理论的标准为何? 哪些电影、导演、理论和电影拍摄技术是译介重点?《电影艺术译丛》如何通过译介来构建新中国的电影理论和实践体系? 在不断的停刊、复刊和更名过程中,《电影艺术译丛》刊载的电影莎评如何反映出国内外政治、经济和文化环境的变动,又引发了哪些变化? 本节希望经由对这些问题的思考,呈现和分析"十七年"时期莎士比亚电影研究的状况和流变。

本节将"十七年"时期刊载于《电影艺术译丛》的莎士比亚电影相关文献分为四类:(1)国外电影艺术理论与实践经验介绍,包括关于剧作、导演、表演的艺术理论和实践经验,主要涉及《罗密欧与朱丽叶》《奥赛罗》《哈姆雷特》等知名莎剧改编的各类电影;(2)电影制作实践,即摄影、音乐、布景、服装等具体门类的制作经验与实践,主要是劳伦斯·奥立弗执导和主演的莎士比亚系列电影的美工设计经验介绍;(3)国际电影动态报道,包括新片报道、电影节获奖信息、重要电影事件、译介书籍信息等;(4)电影从业人员报道,如对莎剧演员与导演劳伦斯·奥立弗、亨利·欧文等的各种影人特写、侧写和采访手记。从电影理论来看,斯坦尼斯拉夫斯基的现实主义演剧体系指导的莎士比亚作品最多;从所选剧目来看,讨论《罗密欧与朱丽叶》电影改编的论文最多,《哈姆雷特》《奥赛罗》《理查三世》等名剧也均有涉及。从国家来看,讨论苏联莎剧改编艺术的论文最多,莎士比亚的祖国英国次之,

---

① 郭欣瑞:《〈电影艺术译丛〉(1953—1958)外国电影理论译介研究》,陕西师范大学硕士学位论文,2017 年,第 9 页。

② 同上文,第 10 页。

邻国日本的莎剧改编也有涉及。

将莎士比亚戏剧搬上大银幕，不仅牵涉戏剧和电影的关系，也涉及如何对待古典文学和西方文学的态度问题，因此，莎士比亚影评研究不仅是艺术问题，也属于政治和文化命题。同时，作为时代背景和社会环境的接受者和反馈者，学术期刊比学术专著更具时效性。本节即以《电影艺术译丛》的莎剧影评为研究对象，探讨我国"十七年"时期对国外莎士比亚电影研究论文的译介情况，进一步研究"十七年"时期外国电影译介的话语模式。

1. 苏联舞剧电影《罗密欧与朱丽叶》与电影类型的创新

七十年来，《电影艺术译丛》在断续中发展，推动着中国电影研究的进步，它对电影和电影理论的选择和译介正是时代的缩影。1955—1956 年《电影艺术译丛》对舞剧片《罗密欧与朱丽叶》的密集报道，让读者可以追踪到影片拍摄、展映和获奖的全过程。之所以选择《罗密欧与朱丽叶》作为重点译介对象，一方面是因为该剧可为我国的舞剧电影提供参考；另一方面是因为《罗密欧与朱丽叶》在我国和苏联均有深厚的群众基础，而爱情也是全世界人民都理解和感同身受的话题。"在苏联舞台和银幕上，《罗密欧与朱丽叶》上演的次数，要比《哈姆莱特》上演的次数多得多……许多男女演员扮演罗密欧与朱丽叶获得了极大的成功；一对苦难情侣的不渝的爱情，打动了每个观众的心弦。"[①]

1955 年 5 月，《电影艺术译丛》刊登了一则 3 页的"影片评介"，介绍了苏联莫斯科电影制片厂出品、根据苏联著名作曲家谢尔盖·普罗科菲耶夫导演的苏联大剧院版芭蕾舞剧《罗密欧与朱丽叶》摄制的舞剧片《罗密欧与朱丽叶》。这则报道综合了苏联《真理报》《文学报》《苏维埃文化报》等报刊的评论，给予了该剧高度评价。1956 年 1 月，《电影艺术译丛》发表通讯《法国举办苏联电影周》，报告了法、苏两国电影界的交流动态，首次提及"自法国电影周在苏联圆满结束以后，法国电影管理局决定于 1955 年 11 月间举办苏联电影周……电影周举行期间将放映八部苏联故事片"，其中就包括苏联舞剧片《罗密欧与朱丽叶》，而该剧的摄影师谢连科夫也参加了访问团。[②]接下来的第 2 期《电影艺术译丛》则继续追踪了苏联电影周在法国举办的盛

---

① 钟翔：《美在何处？——读〈罗密欧与朱丽叶〉札记》，载《外国文学研究》，1998 年第 3 期，第21 页。

② 正：《法国举办苏联电影周》，载《世界电影》（《电影艺术译丛》），1956 年第 1 期，第 116—117 页。

况,提及《罗密欧与朱丽叶》超越了阶级和国别,获得了法国观众的喜爱,"甚至连资产阶级报纸,例如《义勇军报》和《快报》也强调指出这部影片的音乐摄影的成就和舞蹈的优美"①。1956 年第 2 期《电影艺术译丛》还刊发了一篇 H. 埃利亚施和 C. 伊瓦诺娃合撰的舞剧片《罗密欧与朱丽叶》影评。②同年第 7 期又刊发短讯《苏联举行南斯拉夫电影周》,提及在贝尔格莱德举行的苏联电影展映中,苏联电影《罗密欧与朱丽叶》好评如潮。③ 这些报道全面而立体地追踪了苏联舞剧电影《罗密欧与朱丽叶》的拍摄、展映和获奖全过程。

由 H. 埃利亚施和 C. 伊瓦诺娃合作撰写、冯由礼翻译的《罗密欧与朱丽叶》是"十七年"时期《电影艺术译丛》对舞剧片《罗密欧与朱丽叶》最细致而全面的影评。这篇论文对莎剧舞剧电影、莎剧舞剧和莎剧的不同特征、改编难度、成果和缺点都做了较为客观的评析,有利于我国电影从业者借鉴其改编理念和细节处理的经验,将我国的优秀舞剧作品搬上银幕。论文主要有以下几个观点:

第一,《罗密欧与朱丽叶》是跨艺术类型的创新,标志着"舞剧片"这一电影艺术类型的诞生。莎士比亚的《罗密欧与朱丽叶》原作本身就包含了很多舞蹈场面,如:罗密欧与朱丽叶的初次相遇就是在卡普莱特家的舞会上;朱丽叶的父亲老卡普莱特让帕里斯追求自己的女儿,也是安排了一场舞会;老卡普莱特回忆起自己的青春时光,还是舞会的场景。有学者统计:"从《罗密欧与朱丽叶》诞生至今的三百多年中,仅创作的同名歌剧就达 14 部;还有柏辽兹的戏剧交响乐,柴可夫斯基的序曲——幻想曲、普罗科菲耶夫的舞剧、组曲等……正如柏辽兹所说:'莎士比亚的罗密欧! 天啊! 这是什么样的题材啊! 其中仿佛一切都是为了音乐预备好了的!'"④1935 年,普罗科菲耶夫导演的芭蕾舞剧《罗密欧与朱丽叶》已经成就了一出融合芭蕾舞剧和莎剧的苏联经典舞剧;而要将舞剧元素再融入电影之中,还要不失莎士比亚原作的特色,改编难度就更高。"……他们必须设法在一部影片的放映时间内,表现出在舞台上需要演出三个小时的这个舞剧和它的音乐,同时又要不损坏舞剧的完整性和思想意图,保留

① 正彦:《苏联电影周在法国获得成功》,载《世界电影》(《电影艺术译丛》),1956 年第 2 期,第105 页。

② 见 H. 埃利亚施、C. 伊瓦诺娃:《罗密欧与朱丽叶》,冯由礼译,载《电影艺术译丛》,1956 年第 3 期,第 63—70 页。原文刊发于 1955 年第 7 期苏联《电影艺术》杂志。

③ 基:《苏联举行南斯拉夫电影周》,载《电影艺术译丛》,1956 年第 7 期,第 100 页。

④ 王似频:《爱的源泉——三部同名异曲的〈罗密欧与朱丽叶〉》,载《音乐爱好者》,1989 年第 2 期,第 9 页。

下富有诗意的舞蹈语言，并且还要充分利用电影丰富的可能性"①，改编困难可想而知。但是舞剧电影《罗密欧与朱丽叶》大胆运用电影的表现手法，创造性地将莎士比亚舞剧经典搬上银幕，产生出新的电影艺术作品，"影片的每一镜头是充满着这样巨大的戏剧性和诗意，以致使这部影片已不是简单地把舞剧和舞蹈搬上银幕，而且具有了一种运用自己的样式特点来直接感动观众心灵的真正伟大艺术的性质"②，成为舞剧片的经典范例。

第二，《罗密欧与朱丽叶》是现实主义文艺理论的成功尝试。电影和舞剧的表现手法不同，改编中"主要的困难是必须使舞剧艺术中不可避免的假定性和电影的本性协调起来，而电影的本性却要求以真实生活的形式来反映现实中的现象，还要求新的布景设计和新的导演手法"③。影片以现实主义为原则，对一些舞蹈动作进行创造性的调整，让日常生活中的动作与轻快优雅的舞蹈结合在一起，让舞蹈动作兼具生活性与艺术性。④同时，为了强调电影对社会生活的呈现，电影使用分镜头结构对舞剧进行了创造性重构，拓展了舞剧舞台的规模，尤其是"维罗纳市街的场景和许多处理得很好的群众场面，不仅给罗密欧与朱丽叶的悲剧构成一个背景，而且表现了这个意大利城市的生活和人民的性格，从而也就更加深刻地表现了悲剧本身"⑤。换言之，《罗密欧与朱丽叶》以现实主义理论为指导，把两种不同艺术的表现手段和演出特色融合在一起，电影赋予了剧中男女主角的爱情悲剧更为广阔的社会背景，丰富了戏剧的层次感，并由此创造出了许多舞台演出中没有的场面和规模，创造出了鲜明多彩的"莎士比亚的背景"。

第三，《罗密欧与朱丽叶》转换电影类型的同时，还注意结合莎剧原有的叙事风格，对舞剧片进行了合理改造。一方面，电影对某些场景进行了改造，如将罗密欧和朱丽叶在舞会上谈情说爱的场景改为两人独处，以"亲密的双人舞表现出了相互的倾心，发抒出真挚、纯洁的感情"⑥，同时，除去喧

---

① 见 H. 埃利亚施、C. 伊瓦诺娃：《罗密欧与朱丽叶》，冯由礼译，载《电影艺术译丛》，1956年第 3 期，第 64 页。

② 晓风：《罗密欧与朱丽叶》，载《世界电影》（《电影艺术译丛》），1955 年第 5 期，第 89 页。

③ H. 埃利亚施、C. 伊瓦诺娃：《罗密欧与朱丽叶》，冯由礼译，载《电影艺术译丛》，1956 年第 3 期，第 66 页。

④ 同上篇，第 69 页。

⑤ 晓风：《罗密欧与朱丽叶》，载《世界电影》（《电影艺术译丛》），1955 年第 5 期，第 89 页。

⑥ H. 埃利亚施、C. 伊瓦诺娃：《罗密欧与朱丽叶》，冯由礼译，载《电影艺术译丛》，1956 年第 3 期，第 65 页。

闹的背景和闲杂人群,也让影片节奏更加清晰、让画面更加干净;另一方面,电影改编也更凸显出原剧的社会性和层次感,尤其是将罗密欧与朱丽叶的爱情故事置于中世纪的背景之中,为电影增添了社会性。虽然对"中世纪那个残酷黑暗的世界"①的阐释带有明显的时代烙印,但影片对时代背景的处理确实也表现出了原作所强调的维罗纳城的混乱无序。

第四,《罗密欧与朱丽叶》的电影表现手法可以让芭蕾舞演员更充分地发挥技巧,展示芭蕾舞的魅力。《罗密欧与朱丽叶》的一大魅力,正是来自芭蕾舞演员乌兰诺娃的精彩演出。作者举例道,扮演朱丽叶的女演员乌兰诺娃为了爱情跑去求助劳伦斯神父一幕,由于运用了电影的表现手法,"那光线的变化,镜头的转换,摄影角度的变化和多样,以及把斗篷吹得飘了起来的风,都使我们加深了对这个场面的印象"②。同时,电影中的特写也能让观众近距离地看到演员的细腻表情,能够更好地呈现出他们的心理活动,而这一点正是大剧场演出所无法具备的——"要知道,如果观众能够看见演员们的脸和眼睛,那么他们对舞蹈的印象就会深刻得多"③。得益于电影技术的帮助,乌兰诺娃的表演得以穿越时间和空间的限制,给更多观众带去美的感受,这同样是剧场所不具备的。

与优点相对应,《罗密欧与朱丽叶》的主要缺点也隐藏在它的现实主义尝试中。其一,影片过于强调真实性,丧失了舞剧本身简洁的美感和诗意。埃利亚施和伊瓦诺娃评价道:"导演仿佛害怕作为舞剧主要场面的单人舞和双人舞的诗意和抽象的表现,因而去寻找那种强调具体日常生活情景的背景。令人遗憾的是,那优美而富有旋律的舞蹈线条,与这过分臃肿的、五光十色的背景却显得格格不入,因而非常刺眼",提出导演应放开手脚,"不应该害怕所有声有色的日常生活画面跟简洁、概括的单人舞和双人舞的鲜明对比"④。其二,维罗纳城的场景不够真实,更像是舞台布景,不符合电影呈现真实生活的要求。埃利亚施和伊瓦诺娃指出,某些场景的美工设计既无现实依据,也没有宏伟感,另一些场景与音乐的严谨、简洁背道而驰,如影片中的狂欢节就被限制在一个非常窄小的广场上,并据此批评美工师巴霍缅科的工作不够成功⑤。其三,导演对从舞剧到电影的类型转变认识不足。

---

① H. 埃利亚施、C. 伊瓦诺娃:《罗密欧与朱丽叶》,冯由礼译,载《电影艺术译丛》,1956 年第 3 期,第 65 页。

② 同上篇,第 66 页。

③ 同上篇,第 68 页。

④ 同上篇,第 67 页。

⑤ 见 H. 埃利亚施、C. 伊瓦诺娃:《罗密欧与朱丽叶》,冯由礼译,载《电影艺术译丛》,1956 年第 3 期,第 67 页。

如：剧院表演强调距离感、缺乏微表情训练，而电影中却有很多特写镜头，这就造成了习惯了表演距离感的芭蕾舞演员在电影里会"缺少微妙的表情"，尤其扮演罗密欧的演员在电影中有时"显得过于静止，没有足够的表现力"①。此外，电影还存在着诸如某些背景过于豪华富丽、某些群众场面过于迷恋日常生活细节、精彩的舞蹈场面被删减、某些部分加上莎士比亚式的解说词十分乏味而无必要等问题。

　　与"十七年"时期的其他作品一样，这篇影评也被打上了深刻的时代烙印。如在讨论卡普莱特和蒙泰古两个家族的街头群殴场景时，市民的台词"打！打！打！把他们打下来！打倒凯普莱脱！打倒蒙太玖！"被阐释为人民力量的象征——"为创造波澜壮阔的群众场面的素材，并且在这里完全正确地刻画了人民的形象，表现出他们对两家望族无谓的世仇产生了莫大的愤慨"②。但围观市民到底是出于"莫大的愤慨"，还是在围观起哄？至少莎翁原作并未倾向前者。无独有偶，1954年，《戏剧报》曾刊载苏联评论家莫洛卓夫的《威廉·莎士比亚》，其中市民围观两家斗殴的场景也被阐释为莎士比亚在《罗密欧与朱丽叶》中"严厉地抨击着两个封建家族③的决死的斗争"④，而该剧的主题被阐释为"揭露旧的封建世界，及其对活生生的人的感情所持的残酷而无情的态度，揭露永无休止的内斗(在《罗密欧与朱丽叶》中甚至谁也不知道内斗的原因，对这件事人们好像早已忘掉了；大概这是久远的世仇)"⑤。

　　"十七年"时期的莎剧影评强调封建主义、资本主义与人性的对立，乃至改变了原著本意。1955年的一篇影评就提出，《罗密欧与朱丽叶》的主题是"纯洁的爱情与忠贞、光辉的人道主义思想在与邪恶、仇恨、残暴的搏斗中获得胜利"⑥，这显然是一种"创造性"误读。事实上，原作中罗密欧第一次出现时，正为卡普莱特家族的另一个女孩儿罗莎琳茶饭不思，但在看见朱丽叶的第一眼时，罗密欧就移情别恋，感叹"我从前的恋爱是假非真，今晚才遇见绝世的佳人！"⑦他们的爱情来得突然，也许纯真，但不免"盲目"。⑧ 这则影

----

①　H. 埃利亚施、C. 伊瓦诺娃：《罗密欧与朱丽叶》，冯由礼译，载《电影艺术译丛》，1956年第3期，第69页。

②　同上篇，第66—67页。凯普莱脱即卡普莱特，蒙太玖即蒙泰古。

③　原文为"家属"，疑为笔误。

④　米·莫洛卓夫：《威廉·莎士比亚》，陈微明译，载《戏剧报》，1954年第4期，第38页。

⑤　莫洛卓夫：《威廉·莎士比亚(续)》，陈微明译，载《戏剧报》，1954年第5期，第28页。

⑥　晓风：《罗密欧与朱丽叶》，载《世界电影》(《电影艺术译丛》)，1955年第5期，第89页。

⑦　出自《罗密欧与朱丽叶》第一幕第五场第51—52行。

⑧　"爱情是盲目的"出自《罗密欧与朱丽叶》里罗密欧的好友茂丘西奥的台词。

评赞美朱丽叶"反抗父母逼嫁时的勇敢",指出她"孤零零地沿着黑暗的楼梯和空寂的街道奔向劳伦斯神父"的孤单与勇敢,象征着"人战胜无人性",[①]这同样是误读。原作中明显可见父亲对子女的关心慈爱,如第一幕第一场罗密欧的父亲对儿子心神不宁的担心、第一幕第二场朱丽叶的父亲安排舞会让帕里斯和女儿自然结识、自由恋爱等。即便两代人之间存在代沟,也与影评中的"邪恶、仇恨和残暴"相去甚远。

中国莎士比亚研究者对俄国莎士比亚研究的译介,始于 20 世纪 20 年代。中华人民共和国成立后,中国与苏联的意识形态保持亲近,中国的文化和艺术以苏联为标杆,《电影艺术译丛》对苏联电影和电影理论的译介占据了大量篇幅。事实上,早在 1952 年《电影艺术译丛》的前身《电影艺术资料丛刊》创刊之时,中央电影局艺术委员会研究室就在发刊辞中表示,创办这份期刊,是为了加强电影艺术理论与创作方面的研究,尤其要介绍苏联及各人民民主国家有关电影编剧、导演、演员等方面的重要艺术理论、创作技巧、经验总结、影片评论、著名电影人物和各国电影事业的状况等,为中国电影艺术的发展和提高提供借鉴。[②] 1953—1955 年,初创时期的《电影艺术译丛》译介的几乎都是苏联电影理论和实践经验,仅有少数论文和报道涉及东欧和日本进步电影。可以说,这一时期《电影艺术译丛》的政治色彩十分浓厚,而莎剧影评出现浓厚的苏联话语中心倾向(至少在 1960 年之前)也并不奇怪了。

2. 苏联话剧电影《奥赛罗》与现实主义影评的译介

罗艺军在《中国电影理论与"洋务派"》中指出,《电影艺术译丛》的编者及翻译队伍是新政权为了贯彻"向苏联一边倒""抵制好莱坞电影并清除好莱坞曾经在中国产生的巨大影响"的"政治路线"建立起来的。[③] "十七年"时期,对苏联电影和电影理论的引进是电影期刊的重中之重,电影与其他艺术的关系研究则是当时电影理论的讨论焦点。如果说《罗密欧与朱丽叶》开拓了舞剧电影这一新类型,那么《奥赛罗》的创新性则是对戏剧人物进行了富有新意的解读,并通过电影语言拓展了观众对莎剧的理解:

---

① 晓风:《罗密欧与朱丽叶》,载《世界电影》(《电影艺术译丛》),1955 年第 5 期,第 89 页。

② 见郭欣瑞:《〈电影艺术译丛〉(1953—1958)外国电影理论译介研究》,陕西师范大学硕士学位论文,2017 年,第 9 页。

③ 罗艺军:《中国电影理论与"洋务派"》,载《电影艺术》,1995 年第 3 期,第 30 页。

　　我们都知道,文学——包括民间传说——已经有了几千年的历史。虽然文学创作并不是最古老的艺术,但至少是最古老的艺术之一。但是电影的历史却还不足六十年,它是一种最年轻的艺术形式,现在正处在蓬勃发展的时期。目前还很难断定,到底电影仍然是处于它的青年时代,还是已经进入了它的成熟时期。

　　尽管文学和电影有着不少不同的地方,但是这两种艺术也还是有许多共同的地方。不论是文学还是电影,都要比其他各种艺术形式具有更丰富的表现力,因而也就更能反映现实——反映真实人物在其复杂多样的现象中,在其丰富多彩的活动和发展形式中的生活。①

　　1955 年,《电影艺术译丛》刊发了一则动态,提及苏联影片生产总管理局同各个电影制片厂制订了改编文学作品的长期计划,准备把俄国古典文学作品、苏维埃文学的优秀作品和外国古典文学的优秀作品改编成电影,其中就包括苏联最大的电影厂——莫斯科电影制片厂出品、尤特凯维奇改编的莎剧《奥赛罗》和列宁格勒电影制片厂出品、弗利德导演的莎剧《第十二夜》。② 1956 年,《电影艺术译丛》又刊发了苏联电影《奥赛罗》影评,该片是继《罗密欧与朱丽叶》和《第十二夜》之后的第三部苏联莎剧电影。1956 年 4 月,《奥赛罗》获第九届戛纳国际电影节最佳导演奖,并在欧洲、亚洲、美洲和大洋洲的展映中好评如潮。③ 英国评论家波蒂斯认为:"作者没有把一出古典的舞台剧硬搬上银幕,而根据电影的特点从头到尾彻底地重新处理了这个题材……这部俄国的'奥瑟罗'气象万千地对原作作了十分令人满意的再现,它是最优秀的莎士比亚影片之一。"④在重点报道了电影《奥赛罗》的获奖动态后,1958 年 4 月,《电影艺术译丛》又接连刊载了两篇《奥赛罗》影评:一篇是该片导演尤特凯维奇谈影片构思和拍摄技巧;另一篇是弗罗洛夫的《莎士比亚的悲剧在银幕上》,分析了电影语言与戏剧语言的融合与利弊。

　　苏联电影《奥赛罗》的主题阐释,实际上牵涉对《奥赛罗》原作的两种不

---

　　① H. 列别杰夫:《文学与电影的关系》,冯由礼译,载《世界电影》(《电影艺术译丛》),1955 年第 6 期,第 33 页。

　　② 见虹:《苏联各制片厂制订改编文学作品的计划》,载《世界电影》(《电影艺术译丛》),1955 年第 7 期,第 93 页。

　　③ 见何青:《苏联影片"奥瑟罗"在国外的荣誉》,载《电影艺术译丛》,1958 年第 4 期,第 97 页。奥瑟罗即奥赛罗。

　　④ 礼:《英国影评家眼里的苏联影片》,载《世界电影》(《电影艺术译丛》),1957 年第 5 期,第 97 页。

同阐释:《奥赛罗》是一个人对抗充满敌意的世界的故事;而除去威尼斯宫廷、社会等级以及军队背景,该剧也是一出家庭悲剧。尤特凯维奇将《奥赛罗》解读为一出具有"人道主义实质"的伟大悲剧①,将戏剧冲突解释为"一个社会性的冲突"和"一个和谐的、美好的人同那个充满谎骗、偏见和敌意的世界的冲突"②,符合我国"十七年"初期文艺工作的意识形态。

　　在角色处理上,"邦达尔丘克把奥瑟罗不是表现成一个杰出的将军或思想家,而是表现成一个纯朴的普通人,表现成一个美好的、真挚的、崇高的、因而也不能容忍欺骗和不贞的人";"波波夫的埃古在外表上跟一个普通人一样,他似乎很温柔,甚至富有魅力,不同的是他有着极端自私自利的野心"③;苔丝德蒙娜不应该表现成"一个被动的人,一个被包围着她的情欲所牺牲的人"④,但遗憾的是,由于女演员的表演过于平淡,苔丝德蒙娜失去了女主角的光环,沦为了两位男演员的配角。但评论家也表示,怪罪饰演苔丝德蒙娜的女演员演技不佳,可能有失公允。因为一方面,埃古历来受人关注,容易博得观众的喝彩,埃古通过精心设计将奥赛罗网罗入他的骗局,两人处于此消彼长的动态关系之中,而苔丝德蒙娜在某种程度上是这两个男人角力的工具;另一方面,对奥赛罗和埃古两人关系的并置和强化并非没有先例,导演的处理方式也体现出了他对莎剧演出传统的熟悉。事实上,从18世纪开始,《奥赛罗》就出现了奥赛罗和埃古两个角色重叠的表演方式,如维多利亚时期的著名演员亨利·欧文⑤和埃德温·布斯在英国的兰心剧院表演时,就交换演出了这两个角色。

　　在拍摄技巧方面,《电影艺术译丛》重点关注了《奥赛罗》将电影手法与戏剧语言相结合的特色,尤其是采用多种电影特有的手法来表现台词。导演尤特凯维奇的技巧可圈可点,分镜头剧本、布景和内心独白场景的处理给该片增色不少,使戏剧电影得以融入电影的特色,拓展了戏剧的内涵。例如,尤特凯维奇提出,电影中的独白"尽可以跟画面形象不相配合,但却表达了人物的思想。……正如在歌唱音乐片里一样,戏剧场面应该以语言为基础来拍摄,拍摄时不仅要保留语言的意义,而且还要保留它们的节奏和诗意。诗与电影是没有矛盾的,唯一的要求是诗应该用电影的造型

---

①　W. 莎士比亚、C. 尤特凯维奇:《奥瑟罗》,载《电影艺术译丛》,1956 年第 5 期,第 100 页。

②　同上。

③　同上篇,第 101 页。

④　C. 尤特凯维奇:《我对于影片"奥瑟罗"的构思》,何正译(自伊丽莎伯·罗泰尔的法文译本),载《世界电影》(《电影艺术译丛》),1958 年第 4 期,第 30 页。

⑤　《电影艺术译丛》也刊发过亨利·欧文讨论演员演技的文章。

手法表现出来。这就需要摄影师和美工师做一些困难的工作"①。而奥赛罗因为忌妒而心痛的一幕,在电影中被处理为奥赛罗从圆柱旁边走到水池跟前,将身子俯向水池,看见了倒映在水中的自己的脸,发现"我是黑色的",并吃惊地向后倒退一步,凸显了奥赛罗的黑人身份以及他作为黑人生活在白人世界所遭遇的偏见,导致他最终被埃古蒙骗的必然结局。②但缺点在于,有时过分追求壮丽场面,失去了原著的严峻格调,同时过于迷恋隐喻式的镜头。

比照弗罗洛夫的《莎士比亚的悲剧在银幕上》,我们可以发现,这篇影评所批评的"导演对隐喻式手法的迷恋"所指为何:

> 奥瑟罗在那些缠绕着他的真正的渔网中间,钻来钻去。这种手法本身可能是很好的,但在这里却变成了一种图解式的、可厌的东西。因为它所要强调的只是一个很简单的意思:埃古在奥瑟罗周围布下了罗网。然而,即使没有导演的这种多余的暗示,事情也是十分清楚的。奥瑟罗——邦达尔丘克迷失于其中的那些网子,只会分散人们对主要的东西(摩尔人由于怀疑而产生的那些言语和思想)的注意。③

分镜头让读者仿佛身临其境,但也提出了一个在戏剧电影改编中经常会遇到的问题,即是否有些镜头显然只是在追求外部美?④ 这既可能是源于观众审美感受不同,也可能是舞台和电影的不同处理手法所致。如何做到场景与人物、本质和个性的真正统一,传达出原剧人物的丰富情感和思想? 这是电影从业者应该思考的问题。

尤特凯维奇谈及将《奥赛罗》搬上银幕的初衷,表示:该剧"要比我们若干现代题材的戏剧更富于现实性。莎士比亚的才能使他能够在这个威尼斯的摩尔人的悲剧中,表达出直到今天还仍然存在于我们身上的思想和感情",而这种现实性的来源体现为奥赛罗"为真理而作的悲壮斗争"。⑤ 因此,戏剧改编电影的原则"并不是只把十六世纪重现一下,也不

---

① C. 尤特凯维奇:《我对于影片"奥瑟罗"的构思》,何正译(自伊丽莎伯·罗泰尔的法文译本),载《世界电影》(《电影艺术译丛》),1958 年第 4 期,第 34 页。

② 见 B. 弗罗洛夫:《莎士比亚的悲剧在银幕上》,江韵辉译,载《世界电影》(《电影艺术译丛》),1958 年第 4 期,第 38 页。

③ 同上篇,第 41 页。

④ 同上篇,第 46 页。

⑤ C. 尤特凯维奇:《我对于影片"奥瑟罗"的构思》,何正译(自伊丽莎伯·罗泰尔的法文译本),载《世界电影》(《电影艺术译丛》),1958 年第 4 期,第 28 页。

是抄袭过去大师们的作品,而是要找到一种合乎莎士比亚的风格而又与导演的意图相符合的自由表现方法"①。这一电影创作原则呼应了"十七年"时期对"古""今"文学作品重要性的讨论,并将改编重点放在了"当代"和"现实"两方面。弗罗洛夫尤其赞成尤特凯维奇对原剧台词大刀阔斧的删改,他评价道:"斤斤计较于影片中保留了哪些,删除了哪些,是没有多大意义的。重要的是剧作者兼导演如何运用了电影的手段,把自己的意图的特点和莎士比亚的语言的诗意传达了出来。"②舞台不仅成就了莎士比亚,也限制了莎士比亚的作品,而导演以银幕为媒介,更好地彰显出莎士比亚的创作才能,并赋予了莎剧崭新的生命力——"只要回想一下奥瑟罗骑在马上,穿过岩石,向停船的地方疾驰而去的那个镜头,就可以知道导演和摄影师是多么自如地运用了电影的可能性"③。弗罗洛夫同时强调,尤特凯维奇版本的一大特色就是,导演是"以苏联电影艺术家的眼睛心灵和智慧"来改编莎剧的:

> 而尤特凯维奇则为自己提出了更复杂的任务:他要按照我们今天的苏维埃人的理解,在银幕上表现出作品中所描写的人的热情的实质。换句话说,导演要求通过这一复杂的、多场景的悲剧,来突出其中对我们今天特别重要的,也是我们在莎士比亚的"奥瑟罗"中所特别珍视的东西:为真理、为人性而斗争的激情。导演认为这就是悲剧的"贯串动作"。④

尤特凯维奇通过将奥赛罗和埃古的冲突提至前台,让个人的悲剧具有了社会意义,将《奥赛罗》讲述为一个全人类共同的故事。

值得一提的是,导演尤特凯维奇收集了大量资料,不仅对莎剧台词和英国戏剧史烂熟于心,并且对别林斯基、普希金等的莎评信手拈来,他富有创造性的改编根植于对文本的深刻理解。如:尤特凯维奇提及,在奥赛罗和埃古的对话中,"正直"一词出现了 14 次,这绝非偶然,而是从侧面解释了奥赛罗悲剧结局的原因:奥赛罗固执、理想主义、品格高贵,不习惯狡

---

① C.尤特凯维奇:《我对于影片"奥瑟罗"的构思》,何正译(自伊丽莎伯·罗泰尔的法文译本),载《世界电影》(电影艺术译丛),1958 年第 4 期,第 34 页。

② B.弗罗洛夫:《莎士比亚的悲剧在银幕上》,江韵辉译,载《世界电影》(《电影艺术译丛》),1958 年第 4 期,第 38 页。

③ 同上。

④ 同上篇,第 36 页。着重号为原文所加。

诈欺骗，才会轻信埃古的谎言；①奥赛罗和苔丝德蒙娜的悲剧之所以发生在塞浦路斯岛，是因为塞浦路斯的建筑风格受希腊影响，符合莎士比亚的悲剧精神。② 与奥赛罗轻信、善妒的传统形象不同，尤特凯维奇富有创见地塑造了"一个诚实的人，一个热情的人"，一个"超越了中世纪的混乱，而在斗争中寻找一条走向新的人类理想的道路"的人，"一个新世界的建设者"，③奥赛罗的悲剧被理解成一个高尚的灵魂在面对理想世界崩塌之时的痛苦折磨，因而让所有人感同身受。"我们如果把他的痛苦只是看作一个被欺骗的人的痛苦，那就贬低了他的价值"，因为奥赛罗的悲剧并非一个忌妒的丈夫听信谗言、杀死爱妻的悲剧，而是社会的悲剧，是"莎士比亚的悲剧"，"因为莎士比亚本人也为他的时代的矛盾而痛苦，也在寻求和谐"。④

　　1955—1956 年苏联文艺界出现了演绎莎剧的热潮，《哈姆雷特》《第十二夜》《麦克白》《奥赛罗》在苏联的舞台和银幕上轮番上演。现实主义表演大师斯坦尼斯拉夫斯基（1863—1938）曾就《奥赛罗》提出过许多有趣的想法，这也让新中国的电影和戏剧界一开始就接受了莎士比亚的"现实主义特征"。1957 年，《电影艺术译丛》大篇幅连载了普罗柯菲耶夫⑤的《斯坦尼斯拉夫斯基体系中的舞台形象问题》⑥，而莎剧因为频频出现在斯坦尼斯拉夫斯基的"导演计划"中，也成了中国文艺界研究斯坦尼斯拉夫斯基演剧体系的案例之一。事实上，斯坦尼斯拉夫斯基一直对莎士比亚抱有极大兴趣，曾经排演过《奥赛罗》《温莎的风流娘儿们》《麦克白》《罗密欧与朱丽叶》等多部莎剧。斯坦尼斯拉夫斯基拒绝程式化表演，要求演员"像你们在［现］实生活中那样去动作"⑦。电影和戏剧的表演特征和要求不同，但在斯坦尼斯拉夫斯基的表演体系中却找到了共通点，即塑造"有机的、活生生的、以深切关怀对象的生活为基础的"⑧文艺作品。值得一提的是，《电影艺术译丛》将对电影的讨论局限于电影艺术本身，保持了相对的专业性，同时热情赞美了莎剧

---

　　① 见 C. 尤特凯维奇：《我对于影片"奥瑟罗"的构思》，何正译（自伊丽莎伯·罗泰尔的法文译本），载《世界电影》（《电影艺术译丛》），1958 年第 4 期，第 30 页。

　　② 同上篇，第 32 页。

　　③ 同上篇，第 29 页。

　　④ 同上。

　　⑤ 该文作者为 B. 普罗柯菲耶夫，非《罗密欧朱丽叶》的导演 C. 普罗科菲耶夫。

　　⑥ 见 B. 普罗柯菲耶夫：《斯坦尼斯拉夫斯基体系中的舞台形象问题（中）》，雷楠译，载《电影艺术译丛》，1957 年第 10 期，第 74—87 页。

　　⑦ 同上篇，第 80 页。

　　⑧ 同上篇，第 81 页。

的情感力量和人性,淡化阶级批评(如提出影片《奥赛罗》的力量,正是在于"其中包含着情感的巨大真实,人的热情的巨大真实"[①]),与这一时期文学界对人性论的激烈批驳形成了鲜明对比。

1954 年正值莎士比亚诞辰 390 周年,《戏剧报》分三期连载了苏联学者米·莫洛卓夫的莎评,介绍了莎士比亚的生平、创作生涯、莎士比亚的经典化过程和莎士比亚的著作权问题。但与《电影艺术译丛》对电影导演和拍摄技术的关注相比,米·莫洛卓夫的莎评更注重阶级斗争。比如,莎士比亚本人被描述为"他的父亲破了产,因而这位未来的剧作家(当时他还不到十六岁)只好自己来挣钱吃饭"[②];南安普敦伯爵的信件中丝毫未提莎士比亚,作者由此感叹"一个平凡的演员,初学诗人和剧本的编写者对于这位显贵大人值得什么呢! 他已消失在各色人等的宫中来客群里了"[③];而莎士比亚生活的时代被认为是"'原始积累'的时期",充满了压迫与人民暴动和无情镇压——"大的土地所有者们在懂得了羊毛生意的好处以后夺取了公社的耕地,围起来变成了他们饲羊的牧场。他们把农民从土地上赶走,于是全国充满着贫苦的无家可归的人们",同时,作者引用托马斯·摩尔《乌托邦》中"羊吃人"的描述以及《李尔王》中"无家可归的,衣不蔽体的不幸人",[④]强调莎士比亚作品对现实的揭露。与《电影艺术译丛》赞扬的波波夫版"人性化的埃古"不同,莫洛卓夫认为,《奥赛罗》的埃古不仅站在了奥赛罗的反面,也站在了人民群众的反面,成为"原始积累丰富的时代产生了凶狠的冒险家"[⑤]。作者反复提醒读者,"要记得这一残酷的时代,以便理解像《哈姆雷特》《李尔王》《马克白斯》,以及许多莎士比亚同时代人的作品所笼罩着的那种悲剧的气氛"[⑥]。正如有学者评述,这些观点"基本继承了卢那察尔斯基等人开创的苏联马克思主义莎学传统,着力揭露假丑恶、歌颂真善美,重视阶级斗争,关注时代精神,肯定现实主义"[⑦]。

如果说《戏剧报》只是译介莫洛卓夫的论文,并不代表中国学者的声音,那么将莫洛卓夫的论文与发表于次年《戏剧报》的另一篇文章《清除莎士比

---

① W. 莎士比亚、C. 尤特凯维奇:《奥瑟罗》,载《电影艺术译丛》,1956 年第 5 期,第 102 页。

② 米·莫洛卓夫:《威廉·莎士比亚》,陈微明译,载《戏剧报》,1954 年第 4 期,第 35 页。

③ 同上篇,第 36 页。

④ 同上篇,第 37 页。

⑤ 同上。

⑥ 同上篇,第 38 页。

⑦ 费小平:《沙可夫——几乎被遗忘的我国杰出的外国文艺理论翻译家》,载《外语研究》,2016 年第 4 期,第 87 页。

亚介绍中的资产阶级思想》对比,我们可以更明确地窥见《戏剧报》编辑部的主张:"莎士比亚的介绍和研究工作,长期地受着资产阶级思想的支配。资产阶级莎士比亚研究者的'学说'和观点,通过大学文学教学和一些国内资产阶级文人学士的和盘搬弄贩卖,充斥于国内莎士比亚的介绍和研究工作中";倘若将放任不顾,"就将使资产阶级思想占领着古典文学研究的阵地,让社会主义思想向其投降。这当然是不能容许的"。[①]

《电影艺术译丛》对莎士比亚本人评价较高,大多数作者也并未开篇就急急表明政治态度。这似乎说明,相对于外国文学研究,电影和戏剧界所受政治环境影响尚轻。当然,这也可能是由于《电影艺术译丛》的论文多是译文,编辑和译者得以隐身在作者之后,隐晦地提出自己的观点。更有可能的是,这与本节所选论文的刊发时间有关——《电影艺术译丛》和《戏剧报》对苏联莎剧和电影的译介大都在1952—1958年间,当时中苏关系尚未恶化,社会氛围和政治环境相对宽松,而到了《文学评论》集中刊发莎评的1963—1964年,中苏关系已经恶化,《电影艺术译丛》已于1958年停刊了。

3.《电影艺术译丛》对西方电影技术的译介

1969年,英国导演彼得·豪尔为皇家莎士比亚演出公司拍摄《仲夏夜之梦》,谈及两种莎剧改编方法:

> 其一是像在以译本为依据时不得不做的那样,把原文抛在一边,而靠全部气氛来展开剧情。《血腥的王位》[②]和苏联的《哈姆雷特》的情形就是这样。另一种是根据原文来改编,那么你首先必须删节原文,用摄影机来加强对它的贴切表现。用充分展开的电影技巧来制作一部绝对常规化的影片,对莎士比亚作品说来是不可能的,因为大部分通常的电影技术是与莎剧技巧相抵触的。至少就最重要的成分——台词来说就是这样。[③]

劳伦斯·奥立弗与黑泽明的莎士比亚电影改编,就被认为是遵循了两种迥异的莎剧改编方式:或注重台词与表演的原汁原味;或抛开台词、接受

---

① 徐述纶:《清除莎士比亚介绍中的资产阶级思想》,载《戏剧报》,1955年第4期,第44页。

② 即日本影片《蛛网宫堡》,黑泽明导演1957年出品。

③ 转引自罗吉·曼威尔:《莎士比亚与电影》,史正译,北京:中国电影出版社,1985年,第124页。

莎剧在不同文化和时代的演绎,传达莎剧的精神内核。中国的电影研究界一直非常关注劳伦斯·奥立弗与黑泽明两位导演,在不同时期的关注重点也不同。

受"十七年"时期政治环境的影响,《电影艺术译丛》将苏联电影理论作为了主要的译介对象,苏联电影理论占据了期刊的绝大多数篇幅。直到"双百"方针提出,国内文艺环境逐渐宽松,《电影艺术译丛》在电影理论和电影作品的选择上才有不少变化。除苏联的电影理论外,《电影艺术译丛》开始有选择地、审慎地译介一些西方国家的电影理论及制作经验,为国内电影界的理论研究带来一阵新风。但相比苏联,其他西方国家的电影理论译介只占《电影艺术译丛》的少部分篇幅,且主要是摄影、剪辑、音乐、灯光、舞美、化妆等实践经验总结。1957 年第 1 期《电影艺术译丛》刊登了周传基译、苏联评论家阿文纳留斯撰写的《英国电影事业及其大师·柯尔达》,高度评价了英国电影大师柯尔达的工作,称赞"柯尔达的创作遗产是非常巨大的……在他的优秀作品里,他都成功地发展了现实主义电影艺术的进步传统"[1]。1956 年,《电影艺术译丛》刊载了两篇译文,讨论劳伦斯·奥立弗的莎剧电影《哈姆雷特》和《理查三世》的美工设计。1957 年,《电影艺术译丛》还刊载了另一位当时颇受欢迎的莎剧演员李思廉·霍华德的论文,讨论有声电影的表演技巧。虽然在"编者按"中,编辑部申明了政治立场,指出霍华德的观点"反映了在资本主义电影生产的种种不合理条件下演员创作所遭遇到的困难"[2],但显然霍华德的本意并非抱怨资产阶级电影工业,而是讨论如何改进表演技巧,以适应有声电影的发展。利用"编者按"的定性,《电影艺术译丛》得以合法引介"资产阶级电影工业"的表演技巧,"编者按"实际上起到了文学评论中"补论"的作用。

在 1957 年 1 月 1 日《编辑部的话》中,《电影艺术译丛》编辑部回顾了1956 年的工作,本着"从译介工作这个角度为体现党在文学艺术和学术研究领域中'百花齐放、百家争鸣'的政策而努力"的宗旨,总结了编辑部今后的工作重点:"介绍苏联电影艺术的成就与经验,毫无疑问,今后仍然应当是本刊的主要任务;但与此同时,对于其他国家电影艺术的成就、经验与发展情况,也应当加强介绍:例如,关于影片'汉姆莱脱'和'理查三世'美工设计的文章(第七期)受到了许多读者的重视",同时,"对不同样式、不同风格的

---

① Г. 阿文纳留斯:《英国电影事业及其大师亚力山大·柯尔达》,周传基译,载《电影艺术译丛》,1957 年第 1 期,第 78 页。

② 李思廉·霍华德:《在影片中演出》,盛葵阳译,载《世界电影》(《电影艺术译丛》),1957 年第 3 期,第 56 页。

影片进行艺术分析的文章(如第一期'大家庭'、第二期'罗密欧与朱丽叶'、第三期'忠实的朋友'、第四期'台尔曼传')"等,也"使读者感到了很大的兴趣"。① 读者肯定了兼容并蓄的各国电影介绍,也关注到除苏联之外的其他国家的电影艺术发展状况;而本着"百花齐放、百家争鸣"的原则,编辑部声明将继续拓宽选题的范围和内容。同时,刊物的篇幅也增加了,"由于部分论文将改用新五号字排印,刊物实际容纳的字数较之去年约可增加五分之一","为了减轻读者负担,在定价方面反而有所削减"。② 编辑部还提出了 1957 年度的一系列刊载重点,雄心勃勃地规划着未来。但遗憾的是,"十七年"时期的政治和文化政策风向变动剧烈,不到一年,《电影艺术译丛》就因苏共二十大所引发的中、苏两党的巨大分歧而于 1958 年陷入停顿,后又因亲近苏联文艺界、刊登了"修正主义大毒草"《一个人的遭遇》的影评,而被迫停刊。

　　事实上,《电影艺术译丛》对英国导演兼演员劳伦斯·奥立弗的电影和他本人的经历一直抱有浓厚的兴趣。劳伦斯·奥立弗在 20 世纪四五十年代就已是功成名就的戏剧演员、电影演员和导演。1935 年,劳伦斯·奥立弗和约翰·吉尔古特在伦敦新剧院(New Theater)的演出中交替扮演罗密欧和茂丘西奥,这一创造性的演出大受欢迎。1945 年,劳伦斯·奥立弗在伦敦的新剧院出演了《亨利四世》里的夏禄法官,令人难忘。从 1944 年开始,奥立弗逐渐把重心转移到莎剧电影的拍摄上。1946 年,劳伦斯·奥立弗因执导并出演《亨利五世》电影版而荣获金像奖,1946 年曾因《亨利五世》一片、两年之后又因《哈姆雷特》一片而荣获最佳男演员奖。③ 1951 年,劳伦斯·奥立弗和费雯·丽夫妇出演《安东尼与克莉奥佩特拉》的男、女主角安东尼和埃及女王。1955 年,劳伦斯·奥立弗的《麦克白》大受好评,被赞为"耀目的黑暗",剧中的麦克白夫人同样由奥立弗的妻子、女演员费雯·丽扮演。而对很多观众来说,1955 年劳伦斯·奥立弗的老维克版《理查三世》才是真正的《理查三世》。在 1956 年《电影艺术译丛》的一则关于戛纳电影节的报道中,作者乔治·萨杜尔评价了各国电影的参展状况,还专门提出,"很令人遗憾的是英国并没有把根据莎士比亚原作改编的'理查三世'送到戛纳来展出。L. 奥立佛最近导演的这部影片,原是大大地超出英国这些颇为平

---

① 《编辑部的话》,载《电影艺术译丛》,1957 年第 1 期,第 127 页。

② 同上篇,第 128 页。

③ C.B. 佩伯尔:《访问劳伦斯·奥立弗》,管蠡译,载《电影艺术译丛》,1980 年第 1 期,第 161 页。

凡的展品的一般水平的"①。1956 年第 7 期《电影艺术译丛》追踪了由劳伦斯·奥立弗导演和主演、英国伦敦影片公司出品的《理查三世》,高度评价了剧中奥立弗和其他演员的精彩表演。同期还刊登了奥立弗御用美工 R. 佛尔斯讨论《哈姆雷特》和《理查三世》布景设计和服装设计细节的两篇论文。佛尔斯曾在老维克剧院和与奥立弗合作过《亨利五世》《哈姆雷特》《理查三世》等剧,具有丰富的莎剧舞台和电影改编经验。之所以选择译介美工设计论文,可能是出于以下原因:

第一,场景是电影改编的新问题,总结其原则和规律有助于我国戏剧电影的整体发展。场景被认为是电影和戏剧的重要区别之一,也是戏剧电影的拍摄难点所在。"莎士比亚⋯⋯根本无法利用布景,所以他就用口头的描述、连续的动作、简短的快速变换的场面来弥补这个缺陷。如果舞台上全部是现代化的装置,居然把一条威尼斯街或丹麦城堡都很细致地再现了出来,那就会破坏原作的速度,分散观众对进行中的表演的注意。"②由于电影是动态的,而非静态的,"美工师的工作也就是尽可能帮助加强这种运动性,而不是把影片固定成一系列格律谨严的照片。"③佛尔斯对电影创作过程、布景方法、草图绘制、道具选择、灯光、平面和高度、摄影机轨道的设计都做了具体而微的说明,具有借鉴意义。

第二,佛尔斯提出了服装设计的整体原则和莎剧服装设计细节,有助于提高美工设计水平。据佛尔斯回忆:"我在替莎士比亚的剧本设计服装时,主要并不在于仅仅把当时真正的服装样式修改得适合于莎士比亚时代的剧场的需要和表演方式。我必须放手修改,使他们容易为现代人所接受;如果不这样做的话,服装就会分散观众对剧情和演技的注意,结果使服装不能充分发挥作用。"④服装设计不仅要服务于影片的整体需要,还与布景的色彩形式、影片的气氛相辅相成。此外,服装设计还需考虑电影与戏剧观赏方式的差异,如电影中的光线问题:"人们在日常生活中视力所及的范围是很广阔的,但是在电影院里,周围是黑漆漆的一片,人们的注意力只能完全集中于有亮光的银幕上,因而你所使用的每种色彩也

---

① 乔治·萨杜尔:《1956 年的戛纳国际电影节》,徐昭译,载《电影艺术译丛》,1956 年第 7 期,第 95 页。

② R. 佛尔斯:《影片"汉姆莱脱"的美工设计》,方也仁译,载《电影艺术译丛》,1956 年第 7 期,第 41 页。

③ 同上篇,第 42 页。

④ R. 佛尔斯:《影片"理查三世"的服装设计》,陈元珍译,载《电影艺术译丛》,1956 年第 7 期,第 47 页。

就在观众眼中显得十分鲜明和突出。所以你在调色时必须十分严谨，少数色彩浓艳的地方应该用比较暗淡的色彩来冲淡。"①佛尔斯详细记述了为《理查三世》挑选服装、整理中世纪服装样式并改变至适应新式宽银幕深景电影的过程，既有整体原则，又包含具体案例和设计细节，对美工工作具有指导意义。

第三，专注于具体拍摄门类，不讨论影片性质，这也避免了对影片意识形态的质疑。劳伦斯·奥立弗因其演技高超和对英国戏剧的贡献，曾被册封为爵士，后又加封勋爵，这些头衔明显与"十七年"时期反对资本主义、反对封建主义的思想不符，容易引发争议。于是，对这两部优秀的影片，《电影艺术译丛》选择了避开导演构思和影片主题、专注具体工种的做法，强调引入国外先进电影拍摄技巧的重要性，以促进我国电影制作技术的提高。

自20世纪50年代创刊以来，《电影艺术译丛》以其专业性的报道，集中为国内的戏剧和电影从业人员译介了多部国外优秀电影的剧本、拍摄过程和获奖动态，同时引入了国外电影研究的前沿思想和技术，拓宽了中国电影从业者的思路，也让中国电影有了重要的对标工具，让我国电影人可以发觉自身创作观念和研究视域的盲点，推动中国电影不断发展。虽然《电影艺术译丛》大都是译文，并不能代表中国学者的研究水平，也未系统总结出一套适合中国电影发展的理论体系，其刊载内容也在很大程度上受到国内政治环境的限制，但是，《电影艺术译丛》的译介范围已囊括了当时乃至此后很长一段时间内我国电影研究的主题和内容，对国内外的戏剧交流和国外戏剧理念的传播都起到了积极作用。

第五节　《文学评论》的马克思主义莎评实践

在"十七年"时期，《外国文学评论》《外国文学研究》等外国文学类学术期刊尚未创刊②，我国大部分的重要外国文学研究成果都发表在《文学评论》上，莎士比亚研究论文正是其中的重要组成部分。《文学评论》于1957年创刊，1966年停刊，十年间共出版53期；除"书评""资料""学术动态""通信""补正""补白""读者、编者""插页"等非正式的学术论文之外，共发表学

---

① R. 佛尔斯：《影片"理查三世"的服装设计》，陈元珍译，载《电影艺术译丛》，1956年第7期，第48页。

② 《外国文学研究》于1978年创刊，《外国文学评论》1987年才创刊。

术论文 497 篇,其中外国文学类 83 篇,约占论文总数的 17%;在所有的外国文学研究类论文中,高尔基和莎士比亚的研究论文发表量并列最高,均为 5 篇。① 研究"十七年"时期《文学评论》刊载的莎评,我们可以一探从新中国成立到"文化大革命"前夕我国莎士比亚研究的主题和发展,并以此为线索梳理这一时期我国外国文学研究的概况。

1. "十七年"时期《文学评论》莎评的形式特征

"十七年"时期,《文学评论》②共刊载了 7 篇莎士比亚相关文章,其中包括 5 篇论文,即朱虹的《西方关于汉姆雷特典型的一些评论》(1963 年第 4 期);吴兴华的《〈威尼斯商人〉——冲突和解决》(1963 年第 6 期);杨周翰的《谈莎士比亚的诗》(1964 年第 2 期);王佐良的《英国诗剧与莎士比亚》(1964 年第 2 期),卞之琳的《莎士比亚戏剧创作的发展》(1964 年第 4 期),其中王佐良的论文是当期"头条"③;除此之外,还有两篇"通信",即读者来信——赵守垠、龙文佩的《读〈威尼斯商人〉——冲突和解决〉后的几点意见》(1964 年第 4 期)以及张永忠的《对于〈莎士比亚戏剧创作的发展〉一文的意见》(1965 年第 5 期),分别对吴兴华和卞之琳的论文提出意见。"十七年"时期的莎评语言生动形象、易于理解、贴近群众,引介和研究并重,代表了当时我国莎士比亚研究的最高水平,乃至外国文学研究的一流水平,形成了中国莎学研究的马克思主义批评特色。

"十七年"时期《文学评论》刊载的五篇莎评有以下三个明显的文体特征:第一,刊发时间集中(1963—1964 年);第二,论文篇幅长;第三,话题宏大,文风朴实。以下将分别讨论这三点。

(1)莎评的集中刊载

《文学评论》创刊于 1957 年,但是直到 1963 年才开始刊登莎士比亚研究论文,这并非出于杂志社的办刊导向或作者的写作兴趣,而是受到当时政治环境的影响。1963 年,朱虹发表了《西方关于汉姆雷特典型的一些评论》,这是《文学评论》刊载的首篇莎士比亚研究论文。但朱文并非《文学评论》刊载的首篇英国文学研究论文。事实上,在莎士比亚之前,已有英国作

---

① 《文学评论》创刊时名为《文学研究》,1957 年、1958 年改为季刊,1959 年更名为《文学评论》,并改为双月刊。以上统计数字转引自寇鹏程:《"十七年"〈文学评论〉中的"外国文学"研究》,载《社会科学战线》,2015 年第 4 期,第 145—153 页。但该文统计出的莎评只有 4 篇,出现这一遗漏可能是因为有一篇莎评论文无法通过 CNKI 等数据库检索,只刊载在纸质期刊上。

② 本节对所引原文中的某些角色姓名做了替换,使之更符合当今读者的阅读习惯,如"波西加"替换为"鲍西娅","伊利沙伯"替换为"伊丽莎白",《里亚王》替换成《李尔王》等。

③ 这也是《文学评论》刊载的唯一的莎士比亚研究的"头条论文"。

家成为《文学评论》的研究对象,但并非乔叟、弥尔顿等与莎士比亚比肩的英国文学大师,而是布莱克和彭斯。很明显,这是出于作家"思想性"的考虑:介绍布莱克,是因为1956年的"双百"方针让文艺界的思想稍微松绑,1957年又恰逢布莱克诞生200周年,而布莱克也被定义为"英国革命浪漫主义诗人的伟大先驱"[①];介绍罗伯特·彭斯是因为1959年正值彭斯诞辰200周年纪念,而文章一开篇就将彭斯定位为"苏格兰农民大诗人"[②],关注的也是彭斯的民间歌谣创作,体现出这一时期对于文学思想性的高度重视以及作者和编辑部对外国文学选题的审慎态度。

有学者总结道,"十七年"时期外国文学研究的作家主要有两类:一是俄国作家;二是批判现实主义大师或者是"具有反抗精神"的作家。[③] 通过对"十七年"时期《文学评论》的检索,我们发现这一认识虽有价值,但可能并不全面:首先,从主题上讲,《文学评论》不仅关注俄国作家,也讨论了民族文学的发现、浪漫主义和现实主义之分等当时的热点话题;其次,从研究对象来看,除了李健吾的《司汤达的政治观点和〈红与黑〉》和杨绛的《萨克雷〈名利场〉序》为代表的论文批判现实主义西方作家,还涉及当时西方世界知名的作家和诗人,如叶芝、奥登、庞德和艾略特等,但由于阶级立场问题,庞德和艾略特被批判为反动文阀,叶芝和奥登则被认为民族主义和支持进步的诗人;[④]最后,从研究方法来讲,中国文学研究与外国文学研究并非泾渭分明,而是互有比较和对照,如讨论陈子昂诗作的浪漫主义与现实主义元素时,也探讨了恩格斯的名言"我们不应该为了理想而忘掉现实,为了席勒而忘掉莎士比亚",而"巨大的思想深度和意识到的历史内容同莎士比亚式的情节的生动性和丰富性,这三者之完美的融合大致只有在将来才能完成"——作者进一步指出,恩格斯所说的"将来"已经在新中国实现了。[⑤]

(2)莎评的篇幅特征

对比现今的莎评和"十七年"时期《文学评论》刊载的其他论文可以发现,"十七年"时期《文学评论》刊载的莎评篇幅明显较长。五篇莎评均在万字以上,甚至长达两三万字,其篇幅不仅在当时名列前茅,而且在今天也算

---

① 袁可嘉:《布莱克的诗——威廉·布莱克诞生两百周年纪念》,载《文学研究》,1957年第4期,第53页。

② 见袁可嘉:《彭斯与民间歌谣——罗伯特·彭斯诞生二百周年纪念》,载《文学评论》,1959年第2期,第39页。

③ 见寇鹏程:《"十七年"〈文学评论〉中的"外国文学"研究》,载《社会科学战线》,2015年第4期,第145—146页。

④ 见袁可嘉:《略论美英"现代派"诗歌》,载《文学评论》,1963年第3期,第67—68页。

⑤ 见胡经之:《理想与现实在文学中的辩证结合》,载《文学评论》,1959年第1期,第89页。

是长篇大作了(见表 2-3)。

表 2-3 "十七年"时期《文学评论》莎评的刊目与篇幅统计

作者	题目	刊目	篇幅(页)
朱虹	《西方关于汉姆雷特典型的一些评论》	1963 年第 4 期	14
吴兴华	《〈威尼斯商人〉——冲突和解决》	1963 年第 6 期	36
杨周翰	《谈莎士比亚的诗》	1964 年第 2 期	15
王佐良	《英国诗剧与莎士比亚》	1964 年第 2 期	25
卞之琳	《莎士比亚戏剧创作的发展》	1964 年第 4 期	27

莎评长文频频出现,一方面是《文学评论》的办刊宗旨所致。1956 年 11 月 24 日,筹备中的《文学研究》召开第一次编委会,主编何其芳传达了中宣部部长陆定一的办刊设想,提出"办这个刊物要抛掉那些束缚研究人员的清规戒律,主要是要多发表专家的稿子",确定了刊物的方针任务、内容范围、用稿标准,同时也通过自选和推荐的方法,确定了创刊所需的各类稿件。[①]其后何其芳执笔的编后记也交代了办刊的缘起,是受到党的"百家争鸣"方针的鼓舞,"从事文学研究工作的人就更为迫切地感到需要有一个自己的园地,有一个全国性的集中发表文学研究论文的刊物";而《文学研究》的特色正是在于"它将以较大的篇幅来发表全国的文学研究工作者的长期的专门的研究的结果"。[②]创刊之后,在全国"反右倾"的非常时期,《文学评论》能够注重学术研究的专业性,尽可能地维持刊物的学术品质,也极为不易。1961 年第 6 期《文学评论》发表了署名"本刊编辑部"的综述《关于文学上的共鸣问题和山水诗问题的讨论》,借当时讨论激烈的"共鸣"问题,重申立场:

> 在学术领域里,一切问题都是可以讨论的,一切意见都是可以争论的……学术问题的争论不同于实际工作问题的争论,并不要求在一定时间内一定作出结论,也完全允许有不同看法的人坚持自己的看法,即使他是属于少数派,或竟只有他一个人。在学术问题上,不能运用少数服从多数的原则。[③]

---

① 王保生:《〈文学评论〉编年史稿(1957—1966)》,载《山东师范大学学报》(人文社会科学版),2014 第 2 期,第 23—24 页。

② 同上篇,第 24 页。

③ 《文学评论》编辑部:《关于文学上的共鸣问题和山水诗问题的讨论》,载《文学评论》,1961 年第 6 期,第 65—66 页。

很明显,编辑部还是希望将学术讨论尽可能地限定在学术领域。在这种学术追求的引导下,《文学评论》发表了一批具有学术深度的文学研究论文,与 20 世纪 60 年代初文艺界批判成风的恶劣文风形成了鲜明对比。①

另一方面,莎评非《文学评论》的研究重点,英美文学研究学者缺乏发声渠道,也更加珍惜撰文机会。1958 年第 3 期《文学评论》(当时名为《文学研究》)刊发《致读者》,陈述了创刊过程与未来规划,强调办刊首先要在文学研究中"拔白旗、插红旗",坚决贯彻"厚今薄古"的方针,同时也注意古代和世界的文学遗产研究以及坚持"双百"方针等。② 在"厚今薄古"的方针下,四百年前的英国作家莎士比亚明显不是讨论重点,最多只属于被"兼顾"的对象。1959 年第 1 期《文学研究》更名为《文学评论》,编辑部解释了更名的原因:

> 《文学研究》为什么要改名《文学评论》呢? 主要是为了使刊物的名称更符合它的内容。读者们大约还记得去年第三期上登过一篇编辑部的《致读者》罢。在那篇短文里我们曾谈到本刊的改进意见和具体要求,也还谈到本刊今后将以大部分篇幅来发表评论当前文学作品和文学理论问题的文章。这说明刊物的内容早已有了大的改变;现在来改名,就完全是必要的了。③

从《文学研究》到《文学评论》,这次更名确定了期刊定位的重大调整,实际上将刊发重点放在了当代文学作品和理论上,从一本坚持学术深度、百花齐放的学术期刊,转向了当代批评和思想批评。据朱寨回忆:"《文学研究》改名《文学评论》显然受 1958 年'大跃进'政治形势 和'厚今薄古'学术思潮的影响⋯⋯改《文学研究》为《文学评论》,意在表明要加强关于当前文学的评论。"④《文学评论》五篇莎评的作者朱虹、吴兴华、杨周翰、王佐良和卞之琳均为外国文学研究学者,中西学养深厚,对莎士比亚翻译和研究均有独到见解,卞之琳和吴兴华本身也是知名的诗人和翻译家。在经历了解放战争

---

① 即便如此,在愈加猛烈的文艺运动与思想改造运动中,《文学评论》竭力维护的学术性也很快独木难支,并于 1966 年停刊。

② 何其芳:《致读者》,载《文学研究》,1958 年第 3 期。转引自王保生:《〈文学评论〉编年史稿 (1957—1966)》,载《山东师范大学学报 》(人文社会科学版),2014 年第 2 期,第 28 页。

③ 《文学评论》编辑部:《编后记》,载《文学评论》,1959 年第 1 期,第 132 页。

④ 朱寨:《我所了解的〈文学评论〉》,靳大成主编:《生机——"新时期"著名人文期刊素描》,北京:中国文联出版社,2003 年,第 339 页。

和新中国成立初期的内外交困局面后,能有机会著书立说、为新中国的建设服务,几位学者几乎倾尽所学。这一点,从五篇论文的题目就可看出来:五篇论文或讨论《哈姆雷特》《威尼斯商人》等知名莎剧,且批评者本身就已有扎实的研究基础;或是对莎士比亚戏剧和诗歌创作的整体讨论,视野宽广,高屋建瓴,论证内容丰富而复杂,自然论文篇幅就更长。

(3)莎评的文体风格

"十七年"时期《文学评论》刊载莎评的另一大特征就是,注重专业性与当下性的结合,主要体现在三个方面:第一,主题多为莎士比亚诗歌和戏剧的整体评介,即使有剧本细读,也主要针对《哈姆雷特》和《威尼斯商人》这两部读者耳熟能详的莎剧经典,研究对象具有一定的群众基础;第二,从结构上来说,论文往往会先介绍剧情梗概、再重点探讨,对非专业读者非常友好,并没有莎学"小圈子"的概念,达到了介绍和评论的双重目的;第三,从语言上来说,几位大师的语言生动形象,贴近群众,很少出现冷僻的莎评术语,即便有,作者也会加以解释。这不仅有益于专业研究者交流心得,而且对于不太了解莎剧的普通读者来讲,同样是审美的享受。

程朝翔研究了我国20世纪50年代初期的莎士比亚研究论文,指出"当时,即使是知名学者,也尽量使自己的文章通俗易懂,更具普及性,以便为人民大众服务,突出文学批评的'人民性',同时也更讲政治"[①]。但他同样指出了这种风格背后隐藏的政治因素:"在当时的政治环境下,卞之琳认为莎士比亚研究只能'回到面上谈一谈'。'面上'的,即一般性的、综述性的文章较为安全,这也是'文化大革命'前此类文章居多的原因。"[②]在经历了20世纪50年代中后期的数次运动之后,莎学研究者的这种平易近人的语言风格依然保留了下来。朱虹、吴兴华、杨周翰、王佐良和卞之琳的论文既重引介又重研究深度,深入浅出、娓娓道来,读之如沐春风,而这种平易的文风并未让论文欠缺学术性——五篇论文对整个文学史的讨论高屋建瓴,与英、美、苏联莎学研究者的对话平等而自信,论证全面深入、有理有据,语言简洁流畅、清晰明了。虽然他们的写作风格部分也是受到意识形态的影响,但同样值得今天的莎士比亚研究者学习。如吴兴华的《〈威尼斯商人〉——冲突和解决》将莎士比亚比作孙悟空,说莎士比亚"仿佛具有一种'七十二变'的本领,能够进入大大小小、或善或恶的人物内心,从他们的口中吐出与之完全

---

① 程朝翔:《莎士比亚戏剧研究》,章燕、赵桂莲主编:《新中国60年外国文学研究(第一卷上)外国诗歌与戏剧研究》,北京:北京大学出版社,2015年,第207—208页。

② 同上书,第213—214页。

适应的语言"①。王佐良的《英国诗剧与莎士比亚》对英国诗史和莎士比亚做了完整而细致的介绍，是 1964 年第 2 期《文学评论》的"头条"，也是在"十七年"时期《文学评论》刊登的唯一的英国文学头条，还是迄今为止《文学评论》刊载的唯一的莎士比亚研究的头条。王佐良一开篇就提出，虽然"人们经常用极高的词句来称赞"莎士比亚，但我们要"放大比例，先来看看英国文学全貌"，继而纵向地将对莎士比亚的评价放在英国文学四百年发展历史的三个兴旺时期之中，横向地将莎士比亚放在全世界文学批评家的批判与比较之中。作者宣称，只有把莎士比亚"放在整个英国诗剧的背景之前，我们才能看清他与当时其它剧作家共同的地方，他的独特贡献和弱点又在什么地方"②，气魄之威武，格局之宏大，让人想起《亨利五世》著名的"舞台是个斗鸡场"开场白。杨周翰的《谈莎士比亚的诗》则像是一首交响乐，莎士比亚的诗歌表现"现实与理想的矛盾"这一主题出现在论文各章，在对主题、内容、修辞、长诗、十四行诗等种种形式的洋洋洒洒的讨论中回环往复，得以升华。与其他作家不同的是，杨周翰在强调社会意识形态的背景下，还更多地关注了诗歌形式之美，尤其是诗歌之无用美，平衡了文学的形式美和思想性研究。③

五位作者在浩如烟海的英美文学作品中选择了莎士比亚作为研究对象，一方面可能是因为莎士比亚的知名度高、读者接受度高，另一方面可能也是出于谨慎的态度，从而选择了较为"稳妥"的莎剧，而非当时欧美文学界流行的现代和后现代作家。五位学贯中西、怀抱文学救国和文化救国之心的文学大师，不仅向本国读者介绍了自己的莎士比研究成果，也在不断改造着自身的世界观，他们对自身思想的改造是深及骨髓的。如何运用新中国的立场、中国人的视角来解读莎剧，同时参与到世界性的莎学讨论之中？研究者放弃了欧美理论和苏联莎学结果，从马克思主义文学理论的视角出发，抽丝剥茧，重构中国莎学体系，做出了令人信服的结论。中国的马克思主义莎评从来不是一句口号，而是深深扎根于新中国的土壤，从一开始就具有了与西方莎评不同的目的、立场和方法，其中最明显的就是对阶级批评话语的强调。

2. "十七年"时期《文学评论》莎评对阶级性和学术性的平衡

20 世纪四五十年代，被认为是"中国的莎学研究者开始有意识地运用马克思主义理论分析研究莎士比亚作品"的开端，而杨晦 1944 年发表的《雅

---

① 根据原文注释，这句话引自 John Palmer 的 *Shakespeare's Comic Characters* 一书，显然"七十二变"是吴兴华自己的改译。

② 王佐良：《英国诗剧与莎士比亚》，载《文学评论》，1964 年第 2 期，第 2 页。

③ 见杨周翰：《谈莎士比亚的诗》，载《文学评论》，1964 年第 2 期，第 33 页。

典人台满》被认为是"中国第一篇企图用马列主义的观点来分析莎士比亚及其作品的重要论文"①。因为将马克思主义莎评贯彻于研究之中,所以这一时期的中国莎士比亚研究者对莎剧作品和角色做出了不同于欧美学者的诠释。下文主要以卞之琳的《莎士比亚戏剧创作的发展》为例,兼论及《文学评论》所刊载的其他四篇重要莎评,讨论"十七年"时期莎评对莎剧的主题、剧本和角色的全新解读,对阶级批评和学术性的平衡。

(1) 对爱情和友情的解读

爱情是一种社会关系,是对社会生活的反映,这成为研究者的共识。其中,卞之琳《莎士比亚戏剧创作的发展》对爱情作为社会关系的着墨最多,主要包括:第一,莎剧中对"恋爱自由、婚姻自由"的追求,体现了"男女平权、种族平等"的主张,既是欧洲文艺复兴时期人道主义的理想,也在原则上符合当时乃至后世的广大人民的愿望,因而是积极的;②第二,爱情也体现出资产阶级思想的局限性,因为"这里极难找到贫富阶级平等的要求,更难找到为了社会进步事业志同道合的要求",所以"表现了把爱情视为至上的狭小的眼光";③第三,追求爱情,需要移开"封建家长专制和中世纪禁欲主义及其后来的翻版——伪善的清教主义"④的大山,表明不仅资本主义社会不能根除重男轻女、种族歧视的积习,而且朝三暮四、见异思迁也是潜伏的捣乱力量,卞之琳通过拆解西方评论家的"人性"论,继续揭露资本主义社会本质;第四,莎士比亚后期爱情剧,如《一报还一报》和《结果好万事好》的爱情"本身就不那么纯正",虽然"结果圆满,万事总显得并不太妙",但这正是因为莎士比亚意识到了现实世界远非理想世界、再也无法粉饰太平,以至于"最后在《皆大欢喜》里就成为现实世界的牧歌式的粉饰,显得庸俗而做作,露出了自陷于破灭的迹象"⑤。

王佐良也提出了类似观点,认为莎剧中的爱情和友谊不仅是人类的美好情感,也是当时社会现实的真实写照,而莎士比亚后期戏剧对"爱情"主题的处理更加明确地体现了这一点。王佐良分析了《特洛伊罗斯与克瑞西达》中的女主角克瑞西达,认为她正是伊丽莎白一世时期金钱关系的明确体现,并毫不留情地斥责克瑞西达是"另一种形式的'商人'"和"全部莎剧里最无

---

① 这一观点出自曹未风:《莎士比亚在中国》,载《文艺学报》,1954 年第 4 期。转引自李伟民:《马克思主义莎学在中国的传播——论赵澧的莎学研究思想》,载《重庆邮电学院学报》(社会科学版),2004 年第 3 期,第 89 页。

② 卞之琳:《莎士比亚戏剧创作的发展》,载《文学评论》,1964 年第 4 期,第 54—55 页。

③ 同上篇,第 55 页。

④ 同上。

⑤ 同上篇,第 55—56 页。

耻的姑娘",而莎士比亚之所以如此书写古希腊黄金时期,实际上体现了他对当时英国社会的态度——他"头脑清醒地写下了当时英国丑恶的现实"。①

　　杨周翰的《谈莎士比亚的诗》不仅关注莎士比亚诗歌中的意识形态,而且以大量篇幅论证了莎士比亚诗歌中的"真善美",从阶级意识形态的角度出发,赋予了这个普遍性话题崭新的意义。杨周翰注意到,"莎士比亚用来反对封建思想意识的论证带有明显的阶级烙印,他以资产阶级思想为武器来和封建思想进行斗争",具体体现为,以爱情作为反对教会的禁欲主义的思想武器,而爱情的实质却"具有强烈的享乐主义内容",体现出莎士比亚的阶级局限性。② 与爱情一样,友谊也被理解为"实质上反映了新兴资产阶级……在彼此交往之时所恪守的一条信用准则"③,而"互助"被理解为"资产阶级在发展自身和在反对封建的斗争时"④所需要的。杨周翰还注意到,《十四行诗集》中的前126首,除少数诗外,可以肯定都是致青年男子的,而这些"致青年男子"的诗"用的完全是爱情的词汇"。⑤ 对此,他提出了两种解释:一是因为当时莎士比亚找不到歌颂友谊的诗歌先例,只能借用爱情的词汇;二是莎士比亚所理解的友谊是"心的结合,和爱情没有什么区别,只不过存在于同性之间,因此用爱情的词汇也很自然"⑥。在强调意识形态批评的"十七年"时期,评论者明确提出了莎士比亚诗歌中对同性恋的关注,而且认为同性恋是"存在于同性之间"的爱情,这一至今在中国社会仍然有所避讳的话题能在20世纪五六十年代的莎评中提出,让人颇有些意外,但同时也提醒21世纪的莎士比亚研究者:十七年的批评不能忽视评论家的丰富思想、实践和贡献。

　　20世纪50年代至60年代的中国莎评普遍认为,莎士比亚的时代是新兴资产阶级萌生的时代,而当时的文学作品体现了新兴的资产阶级与封建势力之间的斗争。这不仅影响了莎剧中的角色和情节,也影响到了看似"纯粹"而"私密"的个性化体验——爱情。因为爱情本质是一种社会关系,爱情冲突其实是社会矛盾的体现,中国莎士比亚研究学者由此破除了欧美莎评的唯人性论。同时,这些观点有理有据,努力维持了"十七年"时期莎评的思想性和文学性的平衡。

---

①　王佐良:《英国诗剧与莎士比亚》,载《文学评论》,1964年第2期,第22页。
②　杨周翰:《谈莎士比亚的诗》,载《文学评论》,1964年第2期,第31页。
③　同上篇,第35—36页。
④　同上篇,第36页。
⑤　同上。
⑥　同上。

(2) 对丑角的解读

在《莎士比亚戏剧创作的发展》中,卞之琳提出,莎剧中丑角的本质就是具有双重身份,一方面他们是"上流社会的忠仆",一方面他们又是"下层社会的喉舌",这也是解读丑角的基础。[①] 卞之琳提出,在莎士比亚创作前期的喜剧里,丑角实际上受到了抬举,也受到污辱,如《皆大欢喜》中的宫廷弄人试金石介绍乡下姑娘奥德蕾说:"富有的诚实,像吝啬鬼一样,居住寒碜的房子,正如珍珠居住丑陋的蚌壳",但"实际上正是他仗势欺人,赶走了作为情敌的乡下少年威廉,夺取了这个姑娘"。[②]

这个观点的新颖之处在于:首先,它将丑角的阶级身份推到前台。以往的莎士比亚研究大都关注丑角的作用——如幽默、滑稽或怪诞等,却较少从丑角的阶级身份、也是丑角的本义即"宫廷弄人"出发。但卞之琳赋予了丑角主体性,将丑角剥离出主人公的陪衬或反衬(foil/counter-foil)功能,让丑角的自身价值得以彰显。其次,它成功地解释了莎士比亚丑角的怪诞之处。《第十二夜》中的马伏里奥就是一个明证:管家马伏里奥为人迂腐、表面清高,实则对女主人充满爱欲,让人既好笑又不屑;但其他角色对他的嘲弄却又让人觉得他可怜。卞之琳运用阶级视角,提供了一种崭新的解读:莎剧中的丑角本就是笑中含泪的,这种双重性既非莎士比亚的创作失误,也不是出于舞台表演的戏剧效果,而是由于丑角的双重阶级特性而产生的必然结果。最后,它既融汇了莎士比亚的喜剧和悲剧创作,也贯穿了莎士比亚创作生涯的前期与中后期,随着莎士比亚创作的发展,当这些丑角"变得笑里含泪的时候,他们往往就成为莎士比亚的后期悲剧所需要的成分"[③]。莎士比亚后期戏剧创作中的悲剧元素越来越多,也被认为是当时社会现实愈加黑暗的佐证——"这里显然有尖锐的理想和现实的矛盾,而开始正是现实压倒了理想"[④]。卞之琳对莎士比亚创作生涯的整体认识,是当时很多欧美莎士比亚学者所不具备的,也是中国马克思主义莎评对世界莎评的贡献。

(3) 对莎士比亚喜剧、悲剧和历史剧的解读

卞之琳注意到《威尼斯商人》中的"颠倒"现象:"威尼斯(现实世界)固然是由贝尔蒙特(理想世界)制胜了,但是就男性主要人物的艺术效果而论,夏洛克的反面形象压倒了安东尼奥的正面形象。"[⑤]和其他几位作者相同,卞

---

① 卞之琳:《莎士比亚戏剧创作的发展》,载《文学评论》,1964年第4期,第56页。

② 同上篇,第56—57页。

③ 同上篇,第56页。

④ 同上篇,第60页。

⑤ 同上篇,第57—58页。

之琳也选择了弱化夏洛克的犹太人血统、强化其高利贷者身份，以突出作品的阶级性，但卞之琳的批判意识更加强烈。他指出，夏洛克其实带来了一个现实的问题就是"难道贝尔蒙特不是建筑在金钱上吗？"①虽然他没有继续深入讨论这个问题，但直接瓦解了贝尔蒙特的"理想"属性，将贝尔蒙特也放入了资本主义经济关系之中。

卞之琳对莎士比亚悲剧的批评也更强调阶级性。卞之琳指出，"悲剧里正反面人物的冲突归根结蒂也还是新旧社会力量的冲突，只是在形式上已经更明确表现为主要是一种'新'力量和另一种'新'力量的冲突"，比如说在《奥赛罗》里，由于剧情的集中，埃古就"显得比较孤单"，而在《李尔王》里，由于剧情的开展，反面人物就显得人多势众，这种理想与现实的冲突显示，当时英国社会正在定型的资产阶级力量日益抬头而有了分化，一方面和上层的贵族合流，一方面和底层的平民接近，这就形成了"反动力量和进步力量互相对立的新局面"②。

卞之琳对莎士比亚历史剧、喜剧和悲剧发展史的介绍，将莎剧放在了君主与人民的斗争中，认为君主"在这里都写成主角"，人民"只当做背景"，而因为人民群众在社会生活中的力量非常重要、无法忽视，所以也就演变为剧中的"暴乱力量"。③ 与卞之琳类似，几位学者均谈到了农民起义的领袖凯德和牧羊女贞德，并给予了凯德和贞德正面评价，认为在莎剧中他们虽然被丑化和矮化，但还是显示出了他们对于社会和民族命运的作用。将这一点与几年前文艺界讨论得最多的"历史剧"的创作结合起来看，可以看到外国文学评论领域延续了对茅盾《关于历史和历史剧——从〈卧薪尝胆〉的许多不同剧本说起》的讨论，尤其是茅盾提及的人民作用问题。④

整个"十七年"时期《文学评论》的莎评贯彻了马克思主义理论，让人耳目一新。研究者坚持了莎士比亚创作的整体观，认为莎剧、莎士比亚本人的创作生涯和他生活的时代是一个整体，而贯穿在这一时期莎评始终的，是囊括了情节、人物和莎士比亚整个创作生涯在内的整体性。中国莎学学者积极参与到国际莎学的讨论之中，在相同与不同之中探讨东西方意识形态，是具有积极意义的，是中国学者将马克思主义文艺理论与莎士比亚批评实践

---

① 卞之琳：《莎士比亚戏剧创作的发展》，载《文学评论》，1964年第4期，第58页。

② 同上篇，第64页。

③ 同上篇，第53页。

④ 茅盾的这篇论文是《文学评论》创刊以来发表的最长的论文，畅谈了历史剧创作的一些基本问题，大致可分为：一是历史剧的古为今用问题；二是历史上人民作用的问题；三是历史真实和艺术虚构相结合的问题；四是历史剧的文学语言问题。参见王保生：《〈文学评论〉编年史稿（1957—1966）》，载《山东师范大学学报》（人文社会科学版），2014第2期，第46页。

相结合的研究成果。

(4) 对英国文艺复兴时期戏剧史的全新阐释

王佐良的《英国诗剧与莎士比亚》将莎剧放在了 16 世纪至 17 世纪英国诗剧史之中,通过对比马洛、莎士比亚、韦伯斯特、琼生的作品,宏观地展示出莎士比亚的时代背景、莎剧的经典性和时代价值。

王佐良认为,马洛是"先驱者"和"奠基人",他"引导英国诗剧进入了一个繁荣时期,但他自己却在大门前面倒下了"。① 马洛"洋溢着英国文艺复兴时期的新精神,歌颂人的伟大和生的欢乐,然而他的戏剧艺术还是不够成熟";但仅仅二十五年后,韦伯斯特却将"出色的诗才浪费在不必要的死亡描写上,善于写动人场面的戏剧才能却用来制造恐怖,而且是为恐怖而恐怖,这就表明剧作家和观众都处在怎样严重的病态心理之中,英国诗剧的危机已经出现明显的迹象了!"② 韦伯斯特之后,英国诗剧的衰势更甚,"一批剧作家更露骨地写凶杀戏、色情戏",这代表着一个伟大的诗剧时代的终点,而这种现象之所以产生,正是因为"王室和贵族加强了对于戏剧的控制"。③这一观点,与王佐良"文革"后撰写的《文艺复兴时期戏剧史》一脉相承。

谈及莎士比亚与琼生的关系,王佐良创造性地指出:"本·琼生曾经指出过一个方向,虽说未必真能解决问题,但是值得探索,而莎士比亚不屑一顾。他素以博收广纳著称,却错过了拿讽刺喜剧来丰富自己的机会,而选择了已经充满死气的传奇剧。"④王佐良认为,莎士比亚的传奇剧预示着英国诗剧的衰落,相比之下,琼生则更能代表戏剧未来发展的方向。这一提法是颇有创见的:第一,一般认为,莎士比亚的传奇剧与卡洛琳时期的戏剧关联不大,但王佐良却能洞见莎士比亚的创作过程与整个英国诗剧的历史发展的联系;第二,评论家往往将莎士比亚视为 16 世纪至 17 世纪英国戏剧的头号人物,而王佐良却提出反对意见,认为莎士比亚的后期戏剧缺乏进步性,琼生的讽刺喜剧却更有价值,⑤破除了 18 世纪莎士比亚经典化以来学界对莎士比亚的偶像崇拜;第三,西方批评家认为莎士比亚的传奇剧或代表着他的妥协,或意味着他与世界的和解,却未从社会的角度来认识莎士比亚传奇

---

① 王佐良:《英国诗剧与莎士比亚》,载《文学评论》,1964 年第 2 期,第 5 页。

② 同上篇,第 9 页。

③ 同上。

④ 同上篇,第 25 页。

⑤ 当时有学者将喜剧分为歌颂性喜剧、讽刺喜剧两种,讽刺喜剧属于喜剧传统,而歌颂性喜剧是"我们时代的创造",莎士比亚的《仲夏夜之梦》被归入讽刺喜剧之流。参见朱胜蓝:《〈文汇报〉展开关于喜剧的讨论》,载《戏剧报》,1961 年第 z1 期,第 14、15 页。显然王佐良的看法与该文相左,王佐良认为讽刺喜剧是更高级的写作形式,代表着莎士比亚之后的戏剧发展方向。

剧的思想意识,忽视了莎士比亚在封爵和积累财产之后个人思想的转变和创作主题的变迁,这同样体现了英国社会阶级关系的变化。

总体而言,"十七年"时期《文学评论》莎评对莎剧呈"基本肯定"态度,认为"莎士比亚的诗歌,和他的戏剧一样,既体现了新兴资产阶级作家的理想,也体现了他们的理想和资本主义本身的矛盾",而剧中的一些矛盾冲突和错漏之处,实际上正是出于莎士比亚与其时代所体现的矛盾,是当时社会的本质,不可能由作家来解决。① "十七年"时期的莎评对莎士比亚创作意图和阶级局限性的讨论以马克思主义经济基础和上层建筑的理论为支撑,从本质上贯彻了马克思主义莎评。

3. 吴兴华与《〈威尼斯商人〉——冲突和解决》

1962 年,41 岁的吴兴华(1921—1966)摘除了"右派"的帽子,恢复部分工作。② 1963 年,吴兴华发表了《〈威尼斯商人〉——冲突和解决》,被誉为"十七年"时期我国莎士比亚研究的代表作之一。2019 年,陈众议主编的《当代中国外国文学研究(1949—2019)》回顾了外国文学研究的七十年历程,指出吴文的文学价值和社会价值堪为我国 20 世纪 60 年代莎评之"最":

> 其中最值得关注的或许就是吴兴华的《〈威尼斯商人〉——冲突和解决》一文。吴文以横贯文学、法律、经济及社会史实的阔大视野,凭借扎实的文献考据功力,敏锐地揭示了莎士比亚如何把原本是爱情与冒险的传奇故事,改造成深刻的社会批判文本的复杂过程,并进而点出《威尼斯商人》在莎士比亚整个创作历程中作为由喜剧转向悲剧的一个路标所具有的重大意义。文中虽也隐约可见时代局限的痕迹,但其笔锋腕底的余韵与精湛的辩证思维却使这篇文章即使在今天也堪称文学研究的典范。③

本部分即以吴兴华的《〈威尼斯商人〉——冲突和解决》为例,结合吴兴华的其他莎评和同一时期在《文学评论》上发表的其他莎评,总结"十七年"时期莎评在研究方法和路径上的探索与创新。

---

① 杨周翰:《谈莎士比亚的诗》,载《文学评论》,1964 年第 2 期,第 40 页。
② 见张春田、周睿琪:《吴兴华年谱简编》,载《文化与诗学》,2019 年第 1 期,第 289 页。
③ 陈众议主编:《当代中国外国文学研究(1949—2019)》,北京:中国社会科学出版社,2019 年,第 159—160 页。

(1) 将"经济基础决定上层建筑"切实运用于莎评实践

吴兴华对《威尼斯商人》莎评的最大贡献就是将马克思《资本论》的思想全面贯彻于莎学批评之中。吴兴华强调,莎士比亚对情节的改造主要是从两点出发的,"一点是金钱对传统社会关系所起的破坏作用,通过以夏洛克为代表的高利贷资本和以安东尼奥为代表的商业资本中间的冲突得到集中表现……另一点是问题的解决必须到那个控制范围之外去寻找"[①]。他首先分析了《威尼斯商人》的素材,认为莎士比亚在改编时"在某些关键上对素材进行了加工和改造,从而把一篇以爱情和冒险为主的传奇点化成为既强烈又深刻的社会批判"[②],这些改编不只是源于素材来源——意大利作家乔万尼《蠢货》——所强调的宗教区别,而是"有着超乎种族、信仰之上的经济利益的冲突"[③]。不同的经济利益所引发的行为对立,被吴兴华充分展开,成为这篇论文的一大亮点:"莎士比亚把这两种经营方式中间的矛盾摆在极为重要的地位上,使剧本的冲突环绕着它展开,这是对素材创造性的增添。"[④]

对巴萨尼奥、安东尼奥和夏洛克等角色的改编也是如此。吴兴华主要讨论了两处改动,一是杰西卡席卷家财与洛伦佐私奔的情节,另一处是剧本给予夏洛克严酷的惩罚,就是莎士比亚在"脱离素材,开辟新的园地,以便向我们揭示安东尼奥这一派人的行为并非无可指摘"[⑤]。巴萨尼奥一开口就坦言自己是一个"坐吃山空、外强中干的荡子",他在向好友安东尼奥求援时,把求婚说成了一笔买卖,将鲍西娅的头发形容成"金羊毛",将她的众多求婚者形容为"杰孙","这话对干海外贸易行业的人说,或许是不可抗拒的,但是出自一个情人口里,却叫人听来不大舒服"[⑥]。吴兴华认为,莎士比亚这样改编是为了"要强调在威尼斯城里友谊、爱情……一切都或多或少地处在金钱的暗影笼罩之下"[⑦]。换言之,经济利益已经融入威尼斯人的血脉之中,他们的日常生活、友情、爱情乃至话语,都是钱的味道。

"经济基础决定上层建筑"的理论不仅适用于巴萨尼奥、安东尼奥、鲍西娅和夏洛克的个人关系,也是整个威尼斯社会运行的基础。因此,在详细考察了莎士比亚对素材的改动及其背后的社会因素后,吴兴华并未止步于此,而是将研究触角深入剧本结构、情节和每个角色的思想行为中,继续对《威

---

① 吴兴华:《〈威尼斯商人〉——冲突和解决》,载《文学评论》,1963年第6期,第87页。

② 同上篇,第81页。

③ 同上。

④ 同上篇,第82页。

⑤ 同上篇,第84页。

⑥ 同上篇,第85—86页。

⑦ 同上篇,第86页。

尼斯商人》的剧本内在矛盾展开剖析——此即论文题目所提到的"冲突"与"解决"。吴兴华敏锐地认识到，在莎士比亚的其他早期喜剧里，"青年男女的恋情并没有沾上这股铜臭味；本剧的原材料也没有要求他如此突出金钱利益。这个改动肯定有他的目的"，这个目的就是，不仅在威尼斯，而且在莎士比亚所生活的时代——"隐藏在这背后的正是一种伊利沙白社会上习见的现象：商业或企业资本与高利贷资本中间既相互抵触、同时也相互依存的关系"。① 由此，吴兴华对于"经济基础决定上层建筑"的理论运用不仅贯穿于整个《威尼斯商人》研究，还深入了莎士比亚的时代。他注意到，"高利贷者是社会组织里不受欢迎但又不可缺少的成员。放债原来是一个历史悠久的行业，可以一直追溯到上古时代，但是放债面的无比扩大，利率的直线上升，和这一切的'合法化'，则是封建社会末期才有的现象"。② 而正是因为经济基础决定了上层建筑，资产阶级国家为"追求利润，保护私有财产，坚持契约自由和大鱼吃小鱼的自由，争取合法保障，最后还要拖上一条'不过分违反上帝的禁令'的说教尾巴"，让作者不禁感叹，"这是商业道德的绝好概括！"③

吴兴华从经济基础入手，将《威尼斯商人》中的戏剧冲突视为社会矛盾和阶级冲突的体现，毋庸置疑是具有新意的。"人性论"曾是当时莎士比亚批评的流行观点，西方学者认为莎剧超越了一切秩序和规则，体现的是人性的光辉。吴兴华则认为，所谓"人性论"，只是西方批评家"惯于用来抵制阶级分析的法宝"④。他提出，人性论"不过是把好人写坏点，把坏人写好点，泯灭界限，无分彼此"⑤，而对《威尼斯商人》素材、角色、情节设置和种种细节的考察表明，莎剧中的种种冲突并非人性的冲突，而是经济基础的不同所引发的矛盾冲突，不可以"人性论"作简化，只能用马克思主义的阶级分析方法来阐释。

（2）坚持文学批评的整体观

吴兴华对莎士比亚研究的另一大贡献在于，将《威尼斯商人》视为一个整体，从角色、情节、背景等诸多方面入手分析作者的立场和莎士比亚时期的经济状况和政治状况，将"社会矛盾是一切冲突的基础"全面运用于文学评论。

以对夏洛克的批评为例。吴兴华认为，西方学者对夏洛克的形象存在误

---

① 吴兴华：《〈威尼斯商人〉——冲突和解决》，载《文学评论》，1963 年第 6 期，第 86 页。
② 同上篇，第 88 页。
③ 同上篇，第 95 页。
④ 同上篇，第 84 页。
⑤ 同上。

读,"夏洛克这个性格所以显得像个谜团,正因为他是全面计划改动里的一部分,而批评家却坚持把它抽离总体来理解"①。如《威尼斯商人》第一幕第三场夏洛克反击安东尼奥一幕,吴兴华认为,夏洛克的台词不难从阶级矛盾的视角解释:它一方面"使夏洛克摆脱了欧洲传统文学里犹太人特有的那种凶焰万丈的吸血鬼面貌,为他的残暴行为提供出可以理解的动机",另一方面,它将夏洛克的动机追溯到"威尼斯城两个集团中间的相互排挤和仇恨,以及高利贷集团所处的不利地位……在这样一种土壤上,我们没有理由期望会生长出甜美的果实。一磅肉的契约并不使我们惊骇"。② 换言之,夏洛克是莎士比亚基于当时的社会关系,对原作素材的重塑,而夏洛克的谜团反而是莎士比亚的"卓越成就",显示他"把批判的锋刃从一个定型化的恶棍转向一种社会现象"。③

显然,吴兴华的观点与当时主流的夏洛克批评截然不同。吴兴华将当时学术界流行的夏洛克批评分为两种:一种是抓住夏洛克和一般丑角恶棍的典型差异,把夏洛克夸大为一个英雄,或关注夏洛克和一般丑角恶棍的共同点,把他的蹂躏诈骗都看作纯粹无害的笑料——但无论是褒是贬,这些评论都有失公允;第二种是将夏洛克的命运理解成"吝啬鬼遭殃"的老题目翻新,从而低估了夏洛克角色的价值和莎士比亚的创造力。④ 吴兴华从社会批评的角度出发,看到了夏洛克在全剧中的作用和莎士比亚改编《威尼斯商人》的主观能动性,跳脱出西方文论的窠臼,赋予了《威尼斯商人》全新的社会价值。吴兴华批评道:

> 有些批评家硬要把这段话解作莎士比亚对种族歧视的抗议,这是地地道道的断章取义!姑且不说在伊利沙白朝的英国,犹太人根本不构成尖锐的社会问题;只就全剧布局来看,单单挑选一个奸诈狠毒的夏洛克来为"被压迫的民族"伸冤,未免过于滑稽。⑤

17世纪至18世纪的批评家把夏洛克当作丑角或恶棍;20世纪的批评家出于夏洛克的犹太人身份以及两次世界大战的惨烈,又往往将夏洛克视为种族主义迫害的对象、大屠杀受难者和整个犹太民族命运的代表,似乎为

---

① 吴兴华:《〈威尼斯商人〉——冲突和解决》,载《文学评论》,1963年第6期,第99页。
② 同上篇,第82—83页。
③ 同上篇,第99页。
④ 同上篇,第100页。
⑤ 同上篇,第104页。

夏洛克冤枉叫屈就是唯一的道德正确。但吴兴华从阶级批评视角出发,认为夏洛克的这段话是"对资产阶级法治思想的有力揭露",将《威尼斯商人》的戏剧冲突上升到了制度的高度,整篇论文也就变成了一篇讨伐资本主义制度的檄文:"莎士比亚也意识到这个方案的局限性。他看到如果把法律所保护的商业道德绝对化,其后果也将不堪设想,最终只能用新的罪恶不平代替旧的罪恶不平。"①从这个角度上讲,夏洛克的角色体现了英国资产阶级不可调和的矛盾,是资产阶级法治思想与商业道德的自身矛盾,莎士比亚突破了宗教的外衣直指资产阶级的矛盾本质。

在"犹太人难道没有眼睛吗"这段著名的台词里,吴兴华继续批评了西方批评"莫须有的、与主题毫无关涉的对种族歧视的抗议"②。他注意到:夏洛克的一句"无数买来的奴隶"含有"对私有制罪恶的控诉",将威尼斯的本质暴露出来,从根本上否定了威尼斯的商业道德和法治思想。③ 在写作手法上,吴兴华大段引用夏洛克的台词,让莎士比亚亲自上场论证阶级观点。在引用的台词中,"全场气氛的紧张程度却是以螺旋的方式稳定上升的",同时回应了之前"经济基础决定上层建筑"的解读——"什么种族仇恨,私人侮辱,在夏洛克眼里这些都应该折算为金钱价值,因为他只有那么一套尺码"。④ 吴兴华还进一步指出,《威尼斯商人》的不足之处在于,鲍西娅"被迫在威尼斯的范围里解决一个只有在贝尔蒙特才能完满解决的问题"⑤。剧中鲍西娅的出场解决了一切问题,但是这种解决方法无法满足观众。吴兴华随后引申道:"在剧末我们不禁想到人间还有高利贷,还有在法律的名义下作牛马的无数奴隶。我们感到把夏洛克和安东尼奥等人系在一起的纽带,并没有被干净利落地割断;贝尔蒙特对威尼斯的潜移默化和胜利并没有明确到能使人真正信服",这可能算是该剧的一个"纰漏",但是这样的纰漏同样值得深思。⑥ 吴兴华从原材料的改动入手,讨论了这些改编的社会根源,逐步推导出全剧的角色和人物如何均围绕资产阶级社会矛盾的轴心旋转,从根本上驳斥了某些学者的"人性论"。

(3) 坚持文学批评的发展观

吴兴华不仅将社会矛盾的分析贯穿于整个《威尼斯商人》评论中,也在莎

---

① 吴兴华:《〈威尼斯商人〉——冲突和解决》,载《文学评论》,1963 年第 6 期,第 104 页。
② 同上篇,第 107 页。
③ 同上。
④ 同上篇,第 103 页。
⑤ 同上篇,第 109 页。
⑥ 同上。

士比亚的其他戏剧作品和莎士比亚的整个创作生涯中验证了莎士比亚在若干社会问题上的立场。他开篇即书:"莎士比亚的戏剧是通过怎样的方式反映现实生活的,这是批评家们长期以来争执不休的一个问题。"①这句话揭示了两个重点:第一,莎剧是现实主义作品,莎士比亚是一位"现实主义"作家,给莎士比亚定了调;第二,文学反映现实,是文学研究的前提和不容置疑的真理;第三,批评家们的"争执不休",同样是当代现实生活的反映,是由当代世界的不同经济基础和社会矛盾所决定的,西方作家只从"艺术需要"来考虑问题,并未触及莎剧的根源,是因为他们自身的阶级局限性,一叶障目。

杨周翰曾对苏联的马克思主义莎学做出了中肯的评价,认为其优点在于"力图贯彻唯物主义观点,把莎作放到历史发展和阶级斗争中去考察;强调莎作的历史进步意义,反对把它同中世纪意识形态和艺术方法联系起来看;强调莎氏之人民性;与以上诸特点相联系,强调莎氏的乐观主义;强调莎氏的现实主义",但缺点在于"往往缺乏辩证观点。强调革新,忽视继承,不承认莎氏无论在'道'或'文'上与中世纪有继承关系。在人民性的模糊观念下,为莎氏文过饰非,莎氏虽有赞美个别劳动者的地方,但明明也有藐视、害怕劳动者和劳动群众的地方"。② 换言之,苏联莎评对莎士比亚的作品和创作缺乏整体的、发展的、辩证的认识。从夏洛克的谜团出发,吴兴华发现了《威尼斯商人》的戏剧冲突其实来自经济基础;从鲍西娅的冲突解决入手,吴兴华发现了《威尼斯商人》无法解决的冲突——它同样来自资本主义经济制度自身;从该剧悲剧性和喜剧性的杂糅特性入手,吴兴华发现了《威尼斯商人》悲喜交加的社会根源,但吴兴华并不满足于此。他在引言中即提出,只是单篇作品不容易估计莎士比亚的价值,应该"把它再放回到诗人创作道路的全部发展当中,尽可能地推求出承前启后的逻辑关联,把所获得的初步结论当作曲线的一部分,能动地而不是静止地观察它的作用",而这"还会留下大量有待深入的工作",③将《威尼斯商人》研究放入了莎士比亚研究的宏大系统之中。正如吴兴华所说:

　　　　它④把喜剧和史剧、悲剧截然分开,使它们各沿着自己的途径运

① 吴兴华:《〈威尼斯商人〉——冲突和解决》,载《文学评论》,1963 年第 6 期,第 78 页。
② 李伟民:《论杨周翰的莎学研究思想》,载《四川戏剧》,2000 年第 1 期,第 30 页。
③ 吴兴华:《〈威尼斯商人〉——冲突和解决》,载《文学评论》,1963 年第 6 期,第 80 页。
④ 指 John Russell Brown, J. W. Mackail, H. B. Charlton, Nicholas Rowe, E. K. Chambers 等西方莎评学者对"莎士比亚戏剧的传统描述"。见吴兴华:《〈威尼斯商人〉——冲突和解决》,载《文学评论》,1963 年第 6 期,第 110 页,注释一、二、三、四、五。

行，互不相涉；仿佛莎士比亚在写《仲夏夜之梦》的时候是一副脑筋，一种态度，等到写《约翰王》或《罗密欧与朱丽叶》的时候，就换了另一副脑筋，另一种态度，尽管这些剧本是同一个阶段的产品。这种研究方法是机械的，不能说明问题的。莎士比亚作为一个戏剧艺术家的发展，是一个整体。不但喜剧悲剧等等的个别演变只能放在这个整体里来考虑，而且为什么在某一阶段各剧种之间的比重有所变化，为什么对某些剧本说来，喜剧和悲剧的区分已经失去了意义等问题，也都要受到这个整体发展的规律所制约。①

西方评论家往往将悲剧和历史剧截然分开，认为二者互不相涉，但"莎士比亚作为一个戏剧艺术家的发展，是一个整体"，正如"爱情在莎士比亚笔下总是与各式各样人与人之间的关系错综交织在一起。它的进展、变化和所遇到的阻力往往可以追溯到一定的社会根源"。② 吴兴华将对社会的分析和社会矛盾的分析贯穿于整个《威尼斯商人》的讨论之中，贯穿于莎士比亚的整个创作生涯之中，也贯穿于对喜剧、历史剧和悲剧性质的讨论之中，是他对世界莎评的一大贡献。

吴兴华等中国莎士比亚研究者将马克思主义理论深入运用于莎士比亚评论，开创了中国马克思主义莎评的道路，其研究方法的创新主要包括三个方面：第一，认为经济基础决定上层建筑，而法制、宗教这些上层建筑在某种程度上缓解了经济的冲突，但无法从根源上解除资产阶级社会所存在的矛盾；第二，认为社会矛盾是一切冲突的基础，看似纯粹的爱情和友谊同样体现了人与人之间的关系，呈现出阶级社会中人与人之间的阶级矛盾；第三，在文学发展观上，认为文学是对社会生活的反映，莎士比亚的创作同样具有历史局限性，但这些局限也是受他所生活的时代的历史背景的影响和限制，而资产阶级学者同样由于自身的阶级属性，无法意识到《威尼斯商人》应有的价值。虽然吴兴华的才华和成果如今已得到公认，但却未在他生活的那个时代得到应有的对待。对吴兴华的重新发现在20世纪八九十年代的研究论文和"文革"回忆录中就陆续出现，并在21世纪对当代莎士比亚研究成果的系统整理中得以确认。本部分着重论述吴兴华的马克思主义莎评实践；而对吴兴华的重新发现及其原因将在第五章第二节探讨。

---

① 吴兴华：《〈威尼斯商人〉——冲突和解决》，载《文学评论》，1963 年第 6 期，第 110 页。
② 同上。

第六节 结 语

"十七年"时期莎评在中国的莎士比亚研究史上留下了浓墨重彩的一笔。"十七年"时期莎评带有鲜明的"阶级化"特征,不仅体现在论文的主题和研究思路上,也体现在论文的结构、注释、补论和阶级语汇的使用以及对莎士比亚本人阶级属性的定性上,这使得这一时期的莎评具有了明确而一致的阶级斗争性质。同时,在作者、读者、编者的动态关系上,"作者"不再是自己论文的权威,"编者"也无法控制杂志走向,而传统关系中处于接受地位的"读者"却走向前台,迅速掌控了学术期刊的绝对话语权——但这里的"读者"并非现实中的"读者",而是被建构出来的"理想读者"——工农兵读者;读者来信也不是读者与作者之间的平等探讨,而成为政治介入文学批评的工具。

有学者提出:"与'五四'以来以审美批评为主的多元的批评话语不同,'十七年文学批评'尽力地尝试寻求文学的形式与政治意识形态性内容的统一和一种新的对于新政权表达的话语体系。"[①]如何运用新中国的立场、中国人的视角来解读莎剧,同时参与到世界性的莎学讨论中去?"十七年"时期的外国文学研究者放弃欧美传统莎学理论和苏联莎学思路,将马克思主义理论落到文学研究的实处,走出了一条属于中国的马克思主义莎评之路。这是"十七年"莎评对中国和世界莎学的贡献。事实上,差不多整个"十七年"时期的莎评都贯彻了马克思主义理论,研究者的辩证观、整体观以及对"经济基础决定上层建筑"的深刻认识贯穿了对莎剧情节、人物和莎士比亚创作生涯的讨论。中国莎学研究者积极参与到国际莎学的讨论之中,求同存异,找到共同存在的基础,并揭示意识形态上的不同,是中国学者将马克思主义文艺理论运用于莎士比亚批评的积极实践。

在电影理论方面,这一时期的戏剧和电影研究主要是译介国外成果,尤其是苏联的戏剧和电影成果。以"十七年"时期《电影艺术译丛》所传播的莎士比亚相关电影改编与研究为例,可分为三方面:一是对苏联电影动态、构思和拍摄技巧的重视;二是对英美戏剧拍摄技法的译介,如劳伦斯·奥立弗的导演理念和拍摄技术;三是对新电影形式的关注,如苏联舞剧《罗密欧与朱丽叶》将莎剧、芭蕾舞与电影相融合,黑泽明将日本能剧元素融入莎剧之

---

① 刘志华:《"十七年文学批评"研究》,福建师范大学博士学位论文,2007年,第9页。

中等。这一时期的电影和戏剧评论成果多以译介为主，具有独创性的研究成果并不多，但是对现、当代国外电影理论和拍摄手法的译介推动了我国"十七年"时期电影和戏剧艺术的发展，尤其对"样板戏"电影等艺术形式具有借鉴意义。此外，与同一时期我国其他期刊刊载的文艺评论作品相比，《电影艺术译丛》对论文的筛选更重视电影的技术性和实用性，相对淡化了论文的阶级意识形态。

　　回顾"十七年"时期的莎评，莎士比亚在中国的曲折传播史令人感慨，老一辈外国文学学者的学养令人仰止，而他们的思想也经由这些不朽佳作流传于世。这些优秀的中国知识分子在艰难的时局下呕心沥血，以无比的热情和才华撰写出精彩而智慧的篇章，他们严谨的治学态度、他们的如履薄冰、他们对建设新中国的热情、对文学性和政治性的平衡，亦如琼生所评价莎士比亚，"不仅属于那个时代，也属于整个世纪"。"十七年"时期莎评虽然数量不多，但特征鲜明，具有不可忽视的研究意义。一方面，"十七年"时期莎评对马克思主义文艺理论的积极运用给整个莎士比亚研究界带来了崭新的视角，同样也给予今天的研究者启发：有中国特色的莎士比亚研究并非借用几个中国符号，也不是在唱词中或舞台布景上添加几个脸谱或汉字，而是一场真正的思想变革，一场扎根中国土壤、以中国人为中心的对西方经典的重新阐释，故而它从一开始就具有了与西方莎评不同的目的、立场和方法，令人耳目一新。另一方面，在"十七年"时期的莎评里，我们也看到了政治对文学的影响，以及政治标准逐渐压倒和取代艺术标准、文学成为"影射文学"、文学评论丧失主体性的过程，应该因此反思文学和政治的关系，维护外国文学学科的健康发展。此外，今天的我们分析"十七年"时期莎评，不应采取二元思维，而应回到历史语境，客观分析当时社会主义国家建设的基本需要和主要矛盾，这不仅关系到"十七年"时期莎评的历史评价问题，也是对20世纪中国知识分子精神发展史的客观追索。

第三章　新时期初期中国学术期刊的莎士比亚研究(1978—1981)

外国文学和文艺研究曾是"文革"期间受灾最严重的领域之一。1976年,"文化大革命"结束,中国的外国文学研究经历了漫长的停滞期,百废待兴。本章标题借用了"新时期初期"这个来自中国文学史的命名,因为从本质上来说,无论是20世纪70年代末、80年代初的中国文学研究,还是外国文学研究,乃至全部的人文社科研究,其精神内核都指向同一个方向。南帆感叹:"'新时期'曾经是一个激动人心的断代命名。这个名称刚刚出炉时的光泽和明亮风格,许多人记忆犹新……这时开始,文学汇入了思想解放的文化气氛。"①陈晓明直言:"'新时期'的中国文学是一个伟大的神话谱系,这个神话从一段令人绝望的历史中绵延而至,因而它的产生就预示着崭新的希望,象征着一个文学的和文化的新纪元开始。"②本章使用"新时期初期"这个充满"光泽"和"明亮"乃至具有"神话性"的词语,正是为了突出我国这一时期"拨乱反正、解放思想"的文化战略转变。

"拨乱反正"一词最先由邓小平在1977年9月19日同教育部负责人的谈话时提出,邓小平亲自领导教育战线,率先进行了教育界的拨乱反正。③进入新时期,诸多学术期刊创刊和复刊,本身就体现了"拨乱反正"的导向;而这些文学、戏剧、电影期刊对刊物内容、研究方法和刊载重点的按语以及它们对论文的筛选,不仅传递出期刊的学术倾向,也反映并在不同程度上推动了"拨乱反正"。从20世纪最后20年的实践结果来看,这场新时期初期文学研究领域的"拨乱反正"不仅是明智的,而且是富有预见性的:以"拨乱反正"为核心,从20世纪70年代末到80年代初期,我国社会经历了一场深

① 南帆:《双重的解读——八九十年代中国文学的一种描述》,载《文学评论》,1998年第5期,第68页。

② 陈晓明:《不可遏止的变革——20世纪90年代中国文学的转型》,合肥:黄山书社,2017年,第1页。

③ 见李频:《中国期刊史(第四卷,1978—2015)》,北京:人民出版社,2017年,第11页。

刻的、席卷整个文化和学术研究领域的文化转型，剪除了"文革"的思想禁锢，为迎接全新的文学和文化思想腾出了空间，做好了准备。随着 1980 年 7 月 26 日《人民日报》发表社论《文艺为人民服务，为社会主义服务》，"二为"方针取代了"政治标准第一"，成为 20 世纪八九十年代我国文学和文艺发展的新方向。

第一节　转捩与新生：文学机构和学术期刊的恢复

1978 年 1 月 16 日，何为在《人民戏剧》发表短评《从莎士比亚谈起》，在这篇短评中，他自问自答道："莎士比亚这个十六—十七世纪的英国剧作家，究竟有什么弥天大罪，使得'四人帮'把他视为洪水猛兽，竟至连偶尔提及他的名字也成为一条罪状呢？原来，莎士比亚是一个曾被马克思和恩格斯作过高度评价的人物。"[①]何为将莎士比亚视为革命导师认可的作家，分析了"文革"期间莎士比亚在中国销声匿迹的原因，讨论了莎士比亚作品的意义和"文革"时对莎士比亚作品的种种扭曲，提倡肃清"四人帮"散布的影响和流毒，并引用列宁的话"只有用人类创造的全部知识财富来丰富自己的头脑，才能成为共产主义者"，号召文艺工作者尊重知识、努力学习，尤其是从文化遗产中吸取智慧和艺术经验，提高思想水平和业务水平。[②] 同年 1 月 31 日，《国外社会科学》第 1 期也刊载了一则莎士比亚相关简讯《美国〈科学与社会〉杂志出版莎士比亚专号》，介绍了国际莎士比亚协会的"空前之举"，即 1976 年 4 月下旬在华盛顿举办的一场"以马克思主义观点解释莎士比亚"的报告会。[③] 刊登这条会讯的 1978 年，距离 1965 年我国学术期刊刊登的最后一条莎士比亚相关信息———一则读者来信———已经过去了 13 年。与"十七年"时期措辞激烈、立场鲜明的莎评不同，该简讯并未出现"资产阶级反动学者"之类的批判字眼，而是较为客观地归纳了与会学者的观点。

十年"文革"沉重地打击了新中国的期刊业。"1965 年年底共有 790 种刊物，到 1966 年年底只有 191 种了，到 1969 年只剩下《红旗》等 20 种刊物，这是中华人民共和国历史上刊物最少的年份。"[④]"文革"结束后，许多被迫

---

① 何为：《从莎士比亚谈起》，载《人民戏剧》，1978 年第 1 期，第 39 页。
② 同上篇，第 40 页。
③ 见易将：《美国〈科学与社会〉杂志出版莎士比亚专号》，载《国外社会科学》，1978 年第 1 期，第 109 页。
④ 范继忠：《中国期刊史：第三卷（1949—1978）》，北京：人民出版社，2017 年，第 1 页。

停刊的期刊复刊,还有不少新期刊创刊,我国书刊出版业在陷入长期停滞之后步入正轨,学术研究的阵地渐次恢复。

1977 年 10 月,曾于 1966 年停刊的《世界文学》杂志复刊,这是我国新时期恢复外国文学译介的标志。① 1978 年,同样在"文革"前夕被迫停刊的《文学评论》复刊。《文学评论》编辑部表示,文艺界是受到"四人帮"严重破坏的部门,所谓的"十七年"时期"黑线专政"论,最早就是在文艺界提出来的,而当前《文学评论》的首要工作,就是要从理论上、从总结社会主义文艺的成就和经验上,深入批判"四人帮"在文艺方面所制造的种种谬论,特别是"文艺黑线专政"论,同时强调要恢复古典文学和外国文学研究,借鉴外国——"《文学评论》也需要刊载研究外国文学的文章和这方面的资料,批判'四人帮'在这个方面所散布的种种谬论"。②

1978 年 10 月,《电影艺术译丛》复刊。这份曾于 1958 年因刊登"修正主义大毒草"电影《一个人的遭遇》的影评而被迫停刊的电影期刊,在历经了数次短暂的复刊、停刊、更名和再复刊之后,进入了稳定发展阶段。

1978 年,《外国文学研究》创刊。"创刊号"的首篇论文便是署名"上海师范大学中文系外国文学教研室"的檄文《批"洋为帮用"——揭批"四人帮"利用苏联文学搞篡党夺权的罪恶阴谋》,揭批了"四人帮"的反革命政治纲领及其反革命修正主义路线的极右实质,批判了这条路线的反动理论基础。③事实上,这篇论文可以看作是 1977 年 11 月 18 日《人民日报》头版刊发的署名文章《教育战线的一场大论战——批判"四人帮"炮制的"两个估计"》在文学研究领域的回声。④ 而在"创刊号"的"编后"中,编者亦难掩激动的心情,深情地写道:"当我们校改完创刊号清样的最后一个字,眼看上机开印的时候,心情怎么也难以平静下来。虽然在自然季节上武汉正值盛夏,而我们的实际感受却是春风和煦,万物苏生。"⑤亲历了十年"文革",如今看到学术研究回到正轨,眼见杂志付梓之时,编者怎能不思绪万千;而 1978 年创刊的

————————

　　① 见宋炳辉、吕灿:《20 世纪下半期弱势民族文学在中国的译介及其影响》,载《中国比较文学》,2007 年第 3 期,第 65 页。

　　② 《文学评论》编辑部:《致读者》,载《文学评论》,1978 年第 1 期,第 95 页。

　　③ 见上海师范大学中文系外国文学教研室:《批"洋为帮用"——揭批"四人帮"利用苏联文学搞篡党夺权的罪恶阴谋》,载《外国文学研究》,1978 年第 1 期,第 7 页。

　　④ 《教育战线的一场大论战——批判"四人帮"炮制的"两个估计"》被认为是揭批"四人帮"斗争中的第一篇重头文章,"文章发表后,不单教育战线掀起了批判'两个估计'的热潮,意识形态各部门、其他各条战线都结合自身的情况,从各个角度揭批'四人帮'。打破了政治禁区,冲破了思想禁锢,实际上成为批判'两个凡是'的先声,为开展真理标准问题的大讨论做了思想舆论上的准备"。见夏杏珍:《邓小平与教育战线的拨乱反正》,载《当代中国史研究》,2004 年第 4 期,第 52 页。

　　⑤ 《编后》,载《外国文学研究》,1978 年第 1 期,第 103 页。

《外国文学研究》此后也成为刊发莎评的重要阵地。

同样在1978年，上海戏剧学院主办的学术期刊《戏剧艺术》创刊。该刊主要刊载戏剧理论和戏曲研究成果，介绍外国戏剧理论与作品，发表舞美、戏剧导演与表演艺术、戏曲教学、影视艺术等方面的学术论文，其中每年第2期和第5期是外国戏剧研究专号，专门刊载外国戏剧评论。《戏剧艺术》的"发刊词"指出，《戏剧艺术》是在粉碎了"四人帮""反革命""两个估计"的精神枷锁之后创刊的，主要供上海戏剧学院师生内部交流和与全国大专院校文科、各省、自治区、直辖市戏剧专业团体建立联系、交流经验之用。[①] 从创刊之日起，《戏剧艺术》就定位为专业学术期刊，是为提高高校和专业剧团的理论研究和实践水平服务的。

1980年和1981年，北京外国语大学主办的《外国文学》和北京大学主办的《国外文学》相继创刊。《外国文学》将1980年的期刊规划为六个主题，每期一个主题，分别向读者介绍了英国当代文学、葡萄牙和西班牙文学、德国文学、法国文学、澳大利亚文学和东南亚文学的发展概况和重要作家作品，普及文学研究知识。而在《国外文学》第一期的《锦上添花——代发刊词》中，主编季羡林对新时期初期外国文学刊物争相复刊和创刊的状况做了总结："当前我国关于外国文学的刊物有如雨后春笋，争奇斗妍。这充分说明，我国广大的从事外国文学研究的同志们，砸碎了自己身上的精神枷锁，焕发出极大的积极性，使我国的外国文学园地开出了朵朵鲜花，姹紫嫣红，花团锦簇。"[②]这样的"花团锦簇"，让人想起"十七年"初期"百花齐放、百家争鸣"的文艺政策，也让人想起莎士比亚第18首十四行诗中描述的"永恒的夏天"。"文革"之后，外国文学研究者的工作和生活重回正轨，他们充满热情地投入文学研究，欣喜之情溢于言表。

本章将研究对象的时间跨度定于1978—1981年，并将这段时间视为中国莎士比亚研究的"万象更新"时期。理由主要有以下几点：

第一，1978年，朱维之在《天津师范学院学报》第一期发表了《莎士比亚和他的〈威尼斯商人〉》，这篇论文被认为是"文革"之后的首篇莎评，正式开启了新时期中国莎士比亚研究的序幕。本章也将这篇论文的发表时间作为研究起点。

第二，1977年12月，我国举办了"文革"之后的首次全国出版工作座谈会，与会人员讨论了《国家出版局1978—1985年出书规划初步设想(草

---

① 见《发刊词》，《戏剧艺术》，1978年第1期，第1页。

② 季羡林：《锦上添花——代发刊词》，载《国外文学》，1981年第1期，第2页。

案)》,对新时期出版业的发展产生了深远影响,其中,该草案对期刊的规划设想就是,"为满足人民群众对精神食粮的迫切需要,除了努力出版各种图书,还需要多出版一些期刊",尤其是建议早日恢复出版"'文化大革命'以来中断出版的一些期刊"和"增加出版综合性的文化杂志和书评、文摘、国外文化情报刊物"。① 在这一精神指导下,出版业彻底否定了"以阶级斗争为纲"的"左"的出版工作方针,重新回到了"百花齐放,百家争鸣"的社会文化建设轨道上,正如时任文化部出版局局长的陈翰伯所强调的,出版业要"传播科学文化知识,为提高整个中华民族的科学文化水平,为社会主义现代化建设服务"②。截至 1981 年,本书列为研究对象的学术期刊,包括《文学评论》在内,大多数已复刊,《戏剧艺术》(1978 年创刊)、《外国文艺》(1978 年创刊)、《译林》(1979 年创刊)、《外国文学》(1980 年创刊)、《国外文学》(1981 年创刊)等对中国莎士比亚研究具有重要意义的学术期刊大都已经创刊,为 20 世纪八九十年代中国莎士比亚研究的繁荣局面打下了基础。

第三,1981 年 7 月,《外国文学》延续了每期讨论一个文学主题的设定,于 1981 年第 7 期出版"莎士比亚专号"③,肯定了莎士比亚研究在新时期中国的重要学术地位,莎士比亚研究全面复苏。编辑部在"专号"的"前言"中表示:"本刊久有志于编出一个莎士比亚专号,这个意愿现在实现了。"④这句"久有志于"远非期刊创刊的一年之"久"——《外国文学》的主编王佐良本身就是莎士比亚研究的专家,王佐良的《英国诗剧与莎士比亚》不仅是 1964年第 2 期《文学评论》的"头条论文",也是《文学评论》刊载的唯一的莎士比亚研究领域的"头条论文",但很快,中国的外国文学研究就陷入停滞,《文学评论》也于 1966 年停刊。而当王佐良在这份"专号"中再次撰文《春天,想到了莎士比亚》⑤,距离《英国诗剧与莎士比亚》的发表,已过了 17 年之久。在这期"莎士比亚专号"上,还出现了英若诚、王佐良、许国璋、周珏良、贺祥麟等老一辈外国文学研究者的名字;但令人遗憾和惋惜的是,有一些才华横溢的学者却并未等到这一期专号的出版,永远地留在了"十七年"时期。事实上,1964 年适逢莎士比亚诞辰 400 周年,我国文艺界曾计划开展一系列纪

---

① 出自《国家出版局 1978—1985 年出书规划初步设想(草案)》。转引自李频:《中国期刊史(第四卷,1978—2015)》,北京:人民出版社,2017 年,第 13 页。

② 转引自李频:《中国期刊史(第四卷,1978—2015)》,北京:人民出版社,2017 年,第 16 页。

③ 1980 年第《外国文学》为试行,共发行 6 期;1981 年第《外国文学》改为全年 12 期。

④ 《莎士比亚专号前言》,载《外国文学》,1981 年第 7 期,第 2 页。

⑤ 见王佐良:《春天,想到了莎士比亚》,载《外国文学》,1981 年第 7 期,第 39—42 页。

念莎翁的活动，但迫于当时越来越严苛的政治气氛，纪念活动或被无限期搁置，或只能以"批判"的方式隐晦进行；《莎士比亚全集》的出版准备工作已经全部完成，但迫于国内政治形势发生变化，也是一搁置就是十余年。[①] 17年之后，"莎士比亚专号"在《外国文学》出版，在某种程度上也算弥补了1964年无法正常举办莎翁诞辰400周年纪念活动的遗憾。而这本迟到17年的纪念专号，这句"久有志于"，也让所有经历和了解过那段历史的人感慨万千。

第四，1978—1981年，一批莎士比亚戏剧译本和研究论文集的推出也推动了莎士比亚研究的全面复兴。1977年12月，全国出版工作座谈会召开，一些曾在"文革"中被指为"封、资、修"和"毒草"的外国文学著作得以重印发行。1977年12月，人民文学出版社率先出版了三部莎剧《哈姆莱特》《雅典的泰门》和《威尼斯商人》，1978年1月、4月和10月又分别推出了《亨利四世》《温莎的风流娘儿们》和《李尔王》等莎剧译本，并在同年推出了《莎士比亚全集》（共11卷）。这是"文革"后出版的首部英美文学全集，囊括了全部37部（包括朱生豪未完成的6部）莎剧和诗作。1979年和1981年，中国社会科学院外国文学研究所《外国文学研究资料丛刊》编辑委员会特邀北京大学教授杨周翰主编的《莎士比亚评论汇编》上、下卷先后出版，杨周翰为该书撰写导言，简明扼要地概述了莎评史，[②]汇编的每篇莎评均附有译后记，介绍作家生平，点评论文优缺点，系统地介绍了国外的莎评成果，是这一时期具有代表性的莎评论文集。

新时期初期，经历了出版业、学术界和思想上的种种准备之后，不但文化政策上的种种错误倾向被推翻，而且中国的莎士比亚研究者也如季羡林所说"砸碎了自己身上的精神枷锁"[③]，中国的外国文学研究迅速恢复，并为未来几十年中国莎士比亚研究的发展和持续深入奠定了基础。

---

① 郑效洵提及："《莎士比亚全集》十一卷，是'文革'以后才出的，实际上是我与施咸荣两人'文革'前在那里就准备好的，从全书的组织翻译、补译、校订，到编辑、注释，甚至连封面、插图（后来丢了）、序言都准备好，纸板都打好了，只等印了，突然不让印，就搁下了。当时要出这套书是为了纪念莎士比亚诞辰四百周年，是世界性的纪念活动，当时《泰晤士报》和BBC都发出消息说人民中国要出莎翁全集，但是我们突然不能出。"转引自李伟民：《阶级、阶级斗争与莎学研究：莎士比亚在二十世纪五六十年代的中国》，载《四川戏剧》，2000年第3期，第11页。

② 杨周翰的这篇引言以《二十世纪莎评》为名，先发表在《外国文学研究》上。即杨周翰：《二十世纪莎评》，载《外国文学研究》，1980年第4期，第5—13页。

③ 季羡林：《锦上添花——代发刊词》，载《国外文学》，1981年第1期，第2页。

第二节　新时期初期莎评的特色与书写策略

1978 年以来,虽然我国的国家政策和文学艺术发展战略已经步入新时期,但旧的思维模式绝非一朝一夕能够扭转,"文革"对我国教育、文化和学术的种种影响尚未彻底清除。这一时期的文化发展路线仍存在分歧:所谓"拨乱反正",是回到"十七年"时期的文学批评模式,还是回归五四传统,抑或重新探寻一条"正"途? 1980 年,人民文学出版社重印了 1959 年出版的苏联莎士比亚研究专家阿尼克斯特著、戴镏龄译《英国文学史纲》,这既是由于外国文学史教材紧缺,也体现出当时教育界和出版界的态度,可见"十七年"时期苏联模式的影响之大。而统计 1978 年 1 月至 1981 年 12 月中国学术期刊上刊登的莎士比亚研究论文、简讯、会讯、译后记和札记等①,我们发现,这些论文一方面是一种政治表态,承担了"拨乱反正"的重要作用;另一方面也或多或少地残留了阶级批评的痕迹,与 20 世纪 80 年代中后期至今的论文写作风格差别明显,形成了新时期初期莎评的独特风格。

本节将总结 1978—1981 年中国学术期刊刊发的莎士比亚研究论文的整体特征,分析这一时期莎评的研究热点、论文结构、写作特色和引注方法等,并结合中国文化政策的变化与方向,探讨新时期初期莎评的书写策略。

1. 新时期初期莎评的整体特征

从论文发表数量来看,1978 年至 1981 年间,我国的学术期刊共刊发莎士比亚相关研究论文、书讯、会讯、读者来信等百余篇,且数量逐年递增。这一方面是因为"文革"结束后,学术界破除了外国文学研究中的错误倾向,作者的学术热情被重新点燃;另一方面也是由于"文革"后,大批学术期刊陆续创刊或复刊,论文发表的渠道大大增多。1977—1981 年,我国的期刊品种由 628 种猛增到 2801 种,总印数从 5.59 亿册增至 14.62 亿册,总印张从 18.80 亿增至 45.40 亿。② 中国莎士比亚研究论文的激增,不仅反映出这一时期我国人民群众日益增长的文化艺术需求,也反映出国家对文化事业的重视。

---

① 数据来自中国知网,搜索主题为"莎士比亚",时间为 1976—1981 年,其中 1976—1977 年没有论文,故统计数据自 1978 年开始。

② 见李频《中国期刊史(第四卷,1978—2015)》,北京:人民出版社,2017 年,第 5 页。

从论文作者来看，新时期初期的莎评作者仍以老一辈外国文学研究者为主。阮坤、郑敏、屠岸、裴克安、英若诚、王佐良、杨周翰、李赋宁等均是资深的外国文学研究专家，中西学养深厚，在被迫中断了研究和教学十余年之后，他们爆发出极高的研究和教学热情，持续在期刊发表学术研究成果，普及文学知识，培养年轻一代。相比之下，青年作者稀少，这主要是莎士比亚研究的门槛较高，需要长期学术训练，但十年"文革"影响了中国的教育事业，大多数年轻人失去了接受高等教育的机会，更不用提经历严格的英文训练、能够阅读莎翁原著和中世纪及早期现代英语文献、继而发表论文、参与学术讨论、与其他学者对话了。中国的文化事业和教育事业一样，百废待兴。

从译介的对象来看，新时期初期的莎评名家名作不仅包括苏联知名作家符塞伏洛德·柯切托夫的《访莎士比亚故乡》①，还出现了法国评论家泰纳的《莎士比亚论》②、英国莎评家 A.C. 布拉德雷的《论莎士比亚悲剧的结构》③、罗吉·曼威尔的《彼得·布洛克的影片〈李尔王〉》④等名家佳作，而日本学者中野里皓史的《日本的莎士比亚研究与莎剧演出》也在译介之列。尤其值得注意的是，A.C. 布拉德雷和 T.S. 艾略特⑤这两位曾在"十七年"时期被指"包藏祸心"的"西方资产阶级反动学者"也出现在译介名单，显示我国学术界对待西方学者的态度已出现明显转变。

从论文内容来看，这一时期的莎评不仅以《威尼斯商人》开端，而且对《威尼斯商人》的关注也最多。1978 年 3 月，朱维之在《天津师范学院学报》发表的《莎士比亚和他的〈威尼斯商人〉》，通常被认为是"文革"之后的首篇莎评。⑥ 而这一时期，中国学者讨论最多的莎剧就是《威尼斯商人》，讨论最多的角色是《威尼斯商人》中的夏洛克。对《威尼斯商人》的热衷，可能源自五四运动的传统，正如曹禺所说："《威尼斯商人》在五四以后，成为莎士比亚最早在中国舞台上被介绍的剧本，不是偶然的。当时，这个剧本叫做《女律

---

① 见符·柯切托夫：《访莎士比亚故乡》，安郁琛译，载《译林》，1981 年第 2 期，第 258—263 页。

② 见泰纳：《莎士比亚论》，张可译，载《戏剧艺术》，1978 年第 2 期，第 91—110 页。1963 年，人民文学出版社出版过傅雷译泰纳《艺术哲学》。

③ 见 A.C. 布拉德雷：《论莎士比亚悲剧的结构》，韩中一译，载《四平师院学报》（哲学社会科学版），1979 年第 4 期，第 58—64、84 页；A.C. 布拉德雷：《论莎士比亚悲剧的结构（续）》，韩中一译，载《四平师院学报》（哲学社会科学版），1980 年第 1 期，第 57—67 页。

④ 见罗吉·曼威尔：《彼得·布洛克的影片〈李尔王〉》，伍菡卿译，载《电影艺术译丛》，1979 年第 1 期，第 71—96 页。译文取自曼威尔的《莎士比亚与电影》（1971）一书。布洛克即布鲁克。

⑤ 见杨周翰：《艾略特与文艺批评》，载《世界文学》，1980 年第 1 期，第 280—289 页。

⑥ 见朱维之：《莎士比亚和他的〈威尼斯商人〉》，载《天津师范学院学报》，1978 年第 1 期，第 70—73 页。

师》或《一磅肉》。因为五四运动,'妇女解放'也是其中一个重要的思潮……波希霞所意味的性格、思想,对中国人民来说是不陌生的。"①1949 年以前,《威尼斯商人》就被翻译过五次(1924、1930、1936、1942、1947)②,足见我国读者和观众对《威尼斯商人》的喜爱。再者,该剧取材自民间故事,也易为"非西方语境下"的中国读者和观众接受。最后,新时期初期中国学者偏爱讨论《威尼斯商人》,也可能是因为"一磅肉"故事的残酷性——经历过"文革"的作者虽然可以重新开展研究,但仍心有余悸,故而选择了一个符合"以阶级斗争为导向"方向的安全话题。1978 年 3 月和 4 月,朱维之发表了《莎士比亚和他的〈威尼斯商人〉》和《论〈威尼斯商人〉》两篇论文③,开篇就肯定了莎士比亚的文学地位,指出"马克思和恩格斯在著作中常引用它的情节、人物和台词,多至数十次"④。朱文将夏洛克定位为"世界文学史上一个著名的剥削者的典型",同时肯定了莎士比亚"娴熟的戏剧技巧"。⑤ 1979 年,贺祥麟的《〈威尼斯商人〉浅论》也肯定了该剧的艺术价值、语言魅力和剧中"文艺复兴时期人文主义者所津津乐道的坚贞的爱情与纯洁的友谊",但同时指出"在剧本里这些仍然只占次要地位,只属次要矛盾。全剧的基本矛盾毫无疑问是安东尼奥和夏洛克间的你死我活的斗争","莎士比亚笔下安东尼奥与夏洛克的矛盾,从阶级本质来看,事实上是资本主义原始积累时期商业资本与高利贷资本的矛盾"。⑥ 陈惇的《〈威尼斯商人〉选场分析》也高度评价了该剧"扣人心弦的情节""个性鲜明的人物"和"丰富生动的语言",但在阶级斗争的大框架下,陈惇仍然强调,该剧的基本冲突是"商业资本家"(安东尼奥)和"高利贷者"(夏洛克)两个"资产者"的矛盾,并将三对青年人的爱情定调为"冲破封建社会的准则,表现个性解放的要求,还是有其历史的进步意义的"。⑦ 总体而言,这些论文仍将意识形态批评置于主导地位,但都在阶级斗争的框架下肯定了莎士比亚的进步思想和《威尼斯商人》的艺

①　曹禺:《祝辞》,《中国青年艺术剧院〈威尼斯商人〉(戏单)》,1980 年 1 月。转引自李伟民:《青春、浪漫与诗意美学风格的呈现——张奇虹对莎士比亚经典〈威尼斯商人〉的舞台叙事》,载《四川戏剧》,2014 年第 6 期,第 101 页。波希霞即鲍西娅。

②　见王心洁、王琼:《中国莎学译道之流变》,载《学术研究》,2006 年第 6 期,第 143 页。

③　有学者认为,《论〈威尼斯商人〉》是"文革"之后发表的首篇莎评,但朱维之在文末注明"曾载《天津师院学报》1978 年第 1 期,此次发表时又经作者作了较大的修改",表明这篇作品发表在后。

④　朱维之:《论〈威尼斯商人〉》,载《外国文学研究》,1978 年第 1 期,第 19 页。

⑤　同上篇,第 21 页。

⑥　贺祥麟:《〈威尼斯商人〉浅论》,载《广西师范大学学报》(哲学社会科学版),1979 年第 2 期,第 52 页。

⑦　陈惇:《〈威尼斯商人〉选场分析》,载《北京师范大学学报》(社会科学版),1978 年第 2 期,第 71、72、67、69 页。

术价值。

2. 新时期初期莎评的写作策略

20 世纪 70 年代末至 80 年代初,中国的莎士比亚批评以"拨乱反正"为原则,从"以意识形态批评为导向"逐渐向美学和哲学批评过渡。这一时期的莎评主要涉及三大主题:第一,莎剧的思想性——主要是讨论莎剧的进步意义,为莎士比亚正名;第二,莎剧的艺术性——在重申审美研究正当性的前提下,讨论莎剧的论文结构、角色设定和语言风格等,同时引介各国研究成果(包括重新评价艾略特、布拉德雷等曾经的"资产阶级反动学者"),让莎士比亚研究重新回归历史的、全球的研究语境;第三,探讨莎剧蕴含的"人道主义"思想和马克思的"莎士比亚化"文艺理论。

(1)先谈思想、再谈艺术的论文结构

在"文革"结束后的最初阶段,大部分莎评还是采取了"先谈思想、再谈艺术"的写作结构,即先突出论文的思想正确,再探讨莎剧的艺术性——因为只有在思想正确的前提下,艺术审美才有价值。如陈惇的《〈威尼斯商人〉选场分析》(1978)虽然题为《威尼斯商人》第四幕第一场的选场分析,但论文有三分之二的篇幅都在讨论莎士比亚和《威尼斯商人》的阶级性质,仅浮光掠影地讨论了该剧的艺术特色,即"扣人心弦的情节""个性鲜明的人物"和"丰富生动的语言",而该剧的不足之处也被总结为"矛盾冲突的解决并不十分合理"——对莎剧艺术性的讨论又回到了思想层面。陈惇提出,莎剧之所以出现这样或那样的不足,本质原因正是"莎士比亚当时对社会矛盾的认识比较表面,剧本里只写了一个反面人物,把他当做一个孤立的偶然的现象,并没有挖掘深刻的社会矛盾,开拓广阔的社会背景"[①]。20 世纪 70 年代末期到 80 年代初我国学术界对文学思想性的重视,可见一斑。

《谈忧郁的王子——哈姆雷特的形象》(1978)是"文革"后首篇讨论莎剧《哈姆雷特》的论文。同样,在论文第一段,作者就开门见山地引述了马克思在《六月十八日的失利。——增援部队》中的一段评论:"没有 Empire 胜利的 empire 使人想起了对莎士比亚笔下的哈姆雷特所作的加工,经过这种加工,不仅使丹麦王子的忧郁心情大为减弱,而且把丹麦王子这个人都弄得看不到了"[②],并以此作为切入点,讨论哈姆雷特忧郁的成因。论文引用了多

---

① 陈惇:《〈威尼斯商人〉选场分析》,载《北京师范大学学报》(社会科学版),1978 年第 2 期,第 71—72 页。

② 卡·马克思:《六月十八日的失利。——增援部队》,中共中央马克思恩格斯列宁斯大林著作编译局编译:《马克思恩格斯全集(第十一卷)》,北京:人民出版社,1965 年,第 358 页。

位国外学者的观点来讨论哈姆雷特的忧郁,其中精神分析学派被指为"二十世纪以来在西方文坛上颇为流行的一个反动的学派",他们企图以情欲来解释哈姆雷特母子之间的对立和斗争,"不仅是庸俗的,而且也抹杀了他们之间的不可调和的矛盾";而中国学者必须认识到,"精神分析学派是帝国主义没落时期的产物",并将其对哈姆雷特的歪曲与哈姆雷特本人的光辉形象区分开来,"重新评价这个人物,批判形形色色的歪曲他的资产阶级唯心论和形而上学的观点,其目的在于捍卫马克思主义的文艺理论,更好地继承人类优秀的文化遗产,吸取外国古典文学的养料,以促进我国社会主义文化艺术的繁荣和发展!"①该文延续了"十七年"时期对莎士比亚戏剧的定调——肯定哈姆雷特的光辉形象和莎士比亚作为"卓越的现实主义创作大师"对时代精神的反映,同时批判"资产阶级反动学者"对莎剧的歪曲。虽然作者提出,写作该文旨在解放思想、为我国社会主义文化事业的繁荣和发展服务,但在行文中沿用了阶级分析观点和阶级批评方法,即使有对莎剧思想和艺术性的肯定和对哈姆雷特性格的分析,也都是在阶级分析的框架内进行的。

(2)反复引据革命导师著作

与"先谈思想、再谈艺术"的论文结构同出一脉,20 世纪 70 年代末、80年代初的莎评也往往大量引用革命导师的著作,以论证莎士比亚的进步性,继而背书莎士比亚研究的合法性。朱维之在"文革"之后的莎评开山之作《莎士比亚和他的〈威尼斯商人〉》(1978)中,开篇便回顾了革命导师马克思对莎士比亚的喜爱——"'马克思无限地赞赏莎士比亚,他对莎士比亚有过深邃的研究,他无例外地了解莎士比亚的人物……'马克思在著作中屡次引用莎士比亚剧中的典故、人物和词句,尤其是《威尼斯商人》中的主人公夏洛克的形象被引用得最多"②,而有了革命导师的背书,莎士比亚研究也就有了正当性。在一一分析了莎士比亚生活的时代以及《威尼斯商人》的情节、主题、人物和艺术特色之后,朱维之提出,该剧对当下中国的意义在于,"这个剧可以使我们进一步认识剥削阶级的丑恶,并可以使我们从这个剧借鉴莎士比亚的精湛艺术技巧"③。在阶级批评的框架下,朱维之兼顾了《威尼斯商人》的"思想性"和"艺术性",肯定了莎士比亚的"精湛艺术技巧"。

值得一提的是,在同年发表的《论〈威尼斯商人〉》(1978)中,朱维之对文学作品意识形态的强调明显减弱了。虽然在论文的前两段,朱维之也提出

---

① 叶根荫、范岳:《谈忧郁的王子——哈姆雷特的形象》,载《辽宁大学学报》(哲学社会科学版),1978 年第 6 期,第 88、89 页。

② 朱维之:《莎士比亚和他的〈威尼斯商人〉》,载《天津师院学报》,1978 年第 1 期,第 70 页。

③ 同上篇,第 73 页。

"马克思在著作中屡次引用莎士比亚剧中的典故、人物和词句","马克思和恩格斯在著作中常引用它的情节、人物和台词,多至数十次",①但论文主体在于讨论《威尼斯商人》的情节、主题、人物、背景和语言,对思想性的讨论只是论文内容之一,并非论文的重点和全部。②

刘玉麟《莎士比亚和他的〈威尼斯商人〉》(1978)也采取了同样写法。论文首段就介绍了马克思对莎士比亚的态度——马克思把古希腊悲剧家埃斯库罗斯和莎士比亚当作"人类两个最伟大的戏剧天才","他特别热爱莎士比亚,曾经专门研究过他的著作"。③ 除两处引用涉及朱生豪译《威尼斯商人》和 Henry Bradley④《英语的构成》(*The Making of English*)外,其余 14 次引用均来自马克思、恩格斯、列宁、毛泽东语录,包括《回忆马克思恩格斯》、马克思的《资本论》《马克思恩格斯选集》、马克思和恩格斯的《论艺术》、恩格斯的《费尔巴哈与德国古典哲学的终结》、列宁的《国家与革命》和《毛泽东选集》。对革命导师语录的大量直接引用,增强了论文的"合法性",但在某种程度上也阻碍了莎士比亚研究的深入。注释就像是一把手术刀,将《威尼斯商人》拆解开来,作为证明革命导师话语正确的工具。而作者在结尾的补论"我们一定要遵照'古为今用,洋为中用'的方针,批判地继承莎士比亚这份珍贵的文化遗产,为我国社会主义文化建设服务"⑤也是作者补白的政治表态,与对《威尼斯商人》剧情的讨论关系不大,显得非常生硬。

同样发表于 1978 年的刘念兹《浅说〈威尼斯商人〉》论文结构也相差无几。论文开头即引用了恩格斯的名言——这是一个"需要巨人而且产生了巨人"的时代,认为莎士比亚在这个"巨人的时代"闪耀着特异的光彩;同时,马克思、恩格斯提出,戏剧创作应该"莎士比亚化",但"'四人帮'猖狂反对马克思主义,肆意践踏无产阶级对待中外文化遗产的正确方针,拼命鼓吹'彻底扫荡'莎士比亚等外国优秀古典作家作品,影响十分恶劣,流毒有待进一步肃清"。⑥ 此后,论文才进入对《威尼斯商人》戏剧情节、主题思想和典型人物的解析。值得注意的是,作者还严厉驳斥了认为该剧主题是"反对对犹太人的民族压迫和民族歧视"的观点,认为这种观点"是用民族矛盾掩盖其他社会矛盾",⑦这与 20 世纪 80 年代后期对夏洛克犹太人身份的强调形成

---

① 朱维之:《论〈威尼斯商人〉》,载《外国文学研究》,1978 年第 1 期,第 19 页。
② 当然这也可能是论文篇幅所致,因这篇论文只有三页。
③ 刘玉麟:《莎士比亚和他的〈威尼斯商人〉》,载《外国语》,1978 年第 2 期,第 51 页。
④ 原文即用英语,此处保留原文用法。
⑤ 刘玉麟:《莎士比亚和他的〈威尼斯商人〉》,载《外国语》,1978 年第 2 期,第 54 页。
⑥ 刘念兹:《浅说〈威尼斯商人〉》,载《山东师院学报》(社会科学版),1978 年第 3 期,第 75 页。
⑦ 同上篇,第 77 页。

反差。此外,作者还强调了莎士比亚对友谊、爱情和仁爱的歌颂,赞美了莎士比亚的人文主义观点,认为"其所赞美的友谊、爱情和仁慈都具有明显的资产阶级内容,对封建阶级有妥协的一面,对劳动人民也有麻痹欺骗的一面,充分体现出资产阶级即使在上升时期也具有两面性。但在当时历史条件下,这样的思想内容的确起到了破坏封建礼教,冲决教会统治,解放人们思想的历史进步作用"[①]。这样的评论虽未脱离阶级评论的框架,对"人性"和"人文主义"的讨论还比较隐晦,但是肯定了莎剧中人文主义思想的存在及其重要作用,与"十七年"时期"以阶级斗争为纲"的指导思想以及"十七年"时期批判莎评"不够彻底"的读者来信形成了强烈反差,十年"文革"对文艺界的思想束缚正逐渐松动。

(3)片面强化历史事实,塑造莎士比亚的正面形象

同样以朱维之《莎士比亚和他的〈威尼斯商人〉》为例,这篇论文分两部分:第一部分介绍了莎士比亚的生平;第二部分讨论了《威尼斯商人》。

在第一部分介绍莎士比亚本人时,朱维之突出了莎士比亚"因家庭破产,只得辍学,自谋生计"的经历,强调他"当过屠户的学徒,也当过小学教师,目睹地主、商人强行'圈地',夺去农民的土地,使农民流离失所,以及手工业工厂建立后,小商人和个体手工业者的失业和破产。他自己的家庭破产,不能说与此无关",又解释说莎士比亚之所去伦敦,是因为"镇中有个乡绅叫路西爵士的,有钱有势,除'圈地'外,还圈了山林作为鹿苑,以供打猎取乐之用。有一次莎士比亚猎取了一头小鹿,路西爵士硬说是偷他的,叫用人把他鞭打了一顿"[②]。这样的经历很容易让中国读者产生亲近感,将莎士比亚与无产阶级联系起来——但在强调这些信息的同时,作者也略去了另一些莎士比亚身份的重要信息。如,莎士比亚生于埃文河畔斯特拉福德镇的一个富户,他的父亲曾经做过行政官;又如,莎士比亚在去伦敦前已经娶妻生子,而他的太太安・海瑟薇比他家境更富有;再比如,莎士比亚虽然家道中落,但并不至于破产,他自始至终都是有产者;而莎士比亚虽然没有上牛津、剑桥,被"大学才子"嘲笑,但他绝非中途辍学,而是有传言他在文法学校毕业后就继承了家业,去了父亲的皮革手套作坊工作。

在第二部分讨论《威尼斯商人》时,朱维之也贯彻了这一写法,将夏洛克形容成"一个高利贷者,一毛不拔的守财奴",但对夏洛克之前受到的侮辱以

---

① 刘念兹:《浅说〈威尼斯商人〉》,载《山东师院学报》(社会科学版),1978年第3期,第78页。
② 朱维之:《莎士比亚和他的〈威尼斯商人〉》,载《天津师院学报》,1978年第1期,第70页。

及被迫皈依基督教的结局却一笔带过。于是，单从这篇论文看，《威尼斯商人》就被处理成了一个"恶有恶报，大快人心"的故事，莎士比亚赋予夏洛克的生动而复杂的人性变成了非此即彼、非黑即白，而夏洛克也被简单归入了"世界文学史上一个著名剥削者典型"①之列——显然，这个简单化、扁平化的夏洛克就是邪恶反派的化身，符合对"剥削阶级""金钱万能论"的批判，但对剧情和论文的处理也是失之偏颇的。

"文革"结束初期发表的数篇莎评注重革命导师语录，重视阶级批评，甚至不惜强调片面史实和片面剧情，来达到肯定莎士比亚的进步性、将莎士比亚与西方反动学者相剥离的目的。尽管这些论文肯定了莎士比亚研究的"合法性"，传播了莎士比亚戏剧，但它们同样是在"以阶级斗争为纲"的大框架下进行的，并未脱离意识形态批评的窠臼。同时，这种写法主要出现在1978—1979年的学术论文中，并随着时间的推移迅速减少，表明"新时期初期"仍处于"文革"结束之后的意识形态转型阶段，"拨乱反正、解放思想"不仅是这一时期莎评的重要主题，也是我国文艺事业重回正轨、健康发展的必经过程。

（4）补论

新时期初期的部分莎评沿用了"十七年"时期莎评较为常见的补论写法，但这种写法主要体现在"文革"结束之初的论文中，并随着时间的推移逐渐变少。

钱梅的《永不凋落的艺术鲜花（莎士比亚的〈全集〉）》（1979）论及几百年来莎士比亚对读者的启发和影响，将之比作"磁石"和"永不凋落的鲜花""吸引着一代又一代的人们"，并在结尾部分提出，"无产阶级的导师马克思和恩格斯也都十分喜爱莎士比亚，他们曾多次引用莎士比亚笔下的人物或其言论来说明社会的政治、经济问题，他们不约而同地在创作方法问题上提出'莎士比亚化'的方向"。② 显然，这个结尾与上下文关系不大，与论文的主题虽有关联，但未经论证，出现在结尾部分非常突兀，可以算作作者政治表态的补论。

元升的《淬砺奋发指点时间——读莎士比亚的一首十四行诗》（1979）以磅礴的气魄赏析了莎士比亚的第十九首十四行诗。原文开头即书："莎士比亚一共写了一百五十四首十四行诗。据多数研究者的意见，这些诗大部分是献给朋友的，一部分是献给'黑肤女士'的，另外几首则与朋友和'黑肤女士'无关，或借神话中的形象抒发自己的情怀，或直接倾诉自己对生活的感受。这里谈一谈第十九首。"③文风平易，阐述透彻，非常符合论文只争朝

---

① 朱维之：《莎士比亚和他的〈威尼斯商人〉》，载《天津师院学报》，1978年第1期，第73页。
② 钱梅：《永不凋落的艺术鲜花（莎士比亚的〈全集〉）》，载《读书》，1979年第3期，第28页。
③ 元升：《淬砺奋发指点时间——读莎士比亚的一首十四行诗》，载《外国文学研究》，1979年第1期，第85页。

夕、催人奋进的主题。在结尾部分,作者得出结论:

> 莎士比亚的生活态度完全不同于消极颓废者的态度。他不是寄兴于"昼短苦夜长,何不秉烛游",而是要以自己的创作成果同时间争高下;他不是哀叹"浮生若梦",而是自强不息,一往无前。从这方面说,莎士比亚的这首诗,在今天仍然有可供借鉴的积极意义。①

经过环环相扣的论证,得出这样的结论,可谓有理有据。但作者似乎意犹未尽,在结论之后,结合当时中国的具体情况,又添加了一段补论:

> 今天,我国各族人民在华国锋同志为首的党中央英明领导下,同心同德,群策群力,把工作的着重点转移到社会主义现代化建设上来。全国各条战线,地无分东西南北,人无分老中青,为加速实现四个现代化,全都淬砺奋发,指点时间,快步飞奔,与时间赛跑,只争朝夕,要做时间的主人。我国人民在新长征的路上争分夺秒,征服岁月,大干快上,气壮山河的磅礴声势,莎士比亚的诗情是不可能望其项背的。②

与其说这是一种政治表态,不如说这是"文革"之后作者重回文学研究领域,与时间赛跑,挽回过去时光的行动宣言。与"十七年"时期的莎评补论类似,去掉这段补论对论文的结构和主题也并无影响;但与"十七年"时期的莎评补论不同,这段话似乎才表达了作者心声,指向写作论文的真正目的——讨论莎剧中的时间主题,不为介绍莎士比亚,也非讨论文学作品中的时间观念,而是借讨论文学作品中的时间观念,表达作者"同心同德,群策群力,把工作的着重点转移到社会主义现代化建设上来"③的美好愿景。从这个角度讲,新时期初期的文学研究与"十七年"时期一样,与国家政治紧密交叠;只是与"十七年"时期"以阶级斗争为纲"的文艺策略不同,新时期初期的莎评补论不再是出于作者的"妥协"和"自保",而是寄托了评论者的社会理想和对未来的美好冀望。

事实上,新时期初期的莎评出现"先谈思想、再谈艺术"的种种写作手法,既非政策导向,也非作者有意为之。方平曾回顾他在"文革"结束之初的

---

① 元升:《淬砺奋发指点时间——读莎士比亚的一首十四行诗》,载《外国文学研究》,1979年第1期,第87页。
② 同上。
③ 同上。

创作经历，感叹：

> 现在回过头来重读发表在揪出"四人帮"后的一些莎评，可清楚地看到，处在当时排山倒海的政治斗争的形式中，我还没完全被异化：良知还没完全丧失，可是在思想上却被压弯了腰，我私下写了些当时绝无发表可能的论文，自以为试图谈自己的看法，实际上不自觉地按照既定的政治调子、既定的模式，用当时那一套政治语言，当做我自己的思想、自己的语言，多么地可悲啊！①

虽然"文革"的日子已一去不复返，但"文革"十年的强大影响犹在。文学评论的刻板结构、对革命导师语录的反复援引、对莎剧和莎学研究"正当性"的不断强调，说明在评论家们的意识深处，无形的思想禁锢依然存在。但是，历史已翻开崭新的一页，国家发展的车轮正滚滚向前，新时期的外国文学研究工作已迅速启动起来。真正的思想解放虽非一朝一夕所能完成，但终将在不远的未来实现。

(5)对莎剧中的人道主义作"历史的、阶级的"分析

《谈谈莎士比亚喜剧的思想内容》(1979)主要讨论了莎士比亚喜剧的"思想性"——作者用一句话总结，就是"莎士比亚在自己的喜剧里，利用一切机会鼓吹人道主义思想"，如歌颂自由恋爱，提倡个性解放，相信"正义"可以战胜"邪恶"，拥护和宣传"人类爱"等，都表现了莎士比亚人道主义的喜剧思想倾向。随后，作者特别解释了人道主义：

> 关于人道主义，我们在这里要附带地说几句：在欧洲文艺复兴时期，人道主义是当时的一种进步思想，它在反封建反宗教神学的斗争中起过积极作用，贡献很大。但是，人道主义作为一种资产阶级思想也有明显的局限。它强调人的力量，人的价值，实际上是为资产阶级说话，也就是强调资产阶级的力量和价值；它大力宣扬"人类爱"，实际上非常虚伪。在阶级社会里不可能有抽象的人类爱，也不可能②有抽象的"爱的世界"。抹煞人的阶级性去宣传人类爱，不利于人民认清阶级关系，认清敌我；却有利于统治阶级麻醉

---

① 方平：《莎士比亚喜剧五种》，上海：上海译文出版社，1979年，第59页；转引自李伟民：《莎士比亚喜剧批评在中国》，载《国外文学》，2006年第2期，第53页。

② 原文为"可能"，应为笔误。

人民,欺骗人民。莎士比亚的喜剧也有这种弱点,抽象的人类爱模糊了阶级关系。①

作者单独解释了"人道主义",看似与莎剧主题并无太大关联,但在新时期初期的莎评中,此类将"人道主义"加以特别关注,乃至抽离文本单独讨论的写法却并不少见。阮坤的《〈威尼斯商人〉简论》(1978)同样明确提到"剧本所表现的是善与恶、好人与坏人的对立;是人道与不人道的对立。作者主观上决不是要反映阶级斗争或剥削阶级的内部斗争",由此,我们的态度应分为两方面:一方面"应该用阶级观点进行分析,指出他们心目中的人和人道主义原则以及人道主义者本身,实际上一概属于资产阶级范畴";另一方面,"我们又要运用历史唯物主义的观点,考察新兴资产阶级在当时所起的进步作用"。② 孙席珍《论〈李尔王〉的创作方法与艺术特色》(1981)也采取了这种典型写法。作者讨论了《李尔王》的创作方法、艺术特色、人物塑造、戏剧情节、受到的民间文学的影响以及语言的运用,提出:"包括《李尔王》在内的莎士比亚的全部文学遗产,已成为全世界人民的共同财富",但是莎士比亚"仅仅以人文主义作为作品的指导思想","没有正确的阶级观点,看不到阶级斗争的存在","这在当时虽具有一定的进步性,但同时也带来了许多不利的因素"。③ 论文虽未完全抛开阶级批评,但肯定了莎剧以"人文主义作为作品的指导思想"的进步性和局限性,表明文学批评不应笼统反对莎剧中的人道主义思想。

事实上,类似的对"人道主义"的讨论也经常出现在新时期初期的莎评中。长久以来,我国社会和文艺界存在一种偏见,认为马克思主义是一种阶级斗争的学说,而人道主义、人性论则属于资产阶级的意识形态,因而马克思主义和人道主义是水火不相容的两种学说,要坚持马克思主义,就必须反对资产阶级的人道主义。1978年第3期,《社会科学战线》发表了朱光潜的《文艺复兴至19世纪西方资产阶级文学家艺术家有关人道主义、人性论的言论概述》,掀起了一场重新定义"人"与"人道主义"的大讨论。1979年第1期,《外国文学研究》开辟"人道主义笔谈"专栏,推出四篇笔谈短文,讨论这一时期文学文艺界对人道主义的争论,目的在于进一步解放思想。首篇笔谈《昨日的人道主义与今日的封建法西斯主义》起笔就点明了主旨:"外国的

---

① 夏定冠:《谈谈莎士比亚喜剧的思想内容》,载《外国文学研究》,1979年第2期,第132页。

② 阮坤:《〈威尼斯商人〉简论》,载《外国文学研究》1978年第2期,第61页。

③ 孙席珍:《论〈李尔王〉的创作方法与艺术特色》,载《安徽大学学报》(哲学社会科学版),1981年第4期,第75页。

作品，特别是现代和当代的作品，几乎一律被贬为腐朽、没落、颓废、反动的；对于古典的和近代的积极浪漫主义与批判现实主义的作品，也几乎一律扣上两条罪状：一曰人道主义或人性论。"①第二篇笔谈《人道主义断想》和第四篇笔谈《人道主义的历史进步意义无容否定》从时代角度出发，论证了为人道主义正名的必要性："一九五七年以后，在我国评论和介绍外国文学的文章和课堂里，对于资产阶级人道主义思想的种种表现，曾经开展过批判。这种批判，到了一九六〇年和一九六三年及其以后的一段日子里，出现了两次高潮或者叫做热潮。结合当时的历史条件、特别是政治斗争的客观需要看，批判自有其必要的一面"②，因此，"我们要高举无产阶级革命大旗，决不提倡资产阶级的人道主义，但决没有理由否定资本主义社会人道主义文学批判的积极意义"③。在专栏中，还有李鸳的《从读莎氏喜剧的一点感受谈起》。这篇论文从莎士比亚戏剧创作的角度探讨了人道主义的进步意义："莎士比亚塑造出薇奥拉等等这样的理想人物，与他的人文主义思想是息息相关的。同文艺复兴时期的许多进步作家一样，莎士比亚把人性论、人道主义作为自己的指导思想。"④

这一期"人道主义笔谈"可以看作是周扬在 1978 年 11 月广州"全国外国文学研究工作规划会议"上的讲话的回声。1979 年第 1 期《外国文学研究》刊登了这次会讯，并扼要记述周扬的会议讲话，周扬提到："我们对人道主义，也不应笼统反对，我们只反对对人道主义不作历史的、阶级的分析。人民性也不应反对，毛主席说的'民主性的精华'，不就是指的人民性吗？我们对苏联、西方的作家都要采取科学的态度、实事求是的态度。"⑤文学应从阶级论回归到人性本身，新时期初期这种"历史的、阶级的分析"正是表现了当时人们接受人道主义思想的特殊要求；它要求对人道主义的理解与接受，以中国社会现实的需要为标准，为新的历史时期的人道主义的含义作出了一个限定；同样，这个限定也是中国新时期文学中的"人"的疆界。⑥

阮坤的《略谈莎士比亚的人道主义》将莎士比亚戏剧的人道主义特征总

---

① 沈国经：《昨日的人道主义与今日的封建法西斯主义》，载《外国文学研究》，1979 年第 1 期，第 1 页。

② 周乐群：《人道主义断想》，载《外国文学研究》，1979 年第 1 期，第 2 页。

③ 秦德儒：《人道主义的历史进步意义无容否定》，载《外国文学研究》，1979 年第 1 期，第 9 页。

④ 李鸳：《从读莎氏喜剧的一点感受谈起》，载《外国文学研究》，1979 年第 1 期，第 6 页。

⑤ 《全国外国文学研究工作规划会议在广州召开》，载《外国文学研究》，1979 年第 1 期，第 106 页。

⑥ 周新民：《新时期初期人道主义话语考》，载《文学教育（上）》，2013 年第 12 期，第 6 页。

结为现实、人、理性和和谐。他反问道：

> 如果把莎士比亚的人道主义思想比作一首雄浑而优美的乐章，那
> 么，肯定现世是它的主旋律，赞美人是它的基调，重视理性是它的节奏，
> 主张和谐是它的抒情曲。所有这些，在批判的前提下，对我们都是有用
> 的。能说这样的旋律、基调、节奏和抒情曲同我们今天实现四个现代化
> 的乐章完全格格不入吗？①

阮坤的反问不仅重申了人道主义的价值，也是对莎士比亚研究的现实
性和当下价值的肯定。这场对人道主义的激烈讨论与"文革"后出现的"伤
痕文学""反思文学"等一起，重新肯定了情感和人的意义，将人和人性从阶
级意识形态批评的束缚下解放出来，起到了拨乱反正、解放思想的重要
作用。

(6)"莎士比亚化"大讨论

1979 年第 3 期《文艺研究》刊发了朱光潜的《关于人性、人道主义、人
情味和共同美问题》，提出：继粉碎"四人帮"之后，虽然局面好转，但是"对
过去形成的一些禁区仍畏首畏尾，裹足不前"，而"当前文艺界的最大课题
就是解放思想，冲破禁区"。② 朱光潜提出了三大禁区，即"人性论禁区"
"人道主义禁区"和"人情味禁区"，将人性定义为"就是人类的自然本性"，
并试图从马克思《1844 年经济学哲学手稿》中找到人道主义存在的合理
性，引发了学术界对于人道主义和共同美问题的广泛讨论，"美学热"在中
国大地迅速升温。

文学应从阶级论回归到人本身。但思想观念转变的问题如何落实到创
作技法转变的问题上？ 当时的学术界出现了对现代和后现代派文学的大讨
论，而 1980 年赵毅衡发表的三篇论文《"荒谬"的莎士比亚——在杜林看来，
任何矛盾都是荒谬》《是该设立比较文学学科的时候了》和《爱米丽·迪金森
作品的现代派诗人特征》分别对应了当时对文学审美、比较文学和现代派的
讨论。乔国强评价赵毅衡说："与当时多数研究者相比，他似乎并无经历由
革命阶级话语向艺术审美性话语转变的艰难过程，一上来呈现的就是专业

---

① 阮坤：《略谈莎士比亚的人道主义》，载《外国文学研究》，1979 年第 2 期，第 128—129 页。
② 朱光潜：《关于人性、人道主义、人情味和共同美问题》，载《文艺研究》，1979 年第 3 期，第
39 页。

的研究姿态和纯学术性的研究话题。"①赵毅衡的三篇雄文大开大合，真实坦率，在新时期初期的莎评中独树一帜，犹如一阵清风，兼具学术性和对人性的体察。在他的笔下，莎士比亚不再是"用各种服饰化妆起来"、用各种"单相思式的解释"包装起来的莎士比亚，而是"在矛盾的运动之中，……露出他的真面目"。②

　　这一时期莎评的另一个重要话题是"莎士比亚化"。众所周知，"莎士比亚化"与"席勒式""福斯塔夫式的背景"是马克思、恩格斯文艺理论的重要内容。从 20 世纪 70 年代末到 80 年代初期，厘清"莎士比亚化"的本质和具体内容要求，不仅成为这一时期莎评的重要主题，也为恢复文艺创作的自由提供了理据，是拨乱反正、解放思想的重要内容。

　　事实上，"十七年"时期莎评就已将马克思"莎士比亚化"作为研究主题。但与"十七年"时期对"莎士比亚化"的讨论不同，20 世纪 70 年代末到 80 年代初文艺界对"莎士比亚化"的讨论不仅数量更多，且渐成体系。自 1978 年朱维之发表《论"莎士比亚化"》之后的几年间，中国的学术期刊先后发表了十余篇探讨"莎士比亚化"的研究论文。③ 正如李伟民所说，"十七年"时期的"莎士比亚化"讨论主要就"莎士比亚化"的典型意义展开，而 20 世纪 80 年代的"莎士比亚化"与"席勒式"讨论主要是在莎学研究者和文艺理论研究者之中进行的，"通过这样的讨论，'莎士比亚化'与'席勒式'成为衡量文学艺术作品的一条准则，也成为人们在研究莎士比亚作品时评判的一条标准"④。

　　总体来说，新时期初期我国学界对"莎士比亚化"的讨论可以分为六点：

　　第一，"莎士比亚化"是一种形象思维的方法，而"席勒式"是一种抽象思维的方法。

　　第二，"莎士比亚化"指的是现实主义的创作方法。石文年引用恩格斯批评拉萨尔的剧本《济金根》中的话"我们不应该为了观念的东西而忘掉现实主义的东西，为了席勒而忘掉莎士比亚"，认为"在这里，莎士比亚完全可以同现实主义划等号。莎士比亚的剧作不是某种主观思想外化的东西，而

　　① 乔国强：《1978—2018：外国文学研究 40 年的回顾与反思》，载《南京社会科学》，2018 年第 10 期，第 9 页。

　　② 赵毅衡：《"荒谬"的莎士比亚——在杜林看来，任何矛盾都是荒谬》，载《社会科学辑刊》，1980 年第 5 期，第 134 页。

　　③ 见孟宪强：《中国莎学简史》，长春：东北师范大学出版社，2014 年，第 209 页。

　　④ 李伟民：《"莎士比亚化"与"席勒式"批评演进在中国》，载《安徽大学学报》(哲学社会科学版)，2005 年第 6 期，第 92 页。

是从生活出发的反映现实本质的现实主义的作品";①而"席勒式"则是以抽象的理想代替客观现实的唯心倾向,即恩格斯所指出的那种"沉湎于不能实现的理想的庸人的倾向"②。

第三,"莎士比亚化"指的是文艺创作的典型化。马清福指出,马克思、恩格斯两位导师提出的"福斯塔夫式的背景"实际上指的就是人物活动的"典型环境"。③

第四,"莎士比亚化"要求真实地再现"典型环境中的典型人物",即"人物创造的个性化"。④ 恩格斯指出,"每个人都是典型,但同时又是一定的单个人"⑤,莎士比亚笔下的哈姆雷特就是这样的典型人物。而与"莎士比亚化"相反,"席勒式"则是将人物变成思想的传声筒,由此会带来人物的无个性或个性化不够的创作倾向。

第五,"莎士比亚化"还包括恩格斯所说的"莎士比亚剧作的情节的生动性和丰富性"⑥,而这一点与他创作中的现实主义手法和人物形象的典型化是分不开的。与此相反,"席勒式"则是将作者的倾向特别指点出来,从而进一步把人物变成了思想的传声筒。

第六,"莎士比亚化"还应包括"语言的生动性以及艺术手法"等。⑦

陈晓华指出,马克思和恩格斯提出"莎士比亚化",旨在达成"三融合",即"内容和形式、思想性和艺术性的高度统一"⑧,而"莎剧的大多数本身就是'三融合'的东西,而其中最成功的,还可以说达到了完美的融合"⑨。但是,值得注意的是,陈晓华也特别提及新时期对"形式"的偏向:

　　　　有人也许会说,这一创作原则里没提到思想内容问题,而思想内容乃是作品的首要因素。我们承认思想内容是作品的首要因素,但是,不

---

①　石文年:《略谈"莎士比亚化"和"席勒式"的问题》,载《厦门大学学报》(哲学社会科学版),1978 年第 4 期,第 71 页。

②　同上篇,第 76 页。

③　马清福:《关于"莎士比亚化"》,载《戏剧创作》,1979 年第 5 期,第 147 页。

④　同上。

⑤　转引自石文年:《略谈"莎士比亚化"和"席勒式"的问题》,载《厦门大学学报》(哲学社会科学版),1978 年第 4 期,第 73 页。

⑥　同上。

⑦　马清福:《关于"莎士比亚化"》,载《戏剧创作》,1979 年第 5 期,第 148 页。

⑧　陈晓华:《关于"莎士比亚化"问题(下)》,载《昆明师范学院学报》(哲学社会科学版),1980 年第 2 期,第 35 页。

⑨　同上。

论怎样好的思想内容，总是要通过美好的艺术形式表现出来的，也就是所谓"三融合"。上述创作原则所总结的只是以莎士比亚为代表的人类先进艺术经验。好好重视一下这一艺术经验，是有助于纠正我们当中那种只重思想而轻视艺术的偏向的。这种偏向，把我们的文艺创作害得真够呛！①

这段话表明，评论家已经注意到，新时期初期文学研究界对"莎士比亚化"的解读重在讨论艺术创作原则，并未强化思想性——思想性并非不重要，只是在当时的历史条件上，尊重文艺创作的自身规律、让文艺活动回到正常的轨道上来，才能创造出更好的有思想性的作品。应该注意到，"莎士比亚化"原则的大讨论，也是在"文革"之后、拨乱反正的大背景下提出的。石文年对应马克思主义"三融合"的理论，将"四人帮"的文艺理论总结为"三突出"，认为这是一种唯心主义和形而上学的理论，是对马克思主义典型理论的公然篡改，制造了"千篇一律、千人一面"的公式化、概念化的严重后果，因此，坚持"三融合"、反对"三突出"，贯彻"莎士比亚化"的创作原则，"我们必须完整地、准确地弄通马克思主义经典文艺论著，批判地继承莎士比亚等作家的优秀文学遗产，坚决批判'四人帮'的唯心主义和形而上学的文艺理论，彻底肃清'四人帮'所造成的公式化、概念化的流毒"。②

对"莎士比亚化"的大讨论，一方面秉承了人道主义的诉求，强调作品的艺术审美价值和创作的生动性；另一方面，又必须依靠马克思主义经典来寻求自身的合法化价值。事实上，马克思在提出"莎士比亚化"的时候，并没有提出"福斯塔夫式的背景"——这个术语是恩格斯提出来的，而且与"莎士比亚化"关系不大；而"性格描写只是马克思、恩格斯的信件中非常次要的内容，但有些学者却拿这一点大做文章"，中国的"莎士比亚化"与"马克思的纯粹谈论内容的'莎士比亚化'和'席勒式'不太一样"，这不仅是"误读"，也是"建构"。③ 正如何辉斌所说："在当时的中国文学批评界阶级分析、唯物史观等简直泛滥成灾，所以人们忽略了马克思、恩格斯

---

① 陈晓华：《关于"莎士比亚化"问题（下）》，载《昆明师范学院学报》（哲学社会科学版），1980年第2期，第39页。

② 石文年：《略谈"莎士比亚化"和"席勒式"的问题》，载《厦门大学学报》（哲学社会科学版），1978年第4期，第78页。

③ 何辉斌：《国人对"莎士比亚化"和"席勒式"的误读与建构》，载《文化艺术研究》，2016年第9期，第120、121页。

这方面的内容,而突出了两位哲人信件中的次要内容",是"现实的需求决定了当时的取舍"。①

(7)重新审视国外莎学研究成果

1981年,石昭贤、薛迪之以《莎士比亚——"时代的灵魂"》为题,讨论了莎士比亚与他所生存的那个时代的关系,认为莎士比亚"完全无愧于'时代的灵魂'这一崇高的桂冠。因为:首先,他真实地反映了时代;其次,他积极地干预了时代;最后,他紧紧地追随着时代",而"一个作家,只要像莎士比亚那样对待自己的时代,他就可以获得'时代的灵魂'的光荣称号"。② 莎士比亚成为艺术创作的标杆,而琼生的题诗"不属于一个时代,而是属于所有的世纪"的题诗曾被错误理解为宣扬莎士比亚的超阶级性,在这篇文章中也被重新阐释为"时代的灵魂",具有了积极意义。正如作者所说,我们对作品的认识"总是在发展变化着的,当时代发展变化了的时候,能否反映和干预发展变化的现实,是对作家的考验"③。

在新时期初期,我国的莎士比亚研究界也开始了对国外莎学研究成果的重新审视,而一批在"十七年"时期受到批判、在"文革"时期销声匿迹的"资产阶级反动学术权威"的莎评也受到了重新评价,学术讨论回归到学术本身,为20世纪80年代中期和90年代外国文论的引介扫清了障碍。这一时期中国学术期刊上的莎评不仅有苏联知名作家符塞伏洛德·柯切托夫的名作,而且还出现了法国评论家泰纳的《莎士比亚论》、英国评论家作家德·昆西的《论〈麦克佩斯〉剧中的敲门声》④、布拉德雷的《论莎士比亚悲剧的结构》、罗吉·曼威尔的《彼得·布洛克的影片〈李尔王〉》和日本学者中野里皓史的《日本的莎士比亚研究与莎剧演出》,尤其布拉德雷和艾略特这两位作家也出现在译介的论文作者之列,显示中国学者对待西方文化的态度出现了明显转变。⑤

1979年,布拉德雷的《论莎士比亚悲剧的结构》被分两期译介给中国读者,全文近20页,在当时属于大篇幅论文。在译者序中,布拉德雷被介绍为

---

① 何辉斌:《国人对"莎士比亚化"和"席勒式"的误读与建构》,载《文化艺术研究》,2016年第9期,第122页。

② 石昭贤、薛迪之:《莎士比亚——"时代的灵魂"》,载《西北大学学报》(哲学社会科学版),1981年第3期,第48页。

③ 同上。

④ 托马斯·德·昆西:《论〈麦克佩斯〉剧中的敲门声》,李赋宁译,载《世界文学》,1979年第2期,第283—290页。

⑤ 同样被重新认识的学者还包括弗莱等,见张隆溪:《弗莱的批评理论》,载《外国文学研究》,1980年第4期,第122—131页。

"英国现代文艺理论家，牛津大学文学教授"，论文被介绍为"把莎士比亚的几部主要悲剧的布局结构，加以综合论述；尤其是对于戏剧冲突的三大部分在观众情感上的作用——悬念、紧张、怜悯，作了比较分析。这些对于我们的戏剧、小说的形式研究，当不无可资借鉴之处"①。杨周翰的《艾略特与文艺批评》（1980）介绍了艾略特的创作与文学地位，对艾略特进行了重新评价。杨周翰肯定了艾略特等的文学评论"是一个丰富的矿藏，等待我们去发掘。既然是矿藏，当然有无用的石头和泥土，但也有值得利用的矿物"②。"但"一字将这句话的重心放在了"值得利用的矿物"上，肯定了艾略特的价值。而在《二十世纪莎评》中，杨周翰对 20 世纪西方莎士比亚研究的渊源、发展、编校、流派和代表人物作了全面而精彩的述评，布拉德雷的《论莎士比亚悲剧的结构》被誉为"从柯尔律治以来'浪漫派'莎评的顶峰"③，"历史—现实派"的代表人物斯托尔、格兰威尔·巴克的贡献也被重新评价，而弗洛伊德虽说"说服力不够，往往牵强，以至悖谬"④，但这类臧否人物只限于学术讨论，并未上升到作者的阶级属性。杨周翰还介绍了卢卡契、布莱希特等西方马克思主义学者和扬·柯特等存在主义学者，因为"苏联以外的、试图以马克思主义为指导的莎评，对我们来说也比较陌生"⑤。而 1981 年，杨周翰发表《新批评派的启示》，不仅肯定了"新批评派"的意义，而且重新提出了文学形式批评的重要性，在当时产生了广泛的影响。⑥

　　事实上，早在 1978 年，外国文学研究界就已经开始讨论如何对待"现代主义"和"现代派"的问题。盛宁曾记述，1978 年 11 月 25 日—12 月 6 日，中国社会科学院外国文学研究所在广州召开全国外国文学研究工作规划会议，在会议的一系列外国文学学术研讨会上，"西方现代主义和现代派文学不仅是最热门的话题之一，而且，外国文学界已有相当一批学者认为，在这个问题上的突破，能对整个外国文学研究领域的思想解放产生重大的影响"⑦。但是，会议上杨周翰、王佐良、卞之琳、朱虹等提出的"拨乱反正"建议却并未得到采纳，而且在后来编纂的总结这一时期学术思潮的史料文献中，对现代主义、艾略特、王尔德等人的批判之辞仍然不断重复。对此，盛宁

---

① A.C. 布拉德雷：《论莎士比亚悲剧的结构》，韩中一译，载《四平师院学报》（哲学社会科学版），1979 年第 4 期，第 58 页。

② 杨周翰：《艾略特与文艺批评》，载《世界文学》，1980 年第 1 期，第 289 页。

③ 杨周翰：《二十世纪莎评》，载《外国文学研究》，1980 年第 4 期，第 4 页。

④ 同上篇，第 9 页。

⑤ 同上篇，第 11 页。

⑥ 见杨周翰：《新批评派的启示》，载《国外文学》，1981 年第 1 期，第 6—11 页。

⑦ 盛宁：《对"现代主义"在中国影响的再思考》，载《文学评论》，2012 年第 1 期，第 7 页。

表示,不仅当时学术界对"现代主义"已有定论,而且还指责是"一批搞西方文学的好事者把现代主义这股祸水引入国门"①,表明文学界和学术界的"拨乱反正、解放思想"是一个复杂而动态的过程,也曾遭遇强大阻力,并非势如破竹、一呼百应。

可以说,对布拉德雷、斯托尔、艾略特等文学地位和莎学贡献的肯定,与这一时期的"人道主义"大讨论和"莎士比亚化"大讨论不可分割。出于对创作技法的关注,评论家在肯定莎士比亚作品的同时,也对西方的资产阶级批评家采取了"取其精华,弃其糟粕"的态度,为中、外莎士比亚研究者恢复学术交流排除了障碍,寻找到共同语言。1980年,曹禺率团访问莎翁故乡斯特拉福德镇,1981年中国代表团参加了国际莎协会议②,同年,北京人民艺术剧院邀请托比·罗伯逊等英国著名戏剧家指导排演《请君入瓮》③,中外学术界和戏剧界的交流已逐步复苏,而《国外社会科学》《读书》《外国文学研究》《外国文学》《世界文学》的书刊、评介、外国新书报道、外国文学动态等栏目也见证了这一点④。杨周翰在《二十世纪莎评》结尾指出:"西方莎评五花八门,尽管同我们在根本出发点上有所不同,但他们的探索精神,接触问题的角度,某些结论,对我们还是有启发的。"⑤这句话可能最能代表新时期初期评论家的写作策略和评价标准。而在"他山之石,可以为错,对我们的前进也应有裨益"⑥的原则下,中国的莎士比亚研究者以愈加开放的心态学习国外莎学成果,为我所用,这也与中国改革开放的大方向保持一致。

---

① 盛宁:《对"现代主义"在中国影响的再思考》,载《文学评论》,2012年第1期,第8页。

② 见裘克安:《国际莎协会议记盛》,载《外国文学》,1981年第11期,第94—95页。

③ 见英若诚:《一次愉快有益的艺术合作——中英合排莎翁名剧〈请君入瓮〉》,载《人民戏剧》,1981年第5期,第40—42页。

④ 如:黄育馥总结了1976—1981年英国出版的有关莎士比亚的新书,向读者介绍了国外莎士比亚研究的最新成果,参见黄育馥:《1976—1981年英国出版的有关莎士比亚的新书》,载《外国文学研究》,1982年第1期,第135—137页;《读书》报道了木下顺二的莎剧启蒙读物《我们的莎士比亚》,即高烈夫:《莎士比亚戏剧的启蒙读物——木下顺二的〈我们的莎士比亚〉》,载《读书》,1979年第3期,第29—34页;《世界文学》《外国文学研究》介绍了《注释本莎士比亚集》的出版,参见戈哈:《饶斯编的〈注释本莎士比亚集〉出版》,载《世界文学》,1979年第2期,第316—317页;黄育馥:《美国出版〈注释的莎士比亚〉一书》,载《外国文学研究》,1979年第4期,第132页;《国外社会科学》介绍了意大利出版梅尔基奥里编纂的英意对照本《莎士比亚戏剧全集》的情况,参见白玉英:《意大利重新出版〈莎士比亚戏剧全集〉》,载《国外社会科学》,1980年第6期,第4页;《新闻战线》介绍了BBC版莎士比亚电视剧,参见马元和:《英国将"莎士比亚"剧作制成电视剧》,载《新闻战线》,1980年第7期,第44页。

⑤ 杨周翰:《二十世纪莎评》,载《外国文学研究》,1980年第4期,第11页。

⑥ 同上。

第三节　如火如荼的莎士比亚剧场和电影研究

　　1979 年 4 月，中国青年艺术剧院在北京上演了黄佐临和陈颙导演的布莱希特名剧《伽利略传》，这是"文革"后外国剧本首次登上北京舞台。[①] 1979 年 4 月，上海青年话剧团复演《无事生非》[②]；10 月，英国老维克剧团在京、沪两地演出《哈姆雷特》(卞之琳译本，北京人民艺术剧院同声翻译)；同年，电影《王子复仇记》复映，揭开了"文革"后莎剧改编以及中外戏剧、电影界交流的序幕。[③] 事实上，相对新时期初期外国文学研究领域的激烈讨论，莎士比亚戏剧和电影研究似乎并未遇到太多有关莎剧"思想性"的障碍，新时期初期对编剧和表演技巧、中西戏剧比较等的讨论风生水起，带动了整个文化事业的发展。

　　由于新时期初期的时间跨度较短，剧场演出和电影改编研究也具有内在的联系，而这一时期的文艺发展战略也主要围绕"实事求是、解放思想"的核心思想展开，故本节将一起讨论新时期初期中国戏剧期刊和电影期刊的发展。

1. 新时期初期莎士比亚戏剧和电影研究的特征

　　总体而言，新时期初期中国学术期刊中的莎士比亚戏剧表演研究有以下四个特色：

　　第一，积极引介国外戏剧研究成果和表演经验。除了沿袭"十七年"时期的斯坦尼斯拉夫斯基表演体系，新时期初期还出现了对英国、日本等国莎士比亚表演艺术的介绍。

　　1978 年以后，中国的文艺界逐渐从封闭走向开放，国内外戏剧界的交流日益紧密。相比"十七年"时期《戏剧报》和《电影艺术译丛》等对苏联戏剧

---

　　① 见颜振奋：《中国舞台上的外国戏剧》，载《今日中国》(中文版)，1980 年第 Z3 期，第 66 页。

　　② 这一时期上演的外国剧本还包括：北京人民艺术剧院演出的巴西现代著名剧作家吉列尔梅·菲格雷多的《伊索》(又名《狐狸与葡萄》)、中国青年艺术剧院演出根据美国作家威廉·罗斯的同名电影剧本改编的话剧《猜一猜，谁来吃晚餐》、中央歌剧舞剧院歌剧团复排的歌剧《茶花女》、哈尔滨话剧院排演的席勒话剧《阴谋与爱情》、山东省话剧团演出的莫里哀喜剧《怪客人》等。在文化交流方面，除了英国老维克剧团来北京演出《哈姆雷特》，还有希腊国家剧院来北京演出希腊悲剧《普罗米修斯》等，日本戏剧家来北京和我国歌剧工作者合作演出歌剧《夕鹤》，使中国的戏剧舞台更加绚丽多姿。见颜振奋：《中国舞台上的外国戏剧》，载《今日中国》(中文版)，1980 年第 Z3 期，第 66—68 页。

　　③ 见曹树钧、孙福良：《莎士比亚在中国舞台上》，长春：东北师范大学出版社，2014 年，第 143 页。

和批判现实主义戏剧的关注,新时期的莎士比亚戏剧和电影研究对英、美、苏、中欧的莎士比亚戏剧均有介绍,对现代和后现代理论也不再一味批判。可以说,对各国、各剧团、各流派的莎士比亚舞台演出史介绍,确实促进了中国文艺的"百花齐放""百家争鸣"。1979年10月,英国老维克剧团在中国演出《哈姆雷特》,引起广泛的反响,《戏剧艺术》随即刊发了由英若诚对老维克剧团导演托比·罗伯逊的访谈,向读者介绍了过去二三十年间莎士比亚戏剧在英国演出和训练状况。① 1980年,英若诚发表《我所看到的当代英美戏剧》,介绍了英国和美国的商业剧团、地方剧团、儿童剧院、荒诞派、伸出式舞台等国外戏剧新发展和新设计,②大大拓宽了戏剧研究者的眼界,但也呈现出"文革"后我国戏剧与国外戏剧的巨大差距。

　　日本莎剧电影历来是我国电影工作者的关注对象。事实上,自20世纪50年代起,《电影艺术译丛》就刊载了多篇介绍日本电影发展的论文,如木下惠介、今井正和黑泽明三位蜚声影坛的当代日本导演,尤其是黑泽明及其威尼斯电影节获奖电影《罗生门》。进入新时期初期,黑泽明的莎剧电影同样成为我国电影研究关注的焦点,1981年10月,《电影艺术译丛》刊载了曼威尔《莎士比亚和电影》(1971)中的一篇长文《黑泽明的〈麦克佩斯〉——〈蛛网宫堡〉》,认为黑泽明虽然"深受西方(特别是美国)电影的生动有力的风格的影响,他同样也热衷于以新的方式来处理日本电影所熟稔的传统历史题材……第一次使西方观众看到了日本电影的潜力"③,黑泽明成为一代电影人的标杆,他的莎剧改编为中国电影人将中国文化与西方技术相结合、探索中国电影的发展道理提供了借鉴。黑泽明用日本传说中的黑冢的女妖相类似的怪物来代替三女巫,用能乐歌词的传统风格来代替莎剧中的无韵诗,用不同的面具来显示人物的心理变化,用日本传统画的构图和留白来设计电影布景,用近似能乐的舞台来代替麦克白弑君时的房间,创造出J.布鲁门塔尔所说的一部"具有独立价值的电影杰作"④:

　　　　《蛛网宫堡》是一次变形,是对《麦克佩斯》的主题的一次提炼,而
　　　不是一次改编。它是迄今为止最彻底和最令人满意的一次尝试;事

---

　　① 见英若诚、林淑卿:《托比·罗伯逊谈〈哈姆雷特〉及演出》,载《戏剧艺术》,1980年第1期,第99—105页。

　　② 见英若诚:《我所看到的当代英美戏剧》,载《文艺研究》,1980年第6期,第123—132页。

　　③ 罗·曼威尔:《黑泽明的〈麦克佩斯〉——〈蛛网宫堡〉》,管蠡译,载《电影艺术译丛》,1981年第1期,第45页。

　　④ 同上篇,第50页。

实上也是一次独一无二的尝试。它是一位真正的影片创作家的作品，这部影片获得了那些致力于按照原文或其译文把莎士比亚作品搬上银幕的人——主要如柯静采夫、彼得·豪尔和彼得·布洛克等——的赞赏。①

　　曼威尔指出："引人注目的摄影结构或富于戏剧性的剪接像一层糖衣，完全无助于深化莎士比亚戏剧的感染力，因为它们并不能真实地和电影化地表现原作。"②而与劳伦斯·奥立弗的改编思路相反，黑泽明对《麦克白》的变形是彻底的，黑泽明毫不"拘泥于原文"③，却更符合莎士比亚的情境和意境。

　　第二，在大力引荐国外戏剧研究成果和表演经验的同时，我国的文艺期刊出现了英国传统表演方式、斯坦尼斯拉夫斯基体系、现代和后现代戏剧共存的热闹局面。必须承认，这种局面的产生，不仅是由于新时期的文艺政策所带来的改变，也是因为"文革"所造成的我国文艺研究发展长期滞后的客观状况所致。十年"文革"期间，我国的戏剧研究基本陷入停滞状态；而第二次世界大战后，国外戏剧和电影蓬勃发展，新理论、新思潮、新技术不断涌现，戏剧和电影的发展日新月异。于是，在新时期初期，在我国的戏剧杂志上不仅出现了老维克剧团等传统莎剧导演的访谈，也出现了对劳伦斯·奥立弗④、彼得·布鲁克和黑泽明的莎剧戏剧和莎剧电影的讨论，尤其1979年1月《戏剧艺术》刊发了对彼得·布鲁克改编电影《李尔王》构思过程和分镜头的长篇译介，1981年1月和1982年5月《戏剧艺术》又刊载了黑泽明《蛛网宫堡》（《麦克白》）的剧本。但值得注意的是，新时期初期的戏剧研究论文通常来自译介，有价值的原创论文较少，译介视角也较为单一。罗吉·曼威尔的《莎士比亚和电影》成为这一时期莎剧电影研究的指南书籍，彼得·布鲁克和黑泽明电影的影评均译自该书。

　　事实上，1957年，《电影艺术译丛》就曾刊载过英国莎剧演员和导演亨

----

① 罗·曼威尔：《黑泽明的〈麦克佩斯〉——〈蛛网宫堡〉》，管蠡译，载《电影艺术译丛》，1981年第1期，第51—52页。

② 同上篇，第50页。

③ 曼威尔的原文强调了"原文"两个字，着重号为原文所加，参见罗·曼威尔：《黑泽明的〈麦克佩斯〉——〈蛛网宫堡〉》，管蠡译，载《电影艺术译丛》，1981年第1期，第50页。从上下文来看，此处的"原文"可能是指莎士比亚的抑扬格五音步的诗剧语言，而黑泽明"不拘泥于原文"，可能是指他的角色都很少说话，用曼威尔的话说，"只有在无法用任何其他方式来表达时才说话"。

④ 见《〈王子复仇记〉的主角演员》，载《电影评介》，1979年第2期，第6—7页。

利·欧文爵士(1838—1905)的访谈。这位曾经成功扮演过哈姆雷特、奥赛罗等多个莎剧角色的演员表示："演员的学习范围是极其广泛的。要掌握表演技术方面的各种方法,要熟悉诗的结构、韵律和精神,要不断地培养对周围生活以及对绘画、音乐和雕刻等各种艺术的感受能力(因为一个全心全意地献身于演剧事业的演员应该敏于感受一切和谐的色彩、声音和形态),而要做到这一点,就必须进行多方面的极其勤勉的劳动。"[1]1979 年 1 月,《电影艺术译丛》复刊后,不仅继续介绍莎剧演出的传统训练方法,还刊载了英国导演彼得·布鲁克改编《李尔王》的长篇影评,其主要内容是导演布鲁克和该片的制片人比克特的讨论记录和导演的分镜头剧本,内容翔实,讨论深入具体。[2] 译者标注道,"本文选自罗吉·曼威尔的《莎士比亚和电影》一书(1971 年出版),原为该书的第十一章[3],可见从 1971 年出版到 1979 年 1月译文刊载在《电影艺术译丛》,已过去了八年之久。在世界电影迅速发展之时,中国电影却陷入了停滞。中国电影在度过了漫长的真空期之后,百废待兴,亟待迎头赶上。

　　与 20 世纪 50 年代中国学术期刊对劳伦斯·奥立弗导演莎剧的一致赞扬不同,新时期初期的电影期刊对奥立弗的评价是多样的,如认为奥立弗的影片"不过是用摄影机把大致是沿用十九世纪处理莎士比亚作品的传统手法的演员表演忠实地记录了下来而已,内容被过于简化了"[4]。20世纪 50 年代在技术和创作思想上均处于世界领先的奥立弗莎剧电影被布鲁克批评为"技术过时"和"内容简化",可见随着电影技术的发展日新月异,我国电影人对莎剧电影的认识也在变化,科技进步所带来的电影技术的发展影响了电影理念的变化。1980 年,中国电影出版社翻译出版和重版了"外国电影艺术理论丛书"13 种,包括美国欧纳斯特·林格伦的《论电影艺术》、苏联普多夫金的《论电影的编剧、导演和演员》、荷兰电影大师尤里斯·伊文思的著作《摄影机和我》、法国马塞尔·马尔丹的《电影语言》,并陆续出版和重版了一系列外国电影艺术丛书。[5] 从这些 20 世纪80 年代翻译出版和即将出版的书目中,我们可以看到,电影出品国、拍摄语言和创作者的国籍已不再是译介的首要因素,中国电影从业者期待从

　　① 欧文:《表演的艺术》,盛葵阳译,载《世界电影》(《电影艺术译丛》),1957 年第 6 期,第 73—74 页。

　　② 见罗吉·曼威尔:《彼得·布洛克的影片〈李尔王〉》,伍菡卿译,载《电影艺术译丛》,1979 年第 1 期,第 71—96 页。

　　③ 同上篇,第 71 页。

　　④ 同上。

　　⑤ 见《中国电影出版社 1980 年翻译书籍介绍》,载《电影艺术译丛》,1981 年第 1 期,第253 页。

电影的各个门类和诸多现实问题入手,与世界电影的水平和潮流接轨;而莎剧电影不仅跨越了戏剧和电影的文类区别,也超越了语言和国家之分,见证了时代的发展。

第三,文学界和戏剧界联动,共同促进莎士比亚的引介、传播与演出批评。《请君入瓮》的导演和译者英若诚本身就是精通英语的莎士比亚研究者,发表过多篇莎剧译文和学术论文;1981 年,外国文学类学术期刊《外国文学》也讨论了三场莎剧演出,即中国青年艺术剧院的《威尼斯商人》、中国戏剧学院导演班的《麦克白》和北京人民艺术剧院的《请君入瓮》。① 而戏剧类学术期刊《戏剧艺术》虽然重在讨论莎剧演出,也刊登了一系列莎士比亚文本批评的论文。事实上,自 1978 年创刊以来,《戏剧艺术》共发表了 29 篇莎士比亚文本研究的论文,体现出中国的戏剧研究对剧本阐释的高度重视。

新时期初期,中国的莎士比亚研究界出现文本批评与演出批评的良性互动,原因是莎剧既是文学作品,也是戏剧作品,既可以从文学角度研究,也可以从戏剧角度研究,而这也恰是中国莎士比亚研究的一大特色。事实上,与土生土长的中国传统戏曲不同,莎士比亚自进入中国开始,就是国内知识分子所发动的、从学术界进入戏剧界的活动。而在经过了长时间的停滞之后,新时期初期的中国学术界和艺术界再次携手起来,共同推动中国莎剧演出的发展。

文本批评与演出批评的联合也与西方 20 世纪"书斋中的莎士比亚"研究的兴起一致。1980 年第 4 期《戏剧艺术》刊载了老维克剧团导演托比·罗伯逊在中国执导《哈姆雷特》的访谈。谈及 20 世纪莎士比亚文本研究对莎士比亚演出的巨大影响,托比·罗伯逊表示:

> 这个世纪之初,剧场演莎士比亚和哈姆雷特的人和在学院研究莎士比亚的人毫无关系。学者是住在象牙之塔里和舞台上演戏的人毫无关系。值得注意的是从剧场方面来说虽然根本不是理论家、文艺家,而搞研究、搞理论的文学家、批评家却逐渐大举入侵,侵犯到戏剧领域来。整个五十年的发展使莎士比亚的演出越来越接近伊丽莎白王朝时期莎士比亚演出的原来的意图和原来的演出式样。②

---

① 见松延:《观剧杂感》,载《外国文学》,1981 年第 7 期,第 83—84 页。

② 英若诚、林淑卿:《托比·罗伯逊谈〈哈姆雷特〉及演出》,载《戏剧艺术》,1980 年第 1 期,第100 页。

托比·罗伯逊使用了"入侵"和"侵犯"两个相当负面的语词,似在强调文学和戏剧分属两个独立王国,彼此界限森严,文学研究一旦论及戏剧演出,便等于侵犯他国领土。但他也承认,"象牙之塔"里的研究已经对莎士比亚演出产生了重大影响。如今,《哈姆雷特》可以被当作复仇剧、政治剧、弗洛伊德式的心理剧,乃至改编成后现代戏剧在小剧场上演,不仅是因为剧场演出环境发生了变化,而且是因为"象牙塔里的研究"逐渐深入,带来了对莎士比亚剧本、场景和伊丽莎白一世时期世界图景的全新阐释,推进了剧场演出的变革——一如陆谷孙所说,"受莎学研究工作的影响,二十世纪莎剧表演最显著的特征之一是摆脱了自然主义（或称仿真主义）的窠臼,或多或少向着象征主义靠拢"①。新时期中国戏剧学术期刊上的莎士比亚研究不仅强调了莎剧的本质在于"舞台演出",而且对文本研究展现出相当开放的态度,刊登了一批高质量的莎士比亚文本研究成果,莎士比亚文本研究与演出研究呈现出紧密结合之态,极大促进了我国莎剧演出和演出研究的深入。

第四,20世纪80年代初,虽然研究者基本摈弃了文艺创作以阶级斗争为纲的思想,但这一时期国人对莎剧中的爱情和人性的认识仍有局限,与学术界对莎士比亚的肯定和推崇形成了反差。

唐湜的《论〈柔米欧与幽丽叶〉》是新时期初期《戏剧艺术》上刊载的一篇颇具影响力的论文。论文开篇,作者就感叹:"《柔美欧与幽丽叶》②,这个悲剧是个也许还不到三十岁的诗人写的青春的歌赞,是支给纯洁的爱情唱的感人的颂歌,是蜜一样甜的诗,诗人莎士比亚打心窝儿里吐出的最初的蜜,他的第一个创作的悲剧!"③对剧中人物——尤其是朱丽叶的父亲——的认识,也从"逼嫁"女儿的"罪恶的中世纪家长制度的代表"变成了"一个活人的性格":"一样有着父亲疼爱小女儿的深厚感情""平时也一样有着清醒的理性与好性子"的父亲。④ 这篇论文对罗密欧与朱丽叶爱情的呈现和对阶级关系的讨论有了显著变化,对真挚美好爱情的赞美取代了对封建婚姻制度的驳斥,成为论述重点,而对"人与人之间的关系"的反思取代了对"人与社会制度"的反思,与"十七年"时期莎士比亚研究构成了鲜明对比,不免让人想起1964年陈嘉的《论〈罗密欧与朱丽叶〉》——尽管陈文"有意淡化了该剧

---

① 陆谷孙:《让书斋与舞台沟通——关于莎剧表演和研究的一点感想》,载《上海戏剧》,1986年第3期,第4—5页。
② 原文即为《柔美欧与幽丽叶》,与题目《柔米欧与幽丽叶》不同。
③ 唐湜:《论〈柔米欧与幽丽叶〉》,载《戏剧艺术》,1980年第2期,第46页。
④ 同上篇,第56页。

的'爱情'主题，特别是对莎士比亚的《罗密欧与朱丽叶》中所谓的'资产阶级爱情观'提出了批评①，但在以"阶级斗争为纲"的特殊年代，这篇论文还是被指为宣扬"资产阶级爱情观"和"人性论"，犯了"修正主义"的错误，陈嘉本人也在五年后的另一篇论文中以大量篇幅批判了莎士比亚和《罗密欧与朱丽叶》中的资产阶级恋爱观和人性论。② 两相对比，尽管新时期初期还有人指责莎剧"公开搂搂抱抱""有伤风化"，新时期初期的研究者至少可以直接触及罗密欧与朱丽叶两人的情感问题了。而大众与研究者思维的不同步，也引发了戏剧演员和研究者持续关注普通观众的思想状态，继续解放思想，并在 20 世纪 90 年代和 21 世纪引发了研究者对大众审美能力和"美育"的探讨。

此外，新时期初期，有两台莎剧演出产生了广泛而重要的学术和社会影响，成为中国学术期刊讨论的热门话题：一部是中英合排、北京人民艺术剧院排演的喜剧《请君入瓮》；另一部是张奇虹导演、中国青年艺术剧院排演的喜剧《威尼斯商人》。以下将以这两部莎剧为例，结合导演、译者、评论家的讨论以及两部戏剧的创作经过、社会影响和意义，继续探索这一时期莎士比亚剧场研究的特征和趋势，讨论新时期莎士比亚文学、翻译、演出研究的互动。

2. "中青版"《威尼斯商人》对戏剧矛盾的改写

1980 年，由张奇虹导演、中国青年艺术剧院（以下简称"中青版"）排演的《威尼斯商人》吸引了全社会的关注。1980—1982 年，"这部具有青春浪漫气息的抒情喜剧演出了'五百场以上'"③，不仅深受当时观众的喜爱，而且成为中国莎士比亚研究的热点话题。研究者大都肯定"中青版"《威尼斯商人》的大胆探索，但也对该剧的创造性改写提出了不同意见和建议。主要争议点在于：

第一，夏洛克的角色处理问题。夏洛克到底是悲情人物，还是反面人物？如何处理夏洛克的宗教信仰问题？这两点成为把握夏洛克角色的关键。导演张奇虹的思路是："把剧本中非实质性的矛盾进行了必要的删

---

① 李伟民：《中国语境：莎士比亚的〈罗密欧与朱丽叶〉阐释策略》，载《西北大学学报》（哲学社会科学版），2007 年第 1 期，第 75 页。

② 同上篇，第 75—76 页。

③ 张奇虹：《奇虹舞台艺术》，北京：文化艺术出版社，2013 年，第 26 页；转引自李伟民，《青春、浪漫与诗意美学风格的呈现——张奇虹对莎士比亚经典〈威尼斯商人〉的舞台叙事》，载《四川戏剧》，2014 年第 6 期，第 101 页。

减。如宗教矛盾(犹太教和基督教之争)和种族矛盾,仅保留了三场夏洛克的独白。"其原因有二:一是导演认为该剧的实质性矛盾是"新兴资产阶级安东尼奥为代表的商人"与"封建落后的寄生经济,重利盘剥高利贷者的代表夏洛克的尖锐矛盾",而宗教矛盾和民族矛盾被当做背景处理,"并不是《威》剧中的实质性矛盾";二是"时代不同,国家和民族特点不同","数百年前的基督教和犹太教之争以及种族之争,对我们今天中国观众来讲,比较陌生,意义不大",为了"要让中国的观众看懂",于是简化了这条线索。[①]

但是,该剧对夏洛克民族身份和种族身份的简化处理,也引发了褒贬不一的讨论。一方面,该剧的译者方平肯定了张奇虹的思路,认为这种处理不仅具有现实意义,而且考虑到了莎士比亚的创作初衷,是让莎剧回归莎士比亚时代的莎剧的"返璞归真"的处理方法。[②] 张奇虹和方平均表示,民族矛盾和种族矛盾的弱化并不损于夏洛克成为一个有血有肉、有立体感的艺术形象,夏洛克依然是一个"面颊有红润的血色的活人"[③]。

另一方面,周培桐等则提出,"中青版"《威尼斯商人》"只从夏洛克的台词中删去'犹太'一类字眼的做法,并不能改变这一世界知名的典型人物的实质,而只能影响这一典型反映时代的深刻性、真实性"[④]。周培桐更是指出,"中青版"《威尼斯商人》对夏洛克的简单化,实际上减弱了人物性格的多面性和内心的复杂性,让夏洛克成为一个扁平人物,这种处理方式显然不符合"莎士比亚化"原则。松延肯定了张奇虹"结合我国国情和观众的理解程度"改编莎剧经典的大胆尝试,认为其优势是"使夏洛克这个人物的性格特征单一化,易于接受了",但缺点是使该剧成为一部"关于金钱的剧本",而原剧中夏洛克的"双重性格特征——既凶残、冷酷,又受到孤立、受到歧视"被删去了。[⑤]

对夏洛克角色处理方式的讨论,表面上属于戏剧改编方法的问题,但实际上却与这一时期文艺界对"人道主义"的激烈讨论密切相关。的确,简化

---

① 张奇虹:《在实践和探索中的几点体会——试谈〈威尼斯商人〉的导演处理》,载《人民戏剧》,1981 年第 1 期,第 18 页。

② 方平:《返璞归真——〈威尼斯商人〉的演出设想》,载《外国文学研究》,1981 年第 4 期,第13 页。

③ 张奇虹:《在实践和探索中的几点体会——试谈〈威尼斯商人〉的导演处理》,载《人民戏剧》,1981 年第 1 期,第 18 页。

④ 周培桐:《既要大胆出新,也要忠实原作——评中国青年艺术剧院演出的〈威尼斯商人〉》,载《人民戏剧》,1981 年第 1 期,第 21 页。

⑤ 松延:《观剧杂感》,载《外国文学》,1981 年第 7 期,第 83 页。

夏洛克的性格和身份，可以更贴近中国观众，但是这样经过处理过的夏洛克还是莎士比亚笔下的夏洛克吗？《威尼斯商人》是否会因此简化为一个善有善报、恶有恶报的故事？莎剧的复杂性和人物的性格化是否在这样的改写中消失呢？进一步讲，"中青版"《威尼斯商人》对夏洛克的简化处理，也让经历了"文革"的评论家心有余悸：新时期初期的舞台是否会退回到"文革"时期单一、抽象、概念化的角色和情节？这也提醒我们多保持一份警惕："在我们比较习惯于单一性格的人物的情况下，如果保留原剧中有关宗教、民族冲突部分，会不会对我们深入研究莎士比亚，对我们在舞台上塑造具有复杂性格特征的人物，克服那种不是好人，就是坏蛋的性格单一化更有益一些呢？"①

　　然而，无论论辩双方所持具体观点如何，导演、译者和评论者的出发点都是为了进一步冲破思想禁锢、发挥艺术家的创造力，让《威尼斯商人》更加"人性化"——新时期初期我国学术期刊刊载的莎评关注的是"人性化"的不同维度，与"十七年"时期批判成风、动辄上纲上线的阶级批评具有本质区别。

　　第二，对《威尼斯商人》戏剧类型的划定。与对夏洛克的角色与身份设定相关，"中青版"《威尼斯商人》面临的第二个重大问题是《威尼斯商人》到底是喜剧，还是悲剧？是否为问题剧？

　　对《威尼斯商人》戏剧类型的定性，明显会引起角色处理和舞台表演方式的南辕北辙，而新时期初期的学术期刊也就这个重要问题展开了激烈讨论。导演张奇虹表示，正如海涅曾说他"永远忘不了那双为夏洛克流泪的又大又黑的眼睛"，并表示"要把《威尼斯商人》列入悲剧里去"，是出于他的犹太人身份在19世纪德国遭受的种族歧视，"在二十世纪八十年代的今天，仍用海涅的观点作为指导或评定《威》剧的唯一正确的观点，就值得探讨和商榷了"。② 从新时期中国的时代特色和中国观众的审美趣味出发，张奇虹将《威尼斯商人》定性为一出浪漫喜剧。方平也表示赞同，并富有创见地提出，对《威尼斯商人》的评价和戏剧性质，文学界和戏剧界可以采取不同的处理方法，也往往在实践中的确采取了不同处理方法：

　　　　对前者来说，《威尼斯商人》是一部古典文学名著，分析剧中人物时

---

　　①　松延：《观剧杂感》，载《外国文学》，1981年第7期，第83页。

　　②　张奇虹：《在实践和探索中的几点体会——试谈〈威尼斯商人〉的导演处理》，载《人民戏剧》，1981年第1期，第17页。

更多地把人物放到现实生活中去考虑。对后者来说,《威尼斯商人》是为舞台演出而编写的喜剧,分析剧中人物时,不能撇开剧作家原来的创作意图而过分自由发挥。换句话说,怎样尽可能深刻地挖掘作品中的现实意义,和怎样在舞台上取得最好的戏剧效果,这两者之间有了矛盾。《威尼斯商人》有它的特殊性:学术研究和戏剧演出不大容易结合得好,道理就在这里。①

　　"前者"指的是学术研究,"后者"指的是"戏剧演出"。方平认为,对《威尼斯商人》进行学术研究时,可以对戏剧情节和人物形象进行现实主义的演绎和发挥;但是对于戏剧演出,则没有必要过多挖掘该剧的现实意义,并表示:"我现在倾向于:把它演成一个喜剧为好——一个富于浪漫主义色彩,富于人文主义理想的喜剧;它又很风趣、很有人情味,处处和现实生活保持接触,却不一定是紧密的结合,更不必演成'正剧'(社会问题剧)。"②

　　20 世纪 70 年代末到 80 年代初期,我国的文学研究批评依然在现实主义文学批评的框架下展开讨论,将莎士比亚视作现实主义作家。而方平提出,戏剧演出要尊重作者原来的创作意图,不必"给这个喜剧尽可能多装进它原来没有的现实意义"③,正如方平这篇论文的标题《返朴归真——〈威尼斯商人〉的演出设想》所说,这不仅是戏剧演出方法的返璞归真,也是作为一个文学评论家的返璞归真。④ 这样的"返璞归真"因为真实,故而人物形象是有人情味的,与 20 世纪 80 年代初对"人道主义"思潮的大讨论交相呼应。于是,作为一出"浪漫喜剧"的《威尼斯商人》在中国舞台的上演,不仅给中国的戏剧舞台贡献了一部洋溢着青春、爱和友谊的莎士比亚喜剧名篇,也打破

---

　　① 方平:《返朴归真——〈威尼斯商人〉的演出设想》,载《外国文学研究》,1981 年第 4 期,第 9 页。

　　② 同上篇,第 10 页。

　　③ 同上。

　　④ 方平自己也承认:"一位评论家在论述《威尼斯商人》时,他可以把人物从戏剧情节中抽出来,给予完全现实主义的解释和发挥,讲得头头是道,仿佛真有其人、实有其事似的。我过去就是这样论述这个戏剧的。"见方平:《返朴归真——〈威尼斯商人〉的演出设想》,载《外国文学研究》,1981 年第 4 期,第 9—10 页。方平对演出版《威尼斯商人》和文学名著《威尼斯商人》采取了两种截然不同的解读方式,如在《金羊毛的追逐者——〈威尼斯商人〉人物小议》中,方平起笔第一句就是:"《威尼斯商人》是莎士比亚的一系列喜剧中第一个以较显著的现实主义手法接触到当时社会黑暗面的喜剧。"见方平:《金羊毛的追逐者——〈威尼斯商人〉人物小议》,载《外国文学研究》,1980 年第 1 期,第 98 页。这可能是因为一年以后,学术气氛更为开放了,也可能是因为戏剧界对"现实主义""人道主义"的讨论不如文学界"激烈"。

了学术界对"现实主义"的狭隘理解，进一步解除了思想束缚，起到了"拨乱反正"的作用。

第三，改编情节和创作技巧的问题。如张奇虹和周培桐均讨论了"三匣选婿"情节，认为导演"把原作中三个静止的、没有生命的匣子加以拟人化，使它们活了起来，成为三个有个性，有感情，有思想倾向的捧匣舞女；通过她们和演员、和观众的直接交流，反映出波希霞对三个求婚者的不同态度"，极具新意——但周培桐的保留意见在于，三位舞女的表演稍显单薄，缺乏性格化。[①] 又如，张奇虹提出，戏剧表现要"寻找自己的表现形式，同时要向中外古今一切有利于这个戏的表演手法学习"，她"根据青艺剧场的条件要求打破第四堵墙，扩大表演区，破坏掉剧场的舞台框框，把乐池、两侧耳光区都利用起来"，作为威尼斯建筑的组成部分，其中舞台设计突出主要人物的选择手法还是借鉴了传统戏曲的表现手法。[②] 发挥创造力，学习古今中外一切有益的戏剧技巧为我所用，反映出文艺创作者愈加开放的学习态度。

第四，该剧引发的大众审美讨论。1980 年 9 月 7 日，《北京晚报》发表了一位"自认为并不封建"的国家干部的来信，批评"中青版"《威尼斯商人》的演员在"大庭广众之下搂搂抱抱、挨脸接吻，实在违反公德，有伤风化"，还有读者来信对剧中台词"天哪，我们还没有当丈夫先就当上王八了"不满，指责台词"俗不可耐，不堪入耳"。[③] "中青版"《威尼斯商人》竟然因为个性化的台词和对美好爱情的呈现而受到观众指责，这让该剧的演员和研究者迷惑。演员曹灿感叹："没想到争论的焦点竟发生在这些问题上，实在感到遗憾，这大概也是一种悲剧吧。"[④]

必须认识到的是，这封来信的内容如今看来啼笑皆非，让人感觉"喜剧"似乎也成了"一种悲剧"。但正如方平所说，之所以"争论的焦点竟发生在这些问题上"，是因为有些人"否定人世有真诚的爱情，一听说'爱情'这两个字他就受不了，认定那只是'轻浮的肉欲'的代名词罢了"。[⑤] 而究其根本，是因为在十年"文革"中，拥抱、亲吻等男女之间自然感情的流露——乃至爱情本身——都成为社会禁忌。之所以有观众不理解剧中台词，斥之为"不堪入耳"，一方面是因为"文革"时期的舞台充斥着一些毫无人情味、毫不性格化

① 周培桐：《既要大胆出新，也要忠实原作——评中国青年艺术剧院演出的〈威尼斯商人〉》，载《人民戏剧》，1981 年第 1 期，第 20 页。

② 张奇虹：《在实践和探索中的几点体会——试谈〈威尼斯商人〉的导演处理》，载《人民戏剧》，1981 年第 1 期，第 19 页。

③ 转引自李伟民：《莎士比亚喜剧批评在中国》，载《国外文学》，2006 年第 2 期，第 54 页。

④ 同上。

⑤ 方平：《和莎士比亚交个朋友吧！——漫谈艺术修养》，载《读书》，1981 年第 1 期，第 84 页。

的抽象说教角色,让观众习以为常;一方面也是因为新时期初期的观众仍然视西方文化为洪水猛兽,缺乏艺术鉴赏能力。方平最后表示:"一个身心健全,得到正常、全面发展的现代人,应该具有丰富的精神生活,是一个有文化修养的人,对于美好的事物——不论是自然美、艺术美——能够领会、能够欣赏、能够共鸣。"①从这个角度来说,不仅剧中三对青年男女的美好爱情和真挚友谊给观众留下了深刻的印象,而且学术界对"中青版"《威尼斯商人》的角色、情节和语言风格的种种讨论不只限于学术领域,而是在整个社会都起到了冲破情爱藩篱、解除思想禁锢的作用。

3.“人艺版”《请君入瓮》的中英联排模式

与"中青版"《威尼斯商人》相反,《请君入瓮》走的是"洋为中用"的路线——该剧由英若诚翻译,由英国老维克剧团导演托比·罗伯逊担任导演、英若诚担任副导演,由阿伦·拜瑞特担任舞台设计,由北京人民艺术剧院担纲演出,主打英国导演、中英联排,在创作与演出方式上更强调用英国的传统戏剧表演方法"还莎士比亚本来面貌"。② 不仅如此,戏剧上演前后,英若诚等发表了一系列论文,向中国读者和观众介绍了剧本翻译准备、戏剧排演过程和英国戏剧的发展状况,留下了宝贵的经验。而透过英若诚与托比·罗伯逊的访谈、对英美戏剧实践的介绍、对译本和排练得失经验的总结等,我们可以一窥新时期初期我国戏剧研究的重点和导向。该剧对我国 20 世纪八九十年代的戏剧演出理念的影响很大,主要包括以下方面:

第一,区分演出译本与普通译本。与 1978 年出版的朱生豪译《莎士比亚全集》不同,英若诚将莎剧翻译的"可表演性"提到了突出位置。"莎士比亚作为一个伟大的剧作家,他的作品不但是优美的诗篇,光辉的文学,同时也是好戏,引人入胜的演出,‘叫座儿’的剧目。"③剧本是为演出而翻译的,为了贴近中国观众,译者采用了一些中国成语,比如"只许州官放火,不许百姓点灯""种瓜得瓜,种豆得豆""挂羊头卖狗肉"等;此外,由于剧本是为了演出而翻译的,这就需要译本同时关注演员的需求。"由于翻译工作是与排练工作同时进行的,导演和演员对译文的最后敲定起了很大作用。"④英若诚

---

① 方平:《和莎士比亚交个朋友吧!——漫谈艺术修养》,载《读书》,1981 年第 1 期,第 81 页。

② 英若诚:《一次愉快有益的艺术合作——中英合排莎翁名剧〈请君入瓮〉》,载《人民戏剧》,1981 年第 5 期,第 39 页。

③ 英若诚:《〈请君入瓮〉译后记》,载《外国文学》,1981 年第 7 期,第 37 页。

④ 同上篇,第 38 页。

尤其提出了四点与演出相关的翻译标准,即台词的上口问题、著名诗剧片段的翻译问题、译文的节奏感问题、台词的删节问题,为莎士比亚演出剧本的翻译留下了一手经验。

第二,区分"现实主义"戏剧与"现实主义"文学。李伟民曾评价说:"《威》剧明显打上了 20 世纪五六十年代以孙维世、陈颙、张奇虹等人为代表的女导演,在中国传统文化的积淀中,系统研习斯坦尼斯拉夫斯基演剧体系,以现实主义为创作宗旨,其作品既'洋溢着传统文化真善美的气息,也有着革命浪漫主义精神的滥觞'的鲜明烙印。"[①]与《威尼斯商人》的改编相同,英若诚也强调《请君入瓮》是一出现实主义戏剧[②],而这里的"现实主义"并非文学领域中的现实主义文学理论,而是"引导戏剧家和观众朝着历史唯物主义的方向去'还莎士比亚的本来面目'"[③]。《请君入瓮》的舞台尽量还原了莎士比亚当年的舞台剧场构造,废除了幕布,营造出演员与观众之间更加密切的关系。但是,由于受到"过去的表演"的影响,演员显然不太能够接受莎士比亚时期的快节奏的演出风格,正如英若诚所说:"我们模糊地感觉到,我们过去的表演的确存在着拖拖拉拉的毛病,容易欣赏那种一步三停、'回肠荡气'的情调。"[④]英若诚将之归因为"我们的生活中没有西方那种紧张的竞争关系,那种现代工业社会的速度与节奏"[⑤],但实际上,对莎士比亚时期演出风格的不熟悉、过去中国舞台过于抽象化的表演风格才是主要原因,而这种"不习惯"至今仍在影响着我国的莎剧话剧演出。

第三,探讨莎剧与中国戏曲结合的可能性。在《〈请君入瓮〉译后记》中,英若诚也提及了中国的莎士比亚戏剧演史。如《威尼斯商人》在五四时期曾被改编为《一磅肉》,《罗密欧与朱丽叶》曾被改编为京剧《铸情》,《哈姆雷特》曾被改编为川剧《杀兄夺嫂》,这些都曾引起英国老维克剧团成员的很大兴趣。[⑥] 英若诚也提出,其实我国观众不难理解伊丽莎白一世时期的舞台演出模式,因为这种形式与我国传统戏剧的演出形式在很多方面不谋而合,"例如单一的布景(相当于戏曲中的'守旧'),简单而多用的道具(相当于戏

---

①　李伟民:《青春、浪漫与诗意美学风格的呈现——张奇虹对莎士比亚经典〈威尼斯商人〉的舞台叙事》,载《四川戏剧》,2014 年第 6 期,第 101 页。

②　见英若诚:《一次愉快有益的艺术合作——中英合排莎翁名剧〈请君入瓮〉》,载《人民戏剧》,1981 年第 5 期,第 39 页。

③　同上。

④　同上篇,第 40 页。

⑤　同上。

⑥　见英若诚:《〈请君入瓮〉译后记》,载《外国文学》,1981 年第 7 期,第 37 页。

曲中的'切末')、每场结尾对主要角色押韵的几句台词(颇有定场诗的味道)以及相当多的独白、旁白等","莎士比亚的戏曾经被改编为我国的京剧、川剧,而且颇为成功,恐怕不是偶然的"。① 英若诚看到了莎士比亚在中国舞台上的传播和莎剧戏曲化的成功案例,也看到了莎剧与中国戏曲在舞台形式、台词、表演模式上的相似性,开拓了中、西戏剧界合作交流的思路,"莎戏曲"也成为20世纪八九十年代中国莎剧改编的一大亮点。

此外,英若诚还广泛借鉴了国外莎学研究成果。他不仅熟悉燕卜荪教授讲的莎士比亚时期的剧场和观众对现代莎剧演出形式的影响,而且关注西方20世纪莎学成果对戏剧演出的影响。1979年10月31日—11月3日,英国老维克剧团在上海演出莎剧《哈姆雷特》,英若诚就采访了该剧导演托比·罗伯逊。在采访中,英若诚尤其关注老维克剧团的演出风格和苏联的斯坦尼斯拉夫斯基体系的异同,以及现代派表演手法和传统表演的异同。英若诚对这两个问题的关注,显示出这一时期我国的戏剧表演既深受斯坦尼斯拉夫斯基体系的影响,也开始敞开怀抱,接受西方传统派、现代派乃至后现代派的艺术风格。事实上,如此多的选择一齐涌入中国,也让中国的导演和演员有机会博采众长,汲取外国戏剧表演艺术中一切有益于自身发展的养分,改变当时我国戏剧艺术和戏剧研究的落后局面。

第四节　结　语

孙会军和郑庆珠研究了"文革"后莎士比亚等外国文学作品的翻译和出版状况,感叹道:

> "文革"结束后的第一年,即1977年,外国文学界和翻译界就开始复苏。那时,"实践是检验真理的唯一标准"问题尚未提出,"两个凡是"尚未推倒,外国文学、翻译界的学者却敢为天下先,为别人所未为,突破了"文革"时期的严格限制,出版了上述外国文学译著,表现出了少有的先见和勇气。②

---

① 英若诚:《〈请君入瓮〉译后记》,载《外国文学》,1981年第7期,第37页。

② 孙会军、郑庆珠:《新时期英美文学在中国大陆的翻译(1976—2008)》,载《解放军外国语学院学报》,2010年第2期,第74页。

　　外国文学和翻译界的学者是否"为别人所未为"，开启了新时期初期"拨乱反正"的历史进程？其实，这一点曾经受到出版媒体研究者的质疑。如李频就指出："出版业讨论出版方针比文艺界早，但从披露的材料看远不如文艺界思想交锋那么激烈，出版'二为'方针的转变远比文艺界'二为'方针的转变顺畅。"① 1976 年 10 月"文革"结束，1977 年 12 月全国出版工作座谈会率先召开，正是这次会议使得一些曾在"文革"中被指为"封、资、修"和"毒草"的外国文学作品得以重印发行。此后，1977 年 12 月，人民文学出版社率先出版了莎剧《哈姆莱特》《雅典的泰门》和《威尼斯商人》，1978 年 1 月、4 月和 10 月又分别推出了《亨利四世》《温莎的风流娘儿们》和《李尔王》。而在一年前，"1976 年我国出版的外国文学翻译作品只有 3 种，分别为《朝鲜诗集》、苏联的《钢铁是怎样炼成的》和玻利维亚的《青铜的种族》，没有英美文学翻译作品正式出版"②。

　　但出版业的"拨乱反正"亦非一帆风顺。"文革"后，莎士比亚译本之所以能够率先出版，一方面是因为莎翁在西方文学史上的重要地位及剧本的可读性，另一方面也是受到社会意识形态的影响，体现出出版社选择外国文学图书的谨慎态度：

　　　　当时出版的 5 本书都具有一定的"安全系数"。古希腊神话与阿拉伯民间故事集，不具有多少意识形态色彩，相对来说比较安全。果戈理的《死魂灵》的安全系数来自译者鲁迅，因为鲁迅是"文革"中未倒的旗帜。而《哈姆雷特》《雅典的泰门》和《威尼斯商人》的作者莎士比亚则是马列文论中屡受称赞的作家。稍晚，1978 年 10 月，由三联书店出版的由董乐山翻译的《"我热爱中国"——在斯诺生命的最后日子里》也是一个典型的例子。众所周知，斯诺一直以来被视为中国共产党的朋友。③

　　1979 年年底，邓小平在中国文学艺术工作者第四次代表大会上指出，"我国古代的和外国的文艺作品、表演艺术中一切进步的和优秀的东西，都应当借鉴和学习"，"坚持百花齐放、推陈出新、洋为中用、古为今用的方针，在艺术创作上提倡不同形式和风格的自由发展，在艺术理论上提倡不同观

---

　　① 李频：《中国期刊史（第四卷，1978—2015）》，北京：人民出版社，2017 年，第 18 页。
　　② 孙会军、郑庆珠：《新时期英美文学在中国大陆的翻译（1976—2008）》，载《解放军外国语学院学报》，2010 年第 2 期，第 88 页，注释①。
　　③ 同上篇，第 74 页。

点和学派的自由讨论"。^① 从这个角度上讲,1977—1979 年莎剧单行本和1978 年《莎士比亚全集》的出版,不仅有助于莎剧在中国的传播,更具有拨乱反正的重要意义。曾被批为"死人、古人、洋人"的莎翁作品重新回到大众视野,标志着"文革"后我国政府对文艺工作、古代文化和西方文化态度的转变。从"文艺为政治服务"到"文艺为人民服务,为社会主义服务",出版业的讨论带动了文艺界的观念变化,对中国文化事业的发展起到了深远的影响。

而戏剧演出给中国学术界和普通观众带来的震动可能更超过出版业和文学评论界。《请君入瓮》打开了中国戏剧的封闭大门,将原汁原味的英国演剧方法带入中国,给习惯了"三突出"戏剧的观众以强烈的冲击;"中青版"《威尼斯商人》一开始就充满魄力地定位为一出"浪漫喜剧"——须知在当时强调现实主义和批判现实主义的文化氛围下,这需要莫大的勇气;不仅如此,这一时期上演的其他莎剧,如上海人民艺术剧院版《罗密欧与朱丽叶》等,对青春、爱情、友谊的歌颂让人们的感情冲破了"思想"的藩篱,让人回归到生动而丰富的人性,反过来带动了文学研究领域的思想解放——因为戏剧比文本更加直观,而演员在舞台上扮演的各种角色不过是人类自己。

新时期初期的方法论之争体现的是观念之争,是思维空间的"拓展"和思维方式的最终"转换"。^② 或许,我们至今也无法判断,到底出版、文学研究、文化研究和戏剧演出,哪一个是新时期初期"拨乱反正"的先行者?但可以肯定的是,在几股力量的共同作用下,解放思想、面向未来的趋势已经不可抑制,新时期的中国莎士比亚研究者也在长期停滞之后,逐渐卸下了思想包袱,以开放的胸怀,迈向了全新的未来。

1981 年,《外国文学》出版了"莎士比亚专号",主要内容包括"一个新译本""一个莎剧改编本""一本较近出版的莎士比亚传里关于伦敦的完整一章""六首诗",以及三篇评论文章、一篇综合剧评和两篇书评,涵盖了莎士比亚文学、翻译、文艺批评等多方面,囊括了王佐良、贺祥麟、阿诺德·韦斯克(Arnold Wesker)、安东尼·伯吉斯(Anthony Burgess)等中、外知名作家和评论家。^③ 无外乎编者自豪地表示:"这个专号之能够编成,标志着我国在

---

① 邓小平:《邓小平文选(第二卷)》,北京:人民出版社,1994 年,第 210 页。
② 王志耕:《外国文学研究的主体意识》,载《外国文学研究》,1987 年第 1 期,第 71 页。
③ 见《莎士比亚专号前言》,载《外国文学》,1981 年第 7 期,第 2 页。

莎士比亚剧本的翻译、演出、研究上正在渐趋活跃。"①

　　莎士比亚研究的"渐趋活跃"不仅表现在论文数量和作者国籍上,更重要的是,它是一场冲破禁锢的思想解放。如陈晓明所说:"在情感体验的意义上,这是一个需要'人'并且产生'人'的时代。"②新时期初期,中国学术期刊上的莎评不仅体现了"拨乱反正"政策,也推动了拨乱反正、解放思想,研究者的讨论不仅是相互的激发,也是对自身固有思维方式的深刻反思,为我国文化事业的持续发展破除了阻力。《哈姆雷特》中对人的赞颂"人是一件多么了不得的杰作!多么高贵的理性!多么伟大的力量!多么优美的仪表!多么文雅的举动!在行为上多么像一个天使!在智慧上多么像一个天神!宇宙的精华!万物的灵长!"③被反复援引,与马克思早年关于"人的解放"的论文一起,成为新时期初期被引率最高的文字。④ 阮坤热情地评价道:"响亮的语言饱含着人道主义者的大河奔流似的激情。谁见过天使、天神的影子?人就是天使!人就是天神!"⑤这一时期的评论家,在对莎剧的探讨中,也重新看见了人本身,正如《暴风雨》中所感叹的:"人类是多么美丽!啊,新奇的世界,有这么出色的人物!"⑥

　　相比"文革"后我国文学创作领域"伤痕文学""反思文学""朦胧诗"等百花齐放、色彩斑斓的盛况,当时的文学理论批评似乎仍趋于保守,其前进的步伐并未与文学创作的繁荣局面保持一致。乔国强指出:"20世纪80年代前中期,外国文学研究界所从事的工作主要有两大板块:与传统文学观念、传统意识形态进行抗争,把文学从政治意识形态的禁锢中解放出来,并在抗争中重建文学的批评版图。所以,这一时期的工作主要体现在对西方批评方法的引入与借鉴上。"⑦具体到莎士比亚研究领域,我们不仅看到了对西方批评家以及批评理论的引介和重新评估,也看到了对"莎士比亚化"等马克思主义文艺学重要概念的重新梳理和创造性建构。这个过程并非一路通达,而是充满了思想上的斗争、字里行间的小心谨慎以及种种争鸣与交锋。但与"十七年"时期的阶级批评不同,新时期初期的学术讨论即使言辞激烈,

---

　　① 《莎士比亚专号前言》,载《外国文学》,1981年第7期,第2页。

　　② 陈晓明:《不可遏止的变革——20世纪90年代中国文学的转型》,合肥:黄山书社,2017年,第4页。

　　③ 出自《哈姆雷特》第二幕第二场。

　　④ 见赵稀方:《"名著重印"与新时期人道主义》,载《外国文学研究》,2000年第2期,第112页。

　　⑤ 阮坤:《略谈莎士比亚的人道主义》,载《外国文学研究》,1979年第2期,第125页。

　　⑥ 出自《暴风雨》第五幕第一场。

　　⑦ 乔国强:《1978—2018:外国文学研究40年的回顾与反思》,载《南京社会科学》,2018年第10期,第9页。

也始终被限定在学术讨论范畴,这种种或隐秘、或激烈的思想交锋——当然也包括乔国强所说的"理论热"——给我国外国文学研究理念的转变带来了无限生机。

中国的戏剧和电影学术期刊同样经历着巨变。随着"文革"的结束和改革开放的逐步深入,正如《电影艺术译丛》的编辑陈笃忱所说:"波澜壮阔的思想解放大潮冲决了思想的禁锢"①,学术期刊重新成为引领学术研究的"向导"②。如何在政治局面逐渐稳定、社会逐步对外开放的新时期,重振我国的戏剧事业,为人民提供更多优秀文化资源? 我国戏剧和戏剧研究的未来又将走向何方? 学习和借鉴外国优秀戏剧成果,成为摆在中国知识分子面前的一种选择。除了大量译介国外戏剧作品、搬演优秀的外国剧目之外,中国的戏剧研究者展开了对外国戏剧理论和实践方式的译介,尝试引入国外戏剧、美学、哲学和文学理论,在戏剧演出和研究上有所突破。于是,在 20 世纪 80 年代的中国舞台上,我们看到了现实主义、荒诞派、表现主义、古典主义、戏曲改编等多种表现手法并存,斯坦尼斯拉夫斯基、布莱希特等多种表演体系各领风采的可喜局面。新时期初期的中国舞台所发生的变化,不仅在中国当代戏剧的发展历程中尤为重要,乃至在整个 20 世纪的戏剧理论和实践演变中都可谓快速而深刻的,应具有一席之地。

此外,新时期初期的学术期刊也关注了当时大众意识形态与学术领域的不同步发展。虽然研究者基本摈弃了文艺创作"以阶级斗争为纲"的标准,但这一时期大众对莎剧中的爱情和人性的认识仍有局限,觉得莎剧谈及爱情、搂搂抱抱就是"有伤风化",与学术界对莎士比亚的肯定形成了强烈反差,这也引发了戏剧研究对爱、美、审美能力和"美育"的探讨,有助于进一步解放思想,让人性回归到人之本身。

盛宁曾讨论过我国新时期初期文学研究界对现代主义的批判,感叹:

> 说来也奇怪,曾经如此不可一世的这样一种主流意识形态话语,竟不知什么时候就无声无息地消失了。它消失得那样彻底,以至今天若再有人把这一套批评话语搬出来,听者反倒要惊诧这世上竟还有过如

---

① 陈笃忱:《"向导"物语——从〈电影艺术译丛〉到〈世界电影〉记事》,载《世界电影》(《电影艺术译丛》),2003 年第 1 期,第 63 页。

② "向导"一词来自陈笃忱回忆《电影艺术译丛》和《世界电影》编辑工作的论文标题《"向导"物语——从〈电影艺术译丛〉到〈世界电影〉记事》,载《世界电影》(《电影艺术译丛》),2003 年第 1 期。

此是非颠倒的怪论。①

　　但同样在这篇论文中，盛宁也提醒读者注意：1979 年版《辞海》还是保留了意识形态批评的词条，直到 2002 年 1 月版《辞海》才对"现代主义"做出了客观介绍。② 新时期初期，外国文学研究领域对"人道主义"和"现代性"的讨论实际上是一体两面的，对"现代派""现代主义"等概念的重新审视其实在 20 世纪 80 年代初期就开始了，③但对"现代主义"的重新定性却到 21 世纪初期才完成，这似乎是新时期初期意识形态斗争之激烈和迂回的一个缩影——"文革"结束，百废待兴，政治上的拨乱反正与思想观念的除旧迎新相互交织，思想观念的革新更非一朝一夕所能成就。但是，历史的车轮滚滚向前，等到某一天我们回溯过去的时候，才会惊异地发现，那些过去占据主体的意识形态"竟不知什么时候就无声无息地消失了"。

　　1979 年，《文艺研究》刊载了 1962 年周恩来对在京的话剧、歌剧、儿童剧作家的讲话，他重新提出"生活真实、历史真实与艺术真实"④的创作原则。只有了解真实情况，尊重事实和客观规律，实事求是，不自以为是，才能创作出优秀的打动人心的艺术作品。如今看来，这个提法也并不过时。新时期初期，我国思想文化领域的"拨乱反正"更新了中国人的文化观念，让改革开放和现代化建设替代了"以阶级斗争为纲"，成为新时期中国文艺工作的指导思想。中国的莎士比亚研究者打破了思想禁锢，打开了心结，迎来了 20 世纪八九十年代莎士比亚译介、演出和研究的全面繁荣。

---

　　①　盛宁：《对"现代主义"在中国影响的再思考》，载《文学评论》，2012 年第 1 期，第 12 页。

　　②　同上。

　　③　1980—1981 年，《外国文学研究》连续刊发了讨论西方现代派文学的一系列论文，如叶永义：《怎样看待西方现代派文学？》，载《外国文学研究》，1980 年第 3 期，第 127 页；戈异：《用什么眼光看待西方现代派文学》，载《外国文学研究》，1980 年第 4 期，第 113—116 页；文木：《对西方现代派文学应取的态度》，载《外国文学研究》，1980 年第 4 期，第 116—120 页；陈正直：《一为二的西方现代派文学》，载《外国文学研究》，1981 年第 2 期，第 134—138 页；沈恒炎：《关于西方现代派文学的评价》，载《外国文学研究》，1981 年第 4 期，第 117—125 页，等等。

　　④　周恩来：《对在京的话剧、歌剧、儿童剧作家的讲话》，载《文艺研究》，1979 年第 1 期，第 11 页。

第四章　20世纪八九十年代中国学术期刊的莎士比亚研究

　　杨周翰在《二十世纪莎评》里指出,新时期初期,我国莎学研究"很兴旺,发表的文章数量很多,做出了一定成绩,但如何进一步发展,这个问题似乎没有解决"①。的确,进入 20 世纪八九十年代,经历了"拨乱反正、解放思想",我国的外国文学研究摆脱了思想束缚,进入了快速发展阶段。这一时期,学术期刊上刊载的莎评数量更多,主题更为丰富,研究视角也更加多元。但是,经历了新时期的"拨乱反正、解放思想",我国的莎士比亚研究如何进一步发展? 向何种方向发展? 是回到"十七年"时期的文艺政策,还是应该接受外国文学理论的不断涌入,并进行自我革新? 研究者开始了对我国莎士比亚研究主体性和未来发展路线的积极探索。

第一节　概　　述

　　1983 年 4 月,曹禺在《人民日报》上发表了题为《向莎士比亚学习》的文章,②被认为是吹响了新时期莎士比亚研究全面发展的号角。1984 年 12 月 3 日,中国莎士比亚研究的民间学术组织——中国莎士比亚研究会(简称"中莎会")在上海戏剧学院成立,中国的莎士比亚研究摆脱了政治因素影响,向着专业性、学术性蓬勃地发展起来。1986 年,在首届莎士比亚戏剧节的开幕式上,王佐良以《保持中国莎学研究的势头》为题做了大会发言。王佐良提出:一、希望看到更适宜于上演的、有诗味的译本出现;二、研究工作应开始从大量一般性的论述深入专门领域,而且应同演出相辅相成;三、努力建立莎学的中国传统,使研究有中国的气派,使演出有中国的舞台传统;

---

① 杨周翰:《二十世纪莎评》,载《外国文学研究》,1980 年第 4 期,第 11 页。
② 见曹禺:《向莎士比亚学习》,《人民日报》,1983 年 4 月 5 日,第 5 版。

四、放眼世界，加强交流，为把握世界莎学的现状和发展趋势创造条件。①
这四点要求分别对应莎士比亚的译介、演出、主体性和国际交流，确立了 20
世纪八九十年代中国莎学的发展方向。

在文本批评方面，这一时期学术期刊上刊载的莎士比亚研究论文不再
限于《威尼斯商人》《哈姆雷特》《李尔王》《奥赛罗》等几部著名莎剧，而是拓
展到莎士比亚的历史剧、城市喜剧和晚期戏剧，讨论的专业性和学术性也明
显深化。

以《威尼斯商人》为例。首先，20 世纪八九十年代的研究者基本摈弃了
阶级斗争的框架，大多数研究者已不再将或不仅仅将夏洛克视为"高利贷
者"和"剥削者"，而是将夏洛克视作一个"悲剧人物"，更加全面地思考夏洛
克背后的民族问题和种族问题，思考夏洛克形象建构的原因和意义。其次，
《威尼斯商人》的研究主题持续扩展，除了讨论该剧的人物、情节和意识形
态，论文还涉及人性、宗教、民族、种族、法律、经济等诸多主题。再次，研究
方法更为多样，除了运用马克思主义文艺理论，研究者还引入阐释学、女性
主义、新历史主义等西方 20 世纪文学批评理论；随着语言学研究的兴起，语
用学、批评话语分析理论和认知学也被运用于文本分析之中，讨论戏剧的话
语结构、翻译策略和意义。最后，一些学者还关注了《威尼斯商人》在中国的
接受，讨论了该剧在中国各个时期的传播、翻译和教学。

这一时期的莎士比亚研究之所以丰富多彩、日益深入，不仅源自研究者
的自身兴趣与学术积累，也与改革开放之后中国社会历史环境的变化相关。
"进入 20 世纪 80 年代以来，由于社会环境的变化，特别是社会政治文化环
境与文学讨论语境的转变，使人们有可能从爱情的角度、友谊的角度认识其
主题。"②而"文革"后中国政府尊重知识、提倡教育的政策也重新唤起了文
学爱好者和研究者对莎士比亚研究的激情，不仅拓宽了中国莎士比亚爱好
者的群众基础，还引导莎士比亚研究逐渐走向学科化、规范化、专业化。
1983 年 5 月，国务院学位委员会、北京市人民政府联合召开博士和硕士学
位授予大会，这是中国第一次依靠自己的力量培养博士和大批硕士并授予
学位。1985 年 5 月，邓小平在全国教育工作会议上指出："一个十亿人口的
大国，教育搞上去了，人才资源的巨大优势是任何国家比不了的。有了人才

---

① 高杰：《吹不尽这春风绿意——北京中国莎士比亚戏剧节巡礼》，载《外国文学》，1986 年第
6 期，第 73 页。
② 李伟民：《从单一走向多元：莎士比亚的〈威尼斯商人〉及其夏洛克研究在中国》，载《外语教
学》，2009 年第 5 期，第 92 页。

优势,再加上先进的社会主义制度,我们的目标就有把握达到。"①在莎剧研究者、爱好者、读者和观众的共同推动下,再加上 1986 年莎士比亚戏剧节的成功举办,20 世纪 80 年代中、后期到 90 年代,中国出现了"莎士比亚热"(Shakespeare Craze),"阅读莎剧成为一种时尚……中国大地上出现了许多'文学沙龙',而莎士比亚正是一个主要话题。在这些莎士比亚的爱好者中,有学生、文员、工人、工程师,也有战士"②。

　　在一片大好景象中,一些学者也注意到了中国莎学研究的薄弱现状。陆谷孙曾语重心长地指出 20 世纪 80 年代我国莎士比亚批评的种种不专业、不深入、不求甚解的现象:

> 　　在一些莎学论文中粗线条的印象主义尚占相当比重;有些从比较文学角度撰写的论文往往满足于寻找莎剧同我国某一出戏在人物、情节等方面的"形似",不太去触及埋在两种文化沉淀深处的东西;某些研究工作者迄今仍得借助中文译本去熟悉莎剧,了解国外的莎评;在若干高等院校的外语专业,莎剧课程尚未用英语开设;我国的莎学队伍人数有限,在这些学者中间,有的沿用传统的性格分析法,有的师承别、车、杜,有的——特别是近年来派出留学或在国内由美、英、加等国专家授课的中青年学者——则比较熟悉并倾向于现当代西方的评论方法,因此在莎评领域内似乎还缺乏一个"公分母",常常是各说各的,就像永不相交的平行线;由于难得交锋,引不起争鸣,真正的繁荣局面尚未出现。③

　　进入 20 世纪 90 年代,陆谷孙所提及的薄弱情况已得到一定改善。随着越来越多的硕士、博士和留学回国人员参与到莎士比亚研究中来,莎学论文的研究方法更为多样,对于原著文本的解析也更加细致,这一时期的莎评呈现出视野宽、视角多、方法新的特点,中国的莎评成果逐步与世界接轨。1997 年,"河畔版"《莎士比亚全集》④收录了新确认的莎翁历史剧《爱德华三世》,中国莎士比亚学者几乎同时关注到这一学术动态,孙法理注释了该

---

　　①　邓小平:《邓小平文选(第三卷)》,北京:人民出版社,1993 年,第 120 页。

　　②　Zhang Xiaoyang, *Shakespeare in China: A Comparative Study of Two Traditions and Cultures*, Newark and London: Delaware UP and Associated University Press, 1996, p. 128.

　　③　陆谷孙:《帷幕落下以后的思考》,中国莎士比亚研究会主编:《莎士比亚在中国》,上海:上海文艺出版社,1987 年,第 31—32 页。

　　④　一译"河滨版"莎士比亚全集,即 Riverside Shakespeare edition。

剧①，孙家琇、孙法理、张冲等在 1998—2000 年发文讨论了该剧的作者确认方式、主题和艺术特色。②

在莎剧演出方面，20 世纪 80 年代中期，越来越多的中国学者提出了这样的设想：莎士比亚的"苏联化""美国化"早就在苏联和美国提出过，并且引起了世界注目；那么莎士比亚的"中国化"能不能走得通？③ 1983 年，曹禺在《人民日报》撰文，指出"我们研究莎士比亚有一个与西方不尽相同的条件，我们有一个比较悠久的文化传统，我们受不同于西方的文学、哲学、美学、社会条件和民族风气的影响"④。此后，莎剧在中国的演出研究与实践逐渐倾向于与伊丽莎白一世时期的剧场文化分离，走向了本土化、民族化的道路。

20 世纪八九十年代，两届莎士比亚戏剧节的举办成为我国文化界的盛事，不仅大大促进了莎士比亚戏剧的普及和研究，还推动了中国莎士比亚研究的特色建设——即莎剧"中国化"的道路。1986 年 4 月 10 日—4 月 23 日，为纪念莎士比亚逝世 370 周年，中国莎士比亚研究会主办了中国首届莎剧节。戏剧节在上海和北京两地分别举行，共演出 25 台莎剧（其中上海 16 台、北京 9 台），"演出方式分话剧、改编剧、英语剧三种，而改编的剧种包括话剧（《黎雅王》）、京剧（《奥瑟罗》）、昆剧（《血手记》即《麦克白斯》）、越剧（《冬天的故事》《第十二夜》）、黄梅戏（《无事生非》）"⑤。目睹首届莎士比亚戏剧节的盛况，曹禺激动地表示："莎士比亚如果能知道十亿人口的中国，有五千年文化历史的中国，又是正在奋发图强的当今的中国，以这样盛大的热情与规模在纪念他，他会怎样地激动啊！"⑥

有意思的是，在 1986 年北京莎士比亚戏剧节开幕式的节目单封面上，赫然印着一幅中西合璧的莎翁画像，画中的莎士比亚"身着中国式长袍，脚

---

①　即莎士比亚：《爱德华三世》，孙法理注释，北京：商务印书馆，2011 年。

②　见孙家琇：《莎士比亚的英国历史剧——从〈爱德华三世〉可能是莎作谈起》，载《戏剧艺术》，1998 年第 2 期，第 4—21 页；张冲：《历史演绎·爱国主义·道德训诫——论莎士比亚的"新作"〈爱德华三世〉》，载《国外文学》，1998 年第 3 期，第 23—29 页；孙法理：《莎士比亚历史剧〈爱德华三世〉真伪之辨》，载《外语与外语教学》，1999 年第 12 期，第 46—49、57 页；刘萍：《〈爱德华三世〉：莎士比亚的第 39 部剧作？》，载《四川外语学院学报》，2000 年第 2 期，第 16—20 页。

③　孔耕蕻：《莎士比亚：评论、演出及其"中国化"》，载《外国文学研究》，1986 年第 4 期，第 94 页。

④　孟宪强：《中国莎学简史》，长春：东北师范大学出版社，2014 年，第 207 页。

⑤　王佐良：《莎士比亚在中国的时辰》，载《外国文学》，1991 年第 2 期，第 16 页。

⑥　曹禺：《莎士比亚属于我们——首届中国莎士比亚戏剧节闭幕词》，载《戏剧报》，1986 年第 6 期，第 5 页。

蹬船型鞋,手里摇着一把中国折扇"①,表明"中国风"的莎士比亚正是此次戏剧节的一大亮点。在首届莎士比亚戏剧节中,京剧《奥赛罗》可算是莎士比亚戏曲化的范例之一。编导邵宏超和郑碧贤将原作改编成包括唱、念、做、打、舞的八场京剧脚本,扮演摩尔人奥赛罗的马荣安史无前例地涂着黑脸、穿着西方戏服出现在京剧舞台上,成为热议话题。而话剧《黎雅王》改编自《李尔王》,也对莎士比亚戏剧进行了从服装到道具再到台词的全盘中国化,将《李尔王》改成了一出"中国土生土长的戏"②,同样成就了一场"现象级"的演出。1987 年,在首届莎士比亚戏剧节期间撰写或宣读的十二篇论文结集出版,以《莎士比亚在中国》为名由上海文艺出版社发行,同样反响强烈。

1994 年,上海国际莎剧节成功举办。此次莎剧节共演出了五台莎剧和六台戏曲莎剧,是中国莎士比亚戏剧演出的一大盛事。这次戏剧节不仅限于"莎剧戏曲",还出现了诸多"首次"和"第一"。如雷国华执导的话剧《奥赛罗》、郭小男导演的歌剧《特洛伊罗斯与克瑞西达》、中国台湾屏风表演班和上海现代人剧社合作演出的《沙姆雷特》引发了对莎剧"现代性"的讨论;上海戏剧学院排演的话剧《亨利四世》是新时期我国舞台上演出的第一部莎士比亚历史剧;上海儿童艺术剧院排演的话剧《威尼斯商人》被誉为"中国舞台上第一部'少儿版'的《威尼斯商人》"③。

20 世纪八九十年代,中国的莎士比亚戏剧演出最闪亮的尝试,就是大规模的莎剧本土化实践,莎剧戏曲成为这一时期的绝对明星,引发了观众和学界的浓厚兴趣。大多数评论虽然对"戏曲化"的创作手法褒贬不一,但都肯定了莎剧戏曲"不但对扩大戏曲题材、丰富戏曲表现手段有益,而且对促进中西文化交流和增进中英两国人民之间的了解和友谊,都作出了可贵的贡献"④。戏剧节上演的数台戏曲莎剧也博得了国际友人的喝彩,时任国际莎协主席的波洛克班克(J. Philip Brockbank)就在国际莎学权威期刊《莎士比亚季刊》上撰文《莎士比亚的文艺复兴在中国》("Shakespeare Renaissance in China"),认为英国的莎士比亚研究"已近寒冬",而中国的莎士比亚研究"正值春天"。⑤ 这

---

①　高杰:《吹不尽这春风绿意——北京中国莎士比亚戏剧节巡礼》,载《外国文学》,1986 年第 6 期,第 75 页。

②　同上。

③　见李伟民:《异彩纷呈:'94 上海国际莎剧节》,载《四川戏剧》,1995 年第 3 期,第 11 页。

④　纪沙:《我国举办首届莎士比亚戏剧节》,载《戏曲艺术》,1986 年第 2 期,第 103 页。

⑤　J. Philip Brockbank, "Shakespeare Renaissance in China," *Shakespeare Quarterly*, Vol. 39, No. 2, 1988, p. 195.

篇文章至今仍时常被国内学者引用，激励着一代又一代中国学者探索莎剧戏曲改编之路。

第二节　20世纪八九十年代莎士比亚文学研究的主题变迁

据孙福良《走向二十一世纪的中国莎学》统计："1978年至1988年在各类刊物上发表的莎士比亚研究文章则激增到850篇左右，演出、影视方面文章也多达300篇以上，短短十年间的莎评数量达到了过去半个多世纪总和的三倍……尤其是进入九十年代中期后，中国莎学研究更加呈现出活跃势头，1994年一年内，就出版了三种莎学专著、两本莎学文集，发表论文五十余篇。"①此外，20世纪90年代还有五部莎士比亚辞典问世，即《简明莎士比亚辞典》（农村读物出版社1990年版）、《莎士比亚戏剧赏析辞典》（山西教育出版社1992年版）、《莎士比亚辞典》（河北人民出版社1992年版）、《莎士比亚辞典》（安徽文艺出版社1992年版）、《莎士比亚大辞典》（商务印书馆2001年版）。正如李伟民所说："在学术著作出版不景气的时候，一下子能推出5部莎学辞典，可见'国内文化的热烈状况'。"②

20世纪八九十年代莎士比亚研究的进展并不止如此。除了论文和专著出版数量的成倍增长，这一时期莎评的研究视角也愈加丰富多样，与"十七年"时期"以阶级斗争为纲"和新时期初期"拨乱反正"的统一风格形成了鲜明对比，中国的莎士比亚研究者开始积极融入全球莎士比亚研究的互动交流之中，分享国外莎士比亚研究的方法和成果，同时开启了一系列具有中国特色的莎士比亚本土化的全新尝试。西方文学理论的引进带来了新颖的视角，但较之现当代文学批评，莎士比亚研究领域的变化缓和一些。而我们如今所熟悉和娴熟运用的莎士比亚研究思路与批评方法，大都在这一时期已经流行、出现或萌芽。

1. 意识形态批评迅速减少

与"十七年"时期和新时期初期的莎评相比，20世纪八九十年代莎评最显著的变化就是：对意识形态的关注明显减少；而对莎剧审美形式的讨论迅速增多，并成为这一时期莎评的主要话题。虽然不少论文仍然关注"莎士比

---

① 孙福良：《走向二十一世纪的中国莎学》，载《戏剧艺术》，1998年第3期，第29页。
② 李伟民：《两部〈莎士比亚辞典〉的比较》，载《辞书研究》，1996年第3期，第80页。

亚化"等主题,但这些论文通常关注的是中国学者对马克思"莎士比亚化"文艺理论的创新建构,主要从文艺史和思想史的视角展开讨论,不再围绕"以阶级斗争为纲"的统一命题展开。此外,在新时期纪初期论文中随处可见的阶级词汇逐渐减少,最终消失不见。正如乔国强所感叹的,20世纪80年代中期以后,"过去文章或教科书里言之必称的'无产阶级文学'等名词术语已悄然不见;那种将外国文学作品与社会批判简单相勾连的文章也少见了"①。也许这正是新时期初期中国各类学术期刊对学术方向和内容的激烈讨论的最重要意义和最突出成果。

与此相关,20世纪八九十年代莎评对革命导师语录的引用锐减。即便有,这些引言通常都是作为论据的一部分出现的,融合在论文的整体论证之中,不再是论文的主题和唯一的写作目的。与此同时,对《圣经》以及弗洛伊德、蒂利亚德、罗兰·巴特、海登·怀特、安东尼·伯吉斯等的专著引用增多,表明学界对西方文化和文学理论的关注提升,研究视野也更加开阔,莎士比亚也不再是验证革命导师语录正确性的工具,而是真正成为研究的主体。

随着对文学审美的重视,20世纪八九十年代莎评的内容和视角也呈现出新特征,讨论莎剧"意象"及其象征意义的论文所占比例很高,成为八九十年代莎士比亚研究的一个突破口。涂淦和的《莎士比亚的意象漫谈》讨论莎剧中意象的整体使用情况以及西方莎评对莎剧意象的关注。② 王劲松的《论睡眠意象在〈麦克白〉中的使用》将睡眠意象作为一把开启麦克白内心世界的钥匙,讨论了女巫对麦克白的三声称呼及其隐含意义等。③ 罗益民的《从动物意象看〈李尔王〉中的虚无主义思想》认为全剧共出现了64种动物意象,并讨论了出现最多的狗和马等意象及其虚无主义思想。④

此外,原型理论、女性批评、狂欢化理论等西方文论成果的不断涌入,也推动了我国莎评研究视角的更迭。汪耀进的《复调与莎士比亚》从苏联学者巴赫金与卢那察尔斯基对莎剧中是否存在复调的讨论出发,以莎剧结构中的复调现象为例,向读者介绍了复调理论。⑤ 沈建青的《一个"灰姑娘"的童

---

① 乔国强:《1978—2018:外国文学研究40年的回顾与反思》,载《南京社会科学》,2018年第10期,第9页。

② 见涂淦和:《莎士比亚的意象漫谈》,载《厦门大学学报》(哲学社会科学版),1987年第4期,第133—140页。

③ 见王劲松:《论睡眠意象在〈麦克白〉中的使用》,载《辽宁师范大学学报》,1995年第2期,第11—13页。

④ 见罗益民:《从动物意象看〈李尔王〉中的虚无主义思想》,载《北京大学学报》(外国语言文学专刊),1999年第S1期,第128—136页。

⑤ 见汪耀进:《复调与莎士比亚》,载《外国文学研究》,1985年第3期,第44—53页。

话——对〈李尔王〉故事原型的心理透视》从原型理论出发,认为《李尔王》复刻了民间传说《盐一样的爱》,巧妙地重述了一个"灰姑娘"的童话。① 袁宪军的《〈哈姆雷特〉与阿里奇亚丛林中的仪式》提出,《哈姆雷特》的诸多机巧设置暗合了《金枝》中记叙的阿里奇亚丛林中的仪式:"阿里奇亚丛林中的原始意象……不仅凝结于莎士比亚的艺术创作过程中,而且已经成为剧中丹麦王国的子民乃至整个人类的心理凝结物。"②李毅的《奥赛罗的文化认同》认为奥赛罗悲剧的形成,不仅是白人社会对奥赛罗的歧视,而且出于奥赛罗文化认同的迫切要求和白人社会对他的认同要求的抵制这两者之间的直接冲突。③ 洪增流的《论莎士比亚戏剧中的超自然描写》将莎剧中的超自然描写作为莎士比亚研究的重要组成部分,并将之分为凶兆、鬼魂、神仙精灵三类。④ 谢江南的《超自然因素在莎士比亚戏剧中的功用》将超自然因素与莎士比亚的三个创作阶段联系起来,分析了超自然因素在推动情节发展、刻画人物形象、增强艺术感染力等方面所起的重要作用,认为莎剧的超自然因素"对他作品中的现实主义基石并无秋毫损伤,倒还丰富了作品的表现层面"⑤。此外,肖锦龙的《莎士比亚文艺美学思想的底蕴——"举镜子照自然"说辩伪》认为国内理论界曾经将"镜子说"等同于真实反映社会生活,这既是对"模仿自然说"的歪曲,也是对莎士比亚"镜子说"的歪曲。⑥

这些论文在对文本进行细致解读的基础上,借助当时中国文学批评界看来还十分新颖的西方文学理论剖析莎剧,给 20 世纪八九十年代的外国文学研究带来了一阵清风,尤其是经历了新时期初期"拨乱反正、解放思想"的阶段,八九十年代的学者触及了之前被认为是文学讨论禁区的"超自然""女巫""虚无""心理分析"等话题,表明我国莎学研究不仅在论文数量上大有发展,也进一步突破了思想禁锢,学者们独立、自信而自由地探索莎剧的审美价值,中国的莎士比亚研究焕发出勃勃生机与耀眼光彩。

当然,也有一些评论家表达了对 20 世纪八九十年代不断出现的新理

---

① 见沈建青:《一个"灰姑娘"的童话——对〈李尔王〉故事原型的心理透视》,载《外国文学研究》,1992 年第 4 期,第 14—16 页。

② 袁宪军:《〈哈姆雷特〉与阿里奇亚丛林中的仪式》,载《外国文学评论》,第 1998 年第 3 期,88 页。

③ 见李毅:《奥赛罗的文化认同》,载《外国文学评论》,1998 年第 2 期,第 115—119 页。

④ 见洪增流:《论莎士比亚戏剧中的超自然描写》,载《外国文学研究》,1995 年第 3 期,第 61—65 页。

⑤ 见谢江南:《超自然因素在莎士比亚戏剧中的功用》,载《戏剧》,1999 年第 3 期,第 91—96 页。

⑥ 见肖锦龙:《莎士比亚文艺美学思想的底蕴——"举镜子照自然"说辩伪》,载《外国文学评论》,1995 年第 2 期,第 94—99 页。

论、新视角和新话题的忧虑。郑士生以《谈莎学研究需要马克思主义》和《再谈莎学研究需要马克思主义》为题,指出有些作者"公开抛弃了马列主义毛泽东思想的立场、观点和方法,暴露了他们对莎剧原文和背景知识的无知,同时也说明了前几年资产阶级自由化对我国莎学界也有很大影响",提出要认识莎剧的思想性,坚持在马克思主义指导下研究莎学,坚持辩证唯物主义和历史唯物主义的思想路线,认为这"是我国莎学界当前和今后的重要任务之一",它"永远具有意义重大的生命力"。① 孙立批评了新时期文学"向内转"的倾向,认为这种"向内转"的倾向会导致主题的淡化乃至无主题,最终让文艺作品在"无主题变奏"中失却战斗性,丧失"莎士比亚化"的核心,即在情节和场面中自然而然地流露出作者的思想倾向。② 文艺创作和文艺批评的目的在于为人民群众服务、为社会主义现代化建设服务,20世纪八九十年代,在市场经济大潮的影响下,评论家担心意识形态批评的淡化会引发"淡化主题乃至无主题的倾向",最终"导致文学作品陷入片面性、自流和空想,变成一盘散沙,失却固有的凝聚力和战斗力"③,当然有其时代原因。进入21世纪,面对信息传递更加快捷、各类文艺作品层出不穷却又良莠不齐的现状,当年评论家的忧虑同样值得今天的我们警惕。

2. 对宗教与人道主义的再认识

20世纪70年代末到80年代初期,"人道主义"成为我国学者反对"文革"钳制、解放思想的有力武器。莎剧因其对人和人类美好情感的歌颂、对人类生活的真实呈现,成为新时期初期文学批评的重要论据。进入20世纪八九十年代,我国学界展开了对基督教文化的重新认识,而这种重新认识不仅是莎士比亚研究的突破,也呈现出中国社会对西方宗教和中世纪历史的态度转变——基督教不再被简单认定为禁锢人们思想的中世纪枷锁,而是具有一定的进步意义,研究者需要正视宗教在西方社会发展中的积极作用。

对莎士比亚戏剧与基督教之联系的研究,大致出现在20世纪90年代初期,并在1995—1996年达到刊载高峰。李伟昉的《镶嵌在瑰宝上的明珠——谈莎士比亚对圣经典故的运用》考察了莎士比亚对《圣经》典故的运

---

① 郑土生:《再谈莎学研究需要马克思主义》,载《外国文学研究》,1994年第2期,第20页。
② 孙立:《新时期文学的"向内转"与"莎士比亚化"》,载《理论学刊》,1989年第1期,第66页。
③ 同上篇,第67页。

用①；杨慧林的《基督教精神与西方文学》提出，莎剧角色的复杂多面性，正是"原罪""善恶一体""罪与救赎"等基督教思想的具体体现。②　汪义群的《莎士比亚宗教观初探》和《欧洲文艺复兴时期人文主义者"反宗教神学"说质疑》质疑我国莎学研究中流行的莎士比亚"反对中世纪宗教神学"的说法，认为不应否认莎士比亚的宗教倾向及其作品中的宗教元素。谈及文艺复兴时期的人文主义，汪义群更是一针见血地指出：长期以来，我国学术界"将发轫于14世纪的欧洲文艺复兴运动看成是一场反对中世纪宗教神学的运动"，认为人文主义者"提倡人性以反对神性，提倡人权以取代神权，提倡个性自由以反对中古的宗教桎梏"，这种陈陈相因的观点已成为许多学者立论的根据，但实际上并不符合历史事实。③　汪义群表示：人文主义者反对教会的种种腐败现象，目的是恢复基督教的纯洁性，是企图拯救基督教；基督教在漫长的中世纪里保存了大量古代文化，对整理、发扬古代文化起了巨大作用。④

　　陈惇的《莎士比亚与基督教——从〈威尼斯商人〉说开去》也是这一时期研究莎士比亚与基督教关系的一篇重要论文。陈惇指出："莎士比亚的创作是欧洲文艺复兴时期人文主义文学的杰作，同时，其中也存在着明显的基督教思想的影响。"⑤莎士比亚是个真正的基督徒，他受过洗礼，婚姻和生育均有教堂记录，死后葬在故乡的圣三一教堂；他的作品中也存在着明显的基督教思想印记，但人们往往只关注他的作品与人文主义的联系，却很少关注他与基督教的联系。究其原因，主要是人们"往往较多注意人文主义对古代希腊罗马文化的继承关系以及它与中世纪基督教会对立的一面，忽略了它与基督教文化之间的联系和继承关系"，甚至以为谈论莎士比亚与基督教的联系，会有损这位文化巨人的光辉形象。⑥　陈惇以《威尼斯商人》为例，讨论了新旧交替时期的文化转型，论证了基督教文化对莎士比亚创作的积极和消极影响。尹振球的《论莎士比亚对基督教观念的反叛与回归》在对基督教的讨论上走得更远，他对我国新时期初期曾产生广泛影响的"人文主义"进行

---

　　①　见李伟昉：《镶嵌在瑰宝上的明珠——谈莎士比亚对圣经典故的运用》，载《河南大学学报》(社会科学版)，1991年第2期，第88—92页。

　　②　见杨慧林：《基督教精神与西方文学》，载《文艺研究》，1991年第4期，第139—149页。

　　③　见汪义群：《欧洲文艺复兴时期人文主义者"反宗教神学"说质疑》，载《外国文学评论》，1992年第1期，第75页。

　　④　同上篇，第75—76页。

　　⑤　陈惇：《莎士比亚与基督教——从〈威尼斯商人〉说开去》，载《北京师范大学学报》(社会科学版)，1995年第5期，第57页。

　　⑥　同上。

了批判，认为莎士比亚在对人性之恶产生悲观情绪后回归了基督教的罪与救赎观念，不仅重新定义了莎士比亚后期的传奇剧，而且重新评估了文艺复兴时期的"人文主义"，并提出"莎士比亚对基督教观念的回归非但不是一种倒退，而且是一种超时代的前进"①，与新时期初期我国研究者对人文主义的一致赞颂产生了鲜明的对比。肖锦龙的《莎士比亚妇女观之人文主义说质疑》则从莎士比亚对女性（尤其是家庭主妇、寡妇和少女）的态度出发，认为莎士比亚的妇女观并不是"人文主义"的，而是传统的教会封建主义的观点。②

　　1996 年，肖四新发表了《基督教人道主义精神的延续和发展——论莎士比亚作品中的人道主义》③、《〈圣经〉原型——莎士比亚创作的基石》④、《莎士比亚作品中的人道主义——基督教人道主义精神的延续和发展》⑤三篇论文，提出了"基督教人道主义"概念，将莎剧的人物形象、剧本结构和意象回溯到《圣经》中，认为莎士比亚从《圣经》中汲取了养料，又加上了他对时代精神的理解，形成了独特的艺术风格。有意思的是，随着研究的深入，肖四新对莎士比亚与基督教文化的关系也有了新的认识。1999 年，肖四新撰文表示，尽管莎士比亚揭示出人文主义的危机，使他同时代的人重新朝向上帝，以寻找解决之道，"但莎士比亚始终没有皈依基督教，他从来没有在作品中明确地阐释过上帝救赎这一基督教主题。而且他在后期创作的作品中，告诉人们一个他领悟到的'真理'，即基督教是爱的宗教，但爱的品质却并非一定要通过神意的惠顾才能实现。正因为此，托尔斯泰指责他的作品没有'以信仰为原则'"⑥。

　　由于受到"左"倾路线的影响，新中国成立几十年以来，基督教研究几乎是我国学术研究的禁区。中共十一届三中全会之后，随着思想解放和改革开放的不断深入，《圣经》研究首先在文学研究领域复苏，再扩展到思想史、

---

　　①　尹振球：《论莎士比亚对基督教观念的反叛与回归》，载《外国文学研究》，1997 年第 1 期，第 49 页。

　　②　见肖锦龙：《莎士比亚妇女观之人文主义说质疑》，载《西北师大学报》（社会科学版），1998 年第 1 期，第 37—42 页。

　　③　见肖四新：《基督教人道主义精神的延续和发展——论莎士比亚作品中的人道主义》，载《宁夏大学学报》（社会科学版），1996 年第 1 期，第 88—95、127 页。

　　④　见肖四新：《〈圣经〉原型——莎士比亚创作的基石》，载《外国文学研究》，1996 年第 1 期，第 91—96 页。

　　⑤　见肖四新：《莎士比亚作品中的人道主义——基督教人道主义精神的延续和发展》，载《国外文学》，1996 年第 1 期，第 28—34 页。

　　⑥　肖四新：《恐惧与颤栗——〈麦克白〉悲剧内核新探》，载《国外文学》，1999 年第 3 期，第 83 页。

哲学史领域,产生了一系列令人瞩目的研究成果。① 具体到在莎士比亚研究领域,越来越多的学者注意到了基督教对西方文学的积极影响,肯定了莎剧中含有基督教元素,推动了学术界以愈加开放、求真务实的学术态度客观看待国外文化的影响。同时,对莎剧中蕴含的宗教元素的再认识,也动摇了学术界长期以来形成的某些根深蒂固的错误观点,引发人们重新审视基督教与西方中世纪文化和文艺复兴的关系,不仅有利于更新我们对莎士比亚和文艺复兴时期文学的认识,也有利于重新树立实事求是的学风。

3. 对莎士比亚金钱观的再认识

1996 年,《今日浙江》刊发了一则短评《岂只莎士比亚又岂只大款?》,批驳了"文学艺术无用论"的观点,提出在注重经济建设的同时,也要注重精神文明建设,否则我们的国家就会成为一片文化沙漠。② 莎士比亚对金钱和金钱关系的生动展现历来被国人所重视;而不同历史时期的学术评论对莎剧中金钱和金钱关系的理解,也反映出不同社会发展阶段中,人民群众对金钱的不同态度。

1956 年,钱争平就在《莎士比亚笔下的金钱》中指出,莎士比亚"动人地揭露了商品社会里种种惊人的罪恶,以及拜金主义者的邪恶行为和阴暗的灵魂,同时也激动了善良的正直的人们的心灵"③,声讨了金钱的罪恶和金钱造成的人性扭曲。1964 年 3 月 12 日的《人民日报》发表了袁先禄的《莎士比亚生意经》,批评英国人利用莎士比亚诞辰活动来赚钱,该文下还配以王乐天的漫画《摇钱树》,画面上莎士比亚的塑像就像是摇钱树,掉下的金钱落入了大腹便便的资本家的口中。④ 20 世纪八九十年代,随着改革开放逐渐深入,商品经济持续发展,"下海潮""下岗潮""打工潮""反腐败""暴发户"等社会现象冲击着人们的思维,有关市场经济与计划经济种种优劣利弊的大讨论成为当时的重要社会议题。人们对金钱和商业也有不同以往的理解——商业不再等于罪恶,社会主义国家也可以发展经济,人们对金钱的认

---

① 见梁工:《中国圣经文学研究 20 年》,载《荆州师范学院学报》,1999 年第 6 期,第 60—66 页。

② 董敬伟、天才:《岂只莎士比亚又岂只大款?》,《今日浙江》,1996 年第 14 期,第 32 页。

③ 钱争平:《莎士比亚笔下的金钱》,载《读书月报》,1956 年第 11 期,第 23 页。

④ 见袁先禄:《莎士比亚生意经》,《人民日报》,1964 年 3 月 12 日;参见李伟民:《阶级、阶级斗争与莎学研究——莎士比亚在二十世纪五六十年代的中国》,载《四川戏剧》,2000 年第 3 期,第 11 页,注释③。

识也更加客观。而这一时期中国学术期刊上的莎评也明显体现出这一社会认知的变化。《威尼斯商人》和《雅典的泰门》依然是讨论莎剧金钱观最多的莎剧，但研究视角已与之前的论文有了显著区别。20世纪八九十年代，对莎剧金钱观的认识主要体现为以下三点：

第一，正确认识财富的作用。20世纪90年代，改革开放不断深入，面对前所未见的新发展、新现象和新问题，激动、迷惘、选择、失落的各种情绪涌动，社会矛盾纷繁复杂，引起了文学和文学研究界的注意，对"人""人文精神"的讨论也再次成为学术期刊的关注重点。但90年代对"人文精神"的讨论与80年代对"人道主义"的讨论已经截然不同：

> 虽然我们未始不可以把90年代"人文精神"的讨论看作80年代以来文化讨论经过一个时间的中断以后的延续，然而，它的问题意识与价值取向与80年代大不相同。在80年代的文化讨论中，并未出现"人文精神"这样的问题意识、思维取向与言说方式，更没有什么"人文精神失落"一说。足见"人文精神"的所谓"失落"，或人们意识到它的"失落"，是在90年代，尤其是1993、1994年。[1]

1992年邓小平的南方谈话，开启了深化市场经济、让一部分人先富起来的历史进程。陶东风提及1993—1994年人们开始意识到"人文精神的失落"，部分原因也是出于市场经济发展所带来的一些新问题。李伟民的《从〈威尼斯商人〉看莎士比亚的商业观》从英国历史发展的视角出发，讨论了莎士比亚商业观与其所处时代的关系。[2] 在另一篇论文中，李伟民和滕宇进一步提出，"莎士比亚并不笼统地否定财富，而是反对为金钱而金钱，反对只要金钱不要人性，主张金钱为人生服务"，同时"警告世人，在聚财的同时，可不要忘记人性和金钱掩盖下的罪恶"[3]——这个观点可能最能代表20世纪八九十年代评论家对金钱、商业和市场经济的认知。"取之有道，用之有度"成为新时期中国社会对待金钱的主流态度。

第二，正确认识莎剧的商业化。王玮敏的《论莎士比亚戏剧的商业性与

---

① 陶东风、和磊：《当代中国文艺学研究（1949—2019）》（下卷），北京：中国社会科学出版社，2019年，第561页。

② 见李伟民：《从〈威尼斯商人〉看莎士比亚的商业观》，载《北京农业工程大学社会科学学报》，1994年第Z1期，第103—108页。

③ 李伟民、滕宇：《椽笔剖本质 下海也为利——商业活动中的莎士比亚》，载《中国商人》，1996年第4期，第63、64页。

商业化——从 93 年版电影〈无事生非〉谈起》提出了一个新时期的新问题："莎剧这一经典文化到底能不能、该不该如此商业化,这其中的得失又如何评价?"① 王玮敏认为,从莎剧的本质来讲,"莎士比亚戏剧的商业化是与其内在的商业性密切相关的";而从社会发展的现实来讲,"在当前的商业社会中,将经典文化与商业完全对立起来也许是不可能的,似乎也不应该这样做"。② 作者进一步提出,"莎剧的商业化也是或将是一种普遍的趋势,莎剧的大众化也是一种开放的态度,是经典文化普及的一个不可少的步骤"③——换言之,莎剧的商业化是有利于莎士比亚普及和传播的。这让我们想起了"十七年"时期翻译自苏联《文学报》的一则有关《莎士比亚戏剧的"美国化"》的报道,该报道配上了哈姆雷特喝可口可乐、《仲夏夜之梦》中的仙女袒胸露腿地跳舞、罗密欧作牛仔打扮劫走朱丽叶、奥赛罗对峙 3K 党的讽刺插图,直指当时的美国"艺术商人"肆意改造古典作品,是"侵犯伟人们的侏儒"。④ 时代不同,人们对待莎士比亚商业化的态度也不同了。此外,1986 年和 1994 年两届莎士比亚戏剧节的成功举办,也让广大观众更能接受莎士比亚经典的商业化——莎士比亚戏剧本身并不是高雅文化,而是伊丽莎白一世时期大众文化的代表,是根植于伊丽莎白一世时期的露天剧场、伦敦观众喜闻乐见的商业剧场演出,只是经历了 18 世纪的"莎士比亚经典化"过程才成其为当今的经典戏。因此,让莎士比亚回归商业演出,不仅不会损害这位伟大作家的光辉形象,还可以促进莎士比亚的大众普及。

第三,关注文学经典的精神价值,警惕 20 世纪 90 年代以来日益严重的拜金主义和腐败现象,尤其莎剧《雅典的泰门》成为一出市场经济下"人文精神失落"的寓言。孙家琇痛心地指出:"重读莎士比亚在《威尼斯商人》《雅典的泰门》《李尔王》三部剧作中关于拜金主义和社会贫困的描绘与鞭挞,对于我们今天面临的诸多崇拜金钱、腐化堕落等问题,仍能起到抨击作用,使我们获得启迪和警诫。"⑤ 费小平也提出:"莎翁歌颂真、善、美,鞭挞假丑恶的鲜明思想倾向与市场经济背景下中国人的心息息相通,莎氏作品是我们与社会转型期中不时出现的利己主义、拜金主义、享乐主义等丑恶现象不懈斗

---

① 王玮敏:《论莎士比亚戏剧的商业性与商业化——从 93 年版电影〈无事生非〉谈起》,载《外国文学评论》,1996 年第 4 期,第 126 页。
② 同上篇,第 131 页。
③ 同上。
④ 林耘:《莎士比亚戏剧的"美国化"》,载《戏剧报》,1954 年第 4 期,第 45 页。
⑤ 孙家琇:《莎士比亚的现实意义》,载《戏剧艺术》,1994 年第 4 期,第 11 页。

争的强大思想武器。"①以莎剧为武器,反对拜金主义和"拜物教",推动我国的社会主义精神文明建设,同样是 20 世纪八九十年代莎士比亚研究者肩负的使命。

从 20 世纪五六十年代突出莎剧对资本原始积累时期"羊吃人"现象的呈现,到八九十年代对莎剧中"拜金主义""金钱万能说"的摹写,中国学者对莎士比亚金钱观的再认识反映出改革开放以来,国人身处经济发展大潮中的心态变化和社会价值观的变化。在商品经济大潮的冲击下,我国的科技人才、知识精英、文艺团体却走向"贫穷化",文人"下海",演员走穴,甚至社会上流传着"造原子弹的不如卖茶叶蛋的"的短视言论,知识分子的地位逐渐边缘化,也让一些人陷入迷茫与困顿。莎士比亚研究者对莎士比亚金钱观的再认识、对商业价值的肯定、对拜金和腐败现象的不满、对莎剧商业演出现象的关注,均指向了这一社会议题。从这个角度来讲,20 世纪 90 年代对莎士比亚金钱观的讨论,实际上是"人道主义""人文精神"在 90 年代商品化浪潮中的新发展,只不过 70 年代末、80 年代初的知识分子面对的是"拨乱反正、思想解放"的问题,而 90 年代知识分子面对的则是商品经济的发展所引发的实用主义的兴起、理想主义的失落以及知识分子地位的再度边缘化。

导演胡伟民曾表示:"当前,在不少人纷纷下海搞钱的时候,中国还有这么一批人在勤勤业业地筹备莎剧节,这不仅对得起莎翁,也对得起中国的文化事业。"②20 世纪八九十年代的"下海"潮中,仍有学者初心不改,坚持严肃的莎士比亚研究、翻译和舞台创作,传播经典文化,这种选择和坚持令人敬佩。

4. 莎士比亚语言研究

"十七年"时期,就有不少研究者讨论过莎士比亚的语言风格。但是,当时对莎士比亚语言形式的关注一则不多,二则主要在文学思想性的大框架下进行,服从于"以阶级斗争为纲"的主线。1961 年,曹未风撰文分析了莎剧语言,认为莎士比亚的"语言丰富多彩,词汇和表现方法都是英语文学作品中的典范",他尤其注意到莎士比亚的语言使用"吸收了大量的民间日常

---

① 费小平:《莎士比亚在改革开放的中国》,载《广西师院学报》(哲学社会科学版),1997 年第 2 期,第 60 页。

② 转引自孙福良:《莎士比亚与'94 上海——上海国际莎剧节述评》,载《艺圃(吉林艺术学院学报)》,1994 年第 4 期,第 27 页。

用语",赞美莎士比亚的台词具有"泥土香"。① 到了新时期初期,"以阶级斗争为纲"的文艺路线被"拨乱反正、解放思想"所代替,对莎士比亚语言风格的分析也变成了"转变思想"的武器,如赵毅衡《从莎士比亚作品谈形象语言的规律》借莎剧中的语言形式讨论了"形象思维",呼应了"文革"后我国文艺界对《毛主席给陈毅同志谈诗的一封信》的热烈讨论,尤其是信中反复提及的"要用形象思维".②

　　进入 20 世纪八九十年代,我国学者对于莎士比亚使用语言的研究更为独立、细致、科学,其中开展最早、也最具话题性的讨论,就是莎士比亚的词汇量问题。莎士比亚作品一共使用了多少语词? 1980 年,《汉语学习》最先提出了这个问题,并引用了前人的统计数据——"英国作家萨克雷掌握的语汇只在五千个左右,著名的诗人拜伦、雪莱不过掌握八九千个语汇,而莎士比亚使用的语汇竟达一万六七千之多"——不仅如此,莎士比亚的语言还"极其丰富、生动、优美",剧中人物对话"多彩多姿,妙趣横生".③ 顾绶昌的《关于莎士比亚的语言问题》首先讨论了莎士比亚的语言风格,并将"一万六七"的估值提高了将近一倍,精确为 29066——该数字是"借助德国电子计算机专家的力量"统计而得出的.④ 李金声《从莎士比亚使用的词汇量谈词汇量的统计》则引证西方计算机专家的词汇统计原则,认为词汇量的统计应该考虑"词形词"和"标题词"的区别,并得出结论:莎士比亚作品中的全部词汇量大致是 18000 个左右.⑤

　　1999 年,刘炳善对莎士比亚用词进行了系统的收集和整理,编写出版了《英汉双解莎士比亚大词典》。刘炳善指出:

> 　　目前我国莎学研究实际上处于一个青黄不接的状况:一方面,老一辈的专家学者由于自己早年负笈海外,学有积累,撰文写书,成绩卓著;另一方面,对于广大青年学生来说,莎剧原文仍是一部"天书",深入的莎学研究仍为一门带有一定神秘性的学问。莎剧原文的特殊语言困难构成了我国学生不能直接攻读莎士比亚的一大障碍,而这种障碍又构

---

① 曹未风:《谈莎士比亚的喜剧作品》,载《上海戏剧》,1961 年第 10 期,第 24 页。
② 见赵毅衡:《从莎士比亚作品谈形象语言的规律》,载《徐州师范学院学报》,1981 年第 2 期,第 18—24 页。
③ 《莎士比亚掌握多少语汇?》,载《汉语学习》,1980 年第 3 期,第 64 页。
④ 顾绶昌:《关于莎士比亚的语言问题》,载《外国文学研究》,1982 年第 3 期,第 24 页。
⑤ 李金声:《从莎士比亚使用的词汇量谈词汇量的统计》,载《辞书研究》,1983 年第 4 期,第 182 页。

成了目前我国莎学研究既不能广泛普及又不能深入提高的根本原因。①

　　20世纪八九十年代，我国出现了英语学习热潮。莎士比亚的词汇量问题由于比较直观，又涉及英语初学者必经的"背单词"难关，容易引起读者兴趣，也更增添了莎士比亚的"经典性"与"传播力"。讨论莎士比亚的名言选段、成语俚语、词汇创新的论文和汇编②不仅出现在各类学术期刊中，也越来越多地出现在各类英语学习期刊中，不仅提升了广大英语学习者的学习热情，也帮助莎士比亚成为英语世界首屈一指的文化偶像。

　　当然，莎士比亚语言风格的研究并不限于莎剧词汇和词汇量研究。申恩荣的《莎士比亚剧中语言的排比与对照》探讨了莎剧段、句、词的排比和剧情、角色台词、人物内心的对照。③ 劳允栋的《莎士比亚语言与现代英语》就莎翁语言与现代英语差异之处，探讨了伊丽莎白一世时期英语的词类转换、形容词在意义上的绝对化、性质形容词的主被动意义互相转化等十八种语言现象。④ 王佐良的《白体诗里的想象世界——一论莎士比亚的戏剧语言》和《白体诗在舞台上的最后日子——二论莎士比亚的戏剧语言》讨论了莎士比亚对诗体的准确选择和变化及其背后的历史原因。⑤ 秦国林的《莎士比亚语言的语法特点》提出，英语不仅在发音和语法上出现了很大变化，而且在词义和单词用法上都发生了很大变化，并特别关注了莎剧与现代英语中的不同语法现象，方便现代读者阅读和理解。⑥ 张冲的《"犯规"的乐趣——论莎剧身份错位场景中的人称指示语"误用"》关注了莎剧中身份错位场景中的人称指示语的使用问题，从语言学理论出发，研究了人称指示与误用的

---

①　刘炳善：《为中国学生编一部莎士比亚词典——〈英汉双解莎士比亚大词典〉自序》，载《外语与外语教学》，1999年第1期，第31页。

②　这些论文包括赵忠德：《莎士比亚与语言创新》，载《英语知识》，1987年第1期，第3—5页；赵忠德：《小议莎士比亚的词汇创新》，载《教学研究（外语学报）》，1987年第4期，第38—42、44页；文军：《从莎士比亚的用例说起——浅谈医学词汇的喻用》，载《上海科技翻译》，1990年第2期，第30—31、28页；唐树良：《来自莎士比亚戏剧的英语成语》，载《英语自学》，1999年第8期，第11—13页。

③　见申恩荣：《莎士比亚剧中语言的排比与对照》，载《外国语（上海外国语学院学报）》，1990年第2期，第14—19页。

④　见劳允栋：《莎士比亚语言与现代英语》，载《扬州师院学报》（社会科学版），1983年第4期，第81—90页。

⑤　见王佐良：《白体诗里的想象世界——一论莎士比亚的戏剧语言》，载《外语教学与研究》，1984年第1期，第1—6页；王佐良：《白体诗在舞台上的最后日子——二论莎士比亚的戏剧语言》，载《外语教学与研究》，1985年第4期，第1—8页。

⑥　见秦国林：《莎士比亚语言的语法特点》，载《外语学刊（黑龙江大学学报）》，1988年第2期，第38—44页。

交际意义和喜剧功能。① 此外,汪义群讨论了莎剧中的非规范英语②,罗志野详细论证了莎剧中的修辞③,吴念关注了莎士比亚对现代英语的影响④,尹邦彦讨论了莎士比亚语言的创新与多样性⑤,等等。

这一时期我国学术期刊上出现了对莎士比亚语言批评的集中刊载,不仅是由于莎士比亚语言研究的成果丰富,也有时代导向的原因:

首先,20 世纪八九十年代,"新批评"理论在我国的英语教学与研究运用广泛。"新批评"强调文本细读,挖掘语言形式本身的含义,在 20 世纪二三十年代盛行英美。20 世纪 50 年代以来,随着西方文论的快速发展,"新批评"式微。但是,在传入我国之后,"新批评"却产生了越来越重要的影响,文本细读成为我国外国文学教学的重要方法论。事实上,自 1949 年以来,我国的外国文学批评一直过度重视意识形态批评,而对文学的审美价值关注不够,导致文学作品成为"思想性"的传声筒。对文学作品展开细读,关注文学的语言形式,不仅有助于强调文学的审美价值,还有利于创新研究视角,让文学研究走向深入化和专业化,因而莎士比亚的语言研究主题也得到了外国文学类学术期刊的鼓励。

其次,20 世纪八九十年代,西方现代语言学研究在我国迅速发展起来,"能指""所指""话语"等西方语言哲学术语不断刷新着我国学者对语言本身的认知:语言可以是语言本身,语言本身就代表着权力。而我国的语言学研究经历了长期停滞,在"文革"后重新焕发生机,语言学研究重回正轨,中国的语言学研究者将历史悠久的传统语文学与西方语言学研究思路和成果相结合,而莎士比亚戏剧因其经典地位和独特的近代英语风格,也成为语言学研究的良好材料。

再次,科学技术的发展日新月异,也使得研究者可以借助科学方法来研究文学问题。如:统计莎士比亚的词汇量,建立数据库研究莎士比亚语言风格,这些之前人力难以完成的繁重的统计工作,在 20 世纪八九十年代却可借助计算机辅助技术而实现,这同样便利了莎士比亚的语言研究。

---

① 见张冲:《"犯规"的乐趣——论莎剧身份错位场景中的人称指示语"误用"》,载《外语教学与研究》,1996 年第 1 期,第 42—46 页。

② 见汪义群:《试论莎士比亚戏剧中的非规范英语》,载《外国语(上海外国语学院学报)》,1991 年第 6 期,第 9—12、8 页。

③ 见罗志野:《论莎士比亚的修辞应用》,载《外国语(上海外国语学院学报)》,1991 年第 2 期,第 10—14 页。

④ 见吴念:《论莎士比亚对现代英语的影响和贡献》,载《重庆师院学报》(哲学社会科学版),1994 年第 1 期,第 104—107、5 页。

⑤ 见尹邦彦:《莎士比亚戏剧语言的多样性》,载《外语研究》,1997 年第 4 期,第 19—22 页。

最后,在经历了"拨乱反正"后,我国的莎士比亚批评亟待突破,更深入地解析莎剧。杨周翰曾提及,20世纪80年代我国外语教学的客观情况在于,中学的外语教学水平低,大学外语系的学生都在忙着学习外语,没有时间顾及文学,导致大部分英语系学生的文学基础较弱。① 随着我国高等教育事业的发展和外语教育的发展,越来越多的英语系学生和研究者具备了阅读一手和二手英文资料的能力,可以研究伊丽莎白一世时期的英文原著,还原莎士比亚在伊丽莎白一世时期英国的语境,这也为这一时期莎士比亚语言风格的研究提供了客观条件。

由此,20世纪八九十年代,越来越多的研究者感受到了莎翁语言的魅力,从对莎剧情节和主题的探讨逐渐转入对莎剧语言形式的研究,也推动了莎士比亚研究的专业化。

5. 莎士比亚考据研究

自20世纪80年代中后期开始,莎士比亚的考据学研究重新进入了中国莎士比亚研究者的视野。所谓"重新",是因为考据曾是我国历史学研究和文学研究的重要方法。但是随着"十七年"时期对俞平伯"红楼梦研究"的批判和对胡适"历史考据学"的批判,考据的研究方法和资产阶级意识形态挂钩,变成了那个时代的禁语。

我国20世纪八九十年代的莎士比亚考据研究主要分为四个方面:一是莎剧版本考据。顾绶昌的《莎士比亚的版本问题》和《莎士比亚的版本问题(续)》②详细介绍了莎士比亚的四开本、对开本和17世纪以来的常见编纂本。顾绶昌对莎士比亚各个版本的详细介绍,为研究者选择莎士比亚研究的工作文本提供了依据,形成了学术交流的基础,并为20世纪八九十年代莎士比亚研究的持续深入奠定了基础。

莎士比亚考据的第二个重要话题是莎士比亚的作者性(authorship)问题。这个话题同样是"重提"。早在1964年,周煦良就批驳过"培根就是莎士比亚"的说法,感叹"某些资产阶级莎士比亚考证家无聊到多么荒谬的程度"③! 然而,对莎士比亚本人是否真实存在的争议似乎从未止息,它不仅是茶余饭后的谈资,也始终没有离开学术研究的视野。1986年,孙家琇以

---

① 见朱琳:《访杨周翰教授》,载《外国文学研究》,1985年第3期,第123—124页。

② 见顾绶昌:《莎士比亚的版本问题》,载《外国文学研究》,1986年第1期,第63—68页;顾绶昌:《莎士比亚的版本问题(续)》,载《外国文学研究》,1986年第2期,第12—17、76页。

③ 周煦良:《英国三文学杂志为纪念莎士比亚诞生四百年出版专辑》,载《现代外国哲学社会科学文摘》,1964年第8期,第39页。

《所谓"莎士比亚问题"纯系无事生非》为题发文，直言"莎士比亚的反对者们鼠目寸光，缺乏历史知识"，认为讨论莎士比亚是否真有其人"纯属无事生非"，"甚至还在扰乱我们中国人的视听"。① 辜正坤的《十九世纪西方倒莎论述评》和《西方十九世纪前倒莎论述评》则围绕莎士比亚的著作权问题，细致考察了"倒莎派"②的重要人物、研究成果、理论依据和考古发现，尤其关注"培根论"，提出"倒莎派"的研究工作和研究方法也是莎士比亚研究的一部分，不应忽略不提。③

　　莎士比亚考据的第三个重要话题同样涉及莎士比亚的"作者性"问题，不过讨论的不是莎士比亚是否存在，而是莎士比亚新作的认定。1986 年，不少研究者都注意到了盖里·泰勒（Gary Taylor）发现并收入牛津版《莎士比亚全集》里的一首莎翁佚诗。④ 钱兆明《新发现的一首"莎士比亚"抒情诗——评盖里·泰勒的考据》考察了传统考据与计算机计量考据的区别和联系⑤，黄文璋从统计学视角讨论了这首新诗的真伪⑥，《文化译丛》刊登了奥托·弗里德里克的论文译文，指出这首诗其实写法拙劣，暗示其发现者——牛津大学三十岁的《莎士比亚全集》编者盖里·泰勒的这个新发现看似轰动，实则目的可疑，很可能只是为了炒作新书。⑦

　　莎士比亚考据的第四个话题是莎士比亚的"密码说"。有西方学者考据了莎士比亚的墓志铭等物质文化资料，提出莎士比亚的墓志铭"是一首引人注目的密码铭文，内含某种秘密"；也有人论证了莎士比亚的第一对开本，认为"培根在 1623 年出版莎士比亚戏剧集第一版时，就设置了后人可以据之确定的他的著作权的密码"。⑧ 林一民沿用了西方评论界对这种考据方法

---

① 孙家琇：《所谓"莎士比亚问题"纯系无事生非》，载《群言》，1986 年第 7 期，第 26、24 页。

② 即认为莎士比亚的作品非莎士比亚所写。本书作者注。

③ 见辜正坤：《十九世纪西方倒莎论述评》，载《北京大学学报》（哲学社会科学版），1993 年第 3 期，第 88—101 页；辜正坤：《西方十九世纪前倒莎论述评》，载《国外文学》，1993 年第 4 期，第 111—118 页。

④ 即诗歌《我该死去？还是逃避》。这一时期新确认或引发讨论的莎士比亚作品还包括传奇剧《两个高贵的亲戚》、历史剧《爱德华三世》、长诗《挽歌》。

⑤ 见钱兆明：《新发现的一首"莎士比亚"抒情诗——评盖里·泰勒的考据》，载《外语教学与研究》，1986 年第 2 期，第 40—44 页。

⑥ 见黄文璋：《莎士比亚新诗真伪之鉴定》，载《中国统计》，1999 年第 7 期，第 29—31 页。

⑦ 见奥托·弗里德里克：《莎士比亚一首轶诗引起的争论》，杨绍伟译，载《文化译丛》，1986 年第 5 期，第 23—24 页。

⑧ 转引自林一民：《关于莎士比亚的新话题》，载《南昌大学学报》（社会科学版），1994 年第 3 期，第 49 页。

的评价,戏称这些莎士比亚密码专家为"文艺侦探"。①

在介绍西方学者的莎士比亚考据研究成果时,我国学者大都给予了类似评价,即这些观点是荒谬的,颠倒了莎士比亚研究的本质。林一民的观点很具代表性:

> 我们学习、研究、欣赏的对象主要是莎士比亚的作品,而不是他这个人。我们之所以说莎士比亚伟大,主要是因为他的那些戏剧作品伟大。从本体论出发,只要作品具有真、善、美这些特质,没有掺入假、恶、丑就行了。至于是马娄写的,培根写的,还是莎士比亚写的,那仅仅是一个名字符号是否正确的问题,并不会增加作品的一分光辉,也不会减少它的一点色泽。②

研究者抓住了莎士比亚研究的本质,即我们看重和研究的是莎士比亚的作品,而非对莎士比亚本人的偶像崇拜。但必须指出的是,无论是莎士比亚的版本历史,还是"培根说",或是莎士比亚新作的认定,我国研究者均大量使用西方评论家的观点和材料,几乎没有原创性研究。当然,出现这种状况可能有其客观原因——由于地理和交通的限制,我国学者无法掌握新发掘的一手资料,更难以搜集莎士比亚鲜为人知的人生经历,20世纪八九十年代也缺乏"早期英语书籍在线"(EEBO)等便利的网络资源,难以展开创新研究。

莎士比亚被认为是"文学巨匠",在世界文学中具有难以撼动的地位,乃至对莎士比亚著作权的任何质疑,也成为对莎士比亚权威文学地位的威胁。从这个角度讲,新时期我国文学评论对莎士比亚版本考据问题的关注,本身就是一场思想解放的过程。

6. 对国外莎评体系的整体梳理

20世纪80年代,美国文学界出现了"重写文学史"的现象,研究者致力于编写《哥伦比亚美国文学史》(1988年出版)、《剑桥美国文学史》(1996年出版),被认为是文学研究的"重划疆界"。中国80年代的"重写文学史"也被认为是全世界"重写文学史"热潮的一部分。20世纪80年代中后期,我

---

① 林一民:《关于莎士比亚的新话题》,载《南昌大学学报》(社会科学版),1994年第3期,第49页。

② 同上篇,第51页。

国学术界的"重写"学术史不仅牵涉了对文学作品的重新发掘，也涉及许多作家、作品和文学现象的重新阐释和评估，体现了编者立场和观点的转变。①

　　与文学研究界"重写文学史"的整体步伐一致，20 世纪 70 年代末到 80 年代初，我国莎士比亚研究者也开始重新认识西方莎士比亚研究的学术价值和进步意义。进入 20 世纪 80 年代，中国的莎士比亚研究者将视野拓宽到整个莎士比亚研究史，同时将中国学者的研究置于世界莎学研究的进程之中，展开共时的和历时的探讨，重新评价国外莎评成果。而临近世纪之交，当社会各界都怀抱着对"千禧年"的憧憬，回看历史、展望未来，学术界也展开了对整个 20 世纪学术史的回顾。中国的莎士比亚研究者开始以中国人的视角、从中国人的主体性出发，书写四百年莎评学术史，并在这个过程中认识世界，认识莎士比亚，也重新认识自己。由此，对 20 世纪西方莎评的评论也就成为中国学者"观看"莎士比亚的一种方式。

　　同时，"文革"以后，中国的莎士比亚研究逐渐与世界接轨，研究者通过发表论文、参与国际会议等途径与国外同行交流，了解莎士比亚的研究传统与当今世界发展趋势，更快地融入莎士比亚学术研究的国际话语体系中。而 20 世纪 80 年代以来，随着中国高等教育事业的发展，中国开始培养自己的博士和硕士，对学术论文的学术性和写作规范也有了更高的要求，学术论文遵循国际通行的学术论文撰写方法，对国内、外莎士比亚研究成果作出综述，这也就客观上要求学生了解国外莎学体系，熟悉国外重要莎评成果。

　　在这一时期，中国的莎士比亚研究界对莎士比亚研究的历史发展阶段形成了较为一致的划分，并对西方莎士比亚研究史达成了共识，即莎士比亚研究史自莎士比亚的同时代人罗伯特·格林的"乌鸦"说和本·琼生在 1623 年莎士比亚第一对开本的题诗"他不属于一个时代"开始，历经 17 世纪至 18 世纪以德莱顿、蒲伯、约翰逊博士为代表的新古典主义时期，到浪漫主义批评时期德国狂飙运动、柯尔律治和布拉德雷为代表的对莎士比亚的偶像崇拜，再到 20 世纪出现了历史评论／历史学派，新批评／语言和意象分析学派／"新派"，心理分析，神话批评／神话学派，类型批评／类型学派／主题批评（即使用基督教教义解释莎士比亚），校勘学派和多元批评，莎士比亚研

---

　　① 参见陶东风、和磊：《当代中国文艺学研究（1949—2019）》（下卷），北京：中国社会科学出版社，2019 年，第 496—497 页。

究愈加丰富多彩，与日俱进。①

　　在对西方莎评发展史进行全面梳理和系统总结的过程中，托尔斯泰对莎士比亚的评价问题成为一个重要话题。张月超指出，托尔斯泰和萧伯纳对莎士比亚的贬低实际上是一种"反偶像崇拜"②。张弘提出，托尔斯泰抨击莎士比亚，是因为他在按照自己所理解的现实主义原则衡量莎士比亚的现实主义，"托尔斯泰对莎士比亚的评价首先是一位惯操冷静手术刀的批评现实主义大师对另一位感应着同时代人性躁动痛苦的戏剧天才的审视，同时他严厉的批评也表明批判现实主义文学凭借着理性原则，继续在向新的高度拓展。这是文学的成熟，但不幸也是失落，结果在多数后期现实主义作家笔下，人类心灵世界的非理性层面被忽略了"③。曾庆林《对托氏与莎氏关系研究的反向再思索》则研究了两位作者创作系统的同构性及莎士比亚对托尔斯泰的有益影响，将两位文学巨匠的艺术创作置于全人类社会文化发展的系统之中，探讨了两位作家相通的原因以及他们成为世界文学泰斗的外在因素。林一民则从读者接受批评出发，提出托尔斯泰对莎士比亚的消极评价体现出了文学接受中的差异性与背离性，并引申出不同的文化心理结构在文学和文化现象传播中的重要意义。④ 简言之，大部分学者对莎士比亚戏剧仍然抱着推崇、学习的态度，并不赞同托尔斯泰和萧伯纳对莎士比亚的消极评价；而从这些论文对托氏与莎氏关系的分析来看，大部分研究者并不盲从权威，而是保持了客观严谨的学术态度，以历史的、发展的眼光阐释莎士比亚研究史。

　　我国学者20世纪八九十年代对国外莎评体系的梳理和总结也存在一些问题：如，过于重视英美莎评和托尔斯泰莎评，但对其他国家莎评的讨论较少，对邻国日本的莎士比亚研究更缺乏应有的关注——事实上，日本的莎士比亚研究、演出和传播已经走在非英语国家的前列，而且对日本的国家现代化起到了重要作用。如果我们只将目光放在20世纪的英语国家，甚至仅

---

　　① 见华泉坤：《当代莎士比亚评论的流派》，载《外国语》，1993年第5期，第62页；涂淦和：《谈谈二十世纪西方莎评的几种流派》，载《厦门大学学报》（哲学社会科学版），1985年第2期，第143—151页；张月超：《三百余年来莎士比亚评论述评》，载《文艺理论研究》，1982年第1期，第118—128页。

　　② 见张月超：《三百余年来莎士比亚评论述评》，载《文艺理论研究》，1982年第1期，第126—128页。

　　③ 张弘：《关于莎士比亚的阐释——兼评〈莎士比亚引论〉》，载《辽宁师范大学学报》（社科版），1993年第3期，第34页。

　　④ 见林一民：《托尔斯泰为什么否定莎士比亚——兼谈文学接受中的差异性与背离性》，载《南昌大学学报》（人文社会科学版），1986年第4期，第49—56页。

仅关注英国和美国的研究,是并不全面的。

再如,对国外莎评形成了较为统一的认识和评价,但具有独创性的观点并不多。张冲曾讨论了 1965—1985 年的西方莎评发展,认为这 20 年出现了两种莎士比亚研究模式:一种是力图复制和再现莎剧,他称之为"莎士比亚主旋律";还有一种则是"试图在莎剧中发掘出更多的与自己所处时代的方方面面相契合的东西,将自己在特定氛围中的情感、观点和思想溶进作品之中,表现出来,并力求符合同代的口味",即他着重讨论的"莎士比亚变奏"。[①] 张冲触及了莎士比亚的当代化问题,提出莎剧是具有"强大互文生命力的文学现象"[②],为莎士比亚的多元化和各个时期的改编提供了合理性,但这样有独创性的观点在 20 世纪八九十年代的国外莎评研究中并不多见。

必须指出的是,与"十七年"时期政治对文学的影响不同,20 世纪八九十年代我国研究界对西方莎评的"统一"认识并非出于政治形势的影响,而是学术界的自发行为,尤其是 1979 年和 1980 年杨周翰选编的《莎士比亚评论汇编》上、下册相继出版。这套汇编较为详细地介绍了国外莎士比亚研究成果,为研究者打开了一扇窗,奠定了中国学者对西方莎士比亚研究的认识基础,并与张可译《莎士比亚研究》(1982)、张可、王元化译《莎剧解读》(1988)一起,成为 20 世纪八九十年代中国莎学研究者的案头读物。在网络并不发达、学术资源有限的八九十年代,我国大部分文学研究者和英语专业学生对西方莎学的了解正是来自于此,这也造成了我国学者对国外莎评的认识和评价较为一致的现象。

7. 莎士比亚的比较文学批评

20 世纪八九十年代,莎士比亚的比较研究异军突起,成为我国莎士比亚研究的重要组成部分,而莎士比亚与中国文学的比较研究成为这一时期各大学术期刊力推的研究专题。"与其他域外作家和中国作家、作品的比较文学研究相比,'关于莎士比亚与中国文学的关系研究,成果最多'。"[③]以《外国文学研究》为例,自 1978 年 9 月创刊以来,《外国文学研究》平均每年推出莎士比亚研究论文、国内外莎士比亚学术研讨会综述等四至五篇,期刊

---

①　张冲:《当代西方莎士比亚变奏二十年(1965—1985)》,载《外国文学评论》,1992 年第 1 期,第 121 页。

②　同上篇,第 127 页。

③　李伟民:《中国莎士比亚批评:现状、展望与对策》,载《英美文学研究论丛》,2008 年第 2 期,第 46 页。

编辑王忠祥称之为"《外国文学研究》对莎士比亚研究'情有独钟'（包括刊发莎评的数量和质量）"①，而莎士比亚的比较研究就是其中重要的组成部分。《外国文学研究》"经常组织、选发富有中国学者文化意识特性的与东方视角的莎评，参与中西古今的'莎评对话'。如此作为的'功利'，也许超越了莎士比亚研究乃至英国文学研究的范畴，似可为世界文学经典作家作品研究和世界文学史研究引发一些思路"②。这些莎士比亚的比较研究论文横贯中西、融汇古今，不仅促进了外国文学研究的发展，而且也进一步让文学评论在比较中观照自身，重新发现"自我"。

　　不仅学术期刊开始有意识地推出比较文学研究专题，许多作者也热衷于将莎士比亚戏剧与古、今、中、外的文学作品相比。20 世纪八九十年代，研究者的思想愈加开放，比较研究也更加深入，产生了多篇内容丰富、视角新颖的学术论文。方平的《我国古典文学和莎士比亚》以比较研究的方法，讨论了蒲松龄笔下的婴宁和莎士比亚笔下的比阿特丽斯这"两个爱笑的姑娘"、《红楼梦》与《罗密欧与朱丽叶》以及后世对他们的不同评价，讴歌了人性和爱情的美好，提出"我们在文学上也有十分落后的一面"，旨在呼吁读者打破思想禁锢，学习外国文学文化中的优秀成果。③ 黄龙将莎剧与《圣经》和《诗经》进行了横跨中西、纵贯古今的比较，讨论了世界古典文学的共性，以及莎士比亚与基督教信仰的关系。④ 林忠亮研究了《罗密欧与朱丽叶》和傣族叙事长诗《娥并与桑洛》的相似之处。⑤ 苏晖研究了《哈姆雷特》与《狂人日记》所展现的中西悲剧美学特征，尤其是由《狂人日记》开创的五四悲剧对中国传统悲剧的革新及其对哈姆雷特为代表的西方悲剧美学的借鉴，对研究中外文学中的悲剧艺术具有启迪作用。⑥ 张直心将郭沫若的历史悲剧《孔雀胆》与莎士比亚的悲剧《哈姆雷特》在情节、人物和主题上进行比较，反驳了郭沫若曾经认为莎士比亚的四大悲剧"悲剧性都不够强"的认识，并将

---

　　① 王忠祥、杜娟：《〈外国文学研究〉与莎士比亚情结——兼及中国莎士比亚研究》，载《外国文学研究》，2004 年第 5 期，第 7 页。

　　② 同上篇，第 6 页。

　　③ 方平：《我国古典文学和莎士比亚》，载《读书》，1980 年第 8 期，第 100 页。

　　④ 见黄龙：《莎著、〈圣经〉与〈诗经〉——莎士比亚文艺观溯源之补证》，载《南京师大学报》（社会科学版），1982 年第 4 期，第 78—83 页。

　　⑤ 见林忠亮：《莎士比亚悲剧和傣族民间长诗比较》，载《民族文学研究》，1986 年第 5 期，第 79—83 页。

　　⑥ 见苏晖：《超越者的悲剧——〈哈姆雷特〉与〈狂人日记〉》，载《外国文学研究》，1992 年第 1 期，第 62—67 页。

两部悲剧分别定位为"历史悲剧"和"哲理悲剧"。① 封英锋《浪漫诗人与情感化悲剧——郭沫若历史悲剧与莎士比亚悲剧之比较》同样比较了郭沫若的历史悲剧与莎士比亚悲剧，认为郭沫若与莎士比亚都是浪漫主义诗人，他们的悲剧作品有许多相同、相通之处，其最主要、最本质的联系就是情感化特征。② 吴佩娟则比较了《温莎的风流娘儿们》中的福斯塔夫与《红楼梦》中的贾瑞，认为他们虽然相隔了一百多年，但都是没落的封建贵族和浪荡公子，也都走向了可笑又可悲的悲结局，而莎士比亚和曹雪芹在创作时都非常重视细节描写，尤其是这两个戏剧角色的眼睛。③ 李宇东比较了韵文在曹雪芹和莎士比亚作品中的运用，如情境阐释、典型形象塑造、情节、比喻手法使用、现实主义与浪漫主义相结合等。④ 区鉷则将比较的范围扩大到法、俄、德、美、中等国对莎士比亚的不同评价上，比照分析了以"时代意识、主体意识和民族文化意识"为主要内容的"本土意识"在文学接受过程中所起的重要作用。⑤ 李万钧比较研究了莎剧与中国传统戏曲的相似之处以及莎士比亚对中国现代话剧的影响，提出莎剧与中国戏曲有不少相似之处，如它们都是诗剧，都有歌舞，都有台词或唱词来创造舞台，大都采取开放性的、多情节线索的、叙事成分很浓的戏剧结构，且都取材于书本，⑥为莎剧与中国戏曲的融合与改编提供了理论依据。

中西戏剧的对比研究也在戏剧研究领域得到了呼应。如吴保和的《中国戏剧中的"少女牺牲"原型》讨论了《威尼斯商人》夏洛克对女儿杰西卡的禁锢与元杂剧《金钱记》中柳眉儿因为恋情被父亲吊起来打等情节的类似之处，认为这显示了人类潜意识里父亲情节的强烈，认为以中国戏曲改编莎士比亚具有充足的文化可能性。这篇文章还引出了另外一个在中国戏剧和戏曲发展史上影响深远、争论不休的话题，即中国到底有没有悲剧？作者明确提出，中国古代戏剧中喜剧占了主体，而"少女牺牲"的原型在某种程度上阻

---

① 见张直心：《文化意蕴互阐：〈孔雀胆〉与〈哈姆莱特〉》，载《郭沫若学刊》，1997 年第 1 期，第48—52 页。

② 见封英锋：《浪漫诗人与情感化悲剧——郭沫若历史悲剧与莎士比亚悲剧之比较》，载《延安大学学报（社会科学版）》，1999 年第 2 期，第 47—52 页。

③ 见吴佩娟：《没落的封建贵族——福斯塔夫和贾瑞比较》，载《外国文学研究》，1991 年第 3期，第 68—73 页。

④ 见李宇东：《韵文在曹雪芹和莎士比亚创作中的运用》，载《外国文学研究》，1995 年第 2 期，第 49—53 页。

⑤ 见区鉷：《透过莎士比亚棱镜的本土意识折光》，载《外国文学评论》，1999 年第 4 期，第86—89 页。

⑥ 见李万钧：《比较文学视点下的莎士比亚与中国戏剧》，载《文学评论》，1998 年第 3 期，第76—86 页。

碍了中国悲剧的出现。① 作者还对比了孟称舜的《娇红记》与莎士比亚的《罗密欧与朱丽叶》，认为两部戏剧情节的类似之处在于，前者的男女主人公用爱情战胜了社会伦理，后者的男女主人公以爱情战胜了世俗伦理和家庭仇恨，两部戏剧主人公的结局都是悲剧性的，但年轻人的死亡带来了两个家族的和解，从这个角度讲，他们自己的悲剧命运也可以看作是另外一种大团圆结局，因此，《罗密欧与朱丽叶》从来就不是《哈姆雷特》那样的悲剧，而"少女牺牲"原型从根本上讲无法形成悲剧。② 马弦、马焯荣则比较了李渔与莎士比亚在戏剧创作观念上的异同，提出两位剧作家都重视偶数思维，并将之具体化为成双成对、主次相依、映衬对照等策略。③ 李雪枫比较了朱丽叶和明末传奇、孟称舜《娇红记》的女主人公王娇娘的女性形象异同。④

1985年，杨周翰在一次访谈中透露了成立全国比较文学学会的构想，倡导打通中、外文学系的界限。杨周翰认为：

> 比较文学是跨国界、民族、语言的两种或两种以上的文学的比较研究。为比较而比较的研究，没什么成就。通过比较，应该对比较的双方增加更多的了解。……比较研究可以是跨学科的，如将中世纪骑士文学与大教堂比，相得益彰，它们都是同一个时代产生的；还可以作影响研究，说出一个道理，如鲁迅接受了俄国作家的影响，使他创作发展起了什么变化等。比较文学应寻求规律性的东西，仅指出同和不同是不够的。⑤

这段话显示，在创立之初，我国的比较文学研究即注重：一、不应为了比较而比较，而是应该在比较中寻求规律，此即比较研究的落脚点；二、比较研究应具有"可比性"，比较研究可以是跨学科，也可以是影响研究，但不应跨度过大，什么都拿来比；三、我国的比较文学研究着重中、外比较——正如杨周翰所说，"国际上也是看我们这点"⑥。

但是，从20世纪八九十年代莎评的研究主题、比较方式和结论来看，杨

---

① 见吴保和：《中国戏剧中的"少女牺牲"原型》，载《戏剧艺术》，1989年第4期，第92页。

② 同上篇，第105页。

③ 见马弦、马焯荣：《李渔·莎士比亚比较偶数思维与戏剧创作》，载《艺海》，1995年第2期，第58—65页。

④ 见李雪枫：《一样钟情，两样风景——〈罗密欧与朱丽叶〉和〈娇红记〉中女主人公形象比较》，载《中华戏曲》，1999年第1期，第446—452页。

⑤ 朱琳：《访杨周翰教授》，载《外国文学研究》，1985年第3期，第123页。

⑥ 同上。

周翰所提出的这三点要求并未充分贯彻在批评实践中。事实上，八九十年代的莎士比亚比较文学研究的确存在着"一切皆可比较"和"毫无意义的比较"两种现象，汤显祖、李渔、关汉卿、曹雪芹、郭沫若、鲁迅、郑廷玉、傣族长诗和易卜生等，都曾拿来与莎士比亚相比，论证中、西文学和文化的不同与相通之处，似乎"比较文学"已经成为一种时尚，时间、空间、文类之分都不是障碍，但凡作品、作者有任何一丝表面的相关性，就可拿来比较，这就造成了有些比较跨度过大，因而研究意义不大。中国的比较文学研究必须深入比较研究的精神内核，发现"规律"，才能展开真正有意义、有价值的比较研究。

第三节　形式的意义：从"感悟派"的退潮到"学院派"的崛起

　　回溯 20 世纪 80 年代初期的莎士比亚评论，我们可以看到一种与今天的论文截然不同的写作手法：不太重视逻辑思辨，少有引用文学理论，注释和引证也不多，作品的情节介绍和评论者的个人感受占据大量篇幅。相比如今的论文动辄以"……视角下""……理论下"为题，这些论文明显更具个人风格，更有文采。如方平曾评论过莎士比亚《暴风雨》的美妙笔法：

　　　　歌颂女性的美，旖旎风光的美，历来的诗篇不知多少。但是写空灵的美，不可名状的美，写只能令人心醉、而无从形于言词的美，写"美"织成的轻梦，比现实生活更美，甚至一个没有开化的生灵，刚从这样的梦中醒来，又哭着要回到梦中去——这却是很难落笔，无论在诗篇中还是在戏剧中。而莎翁在他的喜剧中为两个小丑似的角色安排了他们的"华彩乐段"，让他们以无限留恋的心情去忆梦、寻梦，还梦想去叩开那已对他们关闭上了的神奇美妙的天国之门。

　　　　莎翁是不是通过他的小人物在这里现身说法呢？那么让我们，他台下的观众，好好倾听诗人所要宣扬的真谛吧，那也许是：这梦一般的、昙花一现似的奇迹，也可能成为我们的独特的美感经验，只要我们能意识到在芸芸众生的现实生活之外（或者不如说，在我们现实生活之中）原来存在着一大片等待开拓的"美"的领域。在喜剧中，那还没完全消逝的依稀梦影，就是"美"的女神若隐若现地在向人们发出诱人的召唤声。

　　　　超越了世俗的伦理道德观念，向"美"的领域延伸，向人的内心世界发掘美好的感情,用诗意的感受给现实世界披上一重闪光的轻纱;在青春和爱情的阳光下,洋溢着一片清脆的、无忧无虑的笑声,好像整个世界都如痴似醉了;而那哲人般的宽容、温和的微笑又把人生的智慧教给我们——这里就有莎士比亚喜剧永不消退的艺术魅力,也许莎翁的喜剧精神也尽在其中吧。①

方平用充满活力和想象力的语词,生动地描摹了莎士比亚喜剧所带给观众的奇妙的审美感受,综合运用了象征、比喻、通感等多种修辞手法,笔法流畅,文采飞扬,至今读来,仍能感受到评论者鲜明的个性、丰沛的想象力和喷薄而出的研究热情。这些对莎士比亚喜剧和喜剧精神的诗一般的评论,超越了意识形态批评——它本身就是对人类感受力的赞颂。不难想象,在如此动人的评论背后,是评论家写作论文时的满心喜悦和对爱与美好的赞美。可以说,这篇文学评论本身就是一篇优秀的文学作品。

批评家不是冷漠的旁观者,也不是文字的解剖者,而是将个人的情感和个体的生命体验融入了文本分析之中,以充沛的情感力量感染读者,获得共鸣。这种人性化、细节化、感性化的批评语言,一改过去文学批评中的教条主义,将"非黑即白"幻化成了"五彩缤纷",让文学批评成为一种个体的、自由的、鲜活的审美体验。

感悟式批评强调文学的主体地位,体现了评论者的主观能动性,其亲切感和民间性有利于进一步解放思想,与本章第二节讨论的莎士比亚研究主题的变迁关联密切。20 世纪 80 年代中期,随着文学界对人道主义和人性之美的发现,文学的审美价值逐渐取代意识形态批评,成为文学批评的主旋律,批评家的个体感受得到凸显,"我认为""我想"这些如今看来具有严重"印象式批评"痕迹的字眼,在当时却是批评家书写个性、挥洒创造力的证明。

但是,到了 20 世纪 90 年代末,这种随感式、印象式的评论明显减少,以直觉和顿悟为核心的批评方法让位于注重逻辑、措辞严谨、形式严整的"学院派"评论,作者的个性、情感和文采斐然逐渐被种种术语和"主义"湮没了。如果说新时期初期的"感悟式"批评呼应了对人道主义的重新发现,那么 20 世纪八九十年代为何出现了从"感悟式"莎评到"学院派"莎评的转变?这种写作形式是只出现在莎士比亚研究领域,还是外国文学研究的大趋势所向?

---

① 方平:《莎士比亚喜剧和莎翁的喜剧精神》,载《外国文学评论》,1990 年第 1 期,第 89—90 页。

总结 20 世纪八九十年代研究论文从"感悟式"批评到"学院派"批评的转变,其原因可能有以下几点:

首先,感悟式批评对评论者的要求较高,一般评论者难以达成。事实上,当钱谷融在 20 世纪 80 年代初期再次提出"文学就是人学"时,这不仅是对文学家的呼吁,也是对文学批评家的要求:

> 批评家应通过自己独特的创造性的劳动,把这作品中所包含的美,转变为比较容易欣赏、容易理解的美。批评家的作用,是美的欣赏的桥梁。沟通美与美的欣赏者。在这意义上,批评家起着美的鉴赏与再创造的作用。①

从本质上讲,"感悟式"批评也是文学创作。这就要求批评家不仅要有相当敏锐的艺术感悟力和文采,还要有一定的社会经历和共情能力,这样才能准确领悟并传达出文学之美。方平本人就是诗人和翻译家,而新时期初期到 20 世纪 80 年代的很多莎评作者也是诗人和翻译家,更能体会到莎剧的诗意和美。这也导致了"感悟式批评"容易呈现两个极端——要么论文非常出彩,要么只是个人情绪的宣泄,对文学批评没有实质贡献。

其次,感性泛滥、理性不足,并不利于文学评论的发展。人类的创造力和文学的主体性不只体现在个人感悟上,也在于逻辑思维和批判性思维上,而过度强调感性,没有理性支撑,并不利于文学研究的整体健康发展。王宁曾回顾了我国 20 世纪八九十年代的两种批评方法之争,认为"感悟式批评"已不适合当时中国的文学研究的发展,而文学批评的前途在于"学院式"文学批评模式——王宁将之概括为"文学批评学术化、文学理论科学化和文学理论理论化"②:

> 近十多年来,由于西方理论思潮的影响和冲击,中国当代文学也发生了前所未有的变化:一方面,传统的以直觉印象为出发点的感悟式批评依然在很大的读者范围内受到欢迎,批评的指向或者是作者或者是

---

① 钱谷融:《谈文艺批评问题(一九八一年四月二十六日在现代文学思潮、流派问题讨论会上的发言)》,载《文艺理论研究》,1981 年第 4 期,第 5 页。事实上,钱谷融在"十七年"时期就已提出"文学就是人学",其论文《论"文学是人学"》刊载于《文艺月报》1957 年第 7 期。1981 年人民文学出版社将之作为著作重新出版,1980 年《文艺研究》第 3 期刊发了钱谷融的《论"文学就是人学"一文的自我批判提纲》,等于是对"文学就是人学"理论的平反。

② 王宁:《文化批评与批评的国际化》,载《文学自由谈》,1997 年第 3 期,第 75 页。

文本本身,批评实际上仍未摆脱简单的作品评点或价值判断的浅层次;另一方面,一批有着较好理论素质并受过高等院校的学院式训练的批评家则越来越带有批评的理论意识,他们的批评文章正朝着超越传统模式的方向在发展,其最终目的既在于借用外来的理论来阐释中国的文学现象,同时又旨在批评实践中对本土固有的或从西方挪用来的理论进行质疑、改造甚至重构。①

1988 年《瞭望》曾刊载陈平原的《关于"学术语法"》,该文倡导在文学研究中建立一种"学术语法"来规范学术研究。20 世纪 90 年代,王宁、陈平原、南帆、杨匡汉等也一致在积极倡导和推动"学院式"批评。"学院派"并非替代"感悟式"批评的唯一选择。事实上,80 年代中期,我国曾出现了一次大规模的理论引介,当时被引进我国的种种方法论,不仅包括精神分析学、形式主义理论、阐释学、结构主义等西方文学批评流派,还包括西方新出现的科学方法论,即将物理学、生物学、数学等运用于人文社会科学研究,其中最著名的就是"老三论"(即系统论、控制论和信息论)以及"新三论"(即耗散理论、协同论和突变论)。如今,这场"方法论"革命与中国文学文艺批评的关系已少有人提,甚至当时红火的"新三论"到底是什么,有些 21 世纪的批评者也毫无概念。但是很快,感悟式批评被学术界定为一种落后、不科学的、不具有国际性的批评模式,甚至被批评为一种"非批评""坏批评"。②

再次,《当代文艺思潮》《文学评论》等学术期刊积极推进理论探索,也在20 世纪八九十年代从"感悟式"批评到"学院派"批评的转变中起到了重要作用。学术期刊不仅提供了文学批评的载体和舞台,而且通过组织文学会议、专栏讨论等推动理论批评发展,尤其是发掘青年批评家,实现文学生产机制的变革。正如有研究者所说:"在西方文学理论与 1980 年代的中国文学经验融合的过程中,由西方文学经验培植的多元化的现代文学理论是如何落地生根、进而融入文学现场的? 理论的本土化是如何完成的? 在我看

---

①　王宁:《文化批评与批评的国际化》,载《文学自由谈》,1997 年第 3 期,第 72 页。

②　陈来的《思想出路的三动向》概述了"文化热"的三个主要知识群体:"金观涛以科学为衡量传统文化的标尺;甘阳则从西方文化的价值判断中国文化,两者有代表性地反映了思想界的文化批判思潮,与两者大异其趣的是'中国文化书院',其创立宗旨之一,即弘扬固有的优秀文化传统,取向比较地认同传统,是显而易见的。"见陈来:《思想出路的三动向》,甘阳主编:《八十年代文化意识》,上海:上海人民出版社,2006 年,第 544 页。这里的三个知识群体对应了三套丛书的编委会。其中,"走向未来"丛书编委会以"科学"为标准来探讨文化重建,"文化:中国与世界"编委会主要以"阐释学"和"文化批判"角度进行文化建设,而"中国文化书院"更关注中国传统文化。

来,《文学评论》在一定程度上承担了这个历史的重任。"①《文学评论》和当时的中国社会科学院文学研究所所长、《文学评论》主编刘再复,被认为是实际上引领了 20 世纪 80 年代文学批评变革的风潮。学术期刊在引介西方理论、推动文学变革中的主导作用不可低估。

最后,文学体制和社会形势的改变,也推动了文学批评写作形式的转变。20 世纪 90 年代,市场经济改革深化,消费主义兴起,知识和知识分子被边缘化,80 年代知识分子极力建构的文学的主体性和人的自由发展,在 90 年代似乎成为一种对"主体性"的想象。正如洪子诚所观察到的:

> 在 80 年代,在"文革"刚结束的时候,是个个人"主体"重建的时期。那时候,提倡人的尊严,人道主义,刘再复先生提出"文学的主体性"。当时大家所想象的"主体",大体上是启蒙运动时代确立的自由的、自足而完整的主体。而 90 年代以后,所谓完整、自足的主体,会觉得是一种"神话",一种幻觉。因为我们每个人都生活在特定的语境中,我们的思想、情感、生活方式、想象方式,包括我们使用的语言,都是这样一个语境所"给予",或者说,受它很大的制约和影响。所以,所谓自足的主体性是值得怀疑的说法。②

同时,在这一时期,高等教育迅速发展,高校体制转型,大学、学院越来越重视"专业化"建设。在学院派传统的倡导者、学术期刊和高校专业建构的共同作用下,学术期刊、作者和专业院校合作促成了批评界向"学术派"的转移。有学者注意到:

> 90 年代以来……以理论形态存在的文学变成了一种脱域力量,独立于文坛之外。文学理论不再充当即时的文学创作思潮的"喉舌",而是为理论而理论,从而构建了一个自主的知识王国。但这个知识王国并非空中楼阁,而是建基在 90 年代以来日趋科层化的学术体制之上。③

---

① 崔庆蕾:《1980 年代先锋文学批评研究》,山东师范大学博士学位论文,2019 年,第 69 页。
② 洪子诚:《问题与方法——中国当代文学史研究讲稿(增订版)》,北京:生活·读书·新知三联书店,2015 年,第 35 页。
③ 曾念长:《断裂的诗学:1998 年的文学、思想与行动》,北京:生活·读书·新知三联书店,2017 年,第 350—351 页。

　　"学院派"批评家和学术期刊以及维护学院传统的研究者联合起来,形成了一个强大的学术批评同盟,文学评论不再服务于文学创作,而是形成了一个自给自足的系统。20 世纪 90 年代末,"感悟式"批评被驱逐出学术领域,沦为"坏批评"和"非批评",也属于这场变革的一部分。

　　但是,我们也必须意识到,文学评论的"自给自足",不仅为文学评论走向专业化和深入化提供了基础,也为文学理论研究的"空洞"和"重复建设"提供了温床。这一系列转变过程中的经验和教训,同样值得我们反思:

　　一方面,固然过于自由的"感悟式"批评不利于文学批评的健康发展,但是方法论繁芜的文字游戏亦然。吴炫指出,1985 年红火一时的"方法论革命"最终偃旗息鼓,其根本原因就在于,它"难以有效地解决艺术自身的一些问题"①。在对西方文学和科学理论的引介中,文学研究界存在着不加甄别的"拿来主义",似乎任何学科都存在着相通的可能,任何学科的研究方法都可以拿来使用,这就忽略了文学研究的特殊性,使得理论与文学本身的结合流于形式,说服力不足。文学批评理论化的迅速和盲目推进,折射出 20 世纪 80 年代学术批评的浮躁和盲目。

　　当然,20 世纪八九十年代文学研究者对理论的渴求也可以理解。"文革"之后,旧的意义中心被消解,新的价值体系尚未完全建立,精神上的无根状态触发了知识分子的焦虑与急迫。在"思想解放""个体自由"的引导下,知识分子放弃了"回到十七年时期"文艺政策的主张,开始向外部寻求解决方案。但 20 世纪 70 年代以来,西方经济发展放缓、社会矛盾丛生,对西方社会思潮不假思索地借用和挪用很容易让知识分子陷入后现代的碎片化思维中,失去我国知识分子一直引以为使命和担当的家国情怀和对社会问题的关注。

　　由此,我们需要认清中国的国情与现实需要,与各种"主义"保持一定距离,从文学研究的客观规律和我国的具体国情出发,对具体理论的适用性做具体分析,切不可囫囵吞枣、生搬硬套。

　　另一方面,"学院派"批评虽然规范了学术研究,将文学批评推向了专业化和深入化,但它同样需要制衡。20 世纪八九十年代"学院派批评"的出现,一扫文学批评中的浮泛之气,通过提倡扎实的学风和深厚的学术积累而令文学批评面貌一新。如今,"学院式"批评取代直觉印象式批评,成为学术研究的正统,但它自身的问题也不断暴露出来,特别是"学院派"批评所引发的对学术体制的质疑。研究者必须遵循一定的学术规范,才能进入学术期

---

① 　吴炫:《批评科学化与方法论崇拜》,载《文艺理论研究》,1990 年第 5 期,第 2 页。

刊的筛选范围，继而进入文学研究的"场域"，被学术机制所规约和吸纳；学术期刊不仅通过论文主题，也通过对论文撰写方式、评价方式等的要求强化了学术机制；"学术派"批评对理性和学术积累的倡导被对论文形式的要求所取代，"生产"出一篇篇行文规范、引经据典、充斥术语的学术论文。南帆曾经感慨：

> 俄狄浦斯情结？隐蔽的性别歧视？复杂的象征结构？白人中心主义或者欧洲中心主义？如果无法纳入这些话题，学院派批评家往往提不起兴趣。他们不愿意在一般的意义上谈论一部作品，评判优劣，或者陈述自己的联想和印象——浮光掠影的印象主义批评已经成为学院批评家的耻辱，幼稚的煽情只能赢得刻薄的奚落。①

但是近些年来，甚至连这样的感慨也几近绝迹。如今，很多学术论文已不再是研究者兴之所至的挥笔与同行交流学术思想的载体，而是高校教师职称考核和科研成果评定的硬性标准。在学术机制的推动下，"学术派"批评已然占据了学术期刊和学术批评的高地，成为学术研究的正统；而"感悟式"评论则被嘲弄为"印象式批评"和"华而不实"，回退到大众传媒和流行文化领域，不再被承认为"严肃的"文学批评。学术期刊对投稿内容和引注等标准化的规定让论文看起来"更像论文"了，但学术论文的实际贡献却难以衡量。正如《外国文学评论》的主编陈众议所指出的：

> 目前盛行的学术评价体系推波助澜，正欲使文学批评家成为"纯粹"的工匠。量化和所谓的核刊以某种标准化生产机制为导向，将批评引向千篇一律、千人一面的"模块化"劳作。我们是否进入了只问出处不讲内容的怪圈？是否让一本正经的钻牛角尖和煞有介事的言不由衷，或者模块写作、理论套用、为作文章而做文章、为外国文学而外国文学的现象充斥学苑？其中的作用和反作用是否已经形成恶性循环？②

这些问题，被陈众议形容为"毛骨悚然"。21世纪的学术研究确实迅速走向"新"和"深"了，但这些"新"有多少是新术语的堆砌？文学研究的"深"

---

① 南帆：《批评抛下文学享清福去了》，《中华读书报》，2003年3月12日。
② 陈众议主编：《当代中国外国文学研究(1949—2019)》，北京：中国社会科学出版社，2019年，第366页。

是否必须抛弃评论者的个性和情感,抛弃那些不懂术语和理论的"普通读者"? 理性的批评是否能兼容批评家的个性与情感? 这些问题依然值得讨论。然而,21 世纪我国学术期刊论文所呈现出的一个不争事实正是如此:相比 20 世纪八九十年代研究者充满个性、激情、诗意与激扬文采的莎评,如今的莎评似乎已经习惯了隐藏在冷峻的剖析、规范的格式和深奥的术语之后,变得面目不清了。

第四节　莎士比亚译介研究的逐步展开

我国莎士比亚的译介研究是从对翻译实践和翻译历史的研究开始的。1964 年恰逢莎士比亚诞辰 400 周年,戈宝权发表的论文《莎士比亚的作品在中国(翻译文学史话)》较为全面地介绍了莎士比亚传入中国以来的翻译情况,不仅涵盖了林纾、田汉、曹未风、朱生豪、曹禺、柳无忌、杨晦、梁宗岱、戴镏龄、方重、方平、张谷若、杨德豫等的莎士比亚戏剧和诗歌翻译成果,还提及了"'新月派'的买办资产阶级文人学者如梁实秋等"和"'第三种人'如杜衡之流"等。① 此外,戈宝权也提及了 1964 年人民文学出版社邀请吴兴华、方重、方平、杨周翰等校订和增补朱生豪译《莎士比亚全集》的情况,是"十七年"时期的一篇重要的莎士比亚翻译史论文。1981 年,英若诚的《请君入瓮》译本将"可演性"放了译本质量的重要位置,同样引发了关于莎剧译本功用的讨论②——翻译莎士比亚戏剧,到底是为了阅读,还是为了演出? 这对此后的莎士比亚翻译实践和翻译理论研究产生了较大影响。

1981 年,《外国文学研究》刊载短评《介绍外国文学要注意翻译的量质、选题和社会效果》,提出"翻译工作者是第一个接触外来文化的哨兵","翻译工作者同编辑出版工作者一样,首先要做个调查员和研究员,然后再做推销员和传播员",③表示外国文学翻译的选题应该注重社会效果,对读者进行正面引导,将文学翻译的社会功能提到了重要位置,从一个侧面体现出了翻译在 20 世纪 80 年代我国社会文化生活中的作用。事实上,彼时的中国正经历着一场西方文学文化作品的"翻译热":

---

①　戈宝权:《莎士比亚的作品在中国(翻译文学史话)》,载《世界文学》,1964 年第 5 期,第 141 页。

②　见英若诚:《〈请君入瓮〉译后记》,载《外国文学》,1981 年第 7 期,第 37—38 页。

③　砚翌:《介绍外国文学要注意翻译的量质、选题和社会效果》,载《外国文学研究》,1981 年第 4 期,第 38 页。

　　据统计，"1978—1987 年间，仅是社会科学方面的译著，就达 5000 余种，大约是这之前 30 年的 10 倍"。"翻译热"之所以会在这个时候出现，主要基于思想界的一个共识：中国社会各领域百废待兴，通过译书来了解西方、认识西方，成为第一要务。正因为如此，"翻译"的意义就不是语言的转换这么简单，而是指向一个更高的目标，即完成思想的启蒙，实现民族的伟大复兴，与国际接轨，走向世界。……在"睁眼看世界"的求知意识驱动下，中国的理论界又迎来了新一轮的西学东渐。①

　　"翻译热"也带动了翻译研究的逐步展开。20 世纪八九十年代的莎士比亚翻译研究主要是围绕翻译实践展开的，就译者生平、译本质量、译本体裁（即散文还是诗体）、译本用途（即阅读还是演出）展开讨论，服务于翻译实践，很多翻译研究的作者就是译者本身。正如方平所说，20 世纪八九十年代的译者期待以更接近于原作风格的译文，以新的戏剧样式，结合现代科学研究成果的新理解和新阐释，争取做到给读者以耳目一新的感受，让读者重新认识莎士比亚。② 这不仅是方平的梦想，也是中国一代又一代的莎士比亚译者与研究者的梦想。

1. 以翻译实践为导向的翻译研究

　　进入 20 世纪八九十年代，随着文学界、文艺界和出版界的意识形态愈加开放，更多莎剧单行本和选集相继出版，尤其是四大悲剧的重译和再版方兴未艾。这些译本主要由人民文学出版社和上海译文出版社编辑出版。1988 年，人民文学出版社出版了卞之琳译《莎士比亚悲剧四种》，包括《哈姆雷特》《奥瑟罗》《里亚王》和《麦克白斯》，该书后被评为社科院 1977 年建院以来至 1991 年年底的优秀科研成果。③ 上海译文出版社于 1979 年出版了方平译《莎士比亚喜剧五种》，包括《仲夏夜之梦》《威尼斯商人》《捕风捉影》《温莎的风流娘儿们》和《暴风雨》，1980 年出版了方平译《奥瑟罗》；1979—1985 年出版了曹未风译莎剧单行本 10 本；1991—1995 年出版了孙大雨的诗体莎剧译本《罕秣莱德》《黎琊王》《奥赛罗》《麦克白斯》《萝密欧与琚丽晔》和《暴风雨》单行本，并于 1995 年将《罕秣莱德》《黎琊王》《奥赛罗》和《麦克

---

　　① 高建平主编：《当代中国文艺理论研究(1949—2019)(下卷)》，北京：中国社会科学出版社，2019 年，第 767 页。

　　② 见方平：《〈新莎士比亚全集〉：我的梦想》，载《出版广角》，1995 年第 6 期，第 28 页。

　　③ 见《中国社科院外国文学所一批优秀科研成果获奖》，载《世界文学》，1994 年第 1 期，第 229 页；《〈莎士比亚全集〉等获第一届国家图书奖》，载《世界文学》，1994 年第 2 期，第 286 页。

白斯》结集为《莎士比亚四大悲剧》出版。此外，1982年，中国戏剧出版社出版了林同济译《丹麦王子哈姆雷特的悲剧》；1984年复旦大学出版社出版了陆谷孙主编的《莎士比亚专辑》，其中收录了杨烈译《麦克白斯》；1991年和1996年，浙江文艺出版社和河北人民出版社分别出版了卞之琳的诗体译本《哈姆雷特》。总的来说，经过这个阶段的出版，莎士比亚译本的种类更加丰富多样。

随着莎剧翻译实践的增多，中国莎士比亚研究的范围也不断扩大，我国学者在20世纪八九十年代开始对莎士比亚翻译实践进行较为系统的梳理和总结。莎士比亚译本研究成为莎士比亚研究的重要内容，朱生豪、梁实秋、孙大雨、袁昌英、虞尔昌、方平等诸译本成为这一时期的研究对象，其中对朱生豪的译本和翻译家生平的研究成为重要的研究内容。

朱生豪译《莎士比亚全集》最早于1947年由上海世界书局出版，当时收录27部莎士比亚戏剧。此后的1954年、1958年和1962年，北京作家出版社分别出版和重印了朱生豪译《莎士比亚戏剧集》，收录31部莎剧。1978年，中国台湾学者虞尔昌翻译了10部莎士比亚历史剧，加上朱生豪1947年出版的27部莎剧译本，由台北世界书局合集出版为《莎士比亚戏剧全集》。当然，在我国影响最大、印数最多的当属1978年朱生豪译、人民文学版《莎士比亚全集》（11卷），收录了37部莎剧和诗歌。1994年，我国新闻出版署主持评选的第一届国家图书奖揭晓，《莎士比亚全集》获国家图书奖。① 1987年是朱生豪译《莎士比亚全集》出版40周年，1992年适逢朱生豪80周年诞辰，学术界举办了一系列纪念活动，② 多本学术期刊回顾了朱生豪的翻译生涯，高度评价了朱生豪的独立翻译工作和翻译质量。朱生豪的遗孀宋清如女士撰写长文《朱生豪与莎士比亚戏剧》，记述了朱生豪的成长经历、对中英文诗歌的热爱和在抗战期间艰辛的莎剧翻译工作，追忆了朱生豪渴望挽救民族危机、救亡图存的爱国情怀。③ 吴洁敏④和朱宏达的《朱生豪和莎士比亚》一开篇就给予朱译本高度评价："中国的读者一提及莎士比亚，不能不联想起第一个决心将全部莎士比亚戏剧移植到中国来的朱生豪。是他第一个将莎士比亚三十七个剧中的三十一个半译成了中文，填补了我国翻译

---

① 《〈莎士比亚全集〉等获第一届国家图书奖》，载《世界文学》，1994年第2期，第286页。

② 见《朱生豪诞辰八十周年学术研讨会在沪召开》，载《世界文学》，1992年第3期，第288页；《纪念朱生豪诞辰80周年学术研讨会在沪召开》，载《外国文学评论》，1992年第3期，第68页。

③ 见宋清如：《关于朱生豪译述〈莎士比亚戏剧全集〉的回顾》，载《社会科学》，1983年第1期，第78—81页；宋清如：《朱生豪与莎士比亚戏剧》，载《新文学史料》，1989年第1期，第98—114页。

④ 也是《朱生豪传》的作者。

史上的空白,为后来出版莎氏全集打下了基础。"①朱生豪身处艰难时局之中,呕心沥血、独自翻译莎剧的经历,至今读之让人感动。卞之琳更是感慨,朱生豪翻译莎士比亚的过程是他在上海的"孤军奋斗",朱生豪"为在我国普及莎士比亚戏剧作出了最大贡献"。②

　　20世纪八九十年代,另一套莎士比亚全译本——梁实秋译《莎士比亚全集》也引起了学者的注意。1967年,身在海峡对岸的梁实秋独立译完莎士比亚的37部戏剧全集,由台北远东出版社出版;一年后,梁实秋又译完三部莎士比亚诗作。至此,梁实秋终于在38年内完成了莎翁全集的翻译工作。然而,由于海峡两岸关系紧张,梁译《莎士比亚全集》一直未能在中国大陆出版。20世纪80年代以来,随着两岸关系趋于稳定,梁译本也传到了大陆。对朱生豪和梁实秋两个全译本的比较,也就成为20世纪八九十年代中国莎士比亚翻译研究的热门话题。刘炳善指出,朱译本和梁译本"是我国翻译界,出版界至今所贡献给中国和世界读者的唯二的两套莎集全译本。他们是我国两位老一代的翻译家,按照各自的气质爱好、认识理解、翻译宗旨和翻译方法,所创造出来的两部莎译大作,代表了我国莎剧翻译史上的两座里程碑"③。但同时他也提出,朱生豪主要采取"意译"法,而梁实秋则主要运用"直译"法,两种译本虽各有千秋,但其实都是散文译本,未能还原莎剧是"诗剧"的本质,并表示期待以后出现"以诗译诗"的新译本。许祖华、李伟民也充分肯定了梁实秋译文的准确和真实,并客观评价了梁实秋对莎士比亚戏剧译介的贡献。④ 这表明,20世纪八九十年代,中国的学术界已不再将梁实秋视为"资产阶级反动学者",而是重新评估了他在中国文学史上的学术地位,肯定了他的文学批评和散文创作。直至1995年,随着两岸的经济和文化交流日渐紧密,中国广播电视出版社出版了梁实秋译《莎士比亚全集》共10册。这是1949年以来,梁译莎作首次在中国大陆公开出版,丰富了读者的莎士比亚译本选择,也是海峡两岸文化界的一次重要交流。

　　20世纪八九十年代我国莎士比亚翻译研究的另一个重要专题,就是莎

---

　　①　吴洁敏、朱宏达:《朱生豪和莎士比亚》,载《外国文学研究》,1986年第2期,第16页。

　　②　转引自吴洁敏、朱宏达:《朱生豪和莎士比亚》,载《外国文学研究》,1986年第2期,第21页。

　　③　刘炳善:《从一个戏看莎翁全集的两种中译本》,载《河南大学学报》(社会科学版),1991年第2期,第81页。

　　④　见许祖华:《双重智慧下的自我塑造——梁实秋论》,载《中国文学研究》,1995年第4期,第77—84页;李伟民:《梁实秋与莎士比亚》,载《书城》,1994年第10期,第19—21页。

剧"诗体"译本的优点和可行性研究。其实,早在20世纪30年代,孙大雨就开始了莎剧的翻译实践。与朱生豪和梁实秋的散文体译本不同,孙大雨主张用"音组"来对应莎剧中的"音步",将莎士比亚戏剧的精髓——即采用"抑扬格五音步"的素体诗——移植到中文中。20世纪五六十年代,孙大雨发表了《诗歌底格律》和《诗歌底格律(续)》,介绍他对诗歌韵律和莎士比亚诗剧的翻译心得,引起了广泛反响。但不幸的是,随着"文革"开始,孙大雨的莎剧翻译和研究工作陷于停滞,他本人也受遭受了不公的待遇。"文革"之后,孙大雨的莎剧诗体译本在国内出版,他表示,虽然朱生豪和梁实秋的全集译本值得钦佩,但是我们不应止步于此,"我们应该有更符合原作风貌神韵、用格律韵文翻译的莎翁全集"①。刘炳善则高度评价了吴兴华译《亨利四世》,称赞他为"极有才华的莎剧翻译家",肯定了"对于人文版的莎氏全集,他做的校订工作也最多",感慨吴兴华受到迫害英年早逝,实在可惜、可叹!② 此外,方平也始终怀揣着翻译莎士比亚诗体全译本、还原莎剧诗剧本质的理想,提出要译一套《新莎士比亚全集》。方平尤其指出,《新莎士比亚全集》之"新",不仅在于它是一套诗体全译本,而且译本要体现对莎剧的新认识,强调莎剧和舞台演出之间的密切关系。③ 历经长年累月的伏案工作和文字琢磨,2000年,方平的《新莎士比亚全集》(全十二卷)由河北教育出版社推出,方平坚持了几十年的梦想终于变为现实。④

　　20世纪八九十年代的莎士比亚翻译研究持续关注"诗体译本"与"散文体译本""文学译本"和"演出译本"的不同,对不同译本的句式、用词、风格等展开了具体而微的讨论。这一时期的翻译研究主要以服务翻译实践为导向,研究内容大都围绕译本比较和翻译家生平展开,研究论文大都出自译者本人的译介心得,较少出现翻译理论研究和构建翻译体系的尝试。1997年陈国华发表的《论莎剧重译》(上)、(下)却是个例外。陈国华突破了"译本研究"和"译者研究"的惯常思路,从翻译理论研究的高度对现行的数个中译本进行了比较,建议参照莎学研究的最新成果,加强对原文的理解,编纂一套莎士比亚伴读,同时从莎剧的文体和语体特点出发,以古本莎士比亚作为译

　　① 孙近仁、孙佳始:《说不尽的莎士比亚——孙大雨教授谈莎剧翻译》,载《群言》,1993年第4期,第22页。

　　② 刘炳善:《从一个戏看莎翁全集的两种中译本》,载《河南大学学报》(社会科学版),1991年第2期,第86页。

　　③ 见方平:《〈新莎士比亚全集〉:我的梦想》,载《出版广角》,1995年第6期,第28页。

　　④ 方平继续修订了该版本,直至2008年病逝。2014年,修订后的《新莎士比亚全集》由上海译文出版社推出。

本的底线,并在这一过程中确立中国莎学独立的版本和文本学。① 在两篇论文中,陈国华提出了莎士比亚的版本问题,这是朱生豪和梁实秋在早期的翻译实践中由于现实条件的限制无法考虑的,也为新时期的莎士比亚戏剧翻译提出了新的要求——新时期的莎士比亚译介不应满足于"普及莎剧"的目的,而且要注意到莎士比亚文本研究的新发展,注意到莎士比亚的写作形式,更准确地还原莎士比亚戏剧之美。这篇论文并非对朱生豪、梁实秋、孙大雨等译本经验和教训的总结,也不是对不同译本的比较批评研究,而是结合现代语言学、文化学、考据学等的研究成果,对莎士比亚戏剧的翻译技巧、艺术风格和受众方向所作的理论探讨,将莎士比亚翻译研究提高到了翻译理论的高度,可为新译本的提出做好理论准备。

2. 朱译《莎士比亚全集》的"一枝独秀"

尽管新译本层出不穷、各有特色,但朱生豪译《莎士比亚全集》依然是迄今为止中国发行量最大、影响最广的一套莎士比亚作品全集。朱生豪译《莎士比亚全集》经典地位的确立,正是在 20 世纪八九十年代。学术界对朱生豪译本的重视,不仅因为这是我国的第一部莎士比亚全译本,也不仅是因为朱译本语言流畅、质量高,更是因为 1978 年人民文学版朱生豪译《莎士比亚全集》在我国的外国文学研究史上的重要意义,它几乎伴随着一代中国人的成长,已深深嵌入中国人的时代记忆之中,具有不可取代的地位。

1988 年,朱生豪译《莎士比亚全集》第二版的发行量超过了一百万套,但仍然无法满足广大读者的需求。张晓洋曾记述了朱译本发行的盛况:"一位长春的朋友写信告诉我,凌晨 5 点,长春的大书店门口就已排起长龙,因为新版朱生豪译《莎士比亚全集》将在当天上市……但我的那位朋友很失望,因为等他排到收银台时,书已经卖光了。"②李伟民统计:"不算没有经过改译、重校而冠以莎士比亚全集之名和重印出版的众多版本,仅翻译或经过改译、增补、重校的《莎士比亚全集》就有 6 套,他们分别是朱生豪等译(1978年人民文学版),朱生豪、虞尔昌译(1957 年台北世界书局版),梁实秋译(1967 年台湾远东图书公司版),朱生豪等译(1997 年新时代版),朱生豪等译(1998 年译林版),方平主编主译(2000 年河北教育版)。"③辜正坤、鞠方

---

①　见陈国华:《论莎剧重译(上)》,载《外语教学与研究》,1997 年第 2 期,第 25—33 页;陈国华:《论莎剧重译(下)》,载《外语教学与研究》,1997 年第 3 期,第 51—57 页。

②　Zhang Xiaoyang, *Shakespeare in China: A Comparative Study of Two Traditions and Cultures*, Newark and London: Delaware UP and Associated University Press, 1996, p. 128.

③　李伟民:《中国莎士比亚翻译研究五十年》,载《中国翻译》,2004 年第 5 期,第 46 页。

安则认为,完整中文版的莎士比亚全集有 4 种,即人民文学出版社版、译林出版社版、台湾远东图书公司版和河北人民出版社版。① 但实际上,以上全译本大致可归入三类——以朱生豪为第一译者的增补本和修订本、梁实秋译本和方平译本——而一些所谓的新全集译本,只不过是重复翻印,即便对朱生豪译本的某些翻译问题和人名、地名有所修订,改动也并不大。②

朱生豪译《莎士比亚全集》的一枝独秀,还体现出经济体制改革对出版业的影响。"十七年"时期以来,我国的编辑出版制度一直处于计划经济体制之中,在计划化、行政化的架构中,出版业的主要任务主要是为了服务社会主义文化建设,③市场需求、图书收益对出版业的影响非常有限,出版业缺乏活力。随着中国的经济体制改革日渐深入,1984 年 11 月,文化部下发了《关于调整图书定价的通知》,提出在"保本微利"的原则下,调整图书定价的管理体制和定价标准,逐步下放图书的定价权,规定地方的图书定价由地方管理。④ 此后,经济因素对出版业的影响逐渐显现,图书市场逐渐由卖方市场变为买方市场。在 2000 年出版的 12 卷《新莎士比亚全集》的"后记"中,方平提及,推出莎士比亚诗剧全集的想法,早在 1989 年的英语诗歌翻译座谈会上就产生了:

> 出席这次座谈会的翻译界前辈孙绳武先生会后特地给我鼓励,表示愿意设法创造机会。他回北京后,当真很热心地作了努力,和国家出版社联系,可惜那时候受了经济浪潮的冲击,严肃的文化事业很不景气,一落千丈,出版社已不再具有当年的魄力,没有信心,或者没有兴趣承担这样宏大的长远规划了。⑤

但是 20 世纪 90 年代市场经济改革继续深入,文化事业也被推向市场,之前从未考虑过的"销路"问题成为各级文化单位的规划重点。大量的严肃学术刊物和出版社开始向市场"转向",文艺创作发生了前所未有的变化。

---

① 见辜正坤、鞠方安:《〈阿登版莎士比亚〉与莎士比亚版本略论》,《中华读书报》,2008 年 4 月 16 日,第 11 版。

② 外语教学与研究出版社自 2016 年起陆续推出"皇家版"莎士比亚新译本,包括喜剧、悲剧、历史剧、诗集等共 39 本。

③ 见欧阳敏:《"十七年"出版机构制度变迁研究》,载《科技与出版》,2020 年第 11 期,第 132 页。

④ 见方厚枢、魏玉山:《中国出版通史·中华人民共和国卷》,北京:中国书籍出版社,2008 年,第 238 页。

⑤ 方平:《〈新莎士比亚全集〉:我的梦想》,载《出版广角》,1995 年第 6 期,第 27 页;另见方平:《后记》,《新莎士比亚全集(第十二卷):诗歌》,河北教育出版社,2000 年,第 504 页。

朱译《莎士比亚全集》持续热销，一本难求；而莎士比亚的新译本出版无门，这种局面的产生，一方面是因为当时"严肃的文化事业不景气"，以琼瑶、金庸为代表的言情小说和武侠小说大行其道；另一方面则是由于出版业经营模式的转变，经济效益代替了社会效益，成为出版社的关注重点。由于担心新译本"叫好不叫座"，出版社也不愿花费人力和物力推出新译本，宁愿再版、再印读者较为熟悉、更能形成购买力的朱译《莎士比亚全集》。

版权因素也可能是朱生豪译《莎士比亚全集》一枝独秀的原因。一方面，版权因素客观上阻碍了莎士比亚新译本的产生。1990年，中国通过了新中国成立之后的第一部著作权法《中华人民共和国著作权法》；1992年，中国成为《伯尔尼保护文学和艺术作品公约》（简称《伯尔尼公约》）和《世界版权公约》的成员国。根据《伯尔尼公约》，在作者的有生之年直至其死后五十年内，出版社如要翻译其作品，不仅须向原作者或其作品的原版权所有者购买版权，还须支付翻译、出版、发行等其他费用，这就使得出版社在出版新译本时的成本增加。另一方面，由于朱生豪逝世已超过五十年，朱译《莎士比亚全集》于1994年进入公共使用领域，无需支付版权费用。考虑到世界名著永久的文学价值、商业价值，再加上降低成本的现实需要，一些出版社不约而同地将目光投向朱生豪的莎剧译本，并对其进行修订、增补出版，而非出版新译本。①

第五节　莎士比亚影视研究的重新活跃

随着改革开放的逐步深入，电影逐步走向商业化，电视逐渐走入寻常百姓家，电影和电视剧迅速成为中国人娱乐生活的重要选择，大有取代戏剧之势。电影和电视剧也让莎士比亚银幕研究从"演出研究"的框架中解放出来，成为一个独立的研究主题。这一时期电影研究期刊也与时俱进，不仅刊载了罗吉·曼威尔的《黑泽明的〈麦克佩斯〉——〈蛛网宫堡〉》和《彼得·布洛克的影片〈李尔王〉》在《电影艺术译丛》等广受好评的莎剧电影批评，而且中国电影出版社还在1985年推出了曼威尔的《莎士比亚与电影》译著。该译著不仅影响了20世纪80年代的经典电影改编，而且影响力延续至今。

---

① 见温年芳：《系统中的戏剧翻译——以1977—2010年英美戏剧汉译为例》，上海外国语大学博士学位论文，2012年，第181—182页。

尽管 20 世纪八九十年代已经有学者将莎士比亚电影视为一种文化现象，将电影业视为一种产业，认为莎士比亚的影视化体现了经典文学作品从文学传播到文化传播的路径转变，①但在大部分研究论文中，莎士比亚戏剧的影视改编依然是作为"影视文学"的一个分支出现的。同时，20 世纪八九十年代我国学术期刊刊载的莎士比亚影视批评主要译介自英语论文，如《世界电影》所说的"引入海外的理论著述和实践经验"②，本土学者的研究重点仍在莎士比亚的文本研究上，对莎士比亚影视改编的探讨可以说才刚刚开始。

1. 作为"影视文学"的莎士比亚电影批评

1991 年，《外国文学研究》刊发评论《中外影视文学的渗透与排斥——中外影视文学比较分析》。论文关注了新时期外国文学经典作品的改编，讨论了中外影视文学的渗透及其对文学的排斥，也反思了新时期影视对于外国文学的接受，提出我们可以借鉴外国文学的艺术方法和表现技巧，但必须在思想内容方面有所"溶化"，对外国文学研究中的荒诞派、极端个人主义、无政府主义的思想，要毫无疑问地排斥。③ 这显示在 20 世纪八九十年代，外国文学的影视改编已经成为我国外国文学研究者的研究话题，影视改编作品的巨大传播力和影响力已经引发了全社会的关注。

20 世纪八九十年代的莎剧电影批评对《哈姆雷特》的文学和哲学意义探讨最多，与外国文学研究对《哈姆雷特》的重视成正比。1996 年，《世界电影》的"理论文献"专栏分两期刊发了雅克·拉康的《欲望及对〈哈姆雷特〉中欲望的阐释》，全文长达 55 页，从后现代视角讨论了《哈姆雷特》中的欲望及其来源，给予该剧崭新的阐释视角。论文从对奥菲利亚作为"客体"的讨论开始，讨论了性倒错与神经症之间的对立及其病理学意义、奥菲利亚和哈姆雷特发疯的原因、哈姆雷特的哀悼与欲望的客体的关系，给哈姆雷特的形象加上了强迫性神经症患者的特征，提出"悲剧《哈姆雷特》是欲望的悲剧"，而"《哈姆雷特》这部戏自始至终，所有剧中人物所谈论的一切内容都是哀悼"。④ 单从这篇论文来看，《世界电影》对莎士比亚文本的讨论深度已与

---

① 如李伟民：《一种文化现象的继续——论莎士比亚作品的传播》，载《国外文学》，1993 年第 2 期，第 70 页。

② 陈笃忱：《"向导"物语——从〈电影艺术译丛〉到〈世界电影〉记事》，载《世界电影》（《电影艺术译丛》），2003 年第 1 期，第 63 页。

③ 安康：《中外影视文学的渗透与排斥——中外影视文学比较分析》，载《外国文学研究》，1991 年第 2 期，第 55—56 页。

④ 雅·拉康：《欲望及对〈哈姆雷特〉中欲望的阐释》（连载），陈越译，载《世界电影》（《电影艺术译丛》），1996 年第 3 期，第 172 页。

《文学评论》《外国文学评论》等文学批评期刊相差无几。这表明,我国电影从业者对莎士比亚戏剧的研究正在尝试超越对电影技法和拍摄手段本身的讨论,对电影作品进行跨学科、多角度的研究。对经典作品改编电影的成功阐释不仅来自光影符号的拍摄技巧,也必定建立在对文本的深刻理解基础之上,尤特凯维奇和黑泽明等的莎剧电影改编实践证明了这一点。这一时期电影研究期刊对莎剧文本主题的探讨,对莎剧重要二手评论的刊载,既有助于在新时期促进我国电影事业的持续和深入发展,也表明了20世纪八九十年代的莎士比亚电影研究是在"影视文学"的框架下进行的,显示出研究者思维方式中的"忠实性"原则,与21世纪电影批评对主体性地位的强调构成了鲜明对比。

黑泽明的莎剧电影被认为是西方文化成果与日本本土文化传统相结合的典范,且实现了票房与口碑的双丰收,因而一直受到中国电影界的密切关注。进入20世纪八九十年代,我国的电影学术期刊围绕《蛛网宫堡》(改编自《麦克白》)、《乱》(改编自《李尔王》)等的导演技巧和拍摄手法进行了细致的讨论,给予黑泽明的电影美学以高度评价。① 但是,随着电影商业化的发展,我国的电影研究期刊也将研究视角扩展到黑泽明的电影美学之外,讨论了影响黑泽明电影拍摄的非艺术因素。1985年,《世界电影》记述了黑泽明拍摄《乱》时所遭遇的资金困境——由于拍摄资金迟迟无法落实,《乱》甚至差点无法面世:

> 《乱》的电影剧本在《影子武士》之前就写好了,那是根据莎士比亚戏剧改编的故事。可是公司认为内容比较难懂,恐怕不会吸引太多观众。我说,那好,就先拍较为有趣的战国时代的故事吧,于是先拍了《影子武士》。我到世界各地去寻找愿意为《乱》出资的人,最初去的是英国,因为它是莎士比亚的故乡。那里的人们为我做了很大努力,但没有成功。接着又去了纽约,拼命找人想办法,也去了好莱坞,会见了制片人,但还是不行。②

---

① 如1999年,《世界电影》刊载了日本国内学者研究黑泽明的论文。文中,佐藤忠男指出:"倘若从尝试演练某种风格样式及其所达到的完美程度来进行判断的话,我认为《蛛网宫堡》堪称黑泽明电影中最杰出的作品。黑泽明以莎士比亚的戏剧《麦克白》为蓝本,将它的故事移到了日本的战国时代。三船敏郎和山田五十铃运用了能剧的表演技巧,加上异常美丽的城池、宅邸和深沉的音乐,把人们诱入了一个不可思议的神奇世界之中。"见佐藤忠男:《论黑泽明》,洪旗译,载《世界电影》(《电影艺术译丛》),1999年第5期,第9页。

② 黑泽明:《我的电影观》,洪旗译,载《世界电影》(《电影艺术译丛》),1999年第5期,第22页。

　　1982 年刊发的一则黑泽明访美纪行也印证了这一点："现在他已完成根据《李尔王》故事改编的惊人之作……他没有钱拍片。科波拉和卢卡斯准备再去为他奋斗。"①如何调和商业环境和艺术追求？《乱》运用"电影化"的审美特征和叙事方式，不拘泥于原作的结构和台词，传递出莎士比亚原著的本质。同时，通过引入民间故事、传统的虚实相生、"留白"的绘画理念和能乐传统，迎合了市场对东方美学的期待。最终，黑泽明的"个性化"则是充满创造力的艺术作品，而非后现代视角下千篇一律的以色情和暴力为卖点的消费产品。

　　电影研究期刊对电影商业化的讨论，与外国文学研究界对莎士比亚金钱观的再认识是同步进行的。不仅如此，我国的外国文学类期刊也关注到了国外电影的商业化现象，如本章第二节提及的王玮敏《论莎士比亚戏剧的商业性与商业化——从 93 年版电影〈无事生非〉谈起》②就对莎士比亚与现代商业的关系做出了全新的阐释，呼应了《世界电影》提及的黑泽明的资金困境。而黑泽明的拍摄经历同样给中国的电影人以启示：2006 年的两部中国莎剧电影——冯小刚的《夜宴》和胡雪桦的《喜玛拉雅王子》——都或多或少地受到了黑泽明电影美学的影响，而中国电影也在 21 世纪初开始了对商业电影模式的尝试和对中国电影如何"讲好中国故事"并且"走向世界"的探讨。

2. 莎士比亚电视研究的滥觞

　　早在 1979 年，英国老维克剧团导演托比·罗伯逊访华时，曾谈及 20 世纪五六十年代以来莎士比亚戏剧在英国的两个发展方向：一是戏剧工作者和莎士比亚研究学者对莎士比亚的理解逐渐深入；二是由于电视的发展所引起的戏剧表演风格的变化。③ 但在当时，由于我国经济发展滞后，大多数观众和戏剧从业者并未对"电视的发展"有任何认识。改革开放之后，随着我国经济发展和对外交往的增多，电视机逐渐成为每个家庭的必备电器，电视越来越多地影响了每个中国人的娱乐和日常生活，也改变了莎剧的演出方式和表演风格等。正如罗志野所归纳的："电影与电视的作用不比印刷的

　　① 莉·罗斯：《塑造令人萦怀的角色——黑泽明访美侧记》，林瑞颐译，载《世界电影》(《电影艺术译丛》)，1982 年第 5 期，第 157 页。

　　② 见王玮敏：《论莎士比亚戏剧的商业性与商业化——从 93 年版电影〈无事生非〉谈起》，载《外国文学评论》，1996 年第 4 期，第 126—132 页。

　　③ 见英若诚、林淑卿：《托比·罗伯逊谈〈哈姆雷特〉及演出》，载《戏剧艺术》，1980 年第 1 期，第 99 页。

文本差。何况观众更为广泛。而且电影电视的再现可以当作'活的'莎士比亚来研究。银幕的莎士比亚能传达出新的信息。"①

　　1993 年,《世界电影》刊发了长篇评论《美国的电视上终于有了哈姆莱特》,将《哈姆雷特》舞台剧与电视相互结合,背景正是 20 世纪 90 年代电视媒体迅速发展、电影界对电影和电视之联系与区别展开激烈讨论之时。彼时,《世界电影》也与时俱进地开辟了"电影与电视"专栏,而这篇文章正是来自该专栏。舞台剧导演和演员凯文·克林与老牌电视导演可可·布朗宁共同执导了这出由舞台剧改编的《哈姆雷特》电视剧。事实上,这部电视剧的完整片长只有 2 小时 50 分钟(短于 3 小时 20 分钟的舞台剧)②,时长与电影相差无几,播出方法也是连贯播出,除了在电视频道录播而非影院播放,其他观看条件与电影无二。按凯文·克林的话说,这部电视剧就是一部"翻译版"的电视片,他"一再声明自己的剧组不会为拍电视而将原作改头换面或修修改改",而是"电视要适应我们"。③ 很明显,舞台剧导演选择了聚焦舞台剧特征,放弃对电视的本质特征的探索。对这部电影的讨论,虽然标题为"美国的电视上(的)哈姆莱特",但一未加深戏剧与电影的融合,二未见美国百老汇舞台剧的运作方式探讨,三未涉及电影观影环境和电视观看环境不同对观众和拍摄过程所不同的影响,涉及舞台剧和电视的改编技巧也交代得非常模糊,正如导演所说:"其实质是一个为舞台剧创造的艺术客体,现在要做的是把这一认识转换到小小的荧屏上。"④相对于 20 世纪 50 年代苏联舞剧片《罗密欧与朱丽叶》对芭蕾舞剧和电影所做的大胆融合与创新,或相对于劳伦斯·奥立弗莎剧电影的美术指导佛尔斯对观影条件变化所引起的光线、色彩、服装尺寸等变化的细致讨论,这部美国百老汇舞剧改编的电视版《哈姆雷特》改编手法粗糙,且无理论支撑,更像是一部随意搬到电视屏幕上的剧场版《哈姆雷特》。

　　"在电影和电视中,言语是说出来的,是有声的,这一点就使得这两种手段同口语有着亲密的关系。因而它们都(而不仅是电视)该对沃尔特·昂格宣称到来的'第二次口语化'时代的出现'负责'。"⑤但是,"电影观众在心理上走进银幕世界,与此相反,电视屏幕后面的世界走进电视观众的日常生活

---

① 罗志野:《二十世纪对莎士比亚的新阐释》,载《江西社会科学》,1993 年第 7 期,第 60 页。

② 见 M. Z. 马尔:《美国的电视上终于有了哈姆莱特》,徐建生译,载《世界电影》(《电影艺术译丛》),1993 年第 6 期,第 116 页。

③ 同上篇,第 108 页。

④ 同上。

⑤ B. H. 米哈尔科维奇:《电影与电视,或论相似物的不相似之处》,章杉译,载《世界电影》(《电影艺术译丛》),1996 年第 5 期,第 49 页。

空间。这一情况意味着,两种手段是以不同的方式去克服艺术的传统假定性的"①。米哈尔科维奇以奥地利作家彼得·沃尔夫金德的小说《邻座的先生》为例,揭示了电影和电视语言的接受方式的不同。有意思的是,这个例子也与莎剧《奥赛罗》相关:

> 悲剧发生在一天晚上,电视里转播由著名歌唱家演出的威尔第的歌剧《奥瑟罗》。工程师卡洛·波尔多尼,即小说标题所说的"邻座的先生",向沃尔夫金德述说,电视里转播这部歌剧是非常可怕的。有一次他同他的妻子也是这样在看电视里转播的《奥瑟罗》,在高潮的时刻,奥瑟罗越过苔丝德蒙娜的床榻,走到前景上来,然后穿过屏幕表面走到了房间里,他不是扼死了苔丝德蒙娜,而是扼死了波尔多尼的妻子。②

奥赛罗竟然走出电视,走进观众的日常生活空间,杀死了现实中的观众。这种戏剧角色介入日常生活空间的情况,与电影情节的设置截然相反,米哈尔科维奇想要借此说明:"银幕后的世界是一个具有自我价值的、具有独立权利的世界,它'不愿意'理会现实,那个现实因放电影的环境而同观众隔断。而移情作用的发生则决定了观众同这个现实紧紧连在一起。"③与电影不同,电视的观看场景更加日常,现实与虚构的镜头无缝连接。移情作用使得电视里的情节变成现实,而屏幕之后的空间也成为观众感受力的延伸,让人分不清电视与现实的区别。

电视作为一种新媒体,正在剧烈改变中国人认识世界的方式。电视与后现代理论的天然相关性,电视作为传播媒体引发的种种拍摄手法和经验的变化,电视对传统莎剧演出形式的巨大冲击,让莎剧电视的出现不仅具有传播学意义,也是一种社会学和哲学意义上的大变革。遗憾的是,正如《世界电影》对美国电视片《哈姆雷特》的讨论只使用了一个耸动的标题,仅仅蜻蜓点水地提及《哈姆雷特》拍摄电视片的事实,中国的影视研究者虽然注意到了莎剧电视的出现,但这些讨论仅仅是个萌芽,是个"方向",尚未上升到"研究"的高度,而且,就电视对当时和以后的中国人所产生的影响来看,我

---

① B.H. 米哈尔科维奇:《电影与电视,或论相似物的不相似之处》,章杉译,载《世界电影》(《电影艺术译丛》),1996 年第 5 期,第 64 页。

② 同上篇,第 82 页。

③ 同上篇,第 85—86 页。

国 20 世纪八九十年的学术期刊不仅对新兴的"莎剧电视片"敏感度不足,而且探讨也有待深入。

第六节　莎剧舞台演出研究成果瞩目

莎士比亚戏剧具有强烈的民间性,体现在其题材来源、人物面貌及人物语言上,也体现在舞台表现手法上。[①] 要了解整个莎士比亚戏剧,必须理解"舞台上的莎士比亚"。

在 1986 年举办的首届莎士比亚戏剧节上,可以看出中国戏剧家的莎剧演出已趋成熟,并形成了自身特色,各种形式的莎士比亚改编作品接连登台、令人瞩目,而戏曲莎剧更是成为两次莎士比亚戏剧节的重中之重,引发了国内外戏剧界和莎士比亚研究界的广泛关注和热烈讨论。在戏剧演出之时和之后,还有多位学者围绕上演剧目讨论了莎剧戏曲的可行性和存在的问题,实现了文本研究与舞台实践的良性互动。1986 年,《戏剧艺术》编辑部组织了四部莎剧戏曲作品的导演展开座谈,交流经验,将莎剧戏曲确认为一种现象级的尝试。[②]

进入 20 世纪 90 年代,由于改革开放的深入、商品经济的发展以及国际交往的日益增多,评论界也出现了另一些不同的声音,即将莎士比亚戏剧放在新时期的新背景下进行解读,也产生了一些富有创意的莎士比亚戏剧作品。莎士比亚同现代化社会及现代人的关系,其实正是莎剧旺盛生命力的体现。如雷国华执导的话剧《奥赛罗》将悲剧的重心由奥赛罗向埃古倾斜,并为埃古的犯罪心理提供了有利证据。在雷国华的版本中,埃古不再是奸诈小人,而是被解读为"一个有抱负和才能的人,因面对不公正的处境而选择了毁灭性的反抗"[③];原剧对埃古的公开审判也改为"当众自杀",为埃古涂上了浓重的悲剧英雄色彩;该剧成为一部"富有现代精神的寓言悲剧"[④]。歌剧《特洛伊罗斯与克瑞西达》不仅转变了莎剧的戏剧类型,而且对战争中女性的命运做出了深沉的思考,将女主角克瑞西达从一个"水性杨花,放荡

---

① 参见李浤:《莎士比亚中期喜剧与舞台表现手法》,载《戏剧艺术》,1986 年第 1 期,第 77 页。

② 见马力:《中西文化在戏剧舞台上的遇合——关于"中国戏曲与莎士比亚"的对话》,载《戏剧艺术》,1986 年第 3 期,第 36 页。

③ 孙福良:《'94 上海国际莎士比亚戏剧节述评》,载《戏剧艺术》,1994 年第 4 期,第 8 页。

④ 刘明厚:《多元化的莎士比亚——1994 上海国际莎剧节评述》,载《戏剧(中央戏剧学院学报)》,1994 年第 4 期,第 75 页。

不羁的女性"重塑为一个战争的受害者,赢得了观众的深深同情,而该剧的主题也变成了对战争残酷本质的控诉。① 上海戏剧学院排演的话剧《亨利四世》被称为中国话剧舞台上的首部莎士比亚历史剧,评论家认为亨利四世所处的时代"与当今中国由计划经济转向商品经济这一重要转型期具有相似性……剧中所展示的市井下层社会生活较之英国古代的宫廷斗争更加富有生活情趣、更能吸引观众"②。时隔数年之后,历史剧重新登上中国话剧舞台,打破了中国戏剧界对《威尼斯商人》的偏爱,这确实是中国莎士比亚演出史上的一大突破。究其原因,导演所看重的,并非《亨利四世》的戏剧地位所展现的宏大背景与历史意义等,而是充分考虑到了戏剧对观众的吸引力。这也标志着我国戏剧工作者在工作导向上的变化——以意识形态建设为中心不再是戏剧工作者的唯一标准,观众的喜好和戏剧对时代的呈现成为剧团遴选演出剧目的重要标准。此外,由于海峡两岸的文化交流日益增多,在1994年的上海戏剧节上,中国台湾屏风表演班和上海现代人剧社合作演出了《沙姆雷特》,运用拼贴、仿拟和戏中戏的结构方式,从演员的生存情况入手,呈现出现代人的生存困境。而该剧充满现代意识和现代表现手法的呈现,对熟悉传统莎剧演出的观众来讲,也是不小的冲击,并引起了一系列反思:该剧是一出恶搞,还是创新? 是对莎士比亚原作狂欢精神的致敬,还是对莎士比亚当下性的发掘? 对于莎士比亚,我们现代人到底是应该仰视经典,还是平视莎剧、自由剪裁? 用孙福良的话说:"从仰视到平视,或者说莎士比亚从神殿上走下来,倒恰恰契合了本届莎剧节的某些精神内涵。"③此外,1994年的上海国际莎剧节中还出现了儿童版莎剧——上海儿童艺术剧院的话剧《威尼斯商人》被誉为"中国舞台上第一部'少儿版'的《威尼斯商人》"④。该剧从青少年的接受能力和欣赏水平出发,将全剧压缩在一个半小时之内,并且删去了夏洛克的女儿与人私奔等"少儿不宜"的情节,将戏剧的重点与终点放在法庭审判一幕,整个戏剧节奏明快、流畅、易于儿童理解,"营造了一个充满童话色彩的'爱与美'的理想世界"⑤。

孙福良曾回顾道:"两次举世瞩目的莎剧节是艺术家、学者和观众共同创造出的流光溢彩、精华荟萃的莎士比亚盛会。它以广泛而持久的效应掀起

---

① 见郭小男:《莎剧歌剧化的首次尝试》,载《戏剧艺术》,1995年第1期,第55—57页。
② 李伟民:《异彩纷呈:'94上海国际莎剧节》,载《四川戏剧》,1995年第3期,第11页。
③ 孙福良:《'94上海国际莎士比亚戏剧节述评》,载《戏剧艺术》,1994年第4期,第8页。
④ 李伟民:《异彩纷呈:'94上海国际莎剧节》,载《四川戏剧》,1995年第3期,第11页。
⑤ 孙福良:《'94上海国际莎士比亚戏剧节述评》,载《戏剧艺术》,1994年第4期,第8页。

一股辐射全国的'莎翁热',并使世界莎学界为之震动。"①围绕 1986 年和 1994 年两届莎士比亚戏剧节的成功举办,我国的戏剧研究期刊刊载了一批至今仍具有影响力的论文,从导演思想和具体戏剧门类两方面讨论了我国莎士比亚戏剧演出的发展,对中国的莎士比亚戏剧演出的研究和实践产生了重要影响。

1. 重视戏剧演出的"文学问题"

20 世纪八九十年代的中国戏剧学术期刊不仅强调莎剧的本质在于"舞台演出",而且对文本研究展现出相当开放的态度,刊登了一批高质量的莎士比亚文本研究论文,这一时期,莎士比亚文本研究与演出研究的结合愈加紧密。总体而言,戏剧研究期刊刊发的莎士比亚文学批评主要以具体莎剧和具体角色的阐释为主,较少涉及文学研究的热门话题,如文本和历史的关系、后现代理论等。这样的刊载内容显然是出于服务戏剧演出实践的需要。具体而言,戏剧期刊的关注重点主要有二:

一是对部分剧目的情节、人物、内容和主题的阐释。重点介绍《哈姆雷特》《奥赛罗》《裘力斯·凯撒》《罗密欧与朱丽叶》和《亨利四世》等经典莎剧的文学研究成果,兼顾莎士比亚喜剧,但后期传奇剧《暴风雨》和《辛柏林》等所涉不多。

孙家琇 1996 年发表的《莎士比亚笔下的悲剧性人物——勃鲁托斯形象及其艺术创新》是目前《戏剧艺术》莎士比亚文本研究被引次数最多的论文,也是《戏剧艺术》所有莎士比亚相关研究被引最多的论文,目前被引为 8 次。② 1998 年,孙家琇又发表了《莎士比亚的英国历史剧——从〈爱德华三世〉可能是莎作谈起》,紧跟莎学新进展,讨论了 20 世纪 90 年代英美萌生的对莎士比亚"作者性"的讨论,体现出作者敏锐的学术眼光。③ 方平的《论〈居里厄斯·凯撒〉》④讨论了凯撒、布鲁托斯、凯歇斯、鲍西娅的角色设定和性格,对莎士比亚作品的整体风格和具体戏剧细节进行了细致阐释,对理解莎士比亚和理解剧本具有积极意义。

在喜剧研究方面,陈立富的《莎士比亚喜剧的艺术特色》指出莎士比亚

---

① 孙福良:《走向二十一世纪的中国莎学》,载《戏剧艺术》,1998 年第 3 期,第 30 页。

② 见孙家琇:《莎士比亚笔下的悲剧性人物——勃鲁托斯形象及其艺术创新》,载《戏剧艺术》,1996 年第 3 期,第 50—57 页。

③ 见孙家琇:《莎士比亚的英国历史剧——从〈爱德华三世〉可能是莎作谈起》,载《戏剧艺术》,1998 年第 2 期,第 4—21 页。

④ 见方平:《论〈居里厄斯·凯撒〉》,载《戏剧艺术》,1998 年第 5 期,第 74—79 页。

喜剧的风格以歌颂为主,充满着乐观、喜悦的浓郁气氛,在欧洲戏剧史上开了歌颂性喜剧之先河;①俞唯洁的《莎剧语言修辞上的喜的因素》讨论了莎士比亚喜剧的修辞效果②;李浤的《莎士比亚中期喜剧与舞台表现手法》认为莎士比亚既继承了古典喜剧传统,也融会贯通了许多民间戏剧的技法,形成了独特的舞台表现手法;③罗义蕴则以《第十二夜》中的数首歌为例,着重探讨了莎剧中的音乐。④

另一个"文学问题"是文学化戏剧的发展趋势,即从宏观视角讨论剧本研究的贡献。20世纪90年代末,《戏剧艺术》刊载了一篇反响强烈的论文,即尤根·霍夫曼的《文学化戏剧——它能存在到下世纪末吗?》。霍夫曼以疑问句为题,指出了在后现代理论影响下,世纪之交的戏剧研究出现了一个重要问题:

> 戏剧——是指把剧本所写的内容在舞台上当众表演出来——这个定义已被全世界认可。自各个"黄金时代"如莎士比亚,卡尔德隆或莫里哀时期以来,在中欧及后来美洲的舞台上,戏剧一直被公认是一种占主导地位的艺术形式。但如今却带来了这样一个疑问:在不久的将来,戏剧是否会或应该保持这种情形呢?⑤

事实上,这一趋势已不可避免。于是,作者转而讨论三种戏剧形式能否"全部"或"部分"替代文学化戏剧。论文探讨了三种可能代替文学化戏剧的后现代主义戏剧形式,即非线性剧作、戏剧解构和反文法表演;研究了三种戏剧形式的性质及其产生的社会背景,提出这种戏剧趋势的转变,开始于第二次世界大战结束之后的德国,并在20世纪末因为科技进步所带来的我们认知手段的变化以及文化体验的变化得到广泛关注,其本质是"在中欧的资本主义社会里,个人的行动能力越来越丧失在非人化的权力结构和集合体中。用对话解决冲突的方式让位于误差交流或命令话语"⑥。论文结尾,霍夫曼引用了阿瑟·米勒对"文学化戏剧"的一句表态,回答了论文标题中的疑问句:

> 记住,古希腊悲剧并不是由知识分子们创造。⑦

---

① 见陈立富:《莎士比亚喜剧的艺术特色》,载《陕西戏剧》,1983年第10期,第51—54页。

② 见俞唯洁:《莎剧语言修辞上的喜的因素》,载《戏剧艺术》,1987年第4期,第135—141页。

③ 见李浤:《莎士比亚中期喜剧与舞台表现手法》,载《戏剧艺术》,1986年第1期,第77—84页。

④ 见罗义蕴:《假如音乐是爱情的食粮——评莎士比亚的喜剧〈第十二夜〉(又名〈各遂所愿〉)及其歌》,载《戏剧》,1999年第2期,第48—51页。

⑤ 尤根·霍夫曼:《文学化戏剧——它能存在到下世纪末吗?》,张倩译,载《戏剧艺术》,1999年第2期,第12页。

⑥ 同上。

⑦ 同上篇,第17页。

要了解阿瑟·米勒的这句话以及作者引用这句话的缘由,必须回到这段话的背景。直至20世纪初,“作者中心论”在西方戏剧界曾长期存在并被奉为圭臬,戏剧与文学的联系始终十分紧密,正如莎士比亚既是戏剧家,也是文学家,没有了莎士比亚的英国文学史是难以想象的。剧本作为“一剧之根本”是戏剧艺术活动的重心,剧本的文学性是戏剧评价系统的关键和核心作用。但20世纪50年代以来,“在法西斯……所犯下的滔天罪行中,具有文法权力的话语与蛊惑人心的修辞起了巨大作用”,西方世界的话语体系出现松动,而消费社会的产生引发了“对言词的怀疑,对话语的不信和对交流的疑虑”①,换言之,话语的重要性和真实性受到质疑。

20世纪八九十年代的中国,西方思潮涌入,加之中国经济迅速发展,打工、下海、下岗等新的社会现象所引发的焦虑和困惑逐渐蔓延,戏剧导演和先锋派戏剧应运而生,以激进、反叛、超验的手法摆脱语言、结构、思想乃至任何框架的束缚,直指新时期和新问题下中国人的内心。传统的文学化戏剧被嗤之以鼻,线性叙事被支离破碎的情节代替,诗一般的台词被尖叫、干号、口吃和摇滚乐取代,世纪之交的中国剧场似乎走向了另一个极端——只要是背离传统戏剧的形式,就是进步的、创新的、符合时代精神的戏剧。但是,与阿瑟·米勒和尤根·霍夫曼一样,中国的戏剧从业者也坚定地认为,在当时流行的先锋戏剧之外,另一条戏剧之路始终存在,并超越了先锋戏剧对其存在价值的质疑——此即人们对“故事”的热爱。因此,正如古希腊戏剧如今依然在我们的剧场上演,文学化戏剧也不会止息,它将越过后现代理论,延续和发展下去。从这个角度讲,以莎士比亚为代表的文学化戏剧仍具有阐释的价值,深入理解文学化戏剧的故事、角色及其背景仍具价值。对文学化戏剧的关注,是《戏剧艺术》等戏剧学术期刊对20世纪八九十年代的先锋戏剧狂热的反拨,具有学理依据和现实意义。

“演员出身的莎士比亚懂得舞台,熟悉舞台,热爱舞台,正是从这一点说,莎士比亚是一位真正的戏剧大师,而不仅仅是一般意义上的文学家,”②有学者如是说,将莎士比亚“戏剧大师”的身份置于“文学家”身份之上。但戏剧演出无法忽视文本、时代和现当代理论研究,文学研究丰富了对莎士比亚剧目、研究历史和发展趋势的理解,让舞台演出更加厚重扎实,更具有吸引力。正如陆谷孙所说:“研究工作的进展给舞台表演提供了丰富的可能性和更加

---

① 尤根·霍夫曼:《文学化戏剧——它能存在到下世纪末吗?》,张倩译,载《戏剧艺术》,1999年第2期,第14页。

② 李浤:《莎士比亚中期喜剧与舞台表现手法》,载《戏剧艺术》,1986年第1期,第84页。

广阔的余地；另一方面，一个以实验、创新为特点的活跃的莎剧舞台又有助于研究工作者透过外化形象扩大想象，对莎剧进行更深入的挖掘和更缜密的思辨。"①强调文学研究和演出研究的"国界"不利于莎士比亚研究的发展，相反，只有打破莎士比亚演出与莎士比亚文学的藩篱，才会促进两者的良性互动，丰富"舞台"与"书斋"的研究，实现莎士比亚研究的创新。

2. 拓展莎士比亚中、外演出史研究

1978 年以来，随着中国社会逐渐从封闭走向开放，国内、外戏剧界的交流和互动也日益增多。相比"十七年"时期对苏联戏剧和批判现实主义戏剧一边倒的赞美以及新时期初期对苏联、英国和日本戏剧的集体关注，20 世纪八九十年代我国的莎士比亚演出史研究在研究范围、视角和内容上均有拓展。本部分将就我国戏剧学术期刊中的莎士比亚国外演出史研究和国内演出史研究两个方面加以梳理和分析。

在国外莎士比亚演出史研究方面，统计 20 世纪八九十年代我国所有戏剧类期刊对国外莎士比亚演出史的讨论，可以发现，我国戏剧研究者讨论最多的，就是莎士比亚的祖国、也是所谓莎士比亚"正统"的英国剧团和表演体系。继 1980 年第 1 期《戏剧艺术》刊载了英若诚、林淑卿的访谈《托比·罗伯逊谈〈哈姆雷特〉及演出》后，1982 年，《皇家莎士比亚剧团纵横谈》介绍了英国最负盛名的莎剧演出剧团——皇家莎士比亚剧团的剧团设置、演出机制及现任导演彼得·布鲁克的创新实践。② 1986 年，《二十世纪英国莎剧演出的三大流派》详细介绍了英国莎士比亚戏剧演出的三大流派，对英国的莎士比亚戏剧演出做出了客观而全面的评介，当时的学术影响很大。论文将20 世纪英国莎剧演出划分成三大流派，即新伊丽莎白时代派、新浪漫派和莎士比亚新恢复派。文中一个有趣的、也不断在其他论文中回响的观点就是："莎剧之所以能够保持活力以致如斯，其主要原因在于二十世纪结束了'书斋学者'一统莎评天下的局面，进入了'导演的时代'。"③虽然作者指出，英国三大流派均为莎士比亚演出派，属于"导演的时代"，但事实上明显可见"书斋学者"对戏剧演出的"入侵"——"书斋中的莎士比亚研究"对莎士比亚时期社会图景的挖掘，以及后现代理论所带来的舞台阐释的开放性，弗洛伊

---

① 陆谷孙：《让书斋与舞台沟通——关于莎剧表演和研究的一点感想》，载《上海戏剧》，1986年第 3 期，第 4 页。

② 见宗白、李清德：《皇家莎士比亚剧团纵横谈》，载《戏剧艺术》，1982 年第 2 期，第 127—129 页。

③ 徐斌：《二十世纪英国莎剧演出的三大流派》，载《戏剧艺术》，1986 年第 1 期，第 85 页。

德理论对角色内心的阐释，读者反映批评对作者和读者，导演、演员和观众之间关系的重新审视，都对当代莎士比亚演出理念产生了深刻的影响。莎士比亚是在文学研究界和戏剧界都非常重视的作家和剧作家，莎士比亚的文学研究和舞台研究相互独立，却又不可分割，不可偏废一方，两者的合作促进了莎士比亚研究的发展。

　　1986 年和 1994 年两届莎士比亚戏剧节的成功举办拓宽了我国学者的视野，我国戏剧研究期刊对国外莎士比亚演出的介绍范围愈加广泛，讨论也更为深入，如日本莎士比亚研究[①]、莎士比亚对布莱希特史诗剧的影响[②]、贝克特戏剧中的莎士比亚元素[③]等，其中不乏一些令人深思的观点，如"肖〔伯纳〕对莎士比亚的模仿是暂时性的，或者下意识的；布莱希特是经过沉思的，有党派性的。但是贝克特则模仿莎士比亚的词句，它们逐渐对他本人的剧本起了'调音叉'的作用"[④]。《艺术广角》介绍了巴比肯艺术中心和皇家莎士比亚剧团联合举办的"大家的莎士比亚"（Everybody's Shakespeare）艺术节，来自德国、日本、美国、以色列和格鲁吉亚的剧团以各自方式分别阐释了莎剧，而它们的组合又呼应了"莎士比亚属于全世界"的主题。[⑤]

　　不仅如此，"十七年"时期被很多学术期刊引为"反面教材"的美国莎剧改编也再次进入了学术期刊的视野。1991 年，《戏剧艺术》刊载了美国加州轮演集团来华演出爵士乐莎剧《夏日花艳》并与上海戏剧学院师生交流的信息。[⑥] 宫宝荣在看过该剧之后，表示该剧"用最具有美国民族特色、最受美国人民欢迎的艺术形式之一——爵士乐来搬演莎士比亚"，就如"中国人可以用昆歌、越剧"改编莎士比亚，日本人用"能乐、歌舞伎"改编莎士比亚一样，展现了各国人民对莎士比亚的独特理解，而该剧对莎士比亚的现代性阐释也令人称道。[⑦] 同样在 1991 年，《艺术百家》通过访谈《夏日花艳》的导演

---

　　① 相关论文见中野里皓史：《日本的莎士比亚研究与莎剧演出》，陈雄尚译，载《复旦学报》（社会科学版），1980 年第 1 期，第 92—96 页；荒井良雄：《一个翻译莎士比亚全集的人和一个演出全部莎剧的人》，倪祖光译，载《文化译丛》，1987 年第 5 期，第 11—13 页。

　　② 见田民：《莎士比亚戏剧中的"间离效果"——兼及莎士比亚对布莱希特的影响》，载《戏剧文学》，1990 年第 4 期，第 74—78 页。

　　③ 见露比·蔻恩：《贝克特作品中莎士比亚的余烬》，孙家译，载《戏剧》，1997 年第 2 期，第 20—26 页。

　　④ 同上篇，第 20 页。

　　⑤ 见陈娣：《古典的魅力与现代的迷惘——来自泰晤士河畔的通讯》，载《艺术广角》，1995 年第 1 期，第 54—57 页。

　　⑥ 见《美国加州轮演剧团来院演出〈夏日花艳〉》，《戏剧艺术》，1991 年第 2 期，第 90 页。

　　⑦ 宫宝荣：《一幅别出心裁的莎士比亚拼贴画——观〈夏日花艳〉》，载《上海戏剧》，1991 年第 4 期，第 22 页。

和主创人员，介绍了当代美国戏剧的发展状况，尤其提到"在现代美国、西方戏剧中有一个比较突出的特点就是它的游戏性，因为研究表明，戏剧的起源与人类的游戏意识有着极大的关系"①。这一观点对于中、西戏剧比较具有重要意义：一方面，与西方戏剧相同，中文的"戏剧"也含有"游戏"意味（"戏"即 play）；另一方面，五四运动以来的中国戏剧追求"启发民智、救亡图存"，中国的现当代戏剧似乎又失去了"游戏"的内涵。1994 年，费春放的《当今美国舞台上的莎士比亚》首次讨论了美国的莎士比亚舞台演出及其对中国戏剧界的借鉴意义。费春放提出，美国的莎剧演出共有三点可资借鉴之处：第一，莎士比亚弥补了美国人文化缺乏的缺陷，提供了丰富而生动的英语文化遗产；第二，美国的莎士比亚戏剧注重大众性，重经济利益，重明星效应，难以出现创新性强的作品；第三，美国的莎士比亚戏剧注重发掘美国多元化社会的特质，形成美国特色。美国莎士比亚戏剧的发展经验和存在的问题可以给中国的莎士比亚舞台实践以启发，尤其是中国的莎士比亚改编"能不能向我们的古代伸出手去，把绝不比莎剧逊色的中国戏剧文化的遗产充分发掘出来——不仅要它的形式，而且要它的内容"②，为莎剧与中国传统戏曲的结合提供了思路。

　　这一时期莎士比亚演出理论和实践研究的另一项重要课题就是对苏联莎士比亚研究的重新审视。从 20 世纪 50 年代开始，我国戏剧界就一直在学习和模仿苏联的戏剧表演体系，但随着 1958 年中苏关系恶化，中苏戏剧交流陷入停顿。进入 20 世纪 80 年代，对苏联舞台的评估和对苏联 60 年代以来舞台理论和艺术的重新引介，也为中国的戏剧舞台带来了新的灵感，其中，李伟民的《俄苏莎学理论在中国的传播》讨论了俄国莎学理论传入中国后，为中国莎学家理解莎士比亚的思想，探析莎作艺术的审美标准和审美方式，研究莎作的主题、形象、结构、背景、艺术特色等奠定了最初的基础，认为俄国莎学在中国的影响力仅次于英国莎学研究。③韩纪扬的《苏联莎士比亚戏剧舞台美术介绍（续）》讨论了卫国战争之后苏联莎士比亚戏剧的舞台设计，可以算是 20 世纪 50 年代以来莎士比亚的苏联演出的一词详细介绍，这些舞美设计配以插图，传递出莎剧的意境和象征效果。与英国的三大莎士比亚演出流派类似，作者也讨论了苏联评论家别列兹金提出的三种基本的外部形式处理方式，即"一是创造与戏剧

　　① 霍华德·伯曼、帕特丽莎·褒雅特、潘志兴、史学东：《对话：莎士比亚与现代戏剧》，载《艺术百家》，1991 年第 4 期，第 75 页。

　　② 费春放：《当今美国舞台上的莎士比亚》，载《戏剧艺术》，1994 年第 4 期，第 51 页。

　　③ 见李伟民：《俄苏莎学理论在中国的传播》，载《四川戏剧》，1997 年第 6 期，第 19—24 页。

展开相适应的真实幻觉的典型环境和气氛；二是恢复英国伊丽莎白时代的演出形式；三是新现实主义与莎士比亚现实主义的结合"①。徐卫宏的《俄罗斯八、九十年代的莎剧作品》则在对"十七年"时期我国文艺界奉为圭臬的苏联戏剧做出客观评估的基础上，高屋建瓴地指出："苏联剧院在六十、七十年代排演莎剧的努力都归结到一个倾向——'反浪漫主义'——即与四十至五十年代苏联戏剧舞台上对莎剧的浪漫主义的解释作斗争。"②进入 20 世纪 80 年代，苏联的戏剧舞台体现出多样的美学效果，更注重戏剧与观众的联系；进入 20 世纪 90 年代，苏联解体，《哈姆雷特》等剧再一次密集出现在剧场，隐射着俄罗斯知识分子犹豫不决的心态。③ 莎士比亚戏剧成为我国学者观察俄罗斯现实生活的放大镜。

在我国莎剧演出史研究方面，研究者突破性地将研究的时间跨度回溯到中华人民共和国成立前，为撰写 1949 年以前的中国莎士比亚研究史留下了宝贵的史料。《上海戏剧》回顾了黄佐临 1930 年发表在天津《泰晤士报》上的一篇英文剧评——《莎士比亚的〈如愿〉——评天津中西女中毕业演出》，高度评价了这台全部由女学生用英语演出的莎剧。④ 匡映辉《解放前我国舞台上的莎翁戏剧》探讨了从 1902 年上海圣约翰大学外语系毕业班学生演出《威尼斯商人》到 1949 年中华人民共和国成立前的莎剧演出，并分析了演出不同的价值取向，如 1916 年春，徐半梅、朱双云等七人上演《哈姆雷特》，正遇春雨连绵一周多，于是他们的广告就用了两句民间俗语"天要落雨，娘要嫁人……哈姆雷特王子的这一出悲剧，便是为了他母亲嫁人"来吸引观众；如 1916 年郑正秋将《麦克白》改编成幕表戏上演，借以讽刺袁世凯称帝；又如导社在乾坤大剧场演出由《哈姆雷特》改编的《篡位盗嫂》（原名《乱世奸雄》），也是出于抨击袁世凯称帝的政治目的。⑤ 李伟民《文学向文化的转移——论莎士比亚作品的传播方式与历史》讨论了在大众传播的参与下，莎剧作为"工业托拉斯"，形成了"一种系列文化"，逐渐由文学演变为文化的现象，而这种现象至今仍在持续。⑥ 曹树钧《论曹禺和莎士比亚的戏

---

① 韩纪扬：《苏联莎士比亚戏剧舞台美术介绍（续）》，载《戏剧艺术》，1985 年第 4 期，第 135 页。

② 徐卫宏：《俄罗斯八、九十年代的莎剧作品》，载《戏剧艺术》，1999 年第 2 期，第 69 页。

③ 同上篇，第 76 页。

④ 见歆：《黄佐临早年的一篇英文剧评》，载《戏剧报》，1985 年第 9 期，第 34 页。

⑤ 见匡映辉：《解放前我国舞台上的莎翁戏剧》，载《戏剧报》，1986 年第 4 期，第 58—59 页。

⑥ 见李伟民：《文学向文化的转移——论莎士比亚作品的传播方式与历史》，载《玉溪师专学报》，1993 年第 6 期，第 64 页。

剧创作》以翔实的资料,讨论了莎士比亚对曹禺戏剧创作的影响。[①] 此外,中国香港和中国台湾的莎士比亚演出实践也开始进入研究者的视野。粤语版《罗密欧与朱丽叶》引起了内地学界的关注和讨论。[②]《中国戏剧》报道了1995年孙福良前往台湾并参与筹办台湾莎士比亚研究会的状况,他建议台湾学者尝试用歌仔戏形式改编莎剧。[③]

20世纪八九十年代,我国对中、外莎士比亚演出史的讨论愈加广泛而立体。横向来看,演出史涉及的国家和剧团更广,如对英、美、苏、中东欧的莎士比亚演出均有介绍;纵向来看,演出史的时间跨度更长,可回溯到民国时期。可以说,20世纪八九十年代,我国戏剧研究期刊对各国、各剧团、各流派、各时期的莎士比亚舞台演出史都展开了立体、丰富而客观的梳理与研究,为构建我国莎士比亚研究的主体性提供了扎实的史料基础。

3. 反思戏剧演出和教学的经验教训

1981年,上海戏剧学院毕业的导演徐企平发表《〈柔密欧与幽丽叶〉导演技巧杂谈》,介绍了执导学生演出《罗密欧与朱丽叶》的经验。徐企平并不认同“没有很高的文化修养,没有丰富的知识”是排演莎士比亚的障碍,表示:“文化水平低是不是排演莎士比亚的主要障碍? 我就想到我们解放后的戏曲演员绝大部分都是没有文化的,经师傅口传心授,学会十几出戏,就去搭班子。……那么莎士比亚时代的演员演莎士比亚的戏,他们是否都有很高的文化呢? ……我想演员的文化水平是不会高到怎么的”[④]程度,而莎剧表演最重要的则是“一个解放了的人性,一个纯洁的人性,一个热情奔放的人性”[⑤]。

徐企平的这篇论文充满了对于学生克服文化水平的限制、成功出演莎剧经典的鼓励,但应该注意到的是,这篇论文有其产生的时代背景——对“人性”的热情讴歌是我国新时期初期文艺批评的典型特征——而学生排演《罗密欧与朱丽叶》的成功经验也并不容易复制:且不说莎士比亚时期的识字率很低,不能用今天戏剧从业者的受教育程度和文化水平来考察,即便莎士比亚同时期的演员对剧本、当代文化甚至英语语言本身的熟悉程度,也非

---

① 见曹树钧:《论曹禺和莎士比亚的戏剧创作》,载《艺术百家》,1993年第4期,第37—43页。

② 见傅成兰:《说香港话的罗密欧与朱丽叶——访香港演艺学院院长钟景辉》,载《中国戏剧》,1992年第9期,第64页。

③ 见《与大陆相呼应台湾将成立莎剧研究学会》,《中国戏剧》,1995年第5期,第46页。

④ 徐企平:《〈柔密欧与幽丽叶〉导演技巧杂谈》,载《戏剧艺术》,1981年第3期,第9页。

⑤ 同上。

20 世纪 80 年代非英语母语的中国人的英语水平可以相比。再者，20 世纪的莎学研究早已不是学徒制的时代，莎士比亚文本研究和历史研究的丰富成果和各种文学、哲学理论对莎士比亚戏剧演出造成了颠覆性影响，缺乏文化知识、无法阅读剧本（更不用提英文原剧）和莎士比亚研究资料，对文学和文化理论一窍不通，只凭借演员天赋和个性的自然流露，是演不好莎剧的。此外，作者字里行间也显示出对戏曲行业的某些误解——固然新凤霞等老一辈戏曲演员文化程度不高，但这是历史条件所限，如果新时期的戏曲演员仍满足于现有文化水平，不愿学习和思考、不思进取，是演不好戏曲的。换言之，新时期初期戏剧从业者对"人道主义"和"人性"的热情讴歌和自然呈现固然值得赞美，但如果仅仅满足于呈现"天然"和"人性"，忽略对表演艺术和舞台技巧的探讨，我国的莎剧演出就不会发展。

　　进入 20 世纪 80 年代中期，我国的戏剧研究期刊开展了对之前演出和教学过程的一系列总结和反思。主要包括以下三方面：

　　第一，全面引入国外先进的莎剧演出经验，为我所用。如英国莎评家威尔逊·奈特的《〈奥赛罗〉的演出》关注了《奥赛罗》的演出方式，对舞台说明、服装、道具、演员的走位等都有相当具体而微的阐释，就像是一部记录详细的导演手记。在论文之前的"作者介绍"中，编辑部（也可能是译者）特意现身，提醒读者一要警惕"奈特关于莎剧的理论是唯心主义的，不仅脱离时代背景，而且还有明显的象征主义和形式主义的倾向"，二要将注意力放到奈特的舞台实践经验上来，"他几次指导和参加《奥赛罗》的演出经验，如对舞台的运用，音响的效果，情节和细节的处理等等，对于我们的舞台实践，特别是《奥》剧演出，仍然是有参考价值的"。① 读者在阅读文章的同时，自然就拥有了文本阐释的权力，但译者或编辑部现身说法，要求读者吸取具体实践的精华、抛弃意识形态上的糟粕，解读并规范读者的立场和阅读方式，一方面对读者有引导作用，另一方面也体现出了译者或编辑部的审慎态度。而中国的莎士比亚演出研究在经历了长时间的停滞乃至倒退后，也需要时间学习国外先进的戏剧演出经验，积攒信心、积蓄力量，寻求发展和突破。

　　第二，重新审视斯坦尼斯拉夫斯基演剧体系实践。1985 年，《戏剧艺术》刊登短评《来自英国的意见与希望》，译介了伦敦音乐戏剧学校导演兼形体教师肯尼斯·里对中国莎剧演出和教学上的综述。作者指出，中国戏剧

---

　　① 　G. 维尔逊·奈特：《〈奥赛罗〉的演出》，孙家琇译，载《戏剧艺术》，1985 年第 3 期，第 71 页。

存在一些问题,如剧本创作水平不高、不适合舞台演出,演员在经历了十年"文化大革命"之后,没有经历过系统教育,因而大多数文化素质不高、学习困难;剧院和剧院体制僵化,导演和演员都是铁饭碗,工资固定,演员、导演和编剧的创作积极性普遍不高;演员的舞台表演不够自然松弛,只满足于完成规定做动作,缺乏信念感和生活体验等。① 究其原因,是由于经历十年"文化大革命"的停滞期之后,中国的戏剧表演发展缓慢,与当前国际戏剧发展状况和趋势相脱节:

> 现行的戏剧表演教学体系是建立在五十年代由苏联专家介绍到中国的斯坦尼斯拉夫斯基体系的基础上的……但是由于从五十年代以来没有什么新的东西输入进来,我可以得出这样的结论,那就是许多教学内容和方法已经是停滞的和落后的了。②

联系新时期初期(甚至在 21 世纪也有此类演出)我国不少演员还是习惯于戴金色假发、垫假鼻子,装扮成外国人的形象出现在舞台上,用不自然的腔调演出莎士比亚戏剧,表演空洞而造作,肯尼斯·里对我国戏剧舞台的意见还是相当中肯的。

以《哈姆雷特》为例。中华人民共和国成立后,国人对《哈姆雷特》最初的理论认识可能来自 20 世纪五六十年代苏联学者阿尼克斯特的《论莎士比亚的悲剧〈哈姆莱特〉》,即"哈姆莱特是个人文主义者","是一场解放人类的光荣战斗中的一员战士",而"哈姆莱特的社会历史悲剧的根源就在于他脱离人民……是时代把他造成这样子的"。③ 有学者认为,这一理论甚至影响至今:"当我们对今天的学生大谈哈姆莱特的人文主义形象时,仍然沿袭的是 1950 年代在苏联莎学影响下构建的价值评论体系。"④事实上,我国学者对 20 世纪 40 年代至 50 年代苏联戏剧舞台的莎士比亚呈现同样也存在争议,如有学者就认为:"苏联剧院在六十、七十年代排演莎剧的努力都归结到一个倾向——'反浪漫主义'——即与四十至五十年代苏联戏剧舞台上对莎剧的浪漫主义的解释作斗争。"⑤对斯坦尼斯拉夫斯

---

① 见范益松:《来自英国的意见与希望》,载《戏剧艺术》,1985 年第 4 期,第 155 页。
② 同上。
③ A. 阿尼克斯特:《论莎士比亚的悲剧〈哈姆莱特〉》,杨周翰主编:《莎士比亚评论汇编(下)》,北京:中国社会科学出版社,1981 年,第 503、520、519 页。
④ 李伟民:《莎士比亚在中国政治环境中的变脸》,载《国外文学》,2004 年第 3 期,第 40 页。
⑤ 徐卫宏:《俄罗斯八、九十年代的莎剧作品》,载《戏剧艺术》,1999 年第 2 期,第 69 页。

基体系的重新审视实际上也是一次戏剧表演思想的大解放:苏联时期的斯坦尼斯拉夫斯基体系是否仍适用于改革开放之后的中国? 是继续沿用斯坦尼斯拉夫斯基的单一培养模式,还是与时俱进、根据我国新历史时期的演出状况进行调整? 中国的戏剧研究者和从业者从实践和理论两方面出发,给出了答案。

从表面上看,20 世纪 80 年代中国舞台的种种问题可以归咎于中国对西方戏剧的理解并没有与时俱进,依然停留在"十七年"时期对斯坦尼斯拉夫斯基体系的照搬和模仿中,但从本质来讲,20 世纪 80 年代的中国戏剧并未建立其具有本民族特色的话剧表演体系,未真正理解莎士比亚戏剧是开放的、属于全人类的,自然就无法理直气壮地以中国人的形象、现代人的视角进行改编和创新。因循守旧、空洞无物的表演无法打动人,假扮外国人的形象和思路更无法让中国的莎士比亚话剧在莎士比亚演出世界中赢得一席之地。与 20 世纪 80 年代中国人对莎士比亚文学的热情相比,中国的莎士比亚演出仍未形成自己的理论与实践体系,亟待挖掘自身的立足点和优势,迎头赶上。

第三,反思演出剧目过于集中的现象,探讨拓展演出剧目的可能性。进入 20 世纪八九十年代,我国戏剧舞台上的莎剧戏剧剧目虽有扩展,但仍相对集中。和莎士比亚的文本研究一样,我国的莎剧演出研究同样集中于《罗密欧与朱丽叶》《哈姆雷特》《威尼斯商人》和《麦克白》等莎士比亚最著名的几部戏剧上。尽管有一些剧团尝试排演了新剧,反响也不错,但此类尝试寥寥可数。1984 年,莎士比亚诞辰 420 周年之际,上海青年话剧团在我国首演《安东尼与克莉奥佩特拉》。[1] 这出戏虽在西方舞台上已是观众耳熟能详的经典,并被美国人拍成电影《埃及艳后》,但在中国舞台上演出还属首次。"考虑到廿世纪八十年代中国观众的审美心理和传统美学观",该剧作了删改,[2]坚持"时代感觉"和"中国风味"并重[3],以适应 20 世纪 80 年代中国观众的审美心理,获得了中、外观众和评论界的好评,上海青年话剧团勇于尝试的勇气可嘉。但并非所有剧团都愿意尝试排演莎氏新剧,而出现这样的现象,也非剧团的演出水平所限。福建人民艺术剧院在排演《一报还一报》时,就明确提出了剧团决定排演剧目的无奈:

---

　　① 上海青年话剧团版《安东尼与克娄巴特拉》由胡伟民导演,焦晃饰演安东尼,李媛媛饰演克莉奥佩特,李家耀饰演凯撒。

　　② 《上海青年话剧团公演〈安东尼与克莉奥佩特拉〉》,《戏剧艺术》,1984 年第 2 期,第 155 页。

　　③ 陈方:《近十年来莎士比亚戏剧在中国的演出》,载《上海戏剧》,1986 年第 2 期,第 24 页。

除非是想标新立异或参加论争,当今演出莎剧最好避免国际上争论很多的剧目(《李尔王》现在就引起了不少争论)。关于未被排演的剧目,有好几种,有的如问题剧《特洛伊罗斯与克瑞西达》,有的如英国历史剧、罗马剧,有的如《辛白林》,我看得注意两点:一、观众爱不爱看,能不能懂;二、观众是否已经长期看了莎士比亚名剧,应该多看点没演过的剧目了,这当然不是我国的情况。相反,我们的情形是观众对莎剧是幼儿园、小学生,应该补课,先看看名剧,再谈别的,你觉得如何?①

出于观众接受度和票房的综合考虑,剧团不愿排演新剧,只将注意力放在莎士比亚最出名的几部戏剧上。同时,20 世纪八九十年代的莎剧演出也是非"常态"演出,只是在莎士比亚诞辰和逝世等重要纪念日以及两届莎士比亚戏剧节时上演,虽然引起了学术界的激烈讨论和上海、北京的莎剧爱好者的关注,但就其影响力来说,远未成为我国广大观众喜闻乐见的大众娱乐形式。

新时期初期,莎剧重新进入中国舞台,在舞台上演出莎士比亚本身就是一件具有划时代意义的事。藏语版《罗密欧与朱丽叶》的演员都是藏族学员,表演真诚自然,没有沾染上专业演员的空洞造作;对人性的赞美,也呼应了"文革"结束后全国文艺界压抑已久的释放。而随着文艺界对莎士比亚研究的理解逐渐深入,我国的戏剧研究者开始了对自身演出实践和教学的反思。所谓"他山之石,可以攻玉",肯尼斯·里所发现的种种问题指出了我国戏剧表演水平提升的路径;戏剧期刊对演出剧目的讨论,也展现出 20 世纪八九十年代我国话剧和戏曲剧团所面临的现实状况。八九十年代对莎剧表演技巧的探讨在 21 世纪得到了延续:一方面,我国学者积极吸收国外先进的舞台理论与经验,拓宽视野,加快与世界接轨;另一方面,戏剧从业者也努力挖掘中国传统戏曲和莎剧的相通之处,扎根当下中国的文化现状,创作和演出既富有中国特色、也属于全世界的莎剧。

4. 探索莎剧的中国戏曲改编

在 1986 年的首届中国莎士比亚戏剧节上,莎剧戏曲引发了高度关注。上海越剧院三团改编的越剧版《第十二夜》、杭州越剧院一团的越剧版《冬天

---

① 白明:《说不尽的莎士比亚——福建人艺第一次排演莎剧札记》,载《福建艺术》,1995 年第 2 期,第 35—36 页。

的故事》、上海昆剧团的昆曲版《血手记》、京剧《奥赛罗》和安徽省黄梅剧团的黄梅戏版《无事生非》五部戏曲莎剧最受瞩目,莎剧戏曲一时间成为中国舞台上的"莎剧戏曲现象"。同年,《戏剧艺术》邀请其中四部莎剧戏曲的导演,展开了题为"中国戏曲与莎士比亚"的学术对话,将莎剧戏曲的研究和实践正式列为重要研究课题,而1986—1994年也被称为"莎戏曲"的创作高潮期。①

不仅如此,20世纪80年代中期,"莎士比亚在中国"也成为国外莎学研究的关注热点,仅在莎士比亚研究的权威期刊《莎士比亚季刊》(Shakespeare Quarterly)上,1984年第35期和1986年第37期的"目录卷"就收入了中国莎学著作和莎学论文目录注释44条。② 国际莎士比亚学会主席波洛克班克在观看黄梅戏版《无事生非》后,感慨:"我要回到英国去告诉人们,莎士比亚没有死,他在中国戏曲里活着。"③1987年爱丁堡《晚报》描述了《血手记》在英国爱丁堡国际艺术节演出的盛况:"观众挺直身子,伸长脖子,聚精会神的神情确实令人羡慕不已。"④英国《每日电讯报》也发表题为《爱丁堡艺术节——中国的麦克白》的评论文章,称赞昆曲《血手记》"令人着迷,激动人心,同时又令人难以置信地忠实于莎士比亚原著,尽管演出具有异国的情调"⑤。而实际上莎士比亚时代的演员也是用昆曲这样"高度风格化"的表演手法演出莎剧的,"莎士比亚很可能完全理解(昆剧)演出"⑥。

从历史来看,莎士比亚与中国戏曲的相通之处和以戏曲形式改编莎剧的可行性探讨一直是我国莎士比亚研究的重要议题,戏曲莎剧的实践也贯穿于中国莎士比亚研究的始终。早在20世纪初,我国的舞台上就出现了用地方戏曲模式改编莎剧的尝试,如民国初期四川淮安剧团的王国仁就曾将《哈姆雷特》改编成川剧《杀兄夺嫂》。从时代背景来看,我国在20世纪八九十年代对莎剧戏曲展开大规模的研究和实践也具有其时代必然性。随着改革开放的不断深入,国人对外来文化逐渐从排斥到接纳,中、西方文化在相互碰撞中慢慢融合,使用中国传统戏曲形式改编外国经典戏剧,实现洋为中

---

① 见韩丝:《新时期莎剧的戏曲改编历程述评》,载《戏剧艺术》,2016年第5期,第47页。

② 王忠祥、杜娟:《〈外国文学研究〉与莎士比亚情结——兼及中国莎士比亚研究》,载《外国文学研究》,2004年第5期,第7页。

③ 李如茹:《莎士比亚与中国戏曲》,载《戏剧报》,1986年第9期,第25页。

④ 转引自沈斌:《是昆剧　是莎剧——重排昆剧〈血手记〉的体验》,载《上海戏剧》,2008年第8期,第10页。

⑤ 同上。

⑥ 沈斌:《中国的、昆曲的、莎士比亚的——昆剧〈血手记〉编演经过》,载《戏剧报》,1988年第3期,第41页。

用、古为今用,对引进外国戏剧经典、为中国传统戏曲艺术增添活力,以及中国戏曲走向世界都有积极作用。

按照《戏剧艺术》的一则"编者按"的提法,这一时期"'戏曲演出莎剧',已成为一种艺术活动实体"①。但用戏曲演出莎剧的难度在于,它实际上跨越了话剧与戏曲、中国与外国两个维度。中国戏曲能在多大程度上呈现出英国的莎士比亚戏剧?哪些因素可以在改编中妥协,哪些又是精髓所在,不容放弃?20 世纪八九十年代戏剧研究期刊对莎剧戏曲的探讨可以归纳为"两个理论问题"和"一个技术问题"。而归根到底,这场跨时代、跨剧种、跨文化的莎剧改编实践,也被《戏剧艺术》幽默地总结为——"出得了门,回得了家"②。

(1)戏曲与莎剧的融合的"可行性"分析

戏曲与莎剧的融合是否可行?1956 年,张振先就提出,莎剧和京剧有诸多相似之处,可以相互借鉴甚至改编莎剧。但孙家琇批评张振先的观点,认为莎士比亚戏剧中的种种舞台技巧照样使用在当时的"贵族戏剧"里,并不适用于新中国,而且将莎剧改编成京剧有悖于现实主义原则,③体现出意识形态对戏剧演出导向的影响。

进入 20 世纪八九十年代,更多研究者探讨了戏曲与莎剧融合的可能性,寻找中国传统艺术与西方文学经典的融通之处,莎剧戏曲成为学术界所提倡的研究话题。曹禺提出:"中国的戏曲充满无穷的、完美的诗意、思想与感情,它应该是与莎士比亚能够相通的。"④马焯荣的《谈"莎味"与"中国化"之争》则开篇即对题眼的争论做出了解答:"二者不可偏废,我们应当追求中国化的莎味,莎味的中国化,把莎剧的原作精神同中国的民族戏剧艺术统一起来。只有这样,才能让中国的广大观众认识莎士比亚。"⑤马焯荣认为,莎剧的内容、风格和形式都是同中国的戏剧统一的,可以体现为莎剧在艺术形式上的"戏曲化",同时找到两者历史文化内容的对应关系;而莎士比亚在中国的改编应该将立足点放在"使中国的广大观众认识莎士比亚"上。吴光耀通过考察莎剧的表演方式,提出"莎士比亚戏剧最早不使用什么布景,戏剧

---

① 马力:《中西文化在戏剧舞台上的遇合——关于"中国戏曲与莎士比亚"的对话》,载《戏剧艺术》,1986 年第 3 期,第 36 页。

② 同上篇,第 44 页。

③ 转引自程朝翔:《莎士比亚戏剧研究》,章燕、赵桂莲主编:《新中国 60 年外国文学研究(第一卷上)外国诗歌与戏剧研究》,北京:北京大学出版社,2015 年,第 212 页。

④ 曹禺:《莎士比亚属于我们——首届中国莎士比亚戏剧节闭幕词》,载《戏剧报》,1986 年第 6 期,第 6 页。

⑤ 马焯荣:《谈"莎味"与"中国化"之争》,载《戏剧艺术》,1986 年第 3 期,第 49 页。

中的景通过演员的台词和动作来交代,这一点很像我们中国的戏曲",但是后来,莎士比亚也用过写实布景,这被吴光耀称为莎士比亚戏剧走过的"一段弯路"。吴光耀提出,"我们借鉴他们的经验,不用写实布景就可以少走这段弯路",从这个角度来讲,中国戏曲反而更接近莎士比亚戏剧本身。① 导演黄佐临则结合亲身导演莎剧的经验,从舞台布景、服装、音乐、舞台效果等方面的表现方式入手,分析了莎剧与我国传统戏曲的异同,认为中国戏曲有很多"具有惊人应变能力的技巧",若应用于莎剧演出,可以将许多复杂的问题简单化。②

　　戏曲与莎剧的融合不仅得到了国内学者的认可,也获得了不少外国学者的青睐。威廉·T.本特肯就表示,"与其说莎士比亚的戏剧与英美现代剧或者中国现代剧相似,倒不如说它们更像中国古典戏曲③,但他的理由却比较牵强——"导致这种现象的主要原因是莎士比亚时代英国的剧作者和古代中国的剧作者同属历史上仅有的、没有受过教育的剧作者。他们不在特权阶层,也非才华横溢,事实上他们时而还要遭受来自社会上那些有钱人和有教养的先生们的白眼甚至漫骂"④。本特肯强调了莎士比亚戏剧的大众性,但显然,他不了解中国古代戏曲,而且仅凭英国和中国当时的教育程度和阶层的粗略划分,也不足以下此论断。但这篇文章却经常被断章取义,引为外国学者认同莎剧戏曲的证据。究其原因,它来自20世纪八九十年代中国学术界和戏剧界对莎剧戏曲模式的追捧,反映了新时期中国学者建立学术研究主体性的迫切心理。

　　那么,用中国戏曲的形式来呈现莎士比亚,到底是一场学术的狂欢,还是以中国广大观众的审美趣味为基础所作的理性选择?莎剧戏曲让莎士比亚更贴近中国观众,还是为观众制造了更多困难?我们是否可以依据具体剧目来衡量是否存在莎剧与戏曲的相互对应关系?它们在多大程度上可以对应?又如何对应?

　　考察这一时期学术期刊对莎剧戏曲优缺利弊的种种考量,可以发现,莎剧戏曲的支持者往往强调莎剧戏曲在普及莎剧、创新莎剧和革新戏曲上的作用不可替代,但反对莎剧戏曲的声音恰恰也集中于这三点:

---

① 吴光耀:《从〈哈姆莱特〉演出谈形式多样化》,载《文艺研究》,1983年第2期,第87—98页。

② 见黄佐临:《莎士比亚剧作在中国舞台演出的展望——在首届中国莎士比亚戏剧界学术报告会上的发言》,中国莎士比亚研究会主编:《莎士比亚在中国》,上海:上海文艺出版社,1987年,第1—17页。

③ 威廉·T.本特肯:《莎士比亚身上的中国特征》,乔建华译,载《当代戏剧》,1997年第5期,第44页。

④ 同上篇,第44—45页。

　　首先,支持莎剧戏曲的研究者提出,用戏曲形式改编莎剧,是向十二亿中国人民普及莎剧的一个重要途径。曹禺曾提出这样的设想:"中国的地方戏曲有三百多种。如果这三百多个剧种或多或少地都能演出莎士比亚,那对于在中国普及莎士比亚,引导人们去认识、去欣赏莎士比亚,将是十分有益的。"①曹树钧也认为:"将莎士比亚剧作改编成戏曲上演,这是二十世纪中国舞台上独具特色的现象,也是中国戏剧艺术家向十二亿中国人民普及莎士比亚戏剧的一个重要途径。"②但问题在于,随着《莎士比亚全集》的出版和发行,莎士比亚已经逐渐进入了中国年轻人的审美范畴,而中国的年轻人与传统戏曲的隔阂却日渐加深。以戏曲形式传播莎士比亚是否能达到普及莎剧的目的? 未来的中国观众(尤其是年轻观众)是否足够熟悉中国戏曲,是否需要通过戏曲来了解莎剧? 这也是新时代的导演和演员们需要面对的新问题。

　　还有学者提出,20世纪八九十年代,"大多数中国人,生活中最常接触的是电视、电影、戏曲及广播。以中国的戏曲形式表现莎翁剧作,使更多的中国人了解莎士比亚,也是未尝不可。……对于只以看戏而看戏的大部分人来说,是否曾看过这中国化的莎剧,他们心目中的罗密欧与朱丽叶谈的也是中国恋爱"③。持这种观点的学术论文还不在少数。但是,满足于对莎剧情节的简单介绍,着力于打响莎翁的知名度,而不下大力气去研究莎剧、了解文艺复兴时期的文学和文化传统,又如何真正了解莎士比亚戏剧的精髓,体会到莎士比亚戏剧作为世界文学经典的审美价值呢? 上述观点或许有其历史原因,但如今看来,确实流于短视。此外,如何以戏曲形式普及莎剧中的某些角色(如弄人和小丑)和精神内涵(如悲剧)? 这也是在实际改编过程中会遇到的难题。④ 我们看到,在具体的改编实践中,部分莎剧戏曲对剧本做了简单化处理,使得戏曲版莎剧并不足以呈现原作的丰富性和复杂性,甚至与莎剧精髓相去甚远,很难真正实现普及莎剧的目的。

　　其次,莎剧戏曲可以赋予莎剧更强大的表现力和艺术生命。莎剧戏曲

---

　　① 曹禺:《莎士比亚属于我们——首届中国莎士比亚戏剧节闭幕词》,载《戏剧报》,1986年第6期,第6页。

　　② 曹树钧:《二十世纪莎士比亚戏剧的奇葩——中国戏曲莎剧》,载《戏曲艺术》,1996年第1期,第90页。

　　③ 孙婷:《莎士比亚为什么不能乘上戏曲这艘船来中国呢?》,载《上海戏剧》,1995年第2期,第34页。

　　④ 见陆谷孙:《帷幕落下以后的思考》,中国莎士比亚研究会主编:《莎士比亚在中国》,上海:上海文艺出版社,1987年,第39页。

的支持者提出，莎剧汲取了众多民间文化的营养，反映了人民的意愿，与中国戏曲有很大的相同之处，①同时，用戏曲演出莎剧，可以"帮助戏剧工作者突破斯氏体系的演出方式"②。但是，莎剧戏曲的反对者同样提出，莎士比亚的戏曲版本往往重视莎剧的情节，弱化剧中人物的性格变化与心理刻画，这样做固然会简化戏剧情节，让观众容易理解，但也失去了莎士比亚戏剧对人性的深刻摹写，失去了"莎士比亚化"的精髓。张隆溪就曾批评张奇虹版《威尼斯商人》对夏洛克的改造（虽然这出戏不是戏曲莎剧，而是话剧），指出："这样删改莎剧原文之后，剧中人物显得好像我们在中国旧戏里常见的那种画了脸谱的固定类型式人物，这样就歪曲了莎剧的本来面目。……如果说中国传统戏曲一般给观众以善恶分明的人物，那么使观众接受较复杂的莎士比亚化的人物，也正是在中国舞台上演出莎剧的重要目的之一。"③更有学者提出，被"中国化"的莎剧"属于莎士比亚者，似乎主要是剧情——故事"，感叹莎士比亚"如死而有知，如果知道来到中国，会像林之洋来到女儿国一样，要穿耳、缠足、搽粉，他大约将是这个主意：莎士比亚不来中国！"④

　　再次，莎剧戏曲可以推动我国戏曲艺术的改良与创新。莎剧戏曲的支持者们不仅期待通过莎剧戏曲重塑莎剧，还期待将莎士比亚戏剧的精髓运用到我国的戏曲演出之中，开启一场中国戏曲的大变革。陈恭敏以莎士比亚为镜，指出了我国传统戏曲所面临的思想观念的困境："积淀着民族审美心理的传统戏曲，今天面临的'危机'，何尝只是个形式问题！难道它的内容没有陈旧过时吗？它不是每天都在传播着封建的伦理道德观念和中庸的处世哲学吗？简单地用戏曲形式搬演莎士比亚的剧作显然是行不通的。问题不在形式，形式手法上相通之处倒是很多的。问题在于思想内容。"⑤陈雷也对比了莎剧与戏曲的异同，指出："莎剧从意向性到过程性，都首先表现出一种应变的弹力，能同时激起感性和思辨双重审美效果，且有较宽绰的余地供后世注入时代意识或容纳代代递嬗的戏剧观念。我国戏曲似乎更多地具有一种张力，它以动人肺腑的激情和泾渭分明的说教判断作用于观众，从题材的模式到各种表演程式，多少显示出一

---

① 见海牧：《精彩纷呈的中国莎剧演出》，载《戏剧之家》，1999年第2期，第5—7页。

② 张君川：《序》，曹树钧、孙福良：《莎士比亚在中国舞台上》，长春：东北师范大学出版社，2014年，第3页。

③ 张隆溪：《莎士比亚的变形：从剧本到演出》，载《中国比较文学》，1984年第1期，第70页。

④ 夏写时：《莎士比亚将不来中国》，载《上海戏剧》，1994年第6期，第28，29页。

⑤ 陈恭敏：《莎士比亚戏剧节给我们的启示》，载《戏剧报》，1986年第6期，第10页。

种传统文化封闭式的惰性。这还不包括话语模式不同所造成的功能和结构的差异。"①从这个角度讲，引入莎剧可以改变传统文化的封闭惰性，为我国传统戏曲注入时代精神。中国的戏剧家们抱着"他山之石，可以攻玉"的理念，希望莎剧戏曲可以改变戏曲行业日渐衰落的局面，重现中国戏曲的往日辉煌。

但是，在戏曲与莎剧的融合实践中，由于莎剧戏曲往往会采取"莎剧情节＋最引人入胜的戏曲元素"的方法，将小丑、武行、变脸等多剧种元素统统塞入一出剧里，常会因为用力过猛、过度强调中国特色，从而陷入"奇观"，将莎剧戏曲改得不伦不类——可谓既"出不了门"，又"回不了家"。曹树钧曾批评1986年越剧版《第十二夜》"'越味'太少，使一些原先熟悉越剧的观众在艺术上感到不满足"②。孔耕蕻则认为《血手记》"完全昆曲化了"，所以"'莎味'不足，甚至太弱"，且"人物的内心的复杂冲突就有些简单化"。③但无论是"越味太少"还是"莎味不足"，都显示出莎剧戏曲的改编困难重重，并未满足观众的期待。具体到灯光和舞美创作等具体形式，遇到的困难和受到的质疑也就更多。如蔡体良就提出："昆剧《血手记》中过分注重传统形式，没有给舞美创造留下更多发挥的余地，正说明整体上还未达到较高层次的和谐……戏曲舞美的创作比起话剧舞台来，在表现现代意识中，每迈出一步，付出的代价要高得多。"④潘健华则讨论了莎剧戏曲的服装设计，批评西安话剧院演出的《终成眷属》虽然采取了我国古代服饰，努力与中国观众接近，"就形式而言尚可，但与莎士比亚剧本所表现的思想内核不合，尤其是吐露的语言与外在的服装功利产生冲撞，即人文主义进步思想与中国古代伦理道德观、'下不可僭上'的服制不协调，束缚了剧目所表达的根本意图"⑤，胡妙胜也批评该剧"穿中国服装的角色照原本念莎士比亚的台词显得有不协调之感。如让穿中国帝王服装的角色讲人生来是平等的；让穿中国贵族妇女服装的角色大谈天赋感情，自然之子等"，当然他也承认，中国的帝王思想与莎士比亚的人文主义思想的碰撞，似乎在

---

①　陈雷：《莎士比亚的春天在中国——观摩莎剧节随感》，载《福建艺术》，1995年第1期，第16页。

②　曹树钧：《二十世纪莎士比亚戏剧的奇葩——中国戏曲莎剧》，载《戏曲艺术》，1996年第1期，第92页。

③　孔耕蕻：《莎士比亚：评论、演出及其"中国化"》，载《外国文学研究》，1986年第4期，第95页。

④　蔡体良：《舞台美术观念的变革——谈莎士比亚戏剧节上的舞美创作》，载《上海戏剧》，1986年第4期，第42页。

⑤　潘健华：《莎士比亚剧目服装创造断想》，载《戏剧艺术》，1986年第3期，第116页。

改编成中国故事的《血手记》《无事生非》《冬天的故事》中稍有缓和,但是,"问题在于使中国观众在感知中国古代服装时如何摆脱它们的传统意义的纠缠"。① 忽略剧本精神内核的服装设计,不过是标新立异、哗众取宠的一种手段,不仅与剧本"貌合神离",让服装成为肤浅的摆设,而且阻碍了观众对剧情的理解。

易凯指出,20世纪80年代后期,"社会的经济结构从封闭走向开放,民族的精神状态由凝滞趋向流动,人们的审美意识、价值观念、心理定式、欣赏习惯由群体单元化走向个体多元化,这些正在发生着的巨大深刻的变化,不能不给予古老的戏曲艺术以极大的冲击",而在真实的剧场演出中,"观众的锐减,剧场的萧条,剧目的老化,演出水平的下降,一系列带全局性的'并发症'"使戏曲艺术出现颓局,②莎士比亚戏剧俨然成了我国戏曲改革的一条破冰途径。但真如该文所说,戏曲莎剧不是"心血来潮"、绝非"追逐时髦"、更不是"七十多年前历史现象的简单翻版"吗?③ 有学者提醒我们:"驾驭莎士比亚戏剧,不论对导演、对演员,均需多方面的、足够的艺术准备。草率上马,以多胜少,常令人失望。"④据黄梅戏版《无事生非》的导演孙怀仁回顾,该团排练黄梅戏《无事生非》的直接原因是"'莎剧节'给我团发出邀请,冲开了我们锁闭的思想"⑤,虽然该剧的确如导演所愿,"作了一次前所未有的开拓性尝试,并且初步取得了成功"⑥,但是该剧的演出只在戏剧节期间,对该剧的讨论也主要集中于20世纪80年代,此后鲜见该剧在中国舞台上继续磨合、改进。赵志刚扮演哈姆雷特王子的越剧《王子复仇记》之后,上海越剧院再也没有排演过越剧莎剧。⑦ 同样的境遇也发生在因排演昆剧《血手记》而获得学界一致好评的上海昆剧团:

　　《血手记》虽然获得好评,但此后上海昆剧团再也没有上演过莎士比亚(改编)作品。因为昆剧的老戏迷们对于上演莎剧有抵触,而接纳

---

① 胡妙胜:《莎士比亚戏剧的视觉世界》,载《戏剧艺术》,1986年第3期,第113页。

② 易凯:《崭新的天地 巨大的变革——首届莎士比亚戏剧节五台戏曲演出观感》,载《戏曲艺术》,1986年第4期,第6页。

③ 同上。

④ 夏写时:《莎士比亚将不来中国》,载《上海戏剧》,1994年第6期,第29页。

⑤ 孙怀仁:《喜为"莎""黄"架彩桥——〈无事生非〉导演心得》,载《黄梅戏艺术》,1987年第1期,第40页。

⑥ 同上。

⑦ 见濑户宏:《莎士比亚在中国:中国的莎士比亚接受史》,陈凌虹译,广州:广东人民出版社,2017年,第227页。

了《血手记》的新观众也并非一直支持昆剧。也就是说，《血手记》公演并没有增加昆剧的观众数量，由此不难看出中国戏曲尝试莎剧演出的确困难重重。①

莎剧戏曲对演员的文化水平、戏曲表现手段都有极高的要求，需要长期打磨和钻研，但现实中，这些剧目往往只在戏剧节和特定活动上上演，无法形成演出传统，于是，很多莎剧戏曲也就流于噱头，成为"论文中的戏剧""戏剧史中的戏剧"和"演给外国人看的戏曲"。

（2）改编模式的选择：戏曲莎剧还是莎剧戏曲？

一向提倡莎剧戏曲化的导演黄佐临表示："如果我们在向中国观众介绍这位戏剧诗人的作品时，能借用一些中国戏剧的技巧，无疑可以为世界剧坛做些贡献。"②但表现方式的共通之处是否决定了莎剧可以被戏曲化？或曰，莎剧在多大程度上可以被戏曲化？马焯荣讨论了中西民族性格、宗教信仰、典章制度和风俗人情的差异，认为莎剧改编不应"生硬地插入中国古代特有的文化历史土壤中"，否则"就会出现中体西神的矛盾，结果是不伦不类"。③陆谷孙则强调要从改编的具体实践入手，指出虽然"我国传统戏曲与莎士比亚诗剧有不少重合或相通之处"，但是"两者的重合或相通多数发生在舞台空间的范畴，很难通过引申来证明两者在思维空间上也一定那么相似"，因此，"在融合两者的时候就尤其需要审慎，最好拿一个一个的剧种和一部一部的莎剧反复进行实验，实事求是地评估得失，以极大的坚韧探索两者之间最大的匹配可能，寻求最强的亲和反应"。④

事实上，在改编模式的选择上，莎士比亚与我国戏曲的结合方式可以总结为两种：一是莎剧戏曲；二是戏曲莎剧。两者的区别就在于落脚点的不同：前者重在戏曲，后者重在莎剧。这一时期的戏剧研究期刊对两者均有涉及，细致分析了两种改编模式各自的优缺点，积极探索莎剧与中国戏曲的最

---

① 濑户宏：《莎士比亚在中国：中国的莎士比亚接受史》，陈凌虹译，广州：广东人民出版社，2017年，第220页。

② 黄佐临：《莎士比亚剧作在中国舞台演出的展望——在首届中国莎士比亚戏剧界学术报告会上的发言》，中国莎士比亚研究会主编：《莎士比亚在中国》，上海：上海文艺出版社，1987年，第14页。

③ 马焯荣：《谈"莎味"与"中国化"之争》，载《戏剧艺术》，1986年第3期，第53页。

④ 陆谷孙：《帷幕落下以后的思考》，中国莎士比亚研究会主编：《莎士比亚在中国》，上海：上海文艺出版社，1987年，第36、37页。

佳融合方式。[①]

　　1986 年中国莎士比亚戏剧节上演的《无事生非》《血手记》以及 1994 年上海国际莎士比亚戏剧节上演的《王子复仇记》基本上采用了莎剧中国化的"莎剧戏曲"之路。黄梅戏《无事生非》不仅将原著内容改成了中国故事,也将原剧中的人名、环境和风俗习惯等也转化成中国方式。有学者指出,黄梅戏《无事生非》最大的成功之处在于将文艺复兴时期人文主义对生活积极乐观的态度,莎士比亚这一时期喜剧朝气蓬勃、乐观向上的基调,以及剧中悲剧因素与喜剧因素交叠的复杂生活面貌,成功转化为中国老百姓喜闻乐见的形式。而对于莎士比亚的诗化语言,该剧也采取了审慎又不拘泥的态度,结合唱词夹白,广泛采用民间俚语和谚语。[②]《血手记》则贯彻了黄佐临"中国的、昆曲的、莎士比亚的"的三条思路,导演宣称"改用中国的历史故事,用昆剧表现形式来展示莎士比亚原作的精髓"[③],这意味着该剧基本打碎了《麦克白》的故事情节并将之融入中国历史故事之中,进行了全盘中国化的改造。1994 年,上海越剧院明月剧团排演了越剧《王子复仇记》,同样由青年越剧演员赵志刚担纲,在舞台上塑造了一个中国王子的形象。有剧评指出,"编导之所以选择莎士比亚这出悲剧搬上越剧舞台,是考虑到哈姆雷特那种忧郁、自忏式的悲剧性格与越剧的艺术特性比较契合"[④],提出越剧《王子复仇记》并不是为了将莎剧戏曲化而戏曲化,而是在具体问题具体分析的原则下,将越剧艺术与莎翁的故事情节相结合,对莎士比亚进行了崭新的阐释。

　　另一种莎剧与戏曲的结合模式是"戏曲莎剧",即将戏曲元素化入莎剧之中,并最大限度地保留莎剧的原汁原味。1994 年,英国利兹大学的蒋维国和李如茹以"中国导演＋英国演员"的形式,将中国戏曲的韵味融入英国式的悲剧中,并采取男、女主角反串的演出形式演出《麦克白》,可以说是将

---

　　① 除了这两种基本的改编模式,还有一种方法是"用英语将莎剧改编成戏曲"。曹树钧曾记述:"著名京剧花脸女演员齐啸云……她与著名京剧演员张云溪用英语同台演出京剧《奥赛罗》片段,精湛的艺术获得了观众热烈的赞誉……它可以帮助戏曲演员更好地领会莎翁语言的艺术成就,也有助于外国朋友更好地理解中国戏曲艺术的高度成就,促进中外文化交流。"见曹树钧:《二十世纪莎士比亚戏剧的奇葩——中国戏曲莎剧》,载《戏曲艺术》,1996 年第 1 期,第 92 页。因这种改编模式不具有普遍性,研究者往往点到为止、一笔带过,本书作者收集到的论文资料很少,故不再展开探讨。

　　② 见曹树钧:《戏曲改编莎士比亚剧作的可喜收获——简评黄梅戏〈无事生非〉的改编》,载《黄梅戏艺术》,1986 年第 3 期,第 12—17 页。

　　③ 沈斌:《中国的、昆曲的、莎士比亚的——昆剧〈血手记〉编演经过》,载《戏剧报》,1988 年第 3 期,第 40 页。

　　④ 李伟民:《异彩纷呈:'94 上海国际莎剧节》,载《四川戏剧》,1995 年第 3 期,第 12 页。

莎士比亚实验性演出样式与中国传统戏剧融合的典范——事实上，在该剧中，东方戏剧形式仅仅是从属于实验戏剧的一个组成部分。蒋维国和李如茹借用了"书斋中的莎士比亚研究"研究成果，如对《麦克白》主题的探讨，如该剧以战争开始、又以战争结束的混沌感；又如对麦克白是"一个被欲望驱使、又为恐惧鞭策的有血有肉的人"①的形象的强化，对原著的阐释其实并无太多创新。但该剧的亮点在于，通过引入中国戏曲元素以及戏曲的写意风格，戏曲成为增强西方现代实验手法的一种实验方式。② 两位作者提出了"中国传统戏剧的渗入"③改编理念，这意味着他们选择了截取中国戏曲元素、渗入了莎戏剧主体，而非截取莎剧故事，插入中国戏曲程式——后者即本节前文所提的"莎戏曲"。

　　当然，采取这样的处理方法，也有客观原因。林兆华比较了中西方传统戏剧表演方式的不同，表示："西方传统戏剧大多顺着心理体验的路数去营造舞台的逼真；中国传统戏曲是通过虚拟的手、眼、身、法、步，唱念做打各种精湛的程式绝活儿，来确立舞台的表演感、观赏性。"④由于利兹大学版《麦克白》班底多为英国演员，除了导演与策划人之外，大都不具备中国戏曲程式的常识，无法以专业戏曲演员的唱、念、做、打基本功来严格要求；而戏曲元素"渗入"的处理方法较为灵活，可以规避英国演员的戏曲知识短板。当然，当戏曲融入莎剧，它"就融进了别的文化，人们也许能感受其神韵，却不复辨认其形骸"，这一点也呼应了马焯荣对"莎味"和"戏曲味"的讨论——但该版《麦克白》的优点在于，"当人们希望对写实的镜框式舞台有所突破，追求一种更自由、空灵，也更带主观色彩表现力的演出时，戏曲的样式往往能使人找到大量的灵感，这也许就是为什么从本世纪（20 世纪）二十年代起，不少西方导演倾心于中国传统戏剧，以至一直到现在"⑤。

　　蒋维国和李如茹的戏曲莎剧改编实践，为中国戏曲走出国门提出了新的思路：是要坚守戏曲程式，做纯粹的莎士比亚戏曲化？还是让戏曲适应莎士比亚，突破其自身框架，"成为新实体的有机组成部分而不再是原形态"⑥？无论哪种方法，都会引起巨大争议，因为改编莎剧与戏曲本身就面

----

① 蒋维国、李如茹：《文化交汇——在英国利兹大学导演〈麦克白〉》，载《戏剧艺术》，1995 年第 2 期，第 28 页。

② 同上篇，第 29 页。

③ 同上篇，第 33 页。

④ 林兆华：《戏剧的生命力》，载《文艺研究》，2001 年第 3 期，第 78 页。

⑤ 蒋维国、李如茹：《文化交汇——在英国利兹大学导演〈麦克白〉》，载《戏剧艺术》，1995 年第 2 期，第 35 页。

⑥ 同上。

临着突破还是固守的问题。同样,20 世纪 90 年代到 21 世纪初,林兆华和王晓鹰将传统戏曲的创作手法和对空间、表演、思想和心灵的自由表达运用于话剧莎剧表演之中,改变了话剧界斯坦尼斯拉夫斯基"体验式"演出一统天下的局面,不仅解构了莎剧,也解构了中国传统话剧的叙事方法,做出了大胆而成功的尝试。正如李如茹所说:"莎剧是可以用中国本土色彩的戏曲形式来表现的——我想,这本身的意义大于一切!"①

　　到底是要在中国舞台上呈现出一个原汁原味的伊丽莎白一世时期英国的莎士比亚,还是改造出一个中国化的莎士比亚(古代抑或当代)? 王佐良的态度可能最为客观公允:"从世界戏剧史来看,改编也是经常进行的,有益的。莎士比亚本人就不是一个'纯粹的'一切独创的艺术家,而是以改编起家、正是在改编中显出真本领(《哈姆雷特》就是一例)的戏院中人。"②的确,"莎剧中国化""莎剧戏曲化"的改编难度很大,同时面临着可能失去"莎味""诗味"与多层面的"人性"等问题。但任何一种创新尝试,都是值得充分肯定的,而莎剧中国化之路正是在这样的忧虑与鼓励之中,摸索着前行。或许,对于两种截然不同的文化形态和演出程式,简单比较,下一个可以"中国化"或不可以"戏曲化"的结论,本身就是非常草率的。莎剧戏曲作为一个新的艺术门类,不应一概而论,而应具体情况具体分析,找出特定的戏曲模式与具体莎剧剧目的最佳契合点,进行一对一的考察。

(3)莎剧戏曲舞美设计的"中国莎士比亚主体意识"

　　莎剧戏曲的舞美设计让导演的意图落实到了具体戏剧工种,是莎剧戏曲的重要组成部分,也是"莎剧中国化"得以贯彻的必要环节。两次莎士比亚戏剧节的成功举办,不仅大大丰富了 20 世纪八九十年代的中国莎剧演出研究的视角,而且催生了从剧情和改编策略到灯光、服装、道具、舞台美术观念等舞台技术层面的讨论。莎剧的舞美设计问题不仅是技术问题,也折射出戏剧从业者与研究者对"中国莎士比亚主体意识"的认知。

　　蔡体良的《舞台美术观念的变革——谈莎士比亚戏剧节上的舞美创作》关注了舞台美术创作观念中现代创造意识的觉醒,舞美创作重新审视了莎

---

　　①　李如茹:《莎士比亚与中国戏曲》,载《戏剧报》,1986 年第 9 期,第 26 页。李如茹还将莎剧戏曲按照"洋化"程度细分成三类,即以越剧《第十二夜》为代表的"洋人洋装洋式规范"改编,以昆曲《血手记》和越剧《冬天的故事》为代表的"纯粹的中国式演出",以及以黄梅戏《无事生非》为代表的"中西合璧式的混血儿"。李如茹:《莎士比亚与中国戏曲》,载《戏剧报》,1986 年第 9 期,第 25、26 页。
　　②　王佐良:《莎士比亚在中国的时辰》,载《外国文学》,1991 年第 2 期,第 16 页。

士比亚的戏剧思想,以当代人的思考与莎士比亚对话,在戏剧演出的形式美中,注入了当今的审美意识和审美旨趣。① 潘健华的《莎士比亚剧目服装创造断想》将人物服装视为一个"位置与时间"的拟境,认为我国舞台上上演的莎士比亚剧目人物服装大都以再现性为主,以文艺复兴时期的服饰为蓝本,也有一部分演出运用我国古代服饰或戏曲意象来表现莎士比亚剧目的精神。但是,潘健华也提醒莎剧改编必须寻求形与质的结合、语言与外在的服装的结合,避免出现"人文主义进步思想与中国古代伦理道德观"相互冲突的状况。服装不应是单纯体的移用,而是应该帮助演员塑造角色,达到与人物和剧情的全方位契合。② 胡妙胜的《莎士比亚戏剧的视觉世界》从当代观众的审美心理结构和现代舞台技术的视角出发,讨论了首届莎士比亚戏剧节所创造的视觉世界以及国内外的莎剧演出中舞台布景和空间结构设计的创新之处,涵盖了服装道具、空间结构、布景、灯光、音响效果等。③ 吴光耀关注了《哈姆雷特》演出形式的多样化,从伊丽莎白一世时期谈到20世纪,以翔实的资料讨论了俄罗斯、美国、英国、捷克等多国的舞台设计理念和实践以及科技进步所带来的舞台设计形式的新发展,对于我国莎剧演出具有重要的借鉴意义。④

从戏剧门类上看,服装设计成为20世纪八九十年代舞美创作的考察重点。胡妙胜的《莎士比亚戏剧的视觉世界》讨论了中国莎士比亚话剧的舞台设计,首次出现了对中国莎士比亚主体意识的讨论。值得一提的是,这种主体意识并非喊喊口号,而是通过非常具体的舞台演出门类——即服装元素——来呈现的。胡妙胜表示:"就像中国演员演外国人不一定非得染黄头发,粘高鼻子一样,服装也不一定成为历史博物馆的展品。"⑤以上海人民艺术剧院改编的《驯悍记》为例:

> 在《驯悍记》(上海人民艺术剧院演出)中,演员在演出开始时穿中国现代的练功服,随着戏剧的展开,演员一部分、一部分地穿戴伊丽莎白时代的服装。导演企图通过这种转化强调现代中国的演员在扮演莎剧的角色,这样现代中国观众在进入莎士比亚的虚构世界时不会失去

---

① 见蔡体良:《舞台美术观念的变革——谈莎士比亚戏剧节上的舞美创作》,载《上海戏剧》1986年第4期,第41—42页。

② 见潘健华:《莎士比亚剧目服装创造断想》,载《戏剧艺术》,1986年第3期,第114—117页。

③ 见胡妙胜:《莎士比亚戏剧的视觉世界》,载《戏剧艺术》,1986年第3期,第109—113页。

④ 见吴光耀:《从〈哈姆莱特〉演出谈形式多样化》,载《文艺研究》,1983年第2期,第87—89页。

⑤ 胡妙胜:《莎士比亚戏剧的视觉世界》,载《戏剧艺术》,1986年第3期,第112页。

他的主体意识。①

这样的服装设计极具巧思，抓住了莎士比亚《驯悍记》的精髓——因为在《驯悍记》开头，莎士比亚正是安排了一个无赖——斯赖在小酒馆喝酒，被女店主扔了出去，又被人哄骗他自己也是贵族，和一群贵族一起观看戏剧，与上海人民艺术剧院的这种文化移植有着异曲同工之妙，丝毫不让人觉得怪异。作者由此提出了"时空移位"的中国莎士比亚舞台改编策略，即"用我国古代服饰或戏曲衣箱来表现莎士比亚剧目的精神"②。这种"移位"会给观众带来独特的视觉感受，但是注意，这种移位必须合乎戏剧精神，不应是貌合神离、为了借用而借用。

然而，在实际操作中，因为观众欣赏趣味的不同，要做到平衡莎剧原意和中国特色并不容易。潘健华指出，在首届莎士比亚戏剧节的演出剧目中，"《温莎的风流娘儿们》力求以强烈色泽的五彩锦缎来渲染喜剧气氛"，但事实上，由于没有考虑到灯光的辐射，呈现在舞台上的"人物过分刺眼夺目，侵袭了观众对人物形象的稳定感"。③ 而在更多的情况下，抛去舞台灯光等客观因素不提，文化差异也应考虑在内。胡妙胜指出，"《终成眷属》是用中国古代服装演出的"，"演出者的用意是企图使莎剧更容易为中国观众所接受"。但问题在于：

> 服装是一种文化，是编码了的意识。中国观众总是按照中国古代服装的信码来解读它们的意义的。中国帝王的服装是和形形色色的中国帝王的形象和意识交织在一起的。因而中国古代服装的信码和具有人文主义思想的莎剧的台词、行为发生了冲撞，从而使莎剧产生语义的变形。似乎莎士比亚的角色更适宜于穿西方或中国现代的服装，因为莎士比亚的人文主义思想已为现代人所吸收。莎士比亚是向前看的。④

服装设计成为莎士比亚戏剧演出的一个讨论重点，大概是因为 20 世纪八九十年代莎剧中国化的最常见手段，就是让演员身穿中国古代戏服来演

---

① 　胡妙胜：《莎士比亚戏剧的视觉世界》，载《戏剧艺术》，1986 年第 3 期，第 112—113 页。
② 　潘健华：《莎士比亚剧目服装创造断想》，载《戏剧艺术》，1986 年第 3 期，第 115 页。
③ 　同上篇，第 117 页。
④ 　胡妙胜：《莎士比亚戏剧的视觉世界》，载《戏剧艺术》，1986 年第 3 期，第 113 页。

出莎剧。的确,在舞台上,角色着装的变化是非常明显的。演员一上台,观众往往就先看见了他们的服装。距离舞台较远的观众可能看不清演员的脸部表情和细微动作,但却能在第一时间感觉到服装变化所带来的故事背景的变化。服装不仅是款式颜色和面料,也是一种文化符号,应当与故事情节相互融合、互为补充。穿上中国古代服装来演出莎士比亚戏剧,必须给观众带来中国文化的贴近感,而不是让角色身份彼此冲撞,给观众增加理解难度;"莎剧服饰中国化"的尝试应当是莎士比亚故事与中国文化的真正融合,而非貌合神离的表面文章。

第七节　结　语

1994年,孙福良总结了上海国际莎士比亚戏剧节的得失,表示"中国的对外开放已经成为一个不可阻挡和逆转的历史潮流",中国人的莎士比亚演出"向世界表明了中华民族对于人类文明的尊重与开发热情,同时中国也必然将自己更成熟与完善的文化奉献给世界文明"。[①] 四年之后的1998年,孙福良发表《走向二十一世纪的中国莎学》,回顾了五四运动前后至今中国莎士比亚的接受史,表示"正是通过各地莎学者的共同努力,中国莎学研究近年来随着国家整体实力的升腾,出现了生机勃勃的局面"[②]。彼时,香港已经回归祖国,澳门也即将于1999年回归祖国,中国人愈加自信而开放,对21世纪的到来充满期待。中国的莎士比亚研究者也以空前的勇气和信心,向世界昭示着具有中国特色的莎士比亚研究与演出实践的存在,并憧憬着在21世纪迈入崭新的发展阶段。如今,二十余年过去,这篇文章所洋溢的戏剧从业者的自豪感和对未来的美好展望,读之仍令人心潮澎湃。

20世纪八九十年代,中国的高等教育重新恢复生机,莎士比亚更广泛地走入了我国广大青年之中。不少大专院校的英文系与中文系重新开设莎士比亚课程,国家教委还把"莎士比亚研究"定为中文专业本科自学考试的选修课之一,我国也开始自己培养莎士比亚文学的博士生和硕士生。[③] 可以说,这一阶段我国莎士比亚普及和研究所取得的成果颇丰,并为莎士比亚研究在21世纪的持续健康发展奠定了基础。与此同时,中国人开始重新认

① 孙福良:《'94上海国际莎士比亚戏剧节述评》,载《戏剧艺术》,1994年第4期,第10页。
② 孙福良:《走向二十一世纪的中国莎学》,载《戏剧艺术》,1998年第3期,第29页。
③ 见孟宪强:《中华莎学十年(1978—1988)》,载《外国文学研究》,1990年第2期,第144页。

识和了解国外莎士比亚研究和演出的现状和历史,改变中国莎学研究长期游离于国际莎学研究之外的状况,同时着力于寻找自身定位,探索莎士比亚的中国化和中国莎士比亚研究的主体性建设。

在文本研究方面,莎士比亚研究脱离了"政治标准第一"的批评模式,聚焦莎剧的文学审美价值。后现代主义、女性主义、后殖民主义、结构主义、原型批评等五花八门的西方文学理论的传播,带来了文化的多样性和全新的学术研究空间,研究者力求突破"十七年"时期和新时期初期的研究范式,从学理的角度出发阐释他们眼中的莎士比亚。对中国莎士比亚批评史的不同思考,可能存在价值判断和学术研究上的分歧,但这些分歧都体现出改革开放以来思想解放和文化多元的精神内核——找到这个共同的价值取向,对于 21 世纪外国文学评论的持续健康发展,意义重大。

但是,对任何一种理论不假思索的"平移"①,其结果必然是水土不服。黄梅指出:"'文化大革命'结束以后,我们的文化引进更新换代之快在世界上恐怕也是屈指可数的。仿佛闸门猛然洞开,多年累积的水一齐涌入。从欣喜地迎回十载暌违的西方古典作品,到大张旗鼓地介绍现代派,到快速跟踪最新'主义'和最新发展,我们几乎是在不停嘴地囫囵吞枣。"②对理论的反思在 20 世纪八九十年代"理论热"之时就已出现,并将随着时间的发酵,在 21 世纪愈加普遍而深入。

在译介方面,单一的译本已无法满足阅读和演出的需要,更多莎剧单行本和选集相继出版,"演出译本"和"诗体译本"的呼声日高。莎剧翻译实践的丰富多彩也带动了莎士比亚译介研究的蓬勃开展。研究者对莎士比亚的不同译本进行了较为系统的梳理,其中对朱生豪译本和生平的研究成为最重要的研究内容。而随着两岸关系的缓和,梁实秋的全译本也传入中国大陆,引发了对朱译本和梁译本的不同翻译策略的比较研究。吴兴华、孙大雨、方平的莎剧诗体译本和诗歌翻译理论也引起了更多的关注。这一时期的莎士比亚翻译研究重在总结翻译实践经验,"翻译"和"阐释"的区别并不明确,缺乏当下翻译研究的深度,翻译主要是作为一种译介工具存在的。同时,研究者对翻译家生平的记述和讨论,为此后的中国翻译史研究提供了一手材料。

在电影研究方面,20 世纪八九十年代的电影批评更加关注电影理论和

---

① 盛宁将这种现象称为"话语的平移"。见盛宁:《对"现代主义"在中国影响的再思考》,载《文学评论》,2012 年第 1 期,第 5 页。

② 黄梅:《回顾现代英国小说》(序言),黄梅主编:《现代主义浪潮下:英国小说研究 1914—1945》,北京:中国社会科学出版社,1995 年,第 1 页。

技术发展,讨论范围也愈加广泛。《哈姆雷特》第三幕第二场哈姆雷特对伶人的演出指导——"把动作和言语互相配合起来,特别要注意这一点,你不能越过人情的常道"——成为这一时期最常出现的台词,经常被电影表演和戏剧表演理论引用。随着电视机的普及,电视这一新的传播媒介和国外的"莎剧电视片"形式也出现在学术研究期刊中,但大多数莎剧电影和莎剧电视研究论文都译介自国外,我国研究者的自主研究较少。

在演出研究方面,与西方文学理论大量涌入并影响我国外国文学研究的现象类似,莎士比亚戏剧表演研究不仅受到了国外表演理论的影响,还注意吸收国内外"书斋中的莎士比亚"研究成果。同时,20世纪八九十年代的莎剧演出研究注重自身的主体性建设,结合中国传统艺术形式对莎士比亚舞台演出进行创新,尝试让"中国的莎士比亚"走出国门,成为我国莎士比亚研究的一大亮点。1986年和1994年的两届莎士比亚戏剧节带动了"莎剧戏曲"的发展,"莎士比亚中国化"一时间成为戏剧研究的热点话题,学术期刊主要从可行性、改编模式和技术层面三方面探讨莎剧戏曲的形式。但是,莎士比亚的"中国化"不止如此。在1994年上海国际莎士比亚戏剧节上,哈尔滨歌剧院排演、郭小男导演的莎剧歌剧《特洛伊罗斯与克瑞西达》提出音乐可以彻底破坏形象系统,成为一种解读莎剧的形式,[①]其充满后现代意味的创新实践立刻引起了学术界的强烈兴趣。此外,中国台湾地区的莎剧话剧——改编自《哈姆雷特》的《沙姆雷特》——和校园戏剧——复旦大学剧社排演的校园戏剧《威尼斯商人》——也参演了1994年上海国际莎士比亚戏剧节,将中国台湾地区的莎剧演出成果和校园莎剧推入观众的视野。正如孙福良所说:"淋漓尽致、潇洒自如地发挥自己的创作个性,是莎剧节演出中的一大特点。"[②]与1986年中国莎剧节相比,1994年上海国际莎剧节在演出形式、导演处理和剧本阐释上都出现了很大的变化。莎士比亚不再被处理为一种诗意的、经典的、唯美的戏剧,而是与时俱进地融入了现代人的审美需求和时代特征。个性化、细节化、多元化的莎剧演出增进了东西方的交流和理解,显示出莎士比亚超越民族、种族、文化和国籍的魅力。

20世纪八九十年代我国莎士比亚研究所取得的成果正是改革开放成果的缩影。改革开放的发展和深入,推动了中国与世界的高水平文化交流,也促进了莎士比亚研究和戏剧的发展。李如茹感慨:"时至今日,戏曲莎剧已经出现了,并以多种手法在实践中探索着,前进着,人们可以批评它,却不

---

① 郭小男:《莎剧歌剧化的首次尝试》,载《戏剧艺术》,1995年第1期,第58页。
② 孙福良:《'94上海国际莎士比亚戏剧节述评》,载《戏剧艺术》,1994年第4期,第5页。

能无视它。它是中国文化从封闭走向开放过程中的一个产物，它的价值远远超过了戏剧剧目本身。"①正如时任文化部常务副部长的高占祥在1994年国际莎士比亚戏剧节上提及："人类只有在交往中才能加深理解，艺术只有在交往中才能不断发展。"②莎士比亚不仅属于英国，也属于全世界；莎剧不属于一个时代，而是属于所有的世纪。莎士比亚戏剧在不同的民族文化背景、导演理念和舞美设计之下，呈现出不同的样貌，而所有这些有关莎士比亚的不同样貌，也从各个侧面展现了人类生活所面临的最基本的矛盾与问题、妥协与挣扎以及对真善美的追求，使得20世纪八九十年代多元文化背景下的我国莎士比亚批评如此丰富多彩、真实动人。

①　李如茹：《莎士比亚与中国戏曲》，载《戏剧报》，1986年第9期，第28页。
②　转引自刘明厚：《多元化的莎士比亚——1994上海国际莎剧节评述》，载《戏剧（中央戏剧学院学报）》，1994年第4期，第71页。

第五章　21世纪的莎士比亚研究与本土批评话语建构

　　孟宪强将19世纪中期至20世纪八九十年代中国对莎士比亚的接受分为相互联系、相互衔接、相互交叉、相互平行的六种接受状态，即"接受的准备""接受的过渡""接受个别作品""接受全部作品""接受外国学者的莎士比亚批评模式"和"用历史新时期中国人的眼光接受莎士比亚作品的审美价值"[①]。孟宪强写作之时是1998年，对应的正是第六个接受阶段。经历了"十七年"时期的阶级话语批评模式、新时期初期的"拨乱反正、解放思想"和20世纪八九十年代莎士比亚研究的全面发展，莎士比亚研究将往何处发展，又将形成哪些新特色？站在20世纪、21世纪之交的历史节点上，孟宪强满怀信心地提出："历史新时期中国的莎士比亚批评正在取得重大成果、形成新的特点之中向21世纪推移。"[②]

　　如今，21世纪已过廿载，中国的莎士比亚研究如孟宪强所说，"取得重大成果"，"形成新的特点"，有必要对这些新成果和新特点加以总结。本章将从文学研究、电影研究、比较文化三方面入手，梳理和分析21世纪中国期刊上所刊载的莎士比亚研究论文的特色，并结合对《外国文学评论》和《戏剧艺术》两本学术期刊的案例分析，探讨21世纪莎士比亚研究的特征、趋势与发展方向。

第一节　概　述

　　进入21世纪，我国学术期刊上发表的莎评数量较之1949年以来的五

---

① 孟宪强：《趋真与变异的独特历程——中国对莎士比亚的接受》，载《世纪论评》，1998年第3期，第70页。

② 同上篇，第74页。

十年有了迅猛的增长。以"莎士比亚"为主题搜索中国知网在"2000 年 1 月 1 日—2019 年 12 月 31 日"收录的中文期刊论文(学位论文除外),得论文 4333 篇,①而同等条件下搜索"1949 年 10 月 1 日—1999 年 12 月 31 日"收录的中文期刊论文,仅得学术期刊论文 1047 篇,差不多是前者的四分之一。虽然网络搜索结果可能有所遗漏,无法穷尽这一时期的所有莎评,却基本呈现出了 21 世纪莎士比亚研究论文的发表趋势(见图 5-1)。

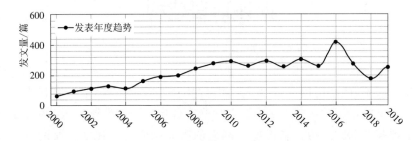

图 5-1　2000—2019 年莎士比亚研究论文的发表数量及年度发表趋势

　　由上图可见,自 2000 年起,莎士比亚研究论文的发表数量大体呈上升趋势,至 2016 年达到历史最高,为 418 篇,而后回落至 2018 年的 176 篇。2014—2017 年出现了莎士比亚研究论文的发表高峰,主要是因为 2014 年是莎士比亚诞辰 450 周年,2016 年又是莎士比亚逝世 400 周年,学术界连续举办了多场纪念活动,许多学术期刊都组织了莎士比亚纪念专题、专栏乃至专号。② 同时,莎士比亚作为一种文化现象,不仅继续吸引了外国文学、戏剧、电影等领域学者的关注,而且还吸收了哲学、政治学、外交、图书情报等其他领域的研究成果,形成了 2016 年左右莎士比亚研究论文在多学科、多领域、多期刊的全面爆发。

　　相比 20 世纪八九十年代,21 世纪的莎士比亚研究论文不仅数量猛增,而且研究视角和方法也进一步拓展。仍以《威尼斯商人》为例。陈俊的《夏洛克:一个悲剧性人物——重读〈威尼斯商人〉》、张丽的《近十年来夏洛克形象研究回顾与思考》、何小颖的《夏洛克的命运　犹太人的悲剧——〈威尼斯商人〉重读》等对夏洛克的形象进行了分析;③徐振的《孤独的双生子——

　　① 文献总数:4333 篇;检索条件:(主题＝莎士比亚 or 题名＝莎士比亚) AND(发表时间 Between(2000-01-01,2019-12-31));检索范围:期刊。

　　② 如《外国文学》2014 年第 6 期就推出了"纪念莎士比亚诞辰 450 周年"专栏。

　　③ 这些论文见陈俊:《夏洛克:一个悲剧性人物——重读〈威尼斯商人〉》,载《武汉大学学报》(人文社科版),2001 年 4 期,第 484—487 页;张丽:《近十年来夏洛克形象研究回顾与思考》,载《齐鲁学刊》,2005 年 6 期,第 112—115 页;何小颖:《夏洛克的命运　犹太人的悲剧——〈威尼斯商人〉重读》,载《重庆科技学院学报》(社会科学版),2009 年第 9 期,第 159—160 页。

〈威尼斯商人〉中安东尼奥和夏洛克的镜像关系》讨论了剧中的民族、宗教和同性恋话题；①黄福武的《莎翁名剧〈威尼斯商人〉的文本解读——兼论犹太律法的发展》、冯伟的《莎士比亚与早期现代英国的"法律"建构》讨论了剧中的法律问题；②李江的《〈威尼斯商人〉与中世纪西欧的犹太人问题》讨论了中世纪的犹太人问题③；朱静的《新发现的莎剧〈威尼斯商人〉中译本：〈剜肉记〉》讨论了女性译者和基督教对译本的影响④；李伟民的《从单一走向多元：莎士比亚的〈威尼斯商人〉及其夏洛克研究在中国》讨论了该剧在中国的接受史⑤；陈红薇的《〈夏洛克〉：文化唯物主义视野下的莎剧再写》讨论了该剧在"后大屠杀"历史坐标下的改编与重写。⑥ 不仅如此，除了传统的文本研究、戏剧演出、译介传播和教学研究，医学、生物学、生态学等跨学科研究论文也得到广泛关注，本章第二节将详细讨论，在此不一一列举。

2000年，方平记述了他在伦敦新环球剧院观看《威尼斯商人》首演的心得。该剧由德国演员担纲主演，又涉及犹太人夏洛克，还在经历了第二次世界大战和大屠杀之后的欧洲上演，于是戏剧处理"让人感受到了战后德国的一种民族心态：对于二战中集体屠杀犹太民族的悲剧怀有一种沉重的负罪感。不惜牺牲喜剧性效果，不愿为历来的种族歧视张目，在主人公夏洛克脸上继续抹黑"⑦。时代背景不同，引发了戏剧处理方式的不同，这也让方平回想起1980年中国青年艺术剧院在北京公演的《威尼斯商人》。"十七年"时期注重意识形态，于是夏洛克被阐释为高利贷者和剥削阶级的代表，他的犹太人身份被淡化；"文革"十年，莎剧演出陷入停滞；20世纪80年代，"文革"过去，中国进入了改革开放的崭新时代，但"中青版"《威尼斯商人》仍将夏洛克处理为一个"加害者"，被方平理解为经历过思想改造和批斗的知识

---

① 见徐振：《孤独的双生子——〈威尼斯商人〉中安东尼奥和夏洛克的镜像关系》，载《国外文学》，2014年1月期，第122—129、159页。

② 见黄福武：《莎翁名剧〈威尼斯商人〉的文本解读——兼论犹太律法的发展》，载《山东大学学报》（哲学社会科学版），2007年第4期，第106—110页；冯伟：《莎士比亚与早期现代英国的"法律"建构》，载《外国文学》，2014年第4期，第127—133、159页。

③ 见李江：《〈威尼斯商人〉与中世纪西欧的犹太人问题》，载《南昌大学学报》（人文社会科学版），2008年第1期，第113—117页。

④ 见朱静：《新发现的莎剧〈威尼斯商人〉中译本：〈剜肉记〉》，载《中国翻译》，2005年第4期，第50—54页。

⑤ 见李伟民：《从单一走向多元：莎士比亚的〈威尼斯商人〉及其夏洛克研究在中国》，载《外语教学》，2009年第5期，第91—96页。

⑥ 见陈红薇：《〈夏洛克〉：文化唯物主义视野下的莎剧再写》，载《外语教学》，2015年第1期，第85—88页。

⑦ 方平：《从新"环球剧场"的首演谈〈威尼斯商人〉的几种不同处理》，载《戏剧艺术》，2000年第5期，第44页。

分子内心余悸犹在:"'中青'的演出不惜把天才作家的神来之笔:夏洛克作为少数民族倾吐他内心的痛苦和不平,那一大段控诉整个儿都给删去了",因为"思想战线上的安全系数是必须考虑的"。① 方平由此感叹:"由于民族的、历史的、社会制度的不同,文化积淀的不同,在不同的时代、不同的地区,上演同一个喜剧《威尼斯商人》,出现在舞台上的夏洛克却可以呈现出各自不同以至对立的面目。"②这篇评论只有短短三页,但时代如何影响了莎剧改编、又如何影响了包括作者方平在内的一代知识分子的命运,如今读来,仍让人唏嘘不已。在评论结尾,方平指出,"在这个戏剧里,人仇恨人是种族歧视酿成的悲剧"③,将人性放在种族与阶级之前,展示出夏洛克超越高利贷商人和犹太人属性的另一个面目——一个有血有肉的人,显示 21 世纪愈加宽松的学术氛围和学者更加自由而独立的思考。纵观 1949 年以来的《威尼斯商人》研究,"十七年"时期莎评对夏洛克高利贷商人身份的强调、战后欧洲对夏洛克犹太人受害者身份的强调、21 世纪方平对夏洛克"有血有肉的人"的强调,都让《威尼斯商人》在不同历史时期呈现出不同的面目;而莎剧阐释的开放性也展现出了不同时代、不同民族、不同个体对莎剧演出的不同理解及其对演出的影响。

在论文写作形式方面,21 世纪的学术期刊论文显然比以往更加注重科学性和学术规范。20 世纪八九十年代那种随感式、印象式的评论已经难得一见,取而代之的是"学院派"论文严谨的结构、理性的语言和随处可见的注释,期刊对论文的字数、格式乃至引用文献的数量均有细致要求,论文写作更加专业化,但 20 世纪八九十年代评论家难以抑制的写作激情和自由挥洒的文风似乎隐藏在论文格式框架的重重封锁之下,越来越难以察觉了。此外,2008 年,中国人民大学出版社引进了"阿登第三版"《莎士比亚全集》(Arden Shakespeare, the 3rd Series),陆续出版了十部莎剧的全英文影印版,陆谷孙所提"某些研究工作者迄今仍得借助中文译本去熟悉莎剧,了解国外的莎评"④的状况得以改变。莎士比亚在中国不仅有了诸多译本,也有了原汁原味的英文注释本,这也从侧面反映出莎剧爱好者和研究者研究水平的提高。

---

① 方平:《从新"环球剧场"的首演谈〈威尼斯商人〉的几种不同处理》,载《戏剧艺术》,2000 年第 5 期,第 44 页。

② 同上。

③ 同上。

④ 陆谷孙:《帷幕落下以后的思考》,中国莎士比亚研究会主编:《莎士比亚在中国》,上海:上海文艺出版社,1987 年,第 31—32 页。

另外,随着莎士比亚研究的不断深入,我国的学术界也出现了对莎士比亚经典地位的反思。一些研究者将研究跨度向前拓展至中世纪、向后拓展至18世纪,探讨了莎士比亚戏剧的取材和莎士比亚经典化的过程;另一些学者注意到了莎士比亚同期的戏剧家如马洛、琼生、斯宾塞、米德尔顿等的优秀戏剧作品,希望唤起学界对整个早期现代时期英国文学研究的关注。郝田虎指出:"1978年是弥尔顿诞辰370周年,2011年是钦定本《圣经》出版400周年。二者并未在中国学界掀起哪怕微小的波澜,这固然是因为莎士比亚的一枝独秀和宗教问题的敏感性,但也可以标示除莎士比亚外早期英国文学研究在以经济建设为中心的新时期中国事实上微不足道的地位。"① 与此同时,随着20世纪西方文学理论的影响越来越大,也有学者提出了意识形态上的警告:"新时期以来,随着西方各种形式主义文学理论的引入和运用,我们的文学接受又出现了用张扬文学独立价值来消解社会历史批评的倾向,颠覆其原有的合理价值,在某种程度上造成了文学批评中精神与道德的缺失,使得原本合理需要的审美性变成了失根的片面追求。这是文学批评不成熟的表现。"② 在20世纪80年代,为避免故步自封,陆谷孙曾提醒研究者:"让域外文化销蚀、吞噬民族文化的自我固然不足为训,顽强地扩展自我致使域外文化的个性失落,也是不足取的。"③ 如今,面对域外各种新理论和新方法的不断涌入,中国莎士比亚研究的主体性何在? 陆谷孙的提醒同样值得今天的研究者思考。

在莎士比亚演出方面,进入21世纪,莎剧戏曲的种类继续增多:

> 在中华人民共和国成立六十多年的时间里,包括话剧、京剧、昆曲、川剧、越剧、黄梅戏、粤剧、沪剧、婺剧、豫剧、庐剧、湘剧、丝弦戏、花灯戏、东江戏、潮剧、汉剧、徽剧、二人转、吉剧、客家大戏、歌仔戏、歌剧、芭蕾舞剧等24个剧种排演过莎剧。这在外国戏剧改编为中国戏曲中可谓是绝无仅有的特殊例子。④

---

① 郝田虎:《改革开放初期中国的莎士比亚及早期英国戏剧研究述评》,载《英语广场(学术研究)》,2015年第5期,第3页。

② 李伟昉:《接受与流变:莎士比亚在近现代中国》,载《中国社会科学》,2011年第5期,第166页。

③ 陆谷孙:《帷幕落下以后的思考》,中国莎士比亚研究会主编:《莎士比亚在中国》,上海:上海文艺出版社,1987年,第39页。

④ 李伟民:《借鉴与创新:中国莎士比亚研究和演出的独特气韵——纪念莎士比亚逝世400周年》,载《河南大学学报》(社会科学版),2016年第3期,第31页。

　　莎剧戏曲的创新性赢得了大多数学者的认可："中国戏曲与莎士比亚戏剧在碰撞中寻求对话、交流，在保持莎剧神韵的前提下，充分发挥中国戏曲的特点，莎士比亚戏剧在舞台上眼花缭乱的变脸，使中国戏曲与莎剧无论在内在精神和外在形式上都令人耳目一新。"①进入 21 世纪，有一些外国学者也关注到了中国舞台上的"中国化"与"莎味"之争，并将之视作一种文化现象。莱维（Murray J. Levith）评论道："比起其他所有国家，中国人似乎更愿意让伟大的艺术家来传递自己的意识形态，而非原汁原味地传递出作者本意。"②从上下文来看，莱维主要讨论的是政治因素对中国莎士比亚研究的影响。但在实践中，语言障碍才往往会迫使中国导演放弃打磨台词，聚焦情节和视觉效果。亚历克萨·黄注意到，中国的莎剧改编通常过于强调"视觉上的美感"（visual beauty）。罗斯维尔（Kenneth Rothwell）则总结为，母语不是英语的电影人"热衷于以奢华的电影效果重新呈现戏剧，就像在拍无声电影"，而这种做法的危险在于，长此以往，"亚洲的戏剧和电影，会被当作纯粹的视觉奇观（spectacle）"。③同理，莎剧的戏曲化也不应只追求视觉效果——"戏曲莎剧应该有更高的艺术追求，单纯求新求奇反而会导致莎剧本身的贬值"④。

　　到底是要在中国舞台上呈现出一个原汁原味的伊丽莎白一世时期英国的莎士比亚，还是改造出一个中国化的莎士比亚（进一步讲，是古代中国还是当代中国）？ 20 世纪八九十年代，王佐良就表示，"莎士比亚本人就不是一个'纯粹的'一切独创的艺术家，而是以改编起家、正是在改编中显出真本领（《哈姆雷特》就是一例）的戏院中人"⑤，莎士比亚戏剧本质上并不拒绝改编，更不会拒绝 21 世纪在改编中显出真本领的中国戏剧人。这一观点也得到了一些国外专家的认同。在 2010 年的一次采访中，大卫·卡斯顿谈及中国的莎剧改编，中肯地表示："每种文化都会从自己的立场出发，对莎士比亚做出特定的解读……但我认为，最好确定其中有对话：我们必须尽可能地悉心倾听过去的声音，避免只是以己度人。"⑥

　　①　李伟民：《中国莎士比亚批评史》，北京：中国戏剧出版社，2006 年，第 393 页。

　　②　Murray J. Levith, *Shakespeare in China*, London and New York：Continuum，2004，p. 137.

　　③　Alexa Huang, *Chinese Shakespeares：Two Centuries of Cultural Exchange*，New York：Columbia UP，2009，p. 168，p. 234.

　　④　李伟民：《中国戏曲莎剧与莎剧现代化》，载《闽江学院学报》，2006 年第 1 期，第 61 页。

　　⑤　王佐良：《莎士比亚在中国的时辰》，载《外国文学》，1991 年第 2 期，第 16 页。

　　⑥　田俊武：《莎士比亚：研究、争议与全球化语境下的再审视——耶鲁大学莎士比亚研究专家大卫·卡斯顿教授访谈录》（Shakespeare Study，Its Controversy and Re-evaluation in the Context of Globalization：An Interview with Professor David Scott Kastan），载《外国文学研究》，2012 年第 2 期，第 6—7 页。

除了戏曲化的尝试,莎士比亚也越来越多地出现在中国的话剧舞台、商业电影和校园戏剧中。林兆华执导的《哈姆雷特》《理查三世》《大将军寇流兰》等采用后现代的表现手法,借助现代舞台造型、灯光、音乐等多媒体手段,通过时空的自由转换以及对象征、隐喻、荒诞变形等手法的运用来重新阐释莎剧,[①]获得了票房和口碑的双丰收。2006年,冯小刚执导的《夜宴》、胡雪桦执导的《喜玛拉雅王子》等商业电影采取明星加盟、套用/借助莎剧故事的方式,同样引起了中外学者的关注,但此类题材往往反响不佳。例如,《夜宴》被认为是在"武侠电影"的框架下重新包装了《哈姆雷特》,但大多数国内影评人都指责影片"是拍给老外看的",而"几乎所有的欧洲评委都觉得这个故事太过莎士比亚,不像是中国电影,吸引不了外国观众"。[②]

此外,随着大学英文剧社逐渐活跃,校园莎剧演出也在高校学生中形成了一定的影响,"甚至有一些高校已经把举办'莎士比亚戏剧演出'作为经常性的活动固定下来了"[③]。各类莎剧比赛往往由外语学院承办,主要目的在于锻炼学生的英语水平,在舞台表演和创意上表现不足。

相比20世纪20年代效仿日本的戏剧改良运动和50年代以来学习苏联的现实主义戏剧模式,当今的中国人已经开始摸索自己的方法理解莎士比亚。但是必须承认的是,"在中国莎剧改编的话剧舞台上,剧本普遍被边缘化了,与原著只是似有关联,戏剧理论的指导意义亦变得微乎其微,导演开口闭口只谈感觉,不谈什么主义和理论"[④]。这种现象并非中国独有,而是一场几乎"全球性的剧场本土化"(a global vernacular in theater)。[⑤]这种情况也引发了中国戏剧界对莎剧经典地位的集体焦虑:由于西方现代戏剧思潮和研究方法的涌入,莎剧在中国戏剧界正走向没落。曾经辉煌一时的1994年上海莎士比亚戏剧节并非连续或固定举办,而2016年的国际莎士比亚戏剧节也并未引起同之前一样的热烈反响。"不管由于什么原因,这反映出莎士比亚戏剧在我国受关注度在降低,至少是被懈怠。先前有过的

---

① 见郭英剑、杨慧娟:《20世纪80年代以来中国戏剧舞台上的莎士比亚》,载《英美文学研究论丛》,2009年第1期,第57—58页。

② Alexa Huang, "Prologue," *Chinese Shakespeares: Two Centuries of Cultural Exchange*, New York: Columbia UP, 2009, p. 234.

③ 李伟民:《改革开放三十年中国大学的莎士比亚戏剧演出》,载《徐州师范大学学报》(哲学社会科学版),2010年第3期,第52页。

④ 孙艳娜:《莎士比亚在中国话剧舞台上的接受与流变》,载《国外文学》,2014年第4期,第41页。

⑤ Alexa Huang, "Prologue," *Chinese Shakespeares: Two Centuries of Cultural Exchange*, New York: Columbia UP, 2009, p. 20.

热情和盛况仿佛一去不再复返。"①如何才能使莎剧继续在中国健康、蓬勃地发展下去，是戏剧界必须及早重视的问题。

在 2012 年刊发的《〈罗密欧与朱丽叶〉剧场演出简史》结尾，作者吉尔·莱文森引用彼得·布鲁克的一句名言总结了整个《罗密欧与朱丽叶》演出史，乃至整个莎士比亚戏剧演出史："每一台戏在它的特定时代都是恰当的；一旦脱离这个年代就会显得很荒唐。一台戏只有在合适的时机才是恰当的，在它成功的时候才是杰出的。该开始的时候开始，该结束的时候结束。"②这句话对方平 2000 年的那篇《威尼斯商人》短评，也对时代和莎士比亚戏剧的关系做出了完美的呼应。任何一出戏剧之所以出现，都是因为它在那个时空出现是必然的，虽然如彼得·布鲁克所说，它"一旦脱离这个年代就会显得荒唐"，但没有任何一种荒唐是无中生有。研究种种荒唐产生的原因，研究一出戏剧从自然而然走向荒唐的原因，研究荒唐背后的合理性，我们可以加深对我们自己和我们所生活的这个时代的理解。

第二节　突破与回归：21 世纪莎士比亚文学研究新方向

进入 21 世纪，我国"书斋中的莎士比亚研究"出现了一些新方向——所谓"新"，有些是对国外莎学成果的引入和转化，有些是对我国过去已有研究主题和模式的重构与创新，有些则是作为对现有研究方法的反思与批判而出现的，是对以往研究范式的回归。

1. 莎士比亚的政治历史研究重回视野

经历了 20 世纪八九十年代的文学批评"审美化"，进入 21 世纪，莎士比亚的政治历史研究重回我国学者的视野。但是，21 世纪对莎剧政治意识的研究不再局限于莎士比亚的"阶级属性"研究，而是涉及政治意识形态的方方面面：莎士比亚果真对政治漠不关心吗？他写作戏剧只是为了票房吗？他的政治立场是什么？他支持都铎王朝的立场吗？他相信"都铎神话"和"君权神授"吗？他如何看待政治权力和王位继承的合法性问题？他如何看

①　马玥：《基于莎士比亚戏剧的导演与表演教学研究——以美国耶鲁大学戏剧学院为例》，上海戏剧学院硕士学位论文，2010 年，第 24 页。

②　吉尔·莱文森：《〈罗密欧与朱丽叶〉剧场演出简史》，刘晶译，载《戏剧艺术》，2012 年第 5 期，第 56 页。

待当时流行的马基雅维利主义？他对苏格兰、爱尔兰和法国的态度是什么？他的作品如何反映了他的政治态度，又如何隐藏了他的政治态度？种种问题让莎士比亚的政治历史研究重回我国外国文学研究界的视野，并成为21世纪莎士比亚研究不可或缺的组成部分。

21世纪的莎士比亚政治历史研究最为关注莎士比亚的历史剧，这可能是因为历史剧可以和莎剧的历史素材、早期现代英国的种种轶事、统计数据等联系起来，在多文本的相互关照之下，寻找历史裂缝，呈现社会不同利益集团的矛盾和张力，透析伊丽莎白一世时期和詹姆斯一世时期英国人的政治态度和莎士比亚本人的态度。黄必康的《哈姆雷特：政治意识形态阴影中追踪死亡理念的思想者》讨论了哈姆雷特的主体意识与政治意识形态之间不可调和的矛盾冲突，揭示了早期现代英国主体性的建构；①秦露的《〈理查二世〉：新亚当与第二乐园的重建》讨论了君权神授的危机和新的现代政治建立过程之中的困境；②胡鹏的《离婚案下的政治：〈亨利八世〉与〈真相揭秘〉》关注了莎士比亚《亨利八世》对离婚事件的描述变化，认为其中隐含着复杂的宗教和政治原因；③张沛的《王者的漫游——〈亨利五世〉第四幕第一场解读》讨论了莎士比亚英国历史剧的创作意图，将莎士比亚的十部历史剧串联成了一个完整的英国故事，认为莎士比亚既是戏剧诗人，也是政治哲人。④ 此外，陈玉聃的《国际政治的文学透视：以莎士比亚〈亨利五世〉为例》突破了文学研究论文的限制，从文学视角透视了国际政治问题，认为莎士比亚研究虽然在政治学界和国际政治领域都已有讨论，但它"仍是一个有待开掘的宝藏"，提倡国际政治研究者打破学科藩篱，不仅从政治学的框架中审视文学，也借由文学之镜来透视国际政治。⑤ 这篇文章不仅打破了文学与政治学研究的藩篱，也打破了文学期刊与政治学期刊刊载论文的分别，发表在了《外交评论》上。

在对莎士比亚历史剧的解读上，学术期刊延续了20世纪八九十年代对莎剧意象的关注，并就这些意象背后的政治历史意识形态和哲学寓意展开了富有新意的讨论。莎士比亚历史剧中吸引观众和读者的种种"意象"，经

---

① 见黄必康：《哈姆雷特：政治意识形态阴影中追踪死亡理念的思想者》，载《外国语（上海外国语大学学报）》，2000年第4期，第42—52页。

② 见秦露：《〈理查二世〉：新亚当与第二乐园的重建》，载《国外文学》，2007年第1期，第79—87页。

③ 见胡鹏：《离婚案下的政治：〈亨利八世〉与〈真相揭秘〉》，载《外国文学评论》，2011年第2期，第24—35页。

④ 见张沛：《王者的漫游——〈亨利五世〉第四幕第一场解读》，载《国外文学》，2014年第3期，第57—66，157页。

⑤ 见陈玉聃：《国际政治的文学透视：以莎士比亚〈亨利五世〉为例》，载《外交评论（外交学院学报）》，2015年第4期，第82—106页。

由研究者对史实及其背后政治哲学的深入挖掘,呈现出更加深刻而隐秘的政治含义。胡家峦的《秩序与和谐:莎士比亚历史剧中的园林意象》讨论了莎士比亚历史剧的园林意象,认为莎士比亚的历史剧频繁使用"园林"意象作为英格兰的象征,井然有序的花园寄托着他希望建立统一国家的愿景。[①]黄必康的《解读文本意象:莎剧〈亨利四世〉中政治的园林与绞架的政治》开篇即引用了让·鲍德里亚的名言"奇异精彩的意象背后隐藏着铁面威严的政治",提出莎剧中的主导文学意象和类比符号负载着复杂的政治与文化信息,而主导意象既不断加重本身的政治文化意蕴,又参与到了文本中所展现的政治意识形态斗争之中,向观众或读者传达出时代的气息。[②]与其说黄必康的这篇论文是对《亨利四世》中的"园林"和"绞架"两个具体意象的政治意义的探讨,不如说这是一篇讨论如何利用意象来解读莎剧政治历史性的方法论——黄必康提出,从政治历史视角入手研究莎剧中的意象,并非走回"新批评"时期意象研究的老路,而是"融语言形式与文化阐释为一体",并将"不断获得新的现实意义"。[③]"新批评"的研究方法关注文学作品本身,在文本细读的基础上展开批评实践,成为英美文学教学的主流研究手段。从"新批评"的意象研究,到以政治历史视角切入历史剧的意象研究,这不仅是研究焦点的转移,也体现出 21 世纪全球信息技术发展所带来的人们对"视觉图像"的重视乃至痴迷,是视觉文化的流行在外国文学研究领域的反映。

从"十七年"时期统一的"以阶级斗争为纲"的政治意识形态,到新时期初期重点关注"拨乱反正、解放思想",到 20 世纪八九十年代对西方文论的积极引介,21 世纪的中国莎士比亚研究开始重新重视莎士比亚的政治意识研究。但必须指出的是,进入 21 世纪的莎士比亚政治历史研究已与"十七年"时期的莎士比亚政治研究有了明显不同:

首先,21 世纪的莎士比亚政治历史研究不再关注莎剧中的阶级斗争和莎士比亚本人的阶级划分问题,莎士比亚的政治研究不再等同于莎士比亚的"阶级意识"研究,而是回归到政治思想的本来面目和丰富内涵,如探索王权与"合法性"问题,政治、宗教与外交矛盾问题等。同时,在研究方法上,21世纪的莎士比亚政治历史研究受到新历史主义、文化唯物主义、西方马克思主义、文化研究等多重影响,不再单纯以革命导师的语录统摄全文。

---

①　见胡家峦:《秩序与和谐:莎士比亚历史剧中的园林意象》,载《解放军外国语学院学报》,2007 年第 6 期,第 81—86 页。

②　见黄必康:《解读文本意象:莎剧〈亨利四世〉中政治的园林与绞架的政治》,载《国外文学》,2000 年第 1 期,第 61—62 页。

③　同上篇,第 67 页。

其次,21世纪的马克思主义莎评在观点和内容上延续了20世纪八九十年代莎评的观点,且主要是梳理和总结"十七年"时期莎评的历史,理论方面的创新不多;西方马克思主义理论研究的作品和观点影响增大。事实上,大多数学者也都认为,中国的马克思主义莎士比亚研究在"十七年"时期和20世纪80年代初期达到高峰,[①]而21世纪的马克思主义莎评主要成果借鉴自西方马克思主义研究成果,对伊格尔顿、詹姆逊等的讨论和引用明显增多——尤其是伊格尔顿1983年版《文学原理引论》提出的著名命题"一切文学批评在某种意义上都是政治的批评"[②]更是被奉为圭臬——与此同时,与现代社会问题的关联度明显减弱,乃至在很多时候成为学术界的自娱自乐。但是,从深层次来看,经济基础决定上层建筑、生产力决定生产关系的马克思主义文艺理论已经深入中国学者的研究血脉,化作论文的研究基石。从这个角度来讲,虽然当代对马克思主义莎评的专门讨论不多,但从本质属性来说,数量也蔚为可观。

再次,从研究方法上讲,21世纪的莎士比亚政治历史研究大都采取新历史主义或跨学科研究方法,强调文本细读,挖掘大历史中的小历史或历史片面,研究更加深入、专业化,马克思主义"经济基础决定上层建筑""意识形态反作用于社会存在"的重要理论已经被不同西方文学流派所吸收和使用,如女性主义、酷儿理论、少数族裔批评、解构主义等批评理论均可见马克思主义文艺理论的影响。从这个角度上讲,马克思主义的重要概念依然是21世纪中国莎士比亚研究不可或缺的理论源泉。

此外,21世纪莎士比亚政治历史研究的强势回归,也离不开出版业的推动。这一时期,华夏出版社推出了刘小枫、甘阳主编的"莎士比亚绎读"系列丛书,其中就包括彭磊选编、马涛红等译的《莎士比亚戏剧与政治哲学》,罗峰编译的《丹麦王子与马基雅维利》《哈姆雷特的政治决断》,以及阿鲁本斯、苏利文编的《莎士比亚的政治盛宴》等,对国内的莎士比亚的政治历史批评影响很大。这套莎士比亚政治研究系列丛书不仅为国内读者译介了柯兰德(Stuart M. Kurland)、诺布鲁克(David Norbrook)、蒂利亚德(E. M. W. Tillyard)等著名学者的莎士比亚政治历史研究成果全文,而且收录论文气势恢宏、篇幅巨大、分析深入、考据翔实,摆脱了文学评论仅限于文学领域的束缚,融文

---

①　如李伟民在分析《哈姆雷特》的人文主义讨论时就提出,现有研究"很难在整体上超越苏联'马克思主义莎学'与老一辈莎学家就这一问题的研究水准,只能是修修补补或对原有论点的循环阐释,给人明显的感觉是研究底气的不足和研究功力的有所不逮"。见李伟民:《艰难的进展与希望——近年来中国莎士比亚研究述评》,载《四川外语学院学报》,2006年第1期,第30页。

②　Terry Eagleton, *Literary Theory:An Introduction*, Oxford:Blackwell,1996,p.170.

学、哲学、宗教、政治学探讨于一体,专业而细腻的解读让人耳目一新,极大地拓展了国内学者解读莎剧的视野,丛书中的名家名篇几乎成为 21 世纪国内莎士比亚政治历史批评的"标杆"。

在英语世界的莎士比亚研究中,政治历史研究同样是重要组成部分;而且,进入 21 世纪,与我国莎士比亚研究对政治历史研究的回归几乎同步,英语莎士比亚研究也出现了对"政治生活"的回归。[①] 事实上,以蒂利亚德为代表的 20 世纪莎学研究者的一大工作范式就是将莎剧与其历史素材对比,探讨莎士比亚对于伊丽莎白一世时期世界图景的呈现。20 世纪八九十年代以来,以格林布拉特为代表的新历史主义评论家提倡将文学放在社会史、史学史、文化史的语境中来加以研究,认为文学与历史之间不仅有指涉和反映,还存在着干预和改写,对 21 世纪的莎士比亚批评仍然影响巨大。进入 21 世纪,英语世界莎学批评的文史互证趋势更为明显,文学和历史的联系更加密切,且较之新历史主义盛行的 20 世纪 90 年代,21 世纪的政治历史批评呈现出重实证、细节化、跨学科的特点,拉康精神分析和历史研究成果等丰富了文学批评的视野、内容和方法,同时文本不再被简单地处理为"抑制/颠覆"的二元对立模式,而是努力呈现出伊丽莎白一世时期和詹姆斯一世时期复杂的社会矛盾、价值冲突、协商与和解。有学者提出,"正是由于史学研究范式自身的变化及研究者历史视野的扩大,才使早期现代英格兰文学研究尤其是莎士比亚研究出现了一个最新的发展动向,即'作为历史研究的文学研究',它或能促使文学研究者反思文学作品'文学性'的历史性,帮助他们打破文学研究与历史研究的界限,发展'作为文学研究的历史研究'"[②],但在具体操作中,相对于社会、历史研究对文学研究所产生的巨大影响,文学对历史研究的影响几乎仅限于提供文学作品本身,文学批评的哲学和社会科学影响虽有扩大,但仍然非常有限。

出现这种不同,最大的原因在于:英美世界的莎士比亚研究深刻地受到"9·11"事件的影响,着重于从理论层面进入文学意义和价值的讨论。如,21 世纪至今英语世界的一个显著的莎评主题变化,就是"莎士比亚与恐怖主义"研究话题的数量猛增,而《麦克白》写于火药阴谋(Gunpowder Plot)之

---

① 特里·伊格尔顿注意到,"过去 20 年间所发生的是,人们可能会冒险称之为'纯粹'或'高端'理论的东西不再那么流行了",而"这种向着日常的文化生活和政治生活的回归显然应该受到欢迎"。见 Terry Eagleton,"Preface to the Anniversary Edition," *Literary Theory:An Introduction*,Minneapolis:University of Minnesota Press,2008,p. iix,p. ix.

② 龚蓉:《"作为历史研究的文学研究":修正主义、后修正主义与莎士比亚历史剧》,载《外国文学评论》,2017 年第 3 期,第 192—193 页。

后,属于大型社会恶性事件之后的作品,也成为 21 世纪英语世界莎学批评热衷的题材。学者们试图在莎士比亚生活的时代寻找恐怖主义的印记,寻找历史共鸣与对策——有学者指出,"恐怖主义"这个词虽然在伊丽莎白一世时期和詹姆斯一世时期并不存在,但恐怖主义在莎士比亚的作品中切实地体现为一种行之有效的"政治暴力"(political violence);[①]而经历了"9·11"事件之后的美国文学批评"对讨论莎士比亚文本在后'9·11'时期的美国学术界的特定领域中会产生哪些新的阐释张力兴趣不大,而更偏向于思考莎士比亚文本可能会以何种方式恢复我们所缺失的现实(the Real)精髓,以便我们也可以'分享历史的悲痛'"[②]。从这个角度讲,对于英美世界 21 世纪出现的莎士比亚政治历史研究潮流,我们不仅要关注到这一现象,也要分析其产生的社会原因,不应盲目跟风。

杨金才和陈星敏锐地注意到,当代英语世界出现了莎士比亚研究中的当下主义倾向。陈星指出,国外莎士比亚研究存在着历史主义和当下主义两种研究趋势,新历史主义及其后出现的新新历史主义及新唯物主义都存在复原历史的倾向,属于"历史主义"的范畴;而与之相对的"当下主义"则强调,应当在当代的文化语境中去阐释莎士比亚。[③] 杨金才更是将当代人类生活流行的自然环境、绿色经济、生态意识、性别思想、身份理论和剧院空间等研究命题纳入"当下主义"的研究范畴,认为"莎士比亚的荒野意识、时空观、伦理观、身体维度和性别思想等都在当下理论概念烛照下得以彰显"[④]。陈星引述了霍克斯的话"莎士比亚没有意图:是我们,通过莎士比亚,表达我们的意图"[⑤],认为所有对莎士比亚的理解——包括女性主义、后殖民主义以及恐怖主义研究——都可理解为是当下的研究,是在我们所生活的文化历史环境中产生的对莎士比亚的阐释。这一点不难理解,也很容易得到研究者的共鸣。但是,霍克斯这种"极具个性的'散文'形式""不同于章法严谨规整的学术论文"的风格[⑥]却难以模仿——在 21 世纪愈加强调学术规范、

---

① Robert Appelbaum,"Shakespeare and Terrorism,"*Criticism*,Vol. 57,No. 1,2015,p. 31.

② Matthew Biberman,"Shakespeare after 9/11,"*Shakespeare After 9/11:How a Social Trauma Reshapes Interpretation*,eds. Matthew Biberman and Julia Reinhard Lupton,Lewiston,New York:Edwin Mellen,2011,p. 7.

③ 见陈星:《论当代莎士比亚研究中的"当下主义"》,载《复旦外国语言文学论丛》,2018 年第 1 期,第 61 页。

④ 见杨金才:《当前英语莎士比亚研究新趋势》,载《外语教学与研究》,2016 年第 6 期,第 882 页。

⑤ 陈星:《论当代莎士比亚研究中的"当下主义"》,载《复旦外国语言文学论丛》,2018 年第 1 期,第 62 页。

⑥ 同上篇,第 63 页。

引注规范的趋势下,研究者对当下主义莎评的"效仿"往往只能领会其研究精神,而无法学得其自由挥洒的文风。

2. 跨学科研究的异军突起

20世纪八九十年代以来,现代主义和后现代主义思潮涌入我国,以颠覆的视角和令人眼花缭乱的术语,打破了传统的文学研究边界,吸引了我国学者的目光,尤其是1985年弗雷德里克·詹姆逊赴北京大学讲授"当代西方文化理论",以及1986年詹姆逊的课程讲义《后现代主义与文化理论》一经北京大学出版社推出就成为当年的畅销书,文化研究的理论和方法逐渐为我国学者熟悉。此时,中国正处于经济社会转型期,现实文化复杂而多元,文化研究方法的引入满足了我国知识分子面对新的社会文化现实、开拓新的批评空间的需要;而跨学科研究作为文化研究的内在要求和方法论,也在我国迅速流行起来。

具体到莎士比亚研究领域,研究者利用多学科理论和知识体系,对莎士比亚戏剧进行了跨学科的探讨,如莎士比亚与经济学、莎士比亚与法律、莎士比亚与医学、莎士比亚与音乐等新话题层出不穷。由于科技的进步和信息技术的飞速发展,近年来,莎士比亚研究还出现了跨越科学领域和人文研究领域的特征,即将莎士比亚戏剧和诗歌与心理学、医学、生物学、化学、统计学、信息学等相互结合,开展交叉研究。当然,跨学科研究趋势不仅体现在文学研究中,而且是人文和社会科学研究的整体现象,甚至还成为某些学科建设"守正出奇"的标志。"特别是20世纪末开始,各种新的批评理论风起云涌……各种理论都在跨学科大潮裹挟下,做起了文学批评的事。"①多学科、多领域的相互阐释、建构与解构,让21世纪的莎士比亚研究呈现出更为丰富多样的研究趋势,但种种"弱联系"研究和"为跨而跨"的研究也让研究者担心,传统的人文社科研究会不会在种种"创新""出奇"中放弃本心,研究者会不会在一阵一阵的追逐跟风中,失去了静心研究、在一个领域深耕细作的空间和耐心。有学者批评,21世纪流行的跨学科研究和跨界研究是"文学批评家鲁莽地跨越了文学研究的学科边界,去涉及那些自己并不擅长的文化或社会科学领域,所研究出来的结果大多属于外行话,既没有太多的实际效果,还大大削弱了文学研究的价值,直接导致了理论的终结"②。莎学研究也是如此:"一些所谓的研究也盲目跟风,把莎学研究与甚至自己都

---

① 张冲:《论当代莎评的"莎士比亚+"——兼评〈莎士比亚与生态批评理论〉及〈莎士比亚与生态女性主义理论〉》,载《外国文学》,2019年第4期,第4页。

② 陈后亮:《"将理论继续下去"——近二十年来国内"后理论"研究综述》,载《四川大学学报》(哲学社会科学版),2017年第3期,第93页。

不甚了了的自然科学甚至数学名词,哗众取宠地浅层次与莎研挂钩……须知这样的'研究'只会沦为华而不实的笑柄。"[①]

其实,在"十七年"时期,莎士比亚与音乐、舞蹈的关系就已引起了我国学者的关注——这不难理解,因为艺术本就是相通的,莎士比亚的戏剧是诗剧,而诗歌本身就具有丰富的音乐性,莎剧的故事情节或青春洋溢、或跌宕起伏,也被改编为各种歌剧和舞剧——早在20世纪五六十年代,《电影艺术译丛》和《戏剧报》等期刊就刊载过苏联莎剧芭蕾舞剧《罗密欧与朱丽叶》的评介。李伟民在《莎士比亚文化中的奇葩——音乐中的莎士比亚述评》里提出,莎作语言中蕴含的音乐性与欧洲许多第一流的音乐家为莎作谱写的大量音乐作品,构成了莎士比亚文化中的音乐现象,或音乐中的莎士比亚现象,这种超学科的渗透和比较形成了一种文化现象。[②] 进入21世纪,虽然莎士比亚的音乐和舞蹈研究总体而言还未形成规模,但已有学者展现出了越来越浓厚的兴趣。如罗益民的《宇宙的琴弦——莎士比亚十四行诗第十八首的音乐主题结构》讨论了十四行诗与音乐的关系;[③]杨燕迪的《莎士比亚的音乐辐射》讨论了根据莎士比亚作品而创作的音乐作品;[④]董放的《从话剧到歌剧——歌剧〈奥赛罗〉台本与莎剧〈奥瑟罗〉的比较研究》[⑤]通过对两部作品在人物性格、情节结构等方面的比较研究,探讨了歌剧台本创作的一般规律。此外,还有论文讨论了朱塞佩·威尔第的早期歌剧《麦克白》[⑥]、《奥赛罗》[⑦]和《法斯塔夫》[⑧],

---

①　李伟民:《在东西文化的互渐中坚定文化自信——中华人民共和国70年的莎士比亚戏剧》,载《四川戏剧》,2019年第10期,第11—12页。

②　见李伟民:《莎士比亚文化中的奇葩——音乐中的莎士比亚述评》,载《川北教育学院学报》,1994年第3期,第24—29页。

③　见罗益民:《宇宙的琴弦——莎士比亚十四行诗第十八首的音乐主题结构》,载《名作欣赏》,2004年第4期,第39—44页。

④　见杨燕迪:《莎士比亚的音乐辐射》,《文汇报》,2016年4月21日,第11版。

⑤　见董放:《从话剧到歌剧——歌剧〈奥赛罗〉台本与莎剧〈奥瑟罗〉的比较研究》,载《音乐艺术(上海音乐学院学报)》,2002年第1期,第91—97页。

⑥　见陈卉卉:《朱塞佩·威尔第早期歌剧风格的研究——以歌剧〈麦克白〉为例》,载《当代音乐》,2016年第14期,第50—51页。

⑦　见邱桂香:《威尔第歌剧〈奥瑟罗〉与莎剧〈奥瑟罗〉艺术特点之比较》,载《福建师范大学学报》(哲学社会科学版),2005年第6期,第87—93页。

⑧　相关论文见唐瑭:《论威尔第歌剧〈法斯塔夫〉的音乐新元素及喜剧性》,载《上海戏剧》,2013年第9期,40—43页;张丽娜:《威尔第歌剧创作中的威廉·莎士比亚情节》,载《乐府新声(沈阳音乐学院学报)》,2016年第4期,第112—116页;祝婷婷:《威尔第笔下的"莎士比亚"》,载《大众文艺》,2010年第5期,第73—74页。

音乐剧《西区故事》①和我国的莎剧戏曲。② 但与国外的莎士比亚与音乐研究相比,国内的莎士比亚音乐与舞蹈研究对流行音乐探讨不多;即便有,也大都是引介国外已有研究成果。而如杨清所言,"流行音乐是青年文化的一个具体化体现,因此,研究流行音乐,势必要与青年文化进行相互参照,否则无法得到全面的理解"③,我国莎士比亚批评对青年文化研究也不够关注。

与莎士比亚的音乐和舞蹈研究一样,莎士比亚与医学的交叉学科研究,其实也非 21 世纪才产生的新鲜话题。在 20 世纪八九十年代,国内就不乏以医学现象或医药知识解析莎士比亚作品的学术论文,国际上的讨论也就更多。1990 年,文军的《从莎士比亚的用例说起——浅谈医学词汇的喻用》探讨了莎剧中医学词汇的使用;④1990 年 6 月 16 日,《光明日报》第四版刊载了彭惕强的论文《莎士比亚的医学知识》,"大有奉他(莎士比亚)为医学先驱的意图"⑤。论文指出,莎剧中"涉及医学和精神病学"多达"七百多处",且"无不与今日的科学分析和解释相符",但这篇文章也被批判为"令人咋舌惊骇"。批评者指出:"莎士比亚原文,就无韵诗和散文说,那是大诗人的大手笔;就医学专业说,那是非医学专业但是上乘的医学常识的读书人手笔。不可能再挤出什么新的发现。"⑥胡鹏的《医学、政治与清教主义:〈罗密欧与朱丽叶〉的瘟疫话语》分析了《罗密欧与朱丽叶》中的清教对"瘟疫话语"的征用表现以及莎士比亚在戏剧中隐藏的复杂的宗教及政治意识,认为 16 世纪到 17 世纪伦敦爆发的黑死病对英格兰产生了深远影响。⑦ 徐群晖的《莎士比亚戏剧医学现象的符号美学研究》从符号学的视角研究了莎剧中的医学

---

① 相关论文见付磊、贺嘉:《叙事性舞蹈在音乐剧〈西区故事〉中的功能》,载《北京舞蹈学院学报》,2014 年第 4 期,第 94—96 页;刘诚、吴思娘:《论伯恩斯坦音乐剧〈西区故事〉的音乐艺术特征》,载《中国音乐》,2009 年第 3 期,第 200—203 页;王翔、于海跃:《流行因素与特定时代——〈西区故事〉与〈罗密欧与朱丽叶〉的创新》,载《戏剧文学》,2015 年第 11 期,第 114—117 页;郭昕:《伯恩斯坦音乐作品中的草根文化解读——音乐剧〈西区故事〉个案研究》,载《黄河之声》,2014 年第 2 期,第 58—61 页。

② 对莎剧戏曲的详细讨论,可见本章第六节第三小节。

③ 杨清:《英语世界莎士比亚研究:新材料与新方法》,载《中外文化与文论》,2020 年第 3 期,第 327 页。

④ 见文军:《从莎士比亚的用例说起——浅谈医学词汇的喻用》,载《上海科技翻译》,1990 年第 2 期,第 30—31、28 页。

⑤ 转引自黄旬:《英美医学书刊中的莎剧引文:亦诗亦哲,非巫非医——〈莎士比亚的医学知识〉读后七年存疑》,载《上海科技翻译》,1998 年第 4 期,第 1 页。

⑥ 同上篇,第 3 页。

⑦ 见胡鹏:《医学、政治与清教主义:〈罗密欧与朱丽叶〉的瘟疫话语》,载《外国文学评论》,2012 年第 3 期,第 19—31 页。

现象,呈现出启蒙理性和审美主体性之间的对立统一,①他的另一篇论文《莎士比亚戏剧中病理现象的美学研究》同样关注了莎剧中的医学与病理现象,认为这些病理现象在典型形象、伦理倾向和悲剧性效应等方面承担着重要的剧作功能。② 陶久胜的《放血疗法与政体健康:体液理论中的莎士比亚罗马复仇剧》关注了莎士比亚罗马复仇剧中频繁使用的体液修辞,认为剧中罗马患病暗含莎士比亚对英国道德现状的焦虑;③他的另一篇文章《英国前商业时代的国际贸易焦虑——莎士比亚〈错误的喜剧〉的经济病理学》分析了《错误的喜剧》中的梅毒话语,认为该剧反映了当时医学话语对疾病的争论——疾病可归因于身体内在爱欲的无节制,也可由接触传染性的外部身体所致,并由此探讨了商业时代英国对欲望和国际贸易所带来的财政危机的焦虑。④ 这些有关莎士比亚与医学的交叉学科讨论主要从莎剧中的某些医学现象入手,落脚于莎士比亚时期的历史和政治意识形态,从本质上讲,还是属于新历史主义研究或文化研究。

随着科技进步和计算机技术的发展,文献计量学也很快进入了我国学者的视野。冉从敬等的《数字人文视角下的莎士比亚学术传播研究》和《数字人文视角下莎士比亚研究热点计量分析》运用数字人文视角研究莎士比亚研究论文的发表,分析了各国、各地区莎士比亚研究的特点与动态变化。⑤ 孙媛的《"重复建设"还是"多重建设"——文献计量学视野下的中国哈姆雷特研究 40 年》同样从数字人文的视角出发,对中国知网计量数据可视化系统中的关键词共现网络进行分析,探索了中国哈姆雷特研究四十年来的重要文献、研究热点的变迁和研究前景。⑥ 周仁成的《数字媒体语境下莎士比亚在中国的传播与阅读》探究了数字媒体为莎士比亚等经典作家研究所引入的新视角;而莎士比亚借助数字媒体的力量,从精英阶层的文化资

---

　　① 见徐群晖:《莎士比亚戏剧医学现象的符号美学研究》,载《社会科学战线》,2016 年第 8 期,第 169—174 页。

　　② 见徐群晖:《莎士比亚戏剧中病理现象的美学研究》,载《浙江传媒学院学报》,2018 年第 2 期,第 114—119、150 页。

　　③ 见陶久胜:《放血疗法与政体健康:体液理论中的莎士比亚罗马复仇剧》,载《戏剧(中央戏剧学院学报)》,2016 年第 6 期,第 5—17 页。

　　④ 见陶久胜:《英国前商业时代的国际贸易焦虑——莎士比亚〈错误的喜剧〉的经济病理学》,载《国外文学》,2016 年第 4 期,第 61—71、155 页。

　　⑤ 见冉从敬、赵洋、吕雅琦、黄海瑛:《数字人文视角下的莎士比亚学术传播研究》,载《图书馆杂志》,2018 年第 3 期,39—48 页;冉从敬、李新来、赵洋、黄海瑛:《数字人文视角下莎士比亚研究热点计量分析》,载《图书馆建设》,2018 年第 5 期,第 20—27 页。

　　⑥ 见孙媛:《"重复建设"还是"多重建设"——文献计量学视野下的中国哈姆雷特研究 40 年》,载《四川戏剧》,2018 年第 11 期,第 63—71 页。

本转变为平民大众的文化消费与娱乐对象。① 但是,与国外同期研究相比,以上研究大都只是借助数字人文研究中的文献计量方法,来分析莎士比亚研究的相关数据。数字人文研究内涵丰富,更多的内容和研究方法尚未真正运用于莎士比亚研究之中,也未实现真正的跨学科研究。此外,数字人文研究在我国的莎士比亚研究领域所占份额较小,其研究工具虽然便利,但尚未对我国的莎士比亚研究范式产生变革性的影响,其研究方法和贡献有待进一步发掘。

此外,由人工智能引领的新一轮科技革命和产业变革方兴未艾,不仅驱动了中国的经济转型、教育转型、社会转型、文化转型,还有可能引发未来我国人文社会科学的变化。有学者提出,新技术发展可能带来五个人文社会科学的变革,即智能学术引擎开启文献检索新视野、大数据重构人文社会科学研究新范式、“学科融合”引领人文社会科学研究新探索、“人机协作”创造人文社会科学研究新场景,尤其是凭借大数据获取和超级算法的模式正在颠覆“凭借经验和直觉”模式,将促使大部分人文社会科学走向具有自然科学的特征。② 新技术的应用和新方法的普及是否会颠覆传统的莎士比亚文学研究? 是否会让莎士比亚研究成为一门“科学”? 科学技术的发展不可逆转,人文社会科学的研究范式转变也正在发生。作为外国文学研究者的我们,也不可避免地参与其中。

有意思的是,尽管跨学科研究在 21 世纪的中国蓬勃发展,但作为跨学科研究方法之理论基础和最终方向的文化研究却经历了一场又一场的激烈论战。盛宁讨论了 21 世纪我国文化研究的现状和问题,认为我国这几十年的文化研究是把批评实践当成了理论问题,而当前要义,是应当“认清文化研究的实用性宗旨,把对文化研究的伪理论兴趣转向于对于现实文化现象的个案分析”③。事实上,在我国的莎士比亚研究领域,跨学科研究似乎不再是文化研究的一种实现方法和表现,而是已经在某种程度上取代了文化研究;而大多数的“文化研究”似乎只是借助跨学科分析方法而进行的“个案分析”,并非真正对文化批评感兴趣,也并非对文化批评最为看重的批判意识感兴趣。换言之,跨学科莎评是建构式的,而文化研究则是批判式、颠覆式的。未来,跨学科研究会不会真正脱离文化研究,乃至替代文化研究? 文

---

① 见周仁成:《数字媒体语境下莎士比亚在中国的传播与阅读》,载《出版科学》,2012 年第 3 期,第 95—98 页。

② 见张耀铭:《人工智能驱动的人文社会科学研究转型》,载《济南大学学报》(社会科学版),2019 年第 4 期,第 20—28 页。

③ 盛宁:《走出“文化研究”的困境》,载《文艺研究》,2011 年第 7 期,第 5 页。

化研究会不会彻底失去其批判锋芒,从一种跨学科、泛学科的研究转型为一种体制化、学科化的研究范式? 目前来看,这些问题依然悬而未决,等待时间的检验。

3. 女性主义莎评持续兴盛

20世纪80年代后期,随着西方女性主义理论涌入中国,我国学者开始有意识地借用西方女性主义批评视角,讨论莎士比亚戏剧中的女性角色和女性身份。1995年,第四次世界妇女大会在北京召开,带动了女性主义著作(主要是译作)的出版。陈晓兰的论文《女性主义批评与莎士比亚研究》(1995)是20世纪八九十年代对国外莎士比亚女性主义批评理论研究进行梳理和反思的一篇力作。论文对国外女性主义批评中的重要人物进行了综述,并将莎剧中的女性分为"非理性的淫荡的符号""男性化的非女人"和"打破沉默的悍妇",认为莎士比亚笔下的坏女人"只不过是传统文学中恶魔型女人的翻版",体现出莎士比亚的"厌女意识"。[①] 这篇论文主要是对女性主义与莎士比亚研究的综述,但也提出了一些新颖有益的观点,将莎士比亚研究的新领域、新视角和新问题带入了中国。

进入21世纪,从女性主义视角解读文学和文化现象的论文在数量上较之20世纪八九十年代有了显著增长,中国的女性主义莎评渐成体系。莎剧中的女性角色、性别斗争以及对父权和男权的摹写被反复讨论;莎士比亚本人的态度——他是不是一位"厌女症作家"? ——也成为研究者热议的话题。黎会华借助女性主义的妇女形象批评方法分析了《威尼斯商人》,指出莎士比亚塑造的女性形象并非女性主义批评家们所批评的男性作家笔下的两个极端类型,即好女人和坏女人,而是塑造了反传统的、具有现代思想的女性,打破了父权中心;[②]李伟民从女性主义视角分析了莎士比亚的长诗《维纳斯与阿董尼》,将褪去了神性的维纳斯与人性和自然联系起来,认为莎士比亚讴歌了美好的人性;[③]李韶丽、崔东辉认为莎士比亚喜剧给予了女性群体以文本中心地位,莎剧对女性的重新诠释突破了父权话语机制下对女

---

① 陈晓兰:《女性主义批评与莎士比亚研究》,载《国外文学》,1995年第4期,第28、30、31、32页。

② 见黎会华:《从〈威尼斯商人〉的女性人物塑造看莎士比亚的女权主义倾向》,载《浙江师范大学学报》,2003年第2期,第23—26页。

③ 见李伟民:《莎士比亚的长诗〈维纳斯与阿董尼〉与女性主义视角》,载《四川外语学院学报》,2007年第5期,第52—56页。

性的传统定义，是对男权的解构，具有进步意义；①朱晓云认为《威尼斯商人》中的女主角鲍西娅甘于向父权制社会妥协，满足于从属地位，她绝非具有女性自我意识的女性，而是一位"不完美的新女性"；②焦敏分析了《一报还一报》中的性意识，认为剧中女性的身体与欲望被物化，表明莎士比亚在意识形态领域实际上延续了不平等的男女等级社会；③王玉洁认为莎翁在其四大浪漫喜剧中塑造出了很多杰出的女性人物，却在其著名悲剧中将女性人物边缘化和弱势化，体现莎士比亚女性观的矛盾统一；④王莎烈提出，莎翁喜剧中的女性观念折射出当时新兴的资产阶级意识形态，既与人文主义思想的发生和发展具有同质性和同构性，也是反人性的、保守的。⑤

　　与 20 世纪八九十年代的女性主义莎评和同时期的国外女性主义莎评相比，21 世纪的中国女性主义莎评呈现出三个明显特征：

　　首先，性别批评始终与对权力的强调紧密结合。张京媛主编的《当代女性主义文学批评》将中国的女性主义批评划分为两个发展阶段，即"女权主义"和"女性主义"，认为前者反映了"妇女为争取平等权利而进行的斗争"，在文学领域体现为"为争取大众听到妇女的声音而进行的努力"，主要是妇女作家和妇女批评家的发声；后者则进入了后结构主义性别理论时代，强调性别而非权力，但两个阶段也有相互重叠之处，并非泾渭分明。⑥ 但是，在我国的女性主义莎评中，我们并未见到这两个阶段的明显界限，研究者对性别的强调始终与对权力的强调结合在一起，女性主义不仅通过解析莎剧中的女性角色而发出了争取平等权利的声音，而且以女性的眼光观看和建构莎剧中的男性角色、剧本结构和主体，乃至扩展到整个莎剧世界和莎士比亚生活的时代，对传统莎评提出挑战。这种女性视角的"观察"和"建构"，本身就是一种"权力"的体现。

　　其次，21 世纪的女性主义莎评出现与 20 世纪八九十年代女性主义莎

　　① 见李韶丽、崔东辉：《莎士比亚喜剧中女性主体意识与男权解构》，载《辽宁工程技术大学学报》（社会科学版），2012 年第 3 期，第 299—302 页。

　　② 见朱晓云：《鲍西亚的悲哀——〈对威尼斯商人〉的女性主义解读》，载《小说评论》，2008 年第 S2 期，第 128—130 页。

　　③ 见焦敏：《法律、秩序与性意识形态——莎剧〈一报还一报〉中的性意识形态》，载《外国文学研究》，2008 年第 4 期，第 30—35 页。

　　④ 见王玉洁：《莎士比亚：原初女性主义者还是厌女主义者——莎士比亚女性观探佚》，载《兰州大学学报》（社会科学版），2013 年第 5 期，第 136—141 页。

　　⑤ 见王莎烈：《莎士比亚喜剧中的女性观》，载《东北师大学报》（哲学社会科学版），2007 年第 4 期，第 98—103 页。

　　⑥ 见张京媛：《前言》，《当代女性主义文学批评》，北京：北京大学出版社，1995 年，第 1—16 页。

评不同的特征和侧重。进入 21 世纪,研究者虽然强调性别的重要性,但更为看重的是社会文化对心理和生理需要的建构,同性恋批评也成为近年来出现的一个莎评热点。如田俊武、陈梅从文艺复兴时期风俗的视角出发,讨论了莎士比亚十四行诗的同性爱描写,① 何昌邑、区林讨论了莎士比亚十四行诗的双性恋意义,② 肖谊讨论了莎士比亚叙事诗、十四行诗和戏剧中对"性"的描写和建构。③ 最近,莎士比亚传记研究也出现了从女性视角展开研究的论文,丰富了莎士比亚传记研究的内容。如许勤超《虚构的力量——莎士比亚传记中的安妮·哈瑟维》讨论了莎士比亚传记中对安妮·哈瑟维生平和经历的种种建构,④莎士比亚传记批评虽然关注到了安妮·哈瑟维的存在,但这位女性仍然是以"巨人背后的女人"形象出现的。此外,生态女性主义批评也得到了我国学者的关注,并被认为是"女性主义发展的第三个阶段"和"女性主义与生态文化思潮相结合的产物"。⑤ 生态女性主义批评展现出女性与自然的密切联系及共同特性,肯定了女性和自然的价值,揭露出女性和自然在男权社会中的边缘地位,认为理想社会就是人与人、人与自然和谐相处的社会。但它的缺点在于,生态女性批评很容易陷入文字游戏,用对理论的讨论代替文学批评本身——这同样是对女性主义批评和人类思维能力的异化。此外,就其本质而言,生态女性批评论文大都是生态主义批评或女性主义批评的延展,并不足以成为女性主义的"第三个"发展阶段。

　　再次,21 世纪的女性主义莎评虽然论文数量多、影响大,但在研究方法、视角和内容的拓展不大,发展后劲略显不足。特伦斯·霍克斯在《莎士比亚和新的批评方法》里将 20 世纪的女性主义批评策略总结为两种:一种是探讨莎剧中的女性角色及其作用;一种是从女性主义的视角分析文本。但是,第一种方法无法实现女性主义的终极目标以及改变女性的社会地位,最终会走向巩固男权社会而非挑战男权社会的现状;而第二种策略需要不同于传统男性立场的女性视角,其历史内涵与传统文本解读完全不同,且需

---

　　① 见田俊武、陈梅:《在歌颂爱情和友谊的背后——莎士比亚十四行诗中的同性恋主题》,载《社会科学论坛》,2006 年第 2 期,第 130—135 页。

　　② 见何昌邑、区林:《莎士比亚十四行诗新解:一种双性恋视角》,载《云南民族大学学报》(哲学社会科学版),2009 年第 6 期,第 94—98 页。

　　③ 见肖谊:《莎士比亚批评史上的"性"研究及其理论化倾向》,载《外国文语》,2009 年第 4 期,第 46—51 页。

　　④ 见许勤超:《虚构的力量——莎士比亚传记中的安妮·哈瑟维》,载《现代传记研究》,2019 年第 2 期,第 122—137 页。

　　⑤ 见唐长华:《当代女性文学的生态女性主义批评》,载《临沂师范学院学报》,2005 年第 1 期,第 21 页。

要我们在当下就付诸实践。① 我国 21 世纪的女性主义莎评基本上还是延续了西方 20 世纪女性主义评论家的策略,肖瓦尔特提出的"找到自己的题目、自己的体系、自己的理论、自己的声音"的目标并未实现——但正如大多数学者都承认的,"在理论体系和话语已呈爆炸状态的今天,还有什么可能是'单纯的自己'呢?"②女性主义批评不仅在中国,在全世界也面临着同样的问题。或者更广泛地说,这也是理论研究的困境。

最后,与 21 世纪西方女性主义批评日趋没落的境遇相比,中国的女性主义莎评似乎在 21 世纪才获得学术界的认可,真正成为一种独立的莎评类型。当然,这可能有两方面原因:一方面,文学理论在我国的传播与西方并不同步,20 世纪 90 年代西方文论在其发源地的欧美国家已然迟暮,但在中国却是个新生概念,仍处于迅速发展阶段;另一方面,随着"20 世纪西方文论"成功进入了我国高校英语语言文学学科的课程体系,女性主义批评的基本观点和批评方法也成为高校英语专业学生和研究者的必修课和文学批评的入门技能。21 世纪,中国的外国文学理论研究和种种以外国文学理论视角研究文学作品的论文发表数量大爆发,女性主义莎评也不例外。

女性主义批评在中国的学术界虽然数量众多,但是学术地位却并未得到应有重视,其内在的批判性和颠覆性似乎在莎士比亚批评史的建构中被再次"遮蔽"了。正如孟悦、戴锦华所说:

> 女性问题不是单纯的性别关系问题或男女权力平等问题,它关系到我们对历史的整体看法和所有解释。女性的群体经验也不单纯是对人类经验的补充或完善,相反,它倒是一种颠覆和重构,它将重新说明整个人类曾以什么方式生存并正在如何生存……女性的真理发露,揭示着那些潜抑在统治秩序深处的,被排斥在已有历史阐释之外的历史无意识。揭示着重大事件的线性系列下的无历史,发露着民族自我记忆的空白、边缘、缝隙、潜台词和自我欺瞒。它具有反神话的、颠覆已有意识形态大厦的潜能。③

---

① 见 Terence Hawkes, "Shakespeare and New Critical Approaches," Stanley Wells 编:《莎士比亚研究》(*The Cambridge Companion to Shakespeare Studies*),上海:上海外语教育出版社,2000 年,第 296—297 页。

② 转引自陈志红:《他人的酒杯——中国当代女性主义文学批评阅读札记》,载《当代作家评论》,1999 年第 2 期,第 69 页。

③ 孟悦、戴锦华:《浮出历史地表:现代妇女文学研究》,北京:北京大学出版社,2018 年,第3—4 页。

21世纪女性主义莎评在中国的莎士比亚研究界已经形成了一股不可忽视的力量,丰富了我国的莎士比亚研究,也应获得应有的认可。未来,我国的女性主义莎评如何与莎士比亚的当下性研究结合起来,从女性视角阐释莎士比亚作品? 如何由文本研究进入演出研究,创作出更能反映中国本土问题、符合中国国情的戏剧作品,反映并消解男、女二元对立? 女性主义莎评的范围、方法和理论策略都值得进一步发掘。

4. 理论之后,还是理论之中?

2003年,伊格尔顿的《理论之后》(*After Theory*)在西方学术界掀起了轩然大波,也在中国学术界也引发了激烈讨论。书中,伊格尔顿发出了振聋发聩的呼声:

> 文化理论的黄金时代早已消失。雅克·拉康、列维－斯特劳斯、阿尔都塞、巴特、福柯的开创性著作远离我们有了几十年。R.威廉斯、L.依利格瑞、皮埃尔·布迪厄、朱丽娅·克莉斯蒂娃、雅克·德里达、H.西克苏、F.杰姆逊、E.赛义德早期的开创性著作也成明日黄花。[①]

伊格尔顿的这番激烈措辞,无异于给当时如日中天的"文化理论"研究当头一击,在西方世界引发了巨大反响,甚至有人认为,伊格尔顿是给"理论"宣判了死刑;但是,中国研究者的理论研究和文化研究此时却方兴未艾。21世纪初,中国的经济仍在快速发展,中国人对未来生活充满期待,中国社会并未经历过20世纪八九十年代西方社会所经历的经济衰退、精神失落和信仰危机,自然也就无法理解西方社会文论的产生背景。此外,"9·11"事件沉重地打击了美国乃至整个西方社会的信心,伊格尔顿的《理论之后》其实很大程度上来自对"9·11"事件的反思。换言之,中国人对"理论之后"的观点大都建立在对学术主体性的追求上,而非强调批判性。

事实上,在告别了"十七年"时期和新时期初期的集体叙事模式之后,伴随着中国社会转型期人们思想的急速变化和对传统的颠覆,中国的学术研究界在20世纪八九十年代似乎陷入了一种彻底的"拿来主义",对国外各种文学和文化理论不分青白地敞开怀抱,一时间,中国的文学评论期刊上充斥

---

① 特里·伊格尔顿:《理论之后》,商正译,北京:商务印书馆,2009年,第3页。赛义德即萨义德。

着五花八门的术语、视角、理论、模式。正如有学者所说:"西方走了一百多年的路,我们仅用不到十年的工夫就差不多走完了。"①

这种大规模的理论"进口"拓宽了中国人的学术视野,加速了中国文学理论的转型,使中国的人文社会科学研究更快地融入国际学术话语体系之中。但是,不假思索地照搬也在某种程度造成了"消化不良"。新理论、新术语让人眼花缭乱、无所适从,文学研究沦为了造词游戏,研究浮于表面,并未实现理论引介的最初目的——拓展和深入我国的学术研究。曹文轩曾在短论《二十世纪末中国文学现象研究》中指出:

> 我们目前所从事的所谓文学研究,基本上不是文学研究,而是文化研究,纯粹意义上的文学研究已经不复存在。大多数研究,只不过是将神话学、社会学、政治学、历史学、伦理学的知识拿来解释文学的文本。在这里,文学文本只是一种社会档案,是与社会生活几乎等同的一些作为论据的材料而已。②

虽然曹文轩讨论的是中国文学研究现象,但在21世纪初的莎士比亚研究领域,或者说整个外国文学研究领域,莫不如是。从某种程度上讲,女性主义莎评、新历史主义莎评、后结构主义莎评等莎士比亚研究流派的细分,其实是20世纪50年代以来西方文论发展的结果,而"当今英美学界的莎士比亚研究也与其他学科一样,渐已被各家各说的理论瓜分,且堂皇地贴上各个门派的标签"③。莎士比亚政治历史研究大行其道,跨学科研究风生水起,西方文论视角持续兴盛,降低了学者对莎士比亚作品本身审美价值的关注——莎士比亚的文学之"美"似乎只存在于英国文学课和莎士比亚戏剧教学中,而到了文学研究领域,不谈"文化研究"、不涉及种种"主义",论文就不够深刻,就无法吸引学术期刊编辑的眼球,其后果正如曹文轩所说,20世纪末的这种文学研究现象"将文学文本降低为社会生活的大文化研究,使我们对文学艺术的知识收获甚微,但却使我们懂得了何为后现代主义,何为女性主义——而所有这一切知识,我们本不必通过对文学的研究,而通过直接阅读这方面的书籍便可以得到的"④。

---

① 陈志红:《他人的酒杯——中国当代女性主义文学批评阅读札记》,载《当代作家评论》,1999年第2期,第69页。

② 曹文轩:《二十世纪末中国文学现象研究》,载《当代作家评论》,2002年第5期,第159页。

③ 宁:《莎学研究中的女权主义和新历史主义》,《外国文学评论》,1996年第2期,第135页。

④ 曹文轩:《二十世纪末中国文学现象研究》,载《当代作家评论》2002年第5期,第159页。

　　文化研究本是作为对"新批评"之细读方法的批判与反思而出现的——"新批评"更注重对诗歌的处理,而非普遍意义上的表达手段,它的诞生标志着英美地区形式主义的复苏;①而文化研究则着重探讨广义上的性别、种族、伦理、身份等话题,以反驳"新批评"对文本意识形态和社会现实问题的漠不关心态度。但是,将文学研究与文化研究相互混杂,以至于让文化研究完全取代文学研究,这种状况应该得到外国文学界的警惕——也确实得到了研究者的注意。进入21世纪,莎士比亚研究在强调政治历史研究和出现跨学科研究趋势的同时,也出现了另一种趋势,即审美主义的"回归"——强调关注文学本身,关注文学理论的纯洁性和边界性,反思文学理论和文化批评对文学审美价值的消解,对莎剧中的艺术价值进行深入探讨。但是,理论之后,文学批评又将何为? 金惠敏指出了伊格尔顿对"理论"的忠诚与对后现代文化理论的误解,提出理论之后,我们既不能取缔理论,也不能轻易抛弃后现代理论。② 程朝翔提出,理论之后,"回归美学"的尝试动力不足,"伦理转向"走向了形而上学和辩证哲学,而文学理论更多地走向了哲学,包括文学哲学。③ 王冠雷提出了"后理论"的三种文学转向,即以文学为中心、以文学为启示和以文学为书写。④ 陈后亮引用《后"理论"的理论》(Theory after "Theory")一书中的观点,认为理论没有死,只是变得"更加多样化、传播得更广泛、更加跨学科"⑤。王一川则提出,在"理论之后",应当把西方带有解构性和质询性特点的文艺理论构架合理地翻转为建构性的中国文艺理论资源,让其效力于中国文艺理论建设,并提出了"以兴辞特性为核心的新传统现代文艺理论"⑥。对于后理论时代文学研究的转型/不转型乃至我国文学研究界是否进入了"后理论"时代,学术界讨论激烈,却又始终无法达成一致。但无论如何,我们看到了学术界对于20世纪八九十年代"理论热"的反思,看到了研究者对"何为文学、文学何为"的理性思考,这一反思本身就是有益的。

---

　　① 见哈利·列文:《莎士比亚作品主题的多样性》,王立、铁志怡译,载《辽东学院学报》(社会科学版),2013年第5期,第132页。

　　② 见金惠敏:《理论没有"之后"——从伊格尔顿〈理论之后〉说起》,载《外国文学》,2009年第2期,第78—80、127页。

　　③ 见程朝翔:《理论之后,哲学登场——西方文学理论发展新趋势》,载《外国文学评论》,2014年第4期,第221—238页。

　　④ 见王冠雷:《"后理论"的三种文学转向》,载《福建师范大学学报》(哲学社会科学版),2018年第4期,第45—51、169页。

　　⑤ 见陈后亮:《理论会终结吗?——近30年来理论危机话语回顾与展望》,载《文学评论》,2019年第5期,第82页。

　　⑥ 见王一川:《"理论之后"的中国文艺理论》,载《学术月刊》,2011年第11期,第127页。

一方面,"审美主义""大文学理论""伦理批评"试图重建一种诗性尺度,将文化哲学、文化批评引入文艺理论,使文学寻回失落的诗性维度和诗的精神;另一方面,离开了文学的宗教含义、政治含义、伦理含义、后现代主义、解构主义,研究者似乎就不会分析作品了,如盛宁所说,"文化研究远离文学后,新生代的学者因缺乏训练而失去了细读文本的能力"①。审美主义试图恢复历史与文学艺术话语之间的清晰界限,这一做法虽然意义重大,也在21世纪得到了一定响应,但并未真正落实在学术论文的撰写思路和方法上。事实上,在本章所统计的21世纪中国学术期刊所刊载的莎评中,不少学者仍然高举20世纪西方文学理论的大旗,或沿袭文化研究和政治哲学研究的方法,导致21世纪的莎士比亚研究依然是文化批评和后现代理论的天下,而莎士比亚作品依然是各种"主义"寄生的载体。

5. 对梁实秋和吴兴华莎学成果的系统总结

李伟昉在《梁实秋莎评研究》的开篇就提出:"国内学术界在相当长的一段时间里对梁实秋颇为冷漠,不屑研究。但近些年来,有关他的传记、批评渐渐多起来,而且已有关于他的研究专著行世。"②在20世纪五六十年代,由于政治立场问题,梁实秋的莎学成果很少被研究者提及,即便提及,也是因为"'新月派'的买办资产阶级文人学者"③身份而受到批判。

20世纪八九十年代,随着"文革"的结束和海峡两岸关系的变化,梁实秋的译本得以传入中国大陆,开始有研究者探讨梁实秋的莎士比亚译本。如:1988年《外语教学与研究》就刊载了柯飞整理的梁实秋莎剧翻译过程,并加上了一段署名"国璋"的按语,对比了梁实秋与朱生豪的翻译境遇,称赞"朱译不同于他人也高于他人"④,但并未明确评价梁实秋的译本。这样的态度不难理解,如陶东风等所言,20世纪80年代"对一些历史的陈案,今天究竟怎样认识还不清楚,时机不成熟。如对梁实秋的斗争,对'第三种人'的斗争,以及对新月派的批判等,现在都还没有弄清楚。……还有对于一些受到误解、遭到不公平待遇的作家,对他们又怎样重新评价"⑤。对梁实秋的

———————

① 盛宁:《走出"文化研究"的困境》,载《文艺研究》,2011年第7期,第5页。

② 李伟昉:《梁实秋莎评研究》,北京:商务印书馆,2011年,第5页。

③ 戈宝权:《莎士比亚的作品在中国(翻译文学史话)》,载《世界文学》,1964年第5期,第141页。

④ 柯飞:《梁实秋谈翻译莎士比亚》,载《外语教学与研究》,1988年第1期,第46页。这篇材料也是所有梁实秋与莎士比亚研究论文中,至今被引最多的一篇。

⑤ 陶东风、和磊:《当代中国文艺学研究(1949—2019)》(下卷),北京:中国社会科学出版社,2019年,第505页。

评价问题,研究者似乎仍有禁忌;但这篇论文不仅关注了梁实秋的莎士比亚翻译活动,还出现了胡适、叶公超、陈西滢、I.A.理查兹等"十七年"和"文革"时期"反动文人"的名字,表明当时学术界已经开始重新认识和评价他们的学术价值。

进入21世纪,梁实秋早已不再被视为"资产阶级反动文人",他的文学成果、翻译成果和学术地位也得到了一致肯定。比起20世纪八九十年代,21世纪研究者对梁实秋的关注明显增多。以"梁实秋 莎士比亚"为主题搜索中国知网,得学术期刊论文223篇(见图5-2):

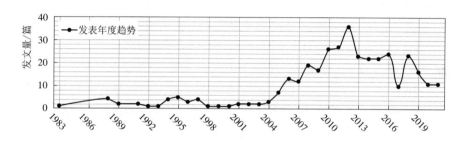

图5-2　中国知网"梁实秋 莎士比亚"主题研究论文的发表年度趋势

2000年以前,共有29篇期刊论文涉及梁实秋与莎士比亚,没有学位论文关注梁实秋与莎士比亚;2000年之后,共有194篇期刊论文讨论了梁实秋与莎士比亚,论文数量增长了近六倍;不仅如此,还有5篇博士学位论文、26篇硕士学位论文梳理考察了梁实秋的莎士比亚翻译与评论。

不仅如此,与20世纪八九十年代重在介绍梁实秋翻译观的宏大主题,以及比较梁实秋与朱生豪译本的单一主题相比,21世纪对梁实秋莎评成果的挖掘更加丰富而立体。如:贺显斌分析了赞助者不同对梁译本和朱译本的影响,部分制约了梁译本以原语文化为取向、朱译本以中国文化为依归;[1]赵军峰以梁实秋为例,讨论了翻译家研究的纵观性视角;[2]严晓江从后殖民视角讨论了梁实秋翻译《莎士比亚全集》的原因;[3]另有学者从阐释学、比较文学、语料库、接受理论、语言变异、翻译目的论、功能对等理论、文化翻

---

①　见贺显斌:《赞助者影响与两位莎剧译者的文化取向》,载《四川外语学院学报》,2005年第6期,第113—117页。

②　见赵军峰:《翻译家研究的纵观性视角:梁实秋翻译活动个案研究》,载《中国翻译》,2007年第2期,第28—32、93页。

③　见严晓江:《理性的选择 人性的阐释——从后殖民译论视角分析梁实秋翻译〈莎士比亚全集〉的原因》,载《四川外语学院学报》,2007年第5期,第48—51页。

译理论、操控理论、可表演性原则、多元系统理论等不同视角讨论了梁实秋的翻译工作，体现出 21 世纪对翻译理论构建的重视。相比之下，对梁实秋的莎评讨论很少。

对梁实秋莎评和莎译讨论最全面和深入的学者是李伟昉。李伟昉从社会发展的角度提出了梁实秋译本的研究意义，提出梁实秋的莎译活动"坚持'异化'与'归化'相折中的原则，对促进中华文化复兴、中外文化平等交流具有极大意义"①；肯定了梁实秋"维护了中国文学史上多元话语并存的局面，为维护文学秩序起到了有力的支撑作用"②，他的求真态度和执着精神同样是翻译者的榜样③。梁实秋的莎评的基础是学术探讨，并在 21 世纪多元化、专业化的莎士比亚批评中找到了位置：

> 较之茅盾，梁实秋对莎士比亚的批评则完全呈现为另一种状态。他的一系列莎评赋予当时已经社会政治色彩化了的莎士比亚另外一种生动鲜活的面目，为读者提供了另一视角，使多元化的莎士比亚批评成为可能。梁实秋莎评的出现，无疑具有这样一种象征意义：在现实功用思想突出、社会政治诉求强烈的氛围下，依然有学人热心于探究丰富的人性，表现出了对学术探寻的尊重。④

对梁实秋评价的变化，只有在学术环境愈加开放的社会中才能完成。这不仅牵涉海峡两岸的关系问题，也是对学术研究多元化的肯定，是对学术研究自由的尊重。正是这种尊重，使得 21 世纪研究者对梁实秋莎评成果的系统梳理成为可能，也使得"一个学者自由的学术选择"和"基于学术层面"的探讨得到肯定，成为"中国莎评史上不可分割的有机组成部分，是中国莎评中一份值得珍视的宝贵遗产"。⑤

进入 21 世纪，学术界对吴兴华产生了极大的兴趣，对他的诗歌创作、文学评论、译作和编校进行了重新发掘和讨论，并给予他的莎士比亚研究成果相当高的评价。吴兴华对朱生豪译《莎士比亚全集》校对工作的贡献得到充分肯定——之前这部分工作主要被认为是集体工作的一部分——他的《亨利四世》等诗体译本也得到极大赞誉，而他发表于 1963 年的《〈威尼斯商

① 李伟昉：《梁实秋莎评研究》，北京：商务印书馆，2011 年，第 234 页。
② 同上书，第 236 页。
③ 同上书，第 238 页。
④ 同上书，第 245 页。
⑤ 同上书，第 247 页。

人〉——冲突和解决》更是被誉为"十七年"时期"文学研究的典范"①。龚刚认为:"不仅是吴兴华的新诗造诣和地位应当得到充分肯定,他作为评论家、翻译家、英美文学教育家的成就与贡献也同样需要深入研究。"②贺麦晓认为,吴兴华"以他作品独特的诗学品格,以他作品在华语圈的广泛传播,以他独特的生平经历和悲惨结局"跻身现代中国的经典诗人之列。③ 程朝翔认为,吴兴华对于《威尼斯商人》的评论"既有理论深度,又十分全面,是一篇有相当分量的论文"④。而何辉斌对吴兴华的评价更高,他指出,吴兴华的《〈威尼斯商人〉——冲突和解决》"代表着当时中国人运用马克思主义研究莎士比亚的最高水平,甚至是五六十年代马克思主义文艺研究的最成功的例子"⑤。

相比梁实秋,21世纪中国莎学研究对吴兴华的重新发现,原因是复杂而多重的:

首先,改革开放已四十余年,有必要对中华人民共和国成立以来的文化史和思想史的发展加以回顾,对"十七年"时期文学进行重新梳理也是中国当代文学史书写的重要组成部分。随着我国高等教育的发展和文学研究水平的整体提高,我国的莎士比亚研究学者也越来越有自信,需要确立研究的主体性,体现自身价值,而梳理前人的成果,建立学科的研究历史、构建研究传统也就成为学科建设的重要内容。同时,进入21世纪,"文革"已过去近半个世纪,我国知识分子有能力、也更有空间对"十七年"时期文学研究的功过是非进行客观评价。在这种情况下,回溯20世纪五六十年代的莎士比亚研究,对吴兴华这位才华横溢却英年早逝的诗人、翻译家和评论家进行重新评价,就成了中国莎士比亚研究的重要组成部分。

其次,吴兴华本人才华横溢,除了他的莎剧批评和翻译,他在小说、诗歌、诗歌理论方面都有所建树。他对《威尼斯商人》的评论洋洋洒洒、极有风采,但相对于卞之琳、杨周翰、王佐良和朱虹等学术大家,吴兴华的才华和贡献显然未得到足够承认;而他在特殊年代的遭遇也令很多人同情。据巫宁

---

① 陈众议主编:《当代中国外国文学研究(1949—2019)》,北京:中国社会科学出版社,2019年,第160页。

② 龚刚:《"十七年"时期的莎学探索——论吴兴华对〈威尼斯商人〉的解读及其范式意义》,载《外国文学研究》,2018年第1期,第98页。

③ 贺麦晓:《吴兴华作为现代诗人的生成》,李春译,载《中国现代文学研究丛刊》,2017年12期,第107页。

④ 程朝翔:《莎士比亚戏剧研究》,章燕、赵桂莲主编:《新中国60年外国文学研究(第一卷上)外国诗歌与戏剧研究》,北京:北京大学出版社,2015年,第211页。

⑤ 何辉斌:《吴兴华的莎士比亚研究》,载《汉语言文学研究》,2015年第1期,第59页。

坤回忆："吴兴华曾非常热情地调整自己，以与新的人民共和国保持一致，而且在 1950 年代，他在北大校园里算是一个政治上非常积极的人。"①这一点体现在吴兴华论文的方方面面。如刘炳善就高度评价了吴兴华翻译的《亨利四世》，称他为"极有才华的莎剧翻译家"，并回忆道："对于人文版的莎氏全集，他做的校订工作也最多"，②感慨吴兴华受到迫害英年早逝，实在可惜！

　　最后，对吴兴华莎学成果的发现，也与 20 世纪中国文学界对吴兴华的重新发现分不开。事实上，中国现当代文学研究首先开展了对吴兴华作品的大规模梳理和研究。自 20 世纪 90 年代以来，"再解读"在我国现当代文学研究领域引发关注，唐小兵等国外学者，李杨、戴锦华等国内学者都对"十七年文学"开展了"再解读"，拓展了"十七年文学"的研究空间。吴兴华不仅是莎士比亚研究者、翻译家，本身也是才华横溢的诗人，16 岁时即在《新诗》上发表处女作《森林的沉默》③，他是北平沦陷时期诗人，也是校园诗人，而他对新诗诗体的探索，都成为中国现当代文学研究的重要考察对象。同时，在海峡对岸，吴兴华化名"梁文星"（当时吴兴华本人并不知情）在《文学杂志》上发表的一系列新诗引起了中国台湾诗坛的震动，推动了新诗的变革。④ 此外，20 世纪八九十年代的研究界注重海外汉学家的研究成果，夏志清的《中国现代小说史》及其学生耿德华（Edward Gunn）对吴兴华的认可，也助推了国内研究者对吴兴华的研究热情，进入 21 世纪，中国学者开始全面梳理吴兴华的新诗、诗歌理论、文学评论、翻译作品和翻译理论。2000年，吴兴华译《亨利四世》收入《新莎士比亚全集》（第七卷），署名"吴兴华译方平校"；2005 年，《吴兴华诗文集》两卷本由上海人民出版社出版；2017 年，《吴兴华全集》五卷本由广西师范大学出版社出版，新的文献资料也为吴兴华作品和生平研究提供了更多空间。但研究者也意识到，从《吴兴华全集》的资料梳理来看，"更夺人眼球的声音始终还是'传奇'，其背后即是对吴兴华历史形象的想象……就目前的情形而言，还不是吴兴华的'名字'是否

---

① 贺麦晓：《吴兴华作为现代诗人的生成》，李春译，载《中国现代文学研究丛刊》，2017 年 12 期，第 100 页。

② 刘炳善：《从一个戏看莎翁全集的两种中译本》，载《河南大学学报》（社会科学版），1991 年第 2 期，第 86 页。

③ 这首诗是不是吴兴华的处女作，目前尚存疑。这也说明了对吴兴华作品和生平的梳理刚刚开始，还有很大空间。

④ 见贺麦晓：《吴兴华、新诗诗学与 50 年代台湾诗坛》，载《诗探索》，2002 年第 Z2 期，第 320—336 页。

'赶不上'其他'文人学者'的问题,而是他的'名字'尚未真正进入过文学史"①。

当然,所有对历史的回溯都不可能真正回到当时和当地,无法复原或改变研究者的真实处境。但是,如果失去他们,中国的莎士比亚研究史就并不完整;有了他们才华横溢、呕心沥血的创作,莎士比亚在中国才广为流传,并成为今天的文化巨匠。对这些前辈研究者研究成果的发现、尊重和总结,不仅属于过去,"也是对新世纪真正有价值的多元化莎士比亚批评的期待"②。

第三节　莎剧电影:作为一种文化商品的莎士比亚

彼得·布鲁克曾经感慨:"问题完全不在于莎士比亚原来的意图是什么,因为他写下来的东西不仅包含有比他原来的意图更为丰富的意义,而且随着原词数百年的不息流传,这些含义还以一种神秘方式不断有所变异。"③进入21世纪,莎士比亚电影研究继续活跃,在现代和后现代理论的冲击下,呈现出全新的特征,电影改编不再"忠于原著",而是试图与莎士比亚文学研究和莎士比亚戏剧研究分庭抗礼。莎剧就像是布鲁克所说的那颗"不停转动"的"人造卫星",④而21世纪的我国莎剧电影研究在对莎剧的观照中洞见自身,做出了属于中国、也属于时代的理解。

1. 后现代思潮下的国外莎剧电影批评

21世纪以来,视觉与图像不断挤占人们的生活空间,莎士比亚的影视研究成为莎士比亚批评的重要研究主题。同时,20世纪八九十年代戏剧理论作为"电影评论的标尺"⑤的现象有所缓解,电影理论有所发展。在打破"文学式电影观念"和"戏剧式电影观念"的变革中,后现代理论脱颖而出。早期电影批评注重的莎剧的人文精神、电影与原著的改编关系被电影的现代、后现代意义所代替,后现代主义的碎片化、拼贴式表达方式、戏仿、快感、

---

① 易彬、谢龙:《全集、作家形象与文献阈域——关于吴兴华文献整理的学术考察》,载《广州大学学报》(社会科学版),2020年第5期,第23页。

② 李伟昉:《梁实秋莎评研究》,北京:商务印书馆,2011年,第247页。

③ 转引自罗吉·曼威尔:《彼得·布洛克的影片〈李尔王〉》,伍菡卿译,载《电影艺术译丛》,1979年第1期,第73页。

④ 同上。

⑤ 远婴:《现代性文化批评和中国电影理论——八九十年代电影理论发展主潮》,载《电影艺术》,1999年第1期,第17页。

消费等一时间成为电影批评的常见术语。与此同时，商业和资本也成为重要的考察对象，对电影工业的讨论也逐渐增多，文化资本化与资本文化化的趋势不可阻挡，莎剧电影需要在传承与颠覆、艺术与商业之间取得平衡。这一点，也与国外艺术学的发展趋势相同："无论是电影研究还是在音乐学、戏剧、舞蹈研究中，都对传统研究模式提出了挑战，不但突破原有研究主题，而且以激进的方式打破了原来艺术中的美学思考和等级制度，将其作为研究社会文化的生动材料。"①

我国电影批评开始关注自身主体性建构，大致是从 21 世纪初期开始的。但从世界范围来讲，这场电影批评独立化的运动自 20 世纪 80 年代就已经开始了。80 年代以前，戏剧批评占据了电影批评的主导地位，莎剧电影改编作品的一大评价标准就是是否"忠于原著"。80 年代后，电影批评开始了"去戏剧化"的运动，不仅这一时期的莎剧改编影片在情节内容和表现形式等多方面都与莎剧原著存在较大差异，而且电影批评还开发了一系列纷繁芜杂的术语，如蒙太奇、快速剪辑、电影特效等，这些术语不仅深化了电影批评词汇，而且反过来影响了文学和戏剧批评。

我国学术期刊的国外莎剧电影批评主要围绕几部电影展开，其中 1978 年波兰斯基版《麦克白》、1996 年肯尼斯·布拉纳版《哈姆雷特》、1996 年巴斯·罗门版《罗密欧＋朱丽叶》、1999 年约翰·麦登执导的奥斯卡获奖影片《莎翁情史》（又名《恋爱中的莎士比亚》）所获关注最多，劳伦斯·奥列弗、肯尼斯·布拉纳、巴兹·吕尔曼、黑泽明等莎剧导演也颇受关注，研究者主要从消费文化、后现代等视角对莎剧电影改编进行分析探讨。② 如何其莘通过《罗密欧＋朱丽叶》的镜语分析，强调了电影与文学原著的差异，指出电影并非原作者的创作，应充分肯定导演的创造性劳动；而《罗密欧＋朱丽叶》对创作理论、创作技巧、表现手法的综合运用，迎合了目标观众——美国 20 世纪 90 年代青少年观众——的审美需求，重新阐释了莎剧。③ 莫小青的《继承与颠覆——谈莎士比亚的〈罗密欧与朱丽叶〉的电影改编》比较了《西区故

---

① 曹意强、高世名、孙善春、薛军伟：《国外艺术学科发展近况（2008—2009）》，载《南京艺术学院学报》（美术与设计版），2010 年第 2 期，第 1 页。

② 《哈姆雷特》是我国莎剧电影研究最重要的研究对象。如《世界电影》刊载和译介的《哈姆雷特》研究论文就囊括了 1948 年劳伦斯·奥立弗版《哈姆雷特》、1964 年格里高利·柯静采夫执导的苏联《哈姆雷特》、1996 年肯尼斯·布拉纳执导的长达 4 小时的《哈姆雷特》、2001 年彼得·布鲁克在巴黎执导的说日语和斯瓦希里语等多语种的《哈姆雷特》以及 2009 年 BBC 根据戴维·坦南特版舞台剧《哈姆雷特》拍摄的特别电影版。

③ 见何其莘：《电影与文学：后现代版〈罗米欧＋朱丽叶〉的镜语分析》，载《外语与外语教学》，2005 年第 9 期，第 39—42 页。

事》(1962)与《后现代激情版罗密欧与朱丽叶》(1996),讨论了后现代主义在各个发展阶段对西方电影的影响。① 仰文昕分析了《罗密欧＋朱丽叶》对大众文化的追求,认为莎剧的后现代电影改编虽在一定程度上拓展了作品的接受性,提高了作品的娱乐性,但现代电影的镜头曲解和消融了莎剧原有的美学与人文精神。② 孙媛分析了迈克尔·莱德福导演的《威尼斯商人》中的"隔都",认为该剧消解了原剧的喜剧成分,将莎剧转变为一部悲剧电影。③ 程朝翔指出莎剧的电影改编反映了导演和时代的解读,并以莎士比亚的《亨利五世》及劳伦斯·奥立弗、肯尼斯·布拉纳的电影改编为例,探讨了莎士比亚文本和电影在战争中的利用。④ 陈红薇讨论了斯托帕德《罗斯格兰兹和吉尔登斯敦之死》从1967年的戏剧到1991年的影视剧的演变,并关注了其中所体现出的编剧对莎士比亚所怀有的"影响的焦虑",⑤ 以及莎士比亚经典化以来,以汤姆·斯托帕德为代表的英国剧作家对莎士比亚的解构和"去神化"——"他们大胆地穿梭于莎氏文本和思想之中,肆意地拆解其原型,然后在敲碎的经典瓦砾上进行随意的狂欢式'重写'和'再构',使莎氏语言成为'再码'后的新话语"⑥。值得一提的是,汤姆斯托帕德也是《罗斯格兰兹和吉尔登斯敦之死》和《莎翁情史》的编剧。

　　20世纪、21世纪之交,《世界电影》⑦的《新片介绍》栏目重点介绍了英国电影《莎翁情史》。该片一举获得了1999年美国奥斯卡奖的13项提名和7项大奖、1999年美国金球奖的6项提名和3项大奖。⑧《莎翁情史》本身就是对《罗密欧与朱丽叶》的颠覆性阐释,甚至也将莎士比亚的个人虚构历史纳入剧情之中——"当时美国电影编剧马克·诺曼想出一个故事:内容是关于莎士比亚搜索枯肠想创作《罗密欧与朱丽叶》,并寻找他本人的一次爱

　　① 见莫小青:《继承与颠覆——谈莎士比亚的〈罗密欧与朱丽叶〉的电影改编》,载《世界电影》(《电影艺术译丛》),2003年第4期,第179—182页。

　　② 见仰文昕:《后现代镜像中的莎士比亚——以1996年版电影〈罗密欧与朱丽叶〉为例》,载《四川戏剧》,2017年第11期,第114—116页。

　　③ 见孙媛:《从莎士比亚到莱德福:"隔都"——〈威尼斯商人〉中的异质空间》,载《四川戏剧》,2016年第8期,第127—131页。

　　① 见程朝翔:《莎士比亚的文本、电影与现代战争》,载《国外文学》,2005年第2期,第30—43页。

　　⑤ 见陈红薇:《〈罗斯格兰兹和吉尔登斯敦之死〉中"影响的焦虑"——从戏剧到电影》,载《解放军外国语学院学报》,2012年第3期,第96—100、128页。

　　⑥ 陈红薇:《汤姆·斯托帕德与莎士比亚的对话——〈多戈的〈哈姆雷特〉〉和〈卡胡的〈麦克白〉〉对莎剧的"重写"和"再构"》,载《外语教学》,2012年第1期,第81页。

　　⑦ 即原《电影艺术译丛》。

　　⑧ 见司马晓兰:《〈恋爱中的莎士比亚〉》,载《世界电影》(《电影艺术译丛》),1999年第4期,第245页。

情浪漫史，以便得到创作灵感"①。次年，《世界电影》又以大篇幅刊载了《莎翁情史》的剧本。②

《莎翁情史》的引介具有时代意义：首先，影片对《罗密欧与朱丽叶》编剧过程的想象和对莎士比亚个人历史的重塑，本身就是一场对经典文学、文学家和伊丽莎白一世时期文学和历史的后现代式重写——莎士比亚、马洛、伊丽莎白一世女王、菲利普·亨斯洛、环球剧院、玫瑰剧院等耳熟能详的名字在剧中次第登场，从历史与文学作品中走入了大银幕，拥有了丰满的形象和个性的表情，给予观众奇妙的观影体验。其次，如果意识到莎士比亚的诸多作品也是来自对其他作品的创造性改编，那么我们可以说，《莎翁情史》对《罗密欧与朱丽叶》创作背景的重构，不仅是一场娱乐工业恶作剧式的狂欢，也是新时期电影从业者的一次严肃尝试。它不仅延续了莎士比亚创作的精神内核和戏剧手法，也与20世纪90年代文学研究界兴起的传记批评和后现代哲学理论关系密切。

在亚洲电影改编研究方面，杨林贵和乔雪瑛讨论了莎士比亚"亚洲化"中的传统和现代问题，并将莎剧改编与接受中所遇到的冲突分为三种：传统与现代、旧与新、高雅与低俗。③进入21世纪，中国研究者对黑泽明《蛛网宫堡》和《乱》的讨论就更多，这两部戏剧也被认为是"将莎士比亚原著深邃的内涵与电影化、本土化、个性化相融合，创作出具有独立价值的电影杰作"④，并一改《麦克白》与《李尔王》的"西方线性的发展脉络"，"获得了东方文化语境下的轮回重生"⑤。还有研究者指出，中国当代电影中的身心病态美学与现代主义、后现代主义中的"非理性"不谋而合，表达了全球化语境下的社会文化危机，也可成为中国电影美学创新的重要契机。⑥新时期电影研究也存在一些问题，如：研究多关注日本莎剧电影和黑泽明，但对于印度宝莱坞和韩国的莎剧电影改编关注不多，对莎剧接入亚洲文化中的民族性、

---

① 司马晓兰：《〈恋爱中的莎士比亚〉》，载《世界电影》(《电影艺术译丛》)，1999年第4期，第247页。

② 见M. 诺曼，T. 斯托帕德：《莎翁情史》，富澜译，载《世界电影》(《电影艺术译丛》)，2000年第4期，第98—174页。

③ 见杨林贵、乔雪瑛：《莎剧改编与接受中的传统与现代问题——以莎士比亚的亚洲化为例》，载《四川戏剧》，2014年第1期，第12—17页。

④ 刘洪涛、高金花、孙永恩：《黑泽明与莎士比亚戏剧》，载《戏剧文学》，2007年第12期，第81页。

⑤ 杨扬、朱娣：《悲剧性的多重意味——莎士比亚四大悲剧在东方电影中的诠释》，载《当代电影》，2015年第5期，第161页。

⑥ 见徐群晖：《莎士比亚戏剧与中国电影文学中的病态美学比较研究》，载《中国现代文学研究丛刊》，2018年第5期，第185页。

身份性问题也讨论不多。又如,进入 21 世纪,《哈姆雷特》等电影已经成为莎剧经典,并影响到了戏剧演出,并引发了一系列新的思考,例如电影和戏剧的地位是否受到颠覆? 戏剧演出是否只是对经典电影的简单重复? 我国的电影研究也关注不多。

此外,莎剧电视剧和莎剧动画片也成为讨论对象。2012 年和 2016 年,为迎接伦敦奥运会、庆祝英国女王伊丽莎白二世登基 60 周年以及纪念莎士比亚逝世 400 周年,英国广播公司拍摄了莎士比亚历史剧系列《空王冠》,这种莎剧电视剧的创新也被认为是"文化史上一次意义重大的转型",一次"从精英文化向大众文化的转型"。[①] 此外,莎士比亚的动画片改编也成为讨论的内容。如吴斯佳研究了《罗密欧与朱丽叶》对真实的传记性与虚构的艺术性的结合,[②]以及莎剧动画改编中的"拟物"手法。[③]

大部分研究者认为,"后现代莎士比亚电影"替代了莎士比亚本人的创作,让莎士比亚成为大众娱乐消遣品,消解了莎作原有的文化深度,使经典名著沦为了低俗的商业战略工具,背离了普及经典文化的初衷,其本质是一种"莎士比亚的当代化、大众化"和"艺术的庸俗化"。[④] 从更广泛的意义上讲,"名著改编"现象本身就是一种后现代的文化现象,呈现出了"后现代性中形象取代语言的问题",其本质是对经济利益的追逐。[⑤]

在莎士比亚文学研究领域,我国学者受后现代思潮的影响并没有当代作家作品研究中受到的那么强烈——21 世纪的莎士比亚文本研究仍然非常强调细读,传统的文本分析仍是莎士比亚研究的最重要技能。相比之下,在 21 世纪的莎士比亚电影批评领域,我们却相当明显地看到了后现代思潮的影响。这可能是因为在文学研究领域,莎士比亚本就属于经典作家,传统批评方法占优;但是在电影研究领域,"电影必须重视原著"的观念根深蒂

---

① 吴辉:《说不尽的莎士比亚——评 BBC 的莎剧改编及启示》,载《现代传播(中国传媒大学学报)》,2009 年第 3 期,第 75、76 页。

② 见吴斯佳:《论莎剧动画改编的传记性叙事——以〈罗密欧与朱丽叶〉的动画改编为例》,载《当代电影》,2016 年第 8 期,第 170—174 页。

③ 见吴斯佳:《莎士比亚戏剧动画改编中的"拟物"手法》,载《艺术广角》,2016 年第 2 期,第 72—77 页。

④ 相关论文如孟智慧、车文文:《消费文化语境下莎士比亚戏剧的电影改编——"度"与"量"的权衡》,载《长城》,2012 年第 12 期,第 181—182 页;沈自爽、许克琪:《莎士比亚作品的后现代电影改编——以〈哈姆雷特 2000 版〉为例》,载《南京工程学院学报》(社会科学版),2012 年第 1 期,第 26—29 页;仰文昕:《后现代镜像中的莎士比亚——以 1996 年版电影〈罗密欧与朱丽叶〉为例》,载《四川戏剧》,2017 年第 11 期,第 114—116 页。

⑤ 弗雷德里克·詹姆逊语,转引自吴辉:《改编:文化产业的一种策略——以莎士比亚电影为例》,载《现代传播(中国传媒大学学报)》,2007 年第 2 期,第 24 页。

固，这就引起了电影研究者借助后现代的"去中心化""异质性"理论，谋求与莎士比亚文学批评平起平坐的地位，为莎士比亚影视研究的主体性背书。

20 世纪末，远婴曾提出中国电影理论存在的种种问题，并忧心地表示，中国电影的未来不容乐观：

> 在电影批评中，不论是本体论，抑或文化说，都不过是外国理论的〔中国〕版：我们从中获得了灵感和视野，但却没有由此派生出中国的电影理论模态。……事实上，此刻我们正处于一个连接过去和未来的过渡性历史时段。比之西方，中国电影确有自己独特的编码和解码方式，问题是我们在策略性、权宜性地借用西方理论之后，如何找到自己的阐释语言并在世界电影理论格局中承担独立的话语角色？①

虽然上述评论是在二十多年前做出的，但遗憾的是，即便在 2022 年，它也同样适用。进入 21 世纪，中国电影理论批评虽然有了一定发展，但真正有创造性、有突破性的、有影响力的成果却屈指可数。中国电影批评需要丰富电影批评语言，与国际电影研究理论接轨，同时也要对抗西方话语中心体系对"东方奇观"的想象，在尊重电影发展自身规律的基础上，建立一套中国电影话语批评理论。

2. 当代中国莎剧电影批评：
以《夜宴》和《喜玛拉雅王子》为例

进入 21 世纪，民国时期的莎剧电影《一剪梅》《女律师》等引起了研究者的注意：李伟民等讨论了《一剪梅》跨文化电影改编的策略、互文性与戏仿的特点；②张英进分析了《一剪梅》的人物塑造、场景调度和双语字幕，揭示出跨文化的生产和接受中的民族现代性问题，以及近年来学术研究中文化转向与改编研究中的社会学转向所强调的主体位置。③

---

① 远婴：《现代性文化批评和中国电影理论——八九十年代电影理论发展主潮》，载《电影艺术》，1999 年第 1 期，第 22 页。

② 相关论文见李伟民：《〈一剪梅〉：莎士比亚〈维洛那二绅士〉改编的中国化》，载《外国文学研究》，2012 年第 1 期，第 134—142 页；李磊：《意识形态操控与莎士比亚电影改编——论〈一剪梅〉对〈维洛那二绅士〉的改编》，载《电影文学》，2011 年第 15 期，第 76—77 页；齐仙姑：《互文性的时代镜片：对〈一剪梅〉的再解读》，载《北京电影学院学报》，2014 年第 5 期，第 54—61 页；包燕、吕濛：《重审中国早期电影的跨文化归化改编——以〈一剪梅〉为症候文本》，载《艺苑》，2020 年第 1 期，第 24—29 页。

③ 张英进：《改编和翻译中的双重转向与跨学科实践：从莎士比亚戏剧到早期中国电影》，秦立彦译，载《文艺研究》，2008 年第 6 期，第 30—42 页。

而在世界电影产业跨国、跨文化、跨文本的电影改编浪潮中，2006 年上映的两部由《哈姆雷特》改编的中国电影——冯小刚导演的古装电影《夜宴》和胡雪桦导演的藏语电影《喜玛拉雅王子》——为国内的莎剧电影批评提供了重要材料，21 世纪的莎剧电影研究也主要是围绕这两部电影展开的。①从电影属性来讲，两部电影都是对《哈姆雷特》的东方式、本土化改编，但因为《夜宴》强烈的商业电影气质，电影界、戏剧界和莎士比亚研究界基本是一边倒地反感、指责乃至嘲弄；《喜玛拉雅王子》虽然票房惨淡，但其创新理念却得到了部分研究者的赞同和大部分研究者的鼓励，该剧被提名 2007 年金球奖，并且获得了摩洛哥电影节最佳导演奖等荣誉。

21 世纪初期中国电影人对莎剧电影的偏爱，一方面可能源于中国电影的"申奥（斯卡）"情结。吴辉引用了美国学者林达·赛格（Linda Seger）的统计："85％的奥斯卡最佳影片是改编作品；45％的电视电影是改编作品；70％的艾美奖获奖电视片又来自改编电影。"②换言之，莎剧电影更容易获得评委的青睐，"申奥"成功的概率更高。另一方面，这也是出于商业票房的刺激。2008 年，《世界电影》刊载了朱影的《全球化的华语电影与好莱坞大片》，作者指出："受到《泰坦尼克号》票房的刺激以及《卧虎藏龙》的鼓舞，中国电影业开始做一些尝试，增加特技以及制作和发行的投资，试图模仿好莱坞式大片的炒作方式。"③

更进一步讲，"申奥"和"票房"实际上是 21 世纪初期莎剧电影热的一体两面。莎剧电影热不只是出于"中国电影界对好莱坞和奥斯卡的迷恋"，也是中国的电影工业利用了"中国人对好莱坞与奥斯卡的迷恋"而进行的主动选择。正如吴辉所说：

> 把拍好的电影先拿到某个有影响的国际电影节上参赛或参展，借此大造舆论引起社会的关注。然后，在各大城市同时展映造成一定的宣传规模和气势，引起预设的轰动效应。一旦影片被审查机构质疑或某演员有花边新闻，就更能吸引观众的好奇心。于是，专家出面点评、媒体争先报道，随后大量音像制品接踵上市。结果，不难想象的是大笔

---

①　这一关注也延续了对默片时代中国电影人根据《威尼斯商人》和《维洛二绅士》改编拍摄的《女律师》（1927）和《一剪梅》（1931）的关注。

②　吴辉：《说不尽的莎士比亚——评 BBC 的莎剧改编及启示》，载《现代传播（中国传媒大学学报）》，2009 年第 3 期，第 76 页。

③　朱影：《全球化的华语电影与好莱坞大片》，载《世界电影》（《电影艺术译丛》），2008 年第 3 期，第 48—49 页。

钞票的"回收"。①

　　大部分学者对《夜宴》的看法非常消极，认为该剧只是照搬了《哈姆雷特》的主要人物和情节，但完全背离原著初衷，是一部"貌合神离"的莎剧电影——正如倪震直白地评价道："《夜宴》和哈姆雷特没有什么关系。"②《夜宴》打着莎士比亚的旗号，企图实现票房与获奖的双赢，但结果却是既不叫好、也不叫座——国内观众认为这部戏是拍给老外看的，国外观众却认为这部电影没有抓住莎士比亚的内核，只是一些华丽画面和东方符号的堆积，于是《夜宴》与陈凯歌的《无极》、张艺谋的《满城尽带黄金甲》一起，被当作了中国大片盲目跃进的产物。③　还有学者提出，《夜宴》将《哈姆雷特》"创造性地"改成了《麦克白》——冯小刚将《哈姆雷特》改编成了"一部讲述人的权力欲望和野心的宫廷斗争戏"，但是，"即使是关于野心和欲望这一主题，《夜宴》的挖掘也远比不上莎翁的另一名剧《麦克白》"，丧失了莎剧的悲剧性、深度和发人深省的力量。再者，这部电影虽然以婉后为主角，架空了太子的主角位置，但并非采用女性主义的观点，也未对原著中格鲁乔亚王后的内心世界有任何细腻呈现，而是让婉后变成了另一个麦克白夫人。④　此外，还有学者质疑《夜宴》的精神内核："冯小刚的《夜宴》将更多的焦点放在对情色、暴力的宣泄和权力意象的渲染上，影片以女性视角讲述这个关于爱、权力、欲望的故事，但婉后并不是赢家，她的倒下没有结束仇恨的环环相报。也正因为缺少人类关于斗争、仇恨的思考，内心矛盾与挣扎的探索，《夜宴》归于改编的失败。"⑤

　　必须指出的是，《夜宴》的改编失败不仅是导演创作理念的问题，还牵涉电影拍摄和发行过程的商业利益。由于饰演婉后的章子怡的票房号召力和国际知名度更高，为了赢得海外市场，《夜宴》即以"章子怡主演的东方版《哈姆莱特》"⑥为标签展开营销。在日本，《夜宴》更名为《女帝》；在美国发行的

　　① 吴辉：《改编：文化产业的一种策略——以莎士比亚电影为例》，载《现代传播（中国传媒大学学报）》，2007年第2期，第26页。

　　② 胡雪桦、倪震、胡克、杨远婴、刘华：《喜玛拉雅王子》，载《当代电影》，2006年第6期，第78页。

　　③ 见何玉新：《怎样以当代视角解读莎士比亚？》，载《天津日报》，2016年6月29日，第17版。

　　④ 见刘娅敏：《莎士比亚戏剧的电影诠释——浅析〈夜宴〉对〈哈姆雷特〉的改编》，载《湖北经济学院学报》（人文社会科学版），2009年第5期，第108—109页。

　　⑤ 孟智慧、车文文：《消费文化语境下莎士比亚戏剧的电影改编——"度"与"量"的权衡》，载《长城》，2012年第12期，第181页。

　　⑥ 冯小刚语，转引自杨林贵：《流行影院中的莎士比亚——以中国〈哈姆莱特〉衍生影片为例》，载《戏剧艺术》，2012年第5期，第47页。

DVD 版中,《夜宴》更名为《黑蝎子传奇》——黑蝎子就是指婉后。杨林贵评论道:"在后现代时期,为了遵循市场规则,现代主义的美学关注让位给了影星的脸价值。演员是穿着和服还是汉服表演,以及故事发生在哪朝哪代哪种文化下,都已不重要了。最重要的是明星的形象效应。"①不仅如此,"《夜宴》的制片人为这部大制作的影片配备了一切有助于提升票房的配备:全明星的演员阵容、通俗易识别的文化符号、历史题材影片光鲜的过往意象、颇具艺术特色的武打场面,将这些组合在一起,雄心勃勃地转战世界各国"②。冯小刚创造出来的"中国新古典美学",剧中满满的中国符号也是如此。对《哈姆雷特》的"改编"不过是一个姿态、一种宣传策略,明星阵容及其背后的资本才是关键。

　　至于胡雪桦的《喜玛拉雅王子》,大部分研究者和学术期刊仍倾向于视之为一部"文艺电影"——比起冯小刚为《夜宴》采取的种种商业营销手段,胡雪桦虽然也出于票房考虑,启用了年轻英俊的选秀明星蒲巴甲来吸引年轻观众,但这种妥协情有可原,且并未伤及剧本的根基——选秀出身的男主角蒲巴甲是藏族青年,其形象气质与电影中的藏族王子较为贴近。有学者讨论了《喜玛拉雅王子》主题的转变和"文化移植"引发的改编问题,认为这部莎剧电影"融合了高雅文化与低俗文化,抛弃了传统电影的肤浅和现代电影的晦涩,力求做到雅俗共赏"③。也有学者认为:"《喜马拉雅王子》的改编实践也体现了改编者对当代中国文化的理解——在物欲横流、信仰缺失的当下,他们呼唤一个充满爱的世界的到来……爱应该成为人与人之间关系的基础,成为人类一切行为的最根本的动机。"④电影上映的同年 10 月,胡雪桦接受《当代电影》的邀请,与电影学院和传媒大学的研究专家对谈,进一步阐述自己的电影理念,即一部"莎士比亚的,又是藏族的,同时又有胡雪桦的烙印"⑤的电影。胡雪桦肯定了以"西藏"为背景的话题感和商业意识,但也表示这是出于自己对现代生活种种问题的反思,即"人类太需要'爱',需

　　① 杨林贵:《流行影院中的莎士比亚——以中国〈哈姆莱特〉衍生影片为例》,载《戏剧艺术》,2012 年第 5 期,第 46 页。

　　② 同上篇,第 47 页。

　　③ 陈建华:《复仇还是宽容,这是一个问题——〈喜玛拉雅王子〉对〈哈姆雷特〉的互文与颠覆》,载《黑龙江史志》,2009 年第 20 期,第 82 页。

　　④ 乔雪瑛:《从莎翁经典到视听盛宴:〈喜玛拉雅王子〉中的文化碰撞》,载《四川戏剧》,2019 年第 12 期,第 134 页。原文即为"喜马拉雅王子"。

　　⑤ 胡雪桦、倪震、胡克、杨远婴、刘华:《喜玛拉雅王子》,载《当代电影》,2006 年第 6 期,第 78 页。原文标题即为《喜玛拉雅王子》。

要'宽容'了"①,并提及自己在拍摄《喜玛拉雅王子》时曾反复观看了黑泽明的《乱》。② 此外,胡雪桦还触及了电影拍摄的资金问题,更是抛出了对 21 世纪中国电影走向的思考:"现在有一个大的倾向,即中国电影产业化、商业化,要走向世界,但有多少人更关心电影本体的呢? 有多少人关心创作者本身的素养?"③

吴辉认为,《夜宴》和《喜玛拉雅王子》是"中国电影国际化的范例","因为要获取高额的经济效益,所以才有了上千万(美元)的大投资和大制作。为了吸引国内外的观众,影片运用高科技打造出诗意的自然景观、展现出丰富的文化元素和奇异的神秘事物以及利用怀旧或对民俗的猎奇来迎合主流观众的审美趣味"。④ 杨林贵则更进一步,创造性地提出在后现代的语境下讨论莎士比亚戏剧的改编,忠于原著不再是需要考量的要素,更重要的是要考虑到,"作为独立的艺术品,这两部影片利用了莎翁的文化资本,通过大众媒体展现了对莎士比亚和地域文化的诠释,并因此与莎翁展开了关于过去和当代生活的跨文化对话"。⑤ 杨林贵还探讨了冯小刚的"中国新古典美学"和《夜宴》的电影营销策略,在一片质疑之声中给予了《夜宴》理解和支持。杨林贵认为,《夜宴》利用了莎士比亚的文化资本和明星效应,虽然没能获得突出的专业认可,并被批评为冒用莎士比亚之名,但是获得了丰富的资本回报,尤其是在国外市场上获得了不错的经济利益,因而这种商业营销是值得理解和欢迎的,其本质是莎士比亚作为"文化资本"与流行文化的兼容。⑥ 而胡雪桦的《喜玛拉雅王子》反其道而行之,片名《喜玛拉雅王子》呼应了哈姆雷特王子,片尾字幕明确标注"改编自威廉·莎士比亚的《哈姆雷特》",更在首映式后不久将影片搬上话剧舞台,打破了剧场与影院之间的界限,消解了以莎士比亚为代表的"高雅文化"与由选秀明星和追星族构成的"演艺界"⑦的界限。从某种程度上讲,研究者对 2006年这两部中国莎剧电影的文化资本、明星效应、大众传媒、票房和投资的

---

① 胡雪桦、倪震、胡克、杨远婴、刘华:《喜玛拉雅王子》,载《当代电影》,2006 年第 6 期,第76 页。

② 同上篇,第 79 页。

③ 同上篇,第 80 页。

④ 吴辉:《三个王子,两位绅士,一段恋情:中国银幕上的莎士比亚》,载《传媒与教育》,2012 年第 1 期,第 67 页。

⑤ 杨林贵:《流行影院中的莎士比亚——以中国〈哈姆莱特〉衍生影片为例》,载《戏剧艺术》,2012 年第 5 期,第 42 页。

⑥ 同上篇,第 55 页。

⑦ 从上下文看,这里的"演艺界"特指演艺界的年轻明星,类似于现在所说的"选秀明星""小鲜肉"等。

种种思考,超越了对影片是否忠于原著、改编是否有艺术性的讨论,将对"电影"的讨论扩展到了"电影工业"的讨论范畴,可称为"对莎士比亚改编电影的文化研究"。

有学者曾引用斯塔姆对传统电影改编研究的不满,质疑电影改编是否应当"忠实"专著,试图为"名著改编电影"正名:

> 批评电影改编小说的措辞常常是极端道德化的,充满了不忠、背叛、歪曲、玷污、庸俗化、亵渎等词语,每个指控都携带着具体的愤愤不平的负面能量。"不忠"跟维多利亚时代的道貌岸然产生了共鸣,"背叛"使人想起道德谎言,"歪曲"体现着审美上的厌恶,"玷污"让人想起性暴力,"庸俗化"暗示着阶级上的堕落,"亵渎"则表示对"神圣文字"的宗教侵犯。①

在后现代的语境中,电影改编和原著具有互文性,并不存在电影改编剧低人一等、原著就是绝对权威的等级区分。电影是一种创造性的工作,导演的创意和智慧应当得到足够尊重。从这个意义上讲,银幕上的莎士比亚不是文学莎士比亚和戏剧莎士比亚的影视化,而对莎剧电影忠实性的质疑只是一种"本质主义"的偏见。

但是,名著改编电影也的确"更容易唤起观众个体从文学中获得的记忆和体验,换言之,这种特别的记忆和体验就是那个文学文本中的'鬼魂'和'秘密'"②。在后现代的电影改编理念中,"艺术不再是个体天才的创造,而是靠市场趋势、批量生产、量身定做与不断重复而产生,结果是为了最终的消费"③。这里的艺术似乎不仅指电影制作,也不只是莎剧改编,而是整个电影行业在资本运作下所产生的变化。"莎士比亚在后现代生活里的魅力所在就是商品市场上的价值",而《夜宴》和《喜玛拉雅王子》"也是中国为全球化娱乐市场做出的应有贡献"④。如果这是事实,那么这也是相当让人无奈的现实。当观众面对铺天盖地的宣传、男女主角的花边新闻、热搜和头

---

① James Naremore ed. ,*Film Adaptation*,New Brunswick,N. J. :Rutgers University Press,2000,p. 54. 转引自张英进:《改编和翻译中的双重转向与跨学科实践:从莎士比亚戏剧到早期中国电影》,秦立彦译,载《文艺研究》,2008 年第 6 期,第 33 页。

② 吴辉:《改编:文化产业的一种策略——以莎士比亚电影为例》,载《现代传播(中国传媒大学学报)》,2007 年第 2 期,第 26 页。

③ 同上篇,第 27 页。

④ 吴辉:《三个王子,两位绅士,一段恋情:中国银幕上的莎士比亚》,载《传媒与教育》,2012 年第 1 期,第 68 页。

条，只能叹息一声"唉，资本！"时，艺术便成为一场白日梦，而莎士比亚作为一个经典文化符号，也顺理成章地接入了消费者的欲望里，沦为资本的工具。21世纪的莎士比亚电影研究，也从对电影艺术和导演理念的讨论，演变成对"作为一种文化现象的莎剧电影"的讨论。这种讨论本身就是消费主义的胜利和艺术的失格。

第四节　莎士比亚与汤显祖：21世纪的莎士比亚比较文化研究

　　20世纪末至21世纪初，文化研究批评在我国的影响与日俱增。李伟民研究了我国比较文学研究中的"莎士比亚专题"，认为莎士比亚的比较研究在我国主要涉及以下五个层面：莎剧与中国古典戏剧的比较；莎氏对现代文学作品、现代作家影响比较；莎氏与外国作家、作品比较；中国戏剧、戏曲改编莎剧的争论；莎氏在中国研究。[①]　其中，莎士比亚与中国戏剧的比较研究和中国莎剧的改编研究是莎士比亚比较研究的重点内容，尤其汤显祖与莎士比亚的比较研究在2000年后成为研究热点，汤显祖是"中国的莎士比亚"的说法深入人心。

　　本节从"中国的莎士比亚"之争、学术话语在公共空间的传播以及中国文化传播的新策略三方面，探讨21世纪汤、莎比较研究的趋势和路径，提出汤、莎之所以被后人比较，是因为两者都经历了经典化的过程，被塑造为两国的文化偶像；汤、莎比较研究在学术界并非新鲜话题，但经由大众媒体的宣传和引导，在公共话语领域演变成了一场"孰优孰劣"的吸引大众眼球的辩论，乃至脱离了学术讨论的范畴；近年来，"中国的莎士比亚"成为借助西方话语宣讲中国故事、实现中华文化"走出去"的传播策略，探索出一条中国文化对外传播的新路径。

1. 莎翁、汤翁能否相比？

　　汤、莎首次并置，可以追溯到日本汉学家青木正儿的《中国近世戏曲史》(1931)："显祖之诞生，先于英国莎士比亚十四年，后莎氏逝世一年而卒，东西曲坛伟人，同出其时，亦奇也……汤显祖不仅于戏曲上表现其伟

---

　　① 　见李伟民：《比较文学视野观照下的莎士比亚研究》，载《中南民族大学学报》(人文社会科学版)，2006年第5期，第170页。

大，即其人格气节亦颇有可羡慕者，谱之入曲故为吾党所快者。"①青木正儿将汤显祖与莎士比亚相比，因为两人均为戏剧大师，且生于同时；同时，明治维新以来，日本受西方文化的影响渐深，中、西文化对日本的影响也被具象化为汤、莎两位"东西曲坛伟人"的"同出其时"。徐朔方的《汤显祖与莎士比亚》(1978)是汤、莎比较研究的一篇里程碑式的论文。徐朔方反对青木正儿"东西曲坛伟人，同出其时，亦奇也"的说法，认为莎士比亚与汤显祖虽年岁相仿且生活于同一时代，却从未有过交集，因而这种比较并无太大意义：

> 当地球的另一面伦敦的寰球戏院正在上演莎士比亚的《仲夏夜之梦》，人们以灯笼代替月亮，同时某一处庙会的中国舞台上却在演出汤显祖的《牡丹亭》，睡魔以铜镜一面摄引柳梦梅入梦。彼此都不曾意识到另一种戏剧的存在；当莎士比亚以鹅毛管书写无韵体诗句时，他想不到世界另一端有一个他的同行正在"自掐檀痕教小伶"。反过来也一样。在二十世纪初期，中国文学才受到欧洲文学的明显影响，而直到现在欧洲文学的发展史上还很少能够看到沾染过中国文学的痕迹。②

彼时中国与欧洲联系不多，中国戏曲与欧洲戏剧更是长期隔绝。从这个角度看，汤、莎既无比较的可能，也无比较的必要。但 2000 年以来，尤其 2010 年以来，汤、莎比较研究论文无论在发表数量还是刊载刊物上均有明显增长，汤显祖是"中国的莎士比亚"的说法深入人心。搜索中国知网，1978年以来以"汤显祖＋莎士比亚"为主题发表的研究论文共 255 篇，③其中1978—1999 年 16 篇，2000—2020 年 239 篇，2016 年的发表量最高(109篇)，2017 年次之(38 篇)，④两年论文发表量占汤、莎比较研究论文总量的57.6％(图 5-3)。

汤、莎二人缘何相提并论？汤、莎比较研究为何在 2000 年之后爆发？学术话语和公共话语领域对汤、莎比较的态度有何不同？本节将就"中国的

---

① 转引自邹元江：《我们该如何纪念汤显祖？——汤显祖诞辰 450 周年与徐朔方教授对话》，载《戏剧艺术》，2000 年第 3 期，第 49 页。该文同时提及：青木正儿的原文有误，汤、莎当是同年而逝。

② 徐朔方：《汤显祖与莎士比亚》，载《社会科学战线》，1978 年第 2 期，第 208 页。

③ 搜索数据截至 2020 年 8 月 6 日。

④ 考虑到论文的发表周期较长，故将 2017 年也纳入考查范围。

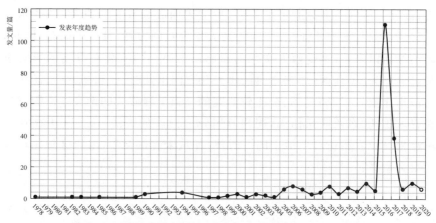

图 5-3　中国知网汤显祖和莎士比亚主题研究论文发表量

莎士比亚"之争、学术话语在公共空间的传播和中国文化传播策略三个视角，探讨 21 世纪汤、莎比较文化研究的趋势和路径。

2."中国的莎士比亚"之争

自莎士比亚的名字传入中国，不少戏剧家都曾被誉为"中国的莎士比亚"。"陈独秀早在 20 世纪初曾称马致远为'中国之沙克士比亚'，王国维尤为喜欢把关汉卿与莎士比亚相提并论，时至今日，还有人坚持关汉卿才是真正的'东方莎士比亚'，关、莎比较更有意义。戏曲家李渔也常是大家乐于比附莎士比亚的对象。"①1992 年，马焞荣的《笠翁莎翁喜剧与中西婚姻制度》就将笠翁（李渔）与莎士比亚的浪漫喜剧进行了比较研究，讨论了中国与西方古代的文化差异，尤其是婚姻制度的不同和一夫多妻、忌妒、同性恋等现象，但这篇论文主要探索两部作品的文化因素，兼论及舞台演出。作者选择浪漫喜剧为切入点，也从侧面说明了吴保和的观点：中国古代戏剧没有悲剧，中国古代戏曲基本是"喜剧占主体"。②　还有学者提出，若不局限在戏剧领域，曹雪芹才是"本民族真正与莎翁一个级别的作家"③。从时间上讲，马致远和莎士比亚的比较出现更早；从戏剧影响来说，关汉卿的人生经历与莎士比亚更为类似，且关汉卿也创作出了多部脍炙人口、内涵丰富的历史剧和悲剧，影响力并不亚于汤显祖；从文学地位来说，曹雪芹的《红楼梦》在国内

---

①　刘文辉：《"汤"（显祖）、"莎"（士比亚）比较在中国：历史与路向》，载《戏剧（中央戏剧学院学报）》，2017 年第 4 期，第 55 页。

②　吴保和：《中国戏剧中的"少女牺牲"原型》，载《戏剧艺术》，1989 年第 4 期，第 104 页。

③　张霁：《缪斯殿堂的台阶是有层级的——汤显祖与莎士比亚的不可比性》，载《上海艺术评论》，2016 年第 3 期，第 68 页。

外的传播更广，文学地位更高。但搜索中国知网数据库，以莎士比亚与汤显祖为主题进行比较研究的论文数量（255篇）明显多于以莎士比亚与关汉卿（47篇）、李渔（41篇）、曹雪芹（34篇）和马致远（0篇）为主题进行比较研究的论文数量。那么，汤显祖缘何取代了关汉卿、马致远、李渔和曹雪芹，成了"中国的莎士比亚"？

　　首先，汤、莎并置的最显著理由就是，两位戏剧家生于同时。汤显祖出生于1550年，莎士比亚出生于1564年，二人同于1616年去世。关汉卿（约1234—约1300）和马致远（约1250—？）比莎士比亚早生了三百多年，李渔（1611—1680）和汤、莎二人的生活年代略有交叠，而曹雪芹（约1715—约1763）比莎士比亚晚出生一个半世纪。汤、莎生卒年代的相似性提供了从两种写作风格联想到两种悠久文化乃至两个国家历史的灵感，如不少学者就考察了汤显祖和莎士比亚的生活时代、戏剧风格和作品理念等，认为汤、莎二人都生活于社会大变革时期，汤显祖生活的中国明朝出现了资本主义萌芽，昆曲作为反映市民生活的娱乐方式应运而生，而莎士比亚生活的早期现代英国由于圈地运动、海上贸易和对外扩张，经济发展迅速，市民文化生活繁荣，并形成了莎剧与汤剧在演出场地、剧团组织、观众、社会舆论等方面的同与不同。① 如在对莎士比亚和汤显祖戏剧作品的比较研究中，最常见的就是将汤显祖的《牡丹亭》与莎士比亚的《罗密欧与朱丽叶》进行比较，讨论两部戏剧对爱的歌颂、对情的痴迷以及戏剧冲突的处理上的异同；②也有论文将《牡丹亭》与莎士比亚的晚期作品《冬天的故事》相比，认为两剧都是悲喜剧，且具有精神上的共鸣性。③ 刘昊研究了莎士比亚与汤显祖时代的研究环境，在莎士比亚生活的伊丽莎白一世时期和汤显祖生活的中国明代的大框架下，研究了莎剧与汤剧的演出场地、剧团组织方式、观众社会舆论等物质条件和现实因素。④

　　中外比较研究（尤其是中西比较）在中国戏剧和戏曲研究领域始终占有

① 这些论文参见张玲：《〈紫钗记〉和〈威尼斯商人〉中的女性形象——女性主义文学批评视角下的汤显祖和莎士比亚人文思想》，载《苏州大学学报》（哲学社会科学版），2007年第3期，第81—84页；廖奔：《比较文化：汤显祖与莎士比亚》，载《艺术百家》，2016年第5期，第1—4页；谈瀛洲：《莎士比亚与汤显祖：中西戏剧史上的并峙双峰》，《光明日报》，2016年7月29日，第13版；李建军：《再度创作：汤显祖与莎士比亚的文学经验》，载《当代文坛》，2017年第1期，第4—9页等。

② 这些论文参见王燕飞《二十世纪〈牡丹亭〉研究综述》第五节第三点。见王燕飞：《二十世纪〈牡丹亭〉研究综述》，载《戏剧艺术》，2005年第4期，第33—43页。

③ 这些论文参见王燕飞《二十世纪〈牡丹亭〉研究综述》第五节第三点。见王燕飞：《二十世纪〈牡丹亭〉研究综述》，载《戏剧艺术》，2005年第4期，第33—43页。

④ 见刘昊：《莎士比亚与汤显祖时代的演剧环境》，载《戏剧艺术》，2012年第2期，第76—84页。

重要地位。有学者提出，从学理上讲，"从文化传播和接受角度看，中国话剧特别适合从比较视角切入，因为在某种意义上说，一部中国话剧发生发展的历史，即是一部接受外国戏剧理论思潮、流派和创作影响的历史"。① 从比较文学的视角切入中国戏剧研究，可以引入新的观点和看法，改变某一国家地区的单一戏剧模式和研究模式，促进戏剧研究和实践的健康发展。这一研究方法同样也沿用于中西戏曲研究中。但正如徐朔方早在 1978 年所阐明的，四百年前，中国与欧洲近乎毫无联系，中国戏曲与欧洲戏剧是分别独立发展起来的，仅从生卒时期就断言汤显祖是"中国的莎士比亚"，关汉卿等不是"中国的莎士比亚"，证据并不充分。②

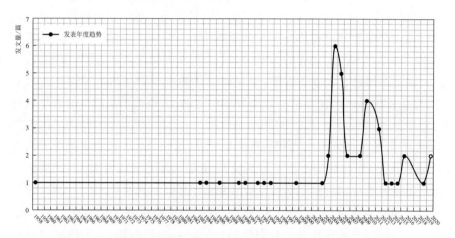

图 5-4　中国知网"关汉卿 莎士比亚"主题研究论文的发表年度趋势

但毋庸置疑的是，相似的生卒年代带来了传播的便利性。如 2016 年为汤显祖和莎士比亚逝世 400 周年，汤、莎同年逝世，他们的名字就更容易出现在对方的纪念活动中。于是，虽然中、西戏剧"近乎毫无联系"，但汤显祖却脱颖而出，成为莎士比亚在中国的对标戏剧家。

其次，汤、莎的戏剧题材具有一定的相似性，也提供了比较的可能性。在莎剧和汤剧的比较研究中，最常见的就是将《牡丹亭》与《罗密欧与朱丽叶》比较，讨论两剧对爱的歌颂、对情的痴迷以及对戏剧冲突的相同或不同

---

① 陈军：《论中国话剧研究的三种范式及其发展趋向》，载《戏剧艺术》，2019 年第 1 期，第 41 页。

② 见徐朔方：《汤显祖与莎士比亚》，载《社会科学战线》，1978 年第 2 期，第 208 页。事实上，1958 年（可能）是关汉卿逝世 700 周年，田汉撰写了剧本《关汉卿》，而关汉卿也被列为"世界文化名人"，《文学评论》等也集刊刊载了研究关汉卿的优秀论文。可见论文统计只能看出大致趋势，并不完全准确（见图 5-4）。

处理。① 翻译过《牡丹亭》的汪榕培认为："汤显祖的《牡丹亭》足以成为与莎士比亚的《罗密欧与朱丽叶》齐名的世界名剧。"②徐朔方认为："《牡丹亭》在文学语言以及情节、结构方面逊于《罗密欧与朱丽叶》，而在思想内容上则后者不及《牡丹亭》"，"如果探索汤显祖与莎士比亚的创作同他们当时社会思潮的关系，我们将发现莎士比亚的条件显然比汤显祖有利"，"以戏剧传统而论，汤显祖的条件却比莎士比亚好"③——但从上下文来看，徐朔方所说的"思想内容"指的是"汤显祖以杜丽娘之死对吃人的封建礼教提出控诉"④、罗密欧与朱丽叶则没有任何对社会的控诉，这样的比较显然有失公允，也有其时代原因。

但将汤、莎比较研究的重点放在《牡丹亭》与《罗密欧与朱丽叶》上，也会导致两个问题：一是在比较研究中过度强化"情"，突出汤显祖和莎士比亚笔下的女性角色"至情至性"的一面，忽视了《罗密欧与朱丽叶》不只有对美好爱情的歌颂，也有对两人迷恋爱情、不顾家族荣誉的讽刺和指责；⑤二是着力于这两对年轻男女的爱情悲剧，容易忽视莎士比亚更重要的历史剧和悲剧作品。事实上，莎剧不只有"至情"，还有"薄情"，更有历史变迁和王朝更迭，有《亨利五世》开场白"难道这么一个'斗鸡场'容得下法兰西的万里江山？"的宏大气魄。《罗密欧与朱丽叶》只是莎士比亚研究的一小部分，却成为莎、汤比较研究中的重要题材，是令人颇为遗憾的。

最后，从国际影响来看，相比关汉卿、王实甫、孔尚任等戏剧家，汤显祖的国外受众更广，国际影响也更大。事实上，关汉卿的《赵氏孤儿》早在18世纪就传入西方，是最早传入西方的中国戏曲。"法国传教士马若瑟节译的元杂剧《赵氏孤儿》被收入杜赫德（Jean-Baptiste Du Halde）主编的《中华帝国全志》，于1735年在法国巴黎出版刊行，并在随后的若干年里相继被译成英文、德文及俄文等主要欧洲语种"，而"汤显祖剧作在西方的译介和传播比元杂剧在西方的译介和传播晚了近两个世纪。当然，如果从各自的产生时间算起到传入西方，汤显祖的戏剧则又比元杂剧少用了两个世纪"。⑥ 20世

---

① 见王燕飞：《二十世纪〈牡丹亭〉研究综述》，载《戏剧艺术》，2005年第4期，第33—43页。

② 汪榕培：《〈牡丹亭〉的英译及传播》，载《外国语（上海外国语大学学报）》，1999年第6期，第48页。

③ 徐朔方：《汤显祖与莎士比亚》，载《社会科学战线》，1978年第2期，第213、215页。

④ 同上篇，第213页。

⑤ 如莎士比亚让罗密欧在爱上朱丽叶之前还狂热地爱着一名叫罗莎琳的女子，他在爱情中的迅速转变也可理解为爱情的盲目。

⑥ 徐永明：《汤显祖戏曲在英语世界的译介、演出及其研究》，载《文学遗产》，2016年第4期，第32页。

纪以来，汤显祖在国外的传播速度明显加快。20 世纪 20 年代到 30 年代，梅兰芳先后在日本、美国和苏联访问演出，将《牡丹亭》等剧目带到了国外，①由梅兰芳主演的电影《春香闹学》《游园惊梦》打破了剧场的限制，大大促进了昆剧的传播。20 世纪 80 年代，张继青在国外巡演《牡丹亭》，"对《牡丹亭》剧目的演出传播，其影响力丝毫不次于梅兰芳，甚至有过之"②。白先勇则提出"昆曲的前途，在于培养年轻的演员，吸引年轻的观众"③，他执导的青春版《牡丹亭》选用青春靓丽、形容俊美的年轻演员饰演杜丽娘与柳梦梅，为昆剧《牡丹亭》增添了新的活力，也更符合年轻观众的审美。此外，《牡丹亭》在国外的译介和研究成果也更多，尤其 1980 年美国汉学家白芝④的《牡丹亭》英译本和夏志清的《汤显祖笔下的时间与人生》⑤影响很大，而1998—1999 年以白芝译本为基础、谭盾作曲、彼得·塞拉斯（Peter Sellars）执导的长达四个半小时的歌剧《牡丹亭》在巴黎、罗马、伦敦、旧金山等地巡演，将东方与西方、古代与现代、现实主义与浪漫主义有机地结合起来，大大增强了西方观众对中国戏曲和汤显祖的兴趣。⑥

综上所述，汤显祖成为"中国的莎士比亚"，从表面上看是因为汤、莎恰好生卒年代相似、两人的作品题材亦有一定的可比性，但实质上却是出于后人的建构。正如莎士比亚经历了 18 世纪的经典化才成为如今的大文豪莎士比亚，汤显祖成为"中国的莎士比亚"也经历了历史的选择。汤显祖和莎士比亚这两位素未谋面的戏剧家，由于生卒年代等一系列巧合，在后人的浪漫想象中逐渐走到一起、并肩而立，并经由一系列不同场合的并置和比较，成为东西方文化并立的象征。从这个角度讲，若莎士比亚与汤显祖有所相似，那么他们最大的相似之处就是两人都经历了经典化的过程，并经由历史的筛选和建构，成为各据一方的文化偶像。

3. 公共空间领域的汤、莎比较研究

2014 年适逢莎士比亚诞辰 450 周年，北京外国语大学教授、莎士比亚研究专家陈国华接受访谈，提出"汤显祖不是中国的莎士比亚，他是中国的

---

① 见王燕飞：《〈牡丹亭〉的传播研究》，上海戏剧学院博士学位论文，2005 年，第 157 页。

② 同上。

③ 白先勇策划：《姹紫嫣红〈牡丹亭〉：四百年青春之梦》，桂林：广西师范大学出版社，2004 年，第 97 页。

④ Cyril Brich，一译西里尔·伯奇。

⑤ 见夏志清：《汤显祖笔下的时间与人生》，徐永明、陈靝沅主编：《英语世界的汤显祖研究论著选译》，杭州：浙江古籍出版社，2013 年，第 1—27 页。

⑥ 见汪榕培：《〈牡丹亭〉的英译及传播》，载《外国语》，1999 年第 6 期，第 50 页。

汤显祖。我国古典戏剧水平远没有达到莎士比亚戏剧的高度"①。陈国华的观点被"腾讯文化报道"以《汤显祖无法比拟莎士比亚》为题放大,引发了汤显祖与莎士比亚"孰优孰劣"的比较,乃至上升到了国家和民族荣誉的高度。

　　两年后的 2016 年是汤显祖和莎士比亚逝世 400 周年,文艺界再次举办活动,共同/分别纪念这两位杰出的剧作家,陈国华的观点再次引发热议,甚至很多研究者也参与了这场讨论,将汤、莎"孰优孰劣"的争论推到顶点。时任中国戏剧家协会副主席的罗怀臻明确反对这种比较:"近来有一种论调,⋯⋯真正世界级的戏剧家是莎士比亚,汤显祖只是中国级别,中国的汤显祖比英国的莎士比亚级别要低,不可相提并论⋯⋯持这种论调的人其实对汤显祖剧作成就不了解,或者是虽然了解,但理解不深。"②李建华认为,学界确实存在"厚莎薄汤"的观点,这种观点"是以一种'现代性'的自信和创造历史的傲慢,蔑视和贬低中国自己的文学传统的做法。因为这种偏狭的进化史观,我们逐渐丧失了理解和欣赏优雅的传统文学的能力"③。陈国华的支持者则肯定了陈国华对中国戏剧的局限性的批评,赞扬陈的论点并没有走惯常的比较思路,即"列出诸多相似之处,得出两个人都是国际性的戏剧大师,具有相同的地位",而是"直言不讳"地表示"汤显祖不是中国的莎士比亚,他是中国的汤显祖。我国古典戏剧水平远没有达到莎士比亚戏剧的高度",并反对"民族的就是世界的",其实更加难能可贵,因为他从研究方法上抨击了学术界的一个不成文的惯例,"一旦涉及对比,不管是中西方之间,还是本国内部,在洋洋洒洒分析过比较对象后,大多要得出'各有千秋'的结论,仿佛生怕比出了高下,就陷入了一种'政治不正确',或唯恐招来论敌辩论,被攻击偏激"④。

　　时隔六年,回顾这场争论,我们可以发现三个问题:

　　首先,从学术研究的角度来讲,陈国华的评论是非常合理和有建设性的。中国的戏剧研究者应该认识到,所谓的"世界级"和"中国级"并非只由作品优劣来判定,而需要对作品的影响力、传播力等进行全方位的考察。从这个角度上说,只理解汤显祖或莎士比亚作品的艺术性,是远远不够的。正

---

　　① 转引自周锡山:《汤显祖与莎士比亚,我们今天应该如何做比较?》,载《上海艺术评论》,2016 年第 3 期,第 69 页。

　　② 罗怀臻:《文化自信与传统戏曲的现代转化》,载《中国文艺评论》,2016 年第 10 期,第19 页。

　　③ 转引自周瓒:《文化自信与当代文学的反思批评——从李建军著〈并世双星:汤显祖与莎士比亚〉谈起》,载《中国图书评论》,2017 年第 11 期,第 90 页。

　　④ 张霙:《缪斯殿堂的台阶是有层级的——汤显祖与莎士比亚的不可比性》,载《上海艺术评论》,2016 年第 3 期,第 65—66 页。

如赵建新所说:"如果我们把茧翁①与莎翁的作品放置于全球化戏剧经典的演出传播过程中,就会发现一个令人尴尬的现象:无论艺术形式的丰富性,还是作品被再度阐释和改编的多样性,莎士比亚的戏剧远比汤显祖的戏剧走得更远,影响更大。"②要做到"文化自信",实现传统戏剧的现代转化,就必须了解国外戏剧界的流行趋势和传播方法,了解莎士比亚在英国之外的传播途径,从莎士比亚的经典化和全球化的过程中寻找经验和灵感,为我所用。徐朔方提出:"我深信只有对自己民族文化具有不可动摇的自豪感的人才能充分评价别民族的伟大成就而不妄自菲薄。一个最有信心的民族也一定最善于向别的民族学习,而不骄傲自满。"③或许,比起论证谁更优秀、更"世界级",中国学者更应思考的是,如何借用莎士比亚的知名度,扩大中国文化的影响力——正如殷企平所提:"莎士比亚已经被我们请进来了,现在我们要谈的就是该如何让汤显祖走出去。"④

其次,汤、莎比较研究在学术界并非新鲜话题,但经由大众媒体的宣传和引导,在公共话语领域引发轩然大波,显示出大众传媒的巨大力量。专业领域的中西比较研究旨在探索中西戏剧之同与不同,更好地为戏剧创作和戏剧赏析服务,并在这一过程中促进我们对历史和自身的理解。但在公共话语领域,"比较"似乎就意味着一定要分出个高下,比较研究也很容易被当作研究"孰优孰劣"的工具。缺乏比较研究知识背景的公众对汤、莎比较研究的方法、目的、局限性和意义并不在意,只想知道哪个作家更厉害,容易误解比较研究的意义和价值;而专业的学术研究经由媒体的报道和网民的转发,容易被断章取义,沦为舆论旋涡中"被言说""被代表"的对象,失去发声渠道。萨义德指出,文化研究必须将媒体的作用纳入考察,因为"探究文化运作的方式,传统被创造出的方式,再现与刻板印象成为真实的方式……那也和媒体的力量有关",而文化研究的"当务之急便是把所有这些现象整合到一个宽广的知识、文化、意识形态的领域,并显示它们如何运动"。⑤ 如今,知识专门化区分程度越来越高,给公众的理解带来了困难;新媒体逐渐代替纸媒成为信息传播的主流,微博热搜、公众号转发和短视频所带来的开

---

① 汤显祖晚年自号"茧翁"。

② 赵建新:《莫让经典陷沉默——汤显祖作品传播得失谈》,载《中国文艺评论》,2016 年第 11 期,第 90 页。

③ 徐朔方:《汤显祖与莎士比亚》,载《社会科学战线》,1978 年第 2 期,第 216 页。

④ 转引自李建军:《汤显祖:"走出去"的焦虑与可能性》,载《名作欣赏》,2016 年第 31 期,第 20 页。

⑤ 见爱德华·W. 萨义德:《知识分子论》,单德兴译,北京:生活·读书·新知三联书店,2016 年,第 127—128 页。

放性、公共性和去中心化,也对公共话语的传播方式带来了前所未有的影响。在新形势下,学术话语的传播要注意意义的公共性,善用新媒体传播学术研究成果,积极推广本国文化,并通过与网民和媒体的积极沟通,有效传达观点,争取话语主动。

最后,汤、莎作品比较虽然早有讨论,却在21世纪初获得前所未有的关注,放大了学术争鸣,这也与中国国家地位的提高和中国人自信心的提升相关。有学者指出,虽然汤、莎二人的生活与创作发生在17世纪,但是四百多年来,汤、莎比较的话题却鲜有关注,"'汤显祖与莎士比亚'话题在20世纪30年代的出现,绝非偶然,是与19世纪中后叶至20世纪早期的近代西学东渐时代大潮下所引发的东西戏剧之间的跨文化影响密切相关的"[①]。青木正儿能在20世纪30年代提出将汤显祖与莎士比亚相比,与日本19世纪70年代至20世纪30年代对莎剧的广泛译介密切相关。换言之,青木正儿将汤、莎并置,反映出20世纪初西方文化在日本的传播力,日本学者开始从西方文化的视角,审视曾经对日本文化影响巨大的中国文化。20世纪90年代以来,西方文学和文化批评模式开始影响中国,先锋派、荒诞派、结构主义、后结构主义等诸多理论流派大举涌入中国,被中国批评界广为借鉴。回到西方文学经典莎士比亚,追溯在地球的另一端比肩而立、独立发展的中国戏曲,亦体现出中国学者对中国文化主体性的建构和对外国影响的焦虑,而陈国华作为外国文学研究者的身份似乎加重了这一焦虑。

1994年,《外国文学评论》杂志曾发表过一篇言辞激烈的论文,作者直指当时国内兴起的后殖民研究热潮,质疑外国文学研究成了"殖民文学":

> 我们所从事的事业,从本质上看与那些外国传教士们所从事的事业没有什么不同,我们甚至比他们做得更好,因为我们是如此深谙中国的文化和民众心理,我们能如此熟练地操作我们的语言……我们简直是完美的外国文化的传播者,是杰出的"殖民文学"的推销者。[②]

虽然这篇论文引发了诸多批评,其中的一些自我指责也并不客观,但不难看出,作者的质疑正是基于对中国文化"主体性"和"民族性"的思考,是知识分子对中国外国文学研究的意义和定位的思考。

---

① 范方俊:《"汤显祖与莎士比亚"话题提出的时代语境及问题实质》,载《学术研究》,2016年第12期,第159页。

② 易丹:《超越殖民文学的文化困境》,载《外国文学评论》,1994年第1期,第112页。

谈及莎士比亚与汤显祖的不可比性、比较的意义及两位作家如今在学术话语和公共话语的并置，吕效平的评价或许最为中肯：

> 汤显祖与莎士比亚逝世于同年是一个微不足道的偶然，是我们的"民族自信"焦虑把这个偶然想象成了造化的诗意；汤显祖不像莎士比亚那样是一个时代无可匹敌的艺术峰巅，他还有可与之比肩的同行，例如关汉卿，但这也不重要，重要的是汤显祖写作了东方"中世纪"戏剧艺术的经典，莎士比亚写作了"现代世纪"的戏剧艺术经典。[①]

一方面，中国文化界对汤显祖的影响焦虑既是我们民族自信的体现，也源于我们的民族焦虑。伴随着中国经济的快速发展和国际地位的显著提高，中国人越来越自信，需要建构一个具有国际影响力的"文化偶像"来寻找文化归属，而莎士比亚就成了一个优秀的对标人物。换言之，寻找与莎士比亚比肩的文化巨匠背后，是对中华文化与外来文化"孰优孰劣"的讨论，是必然会出现的时代现象。

另一方面，这种"对标"也要付出相应代价。在打造中西方"文化偶像"的过程中，必然会出现一些有意的筛选和引导。"中国的莎士比亚"论者颇多，但"中国的易卜生""中国的马洛""中国的琼生"提法鲜有耳闻，可见"中国的莎士比亚"并非出于写作风格、内容和技巧的考虑，而是将莎士比亚认作了西方世界的"文化偶像"，导致戏剧界对莎士比亚之外的国外戏剧关注不够。徐朔方早在 1978 年就提出，汤、莎"各自代表东西方的两大文化，至少代表中国、英国两种文化、两种文学"，将两人对比不是"硬要替古人分高低"，而是"有助于我们对他们遗产的认识和评价"。[②] 但近年来，汤、莎生卒年代的"巧合"成为衡量中、西戏剧发展的标尺，中、西方戏剧写作技艺和内涵的深入比较却为数不多。

此外，对于吕效平所提莎士比亚是"无可匹敌的艺术峰巅"，外国文学研究界也存有异议。整体而言，进入 21 世纪，外国文学研究早已不再"公认"莎士比亚是"无可匹敌的艺术峰巅"，与吕文观点存在差异。事实上，早在 20 世纪 50 年代，王佐良就指出，莎士比亚在创作后期追求宫廷和贵族的欣赏趣味，并不如琼生的城市喜剧戏剧实验更能代表未来文艺复兴时期戏剧未来的发展方向："本·琼生曾经指出过一个方向，虽说未必真能解决问题，

---

① 吕效平：《论汤显祖与莎士比亚的不同质》，载《戏剧与影视评论》，2016 年第 4 期，第 32 页。
② 见徐朔方：《汤显祖与莎士比亚》，载《社会科学战线》，1978 年第 2 期，第 208 页。

但是值得探索,而莎士比亚不屑一顾。他素以博收广纳著称,却错过了拿讽刺喜剧来丰富自己的机会,而选择了已经充满死气的传奇剧。"①徐朔方也提及,汤显祖与明朝色情文学的关联密切,汤显祖本人亦沾染士大夫习气,正视这一点,实际上"涉及如何实事求是地纪念、评价汤显祖的问题"②。但是,近年来,汤显祖与明朝色情文学的联系或被淡化,或被演绎成汤显祖的"至情"——从这个角度上说,汤显祖和莎士比亚一样,都经历了历史的选择和改造。如孙玫所说,"400 年前,无论是莎士比亚还是汤显祖,他们都还没有像今日这样声名显赫"③,400 年后,莎士比亚与汤显祖同年而论,并称中、英文化的代表人物,不仅是对两人人生轨迹和创作风格之巧合的浪漫想象,而且是学术话语与公共话语共同推进的结果;而那些不符合"文化形象建构"之处或被忽视不提,或只局限于学术研究领域,这同样是时代的选择。

4. 作为一种文化传播策略的汤、莎比较研究

米歇尔·福柯指出,语言的本质是话语(discourse),体现的是一种权力关系或等级秩序。④ 萨义德的《东方学》吸收了福柯话语理论和葛兰西的文化霸权(cultural hegemony)理论,提出:东方主义作为一种话语体系,反映了西方历史取代东方历史并使之成为"无历史"的历史;它以文化的形式适应了西方殖民主义的需要,塑造出西方全面优于东方的话语体系,为西方施于东方的种种暴力与罪行披上了合理的外衣。⑤ 从这个角度上讲,汤显祖与莎士比亚在学术界和大众传媒中的比较与并置,实质上体现的是中西话语关系问题。在"中国的莎士比亚"这一措辞中,中国戏曲变成了客体,接受西方戏剧体系的检验,被迫在西方戏剧标准下为自己辩护,而西方文化则采取了居高临下的姿态,将自身的价值观、思维方式和评价体系强加于中国文化。很明显,这是一个西方定义东方、东方文化失语的典型案例。

近年来,随着中国国力增强,国家的经济和政治地位继续提升,中国的

①　王佐良:《英国诗剧与莎士比亚》,载《文学评论》,1964 年第 2 期,第 25 页。

②　转引自邹元江:《我们该如何纪念汤显祖?——汤显祖诞辰 450 周年与徐朔方教授对话》,载《戏剧艺术》,2000 年第 3 期,第 55 页。

③　孙玫:《照亮两种不同戏剧传统的差异与共性:——论说〈1616:莎士比亚和汤显祖的中国〉》,载《艺术百家》,2016 年第 5 期,第 11 页。

④　见米歇尔·福柯,《话语的秩序》,肖涛译,许宝强、袁伟编:《语言与翻译的政治》,北京:中央编译出版社,2001 年,第 1—32 页。

⑤　见爱德华·W. 萨义德:《东方学》,王宇根译,北京:生活·读书·新知三联书店,1999年,第 1—20 页。

国际地位和影响力与日俱增，全世界出现了汉语热，中国人亟需建构一种全新的、符合当今中国的国际地位、以中国为主体的话语体系，中国文化需要"走出去"。于是"中国的莎士比亚"就成为汤显祖走向世界的一个简洁有力的标签——但标签化的文化策略在迅速传递信息的同时，也可能带来简单化的危险。从这个角度来讲，"中国的莎士比亚"其实讨论的不是莎士比亚与汤显祖的作品孰优孰劣，而是成为一种积极的文化传播策略。正如有学者指出："在英国的大学课堂，只要把汤显祖称为'中国的莎士比亚'，学生的理解马上就有一个参照点。可以帮助他们进一步探索与莎士比亚同时期的汤显祖及晚明戏曲的世界。"①标签化的文化策略在迅速传递信息的同时，也可能带来简单化的危险。这种对于传播力和影响力的考虑，也反过来影响到了学术界。

　　2016年，英国布鲁姆斯伯里出版公司出版了研讨会论文集《1616：莎士比亚和汤显祖的中国》（*1616：Shakespeare and Tang Xianzu's China*）。主办方邀请了十位研究中国戏曲和十位研究英国文艺复兴戏剧的专家学者，就指定领域撰写论文、相互评议，以此展开对话，"希望用这种独特的方式把原本并没有什么关联的两个学术领域联结在一起，以推动中国戏曲和英国文艺复兴戏剧这两个研究领域的学者们加强交流和沟通，进行具有实质意义的对话，从而开展真正的跨文化、跨学科的研究工作"②。一方面，编者坦言，"1616年，英国戏剧与中国戏剧并未发生首次直接接触"③，而该书的编纂手法借鉴了 Ray Huang 的 *1587：A Year of No Significance on Ming History* 和 James Shapiro 的 *1599：A Year in the Life of William Shakespeare*，即将1616年作为一个时间点，进行发散式研究。但事实上，全书只见并置，少有对话和互动。从本质上来说，这样的比较研究与将莎士比亚和汤显祖并置的方法并无本质不同——正如汤显祖和莎士比亚不具备可比性，汤显祖研究和文艺复兴戏剧研究同样不具备可比性。不考虑莎、汤研究的各自特征和发展趋势，即便将两者强行并置、展开"对话"，这样的比较研究也是浅尝辄止的。另一方面，编者也指出："与早期的研究侧重于一个国家和文化不同，本书试图通过将两个国家和文化的戏剧世界并置、通过

---

①　张玲：《汤显祖戏剧在海外传播的契机和途径》，载《东华理工大学学报》（社会科学版），2016年第3期，第304页。

②　孙玫：《照亮两种不同戏剧传统的差异与共性：——论说〈1616：莎士比亚和汤显祖的中国〉》，载《艺术百家》，2016年第5期，第12页。

③　Tian Yuan Tan，Paul Edmondson and Shih-pe Wang eds.，*1616：Shakespeare and Tang Xianzu's China*，London and New York：Bloomsbury，2016，p. xix.

在对另一个国家和文化进行讨论时意识到其他国家和文化的存在,来探索新知。"①从这个角度来讲,这场应 2016 年莎、汤纪念活动而产生的学术交流,其文化意义大于学术意义,其标题大于内容。它缺乏足够扎实的比较研究基础,因而被迫选择了并置的方法,却展示出一种崭新的文化研究姿态:在反复的并置、呈现与言说中,令读者在不同中发掘相通之处,构建文化认同的基础。

此外,"中国的莎士比亚"的提法也得到官方认可,成为地方政府的宣传口号。正如英国小镇埃文河畔的斯特拉福德镇凭借"莎士比亚故乡""埃文河畔的天鹅"标签脱颖而出,成为世界著名的旅游目的地,江西抚州和浙江遂昌近年来也开始大力宣传汤显祖文化,开拓旅游市场。如浙江遂昌就与莎士比亚的故乡斯特拉福德镇建立了友好城市关系,定期举办学术活动,邀请汤显祖和莎士比亚研究的专家参加研讨,政府搭台、学术参与、文化唱大戏,拉动地方经济,促进当地文化旅游产业的发展。地方政府对汤、莎比较研究的推动和传播,摒弃了对西方文化是"劫掠者"和"同化者"的定位,以更务实的态度争取话语权,扩大国际影响力,走出了一条有地方特色的经济与文化发展新路。尽管富里迪曾感叹公共政策和市场作用于学术生活会让文化变得"弱智"和"庸俗"②,但不可否认,这也在一定程度上顺应了文化传播和经济发展的需要。

随着《牡丹亭》英文版的出版,以及青春版《牡丹亭》、陈士争版《牡丹亭》、美国中国戏剧工作坊(Chinese Theatre Workshop)的玩偶剧版《牡丹亭》等多版本在西方舞台推出,汤显祖剧作的传播速度明显加快。2014 年开始,官方展开了一系列助推汤、莎比较的活动,如 2014 年浙江遂昌与莎士比亚故乡斯特拉福德镇成为姊妹城市,2015 年习近平主席访问英国,2016年汤、莎逝世的一系列纪念活动,③使得汤显祖在国际上的知名度大为提高,汤显祖作为"中国的莎士比亚"的形象更加深入人心。有学者认为:"汤显祖与莎士比亚话题……在 20 世纪 30 年代被提出的直接根源却是 19 世纪中后叶开始的近代西学东渐时代大潮下莎士比亚戏剧在日本、中国的广泛译介与传播,其背后所凸显的实质问题是西方近代戏剧对东方近代戏剧

① Tian Yuan Tan, Paul Edmondson and Shih-pe Wang eds. , 1616: *Shakespeare and Tang Xianzu's China*, London and New York: Bloomsbury, 2016, p. 1.

② 见弗兰克·富里迪:《知识分子都到哪里去了:对抗 21 世纪的庸人主义》,戴从容译,南京:江苏人民出版社,2012 年,第 12 页。

③ 参见徐永明,《汤显祖戏曲在英语世界的译介、演出及其研究》,载《文学遗产》,2016 年第 4期,第 42 页。

的强大影响作用，以及东西方在世界话语体系中失衡的权力关系。而且，毫不讳言地讲，西方和东方之间自近代形成的这种影响作用和话语关系在当今世界中不仅依然存在，甚至还被不断强化。"①但与 20 世纪 30 年代青木正儿提出汤、莎同出其时之"奇"，"文革"时期汤、莎研究同时陷入低谷，1978年徐朔方提出汤、莎不可比不同，21 世纪的汤、莎比较研究折射出学术话语与公共话语的冲突和合流，汤、莎并置已然成为一种文化传播新策略，是一种构建中国文化形象、让中国文学经典"走出去"的主动选择。

2016 年，《人民日报》的一则评论指出："走过文化自弃、文化自卑，走向文化自信与文化自强，今天'比肩而立'地去纪念中外两位伟大的作家，本身就是民族文化意识的'原力觉醒'。"②如果说在莎士比亚和汤显祖生活的时代，莎翁与茧翁本不相识，那么全球化的趋势和新时期中国文化身份的建构让这两位优秀的剧作家在四百年后相遇，产生激烈碰撞，并带来一系列有关戏剧创作手法、意义乃至超越戏剧本身的讨论，让参与这场争论的所有人重新认识了这两位作家，也重新认识自己和自己生活的时代。

如今，在中国和世界的舞台上，不仅上演了林兆华改编的先锋版莎剧《哈姆雷特》，也演出了白先勇执导的青春版昆曲《牡丹亭》，中国的文艺工作者正在用当代中国人的视角，呈现自己对于古今中外戏剧经典的全新阐释。从 16 世纪的"同出其时"，到如今的"比肩而立"，中国文化在传统与现代、中学与西学、体与用的多重对立统一中不断发展，汤显祖戏剧逐渐走向世界，汤、莎比较研究从学术领域进入公共空间。汤显祖与莎士比亚的比较研究不仅是在中国社会历史性转折的大背景下产生的，也是在中西方文化思潮的冲撞与融合过程中发展起来的，是对中国文化现代化进程的真实记录；而"中国的莎士比亚"作为中国文化"走出去"的一种策略，正发挥着越来越大的作用。

第五节　《外国文学评论》莎评与 21 世纪
外国文学研究热点的变迁

威廉·莎士比亚是《外国文学评论》研究最多的作家，以莎士比亚研

---

① 范方俊：《"汤显祖与莎士比亚"话题提出的时代语境及问题实质》，载《学术研究》，2016 年第 12 期，第 164 页。

② 何鼎鼎：《当莎士比亚遇上汤显祖》，《人民日报》，2016 年 10 月 13 日，第 5 版。

究为线索,可以在一定程度上呈现《外国文学评论》的刊物史。《外国文学评论》作为一个文化权力体,对莎评篇幅、载文量、主题的筛选和引导,也构成了一段外国文学研究的学术史。本节结合《外国文学评论》的《编后记》、栏目更迭、动态、作者简介和投稿须知等,从学术期刊的视角梳理了《外国文学评论》创刊以来莎评的刊发情况和作者群的概况。《外国文学评论》认可并强化了国内学术界对莎士比亚经典地位的肯定,其对莎评的刊载体现出不同的时代语境和编辑审稿意向对外国文学研究热点、主题、视角、风格等的影响。同时,《外国文学评论》建立起了一个以中青年核心作者为依托的作者梯队,作者大都经过严格而完整的"学院派"训练,作者与作者、作者与读者的互动薄弱。

　　20世纪60年代,社科院外国文学研究所成立,1987年2月15日,该研究所主办的《外国文学评论》创刊,《文学评论》基本不再刊发外国文学研究论文。[①] 自创刊以来,中国社科院外国文学研究所主办的《外国文学评论》一直是国内外国文学研究的风向标。威廉·莎士比亚是《外国文学评论》研究最多的作家,莎士比亚研究贯穿了《外国文学评论》的发展历史。从时间上看,自1987年年初至2019年年底,《外国文学评论》在33年中的28年都刊发过莎士比亚研究论文。可以说,莎评参与了《外国文学评论》的整个发展历程;从载文量看,《外国文学评论》共发表莎评66篇,平均2篇/年(见图5-5),居所有作家作品研究之首:

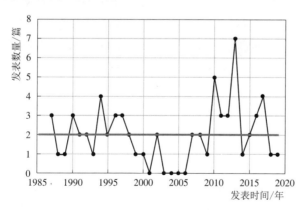

图 5-5　《外国文学评论》历年莎评载文量统计

　　文学研究也是一种文化现象。《外国文学评论》创刊至今对莎评的连续

---

　　① 编辑部在1997年第1期的《本刊启示》中表示,今后《文学评论》将只设"中国古典文学""现代文学""当代文学"和"文艺理论"四个版块,不再包括外国文学类研究论文。

刊载，认可并强化了国内学术界对莎士比亚经典地位的肯定。而《外国文学评论》创刊于改革开放日渐深入之际，研究《外国文学评论》各个时期对莎评的刊发情况，不仅可以反映出《外国文学评论》办刊宗旨的变化，也可在一定程度上呈现出中国外国文学研究的发展路径。33 年来《外国文学评论》刊载的莎评论文及其作者有何总体特征？这些变化如何反映了《外国文学评论》办刊导向的变化，与 21 世纪我国外国文学研究的总体趋势有何关联？① 本节梳理了《外国文学评论》创刊以来所有莎评的刊发情况，并结合编辑部称为具有"几分参与意识"②的百余篇《编后记》、栏目更迭、动态、作者简介和投稿须知等，从学术期刊的视角探索一段莎士比亚研究在中国的学术史。

1.《外国文学评论》莎评的形式特征

33 年间，《外国文学评论》的莎评载文量基本维持在 2 篇/年，刊发数量之多，在该期刊所涉作家中可谓绝无仅有。但在《外国文学评论》对莎评的持续重视中，也出现过两个明显变量：一是 1999—2009 年莎评发表量连续11 年等于或低于平均值，其中 2001 年和 2003—2006 年出现了历史最低值（0 篇）；③二是 2010—2017 年莎评发表大都等于或高于平均发表量，其中2013 年出现了历史最高值（7 篇）——这两次变化的原因，将在后文分别探讨。对《外国文学评论》历年载文量④、刊载莎评的数量和文均篇幅进行统计（表 5-1），可以发现：虽然 2010 年以后的莎评载文量与 20 世纪 80 年代至90 年代相差不多（分别为 3 篇/年和 2.2 篇/年），但占全年载文量的比例却从 20 世纪 80 年代至 90 年代的 2.8％跃升至 2010 年后的 5％。

---

① 本章统计的莎评，包括有关莎士比亚戏剧、诗歌及改编的研究论文，不包括动态、会议报道、标题中有莎士比亚但非讨论莎士比亚作品的论文，统计以杂志刊载论文为准，与知网检索论文略有不同。

② 《外国文学评论》编辑部编：《"编后记"汇编·1989 年第 2 期》，《外国文学评论三十周年纪念特辑》，北京：社会科学文献出版社，2018 年，第 172 页。

③ 2003 和 2005 虽然没有莎评发表，但出现了四篇莎士比亚动态，即宁：《莎士比亚其人其剧之历史研究（上）》，载《外国文学评论》，2003 年第 3 期，第 150—151 页；宁：《莎士比亚其人其剧之历史研究（下）》，载《外国文学评论》，2003 年第 4 期，第 150—152 页；萧莎：《莎士比亚何以成为莎士比亚？》，载《外国文学评论》，2005 年第 1 期，第 150—151 页；宁：《再说莎士比亚何以成为莎士比亚》，载《外国文学评论》，2005 年第 3 期，第 153—154 页，将在下文讨论。

④ 1987—2006 年刊载量统计引自赵山奎：《〈外国文学评论〉20 年——关于刊物各项统计数据的分析》，载《外国文学评论》，2007 年第 1 期，第 146—153 页。该论文测算的载文量排除了"报道性的消息、纪事、动态、资料索引、编后记、纪念性文章和会议讲话以及部分介绍性书评等"。为保持与前序研究的连续性，本章对 2006 年之后的载文量统计亦延续这种方法。

表 5-1　1987—2019 年《外国文学评论》莎评载文量和篇幅统计

年份	莎评数量	年载文量	发表比例	文均篇幅(页)	年份	莎评数量	年载文量	发表比例	文均篇幅(页)①
1987	3	86	3.5%	6	2004	0	65	0%	0
1988	1	102	1%	7	2005	0	64	0%	0
1989	1	100	1%	4	2006	0	61	0%	0
1990	3	86	3.5%	6.3	2007	2	70	2.9%	8
1991	2	78	2.6%	7.5	2008	2	64	3.1%	7
1992	2	74	2.7%	6	2009	1	76	1.3%	12
1993	1	70	1.4%	8	2010	5	81	6.2%	11.8
1994	4	72	5.6%	7.5	2011	3	73	4.1%	12.7
1995	2	69	2.9%	7.5	2012	3	65	4.6%	12.7
1996	3	66	4.5%	8.7	2013	7	64	10.9%	11.3
1997	3	69	4.3%	7.7	2014	1	65	1.5%	12
1998	2	69	2.9%	6.5	2015	2	60	3.3%	15
1999	1	70	1.4%	4	2016	3	55	5.5%	16.3
2000	1	68	1.5%	11	2017	4	48	8.3%	23.3
2001	0	72	0%	0	2018	1	45	2.2%	18
2002	2	72	2.8%	6	2019	1	46	2.2%	20
2003	0	69	0%	0	总计	66	2294	2.9%	10.1

　　出现这一变化,主要是 20 世纪 90 年代后期《外国文学评论》载文量的急剧减少。20 世纪、21 世纪之交,随着学术研究队伍的扩大、研究者积极性和学术产量的提高,国内学术期刊出现了"整体扩容"现象②,《外国文学评论》也不例外——2000 年和 2009 年,《外国文学评论》先从 16 开 144 页增加至 160 页,后又增至小 16 开 240 页③——但刊物的载文量非但没有提高,反而逐年下滑,2010 年以后的载文量甚至比 2000 年首次改版之前还少。2019 年,《外国文学评论》4 期载文量分别为 10 篇、13 篇、13 篇、10 篇,共 46 篇,为历年载文量第二低,仅次于 2018 年的 45 篇(期均载文量 11.25 篇)。在这种情况下,即使 2018 年和 2019 年每年各只有一篇莎评发表,其发表比

---

　　①　发表量为 0 的年份不计入文均篇幅的统计。

　　②　见《外国文学评论》编辑部编:《"编后记"汇编·2007 年第 3 期》,《外国文学评论三十周年纪念特辑》,北京:社会科学文献出版社,2018 年,第 240 页。

　　③　详见《外国文学评论》编辑部编:《三十年大事记》,《外国文学评论三十周年纪念特辑》,北京:社会科学文献出版社,2018 年,第 157、159 页。

重也达到了 2.2%。

　　造成《外国文学评论》载文量下降的原因也非常明显：学术论文越写越长了（表5-1）。从 1987 年《外国文学评论》刊载的首篇莎评《小精灵蒲克和莎士比亚的戏剧观——〈仲夏夜之梦〉研究》到本章统计的最后一篇莎评《"不会是凶兆，可是也不像是好兆"：〈麦克白〉中女巫的预言》，《外国文学评论》的莎评篇幅逐年递增，从 4 页扩展到 20 页，增长了近 4 倍，①其中 2017 年的"作为历史研究的文学研究"：修正主义、后修正主义与莎士比亚历史剧》不仅是最长的莎评，也是目前为止《外国文学评论》篇幅最长的论文，共 37 页。

　　莎评越写越长并非偶然，而是 20 世纪 90 年代以来学术论文的共同趋势，并与《外国文学评论》的办刊导向相关。1987 年，《外国文学评论》编辑部提出反对"八股腔""改革文风""提倡精粹的评论短文"②；1998 年增设"短论短评"专栏③，保证"每期都有短小精粹的评论文字刊出"④。在"改革文风、陈言务去"⑤的精神指导下，20 世纪 80 年代末创刊时《外国文学评论》发表的论文大都不超过 5000 字，文均篇幅 6 页左右。但是在 20 世纪、21 世纪之交，"小品同样可以是大手笔"⑥的提法受到挑战，2009 年《外国文学评论》实行了新的编排规范，其中第一条便是"来稿以 10,000 字左右为宜……讨论重大理论问题、重要学术问题的论文篇幅可以稍长"⑦。2017 年，《外国文学评论》的《投稿要求》修订，延续了"论文篇幅以万字左右为宜"的要求，并明确表示字数"可适当放宽"⑧——而事实上，2017 年以后《外国文学评论》发表的论文已远不是"万字为宜"，而是"至少万字"了，与 20 世纪 80 年代"短评短论"的风格相去甚远。

　　论文不仅越写越长，而且引注也越注越多，这也与编辑部的导向相关。

---

①　2009 年《外国文学评论》从 16 开改版至小 16 开。版面缩小也是造成莎评论文篇幅增长的部分因素，但很明显并不是决定因素。

②　《外国文学评论》编辑部编：《"编后记"汇编·1987 年第 2 期》，《外国文学评论三十周年纪念特辑》，北京：社会科学文献出版社，2018 年，第 165 页。

③　《外国文学评论》编辑部编：《三十年大事记》，《外国文学评论三十周年纪念特辑》，北京：社会科学文献出版社，2018 年，第 154 页。

④　《外国文学评论》编辑部编：《"编后记"汇编·1988 年第 2 期》，《外国文学评论三十周年纪念特辑》，北京：社会科学文献出版社，2018 年，第 167 页。

⑤　《外国文学评论》编辑部编：《"编后记"汇编·1988 年第 1 期》，《外国文学评论三十周年纪念特辑》，北京：社会科学文献出版社，2018 年，第 165 页。

⑥　同上。

⑦　《〈外国文学评论〉2009 年新订编排规范》，《外国文学评论》，2009 年第 1 期，第 236 页。

⑧　《〈外国文学评论〉来稿须知与注释体例》，《外国文学评论》，2017 年第 3 期，第 235 页。

1992 年,编辑部曾表示兼容并包,兼收"引经据典的学院式文章"和"言之有物"的"体验式点评"。① 但自 1999 年起,《外国文学评论》提出"外行看题,内行看注"②,并明确将引注作为检验学术道德和论文专业性的重要标准,而之前被"兼容并包"的印象式、体验式的点评近乎绝迹。2004 年 8 月 16 日,教育部颁发《高等学校哲学社会科学研究学术规范(试行)》(下称"规范"),对学术引文、成果和评价等规范作出了明确规定,同年的《编后记》肯定"规范"为"学术宪章"和"学者必须具有的治学为文之道",并再次对转引、"多引少注"或"转述不注"、一稿多投等行为做出了界定。③

　　以论文长度和引文多少作为学术深度和学术质量的标志,是文学研究学术化、专业化程度不断提高的结果。安东尼·格拉夫敦的《脚注趣史》诙谐地评论道:"学习如何制作脚注是现代意义上学徒期的组成部分之一"④;"在一个现代的、非个人化的社会中,个体的各项必要需求必须依赖于其他陌生人提供的服务,各种凭证则执行着以往由行会成员资格或者私人推荐执行的功能:合法性就源于这些凭证"⑤。杂志社将论文篇幅或脚注数量与学术质量联系起来,将引文作为衡量论文"规范性"的重要标准,并与学术水平乃至学术道德挂钩,造成学术论文的注释越注越多,少则十几个,多则几十上百个,不仅占据大量版面,且有舍本逐末之嫌。2009 年《外国文学评论》提醒作者切勿矫枉过正,"以为文章只要注释满满,即表示所下功夫之深"⑥,反而忘记了引注的本意,但"内行看注"似已成为 2000 年后《外国文学评论》深化"评"与"论"的有效途径,并沿用至今。

　　此外,20 世纪、21 世纪之交,论文成了教师科研水平的硬性考核指标,造成教师热衷投稿,杂志社收到的稿件飞快增加,杂志社也更有底气树立和坚守严格的论文筛选标准,争取一流稿件。2003 年第 2 期《编后记》提及:

　　　　一些学校作出了硬性的规定,凡博士研究生必须在国内核心期刊上发表两篇以上的论文,才有资格提交学位论文和进行答辩,而副教授

---

① 见《外国文学评论》编辑部编:《"编后记"汇编·1992 年第 2 期》,《外国文学评论三十周年纪念特辑》,北京:社会科学文献出版社,2018 年,第 184、185 页。

② 同上书,第 193 页。

③ 见《外国文学评论》编辑部编:《"编后记"汇编·2004 年第 4 期》,《外国文学评论三十周年纪念特辑》,北京:社会科学文献出版社,2018 年,第 223 页。

④ 安东尼·格拉夫敦:《脚注趣史》,张弢、王春华译,北京:北京大学出版社,2014 年,第 5 页。

⑤ 同上书,第 8 页。

⑥ 《外国文学评论》编辑部编:《"编后记"汇编·2009 年第 1 期》,《外国文学评论三十周年纪念特辑》,北京:社会科学文献出版社,2018 年,第 248 页。

必须在核心期刊上发表一定数量论文才有资格申报正教授职称，有的单位甚至还规定，凡在某某权威刊物上发表论文，即可获得相当可观的奖金等等。据说我刊即被某些单位指定为此类有点石成金之力的刊物之一。①

这段话的字里行间至少透露出了 20 世纪、21 世纪之交影响中国学术批评的两大重要变革：

第一，职称考核方式的变化。1986 年 2 月，国务院颁布《关于实行专业技术职务聘任制度的规定》；同年 3 月，国家教委颁布《高等学校教师职务试行条例》。但两个文件规定仅对高校教师职称评审作了定性要求，"属于粗线条的说明，并没有任何定量要求"②。换言之，以论文论学术的风气，即所谓的"不发表就离开"(publish or perish)③，并非政府部门进行职称评审的本意。但在实际操作中，职称的衡量标准被简化为论文发表数量和刊物级别，这就迫使教师不断撰写论文，将研究成果转化为出版物，而学术也在某种程度上成了"可以称斤称两并有等第之分的物件"④。虽然《外国文学评论》屡次将论文发表的硬性规定斥为"实利主义的敲门砖"⑤、"被'物化'和'异化'了的学术"⑥，但这种"功利主义论文"的趋势不但难以遏制，反而愈演愈烈。2003 年起，《外国文学评论》有多篇《编后记》或多或少关注过这一现象，却并未提出有效的应对方法。21 世纪初中国教师和研究人员论文发表的压力和焦虑可见一斑。

第二，期刊分级制度的设立。1992 年北京大学图书馆推出《中文核心期刊要目总览》(北大核心)，1997 年南京大学等开始筹备"中文社会科学引文索引"(CSSCI)并于 2000 年推出，构成了中国人文社会科学领域研究成果评价的两大指标体系。《外国文学评论》作为中国社科院主办、同时入选北大版和南大版核心和索引的期刊，在外国文学类职称评审中占有权威地

---

① 《外国文学评论》编辑部编：《"编后记"汇编·2003 年第 2 期》，《外国文学评论三十周年纪念特辑》，北京：社会科学文献出版社，2018 年，第 214 页。

② 王晋、从萍：《高校教师职称评审中的三重关系之省思》，载《辽宁师范大学学报》(社会科学版)，2019 年第 1 期，第 58 页。

③ 也有人翻译成更惊悚的"不出版就出殡""不发表就发丧"。

④ 《外国文学评论》编辑部编：《"编后记"汇编·2003 年第 2 期》，《外国文学评论三十周年纪念特辑》，北京：社会科学文献出版社，2018 年，第 214 页。

⑤ 同上书，第 215 页。

⑥ 《外国文学评论》编辑部编：《"编后记"汇编·2005 年第 1 期》，《外国文学评论三十周年纪念特辑》，北京：社会科学文献出版社，2018 年，第 225 页。

位。编辑部曾感言："许多来稿者在附信中告诉我们，他们总是把《外国文学评论》作为刊发自己研究成果的首选刊物，这使我们非常感动。"①但《外国文学评论》之所以成为众多作者的"首选"，很大程度上是因为它是职称评审中"点石成金"的法宝。相比之下，文章内容却不那么重要。与"以论文评职称"类似，期刊分级也并非国家规定。1988年11月的《期刊管理暂行规定》、1991年6月的《科学技术期刊管理办法》、2005年10月的《期刊出版管理规定》均未对期刊进行分级；国家新闻出版署期刊司也曾明确回复：有关划分期刊级别的问题，是一个相当复杂的问题，较难以期刊行政"级别"的高低来划定期刊级别的高低；新闻出版行政机关从未划分过期刊的级别，仅为便于期刊管理工作，将期刊划分为中央单位办的和地方单位办的。②但在实际操作中，CSSCI期刊和北大核心期刊在学位、工作、职称、基金申请等方面的竞争力明显，事实上已经在参与评定学术成果等级了。

《外国文学评论》编辑部慨叹："在经济实利被看得很重的今天"，追求学术需要"在目前这样一个大环境下能耐得住寂寞"。③然而，学术界从来就不是与"大环境"完全割裂的清净之地。从某个角度来看，职称评审和期刊分级改革都是市场经济和体制改革这个"大环境"在学术界的回声。按照布迪厄的社会学理论，职称本就属于一种"体制化的文化资本，其在一定条件下还可以转化为经济资本。同时，在大学场域内，职称还可被视作社会资本和符号资本"，④拥有"高级"职称，就拥有了更多的文化、经济和社会资本，学术从韦伯所说的"一种职业"⑤（a Vocation）变成了"西西弗斯式的劳动"。⑥目前以论文论学术、以期刊定论文的"异化的"学术评价体系显然难以根除。那么，如何通过职称和论文评审要求来有效鉴别和传播学术成果，产生有思考、有创新、有贡献、有意义的学术成果？英美高校同行专家评议的方案是否可行？与科研院所不同，高校教师既有教学任务，又有科研任务，两种工作孰重孰轻，职称评审又该如何平衡？这才是新时期的政策制定

---

①　《外国文学评论》编辑部编：《"编后记"汇编·2002年第1期》，《外国文学评论三十周年纪念特辑》，北京：社会科学文献出版社，2018年，第207页。

②　见吴红光、王林霞、左秀林等：《关于我国期刊分级的文献综述》，载《图书情报工作网刊》，2011年8月，第54页。

③　见《外国文学评论》编辑部编：《"编后记"汇编·2000年第4期》，《外国文学评论三十周年纪念特辑》，北京：社会科学文献出版社，2018年，第200页。

④　马国顺、甘真玮：《"双一流"建设下高校教师职称改革的困境与突破——基于布迪厄社会学理论的视角》，载《高等教育管理》，2018年第6期，第110—111页。

⑤　一译为"志业"。

⑥　详见理查德·沃林：《文化批评的观念》，张国清译，北京：商务印书馆，2001年，第33页。

者、学术权力体和研究人员需要考虑的问题。

2. 1999—2009 年《外国文学评论》莎评低潮期
与外国文学研究热点的转移

1999—2009 年，《外国文学评论》11 年间仅刊载 9 篇莎评，连续等于或低于 33 年间每年 2 篇的年均刊载量，甚至在 2003—2006 年连续 4 年无莎评发表，与莎评的整体刊载状况不符，形成了一段《外国文学评论》莎评发表低潮期。[①] 其中，2001—2006 年的莎评发表量处于绝对低潮期，6 年只刊发过 2 篇论文，但这仅有的 2 篇莎评却占据历年莎评被引和下载量的榜首和前列，与低迷的发表量形成反差：

第一，低发表量与最高被引的反差（表 5-2）。2002 年吴迪的《论莎士比亚十四行诗的时间主题》以 37 次被引[②]，居莎评被引的首位；同年发表的蓝仁哲《〈哈姆莱特〉：演释人类生死问题的悲剧》以 17 次被引并列第三。有意思的是，含莎评在内，《外国文学评论》被引前十的所有论文中，有 6 篇出自 2001—2006 年，8 篇出自 1999—2009 年，这意味着 21 世纪前 10 年莎评被引率高的现象并非偶然。一方面，无论是因为以论文论学术、以论文评职称的风气，还是由于学者队伍的壮大，作者的投稿热情持续增长；另一方面，日益严格的学术规范，也要求研究者做好文献综述和引注，避免学术不端的嫌疑。但若注意到莎评被引与《外国文学评论》被引前几名（表 5-3）的巨大反差，莎评中最高的引用数也远远低于同时期《外国文学评论》前五的引用数，[③]那么莎评实际上背离了这一时期的学术热点。

表 5-2　《外国文学评论》被引最高的五篇莎评（数据截至 2020 年 2 月 29 日）

序号	标题	作者	出版时间	被引
1	论莎士比亚十四行诗的时间主题	吴迪	2002(03)	37
2	奥赛罗的文化认同	李毅	1998(02)	20
3	莎士比亚喜剧和莎翁的喜剧精神	方平	1990(01)	17
4	《哈姆莱特》：演释人类生死问题的悲剧	蓝仁哲	2002(01)	17
5	"或许我可以将你比作春日？"——对莎士比亚第 18 首十四行诗的重新解读	沈弘	2007(01)	15

---

① 《外国文学研究》依然保持了自 1979 年以来每年三篇以上莎士比亚研究论文的传统。这可能与该刊物常设"莎士比亚研究"专栏相关。

② 截至 2020 年 2 月 29 日中国知网的检索结果，下同。

③ 事实上，这篇论文仅占《外国文学评论》所有论文被引的第 157 位。

表 5-3 《外国文学评论》被引最高的五篇论文（数据截至 2020 年 2 月 29 日）

序号	标题	作者	出版时间	被引
1	互文性理论的缘起与流变	秦海鹰	2004(03)	754
2	英美文学中的哥特传统	肖明翰	2001(02)	489
3	哈贝马斯访谈录	章国锋	2000(01)	340
4	与亚裔美国文学共生共荣的华裔美国文学	张子清	2000(01)	209
5	何为"不可靠叙述"？	申丹	2006(04)	320

第二，低发表量与高下载量的反差。2007 年的《哈姆雷特 to be，or not to be 的隐喻性》下载 3353 次，据《外国文学评论》莎评下载量首位、总下载量第 27 位（表 5-4）；2002 年的《〈哈姆莱特〉：演释人类生死问题的悲剧》和 2007 年的《"或许我可以将你比作春日？"——对莎士比亚第 18 首十四行诗的重新解读》分列《外国文学评论》莎评下载量的第二和第三①。莎评被引寥寥，下载量却高出很多，反映出这一时期研究重点和教学重点的巨大差异。一方面，莎士比亚是英国文学课的必修内容，莎剧《哈姆雷特》的"to be or not to be"选段和第 18 首十四行诗《我可否把你比作夏日》是学生需要精读乃至背诵的经典段落。英语专业的教师、学生和非专业读者可能出于课程需要或个人兴趣，下载论文学习，增进对经典选段的理解。下载排名最高的 5 篇莎评中，有三篇讨论的是《哈姆雷特》、两篇讨论十四行诗。同时，与 2010 年后发表的研究论文相比，这五篇论文不仅选题具有共同性，而且行文晓畅、毫不晦涩，具有相当的可读性，易于莎学爱好者和有一定英国文学基础的学生理解和传播。另一方面，经典文学虽然在教学中地位超然，但研究基础扎实，已有研究丰富、深入，较难推陈出新，也就在客观上增加了发表难度，形成了研究热点和教学热点的反差。

表 5-4 《外国文学评论》下载量最高的五篇莎评（数据截至 2020 年 2 月 29 日）

序号	标题	作者	出版时间	下载量
1	哈姆雷特 to be，or not to be 的隐喻性	袁宪军	2007(02)	3353
2	《哈姆莱特》：演释人类生死问题的悲剧	蓝仁哲	2002(01)	2916
3	"或许我可以将你比作春日？"——对莎士比亚第 18 首十四行诗的重新解读	沈弘	2007(01)	2493
4	秩序的毁灭与重建——《哈姆莱特》悲剧原因新探	李公昭	1996(04)	2235
5	论莎士比亚十四行诗的时间主题	吴迪	2002(03)	2152

---

① 这一比例相当高了，因为在《外国文学评论》发表的全部 66 篇莎评中，只有 4 篇涉及十四行诗。

第三，中国莎评低潮期与欧美莎评活跃期的反差。2001年的"9·11"恐怖袭击引发了欧美国家政治和文化生活的巨变，莎士比亚研究界亦出现了对研究内容、方法和范式的种种反思和转型。《外国文学评论》作为中国外国文学评论领域的风向标，虽未刊载莎评，却以数篇《动态》追踪了欧美莎学的新发展。2001年的《新历史主义还有冲劲吗？》对20世纪80年代以莎士比亚和文艺复兴时期作品解读为基础的新历史主义批评的最新发展做了追踪；2003年的《莎士比亚其人其剧之历史研究》（上）、（下）介绍了计算机技术发展所引起的对莎士比亚作者性（authorship）的争论；2005年的《莎士比亚何以成为莎士比亚》《再说莎士比亚何以成为莎士比亚》以格林布拉特新作《现实中的威尔：莎士比亚何以成为莎士比亚》（*Will in the World：How Shakespeare Became Shakespeare*）为引子，讨论了文献传记对莎翁个人历史建构的意义；2006年的《谁杀了克利斯托弗·马娄》亦可算是上述讨论的延续。从这个意义上来讲，虽然莎评出现了断档，但《外国文学评论》延续了20世纪80年代至90年代对莎士比亚研究的关注。

从表面上看，20世纪末、21世纪前10年莎评的沉寂似乎是研究者青黄不接的结果。进入21世纪之后，方平等老一辈学者再未发文，而新一代的学者还未成长起来，未能在《外国文学评论》等高水平学术期刊发声。虽然莎士比亚戏剧在中国本就享有广泛的群众基础，1986年莎士比亚戏剧节的成功举办又带动了中国的"莎士比亚热"（Shakespeare Craze），但莎士比亚研究却仍一直面临着专业研究人数、学术能力和研究方法等诸多不足。

但更深层次的原因恐怕在于，20世纪、21世纪之交的《外国文学评论》开始转型。1987年，主编张羽曾在《外国文学评论》发刊词中表示："外国文学工作的一个迫切任务是继续引进，同时在大量掌握材料的基础上展开全面的、深入细致的研究和探讨。"①这样的双管齐下成效卓著，20世纪80年代以来，我国的外国文学界"大量引进和评介了各种西方文论和思潮，起到了突破我国文艺理论界的封闭状态、打开窗户、扩大视野、拓宽思维的作用，使我们在建设有中国特色的社会主义文艺的时候有了重要的借鉴"②。但随着互联网的发展和各种数据库资源的引入，普通读者和研究者已经可以较为方便地获取资料，《外国文学评论》已基本完成"引介"任务，亟待走向真正的"评"和"论"，形成更深入的主体性研究。一个

---

① 张羽：《在改革和开放的实践中努力办好〈外国文学评论〉——代发刊词》，载《外国文学评论》，1987年第1期，第3页。

② 《外国文学评论》编辑部编：《"编后记"汇编·1992年第2期》，《外国文学评论三十周年纪念特辑》，北京：社会科学文献出版社，2018年，第184页。

明显的证据就是,1990 年第 3 期增设的"全国主要报刊外国文学文章目录索引"专栏于 2006 年撤销。

　　什么研究才是"深入"的研究? 1999 年,《外国文学评论》编辑部重组并发表《把〈外国文学评论〉办得更好》的公告,提出将引入"新材料"作为办好期刊的方法;2000 年,又重申"提高刊物的学术档次和水平"在于"新"字。① 但什么是"新"? 很明确,编辑部将"新"落实在了"新作品"和"新理论"上,这同样对这一时期莎评的刊载产生了影响。2000 年第四期《编后记》点评了孙法理《关于新确认的莎士比亚四部作品》,认为该文涉及了"迄今为止我们较少或未曾涉及的一些课题",属于"冷门"研究,研究者更需要"耐得住寂寞"。② 20 世纪、21 世纪之交莎学界对莎士比亚新作品的讨论热闹非凡,但始终难以达成一致,往往最后不了了之,可谓噱头多、真凭实据少;莎剧的理论阐释同样难逃新历史主义的窠臼,要出新,也并不容易。而与此同时,随着 2000 年中国加入世界贸易组织,西方文化对中国的影响愈加明显。面对新形势和新问题,中国学者应该采取什么样的文化立场和对策?这成为当时中国的外国文学学者以及《外国文学评论》思考的关键。③ 外国文学界开始热情地关注西方文学理论,发现或者重新发现西方理论对于当下中国的意义。在对理论的追捧下,经典作家作品研究即使有刊发,也大都被各个分析流派的坩埚和放大镜拆解得支离破碎,成为理论分析的工具和材料。正如 1996 年《文评·动态》提及:"当今英美学界的莎士比亚研究也与其他学科一样,渐已被各家各说的理论瓜分,且堂皇地贴上各个门派的标签。"④

　　按照中国社会科学院外国文学研究所资料室主编《全国主要报刊外国文学研究文章索引》⑤的统计,不仅《外国文学评论》,这一时期整个中国学界发表的重要莎评数量都不如 20 世纪 80 年代至 90 年代多。这种对"新"

----

　　① 见《外国文学评论》编辑部编:《"编后记"汇编·2000 年第 2 期》,《外国文学评论三十周年纪念特辑》,北京:社会科学文献出版社,2018 年,第 197 页。

　　② 见《外国文学评论》编辑部编:《"编后记"汇编·2000 年第 4 期》,《外国文学评论三十周年纪念特辑》,北京:社会科学文献出版社,2018 年,第 200 页。

　　③ 见《外国文学评论》编辑部编:《"编后记"汇编·2000 年第 1 期》,《外国文学评论三十周年纪念特辑》,北京:社会科学文献出版社,2018 年,第 196 页。

　　④ 宁:《莎学研究中的女权主义和新历史主义》,载《外国文学评论》,1996 年第 2 期,第135 页。

　　⑤ 该索引按照"文艺理论""比较文学""总论"和"国别文学"的分类对国内的外国文学评论做了统计,在"国别文学"方面按照洲别、国别、作家姓氏汉语拼音字母顺序排列——这一排序方式本身就体现了编辑部对于论文已有类型和对"新材料"的理解,莎评在 2001—2006 年的发表量为每年3—4 篇,其中 2005 年最少,为 0 篇,2006 年最多,有 6 篇。

的强调不仅出现在莎士比亚研究领域，也影响了其他经典作家作品研究。有学者研究了《外国文学评论》自创刊以来的刊文倾向，指出：

> 《外国文学评论》创刊后，更加强调对 20 世纪文学的研究，现代主义作家以及传统研究视野中被忽视的作家，如福克纳、海明威、帕斯捷尔纳克、T. S. 艾略特、布莱克一批作家，得到了前所未有的关注。相应地，巴尔扎克、高尔基等作家明显受到冷落。同时，一些表现出后现代倾向的作家如塞林格、纳博科夫、福尔斯、克罗德·西蒙等，首次出现在学界的研究视野当中，扩大了中国的外国文学版图。①

在 20 世纪、21 世纪之交外国文学研究领域"去政治化"的努力下，不仅高尔基等无产阶级经典作家受到冷落，莎士比亚等公认的欧美文学经典作家也逐渐失去了光环，学术期刊等文化权力体的关注重心开始从"传统研究视野"向所谓"新材料"偏移，而这种"新材料"明显局限于西方当代作家和后现代理论上。20 世纪 80 年代至 90 年代每期必刊的俄国作家研究在 21 世纪的《外国文学评论》已难觅踪影，而以莎士比亚为代表的经典作家也被"去中心化"，中国的莎士比亚研究陷入了长达数年的沉寂，与 20 世纪、21 世纪之交充满"喧嚣与躁动"的国际莎士比亚研究明显脱节。

3.《外国文学评论》2010—2011 年莎评小高潮

经历了 1999—2009 年的低潮期之后，《外国文学评论》在 2010 年迎来了莎评发表的小高潮，仅 2010 年第一期就刊载了 3 篇莎评，全年共发表 5 篇莎评，占该年载文量的 6.2%。自 2010 年起，《外国文学评论》中的莎评似乎恢复了 20 世纪 80 年代至 90 年代的关注度，但特征有所不同，主要表现为：

(1) 载文量高，被引量很低

虽然莎评的发文量高、篇幅长，但被引量很低。如前统计，莎评从未进入《外国文学评论》被引前 100 名，其中被引最高的吴迪《论莎士比亚十四行诗的时间主题》仅被引 37 次，位列《外国文学评论》被引量排名的第 157 位。2010 年后的莎评被引量就更少，被引最多的冯伟的《罗马的民主：〈裘力斯·凯撒〉中的罗马政治》仅被引 10 次，其余论文的被引均在个位数或为零，与 2010 年后莎评的高发表量很不相称。究其原因，一方面是因为 21 世

---

① 温华：《论外国文学研究话语转型——以五家学术期刊为中心》，华东师范大学博士学位论文，2013 年，第 64 页。

纪初的西方理论热在一定程度上造成研究莎士比亚等经典作家的成果偏少，难以形成研究圈内部的良性互动；另一方面，2010年后《外国文学评论》发表的莎评专业细化程度更高，且年轻作者居多，尚未形成该领域的意见领袖，被引量难以集中。

（2）重历史和政治研究，轻"纯文学"研究

有学者指出："进入20世纪80年代以来，由于社会环境的变化，特别是社会政治文化环境与文学讨论语境的转变，使人们有可能从爱情的角度、友谊的角度认识（莎士比亚）主题。"①随着时代发展，《外国文学评论》的刊载重点也在变化，并影响了莎评研究视角的变化。从20世纪80年代至90年代逐渐淡化意识形态批评和红色文学，到20世纪、21世纪之交对西方文学理论和当代作家的热议，2010年起，《外国文学评论》在"文学性""政治性"和"历史性"的争议中扬起了文学的意识形态大旗，逐渐形成了重历史性和政治性的特色。在2010年后发表的莎评中，历史剧和悲剧成为讨论热点，法律、历史、王权成了热门关键词，《哈姆雷特》依然是讨论最多的莎剧，但《一报还一报》《麦克白》《裘力斯·凯撒》等问题剧、悲剧和历史剧的讨论逐渐增多（见表5-5）——这可能是因为莎士比亚的悲剧和历史剧意蕴丰富，更容易与历史研究和政治研究相结合。正如陈星所言，文艺复兴时期的英格兰"'总是涉及政治——它关注并讨论与个人、社会及文化相关的问题，而它写作与表演的目标读者或观众也期望它如此'……在解读这些作品时，当代研究者只有结合当时社会的政治历史现实，才能充分重现它们的文学内涵和文学意义"②。

2017年，编辑部重申，该刊"旨在刊发中国学者在外国文学研究领域的前沿成果，尤其欢迎同时具有历史意识与专业精神、融经验性与理论性于一体、在整体的历史关系中研究文学个案的论文"，而期刊常设栏目包括"外国作家—作品研究、文学史研究、文学—文化理论研究、文学的社会史研究、文学的文化研究、中外文学—文化关系史研究等"，③毫不掩饰对历史、文学和政治话题的关注。2018年，编辑部还以莎士比亚研究为例，回应了"有读者"对"文学性"和"历史性"的质疑，从侧面透露出《外国文学评论》这次重新定位所引发的争议："如果你将莎士比亚在英国文学史中的'经典化'以及莎

①　李伟民：《从单一走向多元：莎士比亚的〈威尼斯商人〉及其夏洛克研究在中国》，载《外语教学》，2009年第5期，第92页。

②　陈星：《文学作品"历史解读"的机遇与陷阱：以莎士比亚〈辛伯林〉的研究为例》，载《外国文学评论》，2017年第21期，第221—222页。

③　《〈外国文学评论〉来稿须知与注释体例》，《外国文学评论》，2017年第3期，第235页。

士比亚作为英国殖民地英语教学的核心内容，统统归因于莎士比亚的'风格化'，即他个人的修辞学特征，那么，你就有意无意忽视了英语取代拉丁语作为英国'民族—国家'的统一语言以及大英帝国在其殖民地推行'英国趣味'的政治过程。"①从某种程度上来讲，《外国文学评论》对文学的历史性和政治性的强调的确给了莎评一定的刊载优势——莎士比亚及伊丽莎白一世时期正处于英国民族国家意识建立的初期，比较容易将文学文本与历史研究和政治研究相结合；同时，新历史主义正是发轫于以莎士比亚研究为代表的文艺复兴时期文学研究，20世纪90年代之后进入莎士比亚研究领域的研究者往往更熟悉新历史主义的研究思路以及由其发展或修正过的文学的历史研究方法。2010年后莎评载文量增多，可能也与《外国文学评论》的这一倾向相关。

表 5-5　《外国文学评论》莎评主题统计

莎评主题	篇数
《哈姆雷特》（《哈姆莱特》）	9
《一报还一报》（《自作自受》）	5
"十四行诗"（"商籁体"）	4
《麦克白》	4
《裘力斯·凯撒》	3
《李尔王》	3

(3)引文重国外、轻国内；学术对话少，尚未形成学术圈的良好互动

《外国文学评论》自创刊期就很鼓励学者之间的交流和"商榷"，自1989年第1期（总第9期）起，更是设置了"学术争鸣"专栏，并于2007和2008年刊发过两篇对莎士比亚十四行诗的"争鸣"——沈弘的《"或许我可以将你比作春日？"——对莎士比亚第18首十四行诗的重新解读》和曹明伦的《"我是否可以把你比喻成夏天？"——兼与沈弘先生商榷》。从两篇论文的被引和下载量来看，这次学术互动确实起到了不错的效果。但总体而言，大部分莎评要么各自为营、自说自话，要么更注重与国外学者"商榷"、不太关注本国研究，2010年之后的莎评就更是如此。陆谷孙在20世纪80年代末提及的"别、车、杜"与"美、英、加"的派系之分已少有人提起，但相对叙事学等领域的学理碰撞和热闹争鸣，新时期的莎士比亚研究仍旧"各说各的，就像永不相交的平行线"，"难得交锋，引不起争鸣"，甚至愈演愈烈。以《外国文学评论》讨论最多的《哈姆雷特》（一译《哈姆莱特》）为例。33年间《外国文学评

---

① 《编后记》，《外国文学评论》，2018年第3期，第240页。

论》共发表9篇相关主题研究(表5-6);发表时间在1998年到2013年之间,总被引(53)、总下载量(12072)和总参考论文数(132)的对比反差强烈。检索这9篇论文的中、英文引文,仅有2篇论文——郑士生《再谈哈姆莱特故事的起源》(1988年第2期)和蓝仁哲《〈哈姆莱特〉:演释人类生死问题的悲剧》(2002年第1期)——引用过张泗洋《莎士比亚引论》、李赋宁选注《哈姆雷特》等国内同行研究,且这些论文都刊发于2010年以前;2010年以来的所有7篇论文均未引用国内研究成果,即便出现中文脚注,也都是国外学术成果的译本。即便布拉德雷《莎士比亚悲剧》、赫兹利特《莎士比亚戏剧人物论》等的中文译本已经出版,大多数论文作者也都选择了跳过译本,直接引用原版。

表5-6　《外国文学评论》刊载《哈姆雷特》莎评的指标分析(引自知网)

文献数	总参考数	总被引数	总下载数	篇均参考数	篇均被引数	篇均下载数	下载被引比
9	132	53	12072	14.67	5.89	1341.33	227.77

新时代的国内学者更喜欢和英美学者对话,而非国内同行,原因可能有四:一、自18世纪莎士比亚的经典化以来,莎士比亚研究就成为英语文学的基石,欧美的莎士比亚研究资源丰富、与时俱进,掌握着莎士比亚世界的绝对话语权;二、新生代的莎士比亚研究者大都出身于国内外高校,经历过系统的学术训练,往往更熟悉英美莎学的研究体系,习惯检索英文资源;三、部分中文译本质量不佳,漏译、错译严重,难以信任,不如自行翻译。四、从杂志流通性的角度上讲,《外国文学评论》为季刊,发表周期长,刊文量少,客观上不易形成学术成果的及时反馈。无论如何,《外国文学评论》的莎评并未实现编辑部提倡的"不同观点、不同见解的相互砥砺"[①],未能形成有效的知识流动网络。换言之,虽然莎士比亚研究论文的绝对发表量和刊文比例都很高,但其刊载的莎评研究并未形成应有的影响力,文献并未"活"起来。

有学者注意到:虽然2000年之后,外国文学界的五家重要期刊全部扩版,"以适应不断增长的学术产量;但与此同时,外国文学在文学界和学术界的话语地位却远远不及前二十年"[②]。相比从新文化运动到改革开

---

①　《外国文学评论》编辑部编:《"编后记"汇编·1999年第2期》,《外国文学评论三十周年纪念特辑》,北京:社会科学文献出版社,2018年,第193页。

②　温华:《论外国文学研究话语转型——以五家学术期刊为中心》,华东师范大学博士学位论文,2013年,第149页。

放初期,21 世纪的外国文学批评在中国历史发展进程中的参与度的确下降了。《外国文学评论》也注意到了这一点。经历了对后现代理论的反思后,《外国文学评论》开始寻找自身定位,将社会责任感的重建放在了对"纯文学"的批判上,并通过《编后记》引导作者做出有学术创新、有中国立场的"第一手的研究"①,形成外国文学研究的中国话语。进入 2020 年,正值本书写作之时,新冠疫情正在全球肆虐,将全人类的命运紧紧联系起来。古今中外文学如何思考瘟疫这一人类共同面对的话题? 中国的外国文学学者如何走出去,走进并融入人类命运共同体的构建之中? 这些问题都值得新时期的文学研究者思考。

4. 2001—2019 年《外国文学评论》莎评作者群研究

1987 年,方平《小精灵蒲克和莎士比亚的戏剧观——〈仲夏夜之梦〉研究》等三篇莎评在《外国文学评论》创刊号发表,标志着《外国文学评论》刊载莎评的开始。从发文量看,33 年间,共有 45 位作者发表 66 篇莎评(有一篇论文为两位作者合写),人均发文量 1.5 篇,发表两篇及以上论文的作者占总体发文量的 43%,发文 1 篇的作者为 50.8%,表明期刊形成了较为明显的核心作者群。② 从作者上看,方平在 1987—1997 年间发表莎评 6 篇,是目前在《外国文学评论》发表莎评最多的学者;2010 年前后,新作者的出现给莎士比亚研究领域输入了新鲜血液,2010—2013 年,陈雷和郭方云各发表莎评论文 4 篇,是目前在《外国文学评论》发表莎评并列第二多的学者(表 5-7)。③

表 5-7　莎评作者发文量及百分比统计

发文量(篇)	作者	发文百分比
6	方平	9.1%
4	陈雷、郭方云	12.1%
3	冯伟、倪萍、孙法理	13.6%
2	郑士生等 5 人(一篇为合写)	14.4%
1	刘洋等 34 人(一篇为合写)	50.8%
总计	45 人	100%

① 《外国文学评论》编辑部编:《"编后记"汇编·2005 年第 2 期》,《外国文学评论三十周年纪念特辑》,北京:社会科学文献出版社,2018 年,第 227 页。

② 因有数位作者一人发文多篇,且职称、学历、工作单位都有变化,因此作者群的统计数字按人次计算。

③ 三位作者均有发表其他主题的论文,因不在本章讨论范围内,故不再赘述。

2001 年第 1 期起,《外国文学评论》在每篇论文后均附上了作者简介,包括作者的年龄、学位和学历、毕业学校、工作单位、代表作品等,使得对莎评作者的追踪成为可能。统计和研究 2002—2019 年的作者简介[①],我们发现这 18 年间莎评的作者群出现四个明显变化:[②]

(1)莎评作者持续年轻化。莎评作者发文时年龄最大的 62 岁,最小的 27 岁(2019 年),平均年龄 40 岁,其中 30—49 岁年龄段的作者最多,占莎评发表人次的 78.4%(表 5-8)。统计作者的年龄变化趋势,可以发现莎评作者的平均年龄在从 2002 年的 55 岁降至 2009 年的 40 岁,此后基本维持不变。2019 年,《外国文学评论》出现了年龄最小的"90 后"莎评作者(图 5-6)。莎评作者越来越年轻了:

表 5-8　作者发表论文时年龄统计

发文年龄段	人次	百分比
20—29	5	13.5%
30—39	11	29.7%
40—49	18	48.7%
50—59	2	5.4%
60—69	1	2.7%
总计	37	100%

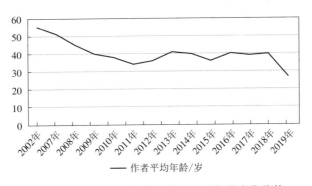

——作者平均年龄/岁

图 5-6　2002—2019 年莎评作者平均年龄变化趋势

(2)作者职称逐年降低。与作者的年轻化成正比,莎评作者的职称也逐年降低,目前《外国文学评论》莎评作者的职称主要以讲师为主,超过了三分之一(表 5-9)。2002—2009 年,《外国文学评论》共发表 7 篇莎评,其中 6 篇

① 2001 年无莎评发表,故从 2002 年开始统计。
② 有些作者的简介缺失其中某一个或几项。

的作者为教授,占这一时期发文人次的 86%(图 5-7);但 2010—2019 年发文主力迅速转移为讲师和副教授,教授(包括研究员)只有 3 人次——其中两位还曾在《外国文学评论》以副教授和讲师身份发文,可见《外国文学评论》见证并参与了部分学者的学术成长。2010 年后副教授和讲师取代教授成为发文主力,与编辑部发掘外国文学新作者的宗旨密切相关。2006 年的《编后记》指出,该刊对"大人物"和"小人物"一视同仁[①],2010 年又重申录用论文"一向不以资格、职称和学位为标准"[②]。事实证明,《外国文学评论》这些年发掘的新作者也并非昙花一现,而是年富力强、创作力旺盛的中青年学者,他们构成了《外国文学评论》的高水平作者群。

表 5-9　2002—2019 年莎评作者职称统计

职称	人次	百分比
教授(研究员)	9	24.3%
副教授(副研究员)	10	27%
讲师	13	35.2%
助教(助研)	2	5.4%
其他(博士后、博士生)	3	8.1%
总计	37	100%

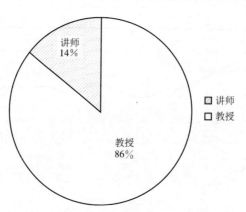

图 5-7　2002—2009 年莎评作者职称统计[③]

---

① 《外国文学评论》编辑部编:《"编后记"汇编·2006 年第 1 期》,《外国文学评论三十周年纪念特辑》,北京:社会科学文献出版社,2018 年,第 230 页。

② 《外国文学评论》编辑部编:《"编后记"汇编·2010 年第 2 期》,《外国文学评论三十周年纪念特辑》,北京:社会科学文献出版社,2018 年,第 258 页。

③ 其中一位作者既为教授,也为博士后,以教授职称和教授任职单位计,不再统计博士后和博士后单位。

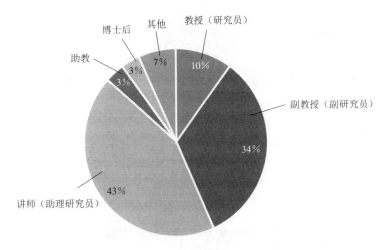

图 5-8　2010—2019 年的莎评作者职称比例

（3）学位以文学博士最多，毕业/就读院校以北京大学最多（表 5-10 和图 5-9）。① 2007 年和 2010 年开始，《外国文学评论》分别将作者的学历、学位和院校信息添加进"作者简介"。学历和院校属于客观信息，在一定程度上可以反映出作者的专业背景和承继的学术传统，但绝非区别学问深浅的唯一标准。事实上，虽然大部分莎评作者为文学博士，但《外国文学评论》对文学硕士和在读博士生也一视同仁，如 2011 年和 2012 年该刊就两次刊发过一位文学硕士的莎评。统计作者的就读/毕业院校，北京大学以 9 人次排名第一，南京大学和西南大学以 5 人次并列第二。但排除同一篇作者发表数篇论文的情况，北京大学以 6 人遥遥领先，是第二名南京大学（3 人）的两倍。

表 5-10　2002—2019 年莎评作者学历比例

学历	人次	百分比
文学博士	27	73％
在读博士生	6	16.2％
文学硕士	2	5.4％
不详	2	5.4％
总计	37	100％

（4）作者地域集中在京、沪、渝、宁四地；作者流动性明显增加。2011 年《编后记》曾就一位自称"外省二三流大学的女士"的来信，重申：审核论文

---

① 有些作者并未提供完整数据，由笔者根据作者信息检索加以补充，无法确定的列为"不详"。"不详"多为 2010 年之前的数据。

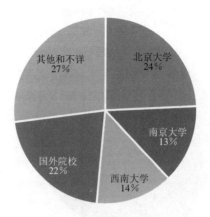

图 5-9　2002—2019 年莎评作者的毕业/就读院校统计

"不看出身"且"不看地域"。①　但统计 1987 年《外国文学评论》创刊以来莎评作者的工作单位,可见 45 名作者来自 25 个单位,②实际上单位与地域集中现象明显(图 5-10)。其中以上海外国语大学发表莎评篇数最多(6 篇),南京大学次之(5 篇),而北京大学虽然在毕业/就读院校上统计人数和篇数均为最多,但作为作者单位只有两篇莎评发表。将这 66 篇文章按地域排列,可以发现,来自北京、上海、重庆和南京四地的作者所发表的论文最多,共 45 篇,占莎评总刊载量的 68.2%(表 5-11)。而统计 2002—2019 年莎评作者的单位和所在地区,我们发现变化不大(图 5-11、表 5-12)。这一分布较为合理地呈现了我国目前莎士比亚研究的整体发展状况:首先,拥有中国社科院、北京大学、北京外国语大学、中央戏剧学院的北京市和拥有上海外国语大学和复旦大学的上海市在外语教育与研究方面具有无可比拟的优势;其次,南京大学的莎士比亚研究传统以及莎士比亚(中国)中心的辐射作用也带动了该地师生研究莎士比亚的热情;最后,西南大学莎士比亚研究所、四川外国语大学莎士比亚研究所和重庆市莎士比亚研究会的组织也让重庆市崛起为西南地区莎学研究的新中心。2000 年后,数位作者出现工作单位调整,其中两位作者转换地域,两位作者在校内调动学院,还有两所学院升级为大学。可以说,作者单位的变化不仅见证了 20 世纪 90 年代中国的高校扩招、学院升级和

---

①　《外国文学评论》编辑部编:《"编后记"汇编·2011 年第 2 期》,《外国文学评论三十周年纪念特辑》,北京:社会科学文献出版社,2018 年版,第 265 页。

②　有三位作者转换工作单位,论文按发文时单位统计;精确到大学,不计具体学院。还有一些单位名称改变,但实际上为一所大学,合并为一所大学计算,如四川外语学院和四川外国语大学,上海外国语学院和上海外国语大学,洛阳解放军外国语学院和解放军外国语学院,长春东北师范大学和东北师范大学。

院系调整进程,也见证了学者自身作为一种知识资本的流动。

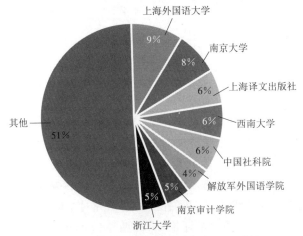

图 5-10 1987—2019 年莎评作者单位统计

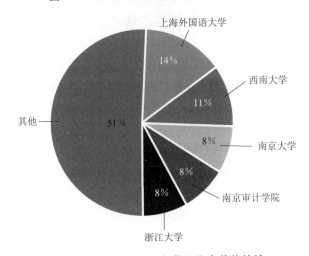

图 5-11 2002—2019 年莎评作者单位统计

表 5-11 1987—2019 年莎评作者单位所在地区统计

作者单位所在地区	数量	百分比
北京市	13	19.7%
上海市	13	19.7%
重庆市	11	16.7%
南京市	8	12.1%
其他地区	21	31.8%
总计	66	100%

表 5-12　2002—2019 年莎评作者单位所在地区统计

作者单位所在地区	数量	百分比
重庆市	8	21.6％
北京市	7	18.9％
上海市	6	16.2％
南京市	6	16.2％
其他地区	10	27.1％
总计	37	100％

值得注意的是，莎评作者不仅来自外国语学院或英语学院，还有相当一部分就职于文学院和中文系，表明中国文学系对外国文学研究者的接纳和开放态度，也在一定程度上证明了外国文学研究对中国现当代文学的影响。但与欧美学界不同，《外国文学评论》只有两位莎评作者可能来自文学批评之外的领域——分别为中央戏剧学院和上海外国语大学法学院，[①]并未出现国外莎学界文、史、哲、音乐、戏剧等多领域、跨学科、多层面、多语境的探讨，尤其缺乏来自历史学和哲学系学者的声音。《外国文学评论》的莎士比亚研究作为一种文学研究，与其他学科之间依然泾渭分明。

从本书对莎评作者的统计来看，编辑部的确做到了其宣称的"每年都推出数量可观的新作者"和刊载论文只看"学术有专攻、立论有新意"，不论"一个人的单位名气大小，也不论他/她个人学历、职称的高低"，[②]培育出了一个年轻、有潜力的作者群，作者梯队的建设较为合理。2019 年第 4 期《文评·编后记》指出："一个生机勃勃的学科从来不会忧虑自己的边界，正如中国的外文系草创之时云集了各个学科的人才（例如 1920 年的北大英文门，系主任是学中国哲学的胡适，英文教授陈衡哲是欧洲史出身，而辜鸿铭则在英国文学之外还有一个工程学的学位）。"[③]这表明，在迈入一个新的十年之际，《外国文学评论》正试图呼唤各专业领域的作者加入文学评论，拓展文学研究的疆域，丰富文学研究的内容和层次。

三十多年来，《外国文学评论》作为一个文化权力体，对莎评篇幅、数量、主题的筛选和引导，不仅构成了一段外国文学研究的学术史，也呈现出一段当代中国的社会史。莎士比亚的文学地位虽然稳固，莎士比亚研究在英语

---

①　之所以说"可能"，是因为中央戏剧学院也有文学系，而上海外国语大学法学院的作者后来转入了英语学院。

②　《外国文学评论》编辑部编：《"编后记"汇编·2007 年第 1 期》，《外国文学评论三十周年纪念特辑》，北京：社会科学文献出版社，2018 年版，第 236 页。

③　《编后记》，《外国文学评论》，2019 年第 4 期，第 240 页。

教学中不可或缺,但在 21 世纪初期现当代文学和西方文学理论大量引入中国之时,莎士比亚研究在中国成了一个相当小众的研究领域。在三十多年的发展中,受国家政策、职称和期刊评价体系、编辑审稿意向的影响,《外国文学评论》的莎评逐渐形成了自身特色,即从莎士比亚的译介向文本研究过渡,同时重视政治意识形态的建设、突出文学为社会服务的功能;建立起了一个以中青年核心作者为依托的作者梯队,"学院派"意识明显,作者与作者、作者与读者的互动较弱。

《外国文学评论》主编陈众议曾指出:"所谓'失之毫厘,差之千里',坐标与方向决定了学术的意义",认为"面对多元世界,中国学人首先不可忘却自己的立场和出发点"。① 2019 年第 4 期《文评·编后记》——也是本节统计的最后一篇《编后记》——指出:"作为国内'外文系'成员,我们首先要意识到自己的'外国人'身份,因此一方面不以国内'中文系'为范本,一方面不以国外'文学系'为指引,而是以国外'汉学'或者'中国研究'为参照。"② 进入一个新的十年,《外国文学评论》的莎士比亚研究将去向何方? 中国的外国文学研究又将去向何方? 作为外国文学研究的见证者,也作为身处其中的参与者,我们拭目以待。

第六节　《戏剧艺术》莎评与 21 世纪戏剧研究的全方位勃兴

《戏剧艺术》创刊于 1978 年,是上海戏剧学院主办的专业性理论刊物,主要刊登戏剧理论和戏曲研究成果,介绍外国戏剧理论与作品,发表舞美、戏剧导演与表演艺术、戏曲教学、影视艺术等方面的学术论文。其中,每年第二期和第五期是外国戏剧研究专号,刊载外国戏剧评论。1978 年的《发刊词》指出,《戏剧艺术》是在粉碎了"四人帮""反革命""两个估计"的精神枷锁之后创刊的,主要供上海戏剧学院师生内部交流和与全国大专院校文科、各省、自治区、直辖市戏剧专业团体建立联系、交流经验之用。③ 由此可见,《戏剧艺术》从创刊起,就定位为专业学术期刊,是为提高高校和专业剧团的理论研究和实践水平服务的:

① 转引自邹建军:《方法与方向:当前外国文学研究的若干问题》,载《外国文学研究》,2005 年第 2 期,第 7 页。

② 《编后记》,《外国文学评论》,2019 年第 4 期,第 239 页。

③ 见《发刊词》,《戏剧艺术》,1978 年第 1 期,第 1 页。

　　为了加快教育革命的步伐，提高戏剧教学的质量，繁荣社会主义戏剧，我们决心遵循毛主席亲自制定的"文艺为工农兵服务"的方向，贯彻"教育必须为无产阶级政治服务，必须与生产劳动相结合""百花齐放、百家争鸣""古为今用、洋为中用""推陈出新"的方针，开展戏剧教学、戏剧艺术的理论研究与学术探讨；结合总结我院建院以来教学实践中正反两个方面的经验，把马列主义、毛泽东思想体系，全面地、准确地贯彻到各个专业学科领域中去，使这个学术刊物，理论与实践相统一，战斗性与学术性相结合，成为院党委领导教学与科研的有力助手。①

　　《戏剧艺术》与中央戏剧学院主办的《戏剧》杂志南北鼎立，是我国目前仅有的两本 CSSCI 检索戏剧专业类期刊。本节之所以选择《戏剧艺术》作为研究 21 世纪莎评刊载的代表性戏剧期刊，主要出于三点：一是《戏剧艺术》是伴随着中国改革开放和文化建设的发展而创立的戏剧专业期刊，且一直延续至今，能够较好地体现出改革开放四十多年以来中国莎士比亚舞台研究的重点和变化；二是《戏剧艺术》相对于《戏剧文学》《四川戏剧》《上海戏剧》等期刊，对舞台演出的关注更多，更能体现我国莎士比亚演出研究的现状和问题；三是《戏剧艺术》期刊资料齐全，便于收集和整理。相比之下，同为戏剧专业权威学术期刊的《戏剧》杂志虽然创刊更早，但只有 1994 年更名《戏剧(中央戏剧学院学报)》之后的期刊论文可在网络查询，1956 年创刊后很长一段时间(包括《戏剧学习》时期)的期刊难以检索。当然，本节选择《戏剧艺术》作为主要研究对象，必然会产生另一些问题，如戏剧研究界目前存在"南派"和"北派"之分——即"南派"的上海戏剧学院研究体系和"北派"的中央戏剧学院研究体系，在研究方法、学科发展重点和思路上存在差异，选取《戏剧艺术》为研究对象来探索我国莎剧演出的研究状况，是否会"掺杂编辑部的偏好"和"研究者的投稿习惯"，无法全面反映戏剧界莎评的整体面貌？但是，审稿偏好和投稿习惯同样是学术期刊研究的一部分，即便存在主观因素，也不应回避。正视学术期刊的发表偏好等"潜"问题，将这些因素推到前台，有助于维护学术公平，促进学术期刊和学术研究的健康发展。

　　自 1978 年第二期刊载由法国泰纳撰写、张可翻译的《莎士比亚论》开始，《戏剧艺术》共发表了百余篇莎士比亚研究相关论文、短评和动态。这些文章大致可分为三类：一是莎士比亚文本相关研究论文，包括文学、翻译和非戏剧专业莎剧教学研究论文；二是莎士比亚演出相关研究论文，包括演出

---

① 《发刊词》,《戏剧艺术》,1978 年第 1 期,第 1 页。

理论、国外莎剧演员介绍、改编评述和演出动态等；三是中国舞台上的莎士比亚研究论文，其中第三部分涉及论文数量最多，且特色鲜明。本节关注《戏剧艺术》21世纪莎评对本土批评话语的建构方式和内容，尝试呈现中国当代莎士比亚戏剧演出研究的现状和未来发展趋势。

1.《戏剧艺术》与21世纪莎剧演出研究主题的变迁

进入21世纪，中国人对莎剧演出的热情继续高涨，但是戏曲莎剧作为一个曾经承载了我国戏曲振兴和"莎剧中国化"之光的戏剧门类，却逐渐归于黯淡。2016年9月的第三届国际莎士比亚戏剧节虽然有十二个国家参与，上演了十七台莎剧改编剧目，但再未获得1986年第一届莎剧节和1994年第二届莎剧节的关注度，演出剧目也再未引起之前的广泛反响。曾经让中国学者引以为豪的"莎剧戏曲"，只由上海戏剧学院的学生特邀演出了一出莎剧京剧《驯悍记》。

虽然21世纪的莎士比亚舞台并不如20世纪八九十年代的星光灿烂，但这一时期的戏剧表演研究却经过前一阶段的史料收集、理论引介和不断的学术积累，逐渐走向深入和专业化。

(1)演出研究与文学研究的高度结合

自创刊起，《戏剧艺术》就非常重视莎士比亚的文学研究。进入21世纪，不少外国文学研究者也在《戏剧艺术》上发文，显示出戏剧期刊对跨学科研究愈加开放的态度。莎士比亚文本研究与演出研究的互动是双向的——不仅戏剧期刊重视文学研究，而且外国文学类期刊也刊载了一系列莎剧舞台演出和剧本改编研究的重要论文，如李小林的《野心/天意——从〈麦克白〉到〈血手记〉和〈欲望城国〉》（载《外国文学评论》2010年第1期），李伟民的《〈一剪梅〉：莎士比亚〈维洛那二绅士〉改编的中国化》（载《外国文学评论》2012年第1期），高旭东、蒋永影的《〈哈姆莱特〉在当代中国的研究、改编与艺术重构》（载《外国文学研究》2014年第6期），孙艳娜的《莎士比亚在中国话剧舞台上的接受与流变》（载《国外文学》2014年第4期）等，产生了一定的学术影响力。

从总体来看，进入21世纪，《戏剧艺术》对"书斋中的莎士比亚"研究成果的关注点主要在两方面：

一是延续了20世纪八九十年代的研究趋势，继续关注具体莎剧和角色的解读，兼涉及莎剧与中国传统戏剧的比较研究。但是，戏剧期刊对这一时期外国文学领域讨论较多的文本和历史的关系、后现代理论等，关注不多。这样的刊载安排或是出于服务戏剧演出的考虑。

　　二是开始热情关注"对莎士比亚研究的研究"。目前，《戏剧艺术》共刊载了六篇对莎士比亚评论的批评，其中一篇刊载于 1986 年，其他五篇全部发表于 21 世纪。其中，汪义群讨论了托尔斯泰对莎士比亚的评价的合理之处——作者认为，同为文豪的托尔斯泰对莎士比亚评价不高，正是体现了现实主义创作标准与莎士比亚"充满浪漫色彩的戏剧"之间的区别；①李伟民讨论了哈罗德·布鲁姆对莎士比亚的阐释和莎士比亚的经典回归；②其余四篇论文均涉及中国学者的莎士比亚批评和译介：《孙大雨和莎士比亚戏剧翻译》记述了著名"新月派"诗人、莎士比亚研究者和翻译家孙大雨的诗歌创作和莎剧翻译的经历，高度评价了孙大雨的"音组"翻译理论和"以诗译诗"的翻译实践；③《被悬置的经典：鲁迅和莎学的独特交集》讨论了鲁迅早期、中期和晚期对莎士比亚的赞扬、疏离和将之作为斗争武器背后的创作观念和时代原因；④《现代美学艺术学所临照之莎翁——宗白华论莎士比亚戏剧》从美学视角，讨论了宗白华的美学和艺术学理论中莎士比亚所发挥的参照作用，体现出宗白华古今汇通、中西融合的文化视野和比较意识；⑤李伟民的《曹禺的莎士比亚观——以新发现的曹禺〈柔蜜欧与幽丽叶〉（专题报告）为中心》讨论了中国莎士比亚研究会第一任会长曹禺此前未被发现、也从未收录于其作品集的一篇莎士比亚研究论文——曹禺于 1954 年 7 月做的《罗密欧与朱丽叶》报告，弥补了曹禺研究和莎学研究长期以来的缺失。⑥

　　总体而言，这些对文学和哲学理论、莎士比亚具体创作以及莎士比亚二手评论的评论，表明《戏剧艺术》对莎士比亚研究的关注既是具体而微的，也是全方位的，有利于提高读者对莎士比亚在国外和中国"经典化"的理解，为舞台创作和理论创新打下了基础。

（2）莎士比亚演出史研究的多维拓展

　　自 20 世纪八九十年代开始，莎士比亚演出史研究就是《戏剧艺术》的重要研究话题。进入 21 世纪，《戏剧艺术》对莎士比亚演出史的拓展可以总结为四个方向，即国外莎剧演出史的梳理和拓展（向外）、港澳台地区莎剧演出

---

　　①　见汪义群：《试论托尔斯泰莎评中的合理因素》，载《戏剧艺术》，1986 年第 3 期，第 61 页。

　　②　见李伟民：《在西方正典的旗帜下：哈罗德·布鲁姆对莎士比亚的阐释》，载《戏剧艺术》，2011 年第 5 期，第 71—77 页。

　　③　见黄昌勇：《孙大雨和莎士比亚戏剧翻译》，载《戏剧艺术》，2013 年第 2 期，第 46—54 页。

　　④　见魏策策：《被悬置的经典：鲁迅和莎学的独特交集》，载《戏剧艺术》，2012 第 3 期，第 74—79 页。

　　⑤　见庄浩然：《现代美学艺术学所照临之莎翁——宗白华论莎士比亚戏剧》，载《戏剧艺术》，2016 年第 2 期，第 32—39、61 页。

　　⑥　见李伟民：《曹禺的莎士比亚观——以新发现的曹禺〈柔蜜欧与幽丽叶〉（专题报告）为中心》，载《戏剧艺术》，2019 年第 6 期，第 24—34 页。

史研究的梳理和拓展(向内)、莎剧戏曲演出史的梳理和拓展(向前)以及对未来莎士比亚研究趋势的展望(向后)。

在国外莎剧演出史的梳理和拓展方面,进入 21 世纪,除了对英、俄、美等文化大国莎士比亚演出体系、剧团、演员和剧目进行介绍,2010 年以来,《戏剧艺术》还刊发了研究新西兰莎士比亚戏剧改编和东、中欧莎士比亚改编的两篇论文。2016 年,保加利亚索菲亚国立戏剧与电影艺术学院的卡丽娜·斯特凡诺娃从《哈姆雷特》出发讨论了中东欧的当代戏剧主流,其中莎士比亚评论家和导演扬·柯特的影响比比皆是。莎士比亚戏剧在不同文化背景下,成为一种文化符号,参与了各国的文化建构乃至国家身份建构。

21 世纪以来,《戏剧艺术》关注最多的外国导演是英国导演彼得·布鲁克。除了解析彼得·布鲁克的导演风格和技巧,《戏剧艺术》还在 2003 年连续刊发了两篇彼得·布鲁克的论文和访谈,让导演现身,直接对读者发言。在《唤起莎士比亚》中,布鲁克讨论了莎剧演出的一个最关键问题:莎剧的生命力到底是什么? 他提出:"如果我们准备上演一出莎士比亚的戏,我们面临的挑战是要帮助观众用今天的眼睛来看,用今天的耳朵来听。我们所看到的必须是——按现在,今天的标准——看上去是自然的。"[1]莎士比亚的生命力在于它与观众之间的结合,而非莎士比亚导演个人观点的表达;而语言之所以拥有生命力,正是因为它连接了过去和现在,导演、演员和观众。而在《何谓一个莎士比亚?》中,布鲁克又提出了一个新问题:莎士比亚具有不同的品质、不同的种类,并不存在唯一的莎士比亚,导演对莎士比亚的阐释是主观行为,每个阐释者都具有主体性,而每一种阐释也必然不能完全等同莎士比亚,那么,什么才是莎士比亚? 布鲁克提醒读者:"有一种巨大的危险,这危险就是墨守成规,导致一种许多年不变的表演形式,导演形式,舞美设计形式,这些自鸣得意的形式表现了很主观的演剧的版本,而一点没有意识到,它们可能会缩小这剧本。"[2]导演的任务并非表达自我,而是在莎士比亚的复杂性中与观众分享自己的发现,这同样为莎士比亚的多种舞台呈现打开了思路。

有意思的是,相比对彼得·布鲁克和扬·柯特(这两位导演和评论家的互动合作也是莎剧演出史上的一段佳话)浓墨重彩的推荐,《戏剧艺术》对英国莎剧导演和演员劳伦斯·奥立弗的讨论却少得多。彼得·布鲁克和劳伦斯·奥立弗的个人风格强烈、鲜明,但两人的艺术思路迥异,彼得·布鲁克

① 彼得·布鲁克:《唤起莎士比亚》,范益松译,载《戏剧艺术》,2003 年第 5 期,第 64 页。
② 彼得·布鲁克:《何谓一个莎士比亚?》,任生名译,载《戏剧艺术》,2003 年第 2 期,第 52 页。

就曾在多个场合明确表示，他不喜欢劳伦斯·奥立弗改编莎剧的手法。《戏剧艺术》对布鲁克和柯特的青眼有加，可能有两方面原因：一则《戏剧艺术》创刊于1978年，劳伦斯·奥立弗则从20世纪50年代开始就转向了莎剧电影的创作，80年代以来的戏剧突破不多，影响力已不如前；二则与彼得·布鲁克相比，劳伦斯·奥立弗持守的传统戏剧表演理念也并不适合非英语国家的莎剧演出，且不符合中国莎剧演出构建主体性的需要。孙艳娜在《中国文艺学理论转向下的莎士比亚话剧演出》里总结道，粉碎"四人帮"之后，随着文艺松绑、中外文艺界恢复交流，老维克剧团及导演托比·罗伯逊访华，"西学"之风再度掀起：

> 西方现代的戏剧思潮和文艺理论涌入国内，再掀"西学"之风，推动了八十年代末中国戏剧的探索……中国文艺学理论向现代、后现代主义转向，非此即彼的价值判断和以统一意志支配所有性格、思想的独断表现得到了突破，追求矛盾性、多元性成为当代文艺的突出特征。①

20世纪80年代，英国戏剧早已完成后现代转向，此时引入中国的"西学"之风应当是指后现代戏剧理论。此时的中国正处于改革开放的初期，为了突破意识形态的藩篱，中国戏剧界期待一个更大胆、更反传统、更开放的理论，改变斯坦尼斯拉夫斯基体系在表演方式上一统天下的局面，实现从戏剧演出内容到形式的大胆突破。布鲁克强调"不存在唯一的莎士比亚"，提倡出现多版本的、复数的"莎士比亚们"（Shakespeares），他本人也一直践行戏剧要"走出欧洲中心文化"的原则，鼓励了我国戏剧研究者立足本国文化，探索剧场演出的多种可能性，重新发现莎剧的意义。同时，布鲁克对当代实验戏剧的探索、对空间和布景的认识与我国传统戏曲亦有相通之处，更符合中国的戏剧实践与理论研究者将莎士比亚与本国戏曲形式相融合、建立有本国特色的莎士比亚戏剧演出体系的尝试。相比之下，劳伦斯·奥立弗强调对莎剧台词进行原汁原味的"移植"，对演员的文化水平和台词功底要求较高，这可能符合本土观众的传统口味和怀旧旨趣，却难以在异国的土壤上长出新意。

从这个意义来讲，彼得·布鲁克受到《戏剧艺术》的青睐，既符合21世纪戏剧教学的趋势，也符合中国戏剧发展的方向。中国戏剧界对以彼得·

---

① 孙艳娜：《中国文艺学理论转向下的莎士比亚话剧演出》，载《戏剧艺术》，2016年第5期，第41页。

布鲁克和扬·柯特为代表的后现代戏剧的关注,是时代的选择,也是20世纪八九十年代中国戏剧人突破思想束缚、追寻艺术自由、尝试建立艺术身份主体性的体现。

　　在港澳台地区莎剧演出史研究方面,20世纪、21世纪之交,随着中国香港、中国澳门的回归和海峡两岸关系的稳定,中国香港和中国台湾地区的莎士比亚演出信息和发展状况也时有刊载在《戏剧艺术》中。杨世彭的《香港话剧团的莎剧演出》介绍了香港话剧团的历史及其制作的十一部莎士比亚剧作,作者曾为莎士比亚话剧团译导,故着重讨论了莎剧演出译本的处理。由于香港受殖民统治时期,英国剧院经常赴港演出,香港的莎士比亚作品研究和演出具有较好的基础,但是"以中文照搬全本莎剧,却要等到一九七七年香港话剧团成立之后才在香港舞台上出现"[①]。香港话剧团的中文莎剧并未借助现有译本,而是以原版直接翻译,并对原剧本台词进行了大量改编,以适应粤语的发音特色和本地观众的欣赏口味。值得一提的是,香港话剧团还保留了莎剧"诗剧"的特色,通过"以诗译诗"的方法尝试创造出符合香港观众趣味、符合莎翁原作诗意、也具有本地舞台特色的莎剧演出,并通过了市场的检验,可以说,香港话剧团的莎士比亚话剧兼顾艺术性、创新性和票房,是非常成熟的莎士比亚话剧实践。

　　中国台湾当代传奇剧场排演、吴兴国导演的莎剧京剧《欲望城国》(改编自《麦克白》)自1986年首演以来就引起了轰动,是莎剧京剧的经典之作,其改编策略至今依旧被不断研究讨论。[②] 此外,孙宇和张龙海的《台湾地区莎士比亚戏剧研究的主体性回归》回溯了1945年以后中国台湾的莎士比亚研究和演出如何回归到中华传统文化为背景的中华语境。由于中国台湾地区的莎士比亚译介始于日本殖民统治时期,中国台湾莎士比亚研究与大陆莎士比亚研究经历了完全不同的发展轨迹,作者呼吁加强大陆与台湾的交流与合作,在新时期建立海峡两岸莎士比亚研究的学术共同体,共同提升中国传统戏剧的品质,并向海峡两岸学者呼吁:"正视历史,联起手来,才能创造

[①]　杨世彭:《香港话剧团的莎剧演出》,载《戏剧艺术》,1999年第2期,第78页。

[②]　这些论文如李小林:《"移步不换形":〈血手记〉和〈欲望城国〉的迥异"移步"》,载《戏剧艺术》,2013年第3期,第4—18、117页;李伟:《西体中用:论吴兴国"当代传奇剧场"的跨文化戏剧实验》,载《戏剧艺术》,2011年第4期,第66—75、113页。其他期刊对《欲望城国》的讨论还有很多,如李小林:《野心/天意——从〈麦克白〉到〈血手记〉和〈欲望城国〉》,载《外国文学评论》,2010年第1期,第140—152页;徐宗洁:《从〈欲望城国〉和〈血手记〉看戏曲跨文化改编》,载《戏剧(中央戏剧学院学报)》,2004年第2期,第58—70页;周华斌:《题材、样式与个性——有感于台湾京剧〈欲望城国〉》,载《中国京剧》,2001年第6期,第37—39页等。

莎士比亚戏剧研究在亚洲的灿烂明天。"①

在莎剧戏曲演出历史的梳理方面，2010 年以后，《戏剧艺术》连续刊登了数篇回顾中华人民共和国成立前莎剧戏曲演出的论文，涵盖了商业演出、校园戏剧、文明戏等多种形式。如李伟民首先关注到民国时期顾仲彝导演的《三千金》②，讨论了《三千金》对《李尔王》的互文与戏仿，以讽刺当时社会对财产和权力的迷恋，是西方戏剧理论与中国传统戏剧故事的结合范例；但是该剧将莎士比亚的人文主义思想置换成了中国传统伦理教育，将《李尔王》变成了一出观众喜闻乐见的大团圆喜剧，一方面迎合了观众口味，另一方面也失去了莎剧的悲剧性。陈莹的《莎剧中国化与话剧民族化——论顾仲彝、费穆〈三千金〉对莎剧〈李尔王〉的改编与演绎》除了讨论《三千金》对《李尔王》的重塑，还讨论了导演顾仲彝的电影导演经历对戏剧演出的影响，认为该剧通过"向中国人展示在这个旧的价值观失落、新的价值观还未生成的社会中，现代与传统之间复杂的关系"，旨在"吁求真正优秀的传统文化在现代社会中复归，并强调传统与现代知识分子应该共同肩负起建设现代民族国家的重任"。③ 在校园戏剧方面，《戏剧艺术》回顾了清末上海圣约翰大学演剧活动，探索了校园莎剧的发展及其对中国现代剧场的意义，以翔实的历史材料证明了"圣约翰大学以原文演出的莎士比亚选段，是晚清上海学生演剧中记录最早的活动"④。圣约翰大学的演出既有原文演出，又有教育喜剧、赈灾助演，演出频率非常高，还培养出了与林纾合作翻译《吟边燕语》的译者魏易等优秀人才。结合孙惠柱倡导的"戏剧教育"理念，可以说，圣约翰大学在清末的莎士比亚戏剧演出正是"戏剧教育"在中国的早期实践，其对学生文化素质和社会文化所产生的积极效果都值得当今的学校教育参考借鉴。此外，《戏剧艺术》还讨论了清末民初的莎士比亚译介与文明戏之间的关系。文明戏通常以林纾《吟边燕语》为底本编写剧本，触发了莎士比亚戏剧演出的一个高峰期，拓宽了莎士比亚在中国的认知程度，而文明戏之所以与林纾译本产生联系，一方面，这是因为文明戏剧社挑选的"莎翁戏"往往注

---

① 孙宇、张龙海：《台湾地区莎士比亚戏剧研究的主体性回归》，载《戏剧艺术》，2019 年第 2 期，第 110 页。

② 《三千金》根据莎剧《李尔王》和中国戏曲《王宝钏》改编而成，于 1943 年 5 月在上海首演，自 5 月 22 日至 7 月 15 日连演 65 天，盛况空前，是民国时期重要的莎剧戏曲改编实践。见李伟民：《互文与戏仿——顾仲彝〈三千金〉对〈李尔王〉的改编》，载《戏剧艺术》，2008 年第 3 期，第 25 页。

③ 陈莹：《莎剧中国化与话剧民族化——论顾仲彝、费穆〈三千金〉对莎剧〈李尔王〉的改编与演绎》，载《戏剧艺术》，2020 年第 1 期，第 139 页。

④ 钟欣志：《清末上海圣约翰大学演剧活动及其对中国现代剧场的历史意义》，载《戏剧艺术》，2010 年第 3 期，第 24 页。

重故事情节的曲折离奇,引起观众的观看兴趣;另一方面,文明戏强调社会教化功能,常常结合时局、针砭时弊,这种处理方式"将莎士比亚戏剧故事中西方人不可能关注的线索'前景化',将莎翁戏作为社会教育的载体",也与林纾译本夹叙夹议的风格一脉相承。① 2017 年,《戏剧艺术》还刊载了 1937年上海业余实验剧团版《罗密欧与朱丽叶》述评,讨论了在抗日的背景下,以导演张敏为代表的左翼戏剧家,如何通过情节删减、演员表演和舞美设计,强化罗密欧与朱丽叶结局的悲剧性,让罗密欧与朱丽叶带上了革命的色彩,引发观众情绪,显示出中国现代戏剧丰富而复杂的一面。②

　　站在世纪之交的历史节点,对未来莎剧研究趋势的展望也成为《戏剧艺术》的重要话题。2000 年,《戏剧艺术》刊载了圣三一学院丹尼斯·肯尼迪撰写的论文《莎士比亚与世界》,确认了改编莎剧的正当性。丹尼斯·肯尼迪讨论了莎士比亚在 18 世纪的德国、19 世纪的殖民地印度和 20 世纪的日本的传播与改编,提出:"历史上从未有过单一的莎士比亚,尤其在其本土以外的领域:不同时代的不同人民……已经将它铸入人们的需求之中。"③这一观点业已成为当今莎士比亚研究的共识:导演出于自身的目的,将莎士比亚挪为己用,一方面不可避免,另一方面也拓展了莎士比亚研究的广度和深度,给予莎剧更丰富的内涵与多重趣味,研究者和观众应当理解并欢迎这种现象。杨林贵的《忠实性与创新性——当代莎士比亚演出和改编批评的转向》讨论了莎剧文本权威和演出阐释的关系、莎士比亚与流行表演传统的关系以及莎士比亚电影批评与后现代文化的发展的关系,尤其是莎士比亚研究如何在后现代流行文化影响下走下神坛,随后得出结论:

　　　　改编实践不能只忠实于莎士比亚的字句,却忽略了他的创新性的精髓,以至无视甚至蔑视观众。批评家也不要固守僵化的忠实观,不要一味抱怨影视媒体的改编都带有"庸俗化"的原罪,这才能让"权威"的莎士比亚走近我们的生活,走进当下,只是那些关注当下的、接地气的后现代改编仍然为数甚微。④

　　① 曹新宇、顾兼美:《论清末民初时期莎士比亚戏剧译介与文明戏演出之互动关系》,载《戏剧艺术》,2016 年第 2 期,第 46 页。

　　② 见陈莹:《革命与抒情的"统一"——"业实"演出〈罗密欧与朱丽叶〉与中国戏剧现代性》,载《戏剧艺术》,2017 年第 6 期,第 40—51 页。

　　③ 丹尼斯·肯尼迪:《莎士比亚与世界》,谢忆译,载《戏剧艺术》,2000 年第 5 期,第 30 页。

　　④ 杨林贵:《忠实性与创新性——当代莎士比亚演出和改编批评的转向》,载《戏剧艺术》,2016 年第 5 期,第 34 页。

联系这段话的写作背景，我们更能明白作者所说的"固守僵化"和"一味抱怨"所指为何。21 世纪初期，中国文艺界出现了莎士比亚改编热，但莎士比亚研究者对这种尝试普遍持保留态度，尤其是对两部《哈姆雷特》改编电影——冯小刚的《夜宴》和胡雪桦的《喜玛拉雅王子》评价不高。大多数研究者都认为，这两部作品是纯粹的商业电影，无非是打着莎士比亚的旗号，篡改莎士比亚的原意，结果做出来的作品非中非西、不土不洋。对此，杨林贵宽容地表示："无论批评界对于后现代莎士比亚是褒是贬，这种关注都有助于莎士比亚和我们的时代进行对话。"[1]论文将后现代的莎士比亚电影改编赋予了文化建构的含义，鼓励更多的电影、戏剧从业者和研究者加入莎士比亚电影改编及批评，一方面表明这些电影之所以存在确实有其必然性，研究者不可对其视而不见；另一方面，论文表示需要忽略对改编方法和技巧的考察，直接将这些作品作为一种文化现象进行宏观考察，也从侧面表明了这些作品本身缺乏艺术性，缺乏改编方法和技巧的研究价值。

探讨莎士比亚在英国和英国之外的发展，讨论各国在历史发展中如何定义本国与莎士比亚戏剧这一外来经典文化的关系，《戏剧艺术》刊载的莎士比亚演出史研究论文不仅让莎士比亚的当代研究更加广阔而立体，也为中国的莎士比亚舞台研究提供了借鉴，为中国戏剧界在全球化的趋势下建立主体性、积极参与国际交流提供了他山之石。

（3）作为戏剧教育和社会教育的莎剧研究

1978 年，《戏剧艺术》的发刊词就指出：作为上海戏剧学院的院刊，该期刊的创刊目的之一是为"开展戏剧教学、戏剧艺术的理论研究与学术探讨"服务。[2] 因而，教学和教学法研究也是《戏剧艺术》莎评刊载重点，包括两方面：一是面向非戏剧专业和大众的莎士比亚演出教学；二是面向戏剧专业的莎士比亚演出教学。

1985 年，《戏剧艺术》刊载了一则题为《通过表演学习莎剧》的"动态"，简要介绍了《莎士比亚季刊》的"莎士比亚教学"专题，尤其是莎剧的"表演教学法"——即戏剧演员帮助并导演学生在课堂中通过表演来学习莎剧，并与同学共同演出来教学——的教学实践。[3] "表演教学法"可以使学生设身处地进入剧场氛围，体验不同角色，还可以应用于文学课堂，帮助学生更好理解莎士比亚文本。

---

①　杨林贵：《忠实性与创新性——当代莎士比亚演出和改编批评的转向》，载《戏剧艺术》，2016 年第 5 期，第 34 页。

②　《发刊词》，《戏剧艺术》，1978 年第 1 期，第 1 页。

③　见俞唯洁：《通过表演学习莎剧》，载《戏剧艺术》，1985 年第 4 期，第 157—158 页。

李建平的《莎士比亚剧目在教学中的意义与作用》主要针对国内戏剧学院教学中存在的问题,提出:一方面,大家都认为莎士比亚剧目的教学在戏剧教学中非常重要,莎士比亚对世界戏剧具有全方位的影响,在许多国家的戏剧教学中,莎剧是必不可少的教学内容;另一方面,国内戏剧教学不重视莎士比亚剧目的戏剧教学,不仅没有要求学生对莎剧进行系统阅读,更没有将莎剧列为必修内容。由此,作者问道:"为什么戏剧发达国家的戏剧专业都将莎剧作为必需的教学内容,而我们这样具有一百多年话剧历史的国家却付之阙如?可以解释的原因也许是教师不仅缺乏对莎剧的了解,更缺乏对莎剧重要性的认识。"[①]《莎翁作品教学管见》提出了莎士比亚教学的具体困难和应对方法,尤其指出,"所有艺术中,文学语言艺术毫无疑问是最困难的"[②],可以通过让学生反复观摩知名演出的录音录像来学习以及"读者回应"[③]来了解学生的水平和理解程度,并在授课中做出具体调整。从20世纪八九十年代对莎士比亚教学法的讨论可以看出,中国的戏剧院校逐渐改变了50年代以高尔基、契诃夫为代表的苏联剧目和以易卜生的《玩偶之家》为代表的批判现实主义戏剧作品为重点的戏剧教学体系,开始引入并接受以莎士比亚为代表的英美经典戏剧教学体系。《莎士比亚全集》的一版再版和莎士比亚戏剧节所带动的莎士比亚热,也在一定程度上促进了专业戏剧学院教学内容和授课方式的改变,提升了莎士比亚戏剧在我国戏剧专业教学中的地位。

1999年以来,孙惠柱在《戏剧艺术》上发表了多篇论文,讨论高等戏剧教育的培养模式和戏剧在教育中的作用,并从"人类表演学"和"社会表演学"的高度讨论了戏剧表演的哲学基础和研究意义。[④] 其中,《戏剧在教育中的地位与作用》是《戏剧艺术》目前被引最高的论文,被引81次。论文全面阐释了戏剧艺术教育区别于音乐教育和美术教育的功能与意义,认为艺术教育即音乐加美术的模式应该改变,通才教育必须包括各个层次课程中

---

① 李建平:《莎士比亚剧目在教学中的意义与作用》,载《戏剧艺术》,2017年第5期,第63页。

② 李达三:《莎翁作品教学管见》,谢耀文译,载《戏剧艺术》,1991年第2期,第80页。

③ 即读者反应批评理论(Reader's Response Theory)。

④ 这些论文包括孙惠柱:《重在表演:社会表演学导论》,载《戏剧艺术》,1999年第3期,第12—16页;孙惠柱:《戏剧在教育中的地位与作用》,载《戏剧艺术》,2002年第1期,第4—9页;孙惠柱:《高等戏剧教育的两种模式及其前景》,载《戏剧艺术》,2004年第1期,第17—23页;孙惠柱、高鸽:《什么是人类表演学——理查德·谢克纳教授在上海戏剧学院的讲演》,载《戏剧艺术》,2004年第5期,第4—8页;孙惠柱:《人类表演学和社会表演学:哲学基础及实践意义》,载《戏剧艺术》,2005年第3期,第55—59页;理查德·谢克纳、孙惠柱:《人类表演学的现状、历史与未来》,载《戏剧艺术》,2005年第5期,第4—9页;孙惠柱:《理想范本与自我呈现:论艺术表演学的基本矛盾及表演教育中的若干问题》,载《戏剧艺术》,2012年第6期,第4—18页。

的戏剧教育,努力把戏剧艺术引入从幼儿园到大学正规课堂的细节实现,并以复旦大学和浙江大学为例,探索了校园戏剧的发展模式。如编者按所说:"孙文所提论题,完全可以在文化教育、学科规划、专业教学等不同的层面上引发我们更多的反思。"①事实上,戏剧不仅是一门表演艺术,而且在中国从新文化运动开始,就与中国学生救亡图存的使命相关。改革开放之后,学生自我表现需求高涨,而媒体时代、市场经济使得越来越多的人意识到在公开场合表演的需要。目前,政府正积极推广素质教育,戏剧教育并不限于戏剧专业,还可以作为素质教育的一种方式,与音乐、美术、体育一起,促进学生的全面发展。这既是为了满足人的全面发展的需要,也是为了解决学生将来适应社会的需要。② 此外,孙惠柱还关注了人类存在与表演的关系,引入社会表演学的概念,将表演上升到哲学的高度,并与国家治理能力联系起来:

> 现在党中央和政府强调提高执政能力,建设和谐社会,让人民安居乐业,必须提高应对突发事件的能力。2003 年非典的袭击给了我们一个教训,也就是在那个危机中,我们的领导人从主席、总理到新的卫生部长、北京市市长,在老百姓面前也在电视上展现了他们临危不乱的果断和出色的即兴表演能力,对安定民心起了极大的作用。③

21 世纪,不仅莎剧演出在戏剧学院的教学体系中愈加重要,④而且在教育和公共管理领域方面也体现出独特的功能。莎剧一方面走向深度专业化,一方面拓宽了戏剧的本质内涵和应用范围,走向大众和普及。这两种方向看似矛盾,但却并行不悖,其实也不难理解——因莎剧从诞生之时,就具有强烈的民间性和大众化特征,并在 18 世纪经典化的过程中成为"经典"。

---

① 孙惠柱:《戏剧在教育中的地位与作用》,载《戏剧艺术》,2002 年第 1 期,第 4 页。

② 同上篇,第 7—8 页。

③ 孙惠柱:《人类表演学和社会表演学:哲学基础及实践意义》,载《戏剧艺术》,2005 年第 3 期,第 57 页。

④ 据郭永伟《经典剧目中国当代表导演教学实践研究》统计,"从 1980 年到 2017 年,中戏表演系、导演系共排演莎剧 27 次。其中,《罗密欧与朱丽叶》排演率最高,数量为 4 次,占全部莎剧排演总数量的 14.8%,《李尔王》《哈姆雷特》《第十二夜》次之,各 3 次,而《理查三世》《错中错》《温莎的风流娘儿们》《维洛那二绅士》《爱的徒劳》和《奥瑟罗》排演率相对比较低,各 1 次,占 3.7%。另外,莎剧在中戏的排演数量为 14 部,总体覆盖了莎士比亚 37 部戏剧作品总数量的 35.1%。此外,根据'中央戏剧学院表演系、导演系莎士比亚戏剧作品教学和排演情况'的统计数据,不难发现,近年来,莎剧在中戏表导演教学实践中的整体数量呈现上升趋势"。郭永伟:《经典剧目中国当代表导演教学实践研究》,上海戏剧学院博士学位论文,2019 年,第 9 页。

强调戏剧对专业人士和大众的双重意义,是新时期戏剧从业者从戏剧的意义和功能出发,做出的与时俱进的思考,具有现实意义和战略价值。

2. 莎剧话剧批评:以林兆华的实验话剧与王晓鹰的"中国式舞台意象"为例

《戏剧艺术》对中国莎剧话剧的研究包括两部分:一部分散见于莎士比亚戏剧教育的研究中,因为经典剧目表演本来就是包括上戏和中戏在内的戏剧学院教学内容的一部分;另一部分主要是对林兆华、王晓鹰等莎剧话剧演出经验和存在问题的讨论。

1961年,中央戏剧学院公演了《罗密欧与朱丽叶》,导演是刚从苏联留学回国的张奇虹,男主角罗密欧则由林兆华和王铁成共同担纲,而林兆华的夫人何炳珠扮演了剧中的奶妈。[①] 这似乎注定了林兆华与莎士比亚戏剧延续几十年的缘分。但是几十年后,作为导演的林兆华,却带着他的实验戏剧理念,执导出了与"十七年"时期完全不同的中国莎剧话剧。

2014年,《戏剧艺术》刊登了罗益民、杨林贵撰写的《陌生化理论视野下的镜与灯——林兆华导演的莎剧〈理查三世〉与模仿传统的艺术转型》,认为该剧突破了模仿的镜子理论,是中国戏剧里程碑式的作品,虽然"叫好不叫座",却堪为"戏剧教学的经典"。[②] 这是中国莎评首次在题眼中将林兆华与莎士比亚并置。然而,《戏剧艺术》早在20世纪90年代就关注了林兆华的戏剧实践,只是彼时林兆华主要是以"先锋戏剧"代表人物的形象出现的。90年代之后,我国本土剧本创作陷入萎靡,优秀剧本缺失,林兆华转向西方经典剧本寻求灵感和阐释空间,用先锋手法拆解并重新组装西方戏剧经典——莎士比亚戏剧自然也不例外——形成了独特的林兆华莎剧话剧风格。换言之,莎剧话剧可以视为林兆华先锋戏剧实验的阶段性成果。

总体而言,《戏剧艺术》对林兆华戏剧的关注很高,而且呈现非"褒"即"贬"两个极端。虽然褒贬参半,但没有人认为林兆华的莎剧话剧是索然无味、不值得探讨的。具体而言,《戏剧艺术》对林兆华舞台艺术的评价主要包含三个方面:

第一,林兆华的舞台理论与实践挑战了斯坦尼斯拉夫斯基表演体系一统天下的局面,给中国的戏剧舞台带来了创新与突破。姜玉琴指出,林兆华

---

① 见濑户宏:《莎士比亚在中国:中国的莎士比亚接受史》,陈凌虹译,广州:广东人民出版社,2017年,第23页。

② 见罗益民、杨林贵:《陌生化理论视野下的镜与灯——林兆华导演的莎剧〈理查三世〉与模仿传统的艺术转型》,载《戏剧艺术》,2014年第2期,第109页。

是"当代中国采用戏剧舞台形式向著名而权威的斯坦尼斯拉夫斯基表演体系说'不'的人"①。徐煜讨论了《哈姆雷特》中的"能指滑动",认为:"在莎士比亚的叙述中,这是一个善恶分明的故事,哈姆雷特代表的善在向国王代表的恶所作出的复仇行动中,善恶虽然同归于尽,但是人类崇尚的理性主义、人道主义和人格尊严都在善的牺牲中得到永恒。"②但林兆华并未局限于此,他明确表示,导演需要解构剧本,建立自己的版本,"不为表现莎士比亚、契诃夫、易卜生的理想,为的是传达我自己的主题,我把这个叫导演的'第二主题'"③。事实上,这里的"导演的第二主题"和"表演的双重结构"命题在当代中国包含了更多意义:"这些命题的提出和确立……把戏剧艺术从单维度的观念中解放出来,让戏剧成为一种多声道的表演。更为重要的是,它不但把文学的戏剧转化成了以舞台为中心的戏剧,而且还使戏剧艺术表演成为一种每一场次都不可重复的'活'艺术,使戏剧表演的现场性和创造性都得到了空前的彰显。"④如,林兆华版《理查三世》颠覆了传统的舞台表现形式,让演员们身着相似的白衬衣和黑西装,将他们的肢体动作投影在身后的屏幕上,寓意他们作为理查三世"掌控的游戏(政治游戏)的棋子",只是"投映在后墙或后幕上的影子"。⑤

第二,林兆华将中国戏曲融入话剧演出,赋新了中国话剧叙事的叙事手段。林兆华被讨论最多的一出莎剧话剧就是《哈姆雷特》;尤其是《哈姆雷特》中的"角色互换"模式:"在演出过程中,导演多次实施了哈姆雷特、国王与波洛涅斯的换位或同位处理。例如,王叔与王后新婚后,扮演哈姆雷特与扮演王叔的演员互换了身份,在著名的'生存还是毁灭'的独白中,三人又同时进行着反省。"⑥在这场经典独白中,林兆华的舞台上出现了三个哈姆雷特:一个是演员哈姆雷特;一个是扮演国王的演员;一个是扮演雷欧提斯的演员。同为先锋戏剧代表人物的孟京辉导演如是评价这一幕:"国王被处理成面无表情、语气坚定的哲人,他是勇敢的,因为他选择了罪恶。演出中完全删去了哈姆雷特犹豫不决对待祷告中的国王的情境,而突出了在明亮的灯光下王子和母后所经历的共同的折磨。在那颇有恋母情结的十几分钟

---

① 姜玉琴:《论林兆华的先锋主义戏剧观》,载《戏剧艺术》,2018 年第 6 期,第 27 页。
② 徐煜:《中国实验戏剧与经典解构表述》,载《戏剧艺术》,2002 年第 4 期,第 41 页。
③ 林兆华口述,林伟喻、徐馨整理:《导演小人书·做戏(全本)》,北京:作家出版社,2014 年,第 236 页。
④ 姜玉琴:《论林兆华的先锋主义戏剧观》,载《戏剧艺术》,2018 年第 6 期,第 35 页。
⑤ 见林克欢:《历史·舞台·表演——评林兆华的文化意向与表演探索》,载《艺术评论》,2005 年第 7 期,第 53 页。
⑥ 徐煜:《中国实验戏剧与经典解构表述》,载《戏剧艺术》,2002 年第 4 期,第 42 页。

里,哈姆雷特像婴儿吮吸母乳一样吮吸母亲的痛苦、迷狂、热烈和失望。"①
从这个意义上讲,这三个哈姆雷特"分身"实际上成为导演林兆华在舞台上
面向观众的直接发声:

> 不同性质的角色实际上有着许多共同的本质与意念,人在世界上
> 扮演什么角色,完全在于历史将自己置于何处;以现在的位置,哈姆雷
> 特这样行事,而如果处在国王的位置,他的行动也未必和国王有什么两
> 样。正义与否,善恶与否其实并不绝对,对于世界来说,唯一确定的是
> 人人都要在纷乱无序中面对矛盾,作出选择——"人人都是哈姆雷特"
> 成了解构版《哈姆雷特》的主题。②

谈及《哈姆雷特》中三人同场演出哈姆雷特的场景,林兆华表示,他的灵
感正是来自戏曲:"中国戏曲上更多的不是体验,是扮演这样一个人物。扮
演和体验是两码事。我们以往强调戏剧表演是合二为一的,它不要演员和
这个角色分裂。但恰恰分裂或者说拉开距离有时更丰富、更有生命力。当
然,合要合得好,它也是有生命力的。"③在《戏剧的生命力》一文中,林兆华
更是坦言,他的戏剧是扎根于中国的:

> 从表演上来说,这是中国的传统戏曲与中国的说唱艺术的贡献。
> 如果这些我们能够很好地研究,我认为中国的戏剧是西方的戏剧没法
> 比的。但恰恰我们自己并不这么认识。很多人总认为我搞的一些东西
> 是从外国学来的,所谓现代派,岂不知我就是从咱自家东西里头发现的
> 很好的玩意儿。④

林兆华将这些"咱自家东西里头发现的很好的玩意儿"总结为三个,即
"表现的自由""舞台空间的无限"和"表演的自由王国"。⑤ 适当引入这三个
"很好的玩意儿",可以改良中国话剧的叙事方法——"中国话剧的叙述方式
太僵死了"⑥。他举例道:"如果说一个人在舞台上,既能真正进入角色的

---

① 孟京辉:《先锋戏剧档案》,北京:作家出版社,2000年,第357页。

② 徐煜:《中国实验戏剧与经典解构表述》,载《戏剧艺术》,2002年第4期,第42页。

③ 林兆华:《戏剧的生命力》,载《文艺研究》,2001年第3期,第80页。

④ 同上篇,第78页。

⑤ 同上篇,第79页。

⑥ 同上。

精神世界,进入他的思维,进入他的思想,又能真的站在旁边看看你自己如何扮演的角色,加之多变的叙述手段,那舞台就将会具有经久不衰的魅力。……这不是一下子能解决的,这就要你改变表演状态和话剧的旧有的叙述方式。"①

　　第三,林兆华的创新实践历经重复运用,也不免陷入模式化。有学者将林兆华的戏剧模式总结为"脏乱的舞台＋角色互换＋故事拼贴":

> 　　他在 1990 年导演的《哈姆莱特》一剧舞台上堆满了轮子、电线等物品,舞台上空还悬吊着五台时转时停的电风扇,国王的御座是一张废旧的理发椅……角色互换是林兆华的拿手好戏。他的《哈姆莱特》用三人共同扮演哈姆莱特、克劳狄斯和波洛涅斯,表现"人人都是哈姆莱特"的主题可谓新矣……故事拼贴也是林兆华的强项,拼贴如能深化剧作主题固然可取,然而《三姊妹·等待戈多》这部戏剧反响很差,正如剧中那个爬到舞台左侧四米铁架高台上充当"说话人"的吴文光所听到的:"伴随着舞台上的诗意和警句的是观众席间的呼机、手机和中途离席时座椅响动的呼应。"②

　　20 世纪 90 年代以来,林兆华由实验话剧转向莎士比亚话剧改编,以拼贴手法破碎并重组了莎士比亚的《哈姆雷特》《理查三世》《大将军寇流兰》等剧。这种手法则既是对莎剧话剧的创新,也实属导演的无奈之举:由于中外历史与文化的差异,也由于林兆华个人的导演意识强烈,所以他对西方名著《哈姆雷特》《理查三世》《浮士德》《三姐妹》《等待戈多》采取了"拼贴解构、为我所用"的方法。但是,形式上的创新却并不一定能带来戏剧阐释的深入。正如陈文勇所说,实验戏剧的反幻觉特征决定了舞台"展示故事发生环境的表意功能已经丧失"③;而"拼贴并不一定总能带来意义的强化,有时反而相互抵消和削弱剧作的思想内涵;解构更易带来启蒙和人学价值的消解"④。

　　王晓鹰是中国首位拥有戏剧博士学位的导演。⑤ 在经历了 20 世纪 90 年代实验戏剧的摸索之后,王晓鹰吸收了中西方戏剧思想,将戏剧实践与理

---

① 林兆华:《戏剧的生命力》,载《文艺研究》,2001 年第 3 期,第 79 页。
② 陈文勇:《1990 年代中国实验戏剧之批判》,载《戏剧艺术》,2012 年第 4 期,第 86 页。
③ 同上。
④ 同上篇,第 89 页。
⑤ 见瀬户宏:《莎士比亚在中国:中国的莎士比亚接受史》,陈凌虹译,广州:广东人民出版社 2017 年版,第 262 页。

论相结合,提出了"中国式舞台意象"理念,并将其视作中国当代话剧创作"讲好中国故事""越是传统的就越是当代的,越是中国的就越是国际的"的真正意义。①

"中国式舞台意象"不是民族歌舞、传统戏曲、繁体字、变脸和杂技——倘若仅限于此,那么中国的莎剧改编就未真正进入国际语境,也未真正融入世界莎士比亚研究,只是将自己变成了"东方化"的符号,失去了自身的主体性。中国的莎士比亚演出应该是一种"内化的表达",而不只是简单地制造视觉"奇观"。如在《理查三世》中,安夫人由京剧青衣演员扮演,葛洛斯特由话剧演员扮演;导演自由使用了包括戏曲、服饰、面具、图腾、书法、音乐在内的多种中国艺术元素等。② 王晓鹰表示,他改编《理查三世》一是力求做到"尽量挖掘中国历史文化中的造型形象和艺术语汇,但剧本的情节故事和人物身份绝不改到中国来";二是"在整个演出进程中尽可能地糅入中国传统戏曲各方面的演剧元素,但绝不能排成一个'戏曲式的话剧'"。③ 但真正做到这些而不违和,却并不容易。如有评论就认为,《理查三世》在王晓鹰版本的二度呈现上显得过于"脸谱化",认为"即使风格新颖,但因为对于主角塑造的欠缺,人物丰满程度大大被削弱,整部戏的哲思和高度也随之显得力度不足了"④。

林兆华和王晓鹰通过大胆的戏剧实践,证明了将戏曲和莎士比亚相互融合的另一种可能:除了将莎士比亚元素应用于戏曲之中,还可以将戏曲元素应用于莎剧中。他们将传统戏曲的创作手法和对空间、表演、思想和心灵的自由表达运用于话剧莎剧表演之中,改变了话剧界斯坦尼斯拉夫斯基"体验式"表演方式一统天下的局面,不仅解构了莎剧,也解构了中国传统话剧的叙事方法。

3. "莎戏曲"争议:跨文化改编,还是"宰割式创新"?

2016年,《戏剧艺术》刊文《新时期莎剧的戏曲改编历程述评》,正式引入"莎戏曲"作为从莎士比亚原著改编而来的戏曲作品的统称,并将中国的

---

① 见王晓鹰:《从焦菊隐到"中国式舞台意象的现代表达"》,载《中国戏剧》,2016年第1期,第58页。

② 见王晓鹰、杜宁远:《合璧:理查三世的中国意象》,北京:文化艺术出版社,2016年,第12页。

③ 王晓鹰:《从焦菊隐到"中国式舞台意象的现代表达"》,载《中国戏剧》,2016年第1期,第57页。

④ 杨凌:《论现代心理学视角下的人物二度呈现——以〈理查三世〉为例》,上海戏剧学院博士学位论文,2019年,第4页。

"莎戏曲"的创作分为 1980—1985 年的"探索阶段"、1986—1994 年的"创作高潮"和 1995 至今的"新实验阶段"三个时期，认为"莎戏曲"是戏曲领域跨文化实践的践行者，创造出了一种全新的文化戏剧样式。①

应当指出的是，"莎戏曲"只是莎士比亚与戏曲元素相结合的一种方式，并非所有方式。中国的戏曲莎士比亚实践除了将莎剧元素应用于戏曲程式之中，也有将戏曲元素应用于莎剧演出之中，而这两种处理方法由于思路和原则不同，具有本质区别。本部分讨论的"莎戏曲"特指以戏曲形式呈现的莎剧，并不包括而将中国戏曲/戏曲元素与莎剧/莎剧元素相互结合的莎剧话剧等。

在 21 世纪《戏剧艺术》对"莎戏曲"的讨论中，数量最多、关注度最高的要数由《麦克白》改编的莎剧昆曲《血手记》。李小林的《"移步不换形"：〈血手记〉和〈欲望城国〉的迥异"移步"》从梅兰芳的"移步"与"换形"概念入手，讨论了梅兰芳的戏曲理论对戏剧表演形式和内容的理解，指出时代影响着人们的戏曲审美心理，而观众对戏曲莎剧的接受也是与时俱进的，并将对莎剧昆曲《血手记》和莎剧京剧《欲望城国》的不同评价和重排归因到戏曲莎剧的发展与不同时期的观众接受和时代的联系上。"《欲》剧在 1980 年代首演受到许多责难和批评，毁誉参半，而到了 1990 年代却被广泛接受和肯定。而《血》剧也在首演 22 年之后的 2008 年重新排演了，导演正是考虑到'与 22 年前相比，观众的审美观念、欣赏习惯已发生了巨大变化'。"②熊杰平《戏曲改编莎剧中的加减法——从李尔的开场白说开去》讨论了中国戏曲舞台改编莎剧以符合戏曲程式要求的一些习惯做法，如剔除副线情节、删减台词、合并人物来满足戏曲唱、念、做、打的时空需求，同时增加原剧中没有的台词和人物来展现戏曲的自身特色，实现目标语的文化植入，如将原剧出场不多的英格兰医生和苏格兰医生"升格为全知全觉的人物，每场出现，穿针引线，既是结构上的'加法'，又继承发扬了昆曲检场的传统"③；但同样出于戏曲程式的考虑，《血手记》对内容和情节删节过多，丧失了原剧的深度和哲学性，将主人公麦克白简化成一个"脸谱化"的恶棍，这既是由于跨文化改编的陷阱，也是由于该剧没有真正突破戏曲程式的局限。李伟民则讨论了《麦克白》改编的婺剧《血剑》，认为《血剑》通过婺剧的"唱叙"手法展现人物内心的变化，让观众在戏

---

① 见韩丝：《新时期莎剧的戏曲改编历程述评》，载《戏剧艺术》，2016 年第 5 期，第 45—53 页。
② 李小林：《"移步不换形"：〈血手记〉和〈欲望城国〉的迥异"移步"》，载《戏剧艺术》，2013 年第 3 期，第 15 页。
③ 熊杰平：《戏曲改编莎剧中的加减法——从李尔的开场白说开去》，载《戏剧艺术》，2014 年第 2 期，第 102 页。

曲舞台上看见了麦克白(孟勃)内心的挣扎,对人性进行了深入的挖掘,做到了具有鲜明地方特色的戏曲与原著《麦克白》悲剧性的完美结合。① 张瑛《莎剧鬼魂在中国戏曲改编中的跨文化舞台表现》同样讨论了1986年版《血手记》和2006年上海京剧院排演的京剧版《哈姆雷特》——《王子复仇记》,尤其是班柯的鬼魂被跨文化挪用至中国戏曲的可行性,并总结了戏曲莎剧改编鬼魂常用的两种方式:一种是"自然融入"中国戏曲中鬼魂的角色行当、扮相妆容和戏曲程式;另一种是"适度添加"辅助角色与涉鬼情节。②《血手记》导演——上海人民艺术剧院导演、号称"北焦南黄"③的黄佐临——的导演技巧也引起了注意,有论文指出《血手记》的成功并非简单套用古装戏曲形式来改装莎剧,而是黄佐临"写意戏剧观"的实践结果。黄佐临的《血手记》改编尊重了莎剧"诗剧"的传统,"既体现出中国戏曲的诗意特质,又指向诗剧传统的延续"④,具体包括"在服装方面,为了避免演员表情僵硬,他建议以翎子取代羽毛扮演英雄人物形象;谈到音乐,他提倡以中国的打击乐呈现决斗场面;关于舞台效果,他推崇以随音乐伴奏出场的雷电神取代伊丽莎白女王一世时代烛火燃硫黄粉的方式。此外,眼神、动作、扮相等简洁而富有诗意的表现方式,更是不胜枚举"⑤。

《戏剧艺术》对《血手记》改编方式和黄佐临"写意戏剧观"的讨论表明,东、西方文化在某种程度上具有相通性,而在演出中,可以借由这种共通性,找到适合的方法,消弭东、西方文化差异和剧种不同所造成的鸿沟。同时,不同的剧本具有不同的适应性与改编的可能性,应该具体情况具体分析,不可强求一致。

此外,关于戏曲与莎剧融合的可能性,学者们也展开了激烈探讨。"莎戏曲"这一在20世纪八九十年代曾经被寄予厚望的艺术形式,在21世纪经历了种种质疑和研究热度的下降。宫宝荣的《从〈哈姆雷特〉到〈王子复仇记〉——一则跨文化戏剧的案例》讨论了《哈姆雷特》改编的京剧《王子复仇记》,也略带提及《哈姆雷特》的越剧改编。相对于20世纪八九十年代国内

① 见李伟民:《从莎士比亚悲剧〈麦克白〉到婺剧〈血剑〉——后经典叙事学视角下的改编》,载《戏剧艺术》,2014年第2期,第112—117页。

② 见张瑛:《莎剧鬼魂在中国戏曲改编中的跨文化舞台表现》,载《戏剧艺术》,2015年第5期,第84—91页。

③ 黄佐临的"写意戏剧观"与焦菊隐的"话剧民族化"话剧理念影响了几代中国话剧界导演,在中国的现当代戏剧进程中具有重要意义。

④ 翟月琴:《剧何以通往诗?——从黄佐临"写意戏剧观"谈起》,载《戏剧艺术》,2015年第6期,第61页。

⑤ 同上。

学术界对戏曲莎剧创新性和国际交流价值的一味赞扬，宫宝荣对戏曲莎剧的未来不甚乐观：

> 在将外国名著改编成中国戏曲时，一般有两种倾向：一是所谓"话剧加唱"，二是更注重以戏曲形式来改造莎剧，亦即"莎剧中国化"和"戏曲莎剧化"。然而，无论哪一种，都是试图将莎剧的符码与中国传统戏曲的符码结合在一起，从而创造出一种新的艺术作品。而这种新的艺术作品与莎剧原作的差距，可以用"枳"与"橘"来比喻，两者表面十分相似，实质却是南辕北辙。①

和宫宝荣一样，国内的一些戏曲研究学者也对戏曲莎剧的未来并不乐观。2012年4月6日，《人民日报》发表王焰的评论《京剧无需挟"新"自重》，指责"近些年来的新编京剧，写实化表演、感官刺激、搬演外国名著，无一不是重走前人失败的老路。招致业内外非议的尝试，与其说是创新，毋宁说充分暴露了一些人的无知且无畏"②。对于20世纪八九十年代研究者想要通过莎剧戏曲的创新形式吸引年轻观众、振兴戏曲行业的想法，王焰表示，大多数新编京剧不过是"挟新自重""挟洋自重"的"宰割式创新"，失落了传统和自身精髓，他提倡"振兴京剧应该修旧如旧"：

> 新编戏之所以难叫好，往往是外行指挥内行造成的。这些拆了真庙盖假庙的闹剧都打着一个再正当不过的幌子：吸引青年人。的确，一门艺术失去了青年，它的生命难以赓续，但"改革家"们对于青年的审美究竟了解多少？……"不到园林，怎知春色如许？"近几年，大学生和都市白领阶层喜爱戏曲的人数呈上升趋势，其中不乏行家里手。谈及剧界乱象，他们的不屑和愤懑比资深观众有过之而无不及。本为吸引青年，最终新观众没招来，老观众也丢了，实在是莫大的嘲讽。③

尽管如此，21世纪《戏剧艺术》的刊载大方向和论文刊载重点，还是放在了将莎士比亚融入戏曲舞台上，即上文所提的"莎戏曲"模式。研究者提

---

① 宫宝荣：《从〈哈姆雷特〉到〈王子复仇记〉——一则跨文化戏剧的案例》，载《戏剧艺术》，2012年第2期，75页。

② 王焰：《京剧无需挟"新"自重》，《人民日报》，2012年4月6日，第24版。

③ 同上。

出"跨文化戏剧"的概念,认为"莎戏曲"属于"跨文化戏剧"的一种,[①]在艺术跨文化的过程中,必然会发生冲突、迁移和融合。从这个角度讲,期刊的关注点和研究者的看法不同、众声喧哗也是必然现象,呈现出"莎戏曲"艺术形式所面临的危机和挑战。《戏剧美学教程》提到:"如今,戏剧多样化,戏剧与其他艺术的交融,已成为不可阻挡的大潮,再也不可能有某一种戏剧流派可以独霸剧坛了。戏剧美学应当以宽容开通的态度对当代戏剧舞台上出现的各种变革予以密切的关注,对各种有益的探索和创新予以充分的理论支持,并总结其成功经验,研究其失败的教训,以促进戏剧(包括中国戏曲)艺术能'与时代同行'。"[②]莎戏曲的改编关键还在于"度"的问题。与其一刀切地认定"莎戏曲"是好是坏、是有光明前途还是已至末路,我们更应具体剧目具体分析。

　　21世纪的"莎戏曲"为莎士比亚研究、戏剧研究和戏曲研究提供了观照自身、与其他艺术门类和其他国家的文化交流的一种方式、一种可能,研究者对"莎戏曲"得失利弊的考察更加具体而微,但大多数研究者也意识到,"莎戏曲"不再是中国文化走向世界的唯一模式,也不一定是唯一正确的选择。

　　此外,21世纪的"莎戏曲"也出现了一些创新,主要表现在:第一,剧目创新,如越剧《马龙将军》(2001)、徽剧《惊魂记》(2013)、吉剧《温莎的风流娘儿们》(2014)等,还有一些重新发现并引起学界兴趣的剧目,如庐剧《奇债情缘》(《威尼斯商人》,1989)等,郑传寅也表扬《歧王梦》《情殇钟楼》等"在主要运用京剧符号的前提下适度融入外来文化元素"[③],重新发现了这几出莎剧京剧;第二,创排方法创新,2009年、2012年和2015年,中国台湾豫剧团分别推出了"豫莎剧"《约/束》(《威尼斯商人》)、《量·度》(《一报还一报》)和《天问》(《李尔王》),剧团的工作流程——莎学专家彭镜禧将原剧译作中文,

　　①　孙惠柱、理查德·谢克纳、艾丽卡·李希特等都对跨文化戏剧进行了探讨。见孙惠柱:《从"间离效果"到"连接效果"——布莱希特理论与中国戏曲的跨文化实验》,载《戏剧艺术》,2010年第6期,第100—106页;孙惠柱、高鸽:《什么是人类表演学——理查德·谢克纳教授在上海戏剧学院的讲演》,载《戏剧艺术》,2004年第5期,第4—8页;理查德·谢克纳、钟明德:《当代美国剧场发展与表演研究——谢克纳教授访谈》,载《戏剧艺术》,2008年第5期,第23—32页;艾丽卡·费舍尔·李希特、黄觉:《让表演文化经纬交织:重新思考"跨文化戏剧"》,载《戏剧(中央戏剧学院学报)》,2013年第3期,第5—16页;沈林:《刺目的盲点:再议"跨文化戏剧"》,载《戏剧艺术》,2012年第5期,第22—29页;李伟:《西体中用:论吴兴国"当代传奇剧场"的跨文化戏剧实验》,载《戏剧艺术》,2011年第4期,第66—75、113页;冯伟,《文化挪用视角下的跨文化戏剧》,载《文艺理论研究》,2016年第5期,第201—209页等。

　　②　戴平主编:《戏剧美学教程》,上海:上海书店出版社,2011年,第16页。

　　③　郑传寅、曾果果:《"跨文化京剧"的历程与困境》,载《东南大学学报》(哲学社会科学版),2012年第6期,第86页。

再与戏曲研究者陈芳合作改编成豫剧，最后由中国台湾豫剧团的王海玲领衔演出①——将莎学研究、译介与舞台实践统合起来，促进了演员对莎剧的理解，避免了对莎剧的想当然的处理；第三，艺术门类创新，21 世纪还出现了中、西戏剧的创造性拼贴和杂糅，如浙江小百花越剧团创排、茅威涛主演的《寇流兰与杜丽娘》，江苏演艺集团昆剧院创排的中英版"新概念昆曲"《邯郸梦》等，我国的戏剧研究者都有讨论。

　　整体而言，虽然这些 21 世纪的"莎戏曲"剧目在创新性和表现力方面大都有可圈可点之处，但其学术关注度和影响力却远并不及昆曲《血手记》和京剧《欲望城国》。虽然"本土化"一直是中国莎士比亚戏剧实践的重要内容，但是进入 21 世纪，尤其是近年来，研究者似乎对这些新创作或新发掘的"莎戏曲"失去了兴趣，对后现代的"拼贴"与"杂糅"也不如 20 世纪 90 年代和 21 世纪初期这么热衷了。

第七节　结　语

　　"毫不夸张地说，莎士比亚评论是近代西方文学批评的晴雨表。"②首先，进入 21 世纪，莎士比亚研究依然在我国的外国文学研究中占据重要地位，作家作品研究仍是外国文学研究的主流，文本细读仍然是最重要的分析方法；但是，随着西方文论的广泛传播，我国的莎士比亚评论开始运用多种视角，对莎士比亚的作品进行解读，同时跨领域、跨学科的研究趋势日益明显，学科边际显著延伸。其次，"正是在人们习以为常的地方，往往掩盖着最严重的文化歧视和文化侵略"③，21 世纪，莎士比亚的政治历史研究重新进入我国学者的研究视野，研究内容也更加广泛，但我们也应注意到，近年来，文学批评的审美属性也有一定程度的削弱。再次，在全球化影响下，中国莎士比亚研究与世界莎士比亚研究的关联日益密切，国际学术交流与互动显著增加。最后，从写作风格讲，"随感式莎评"被细腻的文本解读和规范严谨的注释所代替，不仅论文篇幅大为增长，而且论文的写作形式也愈加"学术

---

　　① 详见彭镜禧、项红莉：《梆子莎士比亚：改编〈威尼斯商人〉为〈约/束〉》，载《戏剧艺术》2010 年第 6 期，第 92—99、119 页；又见虞又铭：《现实关怀与跨文化对话——论莎士比亚的台湾豫剧之旅》，载《中国比较文学》，2019 年第 3 期，第 109—122 页。

　　② 杨冬：《浪漫主义莎评中的理论问题》，载《吉林大学社会科学学报》，1999 年第 3 期，第 54 页。

　　③ 陈志红：《他人的酒杯——中国当代女性主义文学批评阅读札记》，载《当代作家评论》，1999 年第 2 期，第 70 页。

派"了。

在21世纪前20年的中国莎士比亚文学批评里,我们看见了前现代、现代和后现代元素并存,理论和"理论之死"同场较量的热闹景象,不同形态的文学和文学批评模式共存于当下的中国,现实主义、现代主义、后现代主义、消费主义、审美主义、图像化文学、多媒体和传统文学批评等,每种形式都有其相应的现实需要和生存空间。此外,莎学研究涉及方方面面,现有研究也非上述几方面所能囊括。如有研究者追寻了19世纪浪漫主义莎评的代表人物雨果、柯勒律治、施莱格尔兄弟的浪漫主义莎学的轨迹;①有论文诠释了作为文化符号的莎士比亚被国际政治和战争利用的一面;②有研究考察了《威尼斯商人》的中译本《剜肉记》,认定此为《威尼斯商人》最早的中文译本,并讨论了译者亮乐月的女性视角、基督教思想和翻译策略。③ 21世纪的莎士比亚研究可谓真正实现了百花齐放、百家争鸣,展现出了令人瞩目的成绩和属于21世纪的独特的精神风貌。

与此同时,20世纪90年代以后,中国大地出现了"国学热"和"传统文化热",外国文学研究也面临着从"引进国外文化"到"建设中国文学母体"的任务的转变。研究者也在前人研究的基础上,开始探索中国莎士比亚研究与国外莎士比亚研究的良性互动,思考中国的外国文学研究如何保持文学研究的独立性。盛宁曾忧心忡忡地表示:"回想前些年我们学界的状况,有一个很突出的倾向就是喜欢'扎堆儿',一旦有新的批评理论露头,总会出现一哄而起赶浪头的局面。80年代开始的'理论热'是这样,90年代文化研究也是这样。"④似乎大多数学者还没有搞清楚理论和文化研究是什么,又被伊格尔顿提出的"理论之后"吸引了注意力,跟风讨论起"理论的终结""后理论""理论之死"。进入21世纪,经历了后现代的洗礼以及对西方理论繁芜局面的反思,我国学者对待新理论的态度相比20世纪八九十年代更加谨慎,对种种"主义"和"理论"开始有意保持批评距离,以更审慎、客观的态度观察、研究、反思,厘清西方文论产生的历史背景及其在中国学术界的接受,做到以我为主,为我所用。大部分研究者都引为共识的是:新理论和新视角的引介必须有益文学批评,必须出自我国学者对自身学术研究主体性的清

---

① 见李伟民:《施莱格尔兄弟对莎士比亚的解读》,载《外国文学研究》,2005年第2期,第54—59、172页。

② 见程朝翔:《战争对于莎士比亚的利用:一个文学为社会所用的个案》,载《外国文学研究》,2005年第2期,第46—53、171—172页。

③ 见朱静:《新发现的莎剧〈威尼斯商人〉中译本:〈剜肉记〉》,载《中国翻译》,2005年第4期,第50—54页。

④ 盛宁:《走出"文化研究"的困境》,载《文艺研究》,2011年第7期,第6页。

醒认识，必须出自研究者对理论、后理论等的不断追索、质疑、澄清和修正，不应是一场学术跟风和论文发表竞赛，更不应"让自己的理论园地成为外国文论的'跑马场'"①。

在莎剧的戏剧演出和电影改编方面，所谓"研究莎士比亚在中国，也就等于写了中国话剧史的一章，中国的戏剧舞台更是不能缺少莎士比亚这个世界性的名角的"②，从 1978 年英国老维克剧团在中国演出《哈姆雷特》，到 20 世纪 90 年代林兆华的先锋话剧《哈姆雷特》和"莎戏曲"成为《戏剧艺术》的刊载重点，再到 21 世纪对"跨文化戏剧"的讨论和莎士比亚与汤显祖的比较文学和文化研究，我国戏剧研究期刊在不同阶段对莎剧研究趋势的呈现，真实而客观地展示出改革开放四十多年来中国莎士比亚研究、戏剧和文化事业的发展。莎剧戏曲曾经是中国莎士比亚传播与研究的绝对明星，但是，将莎剧改编成戏曲毕竟存在一定的局限性，这就使莎剧的艺术魅力和文化意蕴无法在舞台上完全表现出来，人们也开始反思 20 世纪八九十年代风靡一时的"莎戏曲"模式。同时，进入 21 世纪，人们的娱乐热情高涨，政治热情淡化，后现代思潮在资本力量和科技进步的加持下入侵了人们的精神世界，使得文学和艺术成为一种"奇观"。20 世纪 80 年代我国戏剧和电影研究者对民族文化、主体性的深沉反思，被对形式美的极致追求所代替，导致这一时期的影片的确画面美轮美奂，但在思想上却脱离了宏大叙事，日渐萎靡贫乏。2006 年的两部莎剧电影《夜宴》和《喜玛拉雅王子》成为一种文化现象，评论者不仅讨论了电影改编的真实性，而且将电影视作"电影工业"，宏观地考察电影背后的资本力量及其对莎剧电影改编方式和传播模式的影响。

如何在多元文化的语境中建构我国莎学研究的基础，同时维护本民族的文化特性？如何在全球化的际遇中确立多元、开放、充满活力的研究取向？在市场经济的冲击下，文学和文化研究又将往何处转型？21 世纪前 20 年，国内的莎士比亚研究在论文发表、专著出版、国际交流、课程建设和普及推广方面均取得了显著的成绩。更重要的是，中国的外国文学研究者开始了对研究方法、意义和学科建设本身的反思；在文化包容、文化自信的理念下，吸收外国研究的有益成果，为我所用；以海纳百川的心态、以人类命运共同体的情怀，去感受、描摹和诠释全人类的处境和人类生存的意义；在充分思考中国传统文化的基础上，兼容并包，与时俱进，学术创新。这些对中国

---

① 高建平主编：《当代中国文艺理论研究(1949—2019)(下卷)》，北京：中国社会科学出版社，2019 年，第 791 页。

② 陈雷：《莎士比亚的春天在中国——观摩莎剧节随感》，载《福建艺术》，1995 年第 1 期，第 14 页。

莎士比亚研究主体意识的宝贵探索，以及莎士比亚戏剧和电影中国本土经验的呈现，不仅反映出我国学术研究的进步，也体现了中国文化自信心的增强，构成了世界莎学研究的中国视角。如今，我国的莎士比亚研究依然面临着种种挑战，如有些论文依旧停留在西方20世纪的研究主题、部分话题"重复建设"过多、理论创新不足、研究方法老旧、莎士比亚演出史和学术史研究虽有所增多却未成体系等，这些仍然需要包括研究者、学术期刊、读者、高校在内的整个学术机制的反思和共同努力。

第六章　结　论

　　1623 年,本·琼生为莎士比亚第一对开本(First Folio)题词:"他不属于一个时代,而是属于所有的世纪(Not of an age,but for all time)。"[①]但莎士比亚不仅超越了时间,还跨越了空间。自 18 世纪莎士比亚的经典化以来,莎士比亚的影响不仅遍及英国本土,还扩展到了全世界,乃至外太空:"1787 年,英国天文学家威廉·赫谢尔(William Herschel)将天王星的两颗卫星分别命名为提泰妮娅和奥伯朗——莎士比亚《仲夏夜之梦》中的仙后与仙王。"[②]而借助电影、电视剧、互联网等新传媒的传播,莎士比亚在全世界的影响更为立体而丰富。

　　莎士比亚研究的世界性,一方面来自莎剧自身的包容性。莎剧大都并非原创,而是源自希腊罗马神话、英国历史和伊丽莎白一世时期流行的传奇和戏剧,故事背景涵盖意大利、希腊、英国、法国等诸多国家和地区,剧中角色亦来自诸多地区、民族和种族。丰富的包容性,让莎剧具备了超越语言的影响力,正如王佐良所言:"莎士比亚的好处,正在于他不会让人失望。他无所不包,什么样的人都会在他身上找到喜欢的东西。"[③]另一方面,作为英语世界输出的文化经典,莎士比亚在全球化的语境下加增了力量,而来自非英语世界的观点与视角也丰富了英国本土的莎士比亚研究。1815 年,德国作家歌德的《说不尽的莎士比亚》(*Shakespeare ad Infinitum*)出版后,被各国学者引为莎评经典;近年来,尤其是"20 世纪后半叶以来,外国的、非英语元素逐渐开始滋养英国导演的作品,如布莱希特的作品、扬·柯特的评论和彼

---

　　①　Ben Jonson, "Preface," *Mr. William Shakespeares Comedies*, *Histories*, & *Tragedies Published According to The True Originall Copies*, London, 1623, STC (2nd ed.) / 22273, img. 9.

　　②　Ton Hoenselaars, "International Encounters," *The Cambridge Guide to the Worlds of Shakespeare*; *The World's Shakespeare*, *1660—Present*, Vol. 2, ed. Bruce R. Smith, New York: Cambridge UP, 2016, p. 1033.

　　③　王佐良:《莎士比亚在中国的时辰》,载《外国文学》,1991 年第 2 期,第 18 页。

得·布鲁克在巴黎的国际化演出"①。

正如海登·怀特所指出的:"历史话语并非以一个形象或一个模式与某种外在'现实'相匹配,而是制造一个言语形象、一种话语的'事物',当我们把注意力集中于它并阐明它的同时,它又干扰着我们对其假定指称对象的知觉。"②对于英国人来讲,"第一次世界大战真正让政治精英们完全认识到了莎翁作为国家象征的价值,值得官方来推广和支持"③;对于德国人来讲,在18世纪到19世纪浪漫主义运动的推动下,莎士比亚成为德国的三大"国家经典"之一,④而纳粹德国也曾借《威尼斯商人》施行反犹主义和种族灭绝政策;⑤对于美国人来讲,"由于清教文化影响,直到1751年美国才有专业的莎剧表演,但18世纪末莎士比亚已经成为国家新剧场文化的主要话题,尽管美国人依然对英国的东西心存敌意"⑥;在阿拉伯世界,"巴萨姆(al-Bassam)的《哈姆雷特》震撼地将莎士比亚的故事框架明确地填入了全球化中的阿拉伯世界对公共空间的迫切需求,填入了操控公共空间的机构,如卡塔尔半岛电视台新闻频道,武器贩子,政客和大国"⑦。

福柯曾在《词与物——人文科学的考古学》中批评西方人的中国想象:"在我们的梦境中,难道中国不恰恰是这一优先的空间场地吗?对我们的想象系统来说,中国文化是最谨小慎微的,最为层次分明的,最为秩序井然的,

---

① Ton Hoenselaars, "International Encounters," *The Cambridge Guide to the Worlds of Shakespeare: The World's Shakespeare, 1660—Present*, Vol. 2, ed. Bruce R. Smith, New York: Cambridge UP, 2016, p. 1037.

② 海登·怀特:《"描述逝去时代的性质":文学理论与历史写作》,拉尔夫·科恩主编:《文学理论的未来》,程锡麟等译,北京:中国社会科学出版社,1993年,第50—51页。着重号为原作者/译者所加。

③ Monika Smialkowska, "Tercentenary Shakespeare: Britain and the United States, 1916," *The Cambridge Guide to the Worlds of Shakespeare: The World's Shakespeare, 1660—Present*, Vol. 2, ed. Bruce R. Smith, New York: Cambridge UP, 2016, p. 1113.

④ Bettina Boecker, "Shakespeare and German Romanticism," *The Cambridge Guide to the Worlds of Shakespeare: The World's Shakespeare, 1660—Present*, Vol. 2, ed. Bruce R. Smith, New York: Cambridge UP, 2016, p. 1254.

⑤ Sabine Schülting, "Iconic Characters: Shylock," *The Cambridge Guide to the Worlds of Shakespeare: The World's Shakespeare, 1660—Present*, Vol. 2, ed. Bruce R. Smith, New York: Cambridge UP, 2016, p. 1325.

⑥ Douglas Lanier, "Shakespeare and Popular Culture," *The Cambridge Guide to the Worlds of Shakespeare: The World's Shakespeare, 1660—Present*, Vol. 2, ed. Bruce R. Smith, New York: Cambridge UP, 2016, p. 1263.

⑦ Sameh F. Hanna, "Shakespeare's Entry into Arabic World," *The Cambridge Guide to the Worlds of Shakespeare: The World's Shakespeare, 1660—Present*, Vol. 2, ed. Bruce R. Smith, New York: Cambridge UP, 2016, p. 1391.

最最无视时间的事件,但又最喜爱空间的纯粹展开。"[1]中国人对莎士比亚的想象莫不如是。自莎士比亚传入中国,中国人将莎士比亚与政治和权力话语相结合,对莎士比亚进行了民族性和本土化改造,有些改造甚至是对莎士比亚的"肢解"和"重塑"。学术期刊作为文化权力体,通过办刊宗旨、栏目设置、刊载重点、编者按、编后记、读者来信与争鸣、研讨会等不同方式引导着作者的书写方式与读者的阅读方式,构建了各领域的学术共同体。总结学术期刊中的莎评热门话题、研究模式和价值导向的"变"与"不变",探讨学术期刊如何调动学术研究的主动性和主体性,形成具有中国本土性的研究范式和成果,可以进一步探讨我国文化领域的政策和流变。

本书以"中国期刊中的莎士比亚"为研究对象,将中国当代七十年莎士比亚研究的学术历程分为"十七年"时期、新时期初期、20世纪八九十年代、21世纪前20年四个历史阶段,对我国学术期刊中刊载的莎士比亚文学批评、译介、戏剧演出和电影改编作品加以条分缕析,得出结论如下:

从时间线上讲,各学科的学术期刊发展呈现一定的相似性,体现为:"十七年"时期的莎评整体强调阶级意识,以讨论技术等方式规避意识形态批评、增加"安全系数";1978年以后淡化政治性,强调评论的"深"和"新",体现为对纯文学、审美性、技术性的青睐;21世纪以来出现了向大众生活和历史政治话题的回归;研究的主体性问题一直是我国莎评的讨论重点,并在2010年之后愈加凸显。

从学科类别来讲,各学科期刊的莎评发展并不均衡,体现为:"十七年"时期莎士比亚影评的刊载力度和影响力最大;20世纪八九十年代戏剧批评随着两次莎士比亚戏剧节的举办成为绝对热点;2010年后莎剧文本研究强势活跃,并推动莎剧戏剧和莎剧电影研究的发展,莎士比亚研究跨领域、跨学科趋势明显。整体而言,中国期刊中的莎评呈现出从单一走向多元,从封闭走向开放、反思和全方位建构中国莎士比亚研究主体性的发展历程。

从作者、读者和编者的关系来看,接受美学认为,文学作品由作者、作品和读者共同完成,但在现实中,读者却最容易被人忽略。"十七年"时期的文学批评形成了一套"批评家、媒介、作家、读者及文艺领导者等共同遵守、约定俗成的共同批评规范"[2],同时,在"文艺为工农兵服务"的思想指导下,读者走向前台,工农兵读者对文艺作品的价值判断享有最终话语权,导致这一

---

① 米歇尔·福柯:《词与物——人文科学的考古学(修订本)》,莫伟民译,上海:上海三联书店,2016年,第5页。

② 张均:《中国当代文学制度研究(1949—1976)》,北京:北京大学出版社,2011年,第71页。

时期的文学评论整体出现了"创作主体"受制于"接受主体"的独特现象；但是与接受美学批评的读者概念不同，在文学逐渐成为"影射文学"的过程中，工农兵读者也并非真正的读者，而是政治想象中的"隐含读者"，读者的接受和反映构成了文学作品的重要环节，加速了"十七年"时期文学统一化、政治化的进程。"文革"以后，学术期刊的编者以"编者按"等方式，抢回了期刊话语权，而期刊对"方法论"的引入推动了理论研究的热潮和作者的写作由"感悟式批评"向"学院派批评"转变；读者、作者和编者的互动较为融洽；同时，经济因素也开始影响期刊编辑，"原本由计划发行维系的意识形态等级性悄然消失；经济因素通过影响作家、读者和周边的协作单位，迫使刊物不断调整办刊方针，被动地适应市场的逻辑"①，文学期刊与文学研究期刊逐渐剥离，文学研究期刊日益向"学术性"推进，文学研究脱离文学创作，本身具有了主体性。21世纪以来，由于20世纪90年代末开展的高校教育和职称评审改革，论文发表成为衡量学术研究水平的重要指标，学术期刊的编辑在期刊话题导向、论文筛选中发挥了愈加重要的作用，学术期刊形成了不同的风格和各自的"作者群"，学术论文向着"新"和"深"的方向继续前进，不仅对待古、今、中、西的思想与学术都更加开放，而且有些期刊还将中国学者的研究主体性融入期刊发展目标，力求形成"中国学派""中国气象"，使得21世纪的莎士比亚研究更加丰富而立体。

在上述三大趋势下，各个学科领域也具有各自不同的特征和趋向：

莎士比亚文本研究中，"十七年"时期的莎评重视意识形态批评，同时开辟了一条马克思主义文艺研究的新路，是我国知识分子在当时的客观历史条件下，以当下中国为中心，建构中国莎评体系的尝试，其意义和贡献不应忽视。

"文革"之后，一大批学术期刊创刊或复刊，中国的文化界重新活跃起来。面对我国文化和学术研究百废待兴的状况，我国知识分子面对的首要问题就是"拨乱反正、解放思想"，这一过程充满了意识形态上的斗争、反思和重构，体现为莎评与众不同的写作策略，如先谈思想、再谈艺术，注重引据革命导师著作，强调片面事实、塑造莎翁的政治正确形象以及补论等，而对人道主义、"莎士比亚化"以及国外莎学成果的重新评价让研究者在不同程度上解放了思想，构建了世界视野，也让我国的文艺发展思路在讨论中愈发清晰。

---

① 李阳：《当代文学生产机制转型初探——以〈上海文学〉1980年代的文学实践为线索》，华东师范大学博士学位论文，2011年，第158页。

随着改革开放的不断深入、国际交往的增多以及西方文论的引入,我国20世纪八九十年代文学领域的莎评对意识形态的关注迅速减少,在主题上出现了对宗教、人道主义、金钱观等的再认识,在视角上出现了传统批评、现代批评、后现代批评共存的繁荣热闹局面,各种理论和术语层出不穷。20世纪八九十年代的中国处于社会转型时期,广泛而深刻的社会变革不仅局限于政治经济领域,而且冲击了社会的文化价值、观念、社会心理行为方式等方方面面,西方文学理论为中国的知识分子提供了全新的视角,而后现代理论的大量涌入也与20世纪90年代知识分子的精神漂泊状态及其社会边缘化的处境相关。90年代以来,随着科技的进步和全球化的加深,视觉文化不断挤占人们的生活空间,文学经典被改编、翻拍成各种电影和电视剧,中国人与文学的关系也发生了微妙的变化,而打着"莎士比亚"旗号的各种商业电影和商业炒作说明了这一点——写作正在退化,传统的文学批评正在退化。

进入21世纪,莎士比亚的文学经典地位愈加稳固,莎士比亚研究在英语教学中不可或缺,但在21世纪初期,现当代文学研究成为文学研究的主要内容,同时,西方文学理论大量涌入中国,这样,莎士比亚研究在中国成为一个相当小众的研究领域;和所有研究方向一样,莎士比亚研究也受国家政策、职称和期刊评价体系、编辑审稿意向的影响。21世纪莎士比亚文本研究出现了新的发展趋势,尤其是莎士比亚政治研究重回视野,跨学科莎评蓬勃发展,以女性主义为代表的西方文论继续兴盛,以及同时出现的学界对后现代理论和文化研究的反思,并对20世纪八九十年代的理论热和文化研究热进行了反思。同时,汤显祖和莎士比亚的比较研究模式呈现出学术话语和公共话语的分歧与合流,体现了中国文艺以莎士比亚为媒介"走出去"的路径选择,"中国的莎士比亚"成为借助西方话语宣讲中国故事、实现中国文化"走出去"的传播策略,成为中国文化对外传播的新路径——从某种意义上讲,21世纪的比较研究肯定了"传播"在比较文学研究中的地位,这一现象本身就值得关注。

中国的莎士比亚文学研究之所以取得了令人瞩目的成绩,不仅源于研究者的自身兴趣与学术积累,也与改革开放后中国社会历史环境的变化相关,尤其是受到经济大潮和国内外文化、学术交流合作的直接影响,并在一定程度上推动了中国的文化变革。从1977—1978年出版的"文化大革命"之后的首批外国译作,到20世纪80年代的"莎士比亚热",到"中国化"与"莎味"之争,再到莎学的学院化、专业化和几乎同时发生的莎士比亚的商业化、符号化,莎剧作为西方文学经典,不仅见证了新时期中国的莎士比亚研究从一元到多元、从意识形态批评到多元化的批评研究历程,也作为中外文化交流和互动的一个重要标志，见证了改革开放政策的逐步深入。进入 21 世纪，文学批评呈现出个体化、分散化的风格，同时，"文本"逐渐让位于"资本"也成为 21 世纪中国文化领域的一个不争的事实。21 世纪世界局势的多元和复杂，需要文学评论者不仅面对作品内部的"问题"，还必须不断反思我们自身和文化中存在的"问题"。体现在早期现代英国文学研究中，一是对政治和现实问题的更加关注；二是新历史主义"颠覆/抑制"的二元对立观受到挑战，文学评论走向多元化、细节化；三是跨学科研究持续深入，尤其是文史互证的趋势明显。随着现代科学技术的发展，文学的跨学科研究也不再限于人文和社会科学领域，而是开始与自然科学交叉融合，导致文学认知论、文学达尔文主义研究等逐渐兴起。

莎士比亚研究区别于大多数作家研究的一大显著特征，就是不仅可以进行文本研究和考证，而且可以进行舞台和银幕的创作实践——"莎作在中国被接受、理解的重要环节是戏剧演出，这是其他多数文学作品所不能比拟的"[1]。因此，要了解整个莎士比亚戏剧，就必须理解"舞台上的莎士比亚"和"银幕上的莎士比亚"。莎士比亚跨文类改编研究也是本书关注的对象。四十多年以来，中国戏剧和电影杂志刊载的莎士比亚舞台理论与实践研究论文不仅拓展到世界各国的莎士比亚演出史和莎剧导演研究，同时在视角的选择和对演出剧本的探讨也更加广泛。

对中国戏剧演出主体性和民族性的强调，始终贯穿在中国知识分子对戏剧意义的思考之中。在对莎士比亚文本和舞台实践的探讨中，研究者不断观察和学习国外的经验教训，一遍又一遍地追问或自问："创新变通则生，拘泥因袭则死，二十世纪莎剧演出所提供的经验，是否也可以为我国戏剧界所借鉴呢？"[2]"看到莎士比亚在美国舞台上的千姿百态，我们最常想到的倒不是中国艺术家可以学他们如何搞莎士比亚，而是学他们如何把自己的文化遗产大众化现代化。"[3]——研究者和创作者的一切思考和研究的出发点和落脚点，始终是在中国戏剧本身。可以说，中国莎剧演出研究的最重要内容，就是如何将莎士比亚与中国舞台相结合，促进中国莎士比亚演出和中国戏剧的整体发展。进入 21 世纪，研究者从各个时代、地区和戏剧形式出发，以导演、角色、舞美、服装等多种视角切入中国舞台上的莎士比亚戏剧。具体来说，这些研究包括：话剧舞台上的莎士比亚，尤其是上海话剧舞台上的

---

① 陈众议主编：《当代中国外国文学研究（1949—2019）》，北京：中国社会科学出版社，2019 年，第 179 页。

② 徐斌：《二十世纪英国莎剧演出的三大流派》，载《戏剧艺术》，1986 年第 1 期，第 90 页。

③ 费春放：《当今美国舞台上的莎士比亚》，载《戏剧艺术》，1994 年第 4 期，第 51 页。

莎士比亚话剧、林兆华等导演的莎士比亚话剧以及校园莎剧；戏曲舞台上的莎士比亚，包括京剧、昆曲、婺剧、梆子戏等多个地方剧种的莎士比亚戏剧改编；莎士比亚与中国戏剧家的对比研究，尤其是莎士比亚与汤显祖两位戏剧大师的对比研究。

　　就莎剧演出而言，在新中国成立初期的"十七年"时期，虽然我国实行"百花齐放、百家争鸣"的文艺政策，但是莎士比亚的演出实践和文学评论仍旧受到政治因素制约，"阶级斗争"代替其他成为最主流的意识形态。将莎士比亚戏剧搬上大银幕，不仅牵涉戏剧和电影的关系，也涉及对古典文学和西方文学的态度问题，因而莎士比亚影评不仅属于艺术问题，也是政治和文化命题。到了"文革"时期，样板戏取代了全部戏剧演出，莎士比亚同样销声匿迹。进入新时期，在改革开放的大环境中，学习和借鉴外国戏剧理论与实践成为莎评戏剧与电影改编的重要手段。只不过，20世纪80年代初的演出实践与评论仍以"拨乱反正、解放思想"为主，中国的艺术界主要是以学习和借鉴外国戏剧为目的，全面地引进和吸收世界优秀的戏剧文化。20世纪八九十年代，国外戏剧理论对我国戏剧界产生了越来越重要的影响。莎士比亚戏剧作为一种外来的戏剧形式，与中国观众的审美趣味和中国戏曲相结合，产生了新的舞台阐释方式，是中国戏剧对莎士比亚世界和戏剧舞台所做的独特贡献。进入21世纪，《戏剧艺术》等期刊通过刊载论文数量、编者按和举办研讨会的方式，引导研究者将莎士比亚戏剧与中国舞台相结合，促进中国戏剧事业的发展。戏曲期刊通过对林兆华莎剧话剧和"莎戏曲"的话题引导，参与了中国先锋戏剧的理论建构和中国戏曲的对外传播，推动了中国戏剧的发展，而21世纪戏剧研究对后现代导演和后现代戏剧理论的青睐则是中国戏剧从业者寻找主体性的必然结果。

　　莫洛卓夫曾经分析哈姆雷特的忧郁，指出："幻想与现实之间的纠纷，常常惹起深刻的悲哀，痛苦地对自己不满，极度不安的情绪。"[1]莎剧与现实之间、剧场与莎剧文本之间、电影与莎剧之间、不同时代的莎剧之间，同样存在这样的"纠纷"，一样会引起"深刻的悲哀"以及不满、痛苦和不安的情绪。但这正是电影的魅力所在，也是莎剧电影的魅力所在。在莎剧电影领域，不管是20世纪50年代对苏联电影艺术的强力引介，还是70年代对于现代理论和后现代理论的关注，还是90年代商业电影和电视开始进入研究者的视野，我国电影界的理论发展都与国外电影和电影理论的发展紧密关联。《电影艺术译丛》对西方莎评的选择体现了我国电影发展的理论体系的"洋务

---

　　① 莫洛卓夫：《威廉·莎士比亚(续)》，陈微明译，载《戏剧报》，1954年第5期，第31页。

派"思路,具体体现为杂志"非苏联即后现代"的路径选择,即 20 世纪 50 年代以苏联话语为中心、以西方电影技术为辅的话语模式;1978 年复刊后迅速转向彼得·布鲁克、黑泽明和拉康的后现代莎评;20 世纪八九十年代率先将商业电影和电视莎评纳入视野;2000 年后引入多元哲学和电影理论为我国电影实践提供民族性、主体性和商业化的多种可能。从这个角度说,展开心胸去接纳,并以严谨态度去思考,去取其精华、弃其糟粕,与时俱进、积极创新,正是电影研究的活力之源。21 世纪以来,电影界开始了打破"文学式电影观念"和"戏剧式电影观念"的变革,而在这场过程中,后现代改编理论以其去中心化、对视觉与图像的关注、对商业价值的肯定脱颖而出,成为电影研究的重要理论。早期电影批评注重的莎剧的人文精神、电影与原著的改编关系被后现代主义的碎片化、拼贴式表达方式、快感、奇观、消费等代替,学者们开始热情关注作为一种"文化现象"的电影——这本身就是电影艺术弱化的标志,反映出我国学者对于电影产业化过程中莎士比亚商业价值的理解。莎剧电影批评在文化资本化与资本文化化的趋势下似乎陷入了一个怪圈,需要在传承与颠覆之间、在艺术与商业之间调整心态,维持平衡。

这些在不同时期、以不同方式阐释莎士比亚的作品交织在一起,构成了中国当代学术期刊中的莎士比亚研究。它们记录了中国莎士比亚研究和戏剧实践的发展,也记录了中国戏剧与过去、与世界和与自己的对话,成为我们观察当代中国文化发展的一个窗口。而思考历史,正是为了把握现实和开创未来。基于本书对当代莎士比亚研究的梳理和分析,我们试就我国莎士比亚研究的趋势和方向,提出如下建议:

第一,从对莎士比亚研究的探讨中,我们可以清楚地看到:莎士比亚研究在文学、译介、戏剧、影视等方面的研究并非相互独立,而是相互联系,互为支撑;只有将莎士比亚各个领域的研究结合起来,才能真正促进莎学研究和中国文化事业的进步。针对林兆华版《理查三世》的灯光、舞美设计,易立明曾坦言:"大导①最大的问题是他缺少一个很棒的文学顾问。这个戏如果把这个问题给解决了,那肯定就没问题了。大导是一个技术型导演,他有感觉和趣味,他缺的是思想,他不是一个思想型的导演。"②重舞台、轻文本的戏剧理念使实验话剧"大多忽视铺排情节与塑造人物,人物往往成为剧作家

---

① 指林兆华。

② 时间:2001 年 2 月 25 日 15:30;地点:中央戏剧学院研究所;采访者:张誉介;采访对象:灯光、舞美设计易立明。见张誉介、易立明、林兆华等:《〈理查三世〉采访笔录》,载《戏剧(中央戏剧学院学报)》,2003 年第 2 期,第 126 页。

传达思想理念的工具与符号"①，而这种"话剧的现代启蒙精神、人文关怀精神和现实批判精神的丧失"，"话剧创作的平庸化、虚假化和戏谑化"也被陈文勇称为"话剧失魂"②：

> 坦率地说，由于这一代艺术家很少是真正伟大的思想家，在知识资源储备方面的先天不足，使这些思考在多数场合不仅不能提升艺术作品的价值，反而成为障碍；……思考往往不是在彰显，而是在遮蔽它们所可能拥有的更深层的意义。由于过多地过于急切地试图表现自己的思考，就很容易出现解构经典甚至有意地将自己的想法掺杂进经典之中的现象。③

自莎士比亚传入中国，我国的戏剧和电影工作者对莎剧进行了多剧种、多模式、多角度的改编，但是改编绝不是天马行空、任意篡改，而应是在充分理解原著精神和观众审美趣味的基础上进行的再创作。但是，在话剧市场的表面繁荣之下，实验戏剧和先锋戏剧过度凸显导演个性，乃至断章取义、以偏概全，将经典作品变成了种种堆砌意象的"奇观"，将经典作品改成了"戏说"和"胡说"，不仅不利于经典文学作品的传播，也不利于我国社会的精神文明建设。

那么，有没有改进之法？扬·柯特和彼得·布鲁克的合作或许可以为我们提供一条思路。扬·柯特是波兰著名的莎士比亚评论家，彼得·布鲁克是当代最著名的莎剧导演。1957 年，柯特在华沙现场观看了布鲁克导演的《泰特斯·安德罗尼克斯》，和布鲁克交谈了三个多小时，并为之深深触动："我被他们的表演深深折服了，这让我更加确信，残酷的、文艺复兴式的莎士比亚就是我们的同时代人。"④布鲁克认真阅读过柯特的莎士比亚评论，并为柯特的《莎士比亚，我们的同时代人》（*Shakespeare，Our Contemporary*）作序。在柯特的评论中，演出、剧本和理论三位一体，水乳交融，任何一块都无法被割裂开去；而布鲁克的莎剧演出中也能看到柯特评论的影响和"反影响"。这种文学评论和戏剧演出的良性关系已经被我国研究者关注到，并可为我国的莎剧研究和实践提供借鉴。尤特凯维奇拍摄《奥赛罗》

---

① 陈文勇：《1990 年代中国话剧的反思与批判》，载《戏剧艺术》，2015 年第 1 期，第 16 页。

② 同上。

③ 傅谨：《〈大将军〉和"人艺"的林兆华时代》，载《读书》，2008 年第 4 期，第 74 页。

④ Rustom Bharucha, "Directors, Dramaturge and War in Poland: An Interview with Jan Kott," *Theater*, Vol. 14, 1983, p. 27.

时,对西方莎士比亚文学批评传统的熟稔于心和创新尝试,同样保证了《奥赛罗》是一出优秀的莎士比亚改编戏剧。

第二,我国的莎士比亚研究既要关注国外莎评发展,也要加强本土化建设。如今,中国的莎士比亚研究虽然越来越多地参与到全球语境下的学术讨论之中,但相比英国本土、美国、德国和日本等国的莎学研究,中国的莎士比亚研究仍有很大的上升空间,表现为世界莎评对中国的单向影响大,而中国莎士比亚研究的贡献非常有限。从中、外莎士比亚研究近年来的发展与互动中,我们应当全面认识本土化与全球化对中国文化发展的意义。1997年,随着国际交流合作的深入和地区冲突的加剧,亨廷顿(Samuel P. Huntington)在《文明的冲突》中预言:"在未来的岁月里,世界上将不会出现一个单一的普世文化,而是将有许多不同的文化和文明相互并存。"[①]而在近二十年后出版的《剑桥世界莎士比亚导论》(*The Cambridge Guide to the Worlds of Shakespeare*,2016)中,政治学家的预言得到了来自文学批评领域的共鸣:该两卷本巨著的标题直接使用了复数的"世界"(worlds),指出英国乃至英语世界已不是莎士比亚研究的唯一中心,莎士比亚作品在各个时代、国别、民族和领域的阐释和传播,彰显出各自不同、却又彼此平等的价值观、文化和文明。彭镜禧和项红莉指出:"莎士比亚的全球化事实却使他本土化了。他的全球化的成功大大得益于他的本土化,因为'莎士比亚永远都只是我们当下对他的理解'。"[②]研究中国、日本、非洲、阿拉伯地区等英语国家之外的莎评范式,探讨各国莎评与英、美等传统莎学世界中心的区别、联系和互动,不仅对各国的文学史研究意义重大,而且预示着新的莎士比亚批评范式转向。换言之,"本土化"应当是面向世界的,是开放的、多元的、包容的。

与此同时,莎剧的"本土化"也是中国当代莎士比亚研究的重要内容。但什么是"本土化"? 萨义德的《东方学》揭示出西方文化的殖民性和西方对东方的文化帝国主义阴谋,但其本质依旧是建构在西方话语模式基础上的,只是对西方文化的重写。陈建华在其主编的《中国外国文学研究的学术历程(第1卷)外国文学研究的方法论问题》中反思道:"当我们说到'本土'时,习惯上总是将之等同于'民族国家',因为这是最简明的概括,而且具有高度象征化意义。当西方被看作整体性的威胁时,'民族国家'通过自上而下地

---

① 塞缪尔·亨廷顿:《中文版序言》,《文明的冲突》,周琪译,北京:新华出版社,2012年,第1页。

② 彭镜禧、项红莉:《梆子莎士比亚:改编〈威尼斯商人〉为〈约/束〉》,载《戏剧艺术》2010年第6期,第98页。

召唤和强化'共通感'，聚合起一个连续性的符号化实体来达到反制。……但……其身份合法性恰恰是由西方'现代性'提供的。"①我们必须意识到，真正的"本土化"不是建立一个与"东方主义"相对的"西方主义"，"本土化"也不等同于"敌对西方"，而是需要从根本上建立具有中国立场、中国观点的文化理论。

并且，进入 21 世纪，人们的审美体验呈现多样化，但是文学理论批评领域始终未出现根本性的理论突破与创新，大多数学术论文沿用的依旧是 20 世纪八九十年代的西方批评话语，文学批评似乎在 21 世纪的"中国气派"建设中缺席了。进入 21 世纪，我们不仅要"接受"，也要积极"建立"和"推出"，改变西方对东方的固有想象，进行一场真正扎根中国、服务中国的文化理论批评建设，从我出发，从本民族的生活经验和审美出发，不应止步不前，更不应当打着"本土化"的护身符，容忍一些肤浅的、噱头的、落后的、"本土化"的假象。虚假的"本土化"其实是对"本土化"精神的背离。

第三，21 世纪学术期刊具有更重要的使命与担当。洪子诚在《问题与方法——中国当代文学史研究讲稿》中提出了"文学体制"的概念，并将之分为三个层面，即文学机构（包括文学社团和作家组织；文学杂志、文学报刊和出版社）、作家的身份和存在方式以及文学评价机制（包括文学的阅读与消费方式）。② 这种研究方法将对于文学研究从单纯的审美分析转移到文学作品的"生产机制"上，也让我们更加关注除了作家和批评家之外的文学活动的参与者——如学术期刊。在七十年的曲折发展中，学术期刊不仅通过栏目设置、论文筛选和刊物简介、发刊词、导言、编者按、投稿须知等"副文本"③直接参与了期刊导向的建构，还通过组织研讨会、作者见面会等各种活动构建文学场，建立读者、作者、编者的良性互动机制，引导我国学术研究的方法，这种互动将莎士比亚与中国五千年文明史和中国独特的社会环境结合起来，形成了"中国的莎士比亚"这种独特的文化现象，并取得了丰硕的成果，是世界莎士比亚研究的重要成果。我国学术期刊对国外先进文化的筛选、引介和对"理论热"的反思，不仅为我国文学批评的发展做出了巨大贡献，而且对改革开放、对外文化交流和我国的社会主义现代化建设都具有重要意义。

---

① 陈建华主编：《中国外国文学研究的学术历程（第 1 卷）外国文学研究的方法论问题》，重庆：重庆出版社，2016 年，第 81 页。

② 见洪子诚：《问题与方法——中国当代文学史研究讲稿（增订版）》，北京：生活·读书·新知三联书店，2015 年，第 193 页。

③ "副文本"的概念引自热奈特（Gerard Genette）。

进入 21 世纪,学术期刊的建设同样面临两个挑战:一方面,学术期刊呈现两极化趋势,为数不多的权威期刊、CSSCI 收录期刊一版难求,但是众多的普通期刊却一稿难求,处境尴尬,由于对论文的重视,编辑在学术领域的地位大大提高,但是相比 20 世纪八九十年代《文学评论》《当代作家评论》等对全社会的影响力,期刊编辑对于重大学术问题和社会问题的引领作用却大大减少;另一方面,随着我国文化政策的变化,外国文学和文化期刊也面临着从"向内引"到"向外转"的学术使命的转变。这就需要我国的学术期刊把握学术期刊的学术导向和社会价值,有意识地策划一些具有理论深度和社会意义的重大选题,将自身发展与中国本土学术话语体系的建构联系起来,积极向外推介中国学者的文学批评研究成果。

对于很多优秀的学术期刊来说,编辑已不仅是校对者和出版者,更是组织者和共同创作者。很多优秀的学术论文就是在编辑和作者的一次次讨论和修改中完成的。如何更好地发挥期刊的引导作用,建构"中国气派"的学术理论,突破文学理论的西方话语中心体系,为建设具有世界影响力的中国人文社会科学贡献力量,推动人类命运共同体的构筑? 这不仅是文学研究者的使命,也对新时期的我国学术期刊提出了更高的要求。

第四,关于文学与政治的缠绕关系。从整体来看,五四运动以来,我国文学与政治之间的关系始终非常紧密,直至在"文革"期间发展至高度统一。有学者评论道:"由于各个不同历史阶段的侧重点均具有鲜明的时代特征,且与政治因素有着太多的纠葛,以至于招致国外学界对中国莎学的政治功利性非议不断,误解否定'具有中国特色的莎学理论体系'。"[①]我们应该看到,在我国当代文化发展历程的很长一段时期内,文学是作为意识形态的"工具"出现的,在历史交叠更替的过程中发挥了重要作用,这种文学与政治高度绑定的状态有其特殊性,其中既包含了救亡图存、抵御外侮的外部因素,也有当时社会的客观需要和实现现代化的内部因素。但是,与政治的高度绑定也消解了文学研究的主体性,文学虽然在社会革命中体现了其社会价值,但也失去了自身的其他价值和发展的可能。

进入 21 世纪,改革开放、市场经济、全球化等新环境带来了新的文学语境,继而带来了文学创作和文学批评的巨大转变。在这个转变过程中,莎士比亚研究一方面逐渐走向大众,一方面也走向学术化和专业化——这些也同样是社会整体变化的一部分,是时代的必然。陆谷孙曾引用德莱顿的名

---

① 孙艳娜:《二十世纪中国政治文化语境里的莎剧文学评论》,载《戏剧文学》,2011 年第 4 期,第 78 页。

言：“在所有现代的或许还包括古代的诗人中间，此人（莎士比亚）的心灵最为宽广，包含一切而无遗”，提醒研究者“研究或表演莎士比亚戏剧的人理应有这样一种宽广的莎士比亚心灵或襟怀”。[①] 中国当代莎士比亚研究主题、方法和视角的转向，反映出中国人对西方经典的态度与方式的变化，也从一个侧面反映出改革开放后中国人愈加宽广的心灵与自信。但是，正如洪子诚在 20 世纪末的断言，“所谓‘纯’文学理论，所谓纯粹以‘文学性’‘艺术性’作为标准的文学史……只是一种学术神话”[②]，文学与政治的纠葛不可避免。政治语境在每一代人的身上都烙印下了深刻的痕迹，也为作者、评论者和他们的作品涂抹上了深浅不一的精神底色。这就必须处理好学术研究与其政治功能之间的关系，既保持学术研究的独立性和开阔视野，也强调学术研究的问题意识和“文以载道”的价值传承。

第五，关于 21 世纪莎学研究的“变”与“不变”。在七十年的曲折发展中，莎士比亚在中国的传播丰富了我国人民的精神文化生活，推动了中国文学、文化和现代戏剧的繁荣，为中国的改革开放和现代化建设做出了重要贡献。但是，我们也必须意识到外国文学和文艺研究在新时期所面临的新形势和新挑战。韩丝在《新时期莎剧的戏曲改编历程述评》论及了新时期莎士比亚研究与戏曲演出所面临的相同的窘境：“与戏曲自 90 年代以来就不再景气的状况类似，在西方，莎士比亚所代表的西方经典文化正遭到不同寻常的冷漠对待，遑论在中国。”[③]中国传统戏曲与莎士比亚戏剧都是来源于群众之中，在漫长的发展过程中逐渐被经典化和高雅化，并成为国家文化形象的标志。如今，在消费主义和市场经济大潮的冲击下，戏曲与莎士比亚戏剧的群众基础逐渐萎缩，似乎成为“小众”“小资”的娱乐方式——广大观众和读者都知道戏曲是中华瑰宝，但很少有人花钱买票去现场看一次演出，而英语专业和戏剧专业的学生都知道《哈姆雷特》的经典性，但很多学生也背不出一篇完整的“生存还是毁灭”选段。在新形势下，两种经典艺术形式的融合能否激发出莎剧与戏曲本身的丰富多彩，赋予两种艺术形式崭新的生命力？我们需要不断努力，不断尝试。

同时，在批评方法上，从“十七年”时期统一的阶级批评模式，到新时期初期大行其道的“感悟式”批评和“印象式”批评，到 1985 年“方法论革命”所

---

① 陆谷孙：《帷幕落下以后的思考》，中国莎士比亚研究会主编：《莎士比亚在中国》，上海：上海文艺出版社，1987 年，第 40 页。

② 洪子诚：《问题与方法——中国当代文学史研究讲稿(增订版)》，北京：生活·读书·新知三联书店，2015 年，第 41 页。

③ 韩丝：《新时期莎剧的戏曲改编历程述评》，载《戏剧艺术》，2016 年第 5 期，第 50—51 页。

带来的昙花一现的文学研究的科学化,再到 20 世纪 90 年代崛起并成为当今学术研究主流的"学院派"批评——批评者的情感和个性似乎隐身在纷繁芜杂的理论、观念和规约背后了,批评者的本体性在学术体制的约束下经历了另一种形式上的丧失。进入 21 世纪,跨学科、跨领域批评逐渐成为热点,文学与科学的结合重新流行起来——当然,从某种意义上讲,文学评论也可以被理解为一门科学——但是"跨学科"研究应当出于对客观规律的尊重,而非为了"交叉"和"试验"而丢弃了艺术的本质。从这个角度上讲,对文学批评科学化的崇拜本身也是一种"非科学"和"伪科学"。

当然,莎士比亚研究在各个历史阶段的研究重点不同、取向不同,也对研究者提出了不同的要求。作为研究者中的一员,我们将如何面对文学研究的"变"与"不变"? 我们如何面对理论研究的危机? 书斋中的沉思如何应对市场经济的躁动不安? 童庆炳的观点可能对包括笔者在内的每一位研究者都有启发:"在不被人关注的情况下,安下心来,以一种平和的心态,放慢了节奏,慢慢搜集资料和证据,以'十年磨一剑'的工夫,无比坚韧的研究精神,去研究一个众说纷纭却始终没有解决的学案。"[①]抛却浮躁之心,做好坐冷板凳的准备,专心治学,这是每一个研究者可以做到的,是从每个研究者的角度出发,对文学研究理论发展航向的校正。

南帆指出:"文学史是一种历史性的清理。这时,人们将退出参与者的角色,换取一个历史观察者的立场。"[②]本书对论文、期刊、视角、文学事件、历史事件的观察和阐释,必定受到作者知识水平和阅历的限制。由于主题和篇幅所限,本书也未涉及以下重要问题:一、本书并未涉及港澳台地区的学术期刊以及国外学术期刊对中国莎士比亚研究成果的刊载,留待未来思考;二、在莎士比亚研究中还出现了学者学术兴趣的转移,有些学者进入莎士比亚研究领域,有些学者不再关注莎士比亚研究,本书对于这种学术兴趣的转移和中国莎士比亚学术圈的融通性未作追踪;对莎士比亚作品作为英语语言文学专业基础研究技能的作用关注不多;三、莎评的普及化问题。互联网的发展为期刊传播开辟了新途径,众多学术期刊也开发了微信公众号。读者既是观看者,也同时是潜在的创作者和即时的评论者。这些公众号的关注人数、阅读量、转发情况如何? 公众号刊载的论文如何筛选? 微信公众号的转发与点赞式传播与传统的"知网"传播、定期主办研讨会式传播相比,

---

① 童庆炳:《当前文学理论发展新趋势——以罗钢十年来的〈人间词话〉学案研究为例》,载《探索与争鸣》,2011 年第 9 期,第 63 页。

② 南帆:《双重的解读——八九十年代中国文学的一种描述》,载《文学评论》,1998 年第 5 期,第 68 页。

有何不同？公众号传播是否会加强杂志、作者和读者的联系，让严肃的学术期刊"接地气"，向大众及时、有效地传播学术批评？四、莎士比亚专著研究。本书选择用期刊论文而非著作来研究中国莎士比亚研究的发展，是因为期刊出版周期短，更能及时反映当下语境的变化和读者的反馈；同时，由于《文学评论》《外国文学评论》等是中国社科院主办的杂志，这些期刊的导向也能在一定程度上反映出国家文化政策的导向，而本书之所以未讨论莎学专著，一是出于篇幅限制，二也与国内学术界"重论文，轻专著"的不良风气相关，学者投稿学术期刊尽心尽力，优秀杂志往往采取匿名评审和三轮审稿，能够较为公允地体现作者的学术水平；五、2015 年，国务院颁布《统筹推进世界一流大学和一流学科建设总体方案》，提出了建设双一流大学和双一流学科的计划。新体系之下，作者的学术兴趣和融通性又会出现什么变化？与此同时，国外大学的英语系进行了一系列改革，如耶鲁大学英语系的课程调整就曾引发国内学界的争议，这是否会带来研究者和学术权力体对外国文学研究态度的变化？六、随着网络科技和大众传媒的不断发展，网络文学和网络游戏蓬勃发展，严肃文学和通俗文学的界限逐渐模糊，阅读逐渐成为一种消遣，经典作品的阅读也逐渐浅表化；"电视"已经渐渐失去大众文化和流行文化头号传播媒介的地位，短视频等以强视觉、快节奏的信息传递模式满足着观众的感官刺激；此外，商业炒作更加剧烈地挤占和消解艺术创作空间，不断制造"奇观"。"今天人们从屏幕和银幕上'看'的文学，远远多于他们从书本上'读'的文学。……在这样一个大众传媒文化中，作家、艺术家的知名度，往往是由其在电视屏幕和报纸上的复现率来决定的。"[1]这些改变随着时间的推移更加明显而深刻，它们又会对莎士比亚电影和电视改编有何影响？在此一并提出，留待未来讨论。

---

① 李杰：《比较文学中的大众传媒研究》，载《中外文化与文论》，2001 年第 00 期，第 270 页。

参考书目

中文文献

阿尼克斯特，A.，《论莎士比亚的悲剧〈哈姆莱特〉》，杨周翰编，《莎士比亚评论汇编（下）》，中国社会科学出版社 1981 年版.

阿文纳留斯，Г.，《英国电影事业及其大师亚力山大·柯尔达》，周传基译，《电影艺术译丛》1957 年第 1 期.

埃利亚施，H.、C. 伊瓦诺娃，《罗密欧与朱丽叶》，冯由礼译，《电影艺术译丛》1956 年第 3 期.

艾柯，安伯托，《开放的作品》，刘儒庭译，新星出版社 2009 年版.

安康，《中外影视文学的渗透与排斥——中外影视文学比较分析》，《外国文学研究》1991 年第 2 期.

白明，《说不尽的莎士比亚——福建人艺第一次排演莎剧札记》，《福建艺术》1995 年第 2 期.

白先勇策划，《姹紫嫣红〈牡丹亭〉：四百年青春之梦》，广西师范大学出版社 2004 年版.

白玉英，《意大利重新出版〈莎士比亚戏剧全集〉》，《国外社会科学》1980 年第 6 期.

包燕、吕濛，《重审中国早期电影的跨文化归化改编——以〈一剪梅〉为症候文本》，《艺苑》2020 年第 1 期.

本特肯，威廉·T.，《莎士比亚身上的中国特征》，乔建华译，《当代戏剧》1997 年第 5 期.

《编后记》，《外国文学评论》2018 年第 3 期.

《编后记》，《外国文学评论》2019 年第 4 期.

《编辑部的话》，《电影艺术译丛》1957 年第 1 期.

卞之琳，《莎士比亚戏剧创作的发展》，《文学评论》1964 年第 4 期.

卞之琳、叶水夫、袁可嘉、陈燊，《十年来的外国文学翻译和研究工作》，《文学评论》1959 年第 5 期.

伯曼，霍华德、帕特丽莎·褒雅特、潘志兴、史学东，《对话：莎士比亚与现代戏剧》，《艺术百家》1991 年第 4 期.

布拉德雷，A.C.，《论莎士比亚悲剧的结构（续）》，韩中一译，《四平师院学报》（哲学社会科学版）1980 年第 1 期.

布拉德雷，A.C.，《论莎士比亚悲剧的结构》，韩中一译，《四平师院学报》（哲学社会科学版）1979 年第 4 期.

布鲁克，彼得，《何谓一个莎士比亚？》，任生名译，《戏剧艺术》2003 年第 2 期.

布鲁克，彼得，《唤起莎士比亚》，范益松译，《戏剧艺术》2003 年第 5 期.

蔡体良，《舞台美术观念的变革——谈莎士比亚戏剧节上的舞美创作》，《上海戏剧》1986 年第 4 期.

曹树钧，《二十世纪莎士比亚戏剧的奇葩——中国戏曲莎剧》，《戏曲艺术》1996 年第 1 期.

曹树钧，《改革开放 30 年与中国莎学事业的发展》，《上海市社会科学界第六届学术年会文集(2008 年度)》《哲学·历史·文学学科卷》，上海人民出版社 2008 年版.

曹树钧，《论曹禺和莎士比亚的戏剧创作》，《艺术百家》1993 年第 4 期.

曹树钧，《戏曲改编莎士比亚剧作的可喜收获——简评黄梅戏〈无事生非〉的改编》，《黄梅戏艺术》1986 年第 3 期.

曹树钧、孙福良，《莎士比亚在中国舞台上》，东北师范大学出版社 2014 年版.

曹未风，《谈莎士比亚的喜剧作品》，《上海戏剧》1961 年第 10 期.

曹文轩，《二十世纪末中国文学现象研究》，《当代作家评论》2002 年第 5 期.

曹新宇、顾兼美，《论清末民初时期莎士比亚戏剧译介与文明戏演出之互动关系》，《戏剧艺术》2016 年第 2 期.

曹意强、高世名、孙善春、薛军伟，《国外艺术学科发展近况(2008—2009)》，《南京艺术学院学报》《美术与设计版)，2010 年第 2 期.

曹禺，《莎士比亚属于我们——首届中国莎士比亚戏剧节闭幕词》，《戏剧报》1986 年第 6 期.

曹禺，《首届中国莎士比亚戏剧节闭幕词(摘要)》，《首届中国莎士比亚戏剧节(上海)简报》第 5 期，戏剧节办公室编印，1986 年 4 月 21 日.

曹禺，《向莎士比亚学习》，《人民日报》1983 年 4 月 5 日.

曹禺，《祝辞》，《中国青年艺术剧院〈威尼斯商人〉(戏单)》1980 年 1 月.

陈娣，《古典的魅力与现代的迷惘——来自泰晤士河畔的通讯》，《艺术广角》1995 年第 1 期.

陈笃忱，《"向导"物语——从〈电影艺术译丛〉到〈世界电影〉记事》，《世界电影》《〈电影艺术译丛〉)2003 年第 1 期.

陈惇，《莎士比亚与基督教——从〈威尼斯商人〉说开去》，《北京师范大学学报》(社会科学版)1995 年第 5 期.

陈惇，《〈威尼斯商人〉选场分析》，《北京师范大学学报》(社会科学版)1978 年第 2 期.

陈方，《近十年来莎士比亚戏剧在中国的演出》，《上海戏剧》1986 年第 2 期.

陈恭敏，《莎士比亚戏剧节给我们的启示》，《戏剧报》1986 年第 6 期.

陈国华，《论莎剧重译(上)》，《外语教学与研究》1997 年第 2 期.

陈国华，《论莎剧重译(下)》，《外语教学与研究》1997 年第 3 期.

陈翰伯，《陈翰伯文集》，商务印书馆 2000 年版.

陈红薇，《〈罗斯格兰兹和吉尔登斯敦之死〉中"影响的焦虑"——从戏剧到电影》，《解放军外国语学院学报》2012 年第 3 期.

陈红薇，《汤姆·斯托帕德与莎士比亚的对话——〈多戈的《哈姆雷特》〉和〈卡胡的《麦克白》〉对莎剧的"重写"和"再构"》，《外语教学》2012 年第 1 期.

陈红薇，《〈夏洛克〉：文化唯物主义视野下的莎剧再写》，《外语教学》2015 年第 1 期.

陈后亮，《"将理论继续下去"——近二十年来国内"后理论"研究综述》，《四川大学学报》(哲学社会科学版)2017 年第 3 期.

陈后亮，《理论会终结吗？——近 30 年来理论危机话语回顾与展望》，《文学评论》2019 年第 5 期.

陈卉卉，《朱塞佩·威尔第早期歌剧风格的研究——以歌剧〈麦克白〉为例》，《当代音乐》2016 年第 14 期.

陈嘉，《论〈罗密欧与朱丽叶〉》，《江海学刊》1964 年第 4 期.

陈嘉，《莎士比亚在"历史剧"中所流露的政治见解》，《南京大学学报》1956 年 12 月.

陈建华,《复仇还是宽容,这是一个问题——〈喜玛拉雅王子〉对〈哈姆雷特〉的互文与颠覆》,《黑龙江史志》2009 年第 20 期.

陈建华主编,《中国外国文学研究的学术历程(第 1 卷)外国文学研究的方法论问题》,重庆出版社 2016 年版.

陈军,《论中国话剧研究的三种范式及其发展趋向》,《戏剧艺术》2019 年第 1 期.

陈俊,《夏洛克:一个悲剧性人物——重读〈威尼斯商人〉》,《武汉大学学报》(人文社科版)2001 年 4 期.

陈雷,《莎士比亚的春天在中国——观摩莎剧节随感》,《福建艺术》1995 年第 1 期.

陈立富,《莎士比亚喜剧的艺术特色》,《陕西戏剧》1983 年第 10 期.

陈文勇,《1990 年代中国话剧的反思与批判》,《戏剧艺术》2015 年第 1 期.

陈文勇,《1990 年代中国实验戏剧之批判》,《戏剧艺术》2012 年第 4 期.

陈晓华,《关于"莎士比亚化"问题(下)》,《昆明师范学院学报》(哲学社会科学版)1980 年第 2 期.

陈晓兰,《女性主义批评与莎士比亚研究》,《国外文学》1995 年第 4 期.

陈晓明,《不可遏止的变革——20 世纪 90 年代中国文学的转型》,黄山书社 2017 年版.

陈星,《论当代莎士比亚研究中的"当下主义"》,《复旦外国语言文学论丛》2018 年第 1 期.

陈星,《文学作品"历史解读"的机遇与陷阱:以莎士比亚〈辛伯林〉的研究为例》,《外国文学评论》2017 年第 2 期.

陈莹,《革命与抒情的"统一"——"业实"演出〈罗密欧与朱丽叶〉与中国戏剧现代性》,《戏剧艺术》2017 年第 6 期.

陈莹,《莎剧中国化与话剧民族化——论顾仲彝、费穆〈三千金〉对莎剧〈李尔王〉的改编与演绎》,《戏剧艺术》2020 年第 1 期.

陈玉聃,《国际政治的文学透视:以莎士比亚〈亨利五世〉为例》,《外交评论(外交学院学报)》2015 年第 4 期.

陈正直,《一为二的西方现代派文学》,《外国文学研究》1981 年第 2 期.

陈志红,《他人的酒杯——中国当代女性主义文学批评阅读札记》,《当代作家评论》1999 年第 2 期.

陈众议主编,《当代中国外国文学研究(1949—2019)》,中国社会科学出版社 2019 年版.

晨,《美国加州轮演剧团来院演出〈夏日花艳〉》,《戏剧艺术》1991 年第 2 期.

成,《〈莎士比亚全集〉等获第一届国家图书奖》,《世界文学》1994 年第 2 期.

程朝翔,《理论之后,哲学登场——西方文学理论发展新趋势》,《外国文学评论》2014 年第 4 期.

程朝翔,《莎士比亚的文本、电影与现代战争》,《国外文学》2005 年第 2 期.

程朝翔,《战争对于莎士比亚的利用:一个文学为社会所用的个案》,《外国文学研究》2005 年第 2 期.

程朝翔,《中国新文化身份塑造中的莎士比亚》,《英美文学研究论丛》2016 年第 1 期.

崔庆蕾,《1980 年代先锋文学批评研究》,山东师范大学博士学位论文,2019 年.

戴镏龄,《〈麦克佩斯〉与妖氛》,《中山大学学报》(哲学社会科学版)1964 年第 2 期.

戴平,《戏剧美学教程》,上海书店出版社 2011 年版.

邓小平,《邓小平文选(第二卷)》,人民出版社 1994 年版.

邓小平,《邓小平文选(第三卷)》,人民出版社 1993 年版.

邓小平，《在中国文学艺术工作者第四次代表大会上的祝词(一九七九年十月三十日)》，《文艺理论与批评》1997 年第 3 期.

董放，《从话剧到歌剧——歌剧〈奥赛罗〉台本与莎剧〈奥瑟罗〉的比较研究》，《音乐艺术(上海音乐学院学报)》2002 年第 1 期.

董敬伟、天才，《岂只莎士比亚又岂只大款?》，《今日浙江》1996 年第 14 期.

《发刊词》，《戏剧艺术》1978 年第 1 期.

范方俊，《"汤显祖与莎士比亚"话题提出的时代语境及问题实质》，《学术研究》2016 年第 12 期.

范继忠，《中国期刊史：第三卷(1949—1978)》，石峰主编，人民出版社 2017 年版.

范益松，《来自英国的意见与希望》，《戏剧艺术》1985 年第 4 期.

方厚枢、魏玉山，《中国出版通史·中华人民共和国卷》，中国书籍出版社 2008 年版.

方平，《从新"环球剧场"的首演谈〈威尼斯商人〉的几种不同处理》，《戏剧艺术》2000 年第 5 期.

方平，《返朴归真——〈威尼斯商人〉的演出设想》，《外国文学研究》1981 年第 4 期.

方平，《和莎士比亚交个朋友吧! ——漫谈艺术修养》，《读书》1981 年第 1 期.

方平，《后记》，《新莎士比亚全集(第十二卷)：诗歌》，河北教育出版社 2000 年版.

方平，《金羊毛的追逐者——〈威尼斯商人〉人物小议》，《外国文学研究》1980 年第 1 期.

方平，《论〈居里厄斯·凯撒〉》，《戏剧艺术》1998 年第 5 期.

方平，《莎士比亚喜剧和莎翁的喜剧精神》，《外国文学论》1990 年第 1 期.

方平，《莎士比亚喜剧五种》，上海译文出版社 1979 年版.

方平，《我国古典文学和莎士比亚》，《读书》1980 年第 8 期.

方平，《〈新莎士比亚全集〉：我的梦想》，《出版广角》1995 年第 6 期.

费春放，《当今美国舞台上的莎士比亚》，《戏剧艺术》1994 年第 4 期.

费小平，《沙可夫——几乎被遗忘的我国杰出的外国文艺理论翻译家》，《外语研究》2016 年第 4 期.

费小平，《莎士比亚在改革开放的中国》，《广西师院学报》(哲学社会科学版)1997 年第 2 期.

封英锋，《浪漫诗人与情感化悲剧——郭沫若历史悲剧与莎士比亚悲剧之比较》，《延安大学学报》(社会科学版)1999 年第 2 期.

冯伟，《莎士比亚与早期现代英国的"法律"建构》，《外国文学》2014 年第 4 期.

冯伟，《文化挪用视角下的跨文化戏剧》，《文艺理论研究》2016 年第 5 期.

佛尔斯，R.，《影片"汉姆莱脱"的美工设计》，方也仁译，《电影艺术译丛》1956 年第 7 期.

佛尔斯，R.，《影片"理查三世"的服装设计》，陈元珍译，《电影艺术译丛》1956 年第 7 期.

弗里德里克，奥托，《莎士比亚一首轶诗引起的争论》，杨绍伟译，《文化译丛》1986 年第 5 期.

弗罗洛夫，B.，《莎士比亚的悲剧在银幕上》，江韵辉译，《世界电影》(《电影艺术译丛》)1958 年第 4 期.

福柯，米歇尔，《词与物——人文科学的考古学(修订本)》，莫伟民译，上海三联书店 2016 年版.

福柯，米歇尔，《话语的秩序》，肖涛译，许宝强、袁伟编，《语言与翻译的政治》，中央编译出版社 2001 年版.

福柯，米歇尔，《权力的眼睛——福柯访谈录(修订译本)》，严锋译，上海人民出版社 2021

年版.

付磊、贺嘉,《叙事性舞蹈在音乐剧〈西区故事〉中的功能》,《北京舞蹈学院学报》2014 年
　　第 4 期.

傅成兰,《说香港话的罗密欧与朱丽叶——访香港演艺学院院长钟景辉》,《中国戏剧》
　　1992 年第 9 期.

傅谨,《〈大将军〉和"人艺"的林兆华时代》,《读书》2008 年第 4 期.

富里迪,弗兰克,《知识分子都到哪里去了:对抗 21 世纪的庸人主义》,戴从容译,江苏人
　　民出版社 2012 年版.

高建平主编,《当代中国文艺理论研究(1949—2019)(下卷)》,中国社会科学出版社 2019
　　年版.

高杰,《吹不尽这春风绿意——北京中国莎士比亚戏剧节巡礼》,《外国文学》1986 年第
　　6 期.

高烈夫,《莎士比亚戏剧的启蒙读物——木下顺二的〈我们的莎士比亚〉》,《读书》1979
　　年第 3 期.

戈宝权,《莎士比亚的作品在中国(翻译文学史话)》,《世界文学》1964 年第 5 期.

戈哈,《饶斯编的〈注释本莎士比亚集〉出版》,《世界文学》1979 年第 2 期.

戈异,《用什么眼光看待西方现代派文学》,《外国文学研究》1980 年第 4 期.

格拉夫敦,安东尼,《脚注趣史》,张弢、王春华译,北京大学出版社 2014 年版.

宫宝荣,《从〈哈姆雷特〉到〈王子复仇记〉——一则跨文化戏剧的案例》,《戏剧艺术》2012
　　年第 2 期.

宫宝荣,《一幅别出心裁的莎士比亚拼贴画——观〈夏日花艳〉》,《上海戏剧》1991 年第
　　4 期.

龚刚,《"十七年"时期的莎学探索——论吴兴华对〈威尼斯商人〉的解读及其范式意义》,
　　《外国文学研究》2018 年第 1 期.

龚蓉,《"作为历史研究的文学研究":修正主义、后修正主义与莎士比亚历史剧》,《外国
　　文学评论》2017 年第 3 期.

辜正坤,《十九世纪西方倒莎论述评》,《北京大学学报》(哲学社会科学版)1993 年第
　　3 期.

辜正坤,《西方十九世纪前倒莎论述评》,《国外文学》1993 年第 4 期.

辜正坤、鞠方安,《〈阿登版莎士比亚〉与莎士比亚版本略论》,《中华读书报》2008 年 4 月
　　16 日.

顾绶昌,《关于莎士比亚的语言问题》,《外国文学研究》1982 年第 3 期.

顾绶昌,《莎士比亚的版本问题(续)》,《外国文学研究》1986 年第 2 期.

顾绶昌,《莎士比亚的版本问题》,《外国文学研究》1986 年第 1 期.

郭小男,《莎剧歌剧化的首次尝试》,《戏剧艺术》1995 年第 1 期.

郭昕,《伯恩斯坦音乐作品中的草根文化解读——音乐剧〈西区故事〉个案研究》,《黄河
　　之声》2014 年第 2 期.

郭欣瑞,《〈电影艺术译丛〉(1953—1958)外国电影理论译介研究》,陕西师范大学硕士学
　　位论文,2017 年.

郭英剑、杨慧娟,《20 世纪 80 年代以来中国戏剧舞台上的莎士比亚》,《英美文学研究论
　　丛》2009 年第 1 期.

郭永伟,《经典剧目中国当代表导演教学实践研究》,上海戏剧学院博士学位论文,

2019 年.

海牧,《精彩纷呈的中国莎剧演出》,《戏剧之家》1999 年第 2 期.

韩纪扬,《苏联莎士比亚戏剧舞台美术介绍(续)》,《戏剧艺术》1985 年第 4 期.

韩丝,《新时期莎剧的戏曲改编历程述评》,《戏剧艺术》2016 年第 5 期.

郝田虎,《改革开放初期中国的莎士比亚及早期英国戏剧研究述评》,《英语广场(学术研
　　究)》2015 年第 5 期.

何昌邑、区林,《莎士比亚十四行诗新解:一种双性恋视角》,《云南民族大学学报》(哲学
　　社会科学版)2009 年第 6 期.

何鼎鼎,《当莎士比亚遇上汤显祖》,《人民日报》2016 年 10 月 13 日.

何辉斌,《国人对"莎士比亚化"和"席勒式"的误读与建构》,《文化艺术研究》2016 年第 9 期.

何辉斌,《吴兴华的莎士比亚研究》,《汉语言文学研究》2015 年第 1 期.

何其莘,《电影与文学:后现代版〈罗米欧＋朱丽叶〉的镜语分析》,《外语与外语教学》
　　2005 年第 9 期.

何青,《苏联影片"奥瑟罗"在国外的荣誉》,《电影艺术译丛》1958 年第 4 期.

何为,《从莎士比亚谈起》,《人民戏剧》1978 年第 1 期.

何小颖,《夏洛克的命运　犹太人的悲剧——〈威尼斯商人〉重读》,《重庆科技学院学报》
　　(社会科学版)2009 年第 9 期.

何映,《外国文学研究工作需要联系现实斗争》,《文学评论》1964 年第 4 期.

何玉新,《怎样以当代视角解读莎士比亚?》,《天津日报》2016 年 6 月 29 日第 17 版.

贺麦晓,《吴兴华、新诗诗学与 50 年代台湾诗坛》,《诗探索》2002 年第 Z2 期.

贺麦晓,《吴兴华作为现代诗人的生成》,李春译,《中国现代文学研究丛刊》2017 年
　　12 期.

贺显斌,《赞助者影响与两位莎剧译者的文化取向》,《四川外语学院学报》2005 年第
　　6 期.

贺祥麟,《〈威尼斯商人〉浅论》,《广西师范大学学报》(哲学社会科学版)1979 年第 2 期.

黑泽明,《我的电影观》,洪旗译,《世界电影》(《电影艺术译丛》)1999 年第 5 期.

亨廷顿,塞缪尔,《中文版序言》,《文明的冲突》,周琪译,新华出版社 2012 年版.

虹,《苏联各制片厂制订改编文学作品的计划》,《世界电影》(《电影艺术译丛》)1955 年第
　　7 期.

洪增流,《论莎士比亚戏剧中的超自然描写》,《外国文学研究》1995 年第 3 期.

洪子诚,《问题与方法——中国当代文学史研究讲稿(增订版)》,生活·读书·新知三联
　　书店 2015 年版.

侯静、李来,《从电影〈仲夏夜之梦〉看莎翁狂欢化特质》,《电影文学》2017 年第 21 期.

胡家峦,《秩序与和谐:莎士比亚历史剧中的园林意象》,《解放军外国语学院学报》2007
　　年第 6 期.

胡经之,《理想与现实在文学中的辩证结合》,《文学评论》1959 年第 1 期.

胡妙胜,《莎士比亚戏剧的视觉世界》,《戏剧艺术》1986 年第 3 期.

胡鹏,《离婚案下的政治:〈亨利八世〉与〈真相揭秘〉》,《外国文学评论》2011 年第 2 期.

胡鹏,《医学、政治与清教主义:〈罗密欧与朱丽叶〉的瘟疫话语》,《外国文学评论》2012
　　年第 3 期.

胡雪桦、倪震、胡克、杨远婴、刘华,《喜玛拉雅王子》,《当代电影》2006 年第 6 期.

华泉坤,《当代莎士比亚评论的流派》,《外国语》1993 年第 5 期.

怀特,海登,《"描述逝去时代的性质":文学理论与历史写作》,拉尔夫·科恩主编,《文学理论的未来》,程锡麟等译,中国社会科学出版社 1993 年版.

荒井良雄,《一个翻译莎士比亚全集的人和一个演出全部莎剧的人》,倪祖光译,《文化译丛》1987 年第 5 期.

荒木卓郎、平井进吾,《日本电影》,忱译,《世界电影》(《电影艺术译丛》)1956 年第 6 期.

黄必康,《哈姆雷特:政治意识形态阴影中追踪死亡理念的思想者》,《外国语(上海外国语大学学报)》2000 年第 4 期.

黄必康,《解读文本意象:莎剧〈亨利四世〉中政治的园林与绞架的政治》,《国外文学》2000 年第 1 期.

黄昌勇,《孙大雨和莎士比亚戏剧翻译》,《戏剧艺术》2013 年第 2 期.

黄福武,《莎翁名剧〈威尼斯商人〉的文本解读——兼论犹太律法的发展》,《山东大学学报》(哲学社会科学版)2007 年第 4 期.

黄龙,《莎著、〈圣经〉与〈诗经〉——莎士比亚文艺观溯源之补证》,《南京师大学报》(社会科学版)1982 年第 4 期.

黄梅,《回顾现代英国小说》(序言),黄梅主编:《现代主义浪潮下:英国小说研究 1914—1945》,中国社会科学出版社 1995 年版.

黄擎,《"大批判"文艺批评模式与对王实味的两次批判》,《中国现代文学研究丛刊》2011 年第 7 期.

黄文璋,《莎士比亚新诗真伪之鉴定》,《中国统计》1999 年第 7 期.

黄旬,《英美医学书刊中的莎剧引文:亦诗亦哲,非巫非医——〈莎士比亚的医学知识〉读后七年存疑》,《上海科技翻译》1998 年第 4 期.

黄育馥,《1976—1981 年英国出版的有关莎士比亚的新书》,《外国文学研究》1982 年第 1 期.

黄育馥,《美国出版〈注释的莎士比亚〉一书》,《外国文学研究》1979 年第 4 期.

黄佐临,《莎士比亚剧作在中国舞台演出的展望——在首届中国莎士比亚戏剧界学术报告会上的发言》,《莎士比亚在中国》,上海文艺出版社 1987 年版.

霍夫曼,尤根,《文学化戏剧——它能存在到下世纪末吗?》,张倩译,《戏剧艺术》1999 年第 2 期.

霍华德,李思廉,《在影片中演出》,盛葵阳译,《世界电影》(《电影艺术译丛》)1957 年第 3 期.

基,《苏联举行南斯拉夫电影周》,《电影艺术译丛》1956 年第 7 期.

纪沙,《我国举办首届莎士比亚戏剧节》,《戏曲艺术》1986 年第 2 期.

季羡林,《锦上添花——代发刊词》,《国外文学》1981 年第 1 期.

姜玉琴,《论林兆华的先锋主义戏剧观》,《戏剧艺术》2018 年第 6 期.

蒋维国、李如茹,《文化交汇——在英国利兹大学导演〈麦克白〉》,《戏剧艺术》1995 年第 2 期.

焦敏,《法律、秩序与性意识形态——莎剧〈一报还一报〉中的性意识形态》,《外国文学研究》2008 年第 4 期.

金惠敏,《理论没有"之后"——从伊格尔顿〈理论之后〉说起》,《外国文学》2009 年第 2 期.

卡尔,爱德华·霍列特,《历史是什么?》,吴柱存译,商务印书馆 1981 年版.

柯飞,《梁实秋谈翻译莎士比亚》,《外语教学与研究》1988 年第 1 期.

柯切托夫,符,《访莎士比亚故乡》,安郁琛译,《译林》1981 年第 2 期.

肯尼迪，丹尼斯，《莎士比亚与世界》，谢忆译，《戏剧艺术》2000年第5期.
孔耕蕻，《莎士比亚：评论、演出及其“中国化”》，《外国文学研究》1986年第4期.
寇鹏程，《“十七年”〈文学评论〉中的“外国文学”研究》，《社会科学战线》2015年第4期.
蔻恩，露比，《贝克特作品中莎士比亚的余烬》，孙家译，《戏剧》1997年第2期.
匡映辉，《解放前我国舞台上的莎翁戏剧》，《戏剧报》1986年第4期.
昆西，托马斯·德，《论〈麦克佩斯〉剧中的敲门声》，李赋宁译，《世界文学》1979年第2期.
拉康，雅，《欲望及对〈哈姆雷特〉中欲望的阐释》(连载)，陈越译，《世界电影》(《电影艺术译丛》)1996年第3期.
莱文森，吉尔，《〈罗密欧与朱丽叶〉剧场演出简史》，刘晶译，《戏剧艺术》2012年第5期.
濑户宏，《莎士比亚在中国：中国的莎士比亚接受史》，陈凌虹译，广东人民出版社2017年版.
劳允栋，《莎士比亚语言与现代英语》，《扬州师院学报》(社会科学版)1983年第4期.
黎会华，《从〈威尼斯商人〉的女性人物塑造看莎士比亚的女权主义倾向》，《浙江师范大学学报》2003年第2期.
礼，《英国影评家眼里的苏联影片》，《世界电影》(《电影艺术译丛》)1957年第5期.
李达三，《莎翁作品教学管见》，谢耀文译，《戏剧艺术》1991年第2期.
李赋宁，《莎士比亚的“皆大欢喜”》，《北京大学学报》(人文科学)1956年第4期.
李浤，《莎士比亚中期喜剧与舞台表现手法》，《戏剧艺术》1986年第1期.
李建军，《汤显祖：“走出去”的焦虑与可能性》，《名作欣赏》2016年第31期.
李建军，《再度创作：汤显祖与莎士比亚的文学经验》，《当代文坛》2017年第1期.
李建平，《莎士比亚剧目在教学中的意义与作用》，《戏剧艺术》2017年第5期.
李江，《〈威尼斯商人〉与中世纪西欧的犹太人问题》，《南昌大学学报》(人文社会科学版)2008年第1期.
李杰，《比较文学中的大众传媒研究》，《中外文化与文论》2001年第00期.
李金声，《从莎士比亚使用的词汇量谈词汇量的统计》，《辞书研究》1983年第4期.
李磊，《意识形态操控与莎士比亚电影改编——论〈一剪梅〉对〈维洛那二绅士〉的改编》，《电影文学》2011年第15期.
李频，《中国期刊史(第四卷，1978—2015)》，人民出版社2017年版.
李如茹，《莎士比亚与中国戏曲》，《戏剧报》1986年第9期.
李韶丽、崔东辉，《莎士比亚喜剧中女性主体意识与男权解构》，《辽宁工程技术大学学报》(社会科学版)2012年第3期.
李万钧，《比较文学视点下的莎士比亚与中国戏剧》，《文学评论》1998年第3期.
李卫国，《互动中的盘旋——“十七年”的读者与文学》，复旦大学博士学位论文，2005年.
李伟，《西体中用：论吴兴国“当代传奇剧场”的跨文化戏剧实验》，《戏剧艺术》2011年第4期.
李伟昉，《接受与流变：莎士比亚在近现代中国》，《中国社会科学》2011年第5期.
李伟昉，《梁实秋莎评研究》，商务印书馆2011年版.
李伟昉，《镶嵌在瑰宝上的明珠——谈莎士比亚对圣经典故的运用》，《河南大学学报》1991年第2期.
李伟民，《比较文学视野观照下的莎士比亚研究》，《中南民族大学学报》(人文社会科学版)2006年第5期.
李伟民，《曹禺的莎士比亚观——以新发现的曹禺〈柔蜜欧与幽丽叶〉(专题报告)为中心》,《戏剧艺术》2019 年第 6 期.

李伟民,《从单一走向多元:莎士比亚的〈威尼斯商人〉及其夏洛克研究在中国》,《外语教学》2009 年第 5 期.

李伟民,《从莎士比亚悲剧〈麦克白〉到婺剧〈血剑〉——后经典叙事学视角下的改编》,《戏剧艺术》2014 年第 2 期.

李伟民,《从〈威尼斯商人〉看莎士比亚的商业观》,《北京农业工程大学社会科学学报》1994 年第 Z1 期.

李伟民,《俄苏莎学理论在中国的传播》,《四川戏剧》1997 年第 6 期.

李伟民,《改革开放三十年中国大学的莎士比亚戏剧演出》,《徐州师范大学学报》(哲学社会科学版)2010 年第 3 期.

李伟民,《互文与戏仿——顾仲彝〈三千金〉对〈李尔王〉的改编》,《戏剧艺术》2008 年第 3 期.

李伟民,《艰难的进展与希望——近年来中国莎士比亚研究述评》,《四川外语学院学报》2006 年第 1 期.

李伟民,《阶级、阶级斗争与莎学研究:莎士比亚在二十世纪五六十年代的中国》,《四川戏剧》2000 年第 3 期.

李伟民,《借鉴与创新:中国莎士比亚研究和演出的独特气韵——纪念莎士比亚逝世 400 周年》,《河南大学学报》(社会科学版)2016 年第 3 期.

李伟民,《梁实秋与莎士比亚》,《书城》1994 年第 10 期.

李伟民,《两部〈莎士比亚辞典〉的比较》,《辞书研究》1996 年第 3 期.

李伟民,《论杨周翰的莎学研究思想》,《四川戏剧》,2000 年第 1 期.

李伟民,《马克思主义莎学在中国的传播——论赵澧的莎学研究思想》,《重庆邮电学院学报》(社会科学版)2004 年第 3 期.

李伟民,《青春、浪漫与诗意美学风格的呈现——张奇虹对莎士比亚经典〈威尼斯商人〉的舞台叙事》,《四川戏剧》2014 年第 6 期.

李伟民,《莎士比亚的长诗〈维纳斯与阿董尼〉与女性主义视角》,《四川外语学院学报》2007 年第 5 期.

李伟民,《"莎士比亚化"与"席勒式"批评演进在中国》,《安徽大学学报》(哲学社会科学版)2005 年第 6 期.

李伟民,《莎士比亚文化中的奇葩——音乐中的莎士比亚述评》,《川北教育学院学报》1994 年第 3 期.

李伟民,《莎士比亚喜剧批评在中国》,《国外文学》2006 年第 2 期.

李伟民,《莎士比亚在中国政治环境中的变脸》,《国外文学》2004 年第 3 期.

李伟民,《施莱格尔兄弟对莎士比亚的解读》,《外国文学研究》2005 年第 2 期.

李伟民,《文学向文化的转移——论莎士比亚作品的传播方式与历史》,《玉溪师专学报》1993 年第 6 期.

李伟民,《〈一剪梅〉:莎士比亚〈维洛那二绅士〉改编的中国化》,《外国文学研究》2012 年第 1 期.

李伟民,《一种文化现象的继续——论莎士比亚作品的传播》,《国外文学》1993 年第 2 期.

李伟民,《异彩纷呈:'94 上海国际莎剧节》,《四川戏剧》1995 年第 3 期.

李伟民,《在东西文化的互渐中坚定文化自信——中华人民共和国 70 年的莎士比亚戏剧》,《四川戏剧》2019 年第 10 期.

李伟民,《在西方正典的旗帜下:哈罗德·布鲁姆对莎士比亚的阐释》,《戏剧艺术》2011
　　年第 5 期.

李伟民,《中国莎士比亚翻译研究五十年》,《中国翻译》2004 年第 5 期.

李伟民,《中国莎士比亚批评:现状、展望与对策》,《英美文学研究论丛》2008 年第 2 期.

李伟民,《中国莎士比亚批评史》,中国戏剧出版社 2006 年版.

李伟民,《中国戏曲莎剧与莎剧现代化》,《闽江学院学报》2006 年第 1 期.

李伟民,《中国语境:莎士比亚的〈罗密欧与朱丽叶〉阐释策略》,《西北大学学报》(哲学社
　　会科学版)2007 年第 1 期.

李伟民、滕宇,《椽笔剖本质 下海也为利——商业活动中的莎士比亚》,《中国商人》1996
　　年第 4 期.

李希特,艾丽卡·费舍尔、黄觉,《让表演文化经纬交织:重新思考"跨文化戏剧"》,《戏剧
　　(中央戏剧学院学报)》2013 年第 3 期.

李小林,《野心/天意——从〈麦克白〉到〈血手记〉和〈欲望城国〉》,《外国文学评论》2010
　　年第 1 期.

李小林,《"移步不换形":〈血手记〉和〈欲望城国〉的迥异"移步"》,《戏剧艺术》2013 年第
　　3 期.

李雪枫,《一样钟情,两样风景——〈罗密欧与朱丽叶〉和〈娇红记〉中女主人公形象比
　　较》,《中华戏曲》1999 年第 1 期.

李阳,《当代文学生产机制转型初探——以〈上海文学〉1980 年代的文学实践为线索》,
　　华东师范大学博士学位论文,2011 年.

李毅,《奥赛罗的文化认同》,《外国文学评论》1998 年第 2 期.

李宇东,《韵文在曹雪芹和莎士比亚创作中的运用》,《外国文学研究》1995 年第 2 期.

李鸢,《从读莎氏喜剧的一点感受谈起》,《外国文学研究》1979 年第 1 期.

丽,《近十年来夏洛克形象研究回顾与思考》,《齐鲁学刊》2005 年 6 期.

梁工,《中国圣经文学研究 20 年》,《荆州师范学院学报》1999 年第 6 期.

廖奔,《比较文化:汤显祖与莎士比亚》,《艺术百家》2016 年第 5 期.

列别杰夫,H.,《文学与电影的关系》,冯由礼译,《世界电影》(《电影艺术译丛》)1955 年第
　　6 期.

列文,哈利,《莎士比亚作品主题的多样性》,王立、铁志怡译,《辽东学院学报》(社会科学
　　版)2013 年第 5 期.

林克欢,《历史·舞台·表演——评林兆华的文化意向与表演探索》,《艺术评论》2005
　　年第 7 期.

林一民,《关于莎士比亚的新话题》,《南昌大学学报》(社会科学版)1994 年第 3 期.

林一民,《托尔斯泰为什么否定莎士比亚——兼谈文学接受中的差异性与背离性》,《南
　　昌大学学报》(人文社会科学版)1986 年第 4 期.

林耘,《莎士比亚戏剧的"美国化"》,《戏剧报》1954 年第 4 期.

林兆华,《戏剧的生命力》,《文艺研究》2001 年第 3 期.

林兆华口述,林伟喻、徐馨整理,《导演小人书·做戏(全本)》,作家出版社 2014 年版.

林忠亮,《莎士比亚悲剧和傣族民间长诗比较》,《民族文学研究》1986 年第 5 期.

刘白、谢敏敏,《新中国 70 年外国文学研究:回顾与展望——中国外国文学学会第十五
　　届双年会综述》,《外国文学评论》2019 年第 4 期.

刘炳善,《从一个戏看莎翁全集的两种中译本》,《河南大学学报》(社会科学版)1991 年第 2 期.

刘炳善,《为中国学生编一部莎士比亚词典——〈英汉双解莎士比亚大词典〉自序》,《外语与外语教学》1999 年第 1 期.

刘诚、吴思娘,《论伯恩斯坦音乐剧〈西区故事〉的音乐艺术特征》,《中国音乐》2009 年第 3 期.

刘昊,《莎士比亚与汤显祖时代的演剧环境》,《戏剧艺术》2012 年第 2 期.

刘洪涛、高金花、孙永恩,《黑泽明与莎士比亚戏剧》,《戏剧文学》2007 年第 12 期.

刘明厚,《多元化的莎士比亚——1994 上海国际莎剧节评述》,《戏剧(中央戏剧学院学报)》1994 年第 4 期.

刘念兹,《浅说〈威尼斯商人〉》,《山东师院学报》(社会科学版)1978 年第 3 期.

刘萍,《〈爱德华三世〉:莎士比亚的第 39 部剧作?》,《四川外语学院学报》2000 年第 2 期.

刘娅敏,《莎士比亚戏剧的电影诠释——浅析〈夜宴〉对〈哈姆雷特〉的改编》,《湖北经济学院学报》(人文社会科学版)2009 年第 5 期.

刘玉麟,《莎士比亚和他的〈威尼斯商人〉》,《外国语》1978 年第 2 期.

刘志华,《"十七年文学批评"研究》,福建师范大学博士学位论文,2007 年.

陆谷孙,《让书斋与舞台沟通——关于莎剧表演和研究的一点感想》,《上海戏剧》1986 年第 3 期.

陆谷孙,《帷幕落下以后的思考》,载《莎士比亚在中国》,上海文艺出版社 1987 年版.

吕效平,《论汤显祖与莎士比亚的不同质》,《戏剧与影视评论》2016 年第 4 期.

罗怀臻,《文化自信与传统戏曲的现代转化》,《中国文艺评论》2016 年第 10 期.

罗斯,莉,《塑造令人萦怀的角色——黑泽明访美侧记》,林瑞颐译,《世界电影》(《电影艺术译丛》)1982 年第 5 期.

罗义蕴,《假如音乐是爱情的食粮——评莎士比亚的喜剧〈第十二夜〉(又名〈各遂所愿〉)及其歌》,《戏剧》1999 年第 2 期.

罗艺军,《中国电影理论与"洋务派"》,《电影艺术》1995 年第 3 期.

罗益民,《从动物意象看〈李尔王〉中的虚无主义思想》,《北京大学学报》(外国语言文学专刊)1999 年第 S1 期.

罗益民,《宇宙的琴弦——莎士比亚十四行诗第十八首的音乐主题结构》,《名作欣赏》2004 年第 4 期.

罗益民、杨林贵,《陌生化理论视野下的镜与灯——林兆华导演的莎剧〈理查三世〉与模仿传统的艺术转型》,《戏剧艺术》2014 年第 2 期.

罗志野,《二十世纪对莎士比亚的新阐释》,《江西社会科学》1993 年第 7 期.

罗志野,《论莎士比亚的修辞应用》,《外国语(上海外国语学院学报)》1991 年第 2 期.

马焯荣,《谈"莎味"与"中国化"之争》,《戏剧艺术》1986 年第 3 期.

马尔,M. Z.,《美国的电视上终于有了哈姆莱特》,徐建生译,《世界电影》(《电影艺术译丛》)1993 年第 6 期.

马国顺、甘真玮,《"双一流"建设下高校教师职称改革的困境与突破——基于布迪厄社会学理论的视角》,《高等教育管理》2018 年第 6 期.

马克思,卡尔,《路易·波拿巴的雾月十八日》,《马克思恩格斯选集》(第一卷),人民出版社 1995 年版,2008 年重印.

马力,《中西文化在戏剧舞台上的遇合——关于"中国戏曲与莎士比亚"的对话》,《戏剧艺术》1986 年第 3 期.

马清福,《关于"莎士比亚化"》,《戏剧创作》1979 年第 5 期.

马弦、马焯荣,《李渔·莎士比亚比较偶数思维与戏剧创作》,《艺海》1995 年第 2 期.

马元和,《英国将"莎士比亚"剧作制成电视剧》,《新闻战线》1980 年第 7 期.

马玥,《基于莎士比亚戏剧的导演与表演教学研究——以美国耶鲁大学戏剧学院为例》,
　　上海戏剧学院硕士学位论文,2010 年.

曼威尔,罗,《黑泽明的〈麦克佩斯〉——〈蛛网宫堡〉》,管蠡译,《电影艺术译丛》1981 年第
　　1 期.

曼威尔,罗吉,《彼得·布洛克的影片〈李尔王〉》,伍菡卿译,《电影艺术译丛》1979 年第
　　1 期.

曼威尔,罗吉,《莎士比亚与电影》,史正译,中国电影出版社 1985 年版.

孟京辉,《先锋戏剧档案》,作家出版社 2000 年版.

孟宪强,《趋真与变异的独特历程——中国对莎士比亚的接受》,《世纪论评》1998 年第
　　3 期.

孟宪强,《中国莎学简史》,东北师范大学出版社 2014 年版.

孟宪强,《中华莎学十年(1978—1988)》,《外国文学研究》1990 年第 2 期.

孟智慧、车文文,《消费文化语境下莎士比亚戏剧的电影改编——"度"与"量"的权衡》,
　　《长城》2012 年第 12 期.

米哈尔科维奇,B. H.,《电影与电视,或论相似物的不相似之处》,章杉译,《世界电影》
　　(《电影艺术译丛》)1996 年第 5 期.

莫洛卓夫,米,《威廉·莎士比亚》,陈微明译,《戏剧报》1954 年第 4 期.

莫洛卓夫,《威廉·莎士比亚(续)》,陈微明译,《戏剧报》1954 年第 5 期.

莫洛卓夫,《威廉·莎士比亚(续完)》,陈微明译,《戏剧报》1954 年第 6 期.

莫小青,《继承与颠覆——谈莎士比亚的〈罗密欧与朱丽叶〉的电影改编》,《世界电影》
　　(《电影艺术译丛》)2003 年第 4 期.

奈特,G. 维尔逊,《〈奥赛罗〉的演出》,孙家琇译,《戏剧艺术》1985 年第 3 期.

南帆,《批评抛下文学享清福去了》,《中华读书报》2003 年 3 月 12 日.

南帆,《双重的解读——八九十年代中国文学的一种描述》,《文学评论》1998 年第 5 期.

宁,《莎士比亚其人其剧之历史研究(上)》,《外国文学评论》2003 年第 3 期.

宁,《莎士比亚其人其剧之历史研究(下)》,《外国文学评论》2003 年第 4 期.

宁,《再说莎士比亚何以成为莎士比亚》,《外国文学评论》2005 年第 3 期.

宁,《莎学研究中的女权主义和新历史主义》,《外国文学评论》1996 年第 2 期.

诺曼,M.、T. 斯托帕德,《莎翁情史》,富澜译,《世界电影》(《电影艺术译丛》)2000 年第
　　4 期.

欧文,《表演的艺术》,盛葵阳译,《世界电影》(《电影艺术译丛》)1957 年第 6 期.

欧阳敏,《"十七年"出版机构制度变迁研究》,《科技与出版》2020 年第 11 期.

潘健华,《莎士比亚剧目服装创造断想》,《戏剧艺术》1986 年第 3 期.

佩伯尔,C. B.,《访问劳伦斯·奥立弗》,管蠡译,《电影艺术译丛》1980 年第 1 期.

彭镜禧、项红莉,《梆子莎士比亚:改编〈威尼斯商人〉为〈约/束〉》,《戏剧艺术》2010 年第
　　6 期.

普罗柯菲耶夫,B.,《斯坦尼斯拉夫斯基体系中的舞台形象问题(中)》,雷楠译,《电影艺
　　术译丛》1957 年第 10 期.

齐仙姑,《互文性的时代镜片:对〈一剪梅〉的再解读》,《北京电影学院学报》2014 年第 5 期.

钱谷融,《论"文学是人学"》,《文艺月报》1957 年第 7 期.

钱谷融,《谈文艺批评问题》,《文艺理论研究》1983 年第 4 期.

钱梅,《永不凋落的艺术鲜花(莎士比亚的〈全集〉)》,《读书》1979 年第 3 期.

钱兆明,《新发现的一首"莎士比亚"抒情诗——评盖里·泰勒的考据》,《外语教学与研究》1986 年第 2 期.

钱争平,《莎士比亚笔下的金钱》,《读书月报》1956 年第 11 期.

乔国强,《1978—2018:外国文学研究 40 年的回顾与反思》,《南京社会科学》2018 年第 10 期.

乔雪瑛,《从莎翁经典到视听盛宴:〈喜马拉雅王子〉中的文化碰撞》,《四川戏剧》2019 年第 12 期.

秦德儒,《人道主义的历史进步意义无容否定》,《外国文学研究》1979 年第 1 期.

秦国林,《莎士比亚语言的语法特点》,《外语学刊(黑龙江大学学报)》1988 年第 2 期.

秦露,《〈理查二世〉:新亚当与第二乐园的重建》,《国外文学》2007 年第 1 期.

邱桂香,《威尔第歌剧〈奥瑟罗〉与莎〈奥瑟罗〉艺术特点之比较》,《福建师范大学学报》(哲学社会科学版)2005 年第 6 期.

裘克安,《国际莎协会议记盛》,《外国文学》1981 年第 11 期.

区鉷,《透过莎士比亚棱镜的本土意识折光》,《外国文学评论》1999 年第 4 期.

《全国外国文学研究工作规划会议在广州召开》,《外国文学研究》1979 年第 1 期.

冉从敬、李新来、赵洋、黄海瑛,《数字人文视角下莎士比亚研究热点计量分析》,《图书馆建设》2018 年第 5 期.

冉从敬、赵洋、吕雅琦、黄海瑛,《数字人文视角下的莎士比亚学术传播研究》,《图书馆杂志》2018 年第 3 期.

任美衡,《文学批评现代化的策略、实践与影响——以〈文学评论〉"中国当代文学研究"栏目为个案的考察》,《当代文坛》2014 年第 5 期.

阮珅,《略谈莎士比亚的人道主义》,《外国文学研究》1979 年第 2 期.

阮珅,《〈威尼斯商人〉简论》,《外国文学研究》1978 年第 2 期.

萨杜尔,乔治,《1956 年的戛纳国际电影节》,徐昭译,《电影艺术译丛》1956 年第 7 期.

萨义德,爱德华.W,《东方学》,王宇根译,生活·读书·新知三联书店 1999 年版.

萨义德,爱德华.W,《知识分子论》,单德兴译,生活·读书·新知三联书店 2016 年版.

沙可夫,H.,《看"汉姆雷特,丹麦王子"在列宁格勒的演出》,《戏剧报》1954 年第 10 期.

莎士比亚,《爱德华三世》,孙法理注释,商务印书馆 2011 年版.

莎士比亚,W.、C. 尤特凯维奇,《奥瑟罗》,《电影艺术译丛》1956 年第 5 期.

《莎士比亚掌握多少语汇?》,《汉语学习》1980 年第 3 期.

《"莎士比亚专号"前言》,《外国文学》1981 年第 7 期.

《莎士比亚专号前言》,《外国文学》1981 年第 7 期.

上海师范大学中文系外国文学教研室,《批"洋为帮用"——揭批"四人帮"利用苏联文学搞篡党夺权的罪恶阴谋》,《外国文学研究》1978 年第 1 期.

申恩荣,《莎士比亚剧中语言的排比与对照》,《外国语(上海外国语学院学报)》1990 年第 2 期.

沈斌,《中国的、昆曲的、莎士比亚的——昆剧〈血手记〉编演经过》,《戏剧报》1988 年第

3 期.

沈国经,《昨日的人道主义与今日的封建法西斯主义》,《外国文学研究》1979 年第 1 期.

沈恒炎,《关于西方现代派文学的评价》,《外国文学研究》1981 年第 4 期.

沈建青,《一个"灰姑娘"的童话——对〈李尔王〉故事原型的心理透视》,《外国文学研究》
1992 年第 4 期.

沈林,《刺目的盲点:再议"跨文化戏剧"》,《戏剧艺术》2012 年第 5 期.

沈子文、孙椿海、邹国藩、王沂清,《试谈李耳王性格的发展》,《复旦》1960 年第 2 期.

沈自爽、许克琪,《莎士比亚作品的后现代电影改编——以〈哈姆雷特 2000 版〉为例》,
《南京工程学院学报》(社会科学版)2012 年第 1 期.

盛宁,《对"现代主义"在中国影响的再思考》,《文学评论》2012 年第 1 期.

盛宁,《走出"文化研究"的困境》,《文艺研究》2011 年第 7 期.

石文年,《略谈"莎士比亚化"和"席勒式"的问题》,《厦门大学学报》(哲学社会科学版),
1978 年第 4 期.

石昭贤、薛迪之,《莎士比亚——"时代的灵魂"》,《西北大学学报》(哲学社会科学版)
1981 年第 3 期.

司马晓兰,《〈恋爱中的莎士比亚〉》,《世界电影》(《电影艺术译丛》)1999 年第 4 期.

松延,《观剧杂感》,《外国文学》1981 年第 7 期.

宋炳辉、吕灿,《20 世纪下半期弱势民族文学在中国的译介及其影响》,《中国比较文学》
2007 年第 3 期.

宋清如,《关于朱生豪译述〈莎士比亚戏剧全集〉的回顾》,《社会科学》1983 年第 1 期.

宋清如,《朱生豪与莎士比亚戏剧》,《新文学史料》1989 年第 1 期.

苏晖,《超越者的悲剧——〈哈姆雷特〉与〈狂人日记〉》,《外国文学研究》1992 年第 1 期.

孙法理,《莎士比亚历史剧〈爱德华三世〉真伪之辨》,《外语与外语教学》1999 年第 12 期.

孙福良,《'94 上海国际莎士比亚戏剧节述评》,《戏剧艺术》1994 年第 4 期.

孙福良,《莎士比亚与'94 上海——上海国际莎剧节述评》,《艺圃(吉林艺术学院学报)》
1994 年第 4 期.

孙福良,《走向二十一世纪的中国莎学》,《戏剧艺术》1998 年第 3 期.

孙怀仁,《喜为"莎""黄"架彩桥——〈无事生非〉导演心得》,《黄梅戏艺术》1987 年第
1 期.

孙会军、郑庆珠,《新时期英美文学在中国大陆的翻译(1976—2008)》,《解放军外国语学
院学报》2010 年第 2 期.

孙惠柱,《从"间离效果"到"连接效果"——布莱希特理论与中国戏曲的跨文化实验》,
《戏剧艺术》2010 年第 6 期.

孙惠柱,《高等戏剧教育的两种模式及其前景》,《戏剧艺术》2004 年第 1 期.

孙惠柱,《理想范本与自我呈现:论艺术表演学的基本矛盾及表演教育中的若干问题》,
《戏剧艺术》2012 年第 6 期.

孙惠柱,《人类表演学和社会表演学:哲学基础及实践意义》,《戏剧艺术》2005 年第 3 期.

孙惠柱,《戏剧在教育中的地位与作用》,《戏剧艺术》2002 年第 1 期.

孙惠柱,《重在表演:社会表演学导论》,《戏剧艺术》1999 年第 3 期.

孙惠柱、高鸽,《什么是人类表演学——理查德·谢克纳教授在上海戏剧学院的讲演》,
《戏剧艺术》2004 年第 5 期.

孙家琇,《对于"莎士比亚与京戏"一文的意见》,《争鸣》1956 年第 4 期.

孙家琇，《莎士比亚笔下的悲剧性人物——勃鲁托斯形象及其艺术创新》，《戏剧艺术》1996 年第 3 期.

孙家琇，《莎士比亚的现实意义》，《戏剧艺术》1994 年第 4 期.

孙家琇，《莎士比亚的英国历史剧——从〈爱德华三世〉可能是莎作谈起》，《戏剧艺术》1998 年第 2 期.

孙家琇，《所谓"莎士比亚问题"纯系无事生非》，《群言》1986 年第 7 期.

孙近仁、孙佳始，《说不尽的莎士比亚——孙大雨教授谈莎剧翻译》，《群言》1993 年第 4 期.

孙立，《新时期文学的"向内转"与"莎士比亚化"》，《理论学刊》1989 年第 1 期.

孙玫，《照亮两种不同戏剧传统的差异与共性：——论说〈1616：莎士比亚和汤显祖的中国〉》，《艺术百家》2016 年第 5 期.

孙婷，《莎士比亚为什么不能乘上戏曲这艘船来中国呢？》，《上海戏剧》1995 年第 2 期.

孙席珍，《论〈李尔王〉的创作方法与艺术特色》，《安徽大学学报》（哲学社会科学版）1981 年第 4 期.

孙艳娜，《二十世纪中国政治文化语境里的莎剧文学评论》，《戏剧文学》2011 年第 4 期.

孙艳娜，《莎士比亚在中国话剧舞台上的接受与流变》，《国外文学》2014 年第 4 期.

孙艳娜，《中国文艺学理论转向下的莎士比亚话剧演出》，《戏剧艺术》2016 年第 5 期.

孙宇、张龙海，《台湾地区莎士比亚戏剧研究的主体性回归》，《戏剧艺术》2019 年第 2 期.

孙媛，《从莎士比亚到莱德福："隔都"——〈威尼斯商人〉中的异质空间》，《四川戏剧》2016 年第 8 期.

孙媛，《"重复建设"还是"多重建设"——文献计量学视野下的中国哈姆雷特研究 40 年》，《四川戏剧》2018 年第 11 期.

索天章，《略论〈安东尼与克娄巴特拉〉——兼评上海青年话剧团在我国首演此剧》，《上海戏剧》1984 年第 3 期.

泰纳，《莎士比亚论》，张可译，《戏剧艺术》1978 年第 2 期.

谈瀛洲，《莎士比亚与汤显祖：中西戏剧史上的并峙双峰》，《光明日报》2016 年 7 月 29 日第 13 版.

汤茀之，《卢那察尔斯基论斯坦尼斯拉夫斯基》，《电影艺术译丛》1978 年第 00 期.

唐长华，《当代女性文学的生态女性主义批评》，《临沂师范学院学报》2005 年第 1 期.

唐湜，《论〈柔米欧与幽丽叶〉》，《戏剧艺术》1980 年第 2 期.

唐树良，《来自莎士比亚戏剧的英语成语》，《英语自学》1999 年第 8 期.

唐瑭，《论威尔第歌剧〈法尔斯塔夫〉的音乐新元素及喜剧性》，《上海戏剧》2013 年第 9 期.

陶东风，《文学理论的公共性——重建政治批评》，福建教育出版社 2008 年版.

陶东风、和磊，《当代中国文艺学研究（1949—2019）》（下卷），中国社会科学出版社 2019 年版.

陶久胜，《放血疗法与政体健康：体液理论中的莎士比亚罗马复仇剧》，《戏剧（中央戏剧学院学报）》2016 年第 6 期.

陶久胜，《英国前商业时代的国际贸易焦虑——莎士比亚〈错误的喜剧〉的经济病理学》，《国外文学》2016 年第 4 期.

田俊武，《莎士比亚：研究、争议与全球化语境下的再审视——耶鲁大学莎士比亚研究专家大卫·卡斯顿教授访谈录》（Shakespeare Study, Its Controversy and Re-evaluation in the Context of Globalization:An Interview with Professor David Scott Kastan),《外国文学研究》2012 年第 2 期.

田俊武、陈梅,《在歌颂爱情和友谊的背后——莎士比亚十四行诗中的同性恋主题》,《社会科学论坛》2006 年第 2 期.

田民,《莎士比亚戏剧中的"间离效果"——兼及莎士比亚对布莱希特的影响》,《戏剧文学》1990 年第 4 期.

童庆炳,《当前文学理论发展新趋势——以罗钢十年来的〈人间词话〉学案研究为例》,《探索与争鸣》2011 年第 9 期.

涂淦和,《莎士比亚的意象漫谈》,《厦门大学学报》(哲学社会科学版)1987 年第 4 期.

涂淦和,《谈谈二十世纪西方莎评的几种流派》,《厦门大学学报》(哲学社会科学版)1985 年第 2 期.

涂光群,《五十年文坛亲历记》(上),辽宁教育出版社 2005 年版.

《外国文学评论》编辑部编,《外国文学评论三十周年纪念特辑》,社会科学文献出版社 2018 年版.

《〈外国文学评论〉来稿须知与注释体例》,《外国文学评论》2017 年第 3 期.

汪榕培,《〈牡丹亭〉的英译及传播》,《外国语(上海外国语大学学报)》1999 年第 6 期.

汪耀进,《复调与莎士比亚》,《外国文学研究》1985 年第 3 期.

汪义群,《欧洲文艺复兴时期人文主义者"反宗教神学"说质疑》,《外国文学评论》1992 年第 1 期.

汪义群,《莎剧演出在我国戏剧舞台上的变迁》,《莎士比亚在中国》,上海文艺出版社 1987 年版.

汪义群,《莎士比亚宗教观初探》,《外国文学评论》1993 年第 3 期.

汪义群,《试论莎士比亚戏剧中的非规范英语》,《外国语(上海外国语学院学报)》1991 年第 6 期.

汪义群,《试论托尔斯泰莎评中的合理因素》,《戏剧艺术》1986 年第 3 期.

王保生,《〈文学评论〉编年史稿(1957—1966)》,《山东师范大学学报》(人文社会科学版)2014 第 2 期.

王东、李晓磊,《隐形的权威:"十七年"文学中的隐含读者"工农兵"》,《文艺争鸣》2020 年第 6 期.

王冠雷,《"后理论"的三种文学转向》,《福建师范大学学报》(哲学社会科学版)2018 年第 4 期.

王晋、从萍,《高校教师职称评审中的三重关系之省思》,《辽宁师范大学学报》(社会科学版)2019 年第 1 期.

王宁,《文化批评与批评的国际化》,《文学自由谈》1997 年第 3 期.

王莎烈,《莎士比亚喜剧中的女性观》,《东北师大学报》(哲学社会科学版)2007 年第 4 期.

王述文,《论夏洛克形象的多重性》,《外国文学研究》1999 年 3 期.

王似频,《爱的源泉——三部同名异曲的〈罗密欧与朱丽叶〉》,《音乐爱好者》1989 年第 2 期.

王玮敏,《论莎士比亚戏剧的商业性与商业化——从 93 年版电影〈无事生非〉谈起》,《外国文学评论》1996 年第 4 期.

王翔、于海跃,《流行因素与特定时代——〈西区故事〉与〈罗密欧与朱丽叶〉的创新》,《戏剧文学》2015 年第 11 期.

王晓明,《翻译的政治——从一个侧面看 1980 年代的翻译运动》,《印迹》(第 1 辑),江苏
　　教育出版社 2002 年版.

王晓鹰,《从焦菊隐到"中国式舞台意象的现代表达"》,《中国戏剧》2016 年第 1 期.

王晓鹰、杜宁远,《合璧:理查三世的中国意象》,文化艺术出版社 2016 年版.

王心洁、王琼,《中国莎学译道之流变》,《学术研究》2006 年第 6 期.

王烜,《京剧无需挟"新"自重》,《人民日报》2012 年 4 月 6 日.

王燕飞,《二十世纪〈牡丹亭〉研究综述》,《戏剧艺术》2005 年第 4 期.

王燕飞,《〈牡丹亭〉的传播研究》,上海戏剧学院博士学位论文,2005 年.

王一川,《"理论之后"的中国文艺理论》,《学术月刊》2011 年第 11 期.

王玉洁,《莎士比亚:原初女性主义者还是厌女主义者——莎士比亚女性观探佚》,《兰州
　　大学学报》(社会科学版)2013 年第 5 期.

王志耕,《外国文学研究的主体意识》,《外国文学研究》1987 年第 1 期.

王忠祥、杜娟,《〈外国文学研究〉与莎士比亚情结——兼及中国莎士比亚研究》,《外国文
　　学研究》2004 年第 5 期.

《〈王子复仇记〉的主角演员》,《电影评介》1979 年第 2 期.

王佐良,《白体诗里的想象世界——一论莎士比亚的戏剧语言》,《外语教学与研究》1984
　　年第 1 期.

王佐良,《白体诗在舞台上的最后日子——二论莎士比亚的戏剧语言》,《外语教学与研
　　究》1985 年第 4 期.

王佐良,《春天,想到了莎士比亚》,《外国文学》1981 年第 7 期.

王佐良,《莎士比亚在中国的时辰》,《外国文学》1991 年第 2 期.

王佐良,《英国诗剧与莎士比亚》,《文学评论》1964 年第 2 期.

韦勒克,雷内,《20 世纪文学批评的主要趋势》,《批评的概念》,张金言译,中国美术学院
　　出版社 1999 年版.

温华,《论外国文学研究话语转型——以五家学术期刊为中心》,华东师范大学博士学位
　　论文,2013 年.

温年芳,《系统中的戏剧翻译——以 1977—2010 年英美戏剧汉译为例》,上海外国语大
　　学博士学位论文,2012 年.

文军,《从莎士比亚的用例说起——浅谈医学词汇的喻用》,《上海科技翻译》1990 年第
　　2 期.

文木,《对西方现代派文学应取的态度》,《外国文学研究》1980 年第 4 期.

《文学评论》编辑部,《编后记》,《文学评论》1959 年第 1 期.

《文学评论》编辑部,《关于文学上的共鸣问题和山水诗问题的讨论》,《文学评论》1961
　　年第 6 期.

《文学评论》编辑部,《致读者》,《文学评论》1958 年第 3 期.

《文学评论》编辑部,《致读者》,《文学评论》1978 年第 1 期.

沃林,理查德,《文化批评的观念》,张国清译,商务印书馆 2001 年版.

吴保和,《中国戏剧中的"少女牺牲"原型》,《戏剧艺术》1989 年第 4 期.

吴光耀,《从〈哈姆莱特〉演出谈形式多样化》,《文艺研究》1983 年第 2 期.

吴红光、王林霞、左秀林等,《关于我国期刊分级的文献综述》,《图书情报工作网刊》2011
　　年 8 月.

吴辉，《改编：文化产业的一种策略——以莎士比亚电影为例》，《现代传播（中国传媒大学学报）》2007 年第 2 期.

吴辉，《三个王子，两位绅士，一段恋情：中国银幕上的莎士比亚》，《传媒与教育》2012 年第 1 期.

吴辉，《说不尽的莎士比亚——评 BBC 的莎剧改编及启示》，《现代传播（中国传媒大学学报）》2009 年第 3 期.

吴洁敏、朱宏达，《朱生豪和莎士比亚》，《外国文学研究》1986 年第 2 期.

吴念，《论莎士比亚对现代英语的影响和贡献》，《重庆师院学报》（哲学社会科学版）1994 年第 1 期.

吴佩娟，《没落的封建贵族——福斯塔夫和贾瑞比较》，《外国文学研究》1991 年第 3 期.

吴斯佳，《论莎剧动画改编的传记性叙事——以〈罗密欧与朱丽叶〉的动画改编为例》，《当代电影》2016 年第 8 期.

吴斯佳，《莎士比亚戏剧动画改编中的"拟物"手法》，《艺术广角》2016 年第 2 期.

吴兴华，《莎士比亚的亨利四世》，《北京大学学报》（人文科学）1956 年第 1 期.

吴兴华，《〈威尼斯商人〉——冲突和解决》，《文学评论》1963 年第 6 期.

吴炫，《批评科学化与方法论崇拜》，《文艺理论研究》1990 年第 5 期.

夏定冠，《谈谈莎士比亚喜剧的思想内容》，《外国文学研究》1979 年第 2 期.

夏写时，《莎士比亚将不来中国》，《上海戏剧》1994 年第 6 期.

夏杏珍，《邓小平与教育战线的拨乱反正》，《当代中国史研究》2004 年第 4 期.

向菲，《论电影在戏剧文学改编中的时间问题——以日本影片〈蜘蛛巢城〉对莎士比亚戏剧〈麦克白〉的改编为例》，《云梦学刊》2012 年第 5 期.

萧莎，《莎士比亚何以成为莎士比亚？》，《外国文学评论》2005 年第 1 期.

小禾，《纪念朱生豪诞辰 80 周年学术研讨会在沪召开》，《外国文学评论》1992 年第 3 期.

小禾，《朱生豪诞辰八十周年学术研讨会在沪召开》，《世界文学》1992 年第 3 期.

晓风，《罗密欧与朱丽叶》，《世界电影》（《电影艺术译丛》）1955 年第 5 期.

肖锦龙，《莎士比亚妇女观之人文主义说质疑》，《西北师大学报》（社会科学版）1998 年第 1 期.

肖锦龙，《莎士比亚文艺美学思想的底蕴——"举镜子照自然"说辩伪》，《外国文学评论》1995 年第 2 期.

肖四新，《基督教人道主义精神的延续和发展——论莎士比亚作品中的人道主义》，《宁夏大学学报》（社会科学版）1996 年第 1 期.

肖四新，《恐惧与颤栗——〈麦克白〉悲剧内核新探》，《国外文学》1999 年第 3 期.

肖四新，《莎士比亚作品中的人道主义——基督教人道主义精神的延续和发展》，《国外文学》1996 年第 1 期.

肖四新，《〈圣经〉原型——莎士比亚创作的基石》，《外国文学研究》1996 年第 1 期.

肖谊，《莎士比亚批评史上的"性"研究及其理论化倾向》，《外国语文》2009 年第 4 期.

谢江南，《超自然因素在莎士比亚戏剧中的功用》，《戏剧》1999 年第 3 期.

谢克纳，理查德、孙惠柱，《人类表演学的现状、历史与未来》，《戏剧艺术》2005 年第 5 期.

歆，《黄佐临早年的一篇英文剧评》，《戏剧报》1985 年第 9 期.

熊杰平，《戏曲改编莎剧中的加减法——从李尔的开场白说开去》，《戏剧艺术》2014 年第 2 期.

徐斌，《二十世纪英国莎剧演出的三大流派》，《戏剧艺术》1986 年第 1 期.

徐企平，《〈柔密欧与幽丽叶〉导演技巧杂谈》，《戏剧艺术》1981 年第 3 期．

徐群晖，《莎士比亚戏剧医学现象的符号美学研究》，《社会科学战线》2016 年第 8 期．

徐群晖，《莎士比亚戏剧与中国电影文学中的病态美学比较研究》，《中国现代文学研究丛刊》2018 年第 5 期．

徐群晖，《莎士比亚戏剧中病理现象的美学研究》，《浙江传媒学院学报》2018 年第 2 期．

徐述纶，《清除莎士比亚介绍中的资产阶级思想》，《戏剧报》1955 年第 4 期．

徐朔方，《汤显祖与莎士比亚》，《社会科学战线》1978 年第 2 期．

徐卫宏，《俄罗斯八、九十年代的莎剧作品》，《戏剧艺术》1999 年第 2 期．

徐永明，《汤显祖戏曲在英语世界的译介、演出及其研究》，《文学遗产》2016 年第 4 期．

徐勇，《"权威"的出场——试论十七年文学批评中读者的实际功能和尴尬处境》，《景德镇高专学报》2005 年第 1 期．

徐煜，《中国实验戏剧与经典解构表述》，《戏剧艺术》2002 年第 4 期．

徐振，《孤独的双生子——〈威尼斯商人〉中安东尼奥和夏洛克的镜像关系》，《国外文学》2014 年 1 期．

徐宗洁，《从〈欲望城国〉和〈血手记〉看戏曲跨文化改编》，《戏剧（中央戏剧学院学报）》2004 年第 2 期．

许勤超，《虚构的力量——莎士比亚传记中的安妮·哈瑟维》，《现代传记研究》2019 年第 2 期．

严晓江，《理性的选择 人性的阐释——从后殖民译论视角分析梁实秋翻译〈莎士比亚全集〉的原因》，《四川外语学院学报》2007 年第 5 期．

岩崎昶，《日本电影》，俞虹、陈笃忱译，《世界电影》（《电影艺术译丛》）1957 年第 8 期．

颜振奋，《中国舞台上的外国戏剧》，《今日中国》（中文版）1980 年第 Z3 期．

砚翌，《介绍外国文学要注意翻译的量质、选题和社会效果》，《外国文学研究》1981 年第 4 期．

杨冬，《浪漫主义莎评中的理论问题》，《吉林大学社会科学学报》1999 年第 3 期．

杨慧林，《基督教精神与西方文学》，《文艺研究》1991 年第 4 期．

杨金才，《当前英语莎士比亚研究新趋势》，《外语教学与研究》2016 年第 6 期．

杨林贵，《流行影院中的莎士比亚——以中国〈哈姆莱特〉衍生影片为例》，《戏剧艺术》2012 年第 5 期．

杨林贵，《忠实性与创新性——当代莎士比亚演出和改编批评的转向》，《戏剧艺术》2016 年第 5 期．

杨林贵、乔雪瑛，《莎剧改编与接受中的传统与现代问题——以莎士比亚的亚洲化为例》，《四川戏剧》2014 年第 1 期．

杨凌，《论现代心理学视角下的人物二度呈现——以〈理查三世〉为例》，上海戏剧学院博士学位论文，2019 年．

杨清，《英语世界莎士比亚研究：新材料与新方法》，《中外文化与文论》2020 年第 3 期．

杨仁敬，《文学欣赏不能脱离阶级观点》，《文学评论》1965 年第 3 期．

杨世彭，《香港话剧团的莎剧演出》，《戏剧艺术》1999 年第 2 期．

杨燕迪，《莎士比亚的音乐辐射》，《文汇报》2016 年 4 月 21 日第 11 版．

杨扬、朱娣，《悲剧性的多重意味——莎士比亚四大悲剧在东方电影中的诠释》，《当代电影》2015 年第 5 期．

杨周翰，《艾略特与文艺批评》，《世界文学》1980 年第 1 期．

杨周翰,《二十世纪莎评》,《外国文学研究》1980 年第 4 期.

杨周翰,《谈莎士比亚的诗》,《文学评论》1964 年第 2 期.

杨周翰,《新批评派的启示》,《国外文学》1981 年第 1 期.

仰文昕,《后现代镜像中的莎士比亚——以 1996 年版电影〈罗密欧与朱丽叶〉为例》,《四川戏剧》2017 年第 11 期.

叶根荫、范岳,《谈忧郁的王子——哈姆雷特的形象》,《辽宁大学学报》(哲学社会科学版)1978 年第 6 期.

叶永义,《怎样看待西方现代派文学?》,《外国文学研究》1980 年第 3 期.

伊格尔顿,特里,《理论之后》,商正译,商务印书馆 2009 年版.

易彬、谢龙,《全集、作家形象与文献阀域——关于吴兴华文献整理的学术考察》,《广州大学学报》(社会科学版)2020 年第 5 期.

易丹,《超越殖民文学的文化困境》,《外国文学评论》1994 年第 1 期.

易将,《美国〈科学与社会〉杂志出版莎士比亚专号》,《国外社会科学》1978 年第 1 期.

易凯,《崭新的天地 巨大的变革——首届莎士比亚戏剧节五台戏曲演出观感》,《戏曲艺术》1986 年第 4 期.

殷麦良,《我对〈《麦克佩斯》与妖氛〉一文的意见》,《中山大学学报》(哲学社会科学版)1965 年第 3 期.

尹邦彦,《莎士比亚戏剧语言的多样性》,《外语研究》1997 年第 4 期.

尹振球,《论莎士比亚对基督教观念的反叛与回归》,《外国文学研究》1997 年第 1 期.

英若诚,《〈请君入瓮〉译后记》,《外国文学》1981 年第 7 期.

英若诚,《我所看到的当代英美戏剧》,《文艺研究》1980 年第 6 期.

英若诚,《一次愉快有益的艺术合作——中英合排莎翁名剧〈请君入瓮〉》,《人民戏剧》1981 年第 5 期.

英若诚、林淑卿,《托比·罗伯逊谈〈哈姆雷特〉及演出》,《戏剧艺术》1980 年第 1 期.

尤特凯维奇,C.,《我对于影片"奥瑟罗"的构思》,何正译(自伊丽莎伯·罗泰尔的法文译本),《世界电影》(《电影艺术译丛》)1958 年第 4 期.

禹华,《上海青年话剧团公演〈安东尼与克莉奥佩特拉〉》,《戏剧艺术》1984 年第 2 期.

俞唯洁,《莎剧语言修辞上的喜的因素》,《戏剧艺术》1987 年第 4 期.

俞唯洁,《通过表演学习莎剧》,《戏剧艺术》1985 年第 4 期.

虞又铭,《现实关怀与跨文化对话——论莎士比亚的台湾豫剧之旅》,《中国比较文学》2019 年第 3 期.

《与大陆相呼应台湾将成立莎剧研究学会》,《中国戏剧》1995 年第 5 期.

元升,《淬砺奋发指点时间——读莎士比亚的一首十四行诗》,《外国文学研究》1979 年第 1 期.

袁可嘉,《布莱克的诗——威廉·布莱克诞生两百周年纪念》,《文学研究》1957 年第 4 期.

袁可嘉,《略论美英"现代派"诗歌》,《文学评论》1963 年第 3 期.

袁可嘉,《彭斯与民间歌谣——罗伯特·彭斯诞生二百周年纪念》,《文学评论》1959 年第 2 期.

袁先禄,《莎士比亚生意经》,《人民日报》1964 年 3 月 12 日.

袁宪军,《〈哈姆雷特〉与阿里奇亚丛林中的仪式》,《外国文学评论》1998 年第 3 期.

远婴,《现代性文化批评和中国电影理论——八九十年代电影理论发展主潮》,《电影艺术》1999 年第 1 期.

曾念长,《断裂的诗学:1998 年的文学、思想与行动》,生活·读书·新知三联书店 2017 年版.

翟月琴,《剧何以通往诗?——从黄佐临"写意戏剧观"谈起》,《戏剧艺术》2015 年第 6 期.

张冲,《当代西方莎士比亚变奏二十年(1965—1985)》,《外国文学评论》1992 年第 1 期.

张冲,《"犯规"的乐趣——论莎剧身份错位场景中的人称指示语"误用"》,《外语教学与研究》1996 年第 1 期.

张冲,《历史演绎·爱国主义·道德训诫——论莎士比亚的"新作"〈爱德华三世〉》,《国外文学》1998 年第 3 期.

张冲,《论当代莎评的"莎士比亚+"——兼评〈莎士比亚与生态批评理论〉及〈莎士比亚与生态女性主义理论〉》,《外国文学》2019 年第 4 期.

张春田、周睿琪,《吴兴华年谱简编》,《文化与诗学》2019 年第 1 期.

张弘,《关于莎士比亚的阐释——兼评〈莎士比亚引论〉》,《辽宁师范大学学报》(社科版) 1993 年第 3 期.

张霖,《缪斯殿堂的台阶是有层级的——汤显祖与莎士比亚的不可比性》,《上海艺术评论》2016 年第 3 期.

张健,《论莎士比亚的〈尤利斯·该撒〉的结构和思想》,《山东大学学报》(语言文学版) 1963 年第 4 期.

张京媛,《当代女性主义文学批评》,北京大学出版社 1995 年版.

张均,《中国当代文学制度研究(1949—1976)》,北京大学出版社 2011 年版.

张丽娜,《威尔第歌剧创作中的威廉·莎士比亚情节》,《乐府新声(沈阳音乐学院学报)》 2016 年第 4 期.

张玲,《汤显祖戏剧在海外传播的契机和途径》,《东华理工大学学报》(社会科学版)2016 年第 3 期.

张玲,《〈紫钗记〉和〈威尼斯商人〉中的女性形象——女性主义文学批评视角下的汤显祖和莎士比亚人文思想》,《苏州大学学报(哲学社会科学版)》2007 年第 3 期.

张隆溪,《弗莱的批评理论》,《外国文学研究》1980 年第 4 期.

张隆溪,《莎士比亚的变形:从剧本到演出》,《中国比较文学》1984 年第 1 期.

张沛,《王者的漫游——〈亨利五世〉第四幕第一场解读》,《国外文学》2014 年第 3 期.

张奇虹,《在实践和探索中的几点体会——试谈〈威尼斯商人〉的导演处理》,《人民戏剧》 1981 年第 1 期.

张系朗,《怎样看待文化遗产中的消极影响》,《文学评论》1964 年第 5 期.

张耀铭,《人工智能驱动的人文社会科学研究转型》,《济南大学学报》(社会科学版) 2019 年第 4 期.

张英进,《改编和翻译中的双重转向与跨学科实践:从莎士比亚戏剧到早期中国电影》, 秦立彦译,《文艺研究》2008 年第 6 期.

张瑛,《莎剧鬼魂在中国戏曲改编中的跨文化舞台表现》,《戏剧艺术》2015 年第 5 期.

张永忠,《对于〈莎士比亚戏剧创作的发展〉一文的意见》,《文学评论》1965 年第 5 期.

张羽,《在改革和开放的实践中努力办好〈外国文学评论〉——代发刊词》,《外国文学评论》1987 年第 1 期.

张誉介、易立明、林兆华等:《〈理查三世〉采访笔录》,《戏剧(中央戏剧学院学报)》2003 年第 2 期.

张月超，《三百余年来莎士比亚评论述评》，《文艺理论研究》1982 年第 1 期.

张振先，《莎士比亚戏剧与京戏》，《争鸣》1956 年第 3 期.

张直心，《文化意蕴互阐：〈孔雀胆〉与〈哈姆莱特〉》，《郭沫若学刊》1997 年第 1 期.

章涛，《制度·主体·文本——当代文学史视域下的"知识分子改造"研究》，浙江大学博士学位论文，2016 年.

章燕、赵桂莲主编，《新中国 60 年外国文学研究(第一卷上)外国诗歌与戏剧研究》，北京大学出版社 2015 年版.

赵建新，《莫让经典陷沉默——汤显祖作品传播得失谈》，《中国文艺评论》2016 年第 11 期.

赵军峰，《翻译家研究的纵观性视角：梁实秋翻译活动个案研究》，《中国翻译》2007 年第 2 期.

赵澧、孟伟哉，《论莎士比亚的伦理道德思想及其发展》，《文史哲》1963 年第 2 期.

赵澧、孟伟哉、管珑、吴芝兰，《论莎士比亚的社会政治思想及其发展》，《教学与研究》1961 年第 2 期.

赵山奎，《〈外国文学评论〉20 年——关于刊物各项统计数据的分析》，《外国文学评论》2007 年第 1 期.

赵守垠、龙文佩，《读〈威尼斯商人〉——冲突和解决〉后的几点意见》，《文学评论》1964 年第 4 期.

赵稀方，《"名著重印"与新时期人道主义》，《外国文学研究》2000 年第 2 期.

赵毅衡，《从莎士比亚作品谈形象语言的规律》，《徐州师范学院学报》1981 年第 2 期.

赵毅衡，《"荒谬"的莎士比亚——在杜林看来，任何矛盾都是荒谬》，《社会科学辑刊》1980 年第 5 期.

赵忠德，《莎士比亚与语言创新》，《英语知识》1987 年第 1 期.

赵忠德，《小议莎士比亚的词汇创新》，《教学研究(外语学报)》1987 年第 4 期.

正，《法国举办苏联电影周》，《世界电影》(《电影艺术译丛》)1956 年第 1 期.

正彦，《苏联电影周在法国获得成功》，《世界电影》(《电影艺术译丛》)1956 年第 2 期.

郑传寅、曾果果，《"跨文化京剧"的历程与困境》，《东南大学学报》(哲学社会科学版)2012 年第 6 期.

郑土生，《再谈莎学研究需要马克思主义》，《外国文学研究》1994 年第 2 期.

《中国电影出版社 1980 年翻译书籍介绍》，《电影艺术译丛》1981 年第 1 期.

《中国社科院外国文学所一批优秀科研成果获奖》，《世界文学》1994 年第 1 期.

中国新闻出版研究院编，《中华人民共和国出版史料》，中国书籍出版社 2013 年版.

中野里皓史，《日本的莎士比亚研究与莎剧演出》，陈雄尚译，《复旦学报》(社会科学版)1980 年第 1 期.

钟翔，《美在何处？——读〈罗密欧与朱丽叶〉札记》，《外国文学研究》1998 年第 3 期.

钟欣志，《清末上海圣约翰大学演剧活动及其对中国现代剧场的历史意义》，《戏剧艺术》2010 年第 3 期.

周恩来，《对在京的话剧、歌剧、儿童剧作家的讲话》，《文艺研究》1979 年第 1 期.

周华斌，《题材、样式与个性——有感于台湾京剧〈欲望城国〉》，《中国京剧》2001 年第 6 期.

周乐群，《人道主义断想》，《外国文学研究》1979 年第 1 期.

周培桐,《既要大胆出新,也要忠实原作——评中国青年艺术剧院演出的〈威尼斯商人〉》,《人民戏剧》1981 年第 1 期.

周仁成,《数字媒体语境下莎士比亚在中国的传播与阅读》,《出版科学》2012 年第 3 期.

周锡山,《汤显祖与莎士比亚,我们今天应该如何做比较?》,《上海艺术评论》2016 年第 3 期.

周新民,《新时期初期人道主义话语考》,《文学教育(上)》,2013 年第 12 期.

周煦良,《英国三文学杂志为纪念莎士比亚诞生四百年出版专辑》,《现代外国哲学社会科学文摘》1964 年第 8 期.

周扬,《文艺战线上的一场大辩论》,《人民日报》1958 年 2 月 28 日.

周瓒,《文化自信与当代文学的反思批评——从李建军著〈并世双星:汤显祖与莎士比亚〉谈起》,《中国图书评论》2017 年第 11 期.

朱光潜,《关于人性、人道主义、人情味和共同美问题》,《文艺研究》1979 年第 3 期.

朱虹,《西方关于汉姆雷特典型的一些评论》,《文学评论》1963 年第 4 期.

朱静,《新发现的莎剧〈威尼斯商人〉中译本:〈剜肉记〉》,《中国翻译》2005 年第 4 期.

朱琳,《访杨周翰教授》,《外国文学研究》1985 年第 3 期.

朱胜蓝,《〈文汇报〉展开关于喜剧的讨论》,《戏剧报》1961 年第 z1 期.

朱维之,《论〈威尼斯商人〉》,《外国文学研究》1978 年 01 期.

朱维之,《莎士比亚和他的〈威尼斯商人〉》,《天津师院学报》1978 年第 1 期.

朱晓云,《鲍西亚的悲哀——〈对威尼斯商人〉的女性主义解读》,《小说评论》2008 年第 S2 期.

朱影,《全球化的华语电影与好莱坞大片》,《世界电影》(《电影艺术译丛》)2008 年第 3 期.

朱寨,《我所了解的〈文学评论〉》,《生机——"新时期"著名人文期刊素描》,中国文联出版社 2003 年版.

祝婷婷,《威尔第笔下的"莎士比亚"》,《大众文艺》2010 年第 5 期.

庄浩然,《现代美学艺术学所照临之莎翁——宗白华论莎士比亚戏剧》,《戏剧艺术》2016 年第 2 期.

宗白、李清德,《皇家莎士比亚剧团纵横谈》,《戏剧艺术》1982 年第 2 期.

邹建军,《方法与方向:当前外国文学研究的若干问题》,《外国文学研究》2005 年第 2 期.

邹元江,《我们该如何纪念汤显祖?——汤显祖诞辰 450 周年与徐朔方教授对话》,《戏剧艺术》2000 年第 3 期.

佐藤忠男,《论黑泽明》,洪旗译,《世界电影》(《电影艺术译丛》)1999 年第 5 期.

英文文献

Appelbaum, Robert, "Shakespeare and Terrorism," *Criticism*, vol. 57, no. 1, 2015.

Biberman, Matthew, "Shakespeare after 9/11," *Shakespeare After 9/11: How a Social Trauma Reshapes Interpretation*, eds. Matthew Biberman and Julia Reinhard Lupton, Lewiston, New York: Edwin Mellen, 2011.

Boecker, Bettina, "Shakespeare and German Romanticism," *The Cambridge Guide to the Worlds of Shakespeare: The World's Shakespeare, 1660—Present*, Vol. 2, ed. Bruce R. Smith, New York: Cambridge UP, 2016.

Brockbank, J. Philip, "Shakespeare Renaissance in China," *Shakespeare Quarterly*, vol. 39, no. 2, 1988.

Carroll, Joseph. "An Evolutionary Paradigm for Literary Study," *Style*, vol. 42, no. 2-3, 2008.

Crane, Mary Thomas, *Shakespeare's Brain: Reading with Cognitive Theory*, Princeton and Oxford: Princeton University Press, 2001.

Eagleton, Terry, *On Evil*, New Haven; London: Yale UP, 2011.

Eagleton, Terry, *Literary Theory: An Introduction*, Minneapolis: University of Minnesota Press, 2008.

Eagleton, Terry, *The Meaning of Life*, Oxford and New York: Oxford University Press, 2007.

Floyd-Wilson, Mary, "English Epicures and Scottish Witches," *Shakespeare Quarterly*, vol. 57, no. 2, 2006.

Forker, Charles R. , "Symbolic and Thematic Impoverishment in Polanski's *Macbeth*," *Medieval & Renaissance Drama in England*, vol. 25, 2012.

Greenblatt, Stephen, *Shakespeare's Freedom*, Chicago and London: University of Chicago Press, 2011.

Hampton, Bryan Adams, "Purgation, Exorcism, and the Civilizing Process in *Macbeth*," *Studies in English Literature*, *1500-1900*, vol. 51, no. 2, 2011.

Hanna, Sameh F. , "Shakespeare's Entry into Arabic World," *The Cambridge Guide to the Worlds of Shakespeare: The World's Shakespeare, 1660—Present*, Vol. 2, ed. Bruce R. Smith, New York: Cambridge UP, 2016.

Hawkes, Terence, *Meaning by Shakespeare*, London: Routledge, 1992.

Herzig, Rebecca M. , "The Woman beneath the Hair: Treating Hypertrichosis, 1870—1930," *NWSA Journal*, vol. 12, no. 3, 2000.

Hoenselaars, Ton, "International Encounters," *The Cambridge Guide to the Worlds of Shakespeare: The World's Shakespeare, 1660—Present*, Vol. 2, ed. Bruce R. Smith, New York: Cambridge UP, 2016.

Holderness, Grahamand & Bryan Loughrey, "Shakespeare and Terror," *Shakespeare After 9/11: How a Social Trauma Reshapes Interpretation*, eds. Matthew Biberman and Julia Reinhard Lupton, Lewiston, New York: Edwin Mellen, 2011.

Huang, Alexa, *Chinese Shakespeares: Two Centuries of Cultural Exchange*, New York: Columbia UP, 2009.

Huggett, Richard, "*Supernatural on Stage*": *Ghosts and Superstitions of the Theatre*, New York: Taplinger, 1975.

Jonson, Ben, "Preface," *Mr. William Shakespeares Comedies, Histories, & Tragedies Published According to The True Originall Copies*, London, 1623, STC (2nd ed.)/22273, img. 9.

Kastan, David Scott, *Shakespeare After Theory*, London: Routledge, 1999.

Lanier, Douglas, "Shakespeare and Popular Culture," *The Cambridge Guide to the Worlds of Shakespeare: The World's Shakespeare, 1660—Present*, Vol. 2, ed. Bruce R. Smith, New York: Cambridge UP, 2016.

Lemon, Rebecca, "Scaffolds of Treason in *Macbeth* ," *Theatre Journal* , vol. 54, no. 1, Tragedy, Mar. ,2002.

Levin, Joanna, "Lady MacBeth and the Daemonologie of Hysteria," *ELH* , vol. 69, no. 1,2002.

Levith, Murray J. ,*Shakespeare in China* ,London and New York:Continuum,2004.

Marchitello, Howard, "Speed and the Problem of Real Time in *Macbeth* ," *Shakespeare Quarterly* , vol. 64, no. 4,2013.

Pack, Robert, *Willing to Choose: Volition and Storytelling in Shakespeare's Major Plays* ,Sandpoint,Idaho: Lost Horse Press,2011.

Poole, Robert, "Polychronicon: Witchcraft History and Children: Interpreting England's Biggest Witch Trial,1612," *Teaching History* ,no. 147,2012.

Reid, B. L. ,"*Macbeth* and the Play of Absolutes," *The Sewanee Review* ,vol. 73, no. 1, winter,1965.

Rooks, Amanda Kane, "*Macbeth's* Wicked Women: Sexualized Evil in Geoffrey Wright's *Macbeth* ," *Literature/Film Quarterly* ,vol. 37, no. 2,2009.

Roychoudhury, Suparna, *Phantasmatic Shakespeare: Imagination in the Age of Early Modern Science* ,Ithaca; London: Cornell University Press,2018.

Schülting, Sabine, "Iconic Characters: Shylock," *The Cambridge Guide to the Worlds of Shakespeare: The World's Shakespeare, 1660—Present* , Vol. 2, ed. Bruce R. Smith, New York: Cambridge UP,2016.

Shakespeare, William, *Macbeth* , eds. Sandra Clark and Pamela Mason, London: Bloomsbury,2015.

Smialkowska, Monika, "Tercentenry Shakespeare: Britain and the United States,1916," *The Cambridge Guide to the Worlds of Shakespeare: The World's Shakespeare, 1660—Present* ,Vol. 2, ed. Bruce R. Smith, New York: Cambridge UP,2016.

Spoto, Stephanie Irene, "Jacobean Witchcraft and Feminine Power," *Pacific Coast Philology* ,vol. 45,2010.

Thomas, Keith,*Religion and the Decline of Magic* ,New York: Penguin Books,1971.

Tian Yuan Tan, Paul Edmondson &· Shih-pe Wang eds. , *1616: Shakespeare and Tang Xianzu's China* ,London and New York: Bloomsbury,2016.

Williams, George Walton, "*Macbeth*: King James's Play," *South Atlantic Review* , vol. 47, no. 2,May,1982.

Zhang, Xiaoyang, *Shakespeare in China: A Comparative Study of Two Traditions and Cultures* ,Newark and London: Delaware UP and Associated University Press,1996.

跋

2016—2017 年我在耶鲁大学英语系访学期间，由于经常被问到中国莎士比亚的状况，我对中国的莎士比亚研究史产生了兴趣。2019 年，我完成了本书 20 万字的初稿，并有幸得到了国家社科基金后期资助项目的资助，继续深入对中国当代莎士比亚研究史的探讨。此后，本书三易其稿，增改二十余万字，得以成型。我沉浸在莎士比亚研究的世界里，追索前辈的脚印，尝试从他们的视角看待莎士比亚和世界，回顾当代莎士比亚研究的全貌，也反观自己所积累的知识。前辈学者的才华让我震动，他们的为人让我爱敬。写作的过程中，我时而痛心，时而赞叹，时而叹息，时而狂喜。但我更相信，无论我从哪个视角切入研究，总会在某一时刻更接近这些伟大的思想。也许在某一刻，我们的心灵和思想因为莎士比亚而跨越时间和空间的距离，超越有趣和枯燥的界限，彼此相通。

本书试图从知识生产方式的角度展开讨论，观察当代中国学术期刊上刊载的莎评，透视中国七十年来学术研究的历程和文化事业的发展——因为这些学术论文不仅出自作者之手，也受到作者所处的社会语境、批评观念、政治形势和文化机制的影响，而学术期刊对论文的筛选和对作者的引导，不仅反映出论文写作时的文学观念、话语形式和文化策略，也折射出作者、期刊与时代三者的抵牾。可以说，学术期刊是文艺批评介入文化和社会的重要场域，是文化观念的交锋之所。艾柯指出，"从本质上说，一种形式可以按照很多不同的方式来看待和理解时，它在美学上才是有价值的"[1]——莎士比亚作品的开放性，不仅在于它既是文学文本，也是戏剧和电影，还在于它本来就诞生于改编之中，也在诞生之后的几个世纪里不断被阅读、阐释、翻译、改编，它经久不衰的秘密正是源自它巨大的包容力。莎士比亚戏剧的经典性和普及程度，也让研究者有可能在三个领域的相互观照中，多层次、多侧面地透视社会文化。

在本书撰写过程中，我切身体会到外国文学与中国现当代文学的密切关系。外国文学研究不仅是我们从事的职业，也是我们理解世界的一种方式，它不仅反映了时代精神，也暴露出各种约定俗成的惯例和秘而不宣的规约。学术期刊不仅记录了我国学术体制的变迁，其本身也是各种新旧观念的交锋场所和文学讨论的发起者。通过本书的撰写，我也更加了解自己所

---

[1]　安伯托·艾柯:《开放的作品》,刘儒庭译,北京:新星出版社,2009 年,第 4 页。

从事的学术研究，了解自己身处的高等教育体制，也更加了解我的父辈和我自己所生活的这个世界。我是它们的一部分，它们塑造了现在的我。这也是我的另一大收获——对西方文学、文化和理论的接受本就是中国当代文化史的一部分，接下来我可能会专门讨论莎士比亚对中国文学本体（诗歌、戏剧和小说）的重要影响。

此外，我也更加深入地体会到何谓"中国文化的精髓"——中国文化不是脸谱、手势、服装道具和灯光剪影，而是"化"入戏剧和语言本身的，是在研究者和实践者的血脉和骨髓里自然涌动和发散出来的精神内核。而所有的"本土化"，并非外在的表现，而是我们的自我表达。

在本书的写作过程中，我的博士生导师程朝翔教授给予我巨大的帮助。程老师细致地审读和批注了本书第五章（当时是以论文的形式），提出了宝贵意见；更重要的是老师的正直、宽容和对学术一丝不苟的态度，是我永远的榜样。感谢本书责任编辑吴宇森老师，吴老师耐心、专业的编校使得本书得以稳妥顺利地出版。感谢我的父母一直鼓励我坚持做自己喜欢的研究，即使遇到困难也不要放弃。感谢北京理工大学外国语学院的李京廉教授、姜爱红教授、张剑教授、鲍忠明教授等多位领导和同事，感谢李伟民教授、郝田虎教授、冯伟教授、廖运刚副教授对本书和我本人的帮助，让我倍觉温暖。更要感谢的是，国家社科基金后期资助项目的匿名审稿专家们耐心地审读文稿，给予我非常中肯的修改意见。这些意见让我不能懒惰、不敢懈怠，让我必须真实地面对自己的畏难情绪，下笨功夫收集和分析材料，逐个解决论文中的难点。

读书和写作的日子虽然清苦，但我并不孤单。这些年，我认识了许多优秀的学者，也成为"学术共同体"的一员。本书中提及的许多著作和文章的作者，既是我尊敬的学者，也是我志趣相投的朋友。认识你们，我无比荣幸。

学科发展并非想当然的一蹴而就，中国莎士比亚研究如今所取得的成就也不是一飞冲天，全无挫折。中国莎士比亚研究的发展和国家的发展息息相关，我们所有研究者的命运都与国家的命运息息相关。作为出生在改革开放之后的一代，我万分幸运地赶上了好时代，见证了祖国走向繁荣昌盛的光辉历程。我将这本书献给伟大的祖国，献给祖国波澜壮阔的七十年，衷心地祝福祖国的明天更美好。

徐　嘉

2022 年春　北京